新日本古典文学大系 明治編 28

国木田独歩 宮崎湖処子集

藤井淑禎
新保邦寛 校注

岩波書店刊行

目次

凡例

一　底本はそれぞれ次の通りである。

『源叔父』　単行本初版（作品集『武蔵野』明治三十四年三月十一日、民友社）。

『武蔵野』　単行本初版（作品集『武蔵野』明治三十四年三月十一日、民友社）。

『欺かざるの記』　単行本初版（前編＝明治四十一年十月十五日、後編＝明治四十二年一月五日、左久良書房・隆文館）の後編から、明治二十八年六月十日の条以降を収録。

『帰省』　単行本第二十五版（明治四十五年八月一日、立教大学図書館所蔵）。

二　本文表記は原則として底本に従った。ただし、誤記や誤植、脱落と思われるものは、校注者による判断、および単行本や全集など他本によって訂正し、あるいは補った。その際、必要に応じて脚注で言及した。

1　句読点

（イ）　句読点（、　。）は原則として底本のままとした。

（ロ）『欺かざるの記』『帰省』は校注者の判断により、適宜句点を読点に、また読点を句点に改めた。

2　符号

（イ）　反復記号（ゝ　ヽ　〻　〱　々）は、原則として底本のままとした。

（ロ）　圏点（。　・　﹅）、傍線（――　＝）などは底本のままとした。

3　振り仮名

（イ）底本の振り仮名は、本行の左側にあるものも含めて、原則として底本のままとした。

（ロ）校注者による振り仮名は（　）内に、歴史的仮名遣いによって示した。振り仮名の転倒や、送り仮名と重複している場合などは、校注者の判断によって補正した。

4　字体

（イ）漢字・仮名ともに、原則として現在通行の字体に改め、常用漢字表にある文字はその字体を用いたが、底本の字体をそのまま残したものもある。

（例）燈（灯）　飜（翻）　龍（竜）

（ロ）当時の慣用的な字遣いや当て字は、原則としてそのまま残し、必要に応じて注を付した。

5　仮名遣い・清濁

（イ）仮名遣いは底本のままとした。ただし『源叔父』『武蔵野』『帰省』は、振り仮名も含めて歴史的仮名遣いの揺れを適宜整理した。

（ロ）仮名の清濁は、校注者において補正した。ただし、清濁が当時と現代で異なる場合には、底本の清濁を保存し、必要に応じて注を付した。

6　改行後の文頭は、『欺かざるの記』を除いて原則的に一字下げを施した。

三　本巻中には、今日の人権意識に照らして不適当な表現・語句がある。これらは、現在使用すべきことばではないが、原文の歴史性を考慮してそのままとした。

四　脚注・補注

1　脚注は、語釈や人名・地名・風俗など文意の取りにくい箇所のほか、懸詞や縁語などの修辞、当て字など、解釈上参考となる事項に付した。
2　引用文には、読みやすさを考慮して適宜濁点を付した。振り仮名は適宜加減し、原文にある圏点や傍線は割愛した。漢文は可能な限り仮名交じりの読み下し文とした。引用文中、必要に応じて校注者による補足を〔　〕内に示した。
3　脚注で十分に解説し得ないものについては、→を付し、補注で詳述した。
4　本文や脚注の参照は、本文の頁数と注番号によって示した。
5　作品の成立・推敲過程上注目すべき主要な点に、他本との校異注を付した。
6　必要に応じて語や表現についての用例を示した。
7　『欺かざるの記』の脚注において、「明治〇〇年〇〇月〇〇日の条に……」として、本巻未収録部分も含めた『欺かざるの記』中の記述を示した。
五　付録として、『源叔父』『武蔵野』『帰省』に関連する地図を収録した。

国木田独歩

源《げん》叔《お》父《じ》

藤井淑禎 校注

国木田独歩（一八七一―一九〇八）は現在の千葉県銚子市に生まれ、のちに一家で山口県に移住し、主にそこで育った。『源叔父』は、独歩が明治二十六年から翌年にかけて大分県佐伯町（当時）の鶴谷学館の教師をしていた頃の見聞に基づく。

〔初出・単行本〕 初出は『文芸倶楽部』明治三十年八月号。のちに作品集『武蔵野』（民友社、明治三十四年三月）に収められた。本巻ではこの単行本を底本とした。タイトルの表記は、底本の『武蔵野』では「源おぢ」だが、初出の『文芸倶楽部』では「源叔父」となっていた。日記「欺かざるの記」でも「源叔父」と表記しているから、これが独歩本来の用字。それを「源おぢ」と改めたのは、『めざまし草』（明治三十年九月）掲載の「雲中語」で仮名のほうがよいと指摘されたため、と言われている。ただ、正式な歴史的仮名遣いでは「おぢ」は祖父の意味であり、父母の兄弟（伯父・叔父）や老人の敬称としては、「をぢ」が正しい。現に没後に刊行された『独歩全集』前編（博文館、明治四十三年六月）では「源をぢ」と訂正されている。なお、初出―底本間の異同はほとんどが表記上のそれであり、特に顧慮すべきほどのものはない。

〔梗概〕 東京から佐伯に赴任してきた青年教師が、海辺の宿の主人から哀れな老船頭の話を聞く。その老船頭は源叔父と呼ばれ、美貌の妻を娶ったものの一子を残して妻は亡くなり、その息子も十二歳の時に水死する。それ以後源叔父は抜け殻のような日々を送るが、この哀れな老船頭の話は青年教師が一年足らずで帰京してからも彼の脳裏を去らず、何年か後に彼はこの悲話を旧友への手紙に書く。しかし、源叔父本人は教師の帰京直後にさらなる不幸に見舞われていた。人恋しさから家に連れ帰った放浪児の紀州に去られ、嵐で自船をも失い縊れて死んでしまったのである。しかしその事実をかつての青年教師は知らず、亡き妻子を思い続ける哀れな源叔父像をいまだに慈しんでいるのだった。

〔校注付記〕 本文の仮名遣いは、時代色や作家の癖と言えるほど一貫したものは見られなかったので、振り仮名も含めて、歴史的仮名遣いに統一した。なお、注釈において、『日本近代文学大系10 国木田独歩集』（角川書店、昭和四十五年）の山田博光氏による注釈を参照する際は〈山田注〉と略記した。

源おぢ

《上》

都《みやこ》より[一]一人の年若《としわか》き教師下《くだ》り来りて[二]佐伯《さへき》の子弟《してい》に語学《ごがく》教ふること殆《ほとん》ど一年、秋の中頃《なかごろ》来りて夏の中頃去《なかごろさ》りぬ。夏《なつ》の初《はじめ》、渠《かれ》は[三]城下《じやうか》に住《す》むことを厭《いと》ひて、半里隔《へだ》てし、[四]桂《かつら》と呼ぶ港《みなと》の岸《きし》に移《うつ》りつ、こゝより校舎《かうしや》に通《かよ》ひたり。斯《か》くて海辺《かいへん》にとゞまること一月《ひとつき》、一月の間《あひだ》に言葉《ことば》かはす程《ほど》の人識《ひとし》りしは片手にて数《かぞ》ふるにも足《た》らず。其重《そのおも》なる一人《ひとり》は[五]宿《やど》の主人《あるじ》なり。或夕《あるゆふべ》、雨降《あめふ》り風起《かぜた》ちて磯打《いそう》つ波音もやゝ荒きに、独《ひとり》を好《この》みて言葉少なき教師《けうし》もさすがに物淋《ものさび》しく、二階なる一室《ひとま》を下《くだ》りて主人夫婦《しゆじんふうふ》が足[六]投げだして涼《すゞ》み居《ゐ》し椽先《えんさき》に来《きた》りぬ。夫婦《ふうふ》は燈《ともしび》つけんともせず薄暗《うすぐら》き中《なか》に団扇《うちは》もて[七]蚊《か》やりつゝ語《かた》れり、教師を見《み》て、珍《めづ》らしやと坐《ざ》を譲《ゆづ》りつ。夕闇《ゆふやみ》の風《かぜ》、軽《か》ろく雨《あめ》を吹《ふ》けば一滴《てき》二滴《てき》、面《おもて》を払《はらふ》を三人《にん》は心地《こゝち》よげに受《う》けて[八]四面《よも》山《やま》の話《はなし》に入《い》りぬ。

[九]其後《そのゝち》教師《けうし》都《みやこ》に帰りてより幾年《いくとせ》の月日《つきひ》経《た》ち、或冬《あるふゆ》の夜、夜更《よふ》けて一時を過《す》ぎしに独小机《ひとりこづくえ》に向《むか》ひ手紙認《したゝ》めぬ。そは故郷《ふるさと》なる旧友《きういう》の許《もと》へと書《か》き送《おく》るなり。其物案《そのものあん》

一 何年か前の独歩自身の姿が重ね合わされている。独歩は明治二十六年九月に鶴谷学館の教師として佐伯にやってきたが、一年足らずの滞在で、翌年八月にはこの地を後にした。↓補一。

二 大分県南海部(みなみあまべ)郡佐伯町、現在の佐伯市。ここでの振り仮名は「さへき」となっているが、別の個所では「さいき」と振られており、当地でも「さいき」と発音されている。

三 城下町としての佐伯の歴史は、慶長六年(一六〇一)、毛利高政が二万石を領して八幡山(のちの城山)に鶴屋城を築いたことに始まる。

四 港にも岬にも「葛」の字をあてるのが一般的だが、「桂」も使われていた。時期的に近い明治二十二年十一月出版の二十万分の一図(復刻『幕末・明治日本国勢地図 初版輯製二十万分一図集成』柏書房、一九八三年)にも、「桂鼻」とある。この桂鼻に隣接して港が築造されたのは明治十六年。↓補二、五二七頁付図一。

五 独歩が滞在した宿の主人鎌田清作をモデルとしている。↓補三。

六 伸ばすこと。「投げ出した足の先なり雲の峰」(小林一茶)。

七 団扇で蚊を追い払うこと。「蚊遣り」という名詞として用いることが多いが、ここでは「やり」を動詞の連用形として用いている。

八 「四方山」という表記のほうが一般的だが、そもそも「よもやも」(四面八面、四方八方、四表八方)の変化したものなので(大槻文彦『大言海』昭和七―十年)、このように表記もした。

九 この小説は、この時主人に聞いた話を何年も経ってから青年教師が旧友に報告する《上》と、教師がこの地を去ってから源叔父の身に起こったことを物語った《中》と《下》から構成されている。↓補四。

じがほなる蒼《あを》き色《いろ》、此夜《このよ》は頬《ほゝ》の辺《あたり》少《すこ》し赤《あか》らみて折々《をり〳〵》何処《いづこ》ともなく睇視《みつむ》るまなざし、霧《きり》[一]に包《つゝ》まれし或物《あるもの》を定《さだ》かに視《み》んと願《ねが》ふが如し。

霧《きり》の中《うち》には一人《ひとり》の翁《おきな》立《た》ちたり。

教師は筆《ふで》おきて読《よ》みかへしぬ。読みかへして目《め》を閉《と》ぢたり。眼《まなこ》、外《そと》に閉《と》ぢ内《うち》に開《ひら》けば現《あらは》れしはまた翁《おきな》なり。手紙《てがみ》の中《うち》に曰《いは》く『宿《やど》の主人は事《こと》もなげに此翁《このおきな》が上《うへ》を語《かた》りぬ。げに珍《めづら》しからぬ人《ひと》の身《み》の上《うへ》のみ、かゝる翁《おきな》を求《もと》めんには山《やま》の蔭《かげ》、水《みづ》の辺《ほとり》、国々《くに〴〵》には沢《さは》[二]なるべし。[三]されどわれいかで此翁《このおきな》を忘れ得んや。余には此《この》翁《おきな》たゞ何者《なにもの》をか秘《ひ》め居《ゐ》て誰一人《たれひとり》開《ひら》く事叶《かな》はぬ箱《はこ》の如き思《おもひ》す。こは余《よ》が例《いつも》の怪《あや》[四]しき意《こゝろ》の作用《はたらき》なるべき歟《か》。[五]さもあらばあれ、われ此翁《このおきな》を懐《おも》ふ時は遠《とほ》き笛《ふえ》の音《ね》きゝて故郷《ふるさと》恋ふる旅人《たびびと》の情《こゝろ》、動《うご》きつ、又は想高《さうたか》[六]き詩の一節《せつ》読《よ》み了《を》はりて限りなき大《おほ》空《ぞら》を仰《あふ》ぐが如き心地《こゝち》す』と。

されど教師は翁《おきな》が上《うへ》を委《くは》しく知《し》れるにあらず。宿《やど》の主人《あるじ》より聞き得しは其《その》あらましのみ。主人《あるじ》は何故《なにゆゑ》に此翁《このおきな》の事を斯《か》くも聞《き》きたゞさるゝか、教師《けうし》が心解《こゝろげ》[七]し兼《か》ねたれど問《と》はるゝまゝに語《かた》れり。

『此港《このみなと》は佐伯町《さいきまち》に恰好《ふさはし》[八]かるべし。見給《みたま》ふ如く家《いへ》といふ家幾干《いくばく》ありや、人数《ひとかず》は二十にも足らざるべく、淋《さみ》しさは何時《いつ》も今宵《こよひ》の如《ごと》し。されど源叔父《げんをぢ》[九]が家一軒

一 回想行為を、霧中を透かし見るというように象徴的に表現している。なお山田博光はその直後の霧の中に立つ翁という表現に、ワーズワスの「マイケル」からの影響を想定している(『日本近代文学大系10 国木田独歩集』〔角川書店、昭和四十五年〕の注釈。以下〈山田注〉と略記)。↓補五。

二 たくさん、ということ。

三 宿の主人がこともなげに語った「翁」の身の上だが、余(教師)は気になって仕方がないと言う。読者の関心は、いやがうえにもそそられずにはいない。

四 普通の人とはちがって、普段とはちがって、という程度の意味。ここでは、前者のほう。

五 漢文の訓読から来た言い方で、かりにその通りだとしても、といったようなニュアンス。

六 想はイデー(理念、観念)のこと。ここでは高い理想や高尚な雰囲気の詩を指す。

七 理解できなかったが、ということ。

八 港も町も、ともにさびれているということ。佐伯が明治二十二年の町村制施行にともなって町になった時の人口は六一七五人。県内第七位の規模であったという。たしかに維新後はしばらくさびれた時期もあったようだが、『大分県史 近代篇Ⅳ』(昭和六十三年)には、維新後十年もたたないうちに、教育、政治、金融、産業、造船、など多方面にわたって復興したとある。

九 「翁」と呼ばれていた主人公にここで名前が与えられる。「〇〇おじ」というのはこの地方で用いられた年長の男性の呼び方(小野茂樹『若き日の国木田独歩』アポロン社、昭和三十四年)。独歩「予が作品と事実」(『文章世界』明治四十年九月)によれば、この男性は佐伯滞在時に言葉も交わしたことのある実在の人物であるという。

たゞ此磯《このいそ》に立《た》ちし其以前《そのかみ》の寂《さび》しさを想《おも》ひ給《たま》へ。渠《かれ》が家《いへ》の横《よこ》なる松《まつ》、今《いま》は[一〇]幅広《はゞひろ》き道路《みち》の傍《かたはら》に立《た》ちて夏《なつ》は涼しき蔭《かげ》を旅人《たびゞと》に借《かせ》ど十余年《よねん》の昔《むかし》は沖《おき》より波寄《なみよ》せて節々《をり〳〵》其根方《そのねかた》を洗ひぬ。城下《じやうか》より来《きた》りて源叔父《げんをぢ》の舟頼《ふねたの》まんものは海《うみ》に突出《つきいで》し巌《いは》に腰を掛《か》けし事《こと》しば〳〵なり、今は火薬《くわやく》の力《ちから》もて危《あやふ》き崖《がけ》も裂《さ》かれたれど。

『否《いな》、渠《かれ》とてもいかで初より独暮《ひとりくら》さんや。

『[一一]妻《つま》は美《うつく》しかりし。名《な》を百合《ゆり》と呼《よ》び、[一二]大入島《おほにふじま》の生《うまれ》なり。人《ひと》の噂《うはさ》を半偽《なかばいつはり》と見《み》るも、此事のみは信《まこと》なりと源叔父《げんをぢ》が或夜《あるよ》酒《さけ》に呑《の》まれて語りしを聞けば、彼《かれ》の年《とし》二十八九の頃《ころ》、春《はる》の夜更《よふ》けて[一三]妙見《めうけん》の燈《ともしび》も消えし時、[一四]ほと〳〵と戸《と》たゝく者《もの》あり。源起《げんお》きいで誰《た》れぞと問《と》ふに、島まで渡《わた》し玉《たま》へといふは女の声《こゑ》なり。傾《かたぶ》きし月《つき》の光《ひかり》にすかし見《み》れば兼て見知《みし》りし大入島《おほにふじま》の百合《ゆり》といふ小娘《こむすめ》にぞありける。

『その頃[一五]渡船《おろし》を業《げふ》となすもの多《おほ》きうちにも、源《げん》が名《な》は浦々《うら〳〵》にまで聞《きこ》えし。そは心《こゝろ》たしかに俠気《をとこぎ》ある若者《わかもの》なりしが故《ゆゑ》のみならず、別《べつ》に深き故《ゆゑ》あり、げに君《きみ》にも聞かし度《(た)》きは其頃の源《げん》が声《こゑ》にぞありける。人々《ひと〴〵》は彼《かれ》が櫓《ろ》こぎつゝ歌《うた》ふを聴《き》かんとて撰《えら》びて彼《かれ》が舟《ふね》に乗《の》りたり。されど言葉《ことば》少《すく》なきは今《いま》も昔《むかし》も変《かは》らず。

『島《しま》の小女《をとめ》は心《こゝろ》ありて斯《(か)》く晩《おそ》くも源《げん》が舟頼《ふねたの》みしか、そは高きより見下《みおろ》し給《たま》ひし妙見様《めうけんさま》ならでは知る者なき秘密《ひみつ》なるべし。舟《ふね》とゞめて互《たがひ》に何をか語《かた》りしと問

↓補六。

一〇 明治十五、六年の道路整備と築港を踏まえている。↓三頁注四、補二。

一一 松本義一『国木田独歩「源叔父」アルバム』(別府大学図書館、昭和三十五年)によれば、モデルとなったのは高原嘉治郎の妻「コメ」(佐伯町上堅田下久部出身、明治二十二年四月没)であるという。

一二 佐伯湾のなかほどに浮かぶ島。独歩の日記「欺かざるの記」明治二十七年二月二十五日の項に「本日午後、大入島に舟行し、島を半ばめぐりて漫歩す、帰宅は日暮れやゝ過ぎたり」とある。なお、「欺かざるの記」からの引用は、『定本 国木田独歩全集』六・七巻(学習研究社、昭和三十九・四十年)に拠る。以下も同様。↓五二七頁付図一。

一三 葛鼻と隣り合わせに海に突きだした妙見鼻の高台にあった妙見社のこと。産霊神(むすびのかみ)である北辰権現を祀る。最初大入島におかれたが、その後対岸の嵐崎(坂ノ浦)に移され、さらに今の坂ノ浦山頂に移された(『佐伯市史』昭和四十九年)。独歩は弟の収二とともに好んでしばしばここを訪れた。↓五二七頁付図一。

一四 「訪問者ナドノ、戸ヲ軽ク敲ク音ニ云フ語」(『大言海』)。

一五 松本義一『国木田独歩「源叔父」アルバム』によれば、この地方では渡し船のことを「おろし」と呼んだ。「おろし」を営む家はその印として赤い旗を家の外に掲げ、客が集まると船を出すならいだったという。「佐伯方言考」(『佐伯市史』)によれば、たとえば木立から船頭町河岸までの渡し船の場合は「木立おろし」というように、その土地の名を冠しても呼ばれた。

へど、酔《ゑ》ふても言葉《ことば》少《すく》なき彼《かれ》はたゞ額《ひたひ》に深き二条《ふたすぢ》の皺《しわ》寄《よ》せて笑《わら》ふのみ、其笑《そのわらひ》は[一]何処《どこ》となく悲《かな》しげなるぞうたてき。

『源《げん》が歌ふ声《こゑ》冴《さ》えまさりつ。斯《か》くて若《わか》き夫婦《ふうふ》の幸《たの》しき月日《つきひ》は夢《ゆめ》よりも淡《あわ》く過ぎたり。独子《ひとりご》の[二]幸助《かうすけ》七歳《なゝつ》の時《とき》、妻《つま》ゆりは二度《ど》目《め》の産《さん》重《おも》くして[三]遂《つひ》にみまかりぬ。城下《じやうか》の者にて幸助《かうすけ》を引取《ひきと》り、ゆく〳〵は商人《あきうど》に仕立《した》てやらんと言《い》ひいでしがありしも、可愛《かはゆ》き妻《つま》には死別れ、更に独子《ひとりご》と離《はな》るゝは忍《しの》び難《がた》しとて辞《じ》しぬ。言葉少き彼《かれ》は此頃《このごろ》より愈《いよ〳〵》言葉《ことば》少《すくな》くなりつ、笑ふことも稀《まれ》に、櫓《ろ》こぐにも酒《さけ》の勢《いきほひ》ならでは歌《うた》はず、[四]醍醐《だいご》の入江《いりえ》を夕月《ゆふづき》の光砕《ひかりくだ》きつゝ朗《ほが》らかに歌《うた》ふ声《こゑ》さへ哀《あはれ》をそめたり、こは聞《き》くものゝ心《こゝろ》にや、あらず、妻失《つまうしな》ひし事は元気《げんき》よかりし彼《かれ》が心《こゝろ》を半《なか》ば砕《くだ》き去《さ》りたり。雨の[五]そぼ降《ふ》る日など、淋《さみ》しき家《いへ》に幸助一人《かうすけひとり》をのこし置《お》くは不憫《ふびん》なりとて、客《きやく》と共に舟に乗せゆけば、人々《ひと〴〵》哀《あは》れがりぬ。されば小供《こども》への土産《みやげ》にと城下《じやうか》にて買ひし菓子《くわし》の袋開《ふくろひら》きて此孤児《このみなしご》に分《わか》つ母親《はゝおや》も少《すくな》からざりし。父《ちゝ》は見知《みし》らぬ風《ふう》にて礼《れい》も言《い》はぬが常《つね》なり、これも悲《かな》しさの余《あまり》なるべしと心《こゝろ》にとむる者なし。

『斯《か》くて二年《ふたとせ》過《す》ぎぬ。此港《このみなと》の[六]工事《こうじ》半《なか》ば成《な》りし頃吾等夫婦《ふうふ》、島《しま》より此処《ここ》に移《うつ》りて此家を建《た》て今の業《げふ》をはじめぬ。山《やま》の端《は》削《けづ》りて道路《みち》開《ひら》かれ、源叔父《げんをぢ》が家の前に

一　問われて苦笑いする源叔父の反応が、どことなく悲しげであるのをいぶかしく思う気持が表現されている。だがそもそも、宿の主人が泥酔した源叔父にこの質問をしたのはいつのことなのか。すぐ後に語られるような妻や子の死後だとすれば(その可能性が高い)「何処となく悲しげ」なのも当然だが、その場合はこんな質問は無神経で考えにくいし、逆に生前だとすれば「悲しげ」なのは不可解ということになる。小説構成上の時点意識なり時点の設定の仕方が、未確立の印象を与える。

二　モデルとなったのは高原嘉治郎の息子「亀太郎」とされている(松本義一『国木田独歩「源叔父」アルバム』)。

三　同じく松本義一『国木田独歩「源叔父」アルバム』によれば、モデルとなった親子のほうは、母(妻)の死は、子供が溺死した十年後。

四　ふつうは「代後」と書く。葛鼻・妙見鼻から海沿いに北西に四キロメートルほど行ったところにある、かなり奥まった入江。→五二七頁付図一。

五　「そぼ」はオノマトペ(擬音語)的接頭語。「ソボソボ、降ル。ショボショボ、降ル。シボシボト、降ル。ジメジメ、降ル」(『大言海』)。

六　三頁注四でも触れたように、ここでの工事は明治十六年完成の月本弥吉による葛港の築港を指す。その規模は、埠頭が延長三十五間(約六四メートル)、碇泊地が東西十町(約一一〇メートル)、南北三町であった(『佐伯市史』)。これが明治二十五年には、さらに、月本回漕店の月本小策(先代)によって海岸八百坪が埋め立てられ、拡張された(同)。

は今《いま》の車道《くるまみち》[七]でき、朝夕《あさゆふ》二度《ど》に汽船《きせん》[八]の笛鳴《ふえな》りつ、昔《むかし》は網《あみ》だに干《ほ》さぬ荒磯《あらいそ》は忽《たちま》ち今の様《さま》と変《かは》りぬ。されど源叔父《げんをぢ》が渡船《おろし》の業は昔《むかし》のまゝなり。浦人島人《うらびとしまびとの》[九]乗せて城下《じやうか》[一〇]に往来《ゆきゝ》すること前《まへ》に変《かは》らず、港開《みなとひら》けて車道《くるまみち》でき人通《ひとゞほ》り繁《しげ》くなりて昔に比《くら》ぶれば此処《こゝ》も浮世《うきよ》の仲間入《なかまい》りせしを渠《かれ》はうれしとも将《は》た悲《かな》しとも思はぬ様《さま》なりし。

『斯《か》くて又三年過《またみとせす》ぎぬ。幸助十二歳の時《とき》、子供等《こどもら》と海《うみ》に遊《あそ》び、誤《あやま》りて溺《おぼ》[一一]れしを、見てありし子供等《こどもら》、畏《おそ》れ逃《に》げて此事を人《ひと》に告《つ》げざりき。夕暮《ゆふぐれ》になりて幸助《かうすけ》の帰《かへ》り来《こ》ぬに心《こゝろ》[一二]づき、驚《おどろ》きて吾等《われら》も共に捜《さが》せし時は言《い》ふまでもなく事遅《ことおく》れて、哀《あわ》れの骸《かばね》は不思議《ふしぎ》にも源叔父《げんをぢ》が舟底《ふなぞこ》に沈《しづ》み居たり。

『渠《かれ》は最早《もはや》決《けつ》してうたはざりき、親《した》しき人々《ひとぐ》にすら言葉《ことば》かはすことを避くるやうになりぬ。物言《ものい》はず、歌《うた》はず、笑《わら》はずして年月《としつき》を送《おく》るうちには如何《いか》なる人《ひと》も世《よ》より忘《わす》れらるゝ者《もの》と見《み》えたり。源叔父《げんをぢ》の舟こぐ事《こと》は昔《むかし》に変《かは》らねど、浦人《うらびと》等《ら》は源叔父《げんをぢ》の舟《ふね》に乗《の》りながら源叔父《げんをぢ》の世に在ることを忘《わす》れしやうになりぬ。斯《か》く語《かた》る我身《わがみ》すらをりく源叔父《げんをぢ》が彼《か》の丸《まる》き眼《め》を半《なか》ば閉《と》ぢ櫓《ろ》担《にな》ひて帰《かへ》り来《く》るを見《み》る時《とき》、源叔父《げんをぢ》はまだ生《い》きてあるよなど思ふことあり。渠《かれ》は如何《いか》なる人《ひと》ぞと問ひ玉ひしは君[一三]が初《はじ》めなり。

『さなり[一四]、呼《よ》びて酒呑《さけの》ませなば遂《つひ》には歌《うた》ひもすべし。されど其歌《そのうた》の意解《いげ》し難《がた》

七 明治初年の道路は旧藩当時のままで狭かったが、明治十五年に開通した、佐伯城下から葛港に通じる道路(臼坪・蟹田・松ケ鼻・平野・田野浦を経て葛に至る)は馬車や人力車にも対応した近代的な道路で、佐伯発展の要因となった(『佐伯市史』)。

八 佐伯には松山の最寄り港である三津浜(三津ケ浜とも)とのあいだに航路があり、独歩も宇品(広島)―三津ケ浜―佐伯と、船を乗り継いでやってきている。船の規模は四〇〇トンくらい(小野茂樹『若き日の国木田独歩』)。

九 佐伯側の人々を「浦人」と呼んだのに対して、大入島等の島の住民を「島人」と呼んだ。

一〇 佐伯を流れる番匠(ばんじよう)川河口のデルタ地帯は、長島、女島など、いくつかの島にわかれており、そのあいだを縫って船で上っていくと、太平橋や諸木橋のたもとにもあった船着き場に達することができた。↓五二七頁付図一、五二八頁付図二。

一一 モデルとなった高原嘉治郎の息子の「亀太郎」は、明治十二年十一月に葛の海で溺死している(松本義一『国木田独歩「源叔父」アルバム』)。

一二 ここでは「気づく」と同義。

一三 直接の聞き手である教師の存在を読者に思い出させる。四頁にも、教師がしきりに源叔父のことを宿の主人に問い質したことが見えていたが、ここでは遅ればせながらに、教師が発した問いがそのままのかたちで記されている。なぜこれほどまでに、という理由は、旧友宛書簡に言う「余には此翁たゞ何者をか秘め居て誰一人開く事叶はぬ箱の如き思す」(四頁七行)に明かされている。

一四 そうだ、その通りだ、というような意味。間投語的、接続語的に前後をつなげる。

し。否《いな》、渠《かれ》はつぶやかず、繰言《くりごと》[一]ならべず、ただをり〱太《ふと》き嘆息《ためいき》するのみ。あはれとおぼさずや――』

宿《やど》の主人《あるじ》が教師に語《かた》りしはこれに過ぎざりし。教師《けうし》は都《みやこ》[二]に帰《かへ》りて後《のち》も源叔父《げんをぢ》が事忘れず。燈下《とうか》に坐《すは》りて雨《あめ》の音《おと》きく夜《よ》など、思《おも》ひはしば〱此《この》あはれなる翁《おきな》が上《うへ》に飛びぬ。思《おも》へらく、源叔父《げんをぢ》今《いま》は如何《いかん》、波《なみ》の音《おと》きゝつゝ古《ふる》き春《はる》の夜《よ》の事思《ことおも》ひて独り炉《ろ》の傍《かたはら》に丸《まる》き目《め》ふさぎてやあらん、或《あるひ》は幸助が事《こと》のみ思《おも》ひつゞけてや居《を》らんと。されど教師は知《し》らざりき、斯《か》く想《おも》ひやりし幾年《いくとせ》[三]の後《のち》の冬《ふゆ》の夜《よ》は翁《おきな》の墓《はか》に霙降《みぞれふ》りつゝありしを。

年若《としわか》き教師の、詩読《しよ》む心《こゝろ》にて記憶《きおく》のページ繙《ひるが》へしつゝある間《あひだ》に、翁《おきな》が上《うへ》には更《さら》に悲《かな》しき事起りつ、既《すで》に此世《このよ》の人《ひと》ならざりしなり。斯《か》くて教師の詩《し》は其最後《そのさいご》の一節《せつ》を欠《か》きたり。

《中》

佐伯《さいき》の子弟が語学《ごがく》の師《し》を桂港《かづらみなと》の波止場《はとば》に送《おく》りし年《とし》も暮れて翌年《よくねん》[四]一月の末《すゑ》、或日源叔父《げんをぢ》は所用《しよよう》ありて昼前《ひるまへ》より城下《じやうか》[五]に出でたり。

大空曇《おほぞらくも》りて雪降《ゆきふ》らんとす。雪[六]は此地《このち》に稀《まれ》なり、其日《そのひ》の寒《さむ》さ推《おし》て知《し》らる。山村《さんそん》

一「同ジ事ヲ、屢、繰返シテ言フコト」(『大言海』)。
二 ここで時間の経過を整理しておくと、どのくらい前のことかはわからないが、一年ばかり佐伯に滞在した教師が都に帰って「幾年の月日経」った、ある冬の夜に、幾年か前の佐伯滞在中に宿の主人から聞いた源叔父にまつわる哀話を、ふるさとの旧友に書き送るという体裁になっている。その哀話の中身だが、教師がこの話を聞いた時点では、すでに源叔父の妻と息子は亡くなっていたが、源叔父自身はまだ生きながらえていた。息子の死からこの時点(教師が話を聞いた時点)までの時間経過は明らかではないが、息子の事故死は十二歳の時、妻の死は息子が七歳の時、したがって話の起点である源叔父と妻との出会いはさらにその八年以上前、ということになる。源叔父二十八、九歳頃のことである。
三 教師が話を聞いた時点より後に起こったことが徐々に明らかにされていく。教師の「思ひ」・「詩」を裏切るような「悲しき事」が彼の知らないところで起こった、すなわち現実の酷薄さが表現されることになるのだが、亀井雅司はここに「作者の詩への訣別の意図」を読み取っている(「国木田独歩の出発――その「方法」を中心に」『光華女子大学研究紀要』昭和六十年十二月)。
四《中》以下では、教師が佐伯を後にして半年近く経った翌年一月頃からの悲劇を、すべてを熟知した話者が物語っていく。
五 島人たちを城下まで乗せてくる時のように舟で来た可能性も無くはないが、単独なのでおそらくは葛港から城下まで通じる道路を徒歩で来たものと思われる。
六 佐伯地方は台風性降雨をまともに受ける典型的な温帯夏多雨型の気候区で、「冬はこれに反

[七]水廓《すゐくわく》の民《たみ》、河より海より小舟《こぶね》泛《うか》べて城下《じやうか》に用《よう》を便《べん》ずるが佐伯《さいき》近在《きんざい》[八]の習慣《ならひ》なれば[九]番匠川《ばんじやうがは》の河岸《かし》には何時《いつ》も渡船《おろし》集《つど》ひて乗《の》るもの下《お》るもの、浦人《うらびと》は歌《うた》ひ山人《やまびと》はのゝしり、最《い》と賑々敷《にぎ〳〵し》けれど今日《けふ》は淋《さ》びしく、河面《かはづら》には漣《さゞなみ》たち灰色《はいゝろ》の雲の影落《かげお》ちたり。大通《おほどほり》何《いづ》れもさび、軒端《のきば》暗《くら》く、往来《ゆきゝ》絶《た》え、石多き横町《よこまち》の道《みち》は氷《こほ》れり。城山《じやうざん》の麓《ふもと》にて撞《つ》く鐘雲に響《ひゞ》きて、屋根瓦《やねがはら》の苔白《こけしろ》き此町の終《はて》より終《はて》へと物哀《ものかな》しげなる音の漂《たゞよ》ふ様《さま》は魚住《うをすま》ぬ湖水《みづうみ》の真中《たゞなか》に石一個投《な》げ入《い》れたる如《ごと》し。

祭《まつり》の日《ひ》などには舞台《ぶたい》据《す》ゑらるべき広辻《ひろつぢ》[一〇]あり、貧《まづ》しき家の児等《こら》血色《ちいろ》なき顔《かほ》を曝《さら》して戯《たはむ》れす、懐手《ふところで》して立てるもあり。此処《こゝ》に来《き》かゝりし乞食《こじき》あり。小供《こども》の一人、[一一]『紀州々々《きしう〳〵》』と呼《よ》びしが振向《ふりむ》きもせで行過ぎんとす。打見《うちみ》[一二]には十五六と思《おも》はる、[一三]蓬《よもぎ》なす頭髪《とうはつ》は頸《くび》を被《おほ》ひ、顔の長きが上《うへ》に頬肉《ほゝにく》こけたれば頷《おとがひ》[一四]の骨尖《ほねとが》れり。眼《まなこ》の光濁《ひかりにご》り瞳動《ひとみうご》くこと遅《おそ》く何処《いづこ》ともなく睇視《みつむ》るまなざし鈍《にぶ》し。纏《まと》ひしは袷《あはせ》一枚、裾《すそ》は短《みぢか》く襤褸《ぼろ》下《さが》り濡《ぬ》れしまゝ僅に脛《すね》を隠《かく》せり。腋《わき》よりは蟋蟀《きり〴〵す》の足めきたる肱現《ひぢあら》はれつ、わな〳〵と戦慄《ふる》ひつゝゆけり。此時又彼方《またかなた》より来かゝりしは源叔父なり。二人《ふたり》は辻《つぢ》の真中《まんなか》にて出遇《であ》ひぬ。源叔父は其丸《そのまる》き目《め》睜《みは》りて乞食《こじき》を見たり。

『紀州《きしう》』と呼《よ》びかけし翁《おきな》の声《こゑ》は低けれども太《ふと》し。

若《わか》き乞食は其鈍《そのにぶ》き目を顔と共《とも》にあげて、石なんどを見《み》るやうに源叔父が眼《まなこ》を

して比較的乾燥して、快晴日数が多く積雪も極めて少ない」(『佐伯市史』)。『佐伯市史』が紹介する明治二十年から昭和二十五年までのデータでも、最深積雪量は、昭和二十年二月七日の三センチメートルに過ぎなかった。

七 水のほとりの村。漁村よりも川や湖のほとりの村を指すことが多い。

八 佐伯は番匠川を中心とした複雑な三角州の中にあり、周辺地域からはたいてい川で隔てられており、したがって中心部の城下に来るには、舟で川や海を経由して来るのが便利だった。

九 住吉神社より少し北にある「揚り場」と呼ばれた船着き場の周囲が、城下でもっとも賑やかな場所だった。↓補七、五二八頁付図二。

一〇 佐伯の町で人の集まる場所といえば、番匠川沿いの船頭河岸の船着き場、内町川沿いのやはり船着き場がある諸木橋や太平橋のたもと、それに、武家町と一般の町とが接する大手前、などがある。ここでいう広辻はそれらのいずれかと思われる。ちなみに「欺かざるの記」明治二十六年十一月二十六日の項には、二十三日の夜に船頭河岸の船着き場の周辺で、「四五人の児守り達集りて頻りに小児を揺りつゝ唄ひ居たり」という光景が書き留められており、独歩自身も紀州をここでしばしば見かけている。

一一 独歩滞在当時から佐伯の人々に知られていた放浪者。本名野嶋松之助、紀州出身であることから実際にも「紀州」と呼ばれていた(小野茂樹『若き日の国木田独歩』)。独歩が佐伯を去ってから十年以上経った明治四十年頃、三十二、三歳で悲惨な最期をとげたという。

一二 ちょっと見たところでは。

一三 よもぎのようなボサボサ髪。

一四 したあご。

見たり。二人《ふたり》は暫時《しばし》目と目見合《みあ》はして立ちぬ。

源叔父《げんをぢ》は袂《たもと》をさぐりて竹《たけ》の皮包取出《かはづゝみとりだ》し握飯一《にぎりめしひと》つ撮《つま》みて紀州《きしう》の前《まへ》に突《つ》きだせば、乞食は懐《ふところ》より椀《わん》一をだしてこれを受《う》けぬ。与へしものも言葉《ことば》なく受《う》けしものも言葉《ことば》なく、互《たがひ》に嬉《う》れしとも憐《あはれ》とも思はぬやうなり、紀州《きしう》はそのまゝ行《ゆ》き過《す》ぎて後振向《あとふりむ》きもせず、源叔父《げんをぢ》は其後《そのうしろ》二影角《かげかど》をめぐりて見《み》えずなるまで目送《みおく》三りつ、大空仰《おほぞらあふ》げば降《ふ》るともなしに降《ふ》りくるは雪の二片《ふたひら》三片《みひら》なり、今《いま》一度乞食《どこじき》のゆきし方《かた》を見て太《ふと》き嘆息《ためいき》せり。小供等《こどもら》は笑を忍《しの》びて肱《ひぢ》つゝき合《あ》へど翁《おきな》は知らず。

源叔父家《いへ》に帰りしは夕暮《ゆふぐれ》なりし。渠《かれ》が家の窓《まど》は道に向へど開《ひら》かれしことなく、四さなきだに闇《くら》きを燈《ともしび》つけず、炉《ろ》の前《まへ》に坐《すわ》り指太《ゆびふと》き両手《りやうて》を顔に当《あ》て、首を垂《た》れて嘆息《ためいき》つきたり。炉《ろ》には枯枝一摑《かれえだひとつかみ》くべあり。細き枝《えだ》に蠟燭《らふそく》の焰《ほのほ》ほどの火燃《も》え移《うつ》りて代《かは》る〳〵五消《き》えつ燃《も》えつす。燃《も》ゆる時《とき》は一間《ひとま》の中暫時明《うちしばらくあか》し。翁《おきな》の影太《かげふと》く壁《かべ》に映《うつ》りて動き、煤《すゝ》けし壁《かべ》に浮《うか》びいづるは六錦絵《にしきゑ》なり。幸助《かうすけ》五六才のころ妻《つま》の百合《ゆり》が里《さと》帰《がへ》りして貰《もら》ひ来《き》しを其時粘《は》りつけしまゝ十年余《とゝせあまり》の月日経《つきひた》ち今《いま》は薄墨塗《うすゞみぬ》りしやうなり、今宵《こよひ》は風《かぜ》なく波音聞《なみおときこ》えず。家を転《めぐ》りてさら〳〵と私語《さゝや》く如き物音《ものおと》を翁《おきな》は耳《みゝ》そばだてゝ聴《き》きぬ。こは霙《みぞれ》の音《おと》なり。源叔父は暫時《しばし》此さびしき音《ね》を聞入《きゝい》りしが、太息《ためいき》して家内《やうち》を見まはしぬ。

一　椀は物乞いをする者にとっては必携品。

二　うしろすがた、と同じ。

三　「目送」は中国語が日本語化した表現。ここではそれを音読ないしは単純に訓読するのではなく、「みおくる」という和語を振り仮名として振っている。明治期などにはよく見られた中国語と和語との共生風景。

四　そうでなくても。そうでないとしても。

五　「つ」は動作の並行・継起を表す接続助詞。ここでは消えたり燃えたりする(した)、ということ。

六　享保年間(一七一六-三六)に浅草同朋町の和泉屋権四郎が、浮世絵、役者絵を極彩色にした江戸絵が発展したもの。明和年間(一七六四-七二)に鈴木春信等によって完成させられた。画題としては、役者、遊女、相撲取りなどが主なものだが、ここでは少年へのみやげであったとすれば、相撲取りか歴史上の豪傑などを彫った錦絵だろう。

七　ランプには使用方法によって、置きランプ、釣りランプ、手提げランプなどがあったが、サイズに基づく分類の豆ランプは高さ一五《センチメートル》ほ

[七]豆洋燈《まめらんぷ》つけて戸外《そと》に出《いづ》れば寒《さむ》さ骨《ほね》に沁《し》むばかり、冬の夜寒《よさ》むに櫓《ろ》こぐをつらしとも思《おも》はぬ身ながら粟《あは》[八]だつを覚《おぼ》えき。山黒《やまくろ》く海暗《うみくら》し。火影及《ほかげおよ》ぶ限《かぎ》りは雪片《せつぺん》きらめきて降《おつ》るが見《み》ゆ。地《ち》は堅《かた》く氷《こほ》れり。此時若《わか》き男二人物語《ふたりものがた》りつゝ城下《じやうか》の方《かた》より来《き》しが、燈持《ともしびも》ちて門《かど》に立《た》てる翁《おきな》を見て、源叔父よ今宵《こよひ》の寒《さむさ》は如何《いか》にといふ。翁《おきな》は、[九]さなりとのみ答へて目は城下《じやうか》の方《かた》に向《むか》へり。

やゝ行き過ぎて若者《わかもの》の一人《ひとり》、何時《いつ》もながら源叔父の今宵《こよひ》の様《(さま)》は如何《いか》に、若《わか》き女彼顔《をんなあのかほ》を見《み》なば其儘気絶《きぜつ》やせんと囁《さゝや》けば相手《あひて》は、明朝《あすあさ》あの松が枝に翁《おきな》の足《あし》のさがれるを見出《みいだ》さんも知《し》れずといふ、二人《ふたり》は身の毛の弥竪《よだ》[一〇]つを覚《おぼ》えて振向《ふりむ》けば翁《おきな》が門《かど》には最早燈火《もはやともしび》見えざりき。

夜《よ》は更《ふ》けたり。雪《ゆき》は霙《みぞれ》と変《かは》り霙《みぞれ》は雪《ゆき》となり降《ふ》りつ止《や》みつす。灘山《なだやま》[一一]の端《は》を月はなれて雲の海《うみ》に光《ひかり》を包《つゝ》めば、古城市《こじやうし》[一二]はさながら乾《かは》ける墓原《はかはら》[一三]の如し。山々《やまく》の麓《ふもと》には村あり、村々の奥《おく》には墓《はか》あり、墓《はか》は此時覚《さ》め、人《ひと》は此時眠《ねむ》り、夢《ゆめ》の世界《せかい》にて故人相《こじんあひ》まみえ泣《な》きつ笑つす。影《かげ》の如《ごと》き人《ひと》今しも広辻《ひろつぢ》を横《よこぎ》りて小橋《こばし》[一四]の上《うへ》をゆけり。橋の袂《たもと》に眠《ねむ》りし犬頭《いぬくび》をあげて其後影《そのうしろかげ》を見《み》たれど吠《ほ》へず。あはれ此人墓《このひとはか》よりや脱《ぬ》け出《い》でし。誰《たれ》に遇《あ》ひ誰《た》れと語《かた》らんとて斯《かく》はさまよふ。渠《かれ》は紀州《きしう》なり。

源叔父《げんをぢ》の独子《ひとりご》幸助海に溺《おぼ》れて失《う》せし同年《おなじとし》の秋《あき》、一人《ひとり》の女乞食日向《をんなこじきひうが》[一五]の方《かた》より迷《まよひ》

どのものを指し（深津正『あかりの事典』『あかり博物誌』昭和六十一年）、どの用途にも用いた。ここでは、船頭が手にしていることから、「豆洋燈」とはあるものの、持ち運びに便利なカンテラ（ブリキ製の枠にガラスをはめたタイプのランプ）である可能性もある。

八 寒さや恐怖のために、毛穴が粟粒のような状態になること。鳥肌が立つ、と同義。

九 そうだ、そうだな、という意味。ここでは確かに寒いなと同意している。

一〇 「いよだつ」（弥竪）の省略形。多くは「身の毛」に続けて、寒さや恐怖のためにぞっとすることを指す。

一一 番匠川の河口の東南にあたる木立地区の入口にある山。現在の標高三四八メートル。城山から佐伯湾の方向を見渡した時、前方右手に見える。「欺かざるの記」によれば、佐伯から見ると、ちょうどこの灘山の背後から朝日が昇るかっこうになる。↓五二七頁付図一。

一二 古い城下町のこと。独歩「豊後の国佐伯」（『国民新聞』明治二十八年五月十一十二日、六月十九日）にも、「古城」「城市の民」などとある。

一三 はかば、墓地、墓所のこと（上田萬年・松井簡治『修訂 大日本国語辞典』昭和十四・十六年）。

一四 五二八頁付図二に見られるように、大小の川や用水・運河が入り組んでいる佐伯の町には多くの小橋があった。ただ、「広辻を横りて小橋の上を」というように、広場と小橋とが接近してあるという点では、九頁注一〇であげた広辻の三つの候補のうちでも、大手前広場が最有力となってくる。

一五 現在の宮崎県の旧国名。佐伯町のある大分県南海部郡に隣接する地域。海側が宮崎県東臼杵郡、山側が同西臼杵郡。

来《き》て佐伯《さいき》の町に足《あし》をとゞめぬ。伴《ともな》ひしは八才《やッつ》ばかりの男子《をのこ》[一]なり。母《はゝ》は此子《このこ》を連《つ》れて家々《いへ〳〵》の門《かど》に立《た》てば、貰物《もらひもの》多《おほ》く、此地《こゝ》の人《ひと》の慈悲《めぐみ》深《ふか》きは他国にて見《み》ざりし程なれば、子の為《ため》に行末《ゆくすゑ》よしやと思《おも》ひはかりけん、次の年の春、母は子を残《のこ》して何処《いづれ》にか影《かげ》を隠《かく》したり。[二]太宰府《だざいふ》訪《まう》でし人帰来《ひとかへりき》ての話《はなし》に、彼《か》の女乞食に肖《に》たるが襤褸《ぼろ》着《き》し、[三]力士《すまふとり》に伴《ともな》ひて鳥井《とりゐ》の傍《わき》に[四]袖乞《そでご》ひするを見しといふ。人々《ひと〴〵》皆《み》な思《おも》ひ当《あた》る節《ふし》なりといへり。町の者母の無情《つれなき》を憎《にく》み残《のこ》されし子をいや増《ま》してあはれがりぬ。斯《か》くて母《はゝ》の計《はかりごと》当《あた》りしと見《み》えし。[五]あらず、村々《むら〳〵》には寺あれど人々の慈悲《めぐみ》には限あり。不憫《ふびん》なりとは語りあへど、真面目《まじめ》に引取りて末永《すゑなが》く育《そだ》てんといふものなく、時には庭先《にはさき》の掃除《さうぢ》など命じ人らしく扱《あつか》ふものありしかど、永《なが》くは続《つゞ》かず。初《はじめ》は童母《わらべはゝ》を慕《した》ひて泣きぬ、人々物与《ものあた》へて慰《なぐさ》めたり。童《わらべ》は母《はゝ》を思《おも》はずなりぬ、人々《ひと〴〵》の慈悲《じひ》は童《わらべ》をして母を忘《わす》れしめたるのみ。物忘《ものわす》れする子《こ》なりともいひ、白痴《はくち》なりともいひ、不潔《ふけつ》なりともいひ、盗《ぬすみ》すともいふ、口実《こうじつ》は様々《さま〴〵》なれど此《この》童《わらべ》を乞食の境《さかひ》に落《おと》しつくし人情《にんじやう》の世界《せかい》の外《そと》に葬《はうむ》りし結果《けつくわ》は一《ひと》つなりき。

戯《たはむ》れに[六]いろはは教《おし》ふればいろはを覚《おぼ》え、戯れに[七]読本《どくほん》教《おし》ふれば其《その》一節《せつ》二節《せつ》を暗誦《あんしよう》し、小供等《こどもら》の歌聞《うたきゝ》て又歌《またうた》ひ、笑《わら》ひ語《かた》り戯《たはむ》れて、世《よ》の常《つね》の子《こ》と変《かは》らざりき。げに変《かは》らず見《み》えたり。生国《しやうごく》を紀州《きしう》なりと童《わらべ》の言《い》ふがまゝに『紀州《きしう》』と呼《よ》びなされ

一 子供の頃に母に連れられて日向地方からやってきたが、最初は素直な性格であったにもかかわらず、母に棄てられて天涯孤独の身となってから、冷たい仕打ちや悪戯を受けることで、「しだいに鈍重無感応の状態に変り、はては街の玩弄物的存在となった」(小野茂樹『若き日の国木田独歩』)という。

二 福岡市の東南四里余り(約一六キロメートル)の太宰府町にある太宰府天満宮のこと。菅原道真を祀る。「境内幽邃、殿宇壮麗、(中略)陰暦正月七日に追儺の式を行ひ、また、鷽替の典を挙ぐるときなどは、参詣人群集して其の雑踏云はん方なし」(津田南濤『全国漫遊最新名勝案内』明治三十五年)とあるように、九州地方を代表する聖地・観光地だった。佐伯からは、真西に向かい、竹田から熊本に達しそこから鉄道を利用して最寄り駅の二日市に行くか、あるいは大分から日田、久留米と行ってそこから二日市まで鉄道で行くか、さらには中津の手前の宇佐まで行ってそこから鉄道を利用して、小倉、博多、二日市と行くのが、主な経路。

三 芝居と同じように、かつては至る所で素人相撲の大会が開かれ、力自慢たちが腕を競いあった。神社の境内で行われることが多く、宮相撲と呼ばれた。強い力士はセミプロ化し、人の集まる神社では回数も多く定期的に催され、有名な力士は人気も相当なものであった。大分県に隣接する福岡県豊前市の明治末から大正にかけての農村事情を活写した楠本藤吉『明治末期の農村の面影』(十方社出版、昭和四十七年)にも、「その体軀と、力と、気迫と、相撲巧者は、現代の歌手以上の人気だった。『強きは男振り』と、言いたい程で娘のファンが多かった。それが単なるファンでなかったようだ。結婚にゴールイ

て、はては佐伯町《さいきまち》八附《ふ》属《ぞく》の品物《しなもの》の様《やう》に取扱《とりあつか》はれつ、街《まち》に遊《あそ》ぶ子《こ》は此童《このわらべ》と共《とも》に育《そだ》ちぬ。斯《か》くて渠《かれ》が心《こゝろ》は人々《ひと〴〵》の知《し》らぬ間《ま》に亡《ほろ》び、人々《ひと〴〵》は渠《かれ》と朝日照《あさひて》り炊煙棚引《すゐえんたなび》き親《おや》子《こ》あり夫婦《ふうふ》あり兄弟《きやうだい》あり朋友《はういう》あり涙《なみだ》ある世界《せかい》に同居《どうきよ》せりと思《おも》へる間《ま》、渠《かれ》は何時《いつし》か無人《むにん》の島《しま》に其淋《そのさみ》しき巣《す》を移《うつ》し此処《こゝ》に其心《そのこゝろ》を葬りたり。

渠《かれ》に物与《ものあた》へても礼言《れいいゝ》はずなりぬ。笑《わら》はずなりぬ。渠《かれ》の怒《いか》りしを見《み》んは難《かた》く渠《かれ》の泣《な》くを見《み》んは容易《たやす》からず、渠《かれ》は恨《うら》みも喜《よろこ》びもせず。たゞ動《うご》き、たゞ歩《あゆ》み、たゞ食《くら》ふ。食《くら》ふ時傍《ときかたはら》より九甘《うま》きやと問《と》へばアクセント無《な》き言葉《ことば》にて甘《うま》しと答《こた》ふ其声《そのこゑ》は地《ち》の底《そこ》にて響《ひゞ》くが如《ごと》し。戯《たはむ》れに棒振《ぼうふ》りあげて渠《かれ》の頭上《づじやう》に翳《かざ》せば、笑《わら》ふごとき面持《おもゝち》してゆるやかに歩《あゆみ》を運ぶ様《さま》は主人《しゆじん》に叱《しか》られし犬《いぬ》の尾振《をふ》りつゝ逃《に》ぐるに似《に》て異《ことな》り、渠《かれ》は決《けつ》して媚《こび》を人にさゝげず。世《よ》の常《つね》の乞食見《こじきみ》て憐れと思《おも》ふ心《こゝろ》もて渠《かれ》を憐れといふは至《いた》らず。浮世《うきよ》の波《なみ》に漂《たゞよ》ふて溺《おぼ》るゝ人を憐れと見《み》る眼《め》には渠《かれ》を見出《みいだ》さんこと難《かた》かるべし、渠《かれ》は波《なみ》の底《そこ》を這《は》ふものなれば。

紀州《きしう》が小橋《こばし》を彼方《かなた》に渡《わた》りてより間《ま》もなく広辻《ひろつじ》に来《き》かゝりて四辺《あたり》を見廻《みまは》すものあり。手《て》には小《ちい》さき一〇舷燈提《げんとうさ》げたり。舷燈の光射《ひかりさ》す口《くち》を彼方此方《かなたこなた》と転《めぐ》らす毎《ごと》に、薄《うす》く積《つ》みし雪《ゆき》の上《うへ》を末広《すゑひろ》がりし火《ほ》影走《かげはし》りて雪《ゆき》は美《うつく》しく閃《きらめ》き、辻《つじ》を囲《かこ》める家々《いへ〳〵》の暗《くら》き軒下《のきした》を丸《まる》き火《ほ》影飛《かげと》びぬ。此時本町《このときほんまち》一一の方《かた》より突如《とつじよ》と現《あら》はれしは巡査《じゆんさ》なり。づか

ンした例もあり、それに至るエピソードも噂に流れていた」とあり、力士との艶聞は珍しくはなかった。

四 物乞いをするということ。托鉢僧が袖に鉢を載せて米を乞うことから起こった表現。

五 さにあらず、いや、と前文を打消す。

六 四十七字からなる「いろは歌」のこと。この「いろは歌」を仮名手本として、手習いの始めに習った。

七 この場合は国語の教科書のことか。明治二十年から始まった検定制(公布は十九年)以降には、『尋常小学読本』『普通読本』などがあり、それ以前にも、『小学読本』などがあった。

八 「漢語。付キ従フコト、又、ソノ物」(山田美妙『日本大辞書』明治二十六年)。人間に対して、町に付属する品物のように言うのがすでに特徴的であり、人間扱いされない紀州の置かれた位置をよく物語っている。

九 「欺かざるの記」明治二十六年十一月二十七日の項に、紀州に柿を与え、「渋きか」と問うと紀州が「甘い」と答えるシーンが書き留められている。明治二十七年一月二十九日にも、「寒いか」「ウム」、「甘いか」「ウオー」とのやりとりの記録がある。

一〇 船の両舷に点ずる燈火の名(『大言海』)。ここではそれをカンテラ代わりに携帯してきたということ。「舷燈の光射す口を」とあるから、一一頁注七の「豆洋燈」とは別のものと思われる。

一一 佐伯城下を南北に通っている主要通りの一つ。南に行くと、三の丸からの道と交わる「大手前」広場に、東に行くと、大入島方面からの船の着く諸木橋のたもとの広場に出る。↓五二八頁付図二。

〱と歩《あゆ》み寄《よ》りて何者《なにもの》ぞと声《こゑ》かけ、燈《ともしび》をかゝげて此方《こなた》の顔《かほ》を照《てら》しぬ。丸《まる》き目《め》、[一]深《ふか》き皺《しわ》、太《ふと》き鼻《はな》、逞《たく》ましき[二]舟子《ふなこ》なり。

『源叔父《げんをじ》ならずや』、巡査《じゆんさ》は呆《あき》れし様《さま》なり。

『さなり』、[三]嗄《しわが》れし声《こゑ》にて答《こた》ふ。

『夜更《よふ》けて何者《なにもの》をか捜《さが》す。』

『紀州《きしう》を見給《みたま》はざりしか。』

『紀州《きしう》に何《なん》の用《よう》ありてか。』

『今夜《こよひ》は余《あま》りに寒《さむ》ければ家《いへ》に伴《ともな》はんと思《おも》ひはべり。』

『されど渠《かれ》の寝床《ねどこ》は犬《いぬ》も知《し》らざるべし、自《みづか》ら風《かぜ》ひかぬがよし。』

情《なさけ》ある巡査《じゆんさ》は行《ゆ》きさりぬ。

源叔父は嘆息《ためいき》つきつゝ[四]小橋《こばし》の上《うへ》まで来《き》しが、火影《ほかげ》落《お》ちし処《ところ》に足跡《あしあと》あり。今踏《いまふ》みしやうなり。紀州《きしう》ならで誰《たれ》か此雪《このゆき》を[五]跣足《すあし》のまゝ歩《あゆ》まんや。翁《おきな》は小走《こばしり》に足跡向《あしあとむ》きし方《かた》へと馳《は》せぬ。

《下》

源叔父《げんをぢ》が紀州を其家《そのいへ》に引取《ひきと》りたりといふ事知《ことし》[六]れ渡《わた》り、伝《つた》へきゝし人初《ひとはじめ》は真《まこと》と

一　この直前の個所では、超越的な話者の位置から「四辺を見廻すものあり」「現はれしは巡査なり」「此方の顔を照しぬ」と巨視的に表現していたが、ここでは視点が巡査のそれに切り替わり、男の顔をクローズアップしている。その唐突な視点移動に、近代小説黎明期の視点技法の模索ぶりがうかがわれる。

二　「船ニ乗リテ船ヲアヤツル人」(『大言海』)。船乗り、水夫、船頭などの総称。

三　底本では「嘖れし」。「嘖」だと「大声で」という意味になるが、ここでは前後関係、振り仮名、送り仮名を尊重して、このように改めた。「夏」と「責」の類似からくる、植字段階での誤りか。

四　一一頁注一四で述べたように、広辻のそばの小橋が大手前広場のそばのそれだとすると、「本町の方」より広辻に巡査が「突如と現はれ」たとしても不思議はない。広辻が大手前広場だとすると、紀州の向かったのは南方向、すなわち番匠川の方向ということになる。松本義一『国木田独歩「源叔父」アルバム』も同様の見方をしている。

五　底本では「洗足」。足を洗うという意味の「洗足」もありえなくはないが、ここでは本来の素足を意味する「跣足」に改めた。この場合も、さんずい偏とあし偏は崩すと似ているので、植字段階での誤りか。

六　源叔父が紀州を家に連れ帰ってからかなりの月日が経過したようにもとれるが、実際は、その次に紹介されるエピソードもそれよりわずか七日後のことである。これ以降、読者の受ける印象(かなり時間が経過した感じ)と実際の月日の経過とは、かなりのズレを生じることになる。小説における時間経過、その表現の仕方が、まだ安定期を迎えるには至っていないことの表れ

せず次《つぎ》に呆《あき》れ終《はて》は笑《わら》はぬものなかりき。此二人《このふたり》が差向《さしむか》ひにて夕餉《ゆふげ》に就《つ》く様《さま》こそ見《み》たけれなど滑稽芝居《おどけしばゐ》［七］見《み》まほしき心《こゝろ》にて嘲《あざけ》る者《もの》もありき。近頃《ちかごろ》は有《あ》るか無《な》きかに思《おも》はれし源叔父又《また》もや人の噂《うはさ》にのぼるやうになりつ。

雪《ゆき》の夜《よ》より七日《なぬか》余《あま》り経《た》ちぬ。夕日影《ゆふひかげ》あざやかに照《て》り四国地《こくち》［八］遠《とほ》く波《なみ》の上《うへ》に浮《うか》びて見《み》ゆ。鶴見崎《つるみさき》［九］の辺《あたり》真帆《まほ》［一〇］片帆《かたほ》白《しろ》し。川口《かはぐち》の洲《す》には千鳥《ちどり》飛《と》べり。源叔父《げんをぢ》は五人《にん》の客《きやく》乗せて纜《ともづな》解かんとす、二人《ふたり》の若者《わかもの》駈け来《きた》りて乗《の》りこめば舟《ふね》には人満《ひとみ》ちたり。島《しま》にかへる娘二人《むすめふたり》は姉妹《はらから》らしく、頭《あたま》に手拭《てぬぐひ》［一一］かぶり手《て》に小《ちい》さき包《つゝみ》持ちぬ。残《のこ》り五人《にん》は浦人《うらびと》なり、後《おく》れて乗《の》りこみし若者二人《わかものふたり》の外《ほか》の三人《みたり》は老《としより》夫婦《ふうふ》と連《つれ》の小児《こども》なり。人々《ひとぐ》は町《まち》の事《こと》のみ語《かた》りあへり。芝居《しばゐ》［一二］の事を若者《わかもの》の一人語《ひとりかた》りいでし時《とき》、この度《たび》のは衣裳《いしやう》も格別《かくべつ》に美《うつく》しき由島《よしゝま》には未《いま》だ見物《けんぶつ》せしもの少《すくな》けれど噂《うはさ》のみはいと高《たか》しと姉《あね》なる娘《むすめ》いふ。否《いな》さまでならず、たゞ去年《きよねん》のものには少《すこ》く優《まさ》れりと打消《うちけす》やうにいふは老婦《おうな》なり。俳優《やくしや》の中《うち》に久米五郎《くめごらう》［一三］とて稀《まれ》なる美男《びなん》まじれりてふ噂島《うはさしま》の娘等《むすめら》が間《あひだ》に高《たか》しときゝぬ、いかにと若者姉妹《わかものはらから》に向《むかつ》て言《い》へば二人《ふたり》は顔赤《かほあか》らめ、老婦《おうな》は大声《おほごゑ》に笑《わら》ひぬ。源叔父《げんをぢ》は櫓《ろ》こぎつゝ眼《まなこ》を遠《とほ》き方《かた》にのみ注《そゝ》ぎて、此処《こゝ》にも浮世《うきよ》の笑声高《わらひごゑたか》きを空耳《そらみゝ》［一四］に聞《き》き、一言《ひとこと》も雑《まじ》へず。

『紀州《きしう》を家《いへ》に伴《ともな》へりと聞《き》きぬ、信《まこと》にや。』若者《わかもの》の一人《ひとり》、何《なに》をか思《おも》ひ出《いで》て問《と》ふ。

か。

七 即興的な滑稽寸劇が発展した茶番狂言やにわか狂言のようなものを指すか。小は宴席などで余興として行われるものから、大は歌舞伎などを翻案して寄席や劇場で演じられるものまでさまざま。ここでは「芝居」とあることから本格的に上演される喜劇のようなものを指している可能性もある。ちなみに曾我廼家五郎・十郎が創設した喜劇劇団・曾我廼家一座の発足は明治三十七年。

八 佐伯からは五〇キロメートル以上離れているが、「欺かざるの記」明治二十六年十月二十三日の項に、山上からの眺めとして、「眼下に見をろす佐伯市街、山々にかゞやく落暉、河流、空色、遠海、四国地の煙山、或は山谷の村落、或は岸辺の孤帆」とあり、ほかにも同種の記述は散見される。

九 佐伯湾は、もっとも外側は北の蒲戸崎と南の鶴見崎とによって囲まれている。

一〇 帆をいっぱいに張ったり、逆に片寄せて張ったりなど、さまざまな様子。

一一 どちらかといえば女性のほうが多いが、簡単な農作業や家内の作業の時などはたいてい手拭いかぶりをした。炎天下での作業では、むしろしない。ここで島に帰る姉妹が手拭いかぶりしていたのは、佐伯での一日の労働を終えて、ということを意味している。そういう境遇だからこそ、まだ芝居を見る機会に恵まれないのである。

一二「一月の末」に紀州を家に連れ帰ったのだから、時期的には二月上旬ころのエピソードということになるが、祭礼などの時に催される芝居興行のことか。なお独歩自身は佐伯滞在中の五月十四日に芝居見物をしたことが、「欺かざるの記」明治二十七年五月十五日の項に見えてい

『さなり。』翁《おきな》は見向《みむき》もせで答《こた》へぬ。

『乞食《こじき》の子《こ》を家《いへ》に入《い》れしは何故《なにゆゑ》ぞ解《げ》し難《がた》しと怪《あやし》むもの少《すくな》からず、独《ひとり》は余《あまり》に淋《さび》しければにや。』

『さなり。』

『紀州《きしう》ならずとも、共《とも》に住《す》む程《ほど》の子《こ》島《しま》にも浦《うら》にも求《もと》めんには必《かなら》ず有《あ》るべきに。』

『げに然《しか》り。』と老婦口《おうなくち》を入《い》れて源叔父の顔《かほ》を見上《みあ》げぬ。源叔父《げんをぢ》は物案《ものあん》じ顔《がほ》にて暫時答《しばしこた》へず。西《にし》の山懐《やまふところ》より真直《ますぐ》に立《たち》のぼる煙《けぶり》の末《すゑ》の夕日《ゆふひ》に輝《かゞや》きて真青《まさを》なるを見視《みつめ》しやうなり。

『紀州《きしう》は親《おや》も兄弟《きやうだい》も家《いへ》も無《な》き童《わらべ》なり、我《われ》は妻《つま》も子《こ》もなき翁《おきな》なり。我渠《われかれ》の父《ちゝ》とならば、渠我《かれわれ》の子《こ》となりなん、共《とも》に幸《さいはひ》ならずや。』独語《ひとりごと》のやうに言《い》ふを人々心《ひとぐこゝろ》のうちにて驚《おどろ》きぬ、此翁《このおきな》が斯《か》く滑《なめ》らかに語《かた》りいでしを今迄《いまゝでき》聞きしことなければ。

『げに月日《つきひ》経《た》つことの早《はや》さよ、源叔父《げんをぢ》。ゆり殿《どの》が赤児《あかご》抱《だ》きて磯辺《いそべ》に立《た》てるを視《み》しは、われには昨日《きのふ》の様《やう》なる心地《こゝち》す。』老婦《おうな》は嘆息《ためいき》つきて、

『[一]幸助殿今無事《かうすけどのいまぶじ》ならば何歳《いくつ》ぞ』と問《と》ふ。

『紀州《きしう》よりは二《ふた》ツ三《み》ツ上《うへ》なるべし。』さりげなく答《こた》へぬ。

る。

三　おそらくは地方の小屋芝居専門の役者と思われるが、そんな役者でも「小屋の前には、役者の名を筆太に書いた、ひいきの大幟が十数本立っている」（楠本藤吉『明治末期の農村の面影』）というように、そこでは大変なスター扱いだったのである。

四「聞キテ、聞カヌ風ヲスルコト」（『大言海』）。ここでのように、空耳（を）聞き、というように使う。

——以上一五頁

一　一〇頁に、幸助が五、六歳の頃錦絵をもらい、それから「十年余の月日」が経ったとあるので、今生きていれば若くても十六、七歳。十年余りを多めに考えれば、二十歳近くの可能性もある。ちなみに幸助は、十二歳で亡くなっているので、その時からこの時点まで、四年から七年くらいの歳月が経過していることになる。

『紀州《きしう》の歳《とし》ほど推《すゐ》し難《がた》きはあらず、垢《あか》にて歳《とし》も埋《うも》れはてしと覚《おぼ》ゆ、十《とを》にや将《はた》十八にや。』

人々《ひとぐ》の笑《わら》ふ声《こゑ》暫時《しばし》止《や》まざりき。

『われも能《よく》は知《し》らず、十六七とかいへり。生《うみ》の母《はゝ》ならで定《さだか》に知《し》るものあらんや、哀《あはれ》とおぼさずや。』翁《おきな》は老夫婦《としよりふうふ》が連《つ》れし七才《なゝつ》計《ばかり》の孫《まご》とも思《おも》はるゝ児《こ》を見《み》かへりつゝ言《い》へり。其声《そのこゑ》さへ震《ふる》へるに、人々気《ひとぐき》の毒《どく》がりて笑《わら》ふことを止《や》めつ。

『げに親子《おやこ》の情《じやう》二人《ふたり》が間《あひだ》に発《おこ》らば源叔父《げんをぢ》が行末楽《ゆくすゑたの》しかるべし。紀州とても人《ひと》の子《こ》なり、源叔父の帰《かへ》り遅《おそ》しと門《かど》に待《ま》つやうなりなば涙流《なみだなが》すものは源叔父《げんをぢ》のみかは。』夫《つま》[二]なる老人《おきな》の取繕《とりつくろ》ひげにいふも真意《まごゝろ》なきにあらず。

『さなり、げに其時《そのとき》はうれしかるべし。』と答《いら》へし源叔父《げんをぢ》が言葉《ことば》には喜《よろこび》[三]充《み》ちたり。

『紀州《きしう》連《つ》れて此度《このたび》の芝居《しばゐ》見《み》る心《こゝろ》はなきか。』斯《か》く言《い》ひし若者《わかもの》は源叔父《げんをぢ》嘲《あざけ》らんとにはあらで、島《しま》[四]の娘《むすめ》の笑顔《わらひがほ》見《み》たきなり。姉妹《はらから》は源叔父《げんをぢ》に気兼《きがね》して微笑《ほゝゑみ》しのみ。老婦《おうな》は舷《ふなばた》たゝき、そは極《きはめ》て面白《おもしろ》からんと笑《わら》ひぬ。

『阿波十郎兵衛《あはのじふろべゑ》[五]など見《み》せて我子《わがこ》泣《な》かすも益《えき》なからん。』源叔父《げんをぢ》は真顔《まがほ》にていふ。

『我子《わがこ》とは誰《た》ぞ。』老婦《おうな》は素知《そし》らぬ顔《かほ》にて問《と》ひつ、

二 「連身(ツレミ)ノ略転、物二ツ相並ブニ云フ」(『大言海』)という原義からもわかるように、連れ合い、夫、妻のいずれをも「つま」と言った。

三 紀州が自分の子となれば共に幸せではないかと、かつてない「滑らか」さで語り、さらに歳もわからない紀州を哀れとは思わないかと声を震わせ、ここでは、老人の励ましに対して喜びを露にしている。ふだんとはうってかわったこうした源叔父の態度は、紀州を引き取り育てることに対する彼の強い意欲を物語っている。ということは、同時に、万一それが裏切られた時には失意の深さははかりしれない、ということでもある。

四 最初、若者の一人が芝居のことを話題にした時も、若い娘らしく姉のほうがそれを受けて話に花が咲いた。ここでも同様に、娘らの歓心を買おうとして芝居の話を蒸し返したということ。

五 近松半二ほか四人の作者の合作になる浄瑠璃『傾城阿波の鳴門』(明和五年初演)の主人公。旧主が盗まれた刀を探すために盗賊となるも、阿波から訪ねてきた娘のおつるが金を所持していたことから、娘と知らずにあやめてしまう運命悲劇。「我子泣かすも」云々は、自分が殺害した娘が実の娘と知って、十郎兵衛が悲嘆に暮れるシーンを指しているのだろう。

『幸助殿《かうすけどの》は彼処《かしこ》にて溺《おぼ》れしと聞《き》きしに。』振《ふ》り向《むい》て妙見《めうけん》[一]の山影《やまかげ》黒《くら》き辺《あたり》を指《さ》しぬ、人々《ひとぐ》皆《み》な彼方《かなた》を見《み》たり。

『我子《わがこ》とは紀州《きしう》の事《こと》なり。』源叔父《げんをぢ》は暫時《しばし》こぐ手《て》を止《や》めて彦岳《ひこだけ》[二]の方《かた》を見《み》やり、顔赤《かほあか》めて言放《いひはな》ちぬ。怒《いかり》とも悲《かなしみ》とも恥《はぢ》とも将《は》た喜《よろこび》ともいひわけ難《がた》き情胸《こゝろむね》を衝《つ》きつ。足《あし》を舷端《ふなばた》にかけ櫓《ろ》に力加《ちからくは》へしと見《み》るや、声高《こゑたか》[三]らかに歌《うた》ひいでぬ。

海《うみ》も山《やま》も絶《た》えて久《ひさ》しく此声《このこゑ》を聞《き》かざりき。うたふ翁《おきな》も久《ひさ》しく此声《このこゑ》を聞《き》かざりき。夕凪《ゆふなぎ》の海面《うみづら》をわたりて此声《このこゑ》の脈《みやく》ゆるやかに波紋《はもん》を描《ゑが》きつゝ消《き》えゆくとぞ見《み》えし。波紋《はもん》は渚《なぎさ》を打《う》てり。山彦《やまびこ》[四]は微《かすか》に応《こた》へせり。翁《おきな》は久《ひさ》しく此応《このこたへ》をきかざりき。三十年前《ねんぜん》の我《われ》、長《なが》き眠《ねむり》より醒《さ》めて山《やま》の彼方《かなた》より今《いま》の我《われ》を呼《よ》ぶならずや。

老　夫婦《としよりふうふ》は声《こゑ》も節《ふし》も昔《むかし》の如《ごと》しと賛《ほ》め、年若《としわか》き四人《よにん》は噂《うはさ》に違《たが》はざりけりと聴《き》きほれぬ。源叔父《げんをぢ》は七人《にん》の客《きやく》わが舟《ふね》に在《あ》るを忘《わす》れ了《は》てたり。娘二人《むすめふたり》を島《しま》に揚《あ》げし後《のち》は若者等《わかものら》寒《さむ》しとて毛布《けつと》被《かぶ》り足《あし》を縮《ちゞ》めて臥《ふ》しぬ。老　夫婦《としよりふうふ》は孫《まご》に菓子《くわし》与《あた》へなどし、家《いへ》の事《こと》どもひそ〳〵と語《かた》りあへり。浦《うら》[五]に着《つ》きし頃《ころ》は日落《ひお》ちて夕煙《ゆふけぶり》村《むら》を罩《こ》め浦《うら》を包《つゝ》みつ。帰舟《かへり》は客《きやく》なかりき。醍醐《だいご》の入江《いりえ》の口《くち》を出《いづ》る時彦岳嵐《ときひこだけあらしみ》身に滲《し》み、顧《かへりみ》れば大白《たいはく》[六]の光漣《ひかりさゞなみ》に砕《くだ》け、此方《こなた》には大入島《おほにふじま》の火《ほ》影早《かげはや》きらめきそめぬ。静《しづか》に櫓《ろ》こぐ翁《おきな》の影黒《かげくろ》く水《みづ》に映《うつ》れり。舳軽《へさきかろ》[七]く浮《うか》べば舟底《ふなぞこ》たゝく水音《みづおと》、あはれ何《なに》をか囁《さゝや》く。

一　妙見鼻の下あたりが、樹木におおわれた崖の影で暗くなっている。

二　葛鼻から大入島方面に向かうと、左前方にひときわ高く見える山。標高六三八メートル。独歩は明治二十六年十一月十九日に、前夜山頂に宿泊した尺間山からこの彦岳をまわって、霞ヶ浦という海岸にまで下りてきている。

三　一七頁注三で述べたのと同じ意識の昂揚のなかにいる源叔父。

四　山の神、山霊との意味もあるが、ここでは、反響、こだまのこと。「微に応へ」たというのは、叫びではなく歌声だからそれほど反響しなかったということか。

五　姉妹を大入島で降ろし、浦に着き、帰りに「醍醐の入江の口を出る」というのだから、他の客は「代後」などの霞ヶ浦ぞいの村まで乗せていったのだろう。

六　「大」と「太」はかつては厳密に使い分けられていたわけではなかった。「太白」にはいくつか意味があって、一つは金星の別称。ここでは日没後に赤く見える宵の明星のことかとも思われるが、「漣に砕け」から考えると、もっと光量の多い単なる月光かとも思われる。その場合「太白」には、精製した白砂糖のような真っ白な色との意味もあるから、月光の形容ともとれる。

七　ふつうは「先」を補って、舳先＝へさきと読ませる。船首のこと。客を降ろし身軽になったので船首が上がり、その船底を波がたたいている。

人の眠《ねむり》催《もよほ》す様《さま》なる此水音を源叔父《げんをぢ》は聞くともなく聞《き》きて様々《さま〴〵》の楽《たの》しき事のみ思《おも》ひつゞけ、悲《かな》しき事、気《き》がゝりの事《こと》、胸《むね》に浮《うか》ぶ時は櫓《ろ》握《にぎ》る手に力入《ちからい》れて頭振《かしらふ》りたり。物《もの》を追《お》ひやるやうなり。

家《いへ》には待《ま》つものあり、渠《かれ》は炉《ろ》の前《まへ》に坐《すわ》りて居《ゐ》眠《ねむ》りてや居《を》らん、乞食《こじき》せし時《とき》に比《くら》べて我家《わがや》のうちの楽《たの》しさ煖《あたゝ》かさに心溶《こゝろと》け、思《おも》ふこともなく燈火《ともしび》打見《うちみ》やりてや居《を》らん、わが帰《かへ》るを待《また》で夕餉《ゆふげ》了《を》へしか、櫓《ろ》こぐ術《すべ》教《おし》ふべしといひし時《とき》、うれしげに点頭《うなづ》きぬ、言葉《ことば》少《すくな》く絶《た》えず物思《ものおも》はしげなるは此迄《これまで》の慣《ならひ》なるべし、月日《つきひ》経《た》ゝば肉付《にくづ》きて頬《ほゝ》赤《あか》らむ時《とき》もあらん、されどされど。源叔父《げんをぢ》は頭《かしら》を振《ふ》りぬ。否々《いな〳〵》渠《かれ》も人《ひと》の子《こ》なり、我子《わがこ》なり、吾《われ》に習ひて巧《たくみ》にうたひ出《いづ》る渠が声《こゑ》こそ聞かまほしけれ、少女《をとめ》一人《ひとり》乗《の》せて月夜《つきよ》に舟《ふね》こぐ事《こと》もあらば渠《かれ》も人の子《こ》なり其少女《そのをとめ》再《ふたゝ》び見たき情《こゝろ》起《おこ》さでやむべき、われに其《そ》の情《こゝろ》見《み》ぬく眼《め》あり必《かな》らず他所《よそ》[八]には見《み》じ。

波止場《はとば》に入《い》りし時《とき》、翁《おきな》は夢《ゆめ》みる如《ごと》きまなざしゝて問屋《とひや》[九]の燈火《ともしび》、影長《かげなが》く水《みづ》にゆらぐを見たり。舟繋《ふねつな》ぎ了《をは》れば臥席《ござ》巻《ま》きて腋《わき》に抱《いだ》き櫓《ろ》を肩《かた》にして岸《きし》に上《のぼ》りぬ。日《ひ》暮《く》れて間《ま》もなきに問屋《とひや》三軒《げんみ》皆な戸《と》ざして人影《ひとかげ》絶《た》え人声《ひとごゑ》なし。源叔父《げんをぢ》は眼《まなこ》閉《と》ぢて歩《あゆ》み我家《わがや》の前《まへ》に来《きた》りし時、丸《まる》き眼《め》睜《みは》りて四辺《あたり》を見廻《みま》はしぬ。

『我子《わがこ》よ今帰《いまかへ》りしぞ。』と呼《よ》び櫓《ろ》置《お》く可《べ》き処《ところ》に櫓《ろ》置《お》きて内《うち》に入《い》りぬ。家内《やうち》暗《くら》し。

八　船頭の跡継ぎとし、自分のように歌もうまく歌えるようになり、さらには恋もするようになるだろう、と楽しい想像がふくらんでいく。「他所には見じ」というのは、そうした変化に対して、我が子となった紀州の身になって相談に乗ってやったり、一緒に心配してやったりしたいものだということ。

九　船問屋（廻船問屋ともいう）のようなものを指すか。船問屋は、船の斡旋、荷物の輸送や売買の手伝いなど、多岐にわたって荷主の手助けをした。

『こは如何《いか》に、わが子《こ》よ今帰《いまかへ》りぬ、早《はや》く燈点《ともしびつ》けずや。』寂《せき》[一]として応《こたへ》なし。『紀州《きしう》々々《〳〵》。』竈馬《こほろぎ》[二]のふつゞか[三]に啣《な》くあるのみ。翁《おきな》は狼狽《あは》てゝ懐中《ふところ》よりまつち取出《とりだ》し、一摺《ひとすり》すれば一間《ひとま》のうち俄《にはか》に明《あか》くなりつ、人らしき者《もの》見えず、暫時《しばし》して又暗《またくら》し。陰森《いんしん》[四]の気《き》床下《ゆかした》より起《おこ》りて翁が懐《ふところ》に入りぬ。手早《てばや》く豆洋燈《まめらんぷ》[五]に火《ひ》を移《うつ》し四辺を見廻《みま》はすまなざし鈍《にぶ》く、耳《みゝ》そばだてゝ『我子《わがこ》よ。』と呼びし声嗄《こゑしわが》れて呼吸《こきふ》も迫《せま》りぬと覚《おぼ》[六]し。

炉《ろ》には灰白《はひしろ》く冷《ひ》え夕餉《ゆふげ》たべしあとだになし。家《や》内捜《うちさが》すまでもなく、たゞ一間《ひとま》の裡《うち》を翁《おきな》はゆるやかに見廻《みま》はしぬ。煤《すゝけ》し壁《かべ》の四隅《よすみ》は光届《ひかりとゞ》き兼《かね》つ心[七]ありて見《み》れば、人《ひと》あるに似《に》たり。源叔父は顔《かほ》を両手に埋《うづ》め深き嘆息《ためいき》せり。此時《このとき》もしやと思ふ事胸《むね》を衝《つ》きしに、つと[八]起《た》てば大粒《おほつぶ》の涙流《なみだなが》れて頰《ほゝ》をつたふを拭《ぬぐ》はんとはせず、柱《はしら》に掛《か》けし舷燈《げんとう》に火を移《うつ》していそがはしく家《いへ》を出《い》で、城下《じやうか》の方指《かたさ》して走《はし》りぬ。

蟹田《がんだ》[九]なる鍛冶《かぢ》の夜業《よなべ》の火花闇《ひばなやみ》に散《ち》る前《まへ》を行過《ゆきすぎ》んとして立《たち》どまり、日暮《ひぐれ》のころ紀州此前《このまへ》を通らざりしかと問《とへ》ば、気《き》つかざりしと槌持《つちも》てる若者《わかもの》の一人答《ひとりこた》へて訝《いぶか》しげなる顔《かほ》す。こは夜業《よなべ》を妨げぬと笑面作《ゑがほつくり》つ、又急《またいそ》ぎゆけり。右《みぎ》は畑《はた》、左《ひだり》は堤《つゝみ》の上《うへ》を一列《れつ》に老松並《らうしようなら》ぶ真直《ますぐ》の道《みち》を半《なか》ば来りし時、行先《ゆくさき》をゆくものあり。急《いそ》ぎて燈火《ともしび》さし向《む》くるに後姿《うしろすがた》紀《き》州《しう》にまぎれなし。渠《かれ》は両手《りやうて》を懐《ふところ》にし、身《み》を前《まへ》に

一　典型的な漢文的表現。ひっそりとしたさまを形容。
二　おかまこおろぎのこと。もっぱら家の内に棲み、夜間は家内を徘徊する。『大言海』にはメスは鳴かず、オスもまれに鳴くのみ、とあるが、寺島良安『和漢三才図会』虫部・化生類には、その声は蚯蚓に似て極めて寂寥であるとの説明がある。〈山田注〉は、「真冬に鳴かせたのは、独歩の詩的虚構」と指摘している。
三　「ふつつかに」か。もともとの「太ク丈夫ニ」の意味が、「転ジテ、何事モ、タヲヤカニ、ヤサシキヲ好ム世トナリテヨリ、賤シク、ゲスゲスシク」の意となった(『大言海』)。ここでは、おかまこおろぎの鳴き声が「寂寥」であるということと「賤シク、ゲスゲスシク」とが、ややミスマッチの印象を受ける。
四　樹木が茂ってうす暗いという意味の漢語。そうした気配が床下からたちのぼってくるということ。
五　一一頁注七と同様、ここにも豆ランプが登場する。外をのぞきに行く時だけでなく、常時生活の具として豆ランプを用いていたことがこれでわかる。小さいから石油の消費量も少なく、当然、芯も、消費量の多い巻芯(筒芯)や紐芯(棒芯)ではなく、平芯の、それも幅が狭くてより消費量の少ない三分芯などであっただろう。
六　《中》と《下》はすべてを熟知した話者が外側から客観的に出来事を淡々と物語っていくスタイルが主だが、ここでは、話者が主観性をあらわにして、源叔父の息が荒くなった「ように思われる」ように見受けられる」と叙述しており、周囲の表現からは浮き上がった印象を与える。
七　その直前部の「兼つ」の後に句読点を補うと、文脈としては因果の関係であることがわかる。

屈《かゞ》めて歩《あゆ》めり。

『紀州《きしう》ならずや。』呼《よ》びかけて其肩《そのかた》に手を掛《か》けつ、『独《ひと》り何処《いづこ》に行《ゆ》かんとはする。』怒《いかり》、はた喜《よろこび》、はた悲《かなしみ》、はた限《かぎ》りなき失望《しつばう》をたゞ此一言《このひとこと》に包《つゝ》みしやうなり。紀州《きしう》は源叔父《げんをぢ》が顔《かほ》見て驚きし様《さま》もなく、道《みち》ゆく人を門《かど》に立《た》ちて心なく見《み》やる如き様《さま》にて打守《うちまも》りぬ。翁《おきな》は呆《あき》れて暫時言葉《しばしことば》なし。

『寒《さむ》からずや、早《はや》く帰れ我子《わがこ》。』いひつゝ紀州《きしう》の手取りて連《つ》れ帰《かへ》りぬ。みち〳〵源叔父は、わが帰《かへ》りの遅《おそ》かりしゆゑ淋《さび》しさに堪《た》へざりしか、夕餉《ゆふげ》は戸棚《とだな》に調《とゝの》へ置《お》きしものをなどいひ〳〵行《ゆ》けり。紀州《きしう》は一言《ひとこと》もいはず、生憎《あやにく》[一〇]に嘆息《ためいき》もらすは翁《おきな》なり。

家《いへ》に帰《かへ》るや、炉《ろ》に火《ひ》を盛《さかん》に燃《たき》て其傍《そのわき》に紀州を坐《すわ》らせ、戸棚《とだな》より膳取出《ぜんとりだ》[一一]して自身《おのれ》は食《くら》はず紀州《きしう》にのみたべさす。紀州は翁《おきな》の言《い》ふがまゝに翁《おきな》のものまで食《く》ひ尽《つく》しぬ。其間源叔父《そのあひだげんをぢ》はをり〳〵紀州《きしう》の顔《かほみ》見ては眼《まなこと》閉ぢ嘆息《ためいき》せり。たべ了《をは》りなば火《ひ》にあたれといひて、うまかりしかと問《と》ふ。紀州は眠気《ねむげ》なる眼《まなこ》にて翁《おきな》が顔を見《み》て微《かすか》にうなづきしのみ。源叔父《げんをぢ》は此様見《このさまみ》るや、眠《ねむ》くば寝《ね》よと優《やさ》しくいひ、自《みづ》から床《とこし》敷きて布団《ふとん》かけて遣《や》りなどす。紀州の寝《いね》し後《のち》、翁《おきな》は一人炉《ひとりろ》の前《まへ》に坐《すわ》り、眼《まなこ》を閉《と》ぢて動《うご》かず。炉《ろ》の火《ひ》燃《も》えつきんとすれども柴《しば》くべず、五十年《ねん》の永《なが》き年月《としつき》

すなわち、豆ランプのため光が充分には届かないので、ひょっとしてと思って隅を見ると、そこに人がいるようにも思える、というわけである。

八 そのまま、すっと。

九 葛港と城下とを結ぶ道沿いにある集落。「欺かざるの記」明治二十六年十一月二十六日の項には戸数十四、五とあり、船大工の家や鍛治屋を見たことが記されている。「一軒の例の鍛治工の槌の音、ふいごの声、あいかわらず響き居たり」。

一〇 今日の「あいにく」「間が悪く」とはちがって、原義の「アヤ憎シ」（『大言海』）に近い、「アア、憎ムベシ」「アア憎ムベク」といったようなニュアンス。すなわち紀州の反応がないのを残念がり、くやしく情けなく思う気持が託されている。

一一 当時は富裕層でなくても銘々膳がふつう。一人分ずつ食器や箸が収納されている。

を潮風《しほかぜ》にのみ晒《さら》せし顔《かほ》には赤《あか》き焔《ほのほ》の影《かげ》覚束《おぼつか》[一]なく漂《たゞよ》へり。頬《ほゝ》を連《つた》ひてきらめくものは涙《なみだ》なるかも。屋根《やね》を渡《わた》る風《かぜ》の音《おと》す、門《かど》に立《た》てる松《まつ》の梢《こずゑ》を嘯《うそぶ》[二]きて過《す》ぎぬ。

翌朝《つぎのあさ》早《はや》く起《お》きいでゝ源叔父《げんをぢ》は紀州に朝飯《あさめし》たべさせ自分《おのれ》は頭重《あたまおも》く口渇《くちかは》きて堪《た》へ難《がた》しと水《みづ》のみ飲《の》みて何《なに》も食《く》はざりき。暫時《しばし》して此熱《このねつ》を見《み》よと紀州の手《て》取《と》りて我額《わがひたひ》に触《ふ》れしめ、少《すこ》し風邪《かぜ》ひきしやうなりと、遂《つひ》に床《とこ》のべて打臥《うちふ》しぬ。源叔父の疾《や》みて臥《ふ》するは稀《まれ》なる事《こと》なり。

『明日《あす》は癒《い》えん、此処《こゝ》に来《きた》れ、物語《ものがたり》して聞《き》かすべし。』強《しい》て打《うち》ゑみ[三]、紀州《きしう》を枕辺《まくらべ》に坐《すわ》らせて、といきつく[四]ぐ〳〵色々《いろ〳〵》の物語《ものがたり》して聞《き》かしぬ。爾《そなた》は鱶《ふか》[五]てふ恐《おそ》ろしき魚《うを》見《み》し事《こと》なからんなど七《なゝ》ツ八《や》ツの児《こ》に語《かた》るが如《ごと》し。やゝありて。

『母親恋《はゝおやこひ》しくは思《おも》はずや。』紀州《きしう》の顔《かほ》見《み》つゝ問《と》ひぬ。此問《このとひ》を紀州の解《げ》し兼《か》ねし様《やう》なれば。

『永《なが》く我家《わがいへ》に居《ゐ》よ、我《われ》を爾《そなた》の父《ちゝ》と思《おも》へ、――』

尚《な》ほ言《い》ひ続《つ》がんとして苦《くる》しげに息《いき》す。

『明後日《あさつて》の夜《よ》は芝居《しばゐ》見《み》に連《つ》れゆくべし。外題《げだい》[六]は阿波十郎兵衛《あはのじふろべゑ》なる由《よし》きゝぬ。そなたに見《み》せなば親恋《おやこひ》しと思《おも》ふ心《こゝろ》必《かなら》ず起《おこ》らん、其時《そのとき》われを父《ちゝ》と思《おも》へ、そなたの父《ちゝ》はわれなり。』

一 直接には、源叔父の顔を赤い炎の光がぼんやりと照らし出しているという意味だが、同時にここでの「覚束なく」は、紀州と自分との将来への不安をかき消すことのできない源叔父の心情をもあぶりだしている。

二 唇をすぼめて口笛を吹くような音をたてて風が吹き過ぎる様子。

三 「ゑみ」は「笑み」。それに「動詞ノ意味ヲ強クスル接頭語」(『大言海』)の「打ち」がついている。

四 吐息。太息(『大言海』)。本来は「ためいき」のことだが、ここでは病気でもあるので、荒い息を何度もつきながら、といったような意味か。

五 「鮫ノ類。其成長シタルモノトモ云フ。(中略)全身、大ナル者ハ二三丈、能ク舟ヲ覆ヘシ、人ヲ食フ」(『大言海』)。

六 歌舞伎の題名が『傾城阿波の鳴門』ではなく「阿波十郎兵衛」だという。親子再会の場面を中心とした構成となっていたのだろう。

斯《か》くて源叔父《げんをぢ》は昔見《むかしみ》し芝居《しばゐ》の筋《すぢ》を語りいで、[七]巡礼謡《じゆんれいうた》を微《かす》かなる声《こゑ》にてうたひ聞《き》かせつ、あはれと思《おも》はずやといひて自《みづか》ら泣《な》きぬ。紀州《きしう》には何事《なにごと》も解《げ》し兼《か》ぬ様《さま》なり。

『よしく、話《はなし》のみにては解《げ》し難《がた》し、目《め》に見なば爾《そなた》も必《かなら》ず泣《な》かん。』

言《い》ひ了《をは》りて苦《くる》しげなる息《いき》、[八]ほと吐《つ》きたり。語《かた》り疲《つか》れて暫時《しばし》まどろみぬ。目《め》さめて枕辺《まくらべ》を見《み》しに紀州あらざりき。紀州《きしう》よ我子《わがこ》よと呼《よ》びつゝ走《はし》りゆく程《ほど》に顔《かほ》の半《なかば》を朱《しゆ》に染《そ》めし女乞食《をんなこじき》何処《いづこ》よりか現《あら》はれて紀州《きしう》は我子《わがこ》なりといひしが見《み》る内《うち》に年若《としわか》き娘《むすめ》に変《かは》りぬ。ゆゝゝりならずや幸助《かうすけ》を如何《いか》にせしぞ、わが眠《ねむ》りし間《ま》に幸助《かうすけ》何処《いづれ》にか逃《に》げ亡《う》せたり、来《きた》れ来《きた》れ来《きた》れ共《とも》に捜《さが》せよ、見《み》よ幸助《かうすけ》は芥溜《ごみため》のなかより太根《だいこん》の切片《きれ》堀出《ほりだ》すぞと大声《おほごゑ》あげて泣《な》けば、後《うしろ》より我子《わがこ》よといふは母《はゝ》なり。母《はゝ》は舞台見《ぶたいみ》ずやと指《ゆびさ》し玉《たま》ふ。舞《ぶ》台《たい》には蠟燭《らふそく》の光眼《ひかりまなこ》を射《ゐ》る計《ばか》り輝《かゞや》きたり。母《はゝ》が眼《め》のふち赤《あか》らめて泣《な》き玉《たま》ふを訝《いぶか》しく思《おも》ひつ、自分《おのれ》は菓子《くわし》のみ食《く》ひて遂《つひ》に母《はゝ》の膝《ひざ》に小《ちひ》さき頭載《あたまの》せ其儘眠《そのまゝね》入《い》りぬ。母親ゆり起《おこ》し玉ふ心地《こゝち》して[九]夢破《ゆめやぶ》れたり。源叔父《げんをぢ》は頭《つむり》をあげて、

『我子《わがこ》よ今恐《いまおそ》ろしき夢《ゆめ》みたり。』いひつゝ枕辺《まくらべ》を見《み》たり。紀州《きしう》居《ゐ》ざりき。

『わが子《こ》よ。』嗄《しわ》がれし声《こゑ》にて呼《よ》びぬ。答《こたへ》なし。窓《まど》を吹《ふ》く風《かぜ》の音怪《おとあや》しく鳴《な》りぬ。

七 阿波十郎兵衛の娘の歌った巡礼歌を指すか。巡礼歌とは、西国三十三所巡礼に代表されるように、観世音菩薩を安置する三十三ヶ所の寺を巡礼して廻る際に歌った歌。「廻国巡礼する者は、此歌を一種悲哀なる調子を以て唱へ悠々として霊場に参拝し、其所の歌を唱へて廻国することとなれり」(『日本百科大辞典』三省堂、明治四十二年―大正八年)。西国とか坂東とかによって寺が違うので歌詞も異なり、また時代によっても多少語句の変動があった。ちなみに「西国」の一番札所である那智の青岸渡寺の場合は、「補陀落や岸うつ波は三熊野の那智の御山に響く瀧津瀬」であった。

八 太く息をつくさまを表す。

九 目覚めたところ紀州がいなくなっていたという正夢。夢の中では、紀州と幸助、紀州の母と娘時代の亡妻ゆりがごっちゃになり、そこに少年時代に源叔父が母に連れられて芝居をみたおりの記憶が重なる。いずれにしても、実際に目覚めた時も紀州は枕べからは姿を消していた。何人もの人物を登場させ、いくつもの過去を融合させながら緊迫感を盛り上げて行く手際は、近代小説ならではのものと言っていい。

夢《ゆめ》なるか現《うつゝ》なるか。翁《おきな》は布団《ふとん》翻《はね》のけ、つと起《た》ちあがりて、紀州よ我子《わがこ》よと呼びし時、目《め》眩《くら》みて其儘《そのまゝ》布団《ふとん》の上《うへ》に倒《たふ》れつ、千尋《ちひろ》[一]の底《そこ》に落入《おちい》りて波《なみ》[二]わが頭上《づじやう》に砕《くだ》けしやうに覚《おぼ》えぬ。

其日《そのひ》源叔父《げんをぢ》は布団《ふとん》被《かぶ》りしまゝ起出《おきい》でず、何《なに》も食《く》はず、頭《あたま》を布団《ふとん》の外《そと》にすらいださゞりき。朝《あさ》より吹《ふ》きそめし風次第《かぜしだい》に荒《あ》らく磯打《いそう》つ浪《なみ》の音《おと》すごし。今日《けふ》は浦人《うらびと》も城下に出でず、城下《じやうか》より嶋へ渡《わた》る者もなければ渡舟《おろし》頼《たの》みに来る者もなし。夜《よ》に入《い》りて波益々《なみます〱》狂《くる》ひ波止場《はとば》の崩《くづ》れしかと怪《あやし》まるゝ音《おと》せり。

朝《あさ》まだき、東《ひがし》の空漸《そらやうや》く白《しら》みし頃《ころ》、人々皆起《ひと〴〵みなお》きいでゝ合羽《かつぱ》を着《き》、灯燈《ちやうちん》つけ舷燈《げんとう》携《たづさ》へなどして波止場《はとば》に集《あつま》りぬ。波止場は事《こと》なかりき。風落《かぜお》ちたれど波尚《なみな》ほ高《たか》く沖《おき》は雷《らい》の轟《とゞろ》くやうなる音《おと》し磯打波砕《いそうつなみくだ》けて飛沫雨《しぶきあめ》の如し。人々荒跡《ひと〴〵あれあと》を見廻るうち小舟《こぶね》一艘岩《そういは》の上に打上《うちあ》げられて半《なか》ば砕《くだ》けしまゝ残《のこ》れるを見出《みいだ》しぬ。

『誰《たれ》の舟《ふね》ぞ。』問屋《とひや》の主人《あるじ》らしき男問《をとこと》ふ。

『源叔父《げんをぢ》の舟《ふね》にまぎれなし。』若者《わかもの》の一人答《ひとりこた》へぬ。人々顔見合《ひと〴〵かほみあ》はして言葉《ことば》なし。

『誰《た》れにてもよし源叔父呼《げんをぢよ》び来《きた》らずや。』

『われ行《ゆか》ん。』若者《わかもの》は舷燈《げんとう》を地《ち》に置きて走《はし》りゆきぬ。十歩《ぼ》の先已《さきすで》に見《み》るべし。道《みち》に差出でし松《まつ》が枝《え》より怪《あや》しき物《もの》さがれり。胆太《きもふと》[三]き若者《わかもの》はづか〴〵と寄《よ》りて眼《まなこ》

一　「尋」は約六尺(約一・八メートル)だが、「千尋」は「極メテ長ク、又、測リ難ク深キコト」(『大言海』)を言う。海の底の深さを表す時にもよく用いられる。ここで源叔父が倒れた時の様子のたとえとして海の底に沈む比喩が用いられたのはいかにも海の男である源叔父にふさわしい。

二　底本では「沈」。字形の類似からくる植字段階での誤りと判断し、このように改めた。

三　恐いもの知らずで、剛胆だということ。

四　源叔父が自殺したのは、紀州が姿を消したからなのか、あるいはみずからの船が半ば壊れたせいなのか、さらには病いの身の死期を悟ったからなのかは、明らかにはされない。ただ、きわめて象徴的な死のかたちとして、道端の松から下がる源叔父の縊死体が突きつけられるのである。いずれにしても源叔父の「夢」——紀州と親子のように暮らそうという——は叶えられなかったわけで、森本隆子はこれを、教師の「詩」

定《さだ》めて見《み》たり。[四]縊《くび》れるは源叔父《げんをぢ》なりき。

桂港《かづらみなと》に程近《ほどちか》き山《やま》ふところに小《ちひさ》き墓地《ぼち》ありて東《ひがし》に向《むか》ひぬ。源叔父の妻《つま》ゆり独《ひとり》子《ご》幸助《かうすけ》の墓《はか》みな此処《このところ》にあり。『池田《いけだ》源太《げんた》郎之《らうの》墓《はか》』と書《か》きし墓標《ぼへう》亦此処《またこゝ》に建《たて》られぬ。幸助《かうすけ》を中《なか》にして三《み》つの墓並《はかなら》び、冬《ふゆ》の夜《よ》は[五]霙降《みぞれふ》ることもあれど、[六]都《みやこ》なる年若《としわか》き教師《けうし》は源叔父今《いま》も尚《なほ》一人《ひとり》淋《さみ》しく磯辺《いそべ》に暮《くら》し妻子《つまこ》の事思《おも》ひて泣《なき》つゝありと偏《ひとへ》に哀《あは》れがりぬ。

紀州《きしう》は同く紀州なり、町《まち》のものよりは佐伯附属《さへきふぞく》の品《しな》とし[七]視《み》らるゝこと前《まへ》の如く、墓《はか》より脱《ぬ》け出でし人《ひと》のやうに此古《このこ》城市《じやうし》の夜半《よは》にさまよふこと前《まへ》の如し。或《ある》人渠《ひとかれ》に向《むかひ》て、源叔父は縊《くび》れて死《しに》たりと告《つ》げしに、[八]渠《かれ》はたゞ其人《そのひと》の顔《かほ》を打《うち》まもりしのみ。

が「悲しき事」に裏切られたのと重ねつつ、再度の「〈詩〉と〈事実〉の分裂」を読み取っている(「『源おぢ』論——独歩をめぐる風景論の端緒として」『紋説』昭和六十一年十月)。

五 一般的には佐伯地方は「冬はこれに反し比較的乾燥して、快晴日数が多く積雪も極めて少ないので雨量もわずかで、せいぜい四〇—五〇ミリ程度」(『佐伯市史』)であり、ここで霙が降るというのは、どちらかといえば哀切感を狙ってのことと考えられる。

六 ここでもう一度時間の流れを整理しておくと、青年教師が佐伯をあとにしてわずか半年後に、悲劇は起こっている。すなわち一月末に源叔父が紀州を引き取ったものの、その一週間あまり後に紀州の家出、源叔父の縊死と続いたのである。ところが、それは教師の知るところとはならなかった。したがって帰京後何年も経ってから、源叔父が妻と子を亡くすまでの悲話を友人に切々と書き送ったというわけである。ところが実際は教師のあずかり知らぬところで、それ以上の悲劇が起こっていたという構造だ。いわば二つの悲話が入れ子状になっており、そのより大きな悲話を教師が知りえないという仕掛けが、悲話の哀切感をいっそう強めている。

七「し」は強調の働きをする副助詞。

八『源叔父』と最晩年の作「竹の木戸」(『中央公論』明治四十一年一月)との相似性に着目して、その間に独歩の「作家的成熟の過程」を想定する新保邦寛は、ここでの「人間的解釈を放棄されてしまった」紀州像が、「竹の木戸」では「非人間的で反社会的な磯吉の人間像」へと、より確固としたものとなったと見ている(『独歩と藤村——明治三十年代文学のコスモロジー』有精堂出版、一九九六年)。

武《む》蔵《さし》野《の》

国木田独歩

藤井淑禎 校注

国木田独歩(一八七一―一九〇八)は現在の千葉県銚子市に生まれ、のちに一家で山口県に移住し、主にそこで育った。『武蔵野』は、明治二十九年秋から翌年春にかけて独歩が東京・渋谷村(当時)に居住していた頃の日記と見聞とに基づく。

〔初出・単行本〕 初出は『国民之友』第三六五、三六六号(明治三十一年一、二月)。原題は「今の武蔵野」。のちに作品集『武蔵野』(民友社、明治三十四年三月)に収められた際、『武蔵野』と改められた。本巻ではこの単行本を底本とした。なお、初出―底本間の異同はほとんどが表記上のそれであり、特に顧慮すべきほどのものはない。

〔梗概〕 昔から画や歌で名高い「武蔵野」はいまどのようになっているのか。この問いに答えるべく、明治二十九年の秋の初めから翌年の春の初めまで渋谷村の「茅屋」に住んでいた「自分」が、そこでの生活で見たこと感じたことを、当時の日記などを手がかりに書き記してゆく。――今の武蔵野は落葉樹の林が美しいが、そのことを教えられたのは二葉亭が訳したツルゲーネフの「あいびき」によってだった。それに武蔵野の道は幾重にも錯綜し、また起伏も多いが、そこを気ままにたどる興趣は何ものにも換えがたい(一―五)。三年前の夏、友と夏の小金井を歩いたことがあるが、これもまた武蔵野ならではの趣深い散策であった。この小金井の流れ、すなわち玉川上水を始めとして武蔵野を流れる水流もさまざまあって、それらにまつわる風景にも心ひかれる。さて、その友が武蔵野の範囲について手紙で意見をよこしたが、その中では町外れに注目せよとの意見には大変共鳴した。社会の縮図であり、小さな物語がいくつも隠れていそうな町外れの光景ほど興味深いものはないからである(六―九)。

〔校注付記〕 本文の仮名遣いは、時代色や作家の癖と言えるほど一貫したものは見られなかったので、振り仮名も含めて、歴史的仮名遣いに統一した。なお、注釈において、『定本 国木田独歩全集 第七巻』(学習研究社、昭和四十年)を参照する際は、〈全集〉と略記した。

武蔵野

（一）

「武蔵野の俤《おもかげ》は今纔《わづか》に入間郡《いるまごほり》に残れり」と自分は[一]文政年間に出来た地図で見た事がある。そして其《その》地図に入間《いるま》郡「[二]小手指原《こてさしはら》久米川は古戦場なり[三]太平記元弘三年五月十一日源平小手指原《こてさしはら》にて戦ふ事一日が内に三十余度日暮《くる》れば平家三里退《しりぞき》て久米川に陣を取る明《あく》れば源氏久米川の陣へ押寄《おしよす》ると載せたるは此辺なるべし」と書込んであるのを読んだ事がある。自分は[四]武蔵野の跡の纔《わづか》に残て居る処とは定めて此《この》古戦場あたりではあるまいかと思て、[五]一度行て見る積《つもり》で居て未だ行かないが実際は今も矢張《やはり》其通りであらうかと危ぶんで居る。兎《と》も角《かく》、[六]画や歌で計《ばか》り想像して居る武蔵野を其俤《おもかげ》ばかりでも見たいものとは自分ばかりの願ではあるまい。それほどの武蔵野が今は果していかゞであるか、自分は詳《く》はしく此問に答へて自分を満足させたいとの望を起したことは実に[七]一年前の事であつて、今は益〻《ますます》此望が大きくなつて来た。

一 文政年間とは『武蔵野』執筆より七、八十年前の西暦一八一八―二九年頃。武蔵野の面影が残っている場所として入間郡をあげ、小手指原の古戦場について『太平記』等から引用しつつ説明するのは、古地図や名所図会、地誌などによく見られるやり方。なお、野田宇太郎はこの地図を特定できるとしているが、その根拠は必ずしも十分ではない。→補一。

二 現在の埼玉県所沢市の一部。久米川は東京都東村山市の一部。このあたり一帯に原野が広がっており、そこを舞台として新田軍と北条軍が戦いを繰り広げた。

三 『太平記』は南北朝時代を描いた軍記物語。成立は十四世紀後半。源氏の系譜をひく新田義貞の軍と、平氏方の北条氏(鎌倉幕府)の軍との度重なる戦闘を記録した元弘三年(一三三三)五月十一日の記事は、巻十第二編に見られる。

四 武蔵野の指し示す地域は、広くは武蔵一国から、狭くは川越―府中間まで。→五四頁注二。

五 小手指原のすぐ近くを通ることになる武蔵野鉄道(現・西武鉄道池袋線)は未開通(大正四年開業)だったが、明治二十七年に川越鉄道の国分寺―東村山(当初は久米川停車場と称した)間が開通しており、中央線の国分寺からこれを利用して東村山まで来れば、そこから小手指原までは四、五キロメートルほどの距離だった。→補二。

六 植田孟縉『武蔵名勝図会』(文政三年稿)は「武蔵野の古詠あまたあれど」として西行、小町、貫之らの歌を紹介しており、西行の武蔵野遊観の図も併載している。

七 日記「欺かざるの記」明治二十九年十月二十六日の項に、「「武蔵野」の想益々成る」、「われは詩人たるべく今日まで独修し来れり」、「「武蔵野」はわが詩の一なり」などとある。なお「欺か

さて此望が果して自分の力で達せらるゝであらうか。自分は出来ないとは言はぬ。容易でないと信じて居る、それ丈《だ》け自分は今の武蔵野に趣味を感じて居る。多分同感の人も少なからぬことゝ思ふ。

それで今、少しく端緒をこゝに開いて、秋から冬へかけての自分の見て感じた処を書て自分の望の一少部分を果したい。先《ま》づ自分が彼問《かのとひ》に下すべき答は武蔵野の美《び》今も昔に劣らずとの一語である。昔の武蔵野は実地見てどんなに美であつたことやら、それは想像にも及ばむほどであつたに相違あるまいが、自分が今見る武蔵野の美しさは斯《かか》る誇張的の断案を下さしむるほどに自分を動かして居るのである。自分は武蔵野の美と言つた、美といはんより寧《むし》ろ詩《し》趣《しゅ》といひたい、其方《そのはう》が適切と思はれる。

（二）

そこで自分は材料不足の処から自分の日記[一]を種にして見たい。自分は二十九[二]年の秋の初から春の初まで、渋谷村の小さな茅屋《ばうをく》[三]に住で居た。自分が彼《かの》望を起したのも其時の事、又《ま》た秋から冬の事のみを今書く[四]といふのも其《その》わけである。

九月七日[五]――『昨日も今日も南風強く吹き雲を送りつ雲を払ひつ、雨降り[六]

ざるの記」からの引用は、『定本 国木田独歩全集』六・七巻（学習研究社、昭和三十九・四十年）に拠る。以下も同様。

――以上二九頁

一 「欺かざるの記」のこと。

二 「欺かざるの記」等によれば、独歩は明治二十九年九月四日から翌三十年の四月二十日まで、「人家はなれし処」にある「渋谷村なる閑居」で暮らした。当時の書簡では、みずからの住所を「元上渋谷百五十四」としている。現在の渋谷区宇田川町七番地のあたり。当時は東京府豊多摩郡渋谷村上渋谷が正式な名称。転居の前年の明治二十八年に南豊島郡と東多摩郡が合併して、豊多摩郡となった。「元」を冠しているのは、「元・上渋谷村」の意味か。

三 岡落葉は「独歩の半生」（『趣味』明治四十一年八月）の中で、この家を「渋谷の山荘」と呼び、次のように描写している。「宮益坂を下りて踏切を越へ右の方へ四丁位、山の中へはいつて、右側の高い処の茶の木の低い透垣を入りまして梅や紅葉などの沢山ある庭のダラダラ登りになつた其丘の上に小さな一軒家があつたのです」。↓五二九頁付図。

四 明治三十年の秋から冬にかけて。

五 『定本 国木田独歩全集 第七巻』（昭和四十年六月、以下〈全集〉と略記）の解題（塩田良平執筆）によれば、この部分は「欺かざるの記」自筆稿本全八冊中の第八に含まれ、その第八および第一、第五、第七の稿本は現在では所在不明の由。したがって、〈全集〉ではそれらの部分は、田山花袋ほか校訂の公刊本『欺かざるの記』前・後編（明治四十一年十月、同四十二年一月）をもとにしており、『武蔵野』に引用されたものとはかなりの相違が見られる。↓補三。

み降らずみ、日光雲間をもるゝとき林影一時に煌《きら》めく、――』

これが今の武蔵野の秋の初である。林はまだ夏の緑の其ままであり乍《なが》ら空模様が夏と全く変つてきて雨雲《あまぐも》の南風につれて武蔵野の空低く頻《しき》りに雨を送る其晴間には日の光水気《すいき》を帯びて彼方《かなた》の林に落ち此方《こなた》の杜《もり》にかゞやく。自分は屢〻《しばしば》思つた、こんな日に武蔵野を大観[七]することが出来たら如何《いか》に美しい事だらうかと。二日置て九日の日記にも『風強く[八]秋声野《や》にみつ、浮雲変幻《ふうんへんげん》たり』とある。恰度《ちやうど》此頃はこんな天気が続て大空と野との景色が間断なく変化して日の光は夏らしく雲の色風の音は秋らしく極めて趣味深く自分は感じた。

先づこれを今の武蔵野の秋の発端《ほったん》として、自分は冬の終はるころまでの日記を左に並べて、変化の大略と光景の要素とを示して置かんと思ふ。

九月[九]十九日――『朝、空曇り風死す、冷霧寒露、虫声しげし、天地の心なほ目さめぬが如し。』

[一〇]同二十一日――『秋天拭《ぬぐ》ふが如し、木葉火の如くかゞやく。』

[一一]十月十九日――『月明かに林影黒し。』

[一二]同二十五日――『朝は霧深く、午後は晴る、夜に入りて雲の絶間《たえま》の月さゆ。朝まだき霧の晴れぬ間に家を出で野を歩み林を訪ふ。』

六 明治二十九年は八月から全国的に「屢(しば)ば暴風雨」(『万朝報』明治二十九年九月十三日号)に見舞われ、九月七日から十二日にかけても全国的に荒れ模様だった。その影響で東京でも各所で出水が相次ぎ、さらにそれに追い討ちをかけるように、八日の明け方から「大風起り降雨も頻にして其後益(ます)す天候悪く降雨時々に至り」という状態が続いていた。

七 高所から遠望ないしは俯瞰すること。田山花袋の『東京の近郊』(大正五年)中に、浅草の十二階(明治二十三年に建てられた凌雲閣の通称)から東西南北の山並みを見渡して、「確かに大観だ」と言うところがある。

八〈全集〉所収文では、「日は強く、秋声野に満つ。浮雲変幻たり」となっている。文脈から言えば、「風強く」のほうが妥当か。「東京地方に於ける昨日来の風は関西地方に激烈なる降雨のありし為め空気に激動を来し為めに生じたるものなり」(『万朝報』明治二十九年九月九日号)。

九〈全集〉所収文では、「空曇りて風死し、冷霧寒露、秋気身に沁む。虫の声庭にしげし。朝ながら天地の心なほ目さめぬが如し」となっている。

一〇 同じく、「晴空秋天拭ふが如し。木葉火の如くにかゞやく」となっている。

一一 同じく、「明月皎々、秋気身に沁む」。また二十二日に「月明らかに風寒し」とある。

一二 同じく、「朝まだき霧ふかく、午後は晴れ、夜に入りて雲間より月さゆ。今は夜更けたり。此の記をかく。霧の晴れぬ間に、林を訪はんとて、朝飯前家を出でゝ野を歩み林を見たり」となっている。「「秋の朝の霧」は森林の美ならずや。これより静粛のものはあらじ」ともある。

[一]同二十六日——『午後林を訪ふ。林の奥に座して四顧し、傾聴し、睇視《ていし》し、黙想す。』
[二]十一月四日——『[三]天高く気澄む、夕暮に独り風吹く野に立てば、天外の富[四]士近く、国境をめぐる[五]連山地平線上に黒し。星光一点、暮色漸《やうや》く到り、林影漸く遠し。』
同十八日——『[六]月を蹈《ふん》で散歩す、青煙地を這ひ月光林に砕く。』
同十九日——『天晴れ、風清く、露冷やかなり。満目黄葉の中緑樹を雑《まじ》ゆ。小鳥梢に囀《てん》ず。一路人影なし。[七]独り歩み黙思口吟し、足にまかせて近郊をめぐる。』
同二十二日——『夜更けぬ、戸外は林をわたる風声ものすごし。滴声《てきせい》頻《しきり》なれども雨は[八]已《すで》に止みたりとおぼし。』
同二十三日——『昨夜の風雨にて木葉殆《ほとん》ど揺落せり。稲田も殆ど刈り取らる。冬枯の淋しき様となりぬ。』
同二十四日——『木葉未だ全く落ちず。遠山を望めば、心も消え入らんばかり懐《なつか》し。』
同二十六日——夜十時記す『屋外は風雨の声ものすごし。滴声相応ず。今

一 同じく、「午後、独り野に出で丶林を訪ひぬ。プッシング、ツー、ゼ、フロント、を携へて。林中にて黙想し、回顧し、睇視し、俯仰せり。「武蔵野」の想益々成る」となっている。「プッシング、ツー、ゼ、フロント」＝「Pushing to the Front O・マーデン著。一八九四」(〈全集〉註)。→本巻二六六頁注一一。

二 〈全集〉所収文では、「秋晴、美日、風清く気澄む。夕暮に独り風吹く野に立てば天外富士聳え、連山地平線上に黒し。星光一点暮色地に落つ。黙想するものをして天色の美なるよりも蒼空の深きに瞻仰せしむ」となっている。→補四。

三 『万朝報』明治二十九年十一月十日号掲載の「時事週報」(その前の一週間分の出来事を回顧)に、十一月四日のこととして、「天晴日和」のため浅草の西の市が賑わったとある。

四 当時の東京では、高台であればどこからでも富士山が遠望できた。今でも各所に富士見××といった地名があるのはその名残り。渋谷近辺でも、青山方面から西に向かって下りてくる宮益坂が富士見坂と呼ばれただけでなく、谷底から三軒茶屋方面に向かう道玄坂も、また富士見坂と呼ばれた(岸井良衛『江戸・町づくし稿』別巻、昭和四十年)。

五 高田耕雨作詞の「東京市歌」に、「月影いるべき山の端もなき」とあるが、古歌などに「武蔵野は月の入るべき山もなし」というのは、その広大さを強調した表現で、実際は、富士山のみにとどまらず、四方に山嶺が遠望できた。田山花袋は『東京の近郊』の中で、箱根・足柄の連山、丹沢山塊、多摩山群、秩父山塊、赤城の群山、さらには日光の山群、そして筑波山が、浅草の十二階から望むことができると言っており、西條八十作詞の「東京音頭」にも、「ハア西に富士

日は終日霧たちこめて野や林や永久《とこしへ》の夢に入りたらんごとく。午後犬を伴ふて散歩す。林に入り黙坐す。犬眠る。水流林[九]より出でゝ林に入る、落葉を浮べて流る。をり〳〵時雨しめやかに林を過ぎて落葉の上をわたりゆく音静かなり。』

同二十七日――『昨夜の風雨は今朝なごりなく晴れ、日うらゝかに昇りぬ。屋後の丘に立て望めば富士山真白ろに連山の上に聳《そび》ゆ。風清く気澄めり。

げに初冬の朝なるかな。

田面《たおも》に水あふれ、林影倒《さかさま》に映れり。』

十二月二日――『今朝霜、雪の如く朝日にきらめきて美事なり。暫くして薄雲かゝり日光寒し。』

同二十二日――『雪初て降る。』

三十年一月十三日――『夜更けぬ。風死し林黙す。雪頻りに降る。燈をかゝげて戸外をうかゞふ、降雪火影にきらめきて舞ふ。あゝ武蔵野沈黙す。而《しか》も耳を澄《すま》せば遠き彼方《かなた》の林をわたる風の音す、果して風声か。』

同十四日――『今朝大雪[一〇]、葡萄棚堕ちぬ。

夜更けぬ。梢《こずゑ》をわたる風の音遠く聞ゆ、あゝこれ武蔵野の林より林をわ

ケ嶺　チョイト東に筑波」とある。この中でも、とりわけ秩父と多摩の連山は諸文献が言及しており、「国境をめぐる連山」も狭義には武蔵国と相模、甲斐、上野(こうずけ)とを隔てるこれらの山々を指すと考えられる。なお高橋源一郎は『武蔵野歴史地理』第一冊（昭和三年）の中で、西北の連山を指して「武蔵野の美景は野の末を取り捲く連山に極まる」、「其の薄や、楢櫟林や、陽炎の彼方に蜿蜒する連山が無かつたならば、武蔵野の景は或は蕭条たるものとなるであらう」と言っている。

六「月明を踏んで山に登る」（日本文章学院編『文章新辞典』〈明治四十一年〉所収の文例より）ともあるように、定型的な表現。

七 独歩の行動半径に関しては、尾間明「佐伯時代及び上京当時の独歩氏」（『新潮』明治四十一年七月）に、「東京へ来てからも日曜毎に郊外へ出掛けた、それも早稲田の辺から戸山が原、駒場の辺へ掛けて、灌木の間を歩むのが好きであつた」とあり、花袋の『東京の近郊』には、のちに代々木練兵場（明治四十二年開設、現在の代々木公園、明治神宮の一帯）となるあたりに当時は林や川、村落などが点在し、独歩もよくここを歩いたとある。↓補五。

八『万朝報』の「時事週報」欄によれば、二十二日は雨とある。

九 独歩の家からわずか二、三百《メートル》のところを宇田川という小川が流れ、谷底で渋谷川に注いでいた。↓五二九頁付図。

一〇 十三日の夜十一時頃から雨が雪に変わり、十四日の朝の六時頃には「家々の屋根五六寸程降積り」、多いところでは「尺余」（三〇《センチメートル》余り）の積雪を記録した（「一昨夜来の大雪」『東京朝日新聞』明治三十一年一月十五日号）。その影

たる冬の夜寒《よさむ》の凩《こがらし》なるかな。雪どけの滴声軒をめぐる。』
同二十日――『美しき朝。空は片雲なく、地は霜柱白銀の如くきらめく。小鳥梢に囀ず。梢頭《せうとう》針の如し。』
二月八日――『梅咲きぬ。月漸《やうや》く美なり。』
三月十三日――『夜十二時、月傾き風急に、雲わき、林鳴る。』
同二十一日――『夜十一時。屋外の風声をきく、忽《たちま》ち遠く忽ち近し。春や襲ひし、冬や遁《のが》れし。』

（三）

昔の武蔵野は萱原《かやはら》[一]のはてなき光景を以て絶類の美を鳴らして居たやうに言ひ伝へてあるが[二]、今の武蔵野は林《はやし》である。林は実に今の武蔵野の特色といつても宜《よ》い。則ち木は重《おも》に楢《なら》の類で冬は悉《ことごと》く落葉し、春は滴《したた》る計《ばか》りの新緑萌え出づる其変化が秩父嶺以東十数里の野一斉に行はれて、春夏秋冬を通じ霞に雨に月に風に霧に時雨に雪に、緑蔭に紅葉に、様々《さま〴〵》の光景を呈する其妙は一寸《ちよつと》西国地方又た東北の者には解し兼ねるのである。元来日本人はこれまで楢の類《たぐひ》の落葉林の美を余り知らなかつた様である。林といへば重に松林のみが日本の文学美

響で、電信・電話・電灯用の電柱の倒壊、屋根の破損などが続出。葡萄棚の被害もその一環といえる。なお田山花袋の『東京の三十年』(大正六年)等によれば、独歩の家の縁先には確かに葡萄棚があった。

――以上三三頁

一 江戸の東半分はもと湿原帯の葦原で、西から西南にかけては萱に覆われていたと言われるが、それは江戸幕府開設以前のこと。花袋の『東京の三十年』に、かつて住んだ喜久井町(現新宿区のうち)の丘が一面の萱原であったことが記されているが、それ以上にかつての武蔵野を特徴づけていたのが、一面の尾花＝すすきだった(白石実三『武蔵野から大東京へ』昭和二十九年増補版刊)。松川二郎も『郊外探勝 日がへりの旅』(大正八年)の中で、「尾花の武蔵野」という章を設け、「薄(すすき)は武蔵野の象徴である」と言っている。

二 高橋源一郎は『武蔵野歴史地理』第一冊の中で、「されど武蔵野は決して月と広いばかりが能ではない。春夏秋冬、朝に夕に、種々の景象と特徴とがある。殊に楢(なら)椚(くぬぎ)の林と陽炎とは近代の人々に賞美せられた」として、独歩の『武蔵野』の一節を引いている。

術の上に認められて居て、歌にも楢林の奥で時雨《しぐれ》を聞くといふ様なことは見当らない。自分も西国に人となつて少年の時学生として初て東京に上つてから十年になるが、かゝる落葉林の美を解するに至《いたつ》たのは近来の事で、それも左の文章が大に自分を教えたのである。

『[三]秋九月中旬といふころ、一日自分がさる樺《かば》の林の中に座してゐたことが有ツた。今朝から小雨が降りそゝぎ、その晴れ間にはをり〳〵生ま煖《あたた》かな日かげも射してまことに気まぐれな空合《そら》ひ。あわ〳〵しい白ら雲が空《そ》ら一面に棚引くかと思ふと、フトまたあちこち瞬《またた》く間《ま》雲切れがして、無理に押し分けたやうな雲間から澄みて怜悧《さか》し気《げ》に見える人の眼の如くに朗かに晴れた蒼空《あをぞら》がのぞかれた。自分は座して、四顧して、そして耳を傾けてゐた。木の葉が頭上で幽《しづ》かに戦《そよ》いだが、その音を聞たばかりでも季節は知られた。それは春先する、面白さうな、笑ふやうなさゞめきでもなく、夏のゆるやかなそよぎでもなく、永たらしい話し声でもなく、また末の秋のおど〳〵した、うそさぶさうなお饒舌《しやべ》りでもなかつたが、只漸《やうや》く聞取れるか聞取れぬ程のしめやかな私語《さゝやき》の声で有つた。そよ吹く風は忍ぶやうに木《こ》末《ずゑ》を伝ツた、照ると曇るとで雨にじめつく林の中のやうすが間断なく移り

三 直後で明かされているように、ロシアの作家ツルゲーネフ（Ивáн С. Тургéнев, 一八一八–八三）の短編「あいびき」（Свидание）（『猟人日記』（ЗАПИСКИ ОХОТНИКА 所収）を二葉亭四迷が訳したものの冒頭部分からの引用。二葉亭は当初これを『国民之友』二十五号付録（明治二十一年七月六日）と二十七号（同八月三日）とに分載し、後年大幅に改訳して翻訳小説集『片恋』（明治二十九年十一月）に収めた。時期的には『片恋』の刊行は『武蔵野』の執筆時期と近接し、独歩の渋谷村時代を振り返った田山花袋の回想文（「渋谷時代の独歩氏」『趣味』明治四十一年八月）にも、「買つた許りで読んで居ないらしい」『片恋』が独歩の机の上にあったことが記されているから、ここでの引用も単行本からのほうが自然に思われるが、実際は初出から。東京専門学校在学中（明治二十一年五月–二十四年三月）の初出との出会いと、その時受けた感動とを尊重する思いが初出重視の態度となって現れたか。ちなみに「欺かざるの記」明治二十六年六月八日の項には、何日もかけて二葉亭訳の「めぐりあひ」（『都の花』明治二十一年十月–二十二年一月）を筆写している、とある。かつては名文の筆写は有力な文章修練法の一つだった。なお初出「今の武蔵野」における引用文と『武蔵野』のそれとの間にはわずかな異同が見られるが、明らかに誤植と思われるものは訂し、それ以外はそのまま残した。

変ツた、或はそこに在りとある物総《すべ》て一時に微笑したやうに、隈《くま》なくあかみわたツて、さのみ繁くもない樺《かば》のほそ〴〵とした幹は思ひがけずも白絹めく、やさしい光沢《つや》を帯び、地上に散り布《し》いた、細かな落ち葉は俄《にはか》に日に映じてまばゆきまでに金色《こんじき》を放ち、頭をかきむしツたやうな「パアポロトニク」（蕨の類ゐ）のみごとな茎、加之《しか》も熟《つ》え過ぎた葡萄めく色を帯びたのが、際限もなくもつれつからみつして目前に透かして見られた。

或はまた四辺《あたり》一面俄《には》かに薄暗くなりだして、瞬《またた》く間《ま》に物のあいろも見えなくなり、樺の木立ちも、降り積ツた儘でまだ日の眼に逢はぬ雪のやうに、白くおぼろに霞む――と小雨が忍びやかに、怪し気に、私語するやうにパラ〴〵と降ツて通ツた。樺の木の葉は著しく光沢[一]が褪《さ》めても流石《さすが》に尚《な》ほ青かツた、が只そちこちに立つ稚木のみは総《すべ》て赤くも黄ろくも色づいて、をり〴〵日の光りが今ま雨に濡れた計りの細枝の繁みを漏れて滑りながらに脱けて来るのをあびては、キラ〴〵ときらめいた[二]。』

則ちこれはツルゲーネフの書たるものを二葉亭が訳して『あひびき[三]』と題した短編の冒頭にある一節であつて、自分がかゝる落葉林の趣きを解するに至つたのは此微妙な叙景の筆の力が多い。これは露西亜《ロシア》の景で而《しか》も林は樺の木で、

一　二葉亭訳の初出では、「光沢は褪めてゐても」。
二　初出では、「きらめいてゐた」。「光沢は褪めてゐても」の場合と同様、単なる誤植とは思われない。独歩の文章感覚に起因する転記ミスか。すなわち、「ている」（文法的にはアスペクト形式と呼ばれ、継続中、状態などをあらわす）の形よりも、単純な過去形の言い切りのほうが独歩には自然だったのかもしれない。
三　初出の内題は「あいびき」、目次は「あひびき」となっていた。一般に「あひゞき」とされることが多いのは、前書きに「このあひゞきは先年仏蘭西で死去した、露国では有名な小説家、ツルゲーネフといふ人の端物の作です」云々とあるからである。

武蔵野の林は楢《（なら）》の木、植物帯からいふと甚《（はなは）》だ異て居るが落葉林の野は同じ事である。自分は屢々《（しばしば）》思ふた、若《（も）》し武蔵野の林が楢の類《たぐひ》でなく、松か何かであつたら極めて平凡な変化に乏しい色彩一様なものとなつて左まで珍重するに足らないだらうと。

楢の類だから黄葉する。黄葉するから落葉する。時雨《（しぐれ）》が私語《（ささや）》く。凩《こがらし》が叫ぶ。一陣の風小高い丘を襲へば、幾千万の木の葉高く大空に舞ふて、小鳥の群かの如く遠く飛び去る。木の葉落ち尽せば、数十里の方域に亘《わた》る林が一時に裸体《はだか》になつて、蒼《あを》ずんだ冬の空が高く此上に垂れ、武蔵野一面が一種の沈静に入る。空気が一段澄みわたる。遠い物音が鮮かに聞へる。自分は十月二十六日の記に、林の奥に座して四顧し、傾聴し、睇視し、黙想すと書た。『あひびき』にも、自分は座して、四顧して、そして耳を傾けたとある。此耳を傾けて聞くといふことがどんなに秋の末から冬へかけての、今の武蔵野の心に適《かな》つてゐるだらう。秋ならば林のうちより起る音、冬ならば林の彼方《かなた》遠く響く音。

鳥の羽音、囀《（さへづ）》る声。風のそよぐ、鳴る、うそぶく、叫ぶ声。叢《くさむら》の蔭、林の奥[四]にすだく虫の音。空車《からぐるま》荷車《にぐるま》の林を廻《めぐ》り、坂を下り、野路《のぢ》を横ぎる響。蹄《（ひづめ）》で落葉を蹶散《けち》らす音、これは[五]騎兵演習の斥候か、さなくば夫婦連れで遠乗《（とほのり）》に出かけ

四 虫などが、多く集まって鳴く声。

五 明治三十年代に入る頃から世田谷、目黒地区には多くの軍関連施設、兵営が設けられ、大勢の軍人たちが道玄坂から厚木大山街道を往来し、道玄坂もひとつにはそうした理由から急激な発達をとげることになるが、この頃にもすでに、明治二十二年の青山練兵場(現在の神宮外苑の一帯)の設置に続いて、麻布、赤坂、青山などに諸兵営が移転し、さらには、上目黒の近衛輜重大隊、駒場の騎兵第一聯隊など、郊外への進出も始まっていた(『東京案内』下巻、明治四十年)。ここでは、すぐ近くに駒場の騎兵隊があるので、「騎兵演習」などもしばしば行われていたであろうことがわかる。

た外国人である。何事をか声高《こわだか》に話しながらゆく村の者のだみ声、それも何時しか、遠《（とほざ）》かりゆく。独り淋しさうに道をいそぐ女の足音。遠く響く砲声。隣の林でだしぬけに起る銃音《つゝおと》。自分が一度犬をつれ、近処の林を訪ひ、切株[一]に腰をかけて書《ほん》を読んで居ると、突然林の奥で物の落ちたやうな音がした。足もとに臥《ね》て居た犬が耳を立てゝきつと其方を見詰めた。それぎりで有つた。多分栗が落ちたのであらう、武蔵野には栗樹《くりのき》も随分多いから。

若《（も）》し夫《（そ）》れ時雨《しぐれ》[二]の音に至てはこれほど幽寂のものはない。山家《（やまが）》[三]の時雨は我国でも和歌の題にまでなつて居るが、広い、広い、野末から野末へと林を越え、杜《もり》を越へ、田を横ぎり、又た林を越へて、しのびやかに通り過《ゆ》く時雨の音の如何にも幽《しづ》かで、又た鷹揚《おうやう》な趣きがあつて、優《やさ》しく懐《ゆか》しいのは、実に武蔵野の時雨の特色であらう。自分が嘗《（かつ）》て北海道の深林で時雨に逢た事がある、これは又た人跡絶無の大森林であるから其趣は更に深いが、其代り、武蔵野の時雨の更に人なつかしく、私語《さゝや》くが如き趣はない。

秋の中ごろから冬の初、試みに中野あたり、或は渋谷、世田ケ谷、又は小金井の奥の林を訪ふて、暫く[四]座《すわつ》て散歩の疲を休めて見よ。此等の物音、忽《（たちま）》ち起り、忽ち止み、次第に近づき、次第に遠ざかり、頭上の木の葉風なきに落ちて微《かす》か

一　田山花袋も『東京の近郊』の中で、眺めのいい目黒の丘の上の雑木林や古い松のことを回想し、その松の木の下でよく詩集を読んだりしたものだと言っている。当時のロマンチックな青年に通有のポーズ。なお単行本『欺かざるの記』後編(明治四十二年)に付された満谷国四郎筆の口絵にも、林の中で憩う男女の姿態が描かれている。

二　「秋冬ノ際ニ、且ツ降リ、且ツ晴ルル、小雨ノ名」(『大言海』)。また陰暦十月を「時雨月」ともいう。

三　例えば、『新古今和歌集』巻六、冬に、「山家時雨といへるこころを、藤原隆信朝臣／雲晴れてのちもしぐるる柴の戸や山風はらふ松のしたつゆ」。

四　郊外の林の中に身をおき、周囲の物音に耳を傾けるという振る舞いは、ツルゲーネフの読者の青年たちのあいだで流行した。青野季吉の「明治の文学青年」(『一つの石』昭和十八年)にも、その描写力への驚きとともに、そうした振る舞いに熱中した体験が率直につづられている。——「「片恋」は「うき草」ほど私を打たなかつたが、その中の「あひびき」の自然描写は、これがまた私には驚異であつた。かう云ふ自然そのものの足音や、ささやきまでも聴きとれるやうな、美しい描写は、たうてい人間わざとは思はれなかつた。私は、その頃としては思ひ切つた美装の「片恋」をかかへて、中学の裏手のお寺へつづく林の中を、ひる休みに独りでよく彷徨した。そして自分をツルゲーネフの作中の人物になぞらへ、始業ラッパの鳴るまで、夢見るやうな気持ですごした」。

な音をし、其も止んだ時、自然の静粛を感じ、永遠《エタルニテー》[五]の呼吸身に迫るを覚ゆるであらう。武蔵野の冬の夜更《ふけ》て星斗闌干《せいとらんかん》[六]たる時、星をも吹き落しさうな野分《のわき》がすさまじく林をわたる音を、自分は屢々《しばしば》日記に書た。風の音は人の思を遠くに誘《いざな》ふ。自分は此物凄《ものすご》い風の音の忽ち近く忽ち遠きを聞ては、遠い昔からの武蔵野の生活を思ひつゞけた事もある。

熊谷直好[七]の和歌に、

　よもすがら木葉かたよる音きけば
　　しのびに風のかよふなりけり

といふがあれど、自分は山家の生活を知て居ながら、此歌の心をげにもと感じたのは、実に武蔵野の冬の村居の時であつた。

林に座つて居て日の光の尤も美しさを感ずるのは、春の末より夏の初であるが、それは今こゝには書くべきでない。其次は黄葉の季節である。半ば黄ろく半ば緑な林の中に歩て居ると、澄みわたつた大空が梢々《こずゑ〳〵》の隙間《すきま》からのぞかれて日の光は風に動く葉末《はずゑ》〳〵に砕け、其美さ言ひつくされず。日光とか碓氷《うすひ》[八]とか、天下の名所は兎《と》も角《かく》、武蔵野の様な広い平原の林が限なく染まつて、日の西に傾くと共に一面の火花を放つといふも特異の美観ではあるまいか。若《も》し高きに

五　まだ文学が哲学、神秘思想、宗教などとつながりを保っていた時代ならではの表現。ここでは従来からある「永遠」という語に、eternityと英語で振り仮名を振っている。明治期によく見られた和洋共生の表記。なお『ポケット顧問や、此は便利だ！』（成蹊社、大正三年）には、「常用の翻訳語・外来語・新意語」の一つとして、「エターナル・ライフ」（永生・かぎりないのち。永遠不滅の生命）が立項されている。

六　星の光が降るようにあざやかにきらめいているということ。漢詩漢文の常套的表現。

七　江戸末期の歌人（一七八二—一八六二）。「熊谷直実二十四世の孫にして周防岩国の人」（『日本百科大辞典』三省堂、明治四十二年—大正八年）。賀茂真淵らの万葉振りに対抗して清新・巧緻な古今振りを提唱した香川景樹に師事、桂門十哲の一人と目された。また禅、茶道、管弦においても秀で、名を残した。著書に『梁塵後抄』、家集に『浦の汐貝』など。なお新保邦寛は、田山花袋や花袋の和歌の師で桂園派の歌人である松浦辰男など、独歩周辺で直実の歌を高く評価する空気があったことを指摘している（『独歩と藤村——明治三十年代文学のコスモロジー』有精堂出版、一九九六年）。

八　「「峰といふ峰、巒《やま》といふ巒は、前も後ろも、仰ぐも、俯すも、皆紅葉」といふのが碓氷の紅葉で、山赤く、峰赤く、谷赤く、岩赤く、水赤く、人亦赤しといふのが碓氷の秋である。紅葉の豊富なことにかけては妙義は到底碓氷の敵でない」（松川二郎『改版 土曜から日曜』有精堂書店、大正十四年）。ちなみにこの個所の見出しは「碓氷の秋」となっており、「天下の名所」と呼ばれるにふさわしい絶景であったことがわかる。

登て一目に此大観[一]を占めることが出来るなら此上もないこと、よし其れが出来難いにせよ、平原の景の単調なる丈《だ》けに、人をして其一部を見て全部の広ひ、殆《ほとん》ど限りない光景を想像さする者である。其想像に動かされつゝ夕照に向て黄葉の中を歩ける丈《だ》け歩くことがどんなに面白からう。林が尽きると野に出る。

《四》

十月二十五日の記に、野を歩み林を訪ふと書き、又十一月四日の記には、夕暮に独り風吹く野に立てばと書てある。そこで自分は今一度ツルゲーネフを引く。

『自分[二]はたちどまつた、花束を拾ひ上げた、そして林を去ツてのら[三]へ出た。日は青々とした空に低く漂《たゞよ》ツて、射す影も蒼ざめて冷かになり、照るとはなく只ジミな水色のぼかしを見るやうに四方に充ちわたつた。日没にはまだ半時間も有らうに、モウゆうやけがほの赤く天末を染めだした。黄ろくからびた刈株《かりかぶ》をわたツて烈しく吹付ける野分《のわき》に催されて、そりかへツた細かな落ち葉があはたゞしく起き上り、林に沿ふた往来を横ぎつて、自分の側を駈け通ツた、のらに向ツて壁のやうにたつ林の一面は総てざわ

一→三二頁注七。

二 この引用も、《三》での引用と同様、二葉亭訳の初出文から。この部分も『片恋』所収の改訳文とは大きな相違がある。こころみに引用部分の冒頭の三行に相当する部分のみを紹介すると、「自分は茫然として立つてゐたが、軈(やが)てワシリヨークの花束を拾上げて、林を野へ出た。日は晴々とした蒼空に低く漂つて、薄く弱い景(かげ)が輝きはせずに朦朧と射してゐる。」となっている。

三 田畑という意味のほかに、単に「野」という意味もあった。「らハ助辞、嶺ろ、尾ろノ類」(『大言海』)。

ぐざわつき、細末の玉の屑を散らしたやうに煌《きらめ》きはしないがちらついてゐた。また枯れ艸、莠《はぐさ》、藁の嫌ひなくそこら一面にからみついた蜘蛛の巣は風に吹《ふ》き靡《なび》かされて波たツてゐた。

自分はたちどまつた……心細く成つて来た、眼に遮る物象はサツパリとはしてゐれど、おもしろ気もおかし気もなく、さびれはてたうちにも、どうやら間近になツた冬のすさまじさが見透かされるやうに思はれて。小心な鴉が重さうに羽ばたきをして、烈しく風を切りながら、頭上を高く飛び過ぎたが、フト首を回らして、横目で自分をにらめて、急に飛び上ツて、声をちぎるやうに啼きわたりながら、林の向ふへかくれてしまツた。鳩が幾羽ともなく群をなして勢込んで穀倉の方から飛んで来た、が[四]フト柱を建てたやうに舞ひ昇ツて、さてパツと一斉に野面に散ツた――ア、秋だ！誰だか禿山の向ふを通ると見えて、から車の音が虚空《こくう》に響きわたツた……』

これは露西亜《ロシア》の野であるが、我《わが》武蔵野の野の秋から冬へかけての光景も、凡《およ》そこんなものである。武蔵野には決して禿山《はげやま》はない。しかし大洋のうねりの様に高低起伏して居る。それも外見には一面の平原の様で、寧《むし》ろ[五]高台《たかだい》の処々

四　初出では、「穀倉の方から飛んで来たが、フト柱を建てたやうに舞ひ昇ッて」。独歩の文章感覚に起因する転記ミスか、単なる誤植か、決めがたい。

五　このあたりの地形の様子を、当時の地形図で等高線に注目しながら確かめてみると、三〇メートルから四〇メートルくらいまでの等高線に囲まれた地域が高台にあたり、そうした高台が至るところに点在している。その中で独歩の旧居は三〇メートルの等高線のあたりにある。そしてそれらの高台を取り囲むようにして、二五メートル、二〇メートルの等高線が輪を描き、低地に向けて、時になだらかな時に急な斜面を形成している様子が見て取れる。そしてその最低部を渋谷川や目黒川といった河川が縫うようにして流れている。そうした様子を、ここでは、高台が所々で窪んで小さな浅い谷をなしている、と表現している。↓五二九頁付図。

が低く窪んで小さな浅い谷をなして居るといつた方が適当であらう。此谷の底は大概[一]水田である。畑は重《おも》に高台にある、高台は林と畑とで様々の区画をなして居る。畑は即ち野である。されば林とても数里にわたるものなく否《いな》、恐らく一里にわたるものもあるまい、畑とても一眸《いちぼう》[二]数里に続くものはなく一座の林の周囲は畑[三]、一頃《いちけい》[四]の畑の三方は林、といふ様な具合で、農家が其間に散在して更《さ》らにこれを分割して居る。即ち野やら林やら、たゞ乱雑に入組んで居て、忽《たちま》ち林に入るかと思へば、忽ち野に出るといふ様な風である。それが又た実に武蔵野に一種の特色を与へて居て、こゝに自然あり、こゝに生活あり、北海道の様な自然そのまゝの大原野大森林とは異て居て、其趣も特異である。

　稲の熟する頃となると、谷々の水田が黄《きば》んで来る。稲が刈り取られて林の影が倒《さか》さに田面に映《うつ》る頃ろとなると、大根畑の盛で、大根がそろ〳〵抜かれて、彼方此方の水溜《みづため》又は小さな流の潯《ほとり》で洗はれる様になると、野は麦の新芽で青々となつて来る。或は麦畑の一端、野原のまゝで残り、尾花《をばな》[五]野菊が風に吹かれて居る。萱原の一端が次第に高《たか》[六]まつて、其《その》はてが天際をかぎつて居て、そこへ爪《つま》先《さき》あがりに登て見ると、林の絶《た》え間《ま》を国境に連る秩父《ちゝぶ》の諸嶺が黒く横《よこた》はツて居て、あたかも地平線上を走ては又た地平線下に没して居るやうにも見える。さ

一 丘の上の独歩の家から、宮益坂と道玄坂とを結ぶ谷底方面へと下りていくと、道玄坂の通りの左右にはまだ田圃が残っていた(馬場孤蝶『明治の東京』)。明治四十五年生まれの藤田佳世も七つ八つの頃まで田圃が見られたと言っている(藤田佳世『渋谷道玄坂』昭和三十六年)。五二九頁付図でも、道玄坂の商店街を渋谷の谷底のほうに向かって抜けたあたりの両側には、田や水田を表す地図記号(⏄)が確認できる。

二 「眸」はひとみのこと。一望と同じく、一目で見渡すということ。

三 五二九頁付図で見ると、渋谷の谷底から独歩の家のある丘にかけては、桑畑、杉林、雑木林、篠叢、荒蕪地、さらには田をあらわす地図記号が入り混じって見られる。

四 「一頃」は田「百畝」のことだが、「頃」は中国の地積の単位。日本では、「地積は段を単位とし、十段を一町、十分の一段を一畝、三十分の一畝を歩又は坪といひ、(中略)そうして、一歩は六尺四方の地をいふのである」(『実用百科大全』明治四十一年)。すなわち日本では、百畝＝一町＝三千坪＝九九・一七アールだが、「畝」の広さは日本と中国では違い、さらに中国でも時代によって異なるので、いちがいに一頃＝百畝＝三千坪とは言い切れない。日本では一畝は三十歩であるのに対して、中国では時代により一畝は、百歩の時も二四〇歩の時もあったという。もっともここはそうした実際の広さよりも、月の高さを必ず「三竿」と表現するように、「あたり一面の」を意味する詩的な表現ととれば事足りる。

五 すすき、ないしはすすきの花のこと。その形が獣の尾に似ていることからこう言う。

六 郷土地理学が専門の小田内通敏も『田舎と都会』(昭和九年)の中で、十数年前に武蔵野の村

てこれより又た畑の方へ下《くだ》るべきか。或は畑の彼方の萱原に身を横へ、強く吹く北風を、積み重ねた枯草で避《よ》けながら、南の空をめぐる日の微温《ぬる》き光に顔をさらして畑の横の林が風にざわつき煌《きらめ》き輝くのを眺むべきか。或は又た直ちに彼林《かの》へとゆく路をすゝむべきか。自分は斯《か》くためらつた事が屢〻《しばしば》ある。自分は困つたか否、決して困らない。自分は武蔵野を縦横に通じてゐる路•は、どれを撰《えらん》で行つても自分を失望さゝないことを久しく経験して知て居るから。

《五》

[七]自分の朋友が嘗《かつ》て其郷里から寄せた手紙の中に『此間も一人夕方に萱原を歩みて考へ申候、此野の中に縦横に通ぜる十数の径《みち》の上を[八]何百年の昔より此《この》かた朝の露さやけしといひては出で夕の雪花やかなりといひては[九]あこがれ何百人のあはれ知る人や[一〇]逍遥しつらん相悪《あひにく》む人は相避けて異なる道をへだゝりて往き相愛する人は相合して同じ道を手に手とりつゝかへりつらん』との一節があつた。野原の径を歩みては斯《かか》るいみじき想も起るならんが、武蔵野の路はこれとは異り、相逢はんとて往くとても逢ひそこね、相避けんとて歩むも林の回り角で突然出逢ふ事があらう。されば路といふ路、右にめぐり左に転じ、林を貫き、野

々を調査した折の感想として、「うねりうねつたふるい野道」と「波のように起伏してゐる景色」とをあげている。すなわち「小高いところは、赤松の林や櫟の雑木林などに取り囲まれてゐる畑で、低いところは小川に沿うて細長く水田が開けて」おり、古い野道は、「台地の根にあるこれらの村々を、それからそれと縫うてゆく」、「台の根にある村々を縫つて通つてゐる」、と表現している。

七 これが柳田国男を指し、以下の手紙が、柳田が下総の布佐から送った手紙(文範「武蔵野の路」『文章世界』明治四十年四月)であることを、芦谷信和が『近代文学注釈叢書11 国木田独歩』(有精堂、平成三年)の注釈で指摘している。なお「文範」欄には「武蔵野の路」として、『武蔵野』の《五》全体が再録され、それに対して田山花袋と思しき編者が付記を添え、その付記の中でこの手紙の書き手を柳田としている。

八 友人がひとり萱原を歩きながら考えたことを書いてよこしたというのだから、用途としては書簡文だが、中身は「叙情文」に分類される。叙情文のなかで、古人の行為や思いに想像をはせて「情」をふくらませていくのは、かつては広くおこなわれた文章作法のひとつ。

九 「あくがる」が転じて「あこがる」。口語では「あこがれる」。どちらにしても連用形は「あこがれ」となる。意味は、何かに心を奪われ、という場合にも使うが、ここは、「居ル処ヲハナレテ、浮カレ出ヅ」(『大言海』)、さまよい出る、というような意味。

一〇 ぶらぶら歩く。そぞろ歩きをする。

を横ぎり、真直《まつすぐ》なること鉄道線路の如きかと思へば、東よりすゝみて又東にかへるやうな迂回の路もあり、林にかくれ、谷にかくれ、野に現はれ、又た林にかくれ、野原の路のやうに能《よ》く遠くの別路ゆく人影を見ることは容易でない。しかし野原の径《みち》の想にもまして、武蔵野の路には[一]いみじき実がある。

武蔵野に散歩する人は、道に迷ふことを苦にしてはならない。どの路でも足の向く方へゆけば必ず其処《そこ》に見るべく、聞くべく、感ずべき獲物《えもの》がある。武蔵野の美はたゞ其縦横に通ずる数千条の路を当《あて》もなく歩《ある》くことに由《よつ》て始めて獲《え》られる。春、夏、秋、冬、朝、昼、夕、夜、月にも、雪にも、風にも、霧にも、霜にも、雨にも、時雨《しぐれ》にも、たゞ此路をぶら〳〵歩て思ひつき次第に右し左すれば随処に吾等を満足さするものがある。これが実に又た、武蔵野第一の特色だらうと自分はしみ〴〵感じて居る。武蔵野を除《のぞい》て日本に此様な処が何処《どこ》にあるか。北海道の原野には無論の事、奈須野[二]にもない、其外何処にあるか。林と野とが斯《か》くも能《よ》く入り乱れて、[三]生活と自然とが斯《こ》の様《やう》に密接して居る処が何処にあるか。実に武蔵野に斯《かか》る特殊の路のあるのは此の故である。

されば君若《も》し、一の小径を往き、忽《たちま》ち三条に分るゝ処に出たなら困るに及ばない、君の杖を立てゝ其倒れた方に往き玉へ。或は其路が君を小さな林に導く。

一　他ではなかなか得られない収穫、とでもいったような意味。直後の、「見るべく、聞くべく、感ずべき獲物」、「武蔵野の美」もそれにあたる。

二　那須野のこと。栃木県にある、北海道と並ぶ日本の代表的な原野のひとつ。「下野国那須郡に在る広大なる平野。西北には那須・高原の両火山聳え、東は常陸の国境なる八溝山地に限られ、南方に漸傾する箕形の平地なり。東西六七里南北十里余、全部那珂川の流域に属し、其支流黒川・箒川等いづれも西北より東南に向て流る。（中略）古来曠野として顧みられざりしが、徳川時代に至り、所々開墾に従事するものあり。明治年間県令三島通庸氏鋭意開墾に努め、水利を通じ、移民を奨励し、且貴紳の人々に説き農場を経営せしめしため、今日にては村里相通じ戸口増加せり」（『日本百科大辞典』）。なお松川二郎は那須野の発展ぶりについて『改版　土曜から日曜』のなかで、このように叙述している。「黒磯駅から那須岳の東北麓まで、茫漠たる那須野ヶ原の只中を坦々として通ずる道は、極めて緩徐な勾配を成して、この四里九町の間に一千二百尺の高さを登つてゆく。那須野も今は大分開墾せられ、植林せられて、或る所では全く果樹園と菜圃とに変つてしまつたけれども、温泉へゆく途中には、まだまだ、武士の矢並つくらふ籠手の上に霰たばしる篠原と詠まれた当時の俤が残されてゐる」。

三　小田内通敏も前掲の『田舎と都会』で述べているように、小高いところにある「赤松の林や櫟の雑木林」の周辺ではそれらに取り囲まれるようにして畑があり、また、台地のあいだの低いところを流れる小川のまわりには細長く水田が開けている、といったように、生活と自然とが入り混じって共存しているのが武蔵野の特徴の

林の中ごろに到て又た二つに分れたら、其小なる路を撰んで見玉へ。或は其路が君を妙な処に導く。これは林の奥の古い墓地で苔むす墓が四つ五つ並《ならん》で其前に少し計りの空地《あきち》があつて、其横の方に女郎花《をみなへし》など咲て居ることもあらう。頭の上の梢《こずゑ》で小鳥が鳴て居たら君の幸福である。すぐ引きかへして左の路を進んで見玉へ。忽ち林が尽《つき》て君の前に見わたしの広い野が開ける。足元《あしもと》から少しだら〳〵下《さが》りに成り萱が一面に生え、尾花の末が日に光つて居る、萱原の先きが畑で、畑の先に背の低い林が一叢《むら》繁り、其林の上に遠い杉の小杜《こもり》が見え、地平線の上に淡々《あはく》しい雲が集て居て雲の色にまがひさうな連山が其間に少しづゝ見える。十月小春の日の光のどかに照り、小気味よい風がそよ〳〵と吹く。若し萱原の方へ下《お》りてゆくと、今まで見えた広い景色が悉く隠れてしまつて、小さな谷の底に出るだらう。思ひがけなく細長い池[四]が萱原と林との間に隠れて居たのを発見する。水は清く澄《すん》で、大空を横ぎる白雲の断片を鮮かに映してゐる。水の潯《ほとり》には枯蘆《かれあし》が少しばかり生えてゐる。此池の潯《ほとり》の径《みち》を暫くゆくと又た二つに分れる。右にゆけば林、左にゆけば坂。君は必ず坂をのぼるだらう。兎角《とかく》武蔵野を散歩するのは高い処高い処と撰びたくなるのはなんとかして広い眺望を求むるからで、それで其の望は容易に達せられない。見下ろす様な眺望[五]は決し

ひとつだった。

四 ちなみに独歩の家のすぐそばにもいちじく型の池があった。↓五二九頁付図。

五 五二九頁付図で高低差を確かめると、独歩の家のあったあたりの標高は三〇メートル前後。これに対して、四一頁注五でも触れたように、近辺のもっとも高いところでも三五メートル余り、もっとも低い渋谷の谷底は二〇メートル未満と、高低差はそれほどでもない。「見下ろす様な眺望」が得られない理由でもある。

て出来ない。それは初めからあきらめたがいゝ。

若し君、何かの必要で道を尋ねたく思はゞ、畑の真中に居る農夫にきゝ玉へ。農夫が四十以上の人であつたら、大声をあげて尋ねて見玉へ、驚て此方を向き、大声で教えて呉れるだらう。若《(も)》し少女《をとめ》であつたら近づいて小声できゝ玉へ。若し若者であつたら、帽を取て慇懃《(いんぎん)》に問ひ玉へ。鷹揚《(おうやう)》[一]に教えて呉れるだらう。怒《おこ》つてはならない、これが東京近在の若者の癖であるから。

教えられた道をゆくと、道が又た二つに分れる。教えて呉れた方の道は余りに小さくて少し変だと思つても其通りにゆき玉へ、突然農家の庭先に出るだらう。果して変だと驚てはいけぬ。其時農家で尋ねて見玉へ、門を出るとすぐ往来ですよと、すげなく答へるだらう。農家の門を外に出て見ると果して見覚えある往来、なる程これが近路《ちかみち》だなと君は思はず[二]微笑をもらす、其時初て教えて呉れた道の有難さが解《わか》るだらう。

真直《まつすぐ》な路で両側《がは》共十分に黄葉した林が四五丁も続く処に出る事がある。此路を独り静かに歩む事のどんなに楽しからう。右側の林の頂は夕照鮮《あざや》かにかゞやいて居る。をりく\落葉の音が聞える計り、四辺《あたり》はしんとして如何にも淋《さび》しい。前にも後にも人影見えず、誰にも遇《(あ)》はず。若し其れが木葉落ちつくした頃なら

一『修訂 大日本国語辞典』では「鷹揚」は「大様」の訛り。その「大様」は、「一、寛大にして、細事に拘はらぬこと。挙動の落ちつきて、卑しき風なきこと。おほまか。おほどか。おほらか」、「二、ぼんやりしたること。気のきかぬこと。鈍なること」、「三、おほかた。あらまし。大抵」となっている。ここでは質問者の帽子を取った「慇懃」な態度と対比され、かつ、それに対して「怒つてはならない」ともあるから、「気のきかぬこと」だけでは十分ではなく、もう少し否定的なニュアンスが加味された、たとえば「横柄な態度」とでもいったような意味にとったほうがふさわしい。ちなみに夏目漱石の『心』には、学生時代の先生が奥さんから、その性格がせせっこましくない点、おおらかな点をほめられて「鷹揚な方だ」と評される用例がある。

二 底本では「君はず」となっている。初出では「君は思はず」なので単なる誤植の可能性が高いが、ひょっとすると「思はず」へと改稿され、それが誤植されて「君はず」となった可能性も絶無ではない。「君」と「思」は崩し字体が似ており、また、だいぶ後の版だが(もちろん没後)、単に「思はず」とのみ訂された版も存在する(第五十九版、大鐙閣、大正七年五月)。

ば、路は落葉に埋れて、一足毎にがさ〳〵と音がする、林は奥まで見すかされ、梢《こずゑ》の先は針の如く細く蒼空《あをぞら》を指してゐる。猶更《なほさ》ら人に遇はない。愈〻《いよいよ》淋しい。落葉をふむ自分の足音ばかり高く、時に一羽の山鳩あわたゞしく飛び去る羽音に驚かされる計り。

同じ路を引きかへして帰るは愚《ぐ》である。迷つた処が今の武蔵野に過ぎない。まさかに行暮れて困る事もあるまい。帰りも矢張《やはり》凡《およ》その方角をきめて、別な路を当てもなく歩くが妙。さうすると思はず落日の美観をうる事がある。日は富士の背に落ちんとして未だ全く落ちず、富士の中腹に群《むら》がる雲は黄金色に染て、見るがうちに様々の形に変ずる。連山の頂は白銀の鎖《くさり》の様な雪が次第に遠く北に走て、終は暗憺《あんたん》たる雲のうちに没してしまう。

日が落ちる、野は風が強く吹く、林は鳴る、武蔵野は暮れむとする、寒さが身に沁《し》む、其時は路をいそぎ玉へ、顧みて思はず[三]新月が枯林の梢の横に寒い光を放てゐるのを見る。風が今にも梢から月を吹き落しさうである。突然又た野に出る。君は其時、

[四]山は暮れ野は黄昏《たそかれ》の薄《すすき》かな

の名句を思ひだすだらう。

三 陰暦八月十五夜の月(仲秋の名月)、月初めの頃の月、との意味もあるが、ここでは単に「鮮カナル月」(『大言海』)の意味か。

四 与謝蕪村の句。正しくは「山は暮(れ)て……」。「て」と「れ」の一字違いで、かつ「山は暮て」のほうがむしろ字余りなので、誤植・誤記ないしは記憶違いしたものと思われる。独歩がここで取り上げたことで俄然注目されるようになり(永田龍太郎『完 評釈 蕪村秀句』永田書房、平成五年)、現に評釈類で頻繁に取り上げられるようになるのも、正岡子規らによる「蕪村句集講義」(連載だが、この句への論評は『ホトトギス』明治三十五年三月)以降のことである(『蕪村事典』)。もっとも子規は「暮て」と「黄昏」を重ねた点に「厭味」・「月並」を指摘しているが、明治大正期の蕪村評価としては、芭蕉亡き後俳句俳文が「概念的、説明的、理知的」傾向に陥り、「一般民衆の間に歓迎されひろがつて無数の宗匠を生じたが」、その実「ゆくべき道は全く行詰つた」状態が続いていたのに対して(高須芳次郎『日本 近世文学十二講』大正十二年)、清新な作風で一世を風靡したと捉えるのが一般的」(同書では、その作風の中国趣味、歴史趣味、古典趣味、絵画性、理知性が指摘されているが、「山は暮て」の句も、一足早く夕闇に包まれた山とまだ黄昏の明るさを残す野との絵画的対比が鮮やか。ここでは銀色に輝く薄が、野の明るさをいっそうひきたてている。

《六》

[一]今より三年前の夏のことであつた。自分は[二]或《ある》友と市中の[三]寓居を出で〻[四]三崎町の停車場から境まで乗り、其処《そこ》で下りて北へ真直《まつすぐ》に四五丁ゆくと[五]桜橋といふ小さな橋がある、それを渡ると一軒の[六]掛茶屋がある、此茶屋の婆さんが自分に向て、「今時分、何にしに来たゞア」と問ふた事があつた。

自分は友と顔見合せて笑て、「散歩に来たのよ、たゞ遊びに来たのだ」と答へると、婆さんも笑て、それも馬鹿にした様な笑ひかたで、「桜は春咲くこと知《しら》ねえだね」と言つた。其処《そこ》で自分は[七]夏の郊外の散歩のどんなに面白いかを婆さんの耳にも解《わか》るやうに話して見たが無駄《むだ》であつた。東京の人は呑気《のんき》だといふ一語で消されて仕了《しま》つた。自分等は汗をふき〱、婆さんが剝《むい》て呉れる[八]甜瓜《まくはうり》を喰ひ、茶屋の横を流れる幅一尺計りの小さな溝で顔を洗ひなどして、其処を立出でた。此溝の水は多分、小金井の[九]水道から引たものらしく、能《よ》く澄で居て、青草の間を、さも心地よさゝうに流れて、をり〱こぼ〱と鳴ては小鳥が来て翼をひたし、喉を湿《うる》ほすのを待て居るらしい。しかし婆さんは何とも思はないで此水で朝夕、鍋釜を洗うやうであつた。

一「欺かざるの記」によれば、これに似た体験としては、明治二十八年八月に当時恋愛中の佐々城信子と連れ立って、飯田町停車場から国分寺まで鉄道で行き、そこから小金井橋までは人力車を利用し(距離にして十五町)、小金井橋からは『武蔵野』の記述とは逆に堤上を東に向かい、桜橋までたどったことがあった。↓補六。

二 佐々城信子のことをこのように仮構しているか。二十九年秋から翌年春にかけての日記からの引用に際しても、信子への未練を慎重に排除していることにもつながる態度。↓補七。

三 当時、独歩は芝区兼房町(現港区新橋二丁目)に居住。

四 甲武鉄道の飯田町停車場のこと。甲武鉄道は明治二十二年四月に新宿―八王子間が開通。二十八年には飯田町まで延長され、そこが始発駅となった。他線に先駆けてこれが中野まで電化されるのは明治三十八年のこと。なお「境」とは現在の武蔵境駅のこと。

五「佐久良橋」とも表記した(『風俗画報』臨時増刊三三七号「小金井名所図会」明治三十九年三月)。同書には境駅より北に五、六町とある。

六「欺かざるの記」に「老媼老翁」が営む茶屋で休息したとある。桜橋よりも賑わっていた小金井橋のたもとには柏屋なる有名な料理屋を始めとして何軒もの休息所があったが、花袋の『一日の行楽』(大正七年)によれば、近在の住人が庭の一部を割いて腰掛を置いたり、葦簀を張ったりした茶店も多かったという。

七 花袋も『東京の近郊』の中で、小金井の桜の新緑を称揚しており、松川二郎も「人多く小金井の春のみを説いて、その秋を説く者極めて稀である。遺憾に堪へない」(『郊外探勝 日がへりの旅』大正八年)と言っている。

茶屋を出て、自分等は、そろ〳〵小金井の堤を、水上の方へとのぼり初めた。あゝ其日の散歩がどんなに楽しかつたらう。成程《なるほど》一〇小金井は桜の名所、それで夏の盛に其堤をのこ〳〵歩くも余所目《よそめ》には愚かに見へるだらう、しかし其れは未だ今の武蔵野の夏の日の光を知らぬ人の話である。

　空は蒸暑《むしあつ》い雲が湧《わ》きいでゝ、雲の奥に雲が隠れ、雲と雲との間の底に蒼空が現はれ、雲の蒼空に接する処は白銀の色とも雪の色とも譬《たと》へ難き純白な透明な、それで何となく穏かな淡々《あはく》しい色を帯びて居る、其処《そこ》で蒼空が一段と奥深く青々と見える。たゞ此《これ》ぎりなら夏らしくもないが、さて一種の濁《にご》つた色の霞のやうなものが、雲と雲との間をかき乱して、凡《す》べての空の摸様を動揺、参差《しんし》一一、任放《にんばう》一二、錯雑の有様と為し、雲を劈《つんざ》く光線と雲より放つ陰翳とが彼方此方に交叉して、一三不羈奔逸《ふきほんいつ》の気が何処ともなく空中に微動して居る。林といふ林、梢《こずゑ》といふ梢、草葉の末に至るまでが、光と熱とに溶けて、まどろんで、怠《なま》けて、うつら〳〵として酔て居る。林の一角、直線に断《た》たれて其間から広い野が見える、野良《のら》一面、糸遊《いという》一四上騰《じやうとう》して永くは見つめて居られない。

　自分等は汗をふき乍《なが》ら、大空を仰いだり、林の奥をのぞいたり、天際の空、林に接するあたりを眺めたりして堤の上を喘《あゑ》ぎ〳〵辿《たどつ》てゆく。苦しいか？、ど

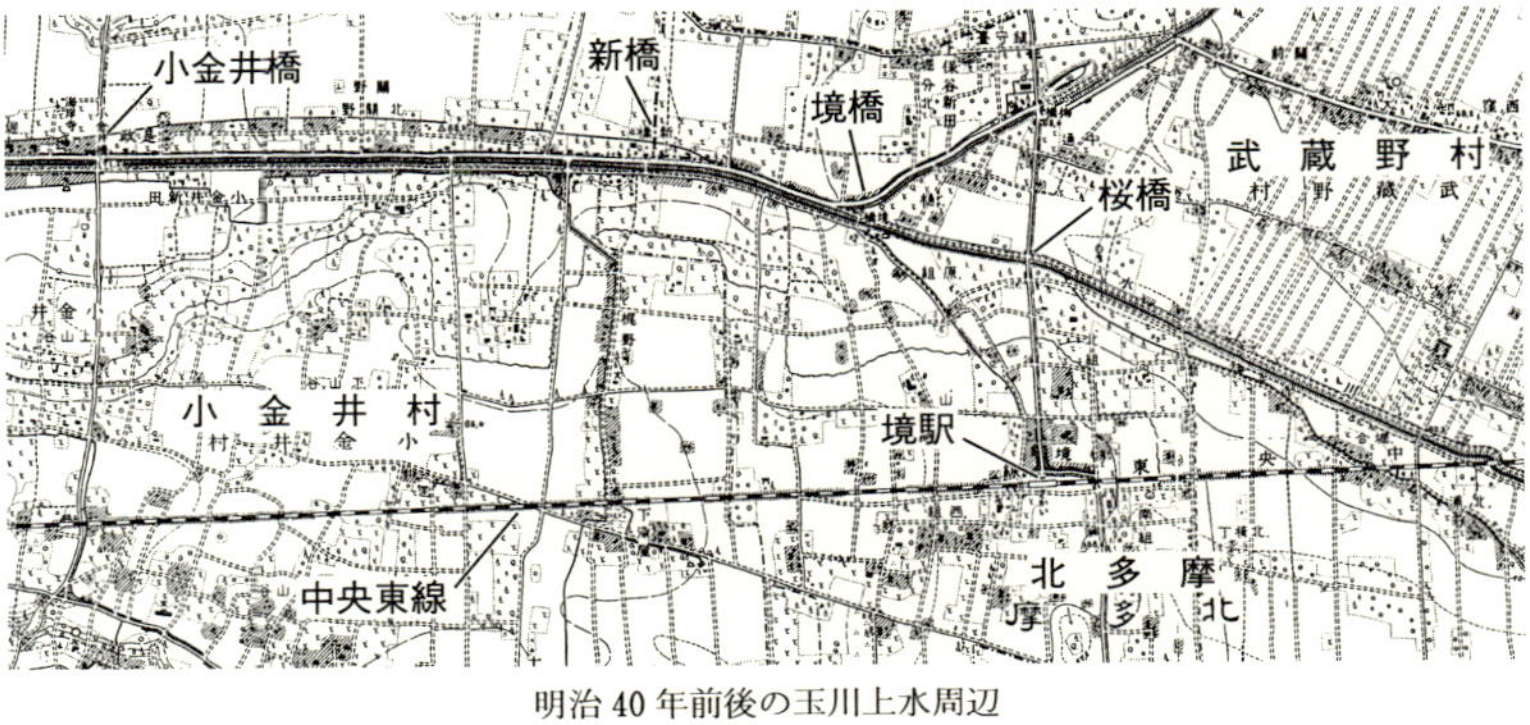

明治40年前後の玉川上水周辺
(陸地測量部「二万分一地形図・東京近傍21号(田無)」)

うして！　身《み》うちには健康がみちあふれて居る。

長堤[一]三里の間、ほとんど人影を見ない。農家の庭先、或は藪の間から突然、犬が現はれて、自分等を怪しさうに見て、そしてあくびをして隠て仕了《しま》う。林の彼方では高く羽ばたきをして雄鶏が時をつくる、それが米倉の壁や杉の森や林や藪に籠《こも》つて、ほがらかに聞える。堤の上にも家鶏《にはとり》[二]の群が幾組となく桜の陰などに遊で居る。水上を遠く眺めると、一直線に流れてくる道の末は銀粉を撒《まい》たやうな一種の陰影のうちに消え、間近くなるにつれてぎら〳〵輝《かゞやい》て矢の如く走てくる。自分達は或橋の上に立て、流れの上と流れのすそと見比べて居た。光線の具合で流《ながれ》の趣が絶えず変化して居る。水上が突然薄暗くなるかと見ると、雲の影が流と共に、瞬《またゝ》く間《ま》に走て来て自分達の上まで来て、ふと止まつて、急に横にそれて仕了ふことがある。暫《しばら》くすると水上がまばゆく煌《かゞやい》て来《き》て、両側の林、堤上の桜、あたかも雨後の春草のやうに鮮かに緑の光を放つて来《く》る。橋の下では何とも言ひやうのない優《やさ》しい水音がする。これは水が両岸に激して発するのでもなく、又た浅瀬のやうな音でもない。たつぷりと水量《みづかさ》があつて、それで粘土質の殆《ほとん》ど壁を塗つた様な深い溝を流れるので、水と水とがもつれてからまつて、揉《も》み合て、自から音を発するのである。何たる人なつかしい音だらう！

八「おもに生食す。（中略）青皮甜瓜・銀甜瓜・鳴子甜瓜等は在来種にして、その他、洋種に属するもの数種あり。中にも大形にして、うり肉淡紅色を呈するをオセージと称す」（『家庭辞書』明治三十八年）。

九 玉川上水のこと。玉川上水は多摩川の水を中流の羽村で取水したもので、小金井堤を経て四谷の大木戸方面へと続いていた。

一〇 小金井の様子については、並木仙太郎『武蔵野』（民友社、大正二年）が「仙境小金井」という章を設けて詳述している。

一一 長さが揃わなかったり、食い違っていること。

一二 なるがままにまかせて、放置しておくこと。

一三 何者にも縛られずに、自由気ままなこと。

一四 陽炎《かげろう》がたちのぼること。

以上四九頁

一 桜橋から小金井橋までの間は、実際には一里（四《キロメ》ートル）弱しかない（十方庵敬順『遊歴雑記』初編〈文化十一年刊、平凡社「東洋文庫」所収〉五五にも「東西壱里の間さくら木多し」とある）。ただし小金井堤を「長堤」と呼ぶのは広く行われており、三里というのはそれに引きずられた詩的な慣用表現か。

二 並木仙太郎『武蔵野』によれば、このあたりでは養鶏や養兎が盛んだった。

三 ワーズワス（William Wordsworth, 一七七〇-一八五〇。イギリス）の詩「泉」（The Fountain）の一節。以下に訳を掲げる。「心よい水の調べに合せて／古い辺境の歌か、夏の真昼にふさわしい／輪唱歌でも唱いましょうか」（『ワーズワース詩集』田部重治訳、岩波文庫、昭和三十二年）。なお新保邦寛は前掲『独歩と藤村』で、『武蔵野』前半（一－五）と後半（六－九）の構想・執筆時期

“────[三]Let us match
This water's pleasant tune
With some old Border song, or Catch,
That suits a summer's noon.”

の句も思ひ出されて、[四]七十二才の翁と少年とが、そこら桜の木蔭にでも坐《すわ》つて居ないだらうかと見廻はしたくなる。自分は此流の両側に[五]散点する農家の者を幸福《しあはせ》の人々と思つた。無論、此堤の上を[六]麦藁《むぎわら》帽子とステツキ一本で散歩する自分達をも。

《七》

自分と一所に小金井の堤を散歩した朋友は、[七]今は判官になつて地方に行て居るが、自分の[八]前号の文を読んで次の如くに書《かい》て送て来た。自分は便利のために之れを此処に引用する必要を感ずる──武蔵野は俗にいふ[九]関八州の平野でもない。また[一〇]道灌が傘の代りに山吹の花を貰つたといふ歴史的の原でもない。僕は自分で限界を定めた一種の武蔵野を有《いう》して居る。其限界は恰も国境又は村境が山や河や、或は古跡や、色々のもので、定めらるゝやうに自ら定められた

や内容上の違いに注目して、前半のツルゲーネフ的世界が後半ではワーズワス的世界に回帰していると指摘している。独歩がもっとも熱心なワーズワシアンであった佐伯時代の蘇りが、この部分や《八》の「田園詩」の個所などに見られるというのである。

四 「泉」の登場人物。七十二歳のマッシュー老人と少年の私とが泉のほとりで交わす会話がこの詩の中心をなす。

五 散在とか点在と同義。

六 『欺かざるの記』後編に付された満谷国四郎筆の口絵でも、男性は麦わら帽子で和服を身にまとっている。かたわらに、パラソルかステッキのようなものも見える。

七 判官とは判事＝裁判官のこと。このような境遇の友人は今井忠治なる人物であることが前田重「峰夏樹──『暴風』のモデル今井忠治」(『国語と国文学』昭和二十三年五月)に指摘されている。また山田博光の注釈(『日本近代文学大系10 国木田独歩集』角川書店、昭和四十五年)によれば、今井は明治三十年に判事として徳島に赴任したものの、同年十月には京都に転勤している。したがってここでは武蔵野を共に散策した信子と判事として地方に赴任した今井とを、一人の人物として合成していたことになる。そうすることで、武蔵野散策の印象は書きとめつつも、そこから信子の影を極力排除しようとしたというわけである。

八 『国民之友』三六五号(明治三十一年一月)に発表された「今の武蔵野」一－五のこと。『武蔵野』《一》－《五》にあたる。かつてのように月三回の発行ではなく、この頃は月一回となっていたので、前号の記事への反応を次号の記事に反映させることもできるようになった。

もので、其定めは次の色々の考《（かんがへ）》から来る。

僕の武蔵野の範囲の中には東京がある。しかし之《（これ）》は無論省《はぶ》かなくてはならぬ、なぜなれば我々《われ〳〵》は農商務省[一]の官衙《くわんが》[二]が巍峨《ぎが》[三]として聳《そび》えて居たり、鉄管事件《てつくわんじけん》[四]の裁判が有つたりする八百八街[五]によつて昔の面影《おもかげ》を想像することが出来ない。それに僕が近《ちか》ごろ知合《しりあひ》になつた独乙《（ドイツ）》婦人の評に、東京は「新《あた》らしい都《みやこ》」といふことが有つて、今日の光景では仮令《たとへ》徳川の江戸で有つたにしろ、此評語《このひやうご》を適当と考へられる筋もある。斯様《（かやう）》なわけで東京は必《かなら》ず武蔵野から抹殺《まつさつ》せねばならぬ。

しかし其市の尽《つ》くる処、即ち町外《（まちは）》づれは必《かなら》ず抹殺してはならぬ。僕が考には武蔵野の詩趣《ししゆ》を描くには必ず此町外れを一の題目《だいもく》とせねばならぬと思ふ。例へば君が住《（すま）》はれた渋谷の道玄坂《だうげんざか》の近傍、目黒の行人坂《ぎやうにんざか》、また君と僕と散歩《さんぽ》した事の多い早稲田の鬼子母神[六]辺《あたり》の町、新宿、白金《（しろかね）》……

また武蔵野の味《あぢ》を知るにはその野から富士山《ふじさん》、秩父山脈国府台《こふのだい》[七]等を眺めた考のみでなく、また其中央に包《つゝ》まれて居る首府《しゆふ》東京をふり顧《かへ》つた考で眺めねばならぬ。そこで三里五里の外《そと》に出で平原《へいげん》を描くことの必要が有る。君の一篇《ぺん》にも生活と自然とが密接《みつせつ》して居るといふことが有り、また時々色々なものに出遇《であ》ふ面白味が描《ゑがい》てあるが、いかにも左様《さやう》だ。僕は曾《（かつ）》て斯《（か）》ういふことが有《あ》る、家弟を

九　関東八州の略。すなわち相模、武蔵、安房、上総、下総、常陸、上野、下野の八カ国を指すが、関八州を武蔵野と呼ぶ例はさすがに少ない。↓五四頁注二。

一〇　道灌とは太田道灌(一四三二-八六)のこと。江戸城を築城したことで有名。室町時代の武将・歌人。文人・歌人としても名高く、ここにいう山吹伝説が戯曲化され上演されてから広く知られるようになった。山吹伝説とは、道灌が今の豊島区の面影橋のあたりで雨に降られた際、雨具を借りようとして一軒の農家に立ち寄ったものの、少女に山吹の花一枝を差し出されたという逸話。「七重八重花は咲けども山吹のみの一つだになきぞ悲しき」という和歌にことよせて断られたわけだが、その歌を知らなかった道灌は以後歌道に邁進したという後日談をともなっている。ただし『日本百科大辞典』は「こは後人の仮作に出でしものなるべし」と記している。

以上五一頁

一　京橋区木挽町(現中央区銀座六丁目)にあった農商務省の建物は、ひときわ目立つモダンな外観で有名だった。「農商務省は、木挽町十丁目十二、十三番地に在り。巍然たる洋風三層楼の建築にして、新築の経費二十一万円とか聞きぬ。旧松平周防守の上屋敷の跡たり。(中略)又構内に商品陳列館の設ありて、公衆の為めに、無料縦覧を許可せり」(『風俗画報』臨時増刊二二八号「新撰東京名所図会」明治三十四年三月)。

二　官庁や役所の建物のこと。

三　高くそびえる様子。ふつうは山などに用いる。

四　明治二十八年十一月に世間を騒がした水道管疑獄事件のこと。品質上不合格となった水道管を共謀して不正に納入、使用したとして、鋳造会社の幹部と水道局の役人が逮捕された事件。

つれて多摩川の方へ遠足《ゑんそく》したときに、一二里行き、また半里《はんり》行《ゆ》きて家並が有り、また家並《やなみ》に離れ、また家並に出《で》て、人や動物《どうぶつ》に接し、また草木ばかりになる、此変化《このへんくわ》のあるので処々に生活《せいくわつ》を点綴《（てんてつ）》して居る趣味の面白いことを感じて話したことが有《あ》つた。此趣味を描《ゑが》くために武蔵野に散在せる駅[八]、駅といかぬまでも家《や》並《なみ》、即ち製図家《せいづか》の熟語でいふ[九]聯檐《（れんたん）》家屋を描写するの必要がある。

また多摩川はどうしても武蔵野の範囲《はんゐ》に入れなければならぬ。[一〇]六つ玉川など と我々の先祖《せんぞ》が名づけたことが有《あ》るが武蔵の多摩川の様な川《かは》が、外にどこにあるか。其川が平《たひら》な田と低い林《はやし》とに連接する処の趣味は、恰《あだか》も[一一]首府が郊外と連接《れんせつ》する処の趣味と共に無限の意義がある。

また東の方の平面《へいめん》を考へられよ。これは余《あま》りに開けて水田が多くて地平線が少し低《ひく》い故《（ゆゑ）》、除外せられさうなれど矢張《やはり》武蔵野に相違ない。亀井戸の金糸堀《きんしぼり》のあたりから木下川辺《きねがはへん》へかけて、水田と立木と茅屋《（ばうをく）》とが趣を成して居る矩合《ぐあひ》は武蔵野の一領分《りやうぶん》である。殊に富士で分明《わか》る。富士を高く見せて恰《あだか》も我々が逗子《づし》の[一二]「あぶずり」で眺むるやうに見せるのは此辺に限《かぎ》る。又た筑波《つくば》で分明《わか》る。筑波の影が低く遥かなるを見ると我々は関八州《くわんしう》の一隅に武蔵野が呼吸《こきふ》して居る意味を感ずる。

五　ふつうは八百八町という。江戸に町が多いことを表す。

六　現豊島区雑司が谷にある鬼子母神（きしもじん）堂。

七　下総の国府の所在地（現千葉県市川市）。

八　街道沿いの集落のこと。古くは馬を乗り継いだり、宿場として機能した。

九　軒をつらねた家屋のこと。通り沿いの商店などはたいていこの形。

一〇　「むたまがわ」とふつうは呼ぶ。東京を始めとして全国に六つある「たまがわ」の総称。

一一　「都会と野の接触点」（花袋『東京の近郊』）は、独歩のみならず、多くの紀行文家たちの関心をひきつけた。とりわけ街道沿いは、「別離の悲しみ」と「邂逅の楽み」（同前）をもたらす場所であり、千住、品川、中野、世田谷、雑司ケ谷、駒込、三ノ輪、そしてかつての渋谷などがそうした場所であると花袋は言っている。同じようなことを松川二郎は『郊外探勝　日がへりの旅』の中で、「中間地帯」という言葉を使って指摘している。すなわちかつては東京の郊外であったものの、今は市街でも郊外でもないような、目黒、渋谷、代々木、淀橋、大久保、雑司ケ谷、巣鴨、田端、といったような町々のことだが、今は「郊外的な風致や気分は滅んで」しまったので、それらが目当ての時は中間地帯をも素通りして、ただちに今の本当の郊外に向かうべし、とも言っている。

一二　逗子から葉山へ通じる海沿いの道の途中にある切通しのこと。馬の鐙がすれるほどに左右の岩壁が迫った道なので「あぶみずり」「あぶずり」と呼んだ。

しかし東京の南北にかけては武蔵野の領分《りやうぶん》が甚《（はなは）》だせまい。殆《（ほとん）》ど無いといつてもよい。是れは地勢《ちせい》の然らしむる処で、一且鉄道《かつてつだう》が通じて居るので、乃《（すなは）》ち「東京」が此線路に由て武蔵野《むさしの》を貫いて直接《ちよくせつ》に他の範囲と連接して居るからで有る。僕はどうも左う感じる。

そこで僕は二武蔵野は先《ま》づ雑司谷《ざふしがや》から起つて線を引《ひ》いて見ると、それから板橋の中仙道の西側《にしがは》を通つて川越近傍まで達《たつ》し、君の一編に示された入間郡を包《つゝ》んで円《まる》く甲武線の立川駅に来る。此範囲《このはんゐ》の間に所沢、田無などいふ駅《えき》がどんなに三趣味が多《おほ》いか……殊に夏の緑の深い頃は。扨《（さ）》て立川からは多摩川を限界《げんかい》として四上丸辺まで下る。八王子は決して武蔵野には入れられない。そして丸子《まるこ》から下《しも》目黒《めぐろ》に返る。此範囲の間に布田《（ふだ）》、登戸、二子などのどんなに趣味が多いか。以上は西半面。

東の半面は亀井戸辺より小松川《こまつがは》へかけ木下川《きねがは》から堀切を包んで千住近傍へ到て止まる。此範囲《このはんゐ》は異論が有れば取除《とりのぞ》いても宜い。併し一種の趣味が有つて武蔵野に相違《さうゐ》ない事は前に申した通りである――――

《八》

一　この頃までの東京を中心とした主なる鉄道としては、新橋―神戸間、上野―青森間、上野―直江津間、品川―新宿―赤羽間（横浜―高崎間を結ぶ）、そして飯田町―八王子間、などがあった。ただ、ここで言われている、武蔵野を貫いて東京と他の範囲とを連接する鉄道とは、主には甲武鉄道のことを指すか。

二　武蔵野の範囲については古来から種々考証がなされてきた。たとえば『新編武蔵風土記稿』（天保元年〈一八三〇〉）には「入間野」の説明として「今入間川藤沢の辺に入間野の名遺れり、則武蔵野の名残なり、年々に田畝開けて原野は狭まりたれど今も田畝に積れば四十町許の地なりと云、昔此辺より府中の辺までも一面の曠野にて、これを武蔵野と号せしが、其内当郡にかゝる所をば入間野とも云しなり」（『大日本地誌大系』版、昭和七年）とあり、また『風俗画報』臨時増刊一七三号「新撰東京名所図会」（明治三十一年九月）には、「東京上古の景況」として、「凡そ武蔵野と称せし区域は。十郡に跨りて。西は秩父根。東は海。北は川越。南は向か岡都築か原に至れりといふ。其の茫渺たること知るべし」とある。これらを受けて高橋源一郎は『武蔵野歴史地理』第一冊（昭和三年）の中で、古来より諸説あるとした上で、広義には「武蔵一国」、狭義には「武蔵国の内、山地と丘陵地と水田地方とを除きたる、洪積層赤土の原野総て」、そしてもっとも狭義には「川越以南、府中までの間を限る原野」と三つに分け、その中では最狭義の説を支持すると述べている。「即ち著者の所謂武蔵野は、西は秩父、西多摩の連山を以て限り、南は多摩川を以て限り、北及び東は越辺川、入間川及び荒川筋を以て境する高台の地方である」。↓補八。

自分は以上の所説《しよせつ》に少しの異存もない。殊に東京市の町外《まちはづ》れを題目とせよとの注意《ちゆうい》は頗《(すこぶ)》る同意であつて、自分も兼《か》ねて思付《(おもひつい)》て居た事である。町外《まちは》づれを「武蔵野」の一部に入《い》れるといへば、少し可笑《をか》しく聞えるが、実は不思議《ふしぎ》はないので、海を描《ゑが》くに波打ち際《ぎは》を描くも同じ事である。しかし自分《じぶん》はこれを後廻《あとま》はしにして、小金井堤上の散歩に引きつゞき、先《(ま)》づ今《いま》の武蔵野の[五]水流《すゐりう》を説くことにした。

第一は多摩川《たまがは》、第二は隅田川、無論《むろん》此二流のことは十分に書て見たいが、さてこれも後廻《あとま》はしにして、更《さ》らに武蔵野を流《なが》るゝ水流を求めて見たい。

[六]小金井の流《ながれ》の如き、其一である。此流《このながれ》は東京近郊に及んでは千駄ケ谷、代々木、角筈《つのはず》などの諸村の間を流《なが》れて新宿に入り[七]四谷上水となる。又た[八]井頭池《ゐのかしらいけ》善福池などより流れ出でゝ神田上水《かんだじやうすゐ》となる者。目黒辺を流れて[九]品海《ひんかい》に入る者。[一〇]渋《しぶ》谷《や》辺を流れて金杉《かなすぎ》に出づる者。其他名も知れぬ細流小溝《さいりうせうきよ》に至るまで、若《(も)》しこれを他所《(よそ)》で見るならば格別《かくべつ》の妙《めう》もなけれど、これが今の武蔵野の平地《へいち》高台《たかだい》の[一一]嫌《(きらひ)》なく、林をくゞり、野を横切り、隠《かく》れつ現はれつして、しかも曲《まが》りくねつて(小金井は取除け)流るゝ趣は春夏秋冬《しゆんかしうとう》に通じて吾等の心を惹《ひ》くに足るものがある。自分はもと[一二]山多《やまおほ》き地方に生長《せいちやう》したので、河といへば随分大きな河でも其水は透《とう》

三 おもむき、感興が深い、の意。
四 上丸子(現在は川崎市中原区の一部)の略称。
五 新保邦寛は前掲『独歩と藤村』で、ここでは「水流」について一括して述べ、(四)では武蔵野の野原について、(五)では武蔵野の路について、(七)では武蔵野の範囲について、といったように分節化して述べる方法は、志賀重昂の『日本風景論』(明治二十七年)に学んだものではないかと指摘している。
六 玉川上水のこと。
七 玉川上水が下流ではこう呼ばれていた。
八 神田川、善福寺川、妙正寺川などを指す。
九 品川の海に注ぐ目黒川を指す。「目黒川は遠く深大寺辺に発源し、途中幾多の細流を併せ、世田ケ谷、池尻、上目黒、中目黒、下目黒、大崎等の地を経、品川に至つて海に注いでゐる」(『日本地理風俗大系2 大東京編』昭和六年)。「品海」は品川の沖を指す。
一〇 渋谷川のこと。四谷大木戸のあたりで玉川上水から分かれて渋谷川となり、渋谷、白金、三田を経由して芝の海に注いでいた。
一一 区別なく、ということ。
一二 独歩は少年時代、家族と共に現在の山口市、広島市、岩国市等を転々としている。

明《めい》であるのを見慣れたせいか、初は武蔵野の流《ながれ》、多摩川を除《のぞ》いては、悉《(ことごと)》く濁《にごつ》て居るので甚《(はなは)》だ不快《ふくわい》な感を惹いたものであるが、だん〳〵慣《な》れて見ると、やはり此少《このすこ》し濁た流れが平原の景色に適《かな》つて見えるやうに思はれて来た。

自分が一度、今より四五年前の夏《なつ》の夜の事であつた、かの[一]友《とも》と相携へて近郊《きんかう》を散歩した事を憶《おぼ》えて居る。神田上水の上流《じやうりう》の橋[二]の一つを、夜の八時ごろ通《とほ》りかゝつた。此夜は月冴《さ》えて風清く、野《の》も林も白紗《(はくさ)》[三]につゝまれしやうにて、何とも言ひ難き良夜《りやうや》[四]であつた。かの橋の上には村のもの四五人集《あつま》つて居て、欄《らん》に倚《(よつ)》て何事をか語り何事をか笑ひ、何事をか歌《うたつ》て居た。其中に一人の老翁《らうをう》が雑《まざつ》て居て、頻《(しき)》りに若い者の話や歌《うた》をまぜツかへして居た。月はさやか[五]に照《て》り、此等の光景を朦朧《もうろう》たる楕円形の裡《うち》に描き出して、田園詩《でんゑんし》の一節のやうに浮べて居る。自分達も此画中《このぐわちゆう》の人に加はつて欄《らん》に倚《よつ》て月を眺めて居ると、月は緩《ゆ》るやかに流るゝ水面に澄《す》んで映て居る。羽虫《はむし》が水を搏《う》つ毎に細紋起て暫らく月《つき》の面《おも》に小皺《こじわ》がよる計り。流れは林《はやし》の間をくねつて出て来り、又た林の間に半円《はんゑん》を描いて隠《かく》れて仕了《(しま)》ふ。林の梢に砕けた月の光が薄暗《うすぐら》い水に落ちてきらめいて見える。水蒸気《すゐじようき》は流れの上、四五尺の処をかすめて居る。

大根《だいこん》[六]の時節に、近郊《きんかう》を散歩すると、此等の細流《さいりう》のほとり、到る処で、農夫が

一　かつて小金井を共に散策し、今は判事として地方に赴任しているあの友人、のこと(芦谷信和校注『近代文学注釈叢書11　国木田独歩』)。なお独歩と今井はしばしば散策を共にしていた(明治二十六年八月二十四日、三十日など)。

二　井の頭池を水源とする神田川が善福寺川、妙正寺川と合流し、その流れから江戸川橋近くの関口で取水し、それを神田・日本橋地区を中心とする地域に給水したのが神田上水だが(神田川本流はそこから江戸川と呼ばれる)、のちには井の頭池までの神田川部分をも神田上水と呼ぶようになった。したがって、ここでいう「神田上水の上流の橋」も、その途中のいずれかの橋、すなわち太田道灌の故事で有名な山吹の里に近い面影橋(現豊島区)とか、小滝橋(現中野区－新宿区)、淀橋(現中野区－新宿区)、あるいはそれらよりもさらに上流の橋を指すのか、特定はできない。

三　「紗」は薄く透き通ったうすぎぬのこと。白いうすぎぬ。

四　月が明るく美しく輝いている夜。中秋の名月の夜のことなどを指す。

五　明るくはっきりとしたさま。

六　ちなみに神田上水が流れる中野地区は、練馬大根の産地として有名(『改訂東京風土図』現代教養文庫、昭和四十一年)。

大根の土《つち》を洗つて居るのを見る。

《九》

必ずしも道玄坂《だうげんざか》といはず、又た白金《しろかね》[七]といはず、つまり東京市街の一端、或は[八]甲州街道《かふしうかいだう》となり、或は青梅道《あをめみち》[九]となり、或は中原道《なかはらみち》[一〇]となり、或は世田ケ谷街道《せたやかいだう》[一一]となりて、郊外の林地田圃《りんちでんぽ》に突入する処の、市街[一二]ともつかず宿駅《しゆくえき》ともつかず、一種の生活と一種の自然《しぜん》とを配合して一種の光景を呈《てい》し居る場処を描写《べうしや》することが、頗《(すこぶ)》る自分の詩興《しきよう》を喚《よ》び起すも妙ではないか。なぜ斯様《かやう》な場処が我等の感《かん》を惹《ひ》くだらうか。自分は一言にして答《こた》へることが出来る。即ち斯様な町外《まちはづ》れの光景は何となく人をして社会《しやくわい》[一三]といふものゝ縮図《しゆくづ》でも見るやうな思をなさしむるからであらう。言葉《ことば》を換えて言へば、田舎《ゐなか》の人にも都会の人にも感興を起《お》こさしむるやうな物語《ものがたり》、小さな物語、而《しか》も哀れの深い物語、或は抱腹《はうふく》するやうな物語が二つ三つ其処《(そこ)》らの軒先《のきさき》に隠れて居さうに思はれるからであらう。更らに其特《そのとく》[一四]点《てん》を言へば、大都会の生活の名残《なごり》と田舎の生活の余波《よは》とが此処《こゝ》で落合つて、緩《ゆる》やかにうづを巻いて居るやうにも思はれる。

見給へ、其処《そこ》に片眼の犬が蹲《うづくまつ》て居る。此犬[一五]の名《な》の通つて居る限りが即ち此《この》

七 高輪地区の西にある台地。中原街道の起点にあたるところから重要視された。
八 日本橋から、四谷、新宿、高井戸、日野などを経由して諏訪方面まで通じていた街道。五街道の一つ。
九 新宿から、中野、田無などを経由して青梅まで通じていた街道。
一〇 白金のあたりから、五反田、中延、丸子、小杉を経由して横浜・平塚方面まで通じていた街道。
一一 青山から渋谷を経由して玉川方面に向かう大山街道(現玉川通り)から三軒茶屋で分岐して、上町、登戸を経由して相模川上流の津久井地方に通じていた街道。津久井往来ともいう。
一二 一人前の宿場町といえるほどには東京市街から自立してはおらず、といって市街に含まれるほど従属もしていない地域のこと。
一三 中国語としては古くからある言葉だが、日本語においてこのようによく使われだすのは近代以降のこと。「二個以上の人衆の共同生活の体を社会と称するのである」(『常識大辞典』大正二年)。同辞典はまたもう一つの必須要素として、一つの有機体という点を強調している。「共同生活は作用又は状態であるから、社会は必らず一の体を成してゐねばならぬのである。又学問上の社会は人衆の有機的人格的渾一体を称するのである」。
一四 特に他と異なる点。
一五 犬の名前が知られている、すなわち或る範囲の人々がみなその犬の名前を知っているような、そうした狭い範囲が「町外れの領分」だということ。

町外《まちはづ》れの領分である。

見給へ、其処《そこ》に小さな料理屋がある。泣《な》くのとも笑《わら》ふのとも分らぬ声を振立てゝわめく女の影法師《かげほふし》が障子に映《うつ》て居る。外は夕闇《ゆふやみ》がこめて、煙の臭《にほひ》とも土の臭ともわかち難き香《かをり》が淀《よど》んで居る。大八車[一]が二台三台と続て通る、其空車《そのからぐるま》の轍《わだち》の響が喧しく起りては絶え、絶えては起りして居る。

見給へ、鍛冶工《かぢや》の前に二頭の駄馬《だば》が立て居る其黒《そのくろ》い影の横の方で二三人の男が何事《なにごと》をか密《ひ》そ〳〵と話し合て居るのを。鉄蹄《てつてい》の真赤になつたのが鉄砧《かなしき》[二]の上に置かれ、火花《ひばな》が夕闇を破て往来《わうらい》の中程まで飛んだ。話して居た人々がどつと何《なに》事《ごと》をか笑つた。月が家並《やなみ》の後ろの高い樫の梢まで昇《のぼ》ると、向ふ片側《かたがは》の家根が白《し》ろんで来た。

かんてら[三]から黒い油煙《ゆえん》が立て居る、其間を村《むら》の者町の者十数人駈け廻はつてわめいて居る。色々の野菜《やさい》が彼方此方に積《つ》んで並べてある。これが小さな野菜《やさい》市《いち》、小さな糶売場《せりば》[四]である。

日が暮れると直《す》ぐ寐て仕了《しま》ふ家《うち》があるかと思ふと夜《よ》の二時ごろまで店の障子に火影《ほかげ》を映して居る家がある。理髪所《とこや》の裏が百姓家《や》で、牛のうなる声が往来《わうらい》まで聞える、酒屋の隣家《となり》が納豆売の老爺の住家で、毎朝早く納豆《なつとう》々々と嗄声《しはがれごゑ》で呼

一 八人分の働きをするところからこのように呼ばれたという。荷車を引いて東京に日帰りができる距離の農村地帯では、朝、野菜を大量に積んで東京に向かい、夕方には、からで、あるいは肥料用に汲み取った下肥を積んで、あるいは華やかな買い物を家族へのみやげに、帰路につくのが日課だった(『東京百年史』第三巻、昭和五十四年)。『大東京概観』(昭和七年)によれば、屎尿の取引は、地主・家主・差配人と近郊農民とのあいだで行われ、長く円滑を保っていたが、大正七年頃から屎尿がだぶつき気味になっていったという。

大八車
(平出鏗二郎『東京風俗志』中巻，明34)

二 鉄でできた砧(きぬた)。すなわち板金作業などをするための鉄製の台。

三 携帯用の石油ランプ。ブリキ製の油壺が特徴的。

四 せり売り、すなわち買手に値段を競わせる売買の場。

五 何もない空間。

六 「午砲」のこと。明治四年九月九日(新暦では十月二十二日)から旧江戸城本丸において、正午に号砲を打つようになった。当初は、遠方の

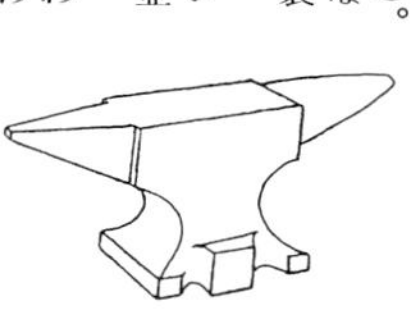

鉄　砧
(『日本家庭大百科事彙』昭2)

で都の方へ向《むかつ》て出かける。夏の短夜が間もなく明けると、もう荷車《にぐるま》が通りはじめる。ごろ〳〵がた〳〵絶え間がない。九時十時となると、蟬《せみ》が往来から見《み》える高い樹で鳴きだす、だん〳〵暑《あつ》くなる。砂埃《すなほこり》が馬の蹄、車の轍《わだち》に煽《あふ》られて虚《こ》[五]空《くう》に舞ひ上がる。蠅《はひ》の群が往来を横《よこ》ぎつて家から家、馬《うま》から馬へ飛んであるく。

それでも十二時のどん[六]が微かに聞《きこ》えて、何処《どこ》となく都の空の彼方で汽笛の響がする。

地域では聞きづらいとか、日によって何分もの誤差があったりとか、種々問題があったが、明治八年からは東京鎮台の直轄の業務となり、また明治十九年からは、天文台の四個の時計を突き合わせて正確を期するようになった（『風俗画報』臨時増刊一七三号「新撰東京名所図会」明治三十一年九月）。これが不正確と経費増大とを理由に廃止され、サイレンがそれにとって代わるようになるのは昭和四年五月のこと。

カンテラ
（伊藤晴雨『江戸と東京 風俗野史』国書刊行会，平13）

国木田独歩

欺《あざむ》かざるの記《き》（抄）

新保邦寛　校注

『欺かざるの記』（明治二十六年二月四日―三十年五月十八日）は、近代社会成立期を二十代前半の青年として過ごした独歩の「事実＝感情＝思想史」（副題）の日記。

〔初出〕 独歩の死後、遺志により、田山花袋・田村江東・斎藤弔花の校訂本『欺かざるの記』前・後編（左久良書房・隆文館、前編＝明治四十一年十月、後編＝四十二年一月）が刊行された。前編は自筆原稿を踏襲する形で三章構成とし、〈第一〉〈第二〉〈第三〉の標記を付しているが、後編は何故か〈第一〉とのみ付し、以下無構成。〈第四〉から〈第八〉までの自筆稿本の構成は、学習研究社版『定本 国木田独歩全集』六・七巻（昭和三十九年、四十年）において復元された。

〔諸本〕 初刊以後に刊行される諸本は、初刊本を底本としつつも、散逸していた自筆稿本が次々発見されるにつれて原形が意識され、それに近づけるべく改訂されていく。鎌倉文庫版『国木田独歩全集』五・六巻（昭和二十三年）では〈第六〉に相当する部分を自筆稿本に改め、市民文庫版『欺かざるの記』前・後編（河出書房、昭和二十八年）では、加えて〈第四〉後半に相当する部分も改められる。学習研究社版全集に至って、さらに〈第二〉〈第三〉〈第四〉前半の自筆稿本発見を受け、かなり原形の見える本文が成立、以降これが定本と見做される。

〔底本・校訂付記〕 本巻では〈第六〉後半、〈第七〉〈第八〉を収録した。ただし、学習研究社版全集を底本とした場合は〈第六〉のみ自筆稿本をもとにすることになり、一貫性に欠ける。またテキストが初刊本によって流布した点を〈一つの事実〉（塩田良平・学習研究社版全集「解題」）として重要視する立場もあるので、本巻では初刊本を底本とし、構成は学習研究社版全集に拠った。花袋らの校訂は、正しい表記法による訂正と、故人の人格に配慮した削除や改変という方針で行われたとされる。本巻では、前者の方針は原則尊重し、さらに人名の誤記、句読点や構文上の不整などを正し、校異を脚注で示した。後者の方針のうち、改変は原形を損ねるものではあるが、原則として初刊のままとし、削除個所のみ学習研究社版に基づいて復元し、〔 〕内に示した。また花袋らの校訂レベルで生じた見落としや読み誤りの類は、学習研究社版全集の校訂を参考に訂正した。

なお、脚注では、学習研究社版『定本 国木田独歩全集』は〈全集〉、『日本近代文学大系10 国木田独歩集』（角川書店、昭和四十五年）は『国木田独歩集』と略記した。さらに、底本において行頭から開始する文が段落変えか否かを判断する際、『現代日本文学全集57 国木田独歩集』（筑摩書房、昭和三十一年）所収の本文を参考にした。

第六　自　明治廿七年十一月四日
　　　至　明治二十八年八月二十九日

六　月

十日。

一 筆をおきし以来忽《たちま》ち二週間を経《へ》たり。

其《そ》の間吾《われ》に関する重《おも》なる事は左の如し。

二 国民之友二百五十二号及び二百五十三号を編輯《へんしふ》したる事。

三 徳富猪一郎氏吾《われ》に非常の侮辱を加へたる事、由《より》て退社せんと決し父母の同意を得たるが故に時機を待ちつゝある事。

四 内村鑑三君と書信の交《まじはり》を結びたる事、われ非常に此の剛毅《がうき》なる人物を慕ふ事。

五 佐々城豊寿《ささきとよじゆ》女史夫妻の招きにより国民新聞社及《および》毎日新聞社の従軍記者と共に晩餐《ばんさん》の饗応を受けたる事、（其の時はじめて其の令嬢六を見たり。宴散《さん》じて既に帰らんとする時、余、携《たづさ》ふる処の新刊七家庭雑誌二冊を令嬢に与へたり。令嬢曰く、また遊びに来《きた》り給へと。令嬢年のころ十六若《もし》くは七、八唱歌をよくし風姿《ふうし》《そ》楚

一 五月二十七日以降日記を中断していた。

二 『国民之友』は民友社を設立した徳富蘇峰（↓注三）が主催し、二十年代の思想や文学を主導した総合雑誌。明治二十二年二月十五日―三十一年八月十日。平民主義を標榜し、インタビュー記事やイラストによる斬新な誌面作りが知的青年層に絶大に支持された。独歩は二十七年九月同社の『国民新聞』に入社、日清戦争の従軍記者として活躍するが、伊藤博文総理を侮辱し告訴された中村修一の後任として、二十八年四月十三日より『国民之友』の編集に携わる。九月八日付新渡戸稲造宛内村鑑三書簡に、独歩は『国民之友』の副主筆」とある。二五二号は六月五日、二五三号は十三日刊。

三 徳富蘇峰。文久三年（一八六三）―昭和三十二年（一九五七）。ジャーナリスト、評論家。「何時もお山の大将で居なければ、満足が出来ない」（『蘇峰自伝』中央公論社、昭和十年）性格で、よく癇癪を爆発させた。従軍報道『愛弟通信』で名を上げ、「民友社にて壱人男の様に言ふて」（明治二十八年十一月九日付蘇峰宛豊寿書簡）天狗になっている独歩を罵倒したか。↓補一。

四 文久元年（一八六一）―昭和五年（一九三〇）。宗教家、評論家。独歩が内村鑑三の「流竄録（一）白痴の教育」（『国民之友』二三三号、明治二十七年八月）を読んでいたことは、同月二十六日、翌二十八年一月二十二日の条に窺え、五月二十二日の条には『余は如何にして基督信徒となりし乎』（警醒社、二十八年五月）を読んで感動したとある。その後、「何故に大文学は出ざる乎」（『国民之友』二五六号、二十八年七月）を執筆依頼して文通が始まった。なお、正岡容『明治東京風俗語事典』（有光書房、昭和三十二年）に、「君は敬称で（明治末年まで）、同僚を呼ぶ場合の言葉で

々《そ》可憐の少女なり。）

[一]田村三治《さんぢ》氏と共に山本繁子[二]女史を訪問したる事、女史は年若《わ》かき画工なり。

吾が宅にて青年会[三]を開きたる事、われ「忘るゝ能《あた》はざる会」てふ題にて感話[四]したること。

[五]水谷真熊《まくま》氏より来状、返書差出したる事（氏は病気にて目下福岡病院[六]に在り。）

[七]眉山《びざん》川上亮《あきら》氏を訪問して国民之友[八]夏期附録を依頼したる事。

煩悶また煩悶、失望と希望と相戦ふ。

失望は「われ果して為《な》すあるの人か」の自問自疑より来《きた》り、希望は「神います」の信仰より来る。

十九日。

少しも読書せざるなり。

信仰は依然として進まず。

社務多端《たたん》なり。（国民之友編輯）

文章を草すること少なからず。

佐々城豊寿氏を訪問す。（石崎ため[九]氏の事を依頼す）

はなかった。当時の書籍の広告には、氏もしくは先生とあるところを、〇〇君著と記してあった」とある。↓補二。

五 底本「佐々木」（以下、すべて同じ）。佐々城本支《もとえ》、天保十四年（一八四三）―明治三十四年（一九〇一）。医師。↓補二七。佐々城豊寿、嘉永六年（一八五三）―明治三十四年（一九〇一）。宗教家。六月九日（日曜）芝区三田四国町二十番地七号（現港区）の佐々城家で、『国民新聞』と島田三郎の『毎日新聞』の日清戦争従軍記者慰労の晩餐会が催され、独歩は、蘇峰、阿部充家、平田久、深井英五らと出席。日清戦争に際し従来の藩閥政府批判を撤回、社運を賭けて協力した蘇峰に、彼を尊敬する豊寿が応じようとしたもの。↓補三。『毎日新聞』は、明治三年創刊の『横浜毎日新聞』の後身で、十二年『東京横浜毎日新聞』と改題、十九年に『毎日新聞』となった。**六** 佐々城信子のこと。↓補四。**七**『家庭雑誌』（明治二十五年九月―三十一年八月）は、民友社内に置かれた家庭雑誌社刊行の女性啓蒙雑誌。独歩の「友愛」「吾が海軍水兵の歌」が載っている五十四号（五月二十五日）・五十五号（六月十日）を与えたものか。**八**「「雪の進軍」とか其他二三の唱歌を唄った」（蘇峰「予の知れる国木田独歩」『新潮』明治四十一年七月）。↓補五。

以上六三頁

一 明治六年（一八七三）―昭和十四年（一九三九）。旧秋田佐竹藩士・奥山酒之助の次男として東京本所の旧藩邸で生れ、田村八十の養嗣子となる。江東と号した。明治二十五年東京専門学校邦語政治科卒業、二十七年十月『中央新聞』政治外交記者になり、編集部長を経て後に理事になった。一番町教会（↓一二二頁注一）員で、独歩とは二十二年夏頃知り合い、終生の朋友となる。在学中、

[一〇]森田思軒君を訪問す。
内村鑑三君より書状ありたり。
[一一]薬師寺育造氏より来状。（[一二]海城より）

二十一日。
国民之友、[一三]二百五十四号の編輯を昨夜終結したり。今日以後五日間は多少の黙思、読書あるべし。

夏は来りぬ。
楽しき夏は来りぬ。自由の異名なる夏は来りぬ。
二十三日　日曜日。
神よ、[一四]吾が罪をゆるし給へ。
神よ、人の前に恐るゝ事なく、
　先づ神の前にひれふす事を教へ給へ。
人に仕ふる前に神に仕ふることを教へ給へ。
神よ。全能の神よ。愛の神よ。

岩野泡鳴と共に『文壇』（明治二十三年九月創刊）同人として活躍。なお、晩年は山口県徳山市西北山に隠栖。
二 明治六年三月生れ。二十八年七月十一日付山本繁子宛独歩書簡によると、（神田）五軒町（現千代田区）に居住。三十五年五月田村三治と結婚。戸板裁縫女学校普通科教師を勤めた。
三 一番町教会青年会か。明治二十八年五月十二日の条に「吾宅にて青年会を開きたるは之れが最初なり」とある。独歩は当時、麴町区平河町五丁目一番地（現千代田区）で両親と同居。
四 教会で行う説教をいう。
五 明治三年（一八七〇）―大正十四年（一九二五）。熊本県士族上塚俊蔵の次男として生れ、十七年大江義塾に入る。十九年蘇峰と共に上京、東京専門学校邦語政治科に学ぶ。二十四年七月卒業後『山形新聞』主筆となるが、二十七年九月に帰郷、以降地方政治や育英事業に尽力する。一番町教会員であり、また二十年春に『青年思海』同人、二十三年十月『青年文学』同人となって廃刊まで活動。二十四年一月十八日、その青年文学会例会の席上で独歩を蘇峰に紹介。独歩とは、佐々城信子との破婚後に交際が絶えた。
六 現九州大学医学部附属病院の前身。明治七年開設の診療所を、十年福岡病院と改称し、博多中之島元製錬所跡に設置。
七 明治二年（一八六九）―四十一年（一九〇八）。小説家。眉山は号。二十六年十月以後、眉山は小石川上富坂町（現文京区）で独り暮ししていた。→補六。
八 底本「国氏之友」。 九 →補七。 一〇 文久元年（一八六一）―明治三十年（一八九七）。『郵便報知新聞』記者、翻訳家。下谷区上根岸八十九番地（現台東区）に居住。独歩の依頼で「偶書」（『国民之友』二五六号、二十八年七月）を執筆。→補八。

此の苦しめる罪人に慰安を与へ給へ。
　為す可きを教へ給へ。
神よ、あなたの御前に、常に真実謙遜せしめ給へ。
常にあなたの御前に在ることを感ぜしめ給へ。
[一]嗚呼《ああ》此の不可思議なる「神の世界」に、
　吾は「人の世」のみ見て苦しむ。
神よ、神よ、神よ、
　浅薄にして不真実なる吾を教へ給へ。

就眠の前。此の筆をとる。
此人間の世界。人間の生涯。其の不思議なる事は依然たる也。爾《なんぢ》決して、其の不思議になるゝ勿《なか》れ。
不断、此の不思議に痛感せよ。
爾の常に思ふ処は此の人生の如何に不可思議にして幽玄なるかにぞあるよ。
[二]区々《くく》の事に思ひ煩《わづら》ふ勿れ。

一一 明治三年生れ、二十三年十二月八日、W・A・ウィルソンより受洗。妹和子もクリスチャンだった。独歩が大分県佐伯に在住当時、基督教会の監督者であり、教会は薬師寺育造の自宅に置かれていた。小野茂樹『若き日の国木田独歩』(アポロン社、昭和三十四年)に「後に台湾で土匪の手にかかり一命を失った人であるが、この人が神戸の関西学院邦語神学科に学んだ関係で、その首唱によって佐伯に初めてキリスト教の伝道が始められた」とある。

一二 旧満州、中国遼寧省の人口一万ほどの都市。日清戦争に際し日本軍が占領、泉鏡花「海城発電」(『太陽』明治二十九年一月)に描かれた。

一三 明治二十八年六月二十三日発行。

一四 独歩は明治二十四年一月四日、一番町教会で植村正久(→九七頁注一二)により受洗。米国博士・平文先生／日本教師・山本秀煌編纂『聖書辞典』(明治二十五年)に、「罪とは神の律法《おきて》を犯すことなり　すべての不義は罪なり　これ言《ことば》と行《おこなひ》にかゝはることのみならず心の思想《おもひ》と願望《ねがひ》にもかゝはることとなり　善を行ふことを知て之を行はざるは罪なり　信仰によりてせざることは罪なり」とある。

以上六五頁

一 後に独歩は、「社会生存」に対する「天地生存」という概念で捉えることになる。

二 日常の瑣細なこと。

三 国木田収二。明治十年(一八七七)―昭和六年(一九三一)。実弟。佐伯時代から独歩と生活を共にし、明治二十七年十月、二人一緒に『国民新聞』に入社。↓補九。

四『国民新聞』は蘇峰主宰の新聞で、明治二十三年二月一日創刊。社屋は京橋区日吉町四番地(現中央区)の旧共存同衆会館の跡に建築された。

不思議なる哉。此の紛々たる人の世。人の生涯。人類の歴史。此の天地万有。

此の吾、凡《すべ》てこれ不思議なる哉。


　二十五日。


近頃、北海道移住、農業を営み、独立独行したしとの希望起りたり。

其のために、参考として数日前、弟[三]収二は国民新聞社[四]より左の三書を携へ帰りぬ。

[五]北海道農業手引草
[六]拓地殖民要録
[七]北海道地質略論

而して、われもまた、友人[八]水谷弓彦氏より左の二冊を得たり。

[九]北海道移住之栞《しをり》　一編、二編

[一〇]水谷氏は[一一]北海道協会の役員なり。

昨朝、社用にて[一二]竹越氏を訪問したる節、氏より北海道移住の事を多少伝聞したり。

午後[一三]佐々城豊寿氏を訪問して伝聞するを得たり。

文学者を訪問し、新聞社員と交際し、近来益々《ますます》独立自由の生活を望むに至りぬ。

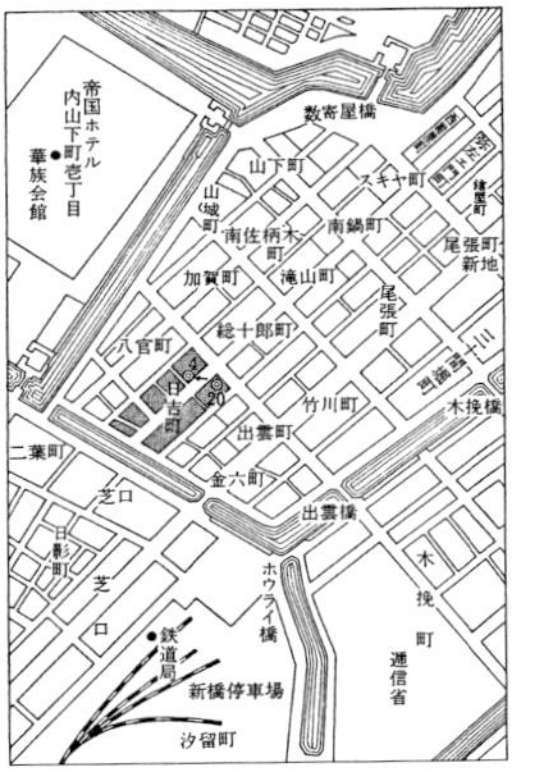

京橋区日吉町近辺　右の◎印が国民新聞社旧社屋、左の◎印が四番地の新社屋（中野好夫『蘆花徳冨健次郎』第一部、筑摩書房、昭47）

五『北海道農業手引草』（北海道庁第二部、明治二十二年十二月）は北海道移住者のガイドブックの嚆矢。この頃政府が北海道移住を奨励していたので、二十四年以降は毎年『北海道移住案内』が刊行された。なお最初に「団結移住の実績」として伊達紋別（現伊達市）の話が詳しく紹介してある。

六　底本「拓地殖民西録」。『拓地殖民要録』（北海道庁、明治二十五年八月）は、北海道物産共進会の開催に合わせ、北海道拓殖の沿革現状を紹介、事業を起こす人の参考に資すべく刊行。

七　底本「北海道地質略編」。神保小虎述・北海道庁編『北海道地質略論』（明治二十二年三月）。神保小虎は慶応三年（一八六七）－大正十三年（一九二四）。幕臣の家に生れ、明治二十年東京帝国大学理科大学地質学科を卒業。北海道庁技師となり北海道全体の地質調査を行った。その後ドイツ留学を経て理科大学教授。地質協会の会長も務めた。

八　底本「小谷弓彦」。号は不倒。安政五年（一八五八）

（八五頁へ続く）

雇はるゝ者は如何なる口実と体裁《ていさい》とを以てするも多少の奴隷たるを免かれず。寧《むし》ろ自然と戦ふ可し。労苦を撰んで自由を取るべきなり。

土曜日（二十二日）の午後一時過ぎより築地[一]なる府立尋常小学校生徒のために厚生館[二]の一室に於て乗艦中見聞[三]の演説をなす。五百余名集まる。此の演説を了《を》はりて後、直ちに紅葉山人[四]を訪問し国民之友夏期附録[五]を託す。辞す。小西氏の訳[六]文を改作することを諾す。夜小西増太郎《ますたらう》氏を訪問す。此の事を語る、氏もまた諾す。トルストイ[七]の一作を得。

昨日午前、竹越与三郎氏を訪問して此の事を語る。昼飯を竹越にて食す。帰路、塚越《つかごし》[八]君を訪問す。また内田千代猪《ちよゐ》[九]夫人を訪問す。また佐々城豊寿氏を訪問す。晩食を佐々城にて食す。帰宅は夜八時過ぎなり。今朝露伴[一〇]を訪ふ、午後斎藤緑雨[一一]を訪ふ。また紅葉山人を訪ふ。皆な附録に関する用事なり。

二十七日。

神に祈る、

天にましし ます神よ。愛にみち給ふ神よ。吾が心の苦しみを取り去り給へ。凡て

一 築地高等尋常小学校。宮田安之校長の時代の明治二十五年、京橋区新湊町三丁目四番地（現中央区）に洋風木造二階建の校舎を建築。「目下生徒人員は五百八人」（『風俗画報』臨時増刊二三一号「新撰東京名所図会」第三十編・京橋区之部二、明治三十四年四月）とある。 二 はじめ「明治会堂」と称した。明治十四年福沢諭吉の尽力で、総工費二万円をかけて京橋区木挽町二丁目十四番地（現中央区）に落成した本格的公会堂。広間は三千人を収容、食堂には二百人の席を設け、講義堂あり事務室あり、木造ながら堂々たる西洋館。演説会場として活況を呈したが、度重なる権力の迫害で経営困難に陥り、十七年四月に「旅館厚生館」となる。その後も演説会場として関東大震災前まで営業。松斎吟光筆の三枚続錦絵「明治会堂の図」（明治十四年十一月刊）が有名。 三 日清戦争従軍記（『愛弟通信』）で文名をあげた独歩に講演依頼があり、軍艦千代田乗船中の見聞を話したもの。 四 尾崎紅葉。慶応三年（一八六七）―明治三十六年（一九〇三）。小説家。当時、牛込区横寺町四十七番地（現新宿区）に居住。→補一一。 五 斎藤弔花『国木田独歩と其周囲』（小学館、昭和十八年）に次のようにある。「紅葉山人と独歩とは、ほとんど何等の交渉もなかつた『国民之友』夏期附録に、紅葉露伴の名を併べる必要上、彼は、紅葉を訪問したことがある。紅葉は創作に苦心する為、中々、日限ものを引受くる自信もなく辞退したが、結局ニコライの小西増太郎訳のロシア小説に手を入れて、ほとんど飜案にして、之を掲載することに落付いた」。 六 小西増太郎。文久二年（一八六二）―昭和十五年（一九四〇）。気鋭のロシア文学者で、彼のトルストイ『クロイツェル・ソナタ』の訳に紅葉が手を入

を神にまかさしめ給へ。
古《いにしへ》より今に至り、生より死に至り、凡ての法を治め給ふ神よ。死せる吾が友[一二]伴氏《ばん》をめぐみ給へ。[一三]幽冥《いうめい》をたどるかれをあはれみ給へ。吾等生けるものをめぐみ給ふと等しく、死せる吾が友をあはれみ給へ。いつまでもかはる事なく吾等友を愛するの真理を確《かた》く信ぜしめ給へ。
吾等兄弟が目下企てつゝある、[一四]自由独立の道を宜《よろ》しきに導き給へ。希《ねがは》くば吾等をして凡て世の束縛より脱して高潔自由に生活するの法をとらしめ給へ。
自然の児《こ》たらしめ給へ。山林の児たらしめ給へ。人情を自然のうちより見出すの教《をしへ》をとらしめ給へ。労働の貴きを学ばしめ給へ。
北方の荒野に辛苦《しんく》艱難《かんなん》を忍ばしめ給ひ、以て真の生活に入らしめ給へ。
[一五]吾が老いたる父母をあはれみ給へ。願はくば児等の愛情を以て、其の愛情を一致せしめ給へ。
[一六]児等を父母の誤解より救ひ給へ。
堅実なる覚悟、断然たる決心、周密《しうみつ》なる用意を以て此の道を着々行はしめ給へ。
必ず吾等を北海の陸に送り給へ。
三十日。

れることを承諾した。↓補一二。麹町中六番町七(現千代田区)に居住。↓補一二。

七 トルストイ『クロイツェル・ソナタ』(一八九一年)のことで、小西増太郎・尾崎紅葉共訳「名曲クレーツェロワ」(『国民之友』二五九—二七三号、明治二十八年八—十二月)は十三回の連載。↓補一三。

八 塚越芳太郎。号は停春楼。元治元年(一八六四)—昭和二十二年(一九四七)。上野碓氷郡烏淵村(現群馬県高崎市)に生れ、群馬県で教鞭をとりつつ、湯浅治郎と共に廃娼運動を進めた。明治二十二年に上京し民友社に入り、『家庭雑誌』の編集を担当。史伝や新体詩を得意としたが、三十三年に退社。後『東京市史』編纂に携わった。この頃、麻布区(現港区)に居住。

九 独歩が従軍記者として乗船した軍艦千代田の艦長内田正敏夫人、安政四年(一八五七)—大正二年(一九一三)。独歩「頭巾二つ」(『家庭雑誌』明治二十七年十一月)に、「内田正敏君の夫人」として登場。内田正敏は土佐藩士で嘉永四年(一八五一)生れ。戊辰戦争の会津征伐に参加し、明治四年海軍に入る。金剛や比叡の艦長を経て、日清戦争では千代田の艦長として参戦。のち海軍中将、男爵となり貴族院議員を務める。大正十一年に死去。自宅は芝区白金志田町七十四(現港区)。

一〇 幸田露伴。慶応三年(一八六七)—昭和二十二年(一九四七)。小説家。明治二十八年三月に山室幾美子と結婚し、芝区南佐久間町二丁目十三番地(現港区)に住んだ。↓補一四。

一一 慶応三年(一八六七)—明治三十七年(一九〇四)。小説家。明治文壇に異彩を放った緑雨は、下宿を転々とする生活を送っていたが、この頃勤め先の神田区通新石町十六番地(現千代田区)の二六新報社三階の編集局に寝起きしていて、末弟・

吾が求むる処の者、何ぞや。
吾が信ずる処の者、何ぞや。
吾が為すべき者、何ぞや。
[一]名と利とこれ吾が求むる処に非ずとせば、吾が此の世に於て求む可きもの何ぞや。吾は何を得んとて斯《か》くまでに悶《もが》くぞ。
否《いな》、否、否、吾果して名と利との誘惑を感ぜざるか。
吾が求むる処のもの、恋か。

七月

三日。
夜更けて此の筆をとる。
一日の朝、津田仙[二]氏を麻布本村町に訪ひ、北海道の事を尋ねたり。
二日の朝、女子学院校長矢島《やじま》[三]かぢ子女史を訪ひ、石崎ため嬢の事を依頼したり。
午後、千屋《せんや》[四]氏に贈品の事に就《つい》て奔走す。
昨日より今日にかけて、[五]小説執筆す。未だ成就に至らず。
北海道行は自由独立信仰のために必ず実行すべきものなりとの意愈ゝ《いよいよ》熾《さかん》なり。

斎藤謙の下宿、本郷区弓町一丁目十九番地（現文京区）高桑方を連絡先にしていた。独歩の依頼で「覿面」（『国民之友』二五九号、明治二十八年八月）を執筆。なお露伴は書いていないので、友人の緑雨を推薦したのかもしれない。↓補一五。

二 伴武雄。独歩の友人。山口県出身で東京専門学校文科に学ぶが、結核となって帰郷し、明治二十八年六月二十二日に死去。独歩は「想出るまゝ」（『家庭雑誌』明治二十八年八月）で「武雄君は今年六月二十三日午前三時に永眠せり」と述べているが、誤りか。↓補一六。

三 冥土のこと。

四 民友社を辞めて北海道に移住すること。

五 父国木田専八と母まん。父は、明治二十六年十月柳井津区裁判所を退職した後、翌年十月に上京し麹町区平河町五丁目一番地（現千代田区）に住み、戦地から戻った独歩も同居していた。この時、専八数え年で六十六歳、母まん五十三歳。ちなみに専八とまんは、夏に銚子に行くが、帰京してからまた一家で同区富士見町六丁目二番地四号の三に住む。十月二十九日に同区隼町三番地に転居、以降、二十九年五月銚子に移住するまでそこで暮した。↓補一七。

六 自分達兄弟の親への愛が、親が子を愛する心に劣らないよう、また自分達が親に誤解されるような過ちを犯さないよう、神に祈っている。

以上六九頁

一 「高潔自由に生活する」「真の生活」を求めたことで改めて「名と利」や「恋」が問題になっている。島崎藤村『破戒』（明治三十九年）の瀬川丑松も、「精神の自由」の代償として、「名」と「恋」すなわち「多くの青年が寝食を忘れる程にあこがれて居る現世の歓楽」を捨てねばならぬ苦痛を繰り

昨夜、熱涙神にいのる。

吾が心は苦悶を脱する能はず。刻々自から問ふ「吾何を為す可きや」と。

反《かへり》みて自己の短才、無学、下劣、浮薄なるを痛嘆《つうたん》し、神に仕ふる人に非ざるを泣く。

嗚呼《ああ》神に祈る事を怠る勿《なか》れ。


　四日。

今後、毎朝事をはじめ、業を行ふ初めに於て、第一に神に祈禱《きたう》する言葉を此の「欺かざる記」に記すべし。文字は心の印象なれば也。


六 在《い》まさゞる処なき大神よ。わが弱きを憐れみ給へ。愛に富み給ふ神よ、希《ねが》はくはわが罪をゆるし給へ。わが為す事を教へ給へ。

天にいます父よ、天地の主なる神よ。御心のある処に従ふの勇気を常に祈りの中に得さしめ給へ。われは父の子なり。神はわが父なり。

わが情の自然を信ず。其の自然の発露に従はしめ給へ。

神よ、あなたによりて強く、正しく、清からしめ給へ。

神よ、善を限りなきあなたの法律に帰せしめ給へ。善に依《よ》りて望を有《も》たしめ給

返し訴えている。
二 津田仙は麻布区本村町二一七番地(現港区)に住んでいたが、明治九年一月には「学農社」を起こし、欧米式の大農法を提唱する一方、『北海道開拓雑誌』(明治十三年一月創刊)を編集発行した。↓補一八。
三 矢島楫子。天保五年(一八三四)―大正十四年(一九二五)。女子教育者。初代の女子学院長であり、麴町区上二番町三十三番地(現千代田区)にあった女子学院の寄宿舎で暮していた。独歩は六月十九日、佐々城豊寿(↓六三頁注五)に石崎ため(↓補七)の将来につき相談しているので、その豊寿の紹介で矢島を訪ねたと思われる。↓補一九。
四 千屋和。牧師。千屋は植村正久の弟子で一番町教会に所属していたが、この年の四月水戸教会に赴任した。後に築地・新栄教会牧師になった。↓補二〇。
五 底本「小説に執筆す。」。
六 いたるところに神がいるという汎神論であり、この後の「月の美は神の美なり。花の美は神の美なり。これを感ずるは人間の霊の美なり」(七二頁)という認識に繋がっていく。ワーズワス(↓八八頁注三)の影響を見ていいと思われるのは、「ウオーズヲースの自然に対する詩想」(『国民之友』三六八号、明治三十一年四月)で「実に自然の美の力を信ずるなり。乃ち彼の自然の奥には神あるなり」と言い、「テンテルン精舎数哩の上流ワイ河畔にて詠じたる一編は此消息を伝へて、能く彼れが自然観を現はす」としているからである。詩の大意も紹介しながら、ワーズワスの汎神論的自然観を最もよく示していると して引用されることの多い一節を圏点で強調し、次のように訳している。「今や自然を観ること

へ。

不思議にして神聖なる世界に於ける人の霊を導き給ふ神よ。限りなき人の望を確かに有《も》たしめ給へ。あなたの真理に従はしめ給へ。

多くの暗き霊[一]を憐れみ給へ。吾が母の霊の暗きを照らし給へ。父を救ひ給へ。

吾が行《おこなひ》によりて、神の愛と、美と、真を証するの栄を得さしめ[二]給へ。

死にし伴[三]武雄氏の霊の救《すくひ》を得さしめ給へ。


夜、記す。今夜吾が宅にて青年会[四]を開きたり。

会するもの吾等兄弟の外に四人ありしのみ。

今日午後出社[五]したり、福地源一郎氏[六]を訪問したり。不在。下宿屋を探したり。


目[七]は目を招き、口は口を引く。

月の美は神の美なり。花の美は神の美なり。これを感ずるは人間の霊の美なり。

迷ふて苦しむ人の霊は、月を拝して且つ慰めを求む。これ自づからの人情に非ずや。


を学びたり。今や人情の幽音悲調に耳を傾けたり。今や落日、大洋、青空、蒼天、人心を一貫して流動する処のものを感得したり」。

以上七一頁

一 信仰心のない魂。
二 底本「得せしめ」。
三 →六九頁注一二。
四 基督教青年会(→六四頁注三)のこと。
五 民友社へ出社した。
六 天保十二年(一八四一)―明治三十九年(一九〇六)。新聞記者、小説家。号は桜痴。福地桜痴の自宅は京橋区築地二丁目三十六番地(現中央区)にあったが、筋向いの横町に別宅を構え日中はそこで仕事をした。岡本綺堂『明治劇談ランプの下にて』(岡倉書房、昭和十年)によると、「以前は東京朝日新聞社の若菜貞爾が住んでゐたとか云ふことで、格子作りの入口が三畳、それから右へ廻り縁で八畳の座敷がある。そこが(桜痴)居士の書斎で、そのほかに薄暗い四畳が書物の置場、三畳が榎本(虎彦)君の部屋、台所には畳が一畳入れてあつて、そこに金蔵老人が火鉢をひかへて湯の番をしてゐた」とある。独歩は原稿依頼で訪問したと思われるが、「演劇秘密談(十二回)」(『国民之友』二四九号、明治二十八年四月)の後、しばらく桜痴が『国民之友』に書いた形跡がないので断ったのだろう。→補二一。
七 月や花に神の美を感ずるのは、見る人の心が美しいから、とする直後の文から推して、「類は友を呼ぶ」「類を以て友を引く」の意。

人と雑談する時、神聖の世界、無極の生命を忘るゝ勿れ。

神の義と自由を求めて倦《う》むこと勿れ。

己《おの》[八]れ独自の心中にて描く空想は人に関係なし。故に自由勝手なり。たゞ人に対する時に当つては、すべからく一個、神を信ずる男子として徹頭徹尾、真実正義を以てすべし。静かに良心の指揮に従へ。


五日。


神よ、希《ねがは》くは世の慣習より脱出して自然の児《こ》として立たしめ給へ。義を求めて決行せしめ給へ。

凡《すべ》てを汝《なんぢ》にまかせ、たゞ決然として、無窮の真理に従はしめ給へ。

北海道移住の事に就き、宜《よろ》しきに導き給へ。

交友の間をして益ゝ《ますます》高尚、純潔、真卒《しんそつ》ならしめ給へ。

午後芝区[九]兼房町十四番地柴田ツル方に下宿す。

月明に乗じて散歩したり。佐々城氏を訪ふ。


六日。


神よ、凡《すべ》てをなし給ふ神よ。

自然の児たらしめ給へ。

八 自分の心の中でどんな想像をしようと他人に迷惑をかけることはない。だからそれは自由である。しかし他人に対する時は違う。あくまで一人の誠実なクリスチャンとして、真実正義の態度で接すべきである、という意味。

九 現港区西新橋で、芝三田四国町の佐々城家（→一一二頁注四）の近くに越してきた。九月まで住む。

[一]区々《くく》の事に思ひ煩ふことなからしめ給へ。
人の前に正直ならしめ給へ。
善を行ふに率直ならしめ給へ。
倦《う》むことなく、変はることなく、光を求[二]めさしめ給へ。
人の霊を賊するの言語挙動を行ふ時に於ては、爾《なんぢ》の霊来《きた》りて吾を止《とど》め給へ。
人の前に恐れざる、神によるの勇気あらしめ給へ。
内村鑑三氏との交りをして益〻真卒深情ならしめ給へ。
[三]父母の霊の暗きを救ひ給へ。
[四]吾が為さんとする文学の事業を守り給へ。
真面目ならしめ給へ。

今朝早起、社に到る。内村氏よりの来状ありたり。
返書を認《したた》めたり。

昨日午後[五]野村少尉（房次郎氏）来る。
本夕同道、見[六]はらしと称する処にて会食したり。

一　↓六六頁注二。　二　底本「求めしめ」。　三　↓七二頁注一。　四　七月三日の条に「昨日より今日にかけて、小説執筆す」とある（七〇頁）。　五　野村房次郎。独歩が従軍記者として乗船した軍艦千代田の士官。斎藤弔花『国木田独歩と其周囲』で、日露戦争の第三次旅順港閉塞の小樽丸指揮官となって戦死したとする野村勉は、やはり軍艦千代田の士官だが別人。明治二十八年五月十二日の条には、「帰宅し見れば野村勉少尉の書状ありたり」という風に登場する。↓補二二。　六　底本「は印と称する」。『風俗画報』臨時増刊二四四号「新撰東京名所図会」第三十三編・芝区之部二（明治三十五年一月）によると、「芝浦の酒

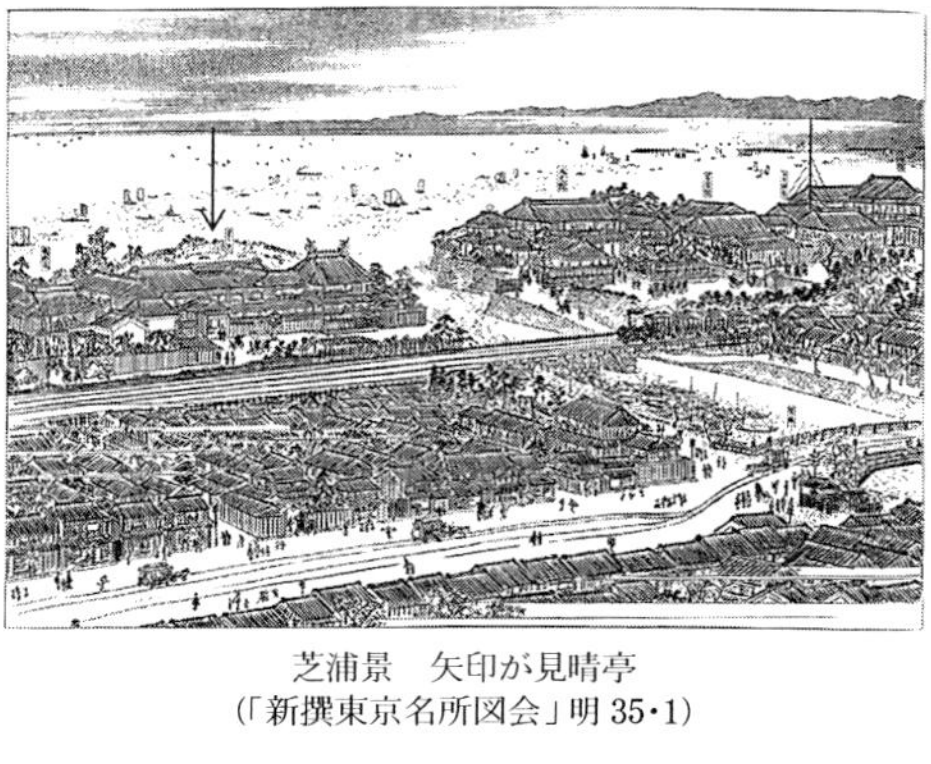
芝浦景　矢印が見晴亭
（「新撰東京名所図会」明 35・1）

[七]山口行一氏脚気衝心《かくけしようしん》[八]のため死去したる旨、午前九時頃尾間明氏[九]より通知し来りしが故に直ちに牛込に赴く。

[一〇]茫々乎《ばうばうこ》として夢の心地す。

七日。

一日を正しく送りて安らかに眠らしめ給へ。

山口行一氏の父母の悲みを和《やはら》げ給へ。

人間の死を深く思はしめ給へ。

此の不思議なる汝の宮[一一]を感銘せしめ給へ。

九日。

七日の朝、山口行一氏の葬式に会し、落合村火葬場[一二]に至る。

[一三]国民之友編輯は明日了はる。今後五日間の事を定め置く可し。

[一四]How I became A christian を読み了はる事。

山口行一氏の事を記して家庭雑誌に投ずる事。

[一五]「当直の夜」を成就すべし。

楼」の項に、「見晴亭　金杉新浜町十二番地　割烹店」をあげ、「芝浦風光の尤絶なる地を相し、酒芝橋を中心として海岸到る処、高楼を起し、亭を搆へ、簾を捲けば房総の諸山、盃盤の上に落ちて、風を孕める沖の白帆は、欄干を摩して征帰せむとす。況んや、是、海味の鮮なるをや、大磯、小磯の勝、須磨、明石の景、必竟、半日の消閑に適せず、貴賤多く芝浦に酌むもの故あるかな」とある。

七　明治十年七月十六日生れ。佐伯の鶴谷学館で独歩に学び、二十七年九月二日独歩が帰京する際に並河（高橋）平吉、尾間明、富永徳磨と共に同行。上京後は独歩・収二と麴町区三番町九番地（現千代田区）の藤井嘉市の借家で共同生活を送るが、生活は窮乏を極めた。やがて国木田の両親との同居案が浮上したのを機に山口は、秋月新太郎の食客として十月九日その新宅に移ったことが、尾間明『信の記』や富永徳磨『一生涯』に見える。なお、秋月新太郎は、天保十二年豊後日出（ひじ）藩の儒者の家に生れ、広瀬淡窓門下の文人。明治になって陸軍に出仕し佐官に進むが、その後文部省参事官や女子高等師範学校長を歴任し、三十二年には貴族院議員になる。大正二年死去。秋月の自宅は牛込区若松町十二番地（現新宿区）にあり、独歩が「直ちに牛込に赴く」というのは、この秋月邸をいう。

八　脚気に伴う急性の心臓障害をいう。脚気はビタミンB_1不足からくる栄養失調症。並河（高橋）平吉も脚気で入院し、五月一日に見舞ったことが『欺かざるの記』に窺える。

九　明治十年七月生れ。佐伯藩士族の出。役場に務めながら鶴谷学館に学び、二十五年には受洗。独歩と共に上京した一人だが、独歩の斡旋で国民新聞社の発送係になる。その後営業部長、専

創作と読書とは必ず並行せしむ可き事、これ決断なり。今日まで大《おほい》に惑ひたる処なり。

父[一]母の銚子行を送る。（午後八時）

十日。

神よ、吾に勇猛堅固の気象を以て突進するのインスピレーション[二]を給へ。

午前十一時四十五分発の汽車にて行一[三]氏の阿兄《あけい》[四]、骨を携へて帰郷[五]するを送りぬ。

十一日。

午前出社、午後退社。

夜、内村鑑三氏の「ハウ[六]、アイ、ビケーム、エ、クリスチアン」を読む、明日は必ず読み了はらざる可からず。

神よ、吾が心に有る、有《あ》らゆる願ひをきゝ給へ。

神よ、吾は神のめぐみ[七]を感ずること能《あた》はざる者なり。

「神のめぐみ」とは吾に取りて何の意義もなし。

務理事へと進み、大正十五年に退職する。蘇峰とは姻戚。昭和二十七年四月死去。

一〇 ぼんやりした様子。

一一 底本「汝の実」。「汝の宮」とは神の宮の意で、宇宙の形容。

一二 細野猪太郎『東京の過去及将来』（金港堂書籍、明治三十五年）に「明治廿二年市区改正設計に際し市の火葬場は左の五個所に指定せらる」として、「落合火葬場　南豊島郡落合　面積凡二千百坪」があげられている。なお落合火葬場は、将軍家綱（一六五一－七九）の時代、市ケ谷薬王寺町の蓮秀寺の末寺無縁山法界寺の荼毘所になったことに始まる。

一三 『国民之友』二五六号（明治二十八年七月十三日）のことか。内村鑑三「何故に大文学は出ざる乎」が「特別寄書」欄に掲載された。

一四 内村鑑三の英文著書『余は如何にして基督信徒となりし乎』（警醒社、明治二十八年五月）。独歩は信仰の書としてだけでなく北海道への興味からも読んでいる。

一五 「最初の当直」（『国民新聞』明治二十八年九月十五日）のことか。十九歳の少年が、新聞社に入社した最初の当直の夜の記憶を描いた作品である。

以上七五頁

一 七月十一日付山本繁子宛独歩書簡に、「父母避暑のため下総の方に参り候」とある。母まんの実家、千葉県海上郡新生村（現銚子市）淡路善太郎方に滞在したと思われるが、善太郎は、五月十二日の条に、「昨日銚子なる叔父来宅せられ今朝帰られたり。之れ母の弟なり」とある叔父のことか。

二 inspiration（英）。霊感。

三 山口行一（→七五頁注七）。

神よ。汝吾《なんぢ》を憐み給はゞ、此のかたくなゝる心を和《やはら》げ給へ。汝のめぐみを感謝するを得[八]さしめ給へ。

吾が友、山口行一は死したり。突然死したり。

神よ。死の恐ろしき事実を痛感し得しめて、永久の命なる套語《たうご》[九]に真意義あることを教へ給へ。

われをして、英語と独乙《ドイツ》[一〇]語とに通達せしめ給へ。吾が勉学を助け給へ。

吾が父母を安からしめ給へ。

行一氏の父母の悲しみを和げ給へ。

吾がシンセリティ[一一]を復活発達せしめ給へ。

自由独立の生活を与へ給へ。

人の世界の為めに吾が尽す可き事を示し給へ。

祈る可き事を教へ給へ。

心のまゝに祈らしめ給へ。

吾が諸友をめぐみ安からしめ給へ。

[一二]吾が愛恋を清く、深く、永く、強からしめ給へ。彼の少女の愛を吾に与へ給へ。

自殺の迷ひより吾を止《とど》め給へ。

四 兄を親しんでいう呼称で、「あにき」に同じ。

五 底本「帰京」。山口行一の遺骨を持って佐伯へ帰った。

六 ↓七五頁注一四。

七 底本「みめぐみ」。

八 底本「得しめ」。〈全集〉「得せしめ」。

九 「套語」は常套語のことで、「永久の命」というキリスト教のお題目、の意。

一〇 『欺かざるの記』によれば、独歩は、明治二十六年八月頃から二十九年一月頃まで、ドイツ語を勉強している。小野茂樹『若き日の国木田独歩』に、鶴谷学館の上級生と共にドイツ語を学んでいたとある。

一一 sincerity（英）。カーライル『英雄崇拝論』（一八四一年）に学んだ概念で、独歩の文学を支える根本思想の一つ。明治二十六年六月二十日の条に「シンセリティーとはわれ之を至誠と訳したり。非なり。「赤条々の大感情」これぞシンセリティーの真意なりける。アヽ赤条々の大感情の胸間に燃ゆるありて、爰に初めて真の疑問真のストラッグルは来る可く、真の信仰は来る可し」とある。また同年八月十四日、深夜目覚めた折の感慨として「言ふ可からざる「シンシリティ」の深感突如胸を打て来る、直ちに吾を此宇宙の間に見出す」とあることからすると、後の「驚異心」にほぼ重なるが、いわば「実存」感覚を意味すると思われる。

一二 佐々城信子（↓補四）のことで、彼女に対する恋愛感情が自覚された事態が窺える。

失望より必ず吾を救ひ給へ。
広く世を愛し[一]、人を思はしめ給へ。

　十二日。

吾が霊は光明を望めども、吾が肉は暗きに誘はんとす。世は罪悪に満たされ、人は主[二]我の肉塊に過ぎず。互に悪《にく》み、そねむを知りて、真の愛なるもの何処《いづこ》に存するぞ。
吾は吾を失望し、また世を失望し、他の人の愛を疑はんとす。
自然は冷然たるのみ。人は煙に帰し、灰に解け去る。此《か》くの如くにして希望と平安と光明とを吾は何処に求めんとするぞ。

　十三日　朝記す。

昨夜、佐々城豊寿氏を訪ふ。十時[三]まで談話して帰る。
[四]帰路、少しく狂気せり。或《あるい》は狂気に非ざる可し、本気なるべし。然《しか》り本気なり。

愛なる言葉は虚偽なり。人は悉《ことごと》く[五]主我の肉塊に過ぎず。世界は魔殿のみ。死は消滅なり。
不死とは人をごまかす信仰なり。[六]人は互に食ふ動物の一種、品のよき虎、狼、

一　底本「愛し。」。
二　底本「主義」。「主我」はエゴイズムのことで、エゴイズムの塊のような生き物という意味。
三　底本「まて」。
四　佐々城豊寿との「談話」で意見の衝突か何かがあって著しく自意識を傷つけられたのであろう。
五　底本「主義」。
六　「人は互に食ふ動物の一種」すなわち弱肉強食という本質において動物と変りないとすれば、人情も獣情も同じことになる。独歩は、そう言いつつ自分の人間性は特権化しているから、「自然とは知る可からざる怪物」と批難することになる。

蛇のみ。これ形容に非ず。事実なり。実際が証明し、歴史が証拠《しょうこ》立つる事実なり。

人情と獣情とは、科学的に云へば世界に行はるゝ同等の現象に過ぎず。自然とは知る可からざる怪物なり。

人に威張《ゐば》るは積極的主我[七]なり、人に頭を下ぐるは消極的主我[八]なり。

[九]恋愛、友愛、悉く主我[一〇]の変形のみ。悉く肉の臭気なり。土の上に生くるもの、肉に非ずして何ぞ。

余は死を恐れず。何となれば生の貴きを知らざればなり。

人間は天性死を恐る。蓋《けだ》し動物的作用に過ぎず。

人は忽然《こつぜん》として死するに非ずや。山口[一一]、伴[一二]、古川[一三]の諸青年は如何《いかん》。彼は夢の如くに此の世界より失《う》せたり。土となり、灰となり、煙となりたり。これ吾が目前に行はれたる事実なり。

此の世界と此の人間とに意味もなき盲動に過ぎず。これ幻なり。

青き草も黒き土となりて朽[一四]つ。

[一五]曰く朝鮮問題、曰く露西亜《ロシア》の東方運動、曰く英国の外交。何となく意味ありげなり。されど、一個人間の主我的、自利的[一六]の作用のみ。

七 底本「主義」。
八 底本「主義」。
九 「恋愛、友愛、悉く主我の変形のみ。悉く肉の臭気なり」と言うところをみると、「主我」は動物的本能のようなニュアンスで使われている。
一〇 底本「主義」。
一一 山口行一(→七五頁注七)。
一二 伴武雄(→六九頁注一二)。
一三 古川豹造。山口中学時代の独歩の友人。独歩に先んじて、明治二十一年一月『青年思海』の会員になるなど有意の青年であったが、二十二年に十九歳で夭折した。『明治廿四年日記』四月九日の条で独歩は、「思へば此の日は古川豹造君の逝かれし日なりけりと相顧て黯然たる者之れを久うす」と書いている。
一四 底本「おつ。」。
一五 日清戦争後、三国干渉に至る極東情勢に独歩は大きな関心を寄せていたのだが、ここではすべては人間の本能的欲望や利己的衝動のなせる業としてしまっている。やはり豊寿に侮辱された怒りから「狂気」のうちに口走ったことと見做すべきである。→補二三。
一六 利己的のこと。

宗教家を見よ、何ぞ醜怪なるや。何ぞ自利的[一]なるや。
これ実相なり。真相なり。理想は妄想のみ。人間の少数者の夢のみ。
有りし者も悉く消えたり。これ極めて怪しき現象に非ずや。
苦心経営する処は何のため、曰く。利己のため。
苦心経営を避くるは何の[二]ため、曰く。利己的動物作用。
苦心経営するは何のため、曰く。理想のため。
則ち空想妄想の利己的作用。
[三]理想は人なき時に催す主我的妄想なり、人の面を見れば、世の中に出づれば直に吠ゆるもの也。
不死、愛、美、真理、吾は信ぜず、吾は冷笑す。光なき処に光を[四]求めんより、暗黒世界に暗黒を[五]視るの更らに真実なるに如《し》かず。

[六]十四日。

[七]余が吾が感情を悉く逐《お》ひ出し尽さんと欲す。
冷《ひやや》かに見て冷かに考へよ。

人間は利己の動物たるにすぎず。感情も利己のためには音楽に動き、月光に動き、愛人の唱歌に動く。宇宙は盲目なり。意味もなく、目的もなし。

一　底本「なりや。」。
二　底本「ため曰く。」。
三　理想とは人間関係を想定しない時の身勝手な妄想に過ぎないから、世間に混じれば、理想などそっちのけで誰彼無しに争ってばかりいる、という意味。
四　底本「求めてより、」。
五　底本「被るの」。
六　底本「十五日。」。
七　自分の心の中にわだかまる暗い感情をすべて吐き出してしまいたい、という意味。

人は浮沈の木片のみ。

自殺も容易なることなり。人を殺すも一挙手に過ぎず。

吾は極めて冷かに、極めて真面目なるべきのみ。凡てが面白くなく運ぶ時に、自殺すれば足るなり。吾が目前に吾を恥しむるの人立つ時打ち殺すの法を取れば足る。

若《も》し出来可くんば。

されど之れも又感情の言ふのみ。

死灰[八]の如くなれ。枯木[九]たれ。

十六日　夜一時過ぎ。

[一〇]昨夕湖[一一]処子君来宅談話。氏吾にすゝむるに佐伯[一二]滞在中の事を、著作に現はすべきを以てす。

今朝佐々城氏を訪ふ。のぶ子嬢と語る。

今夕抱一庵《はういつあん》[一三]原余三郎氏来宅。

今夜のぶ嬢に一書を認む。

吾が友は忽然と二人[一四]此の世より去りたり。

八　底本「左の如く」。「枯木死灰」は情けを知らない人の意味だが、ここでは、感情的にならず「冷かに見て冷かに考へよ」(八〇頁)という自戒の意味で使っている。

九　底本「枯淡」。

一〇　「昨夕湖処子君来宅」とあり三行後に「今夕抱一庵原余三郎氏来宅」とあるのは、次のような事情による。原抱一庵は『毎日新聞』に寄せた「従吾所好―最近の『国民之友』を読みて」(六月二十五日)、「寄湖処子君」(七月四日)で、宮崎湖処子の詩が韻や調べを無視して意や想のみ重視するのを痛罵した。一方湖処子も『国民新聞』で反論し、「答抱一庵主人」(六月二十六日)、「社中小品再答抱一庵主人」(七月三日)、「報抱一庵主人書」(七月五日)を書いた。独歩はこの論争の仲裁に入ったと思われ、彼の編集する『国民之友』二五六号(七月十三日)に抱一庵の『自然児』と題する湖処子の作品批評が掲載される。しかもその結びに「過般『毎日』紙上の余の痛言また之れに外ならず。親愛なる湖処兄、乞ふ之を恕せよ」とある。ちなみに湖処子は牛込区市ケ谷富久町一〇五番地(現新宿区)に住んでおり、抱一庵は故郷の福島と東京を行ったり来たりしているが、明治二十八年二月に上京し、四月から染井(現豊島区)で暮していた。

一一　宮崎湖処子。元治元年(1864)―大正十一年(1922)。詩人、小説家。→補二四。

一二　底本「佐伯氏滞在」。現大分県佐伯市。

一三　原抱一庵。慶応二年(1866)―明治三十七年(1904)。小説家、評論家。→補二五。

一四　伴武雄(→六九頁注一二)と山口行一(→七五頁注七)。

吾は平然として何の痛感大悟《たいご》もなし。
[一]吾が情は此の恐ろしき大事実に動かず。
世間の小事紛々たる自利の事に忙し。
これをしも吾を[二]シンセリテイの人と言ふを得べき乎。
吾が切に此の大事実に就て痛感せん事を欲す。而も痛感する能はざるは奇なる哉。
人は真面目なる事難《かた》し。

　二十日　降雨連日。

夜十一時記す。
[三]国民之友第二百五十七号の編輯を今夜了はる。
昨朝は[四]紅葉山人を訪ふ。夏期附録の件也。

[五]「佐伯に於ける一年の生活」に就て熱血をそむる程に著作せんと欲す。
此著作を以て吾旧生活を閉ぢ、直ちに[六]北海風雪のうちに投ぜんことを期す。

佐々城信子嬢との交情次第に深からんとするが如し。恋愛なるやも知れず。

一 二人の友人の死に接しても、心も打たれず何も悟れない自分を嘆いたもの。そういう自分を「シンセリテイの人」とは言えないとすることから、この発言は、カーライル『英雄崇拝論』第四講で紹介される、マルチン・ルターが親友の雷死を目撃し、人生の転機となる衝撃を受けた逸話を念頭に置いたものであることが分る。
二 →七七頁注一一。
三 『国民之友』二五七号は、七月二十三日発行で、原抱一庵「弦斎の小説(上)」も掲載された。
四 『国民之友』二五九号(八月十三日)の夏期附録に載せる「名曲クレーツェロワ」の件で訪ねた。→六八頁注四・注五・注七。
五 七月十六日に湖処子にすすめられたとあり、二十一日には「緒言八枚を作り了はる」とある。この草稿は〈全集〉に収められている。
六 底本「北海道風雪」。

二十一日。

午前九時より佐々城に至り午後四時帰宅す。
薄暮芝[七]公園を散歩す。
帰りて「欺かざるの記」(佐伯に於けるの一年の生活)を作りはじむ。緒言《しよげん》八枚を作り了はる。

吾は恐らく恋愛[八]したるに非ざる可し。唯だ何となく女性の友を好むなるべし。

二十五日。

昨日より「死[九]」を作りはじめて已《すで》に四十余枚を書きぬ。「欺かざるの記」を成就する前に此著を了らんと欲す。
昨夜佐々城氏を訪ふ。十時まで談話す。今夜も亦《ま》た至る。
幽愁暗影の如く吾が心を被ふ。

吾此の天地に存す。此れ最初の事実なり。死するとも生くるとも此の宇宙の吾は終《つひ》に宇宙の外に出づる能はざる可し。
不窮の天地。吾茲《ここ》に生れて存す。武雄[一〇]氏は消えたり。行一[一一]君は消えたり。何処

七 芝区(現港区)の北部にある公園で、明治六年の太政官布告「寺社其他名区勝跡ヲ公園ト定ムルノ件」によって、もとは増上寺の境内であった所を公園にした。佐々城家のある三田四国町は、芝公園の南西に隣接し、独歩の下宿のある兼房町は公園の北東方向にあるので、恰好のデートスポットだった。→補二六。

八 底本「恋愛者たるに」。

九 「死」(『国民之友』三七〇号、明治三十一年六月)の原型と考えられる。いずれにしろ「吾が友は忽然と二人此の世より去りたり」(八一頁)という恐ろしき「大事実に就て痛感せん事を欲」(八二頁)して創作したものである。その結果、「死するとも生くるとも」人は「終に宇宙の外に出づる能は」ずとの認識に達したことが、以下に報告されていく。

一〇 伴武雄(→六九頁注一二)。

一一 底本「信一」。山口行一(→七五頁注七)。

にかゆきし。彼等何処にかある。此宇宙に於て彼等如何にせしか。

「死」を思へ。「死」を究めよ、「死」を見よ。之《こ》れ「死」の著ある所以《ゆゑん》なり。

愛と死と相関する如何。

人は何故に「死」を忘るゝか、「死」を感ぜざる[一]乎。


二十九日。

過ぐる四五日の中に於ても吾が心の如何に悶《もが》き苦しみしぞ。

吾は少しも平和を得ざるなり。

神と神の子の信仰に非ずんば吾を救ふ能はざるを知りつゝも確固たる此信仰なき也。常に主我の妄念に苦しむのみ。之れ神の罰なら[二]ん。


昨朝佐々城信子嬢来宅ありて、一時間半計りを一秒時の如くに過ごしぬ。嬢は[三]釘店《くぎだな》なる嬢が父のもとに所用ありて外出したる途《みち》に秘密を以て立寄りたる也。吾等は遂に秘密の交情を通ずるに至りぬ。之れ全く嬢の母豊寿氏が邪推《じやすい》よりして、遂に嬢と吾れとを駆りて茲に至らしめたるなり。吾等は恋愛に陥らざるを得ざるに強られつゝある也。束縛は却て恋愛の助手のみ。

一　底本「感ぜざる事。」。

二　底本「ならむ。」。

三　「釘店」は佐々城本支の内科医院のあった場所。『風俗画報』臨時増刊二〇九号「新撰東京名所図会」第二十五編・日本橋区之部一（明治三十三年四月）に、「佐々城本支診療所（日本橋区品川町）裏河岸八番地に在りて電話本局一千六百六十番を架設す」とある。また「品川町裏河岸は。一に北河岸ともいふ。古図には鍋町とあり。明治以前は鉄物屋鍛治屋多かりし故。俗に釘店と称したり」とある。現中央区日本橋。→補一七。

四　徳富蘇峰のこと。

五　佐々城豊寿は、始めから娘信子と独歩の恋愛に反対していた。

一昨夜嬢が送りたる来状は吾をして泣かしめたり。嬢は眠り能はざる程に苦悶しつゝあり。

神よ我等を善《よろ》しきに導き給へ、清き高き深き強き愛恋に導き給へ。

われ遂に勝つ可し。決して失望する勿れ。強かれ。強かれ。け破りて進む可きのみ。

四 徳富をして其の傲慢《がうまん》を吾が前にふるはしめよ。

五 豊寿をして其の偏頗《へんぱ》を吾が恋愛の前に行はしめよ。

放慢をして其の勢力を吾が弱点の前に横行《わうかう》せしめよ。

不信をして吾を堕落に陥らしめよ。

われ遂に何人《なんぴと》、何もの、何事にも勝つべし。

決して赤面する勿れ。決して人の前に思はざる事を言ふ勿れ。之れのみ。

信子嬢に向て、公然言ふ可きか。お互は実は恋愛に陥いりてある事を。

（六七頁より続く）
―昭和十八年（一九四三）。国学者水谷民彦の子として名古屋に生れる。陸軍除隊後、明治二十一年東京専門学校に入り独歩と同級になる。卒業後小説を書くが、三十二年『大阪毎日新聞』に入社。三十八年に退社、以降は近世文学研究者として著述生活を送った。この頃水谷は『北海道協会報告』の発行兼編集者になり、麹町区平河町一丁目六番地（現千代田区）に居住。

九 近藤不二三編『北海道移住之栞』一編（北海道協会、明治二十七年七月）、水谷弓彦編『北海道移住之栞』二編（同年十二月）。

一〇 底本「小谷氏」。

一一『北海道協会要旨及景況』（明治二十六年十二月）によれば、「北海道ニ於ル拓地殖民生産事業ノ普及発達ヲ謀ルヲ以テ目的トス」とあり、二十六年三月創立された官民合同の団体。移住者に旅費運賃の割引証を発行、移民保護も行った。会頭は近衛篤麿。当時、東京日本橋区木挽町一丁目十一番地（現中央区）に本部、札幌に支部が置かれた。北三条東二丁にあり、後、大通東二に移った。

一二 竹越与三郎。慶応元年（一八六五）―昭和二十五年（一九五〇）。歴史家。号は三叉。この頃は麻布霞町二十一番地（現港区）に居住、竹越は北海道移住の夢を抱いていた。渡道の報告「北海所感」（『国民新聞』明治二十五年八月二十八日）に、「万民平等のユートピア的社会」を願い「北海の曠野に於て一村一郷を立て、自家の理想の如く、自家の願望の如く、剛健、美麗、健康なる模形に陶冶するもまた快ならずや」とある。↓補一〇。

一三 佐々城家も室蘭に土地を所有し、豊寿も北海道移住を志していた。↓補三。

八　月

一日。

[一]わが生涯は更《さ》らに別種の途に踏み入りたり。
われ等は恋愛のうちに陥りぬ。

昨日、信子嬢来訪す。北海道生活の事は互に其の夢想を同じくしたり。[二]吾等は明言こそせざれ、互に一生を通じて相携ふべしと約しぬ。

吾等が前途は夢の如し。吾等の前途は嶮路《けんろ》の如し。吾等は夢の如くに進まずして、一歩一歩、必ず此の嶮路を打ち越えざる可からず。

何の故に嶮難《けんなん》なるか、曰く、信子嬢の母は吾等の恋愛に反対なればなり。


昨夜佐々城本支《もとえ》氏を釘店に訪ひ、[三]徳磨氏の病に就《つい》て尋問したり。

今朝また訪ひ、其所にて徳磨氏に逢ふ。


昨日正午なり、[四]信子嬢の来りしは。

一時半頃まで、[五]一秒時間の如くに語り、相携へて芝公園に至る。嬢が帰路なれ

一　懸案の北海道移住計画について、佐々城信子という同伴者を得たため局面が変ったことを指す。当時佐々城家では着々と北海道移住を押し進めつつあり、信子も前年暮れまで伊達紋別(現伊達市)で生活していた。恋愛によって二人は共通の夢を抱いたことになる。→補四。
二　底本「吾れ等は」。
三　富永徳磨。明治八年(一八七五)―昭和五年(一九三〇)。独歩の佐伯時代の教え子で、尾間明、並河(高橋)平吉、山口行一らと共に上京した。鵜沼裕子『近代日本のキリスト教思想家たち』(日本基督教団出版局、昭和六十三年)によると、上京前から健康障害があり、「脳症」に苦しめられていた。→補二八。
四　底本「なり。」。
五　佐々城信子と夢中で語らい、あっという間に時が過ぎてしまった。

ば也。勧工場《くわんこうば》[六]に入りて買物す。出でゝ公園の内人影少なき処に至りぬ。樹下に憩《いこ》ひて涼気を取り、暫時《ざんじ》語る。

共に一日の閑旅行を約しぬ。曰く、八王子[七]の方面宜《よろ》しかるべしと。

あゝわれは嬢を得ざれば止まざる可し。母氏をして承諾せしめずんば止まざる可し。

恋するならば全身全心の熱血を注ぐ可し。

嬢は吾が著作の成功を待ちつゝあり。夜半まで務《つと》むる勿《なか》れと言へり、必ず病を得る勿れと言へり。されど吾が成功を待てり。

吾等が恋愛はすべからく公明正大にして大胆なるべし。何物も恐るゝ勿れ。陰影にかくす勿れ。日光にさらすべし。月夜に語るもよし。只だ二人語るべし。

されどまた人の前に恥づる勿れ。

嗚呼《ああ》一生！　何ぞや。今日のわが恋愛も昔語りとなるの日あらん。吾等の愛も何時かは土塊《どくわい》のうちに入らん。

六 底本「観工場」。勧工場は、明治十年、第一回内国勧業博覧会で売れ残った出品物をさばくために麹町区永楽町（現千代田区）に第一勧工場を設立したのが始まりで、「明治時代のスーパーマーケット」（湯本豪一『図説明治事物起源事典』柏書房、平成八年）として広まり、「のちの百貨店の源流」（初田亨『都市の明治』筑摩書房、昭和五十六年）となった。二人が買い物をしたのは「東京勧工場」で、二十一年一月に第一勧工場を、芝公園第六号一番地（現港区）に移したものである。『風俗画報』臨時増刊一四五号「新撰東京名所図会」第七編・芝公園之部中（明治三十年七月）によれば、「館内に就て縦覧するに、第一室並に二階は高尚優美を旨としたるあらゆる新古美術品を陳列し、随て貴価なるが多く光彩陸離東京唯一の勧工場として規模の広大なる、他に比類を見ず」とあり、また「以上百二十七舗、尚館内を仔細に縦覧し終りなば、更に庭園に出でよ、亭《ちん》あり築山あり徐ろに逍遥すべし」とある。→補二六。

七 八王子はもと神奈川県南多摩郡に属していたが、明治二十六年に東京府下多摩郡に編入された。二十八年四月に甲武鉄道飯田町―八王子間が全通したことを思えば、八王子旅行は最もトレンディーな選択だったと言える。ちなみに新宿―八王子間は既に二十二年八月に開通していた。

神の永遠の生命を信ずる能はずんば愛恋程墓《はか》なきものはなし。嗚呼一生！　前途の夢に迷ふ勿れ。今こそわが生命なれ。

[一]ブライアントの[二]Thanatopsis を読み且つ筆写し置きぬ。[三]ウオールズウオースの Influence of natural〔objects〕を読み深く感ずる所あり。

何事も全力をこめてなすべし。恋も。著作も。読書も。

戦争なり。勝たずんば敗る。

“[四]Up, up! What soever thy hand findeth to do, do it with thy whole might. Work while it is called To-day; for the Night cometh, wherein no man can work.”

信嬢より今夜書状来る。

其の中に曰く、小妹[五]はいま明らかにいふ。大兄[六]と相対してかたらふ其時は実に小妹の本心の現はるゝ時なり、何もかもうちあかして語る誠によろこばしき限りに御座候、家にありて種々苦痛も小妹は常に大兄と相見る其時の楽みを思ひ

一 William Cullen Bryant（一七九四―一八七八）。アメリカの抒情詩人、後に『ニューヨーク・イヴニング・ポスト』のジャーナリストとして活躍、奴隷制廃止などを訴えた。植民地時代からのピューリタンの家系に生れ、虚弱であったため自然散策を好んだ。ワーズワス（→注三）の自然詩に近い詩風だが、宗教色が濃く、出世作たる八十一行の無韻詩「死生観（Thanatopsis）」（一八一一年）にもその特徴が出ている。ピューリタン的死生観にロマン派の自然崇拝を合わせたような作品で、『国木田独歩集』の頭注に、「自然を愛するものに対して、自然はさまざまなことばをもって語るから、死を思って心が重くなったときには、戸外へ出て自然の教えに耳を傾け、死の恐るべきでないことを悟れということ」とある。ちなみにブライアントの詩は『ウィルスン・リーダー』などで早くから紹介されていたものの、独歩は、内村鑑三『余は如何にして基督信徒となりし乎』によって注目するに到ったと思われる。　二 底本「Thanatosis」。

三 William Wordsworth（一七七〇―一八五〇）。イギリスの詩人。独歩は『自然の友』（『英文の友』号外、小川尚栄堂、明治三十五年）で、愛唱するワーズワスの詩十八編を収録しているが、「自然物の影響（Influence of Natural Objects）」（一七九九年）も採られている。なお、明治二十六年三月三十一日の条に、「“Influence of Natural Objects” を読み始め purifying の字に就て大に得る所あり。社会生活の渦中にストラグルする人間の感情、思想より人性自然の幽音悲調を聞かざるべからず」とある。→補二九。

四 底本「Up, up! What severethy hand to do, Do it with thy whole night.. Work while it is Called to day, the night cometh, whevein

出し自ら其時を待つべしと思ひよく心を慰められ候云々。
然《しか》らば之れ已《すで》に恋愛に非ずや。

二日。

今朝信嬢来りぬ。八時十五分より十時まで語りて去りたり。嬢とわれとは最早分つ可からざる恋愛のうちに入りぬ。たゞ未だ互に其の恋てふ文辞を公言せざるのみ。

此の次の対面には吾より公言す可し。最後の言葉を約す可し。

午後三時まで「死」七を作る。

三時過ぎより佐々城氏を訪ひ、萱場三郎氏八と相知る、氏は農学士なり。

九古人の一詩を得て編輯者の机上に置きたり。

希《ねがは》くば真理をかたく信ぜ一〇しめよ。

クリストが示し給ひし真理を堅く信ぜしめよ。

曰く、神の愛。罪のあがなひ。永久の命。善の勝利。生時の義務。

嗚呼《ああ》不可思議なる世界に於ける此の不思議の生命其のもの。真理を認めずして、

no man can work.」。カーライル『衣服哲学』第二巻第九章「永遠の肯定」の結びの文章。ただし、前文は『旧約聖書』の「伝道の書」第九章十節、後文は『新約聖書』の「ヨハネ伝」第九章十四節の引用。「起て、起て！　何でもおまへの手で出来ることを全力を以て為せ。今日と言はれる間に働け。夜が来れば誰も働くことは出来ないから」（石田憲次訳『衣服哲学』岩波文庫、昭和二十一年）。　五 手紙などで使う若い女性の自称。

六 年上の男性に対する敬称であり、独歩を指す。

七 七月二十五日の条に「昨日より「死」を作りはじめて已に四十余枚を書きぬ」（八三頁）とあるが、その後ブライアントの詩「死生観」や『旧約聖書』の「伝道の書」などを読み、思索を重ねた上で、更に書き継いだもの。　八 ↓補三〇。

九 「古人」（『国民新聞』明治二十八年八月八日）はこの時の独歩の心境を卒直に語っている。「わが室荒野のうちに在り。／さよ更けて、／燈火かすかにたゞ独り／瞑目して古今を思へば／恍としてわれ又古人の如し。／嗚呼古人何処にある。／窓打つ雨の淋しき音、／これ自然の声に非ずや。／軒を亘る彼の風の音／これ宇宙の声なるかも。／恍としてわれ不朽を思ふ。／嗚呼古人何処にかある。／計らず楣間を仰げば／われを見下ろすもの／テニソンあり、カライルあり。／吾をして思ず君等と叫ばしむ。／バイブルをとりて読めば、／基督イエスの声、生けるが如し。／之れ自然の声に非ずや。／之れ不朽の声に非ずや。／嗚呼古人、古人、吾も逝かん。／吾亦た遂にゆきて、／永久に君等と共に在らん。／吾今ま生く、君等また生く。／君等の窮若し無死なりせば、／よし吾をして亦た君等と共に、／死の無窮の国にゆかしめよ」。

一〇 底本「信せしめよ。」。

孰《だ》れがよく堪ゆべきぞ。

　三日。

基督《キリスト》教信徒であり乍《なが》ら何故に吾は其の伝道に全身全力を打ち込む能はざるか。〔われは何故に基督教を信ずるやと問へば、そは〕基督の教、バイブル[一]に示す所、是《こ》れ宇宙人生の不思議を説明してもらす処なき真理なりと信ずるが故に非ずや。然らば何故に其の真理を他の不幸なる人に伝ふるに躊躇《ちうちよ》する乎。何の故を以て、敢て他の事業を撰[二]ばんとする乎。真理。之れ生命に非ずや。

爾《なんぢ》の口実は之れなり、曰く、我れは伝道事業の性[三]質上不適当なり。曰く[四]、吾が適任と思ふことをなす、之れ則ち神に仕ふる所以《ゆゑん》[五]也、と。而して其の撰ぶ処の業を見れば、曰く文学、曰く[六]政治、曰く法律、曰く商業、曰く新聞記者、曰く教師、曰く農業。

[七]嗚乎之れ其真理を解したる人の撰択なり。

されど欺《あざむ》く勿れ。われ自からわれを欺くに非ざる乎。真理は是れ生命に非[八]ずや。爾若《も》し真に基督の教、バイブルの示す処の真理を解したりとせば、真理其者《そのもの》は直ちに爾を駆《かつ》て、此の[九]福音の宣伝者たらしめざる乎。真理其の者の力は必ず爾

一　底本「バイプル」。

二　底本「撰ばんする乎。」。

三　底本「牲質」。

四　底本「曰く。」。

五　底本「所以也。と、」。

六　底本「曰く、」。

七　ああこれが「クリストが示し給ひし真理」（八九頁）を理解したはずの人の選択だとは（何たることだ）、という反語表現。

八　底本「非すや。」。

九　『聖書辞典』（明治二十五年）に、「福音　神(かみ)がイエス、キリストによりて人に示したまひし所の喜(よろこび)の音(をとづれ)なり是則(これすなはち)神が其ゆたかなる恩(めぐみ)によりて人(ひと)を其罪(そのつみ)と又罪によりて陥(おち)し所の艱難(なやみ)の状(ありさま)より救ひ出し本来(もと)の聖(きよ)きよろこばしき境遇(ありさま)にかへさん為に設けたまひし神の道なり」とある。

のあらゆる口実に勝つ可き筈なり。

然るに口実は爾を支配す。見よ、見よ、爾は未だ真理を解し居らざる也。爾の信仰極めて浅薄なるもの也。爾の実際は極めて曖昧にして利己なるもの也。爾は決して真の基督教徒に非ざる也。

真の基督教徒は必ず教の為《た》めに其の地上の生命を費す、其の汗、其の血、其の涙、一滴たりと雖《いへど》も教のためならざるを惜しむ可き也。

一〇 西行は世は無常なりと感ぜり、「無常」は彼を駆て世を捨てしめたり。無常を語るもの世に猶《な》ほ多し、而して其の多きもの未だ嘗《かつ》て世を捨てざる也。何となれば、彼等は未だ無常其者の真の消息を直感したるに非ざれば也。実に是れ人心欺く可からざる自然の作用の結果なり。

吾此の如く信ずるが故に自から顧みて問はんとはす、爾は基督教徒であり乍ら何故に其の真理の宣伝のために全身全力を尽さゞる乎[一一]、其の伝道のために一生を擲《なげう》たざる乎、と。[一二]

何故に。何故に。何故に。其の答は極めて単明[一三]なり、曰く[一四]、われいまだクリストイエスの教へたる、其の、バイブル[一五]の示したる真理を生命とする能はざれば也。それは又た何故ぞや。

一〇 一一一八-九〇。本名は佐藤義清。鳥羽院の北面の武士であったが、二十三歳の時、平安末期の不安な世相に人生の無常を痛感し、出家遁世する。さらに三十歳頃、奥州の旅に出たのを皮切りに漂泊の生涯を送るものの、『新古今集』の有力歌人でもあり、家集『山家集』も残した。

一一 底本「尽さゞる乎。」。

一二 底本「擲たざる乎。と」。

一三 簡単明瞭。

一四 底本「曰く　われ（読点無し）」。

一五 底本「バイプル」。

此の答も亦《ま》[一]た極めて単明なり、曰く、われは「虚栄」を生命とすれば也。（朝早く認《したた》む）

われいま「死」を作りつゝあり。されどわれ自から殆んど何の用をなすかを知らざる也。われ若し此の著作に成功せば必ず小説家を以て世に立つに至るべし。[二]小説家！　詩人！　文学者！　これ何ぞや。偽《いつはり》多き名なる哉。空しく響く名なる哉。

六日。

一昨日（四日）早朝東京を発して鎮遠《ちんゑん》[三]見物に出掛けたり。同伴者は収二及び佐[四]々城佑氏なり。

帰路逗[五]子《づし》なる徳富猪一郎君の避暑宅に立寄る。（夜十時過ぎて帰宅したり。）

昨朝信嬢来る。吾れ床上に横はる。一昨日余[六]り[七]ラムネを飲みたるため下痢を起し腹痛を感じたれば也。終日病床に在りたり。

今朝のぶ嬢より来状あり。筆末に曰く「[八]片時もはなれず候君がおもかげ。」可憐の乙女、爾《なんぢ》も終に恋に沈みぬ。よし。然らば、限りなき恋愛の泉をくましめ

一　底本「亦た、極めて単明なり曰く、」。

二　底本「小説家か！」。

三　清国北洋艦隊の旗艦。排水量七四三〇トンの巨大甲鉄艦であったが、明治二十八年二月十七日威海衛海戦の結果、日本海軍の手に帰す。『愛弟通信』（左久良書房、明治四十一年十一月）にその折の様子が描かれている。「思ふに各艦数千の人目が一度にあつまりたるは鎮遠ならん。其の黒き船体岩の如く、城の如く頑固なる怪物の如く浮ぶ様吾が物と思へば少し甲鉄艦、案外長さは短かきに非らずやとは艦橋の衆評なりき。嘗て黄海の役此の怪物と相駆逐したる吾が松島、千代田、橋立、厳島の諸艦若し霊あらば曰く、『旧知！　今日は』と。鎮遠の面皮厚き十四吋《インチ》、何とも思はざる事主公に似たり」。

四　底本「佐々木佑二なり。」。佐々城佑は信子の弟で、明治十六年四月一日生れ。北海道移住を志す母豊寿に伴われ、二十六年四月室蘭に渡り、さらに伊達紋別に住んだ。その後同志社中学に進むが、横井時雄の同志社の整理にともなう紛擾によって、三十年九月札幌中学に転入し、母や妹と暮す。三十三年三月に卒業するが、その後の動向については、『明治文化全集・社会編』（日本評論新社、昭和三十年）所収「米国ニ於ケル日本革命党ノ状況」に見える。要するに佑は「要視察人」として当局の監視を受けていたのだが、三十四年五月横浜より渡米し、「スクール・ボーイ」若しくは「ハウス・ウォーク」と呼ばれた苦学生としてカリフォルニア州の、主にバークレーで暮したという。また昭和二十六年八月、山川菊栄の姉で、女性エスペランチストの草分け的存在たる森田松栄と結婚し、共にエスペラント運動に尽した。晩年は東京都品川区荏原七の二の五で「佐々城英語塾」を営むが、阿部光子

よ。

われは今も猶ほ苦しみつゝあり。何をなす可き乎を知らざる也。吾れは幾度か詩人たり、文学者たるべしと思ひ定めぬ。されど、今は「伝道」を望むの心生じたり。一身[九]、然り、此の地上に於ける僅少《きんせう》なる一身の生命を伝道に費す可きを思ひ〔つき〕ぬ。

されど未だ其の何れ《いづ》にも定むる能はざる也。

これ恥づ可きの事なり。

吾れに吾を安からしむる信仰なし。神の真理吾れに未だ明かならず。

何故にわれは自殺し能はざる乎。

われは自殺[一〇]の罪なる可き真理を解せざるなり。故に[一一]罪なるが故に自殺せざるに非ず。

われに希望ある乎。曰く、なし。

吾れに平和あるか。曰く、なし。苦悩のみあり。

われは何事も面白ろきを感ぜず。

『或る女』の生涯』によれば、「昭和五十四年、満九十五歳で世を去り、葬儀は東京教会の岡田牧師が執り行った」。

五 神奈川県逗子の柳屋のこと。この後、独歩と信子が新婚生活を送る所であり、明治三十年頃には徳冨蘆花も居住することになる。→補三一。

六 底本「余は」。

七 レモネードのなまったもの。清涼飲料水。明治二十八年にはビー玉を栓とするラムネ瓶が登場し、夏には不可欠な飲み物となる。

八 正岡容『明治東京風俗語事典』に、「へんし〔片時〕 ほんの少しの間。「へんじ」とにごらない」とある。

九 底本「一身然り、」。

一〇 キリスト教では、自殺はすべてを把握する神の意志に対する反逆であり、恐るべき罪と見做されてきた。いわば人間の主権の行使たる自殺は、実存主義のニーチェの登場で初めて肯定されるに到る。例えば内村鑑三は「自殺を禁ずる聖書の言」（『聖書之研究』大正元年十二月）で、「「なんじらは神の殿（やみ）にして神の霊なんじらの中に在（まい）すことを知らざるか。人もし神の殿を毀（ぼこ）たば、神、かれを毀たん。そは神の殿は聖きものなればなり。この殿はすなわちなんじらなり」（コリント前書三章十六、十七節）」をあげている。

一一 底本「故には」。

然らば何故に自殺し能はざる乎。死は万事休す、最一の平和に非ずや。

われに一個の[一]鋭利なるナイフあり。以て胸を刺すに足る。
[二]一挙手の事。
十分にして或《あるい》は五分にして足る。僅かに五分の苦痛。
[三]わが父母、わが弟、わが恋人、わが友、すべて後より吾を追ふ可し。彼等も遂にわれと等しかる可し。
僅かに[四]数年、[五]若しくは数十年の遅速。

遅かれ速かれ、等しき運命。

ナイフ用意せられたり。何故にためろふか。

一挙手の労。

眼をあげて見る。[六]カーライル、[七]テニソンの肖像、アヽ彼れ等も已に死してある也。[八]死国の民に非ざる乎。かの麦藁帽《むぎわらぼう》。之れ[九]山口行一のかたみなり。彼れ今何処にある。[一〇]死の国には友多し。〔友多し、〕友多し。行一も在り。[一一]武雄も在り。

一挙手の事。

何故にためろふか。

嗚呼われはたゞためろふのみ、其の理由を知らざる也。

一 底本「英利」。
二 「われに一個の鋭利なるナイフあり。以て胸を刺すに足る」を受け、手を挙げるだけのほんのわずかな動作で、人は自殺できるといっている。
三 人は皆死すべき存在という強い自覚だが、独歩は、神の加護を排した上でそうした自覚に達していて、さらに生の意味を模索していこうとする。いわば実存主義的に思考していると言えよう。
四 底本「数十年、」。
五 底本「苦しくは」。
六 Thomas Carlyle（一七九五-一八八一）。イギリスの歴史家、評論家。→補三二。明治二十八年八月二日、『国民新聞』編輯者の机上に置いてきた詩「古人」が全く同じ内容である。この頃の独歩は、部屋に飾ったカーライルやテニソンの肖像を見ては「死の無窮の国」への誘惑を感じていたものと思われる。→八九頁注九。
七 Alfred Tennyson（一八〇九-九二）。イギリスの詩人。牧師の子として生れるが、二人の兄の影響もあって早くから詩作を始める。ケンブリッジ大学に進学するものの、父の死で中退する。一八五〇年ワーズワスの後を継ぎ桂冠詩人に任命され、八四年には男爵位を受けた。生涯を通じて五百編に及ぶ作品を書いた。テニソンの詩の特徴は何よりその音楽性にあるものの、独歩はむしろ、自然描写のみごとさに魅せられているのかもしれない。また、大学時代に革命を支援すべく共にスペインに渡った親友の死によって絶望の淵に立たされた彼が、人間性と信仰を回復するに到るまでを描いた『イン・メモリアム

たゞ一個われを憤激せしむるものあり、曰く[一二]、自殺は薄弱の行為なり。平和を得ずんば、得るまでは戦へ。希望なくんば希望生ずるまで苦戦せよ。自殺は薄弱の行為なり。

されど、われ已に此[一三]の憤激を弾力なきまで用ひたれば、今は殆んどわれを立たしむるに足らず。

欺く勿れ。われは未だ真面目ならぬなり。自殺もなし得ず[一四]、希望もなし。

われは憐れの男なり。あゝわれは世にも憐れの一人なり。自殺する事も能はず、さりとて希望もなし。苦悶のみ、あゝ苦悶のみ、名づけ難き苦悶のみ。

たゞ此[一五]の肉体を古びたる衣の如くにまとふ。しかも脱ぎ捨つる能はざる也。

全世界をも征服せんとの大希望ありたる男子[一六]、立てよ。

馬鹿を言ふな。弱き事を言ふな。死する勿れ。断じて死する勿れ。自殺する勿れ。

無窮永劫に生く可し。

立て、立て、立て。戦へ、戦へ、戦へ。何でもよし何事でもたゞ為す[一七]可し。

宇宙は全体なり。自殺したりとて、吾れは吾れ也。宇宙の外に出づるに非ず。

(In memoriam)』(一八五〇年)は、宗教と自然科学の対立がもたらす時代の不安が現れている代表作である。

八 底本「死園の民」。

九 →七五頁注七。

一〇 底本「死の園」。

一一 伴武雄(→六九頁注一二)。

一二 底本「あり。」。

一三 「此の憤激」とは「自殺は薄弱の行為なり。平和を得ずんば、得るまでは戦へ」ということばを指す。あまりに度々使ったので、このことばに心弾まなくなった、という意。

一四 底本「得ず。」。

一五 カーライル『衣服哲学』(一八三六年)の影響。石田憲次訳『衣服哲学』第一巻第一章「はしがき」に「凡ての組織(ティシュー)の中の最も偉大な組織(ティシュー)、唯一つの本当の織物(ティシュー)—即ち毛布その他の織地の衣服組織が科学によつて全く看のがされてゐるのはどうしたことかと。衣服組織は人間の霊魂がその一番外側の蔽ひや上張りとして着用するもので、彼の他の組織はすべてその中に包括され保護され、彼の全能力はその中に働き、彼の全自己はその中に「生き動きまた在る」のである」とある。

一六 底本「男子。」。

一七 底本「為す可し(句点無し)」。

一弱き事を言ふな。まけるな。立て。戦へ。為せ。打て。殺せ。突け。蹴れ。何者か汝《なんぢ》をさまたぐる者ぞ。打て、殺せ、けれ、突け。

決して自から殺し、自から敗れ、自から退き、自から失望する勿れ。

真理を求めて止む勿れ。

二神の児《こ》たらずんば止む勿れ。

三裸体にして天地に立て。


基督教の真理！　吾れを救へ。

神の愛。神の子の愛。永遠の生命。義の勝利。人間の愛の結合（朝記）

此世は未来の用意なり。四此世は霊魂の試験場なり。学校なり。練習場なり。人間の希望は肉を脱したる霊界の神の国に在り。

時間は肉の為めに設けられたる霊の発達場なり。

心を静めて五人生を見よ。真理を見よ。


六「日本人」第三号、七雪嶺の八ウエンデル、ホルムスと題したるうちに曰く、彼れ

一　独歩はこうしたことばに基づいて詩「友に与ふ」（『国民新聞』明治二十八年八月三十一日）を作った。「世(よ)の波高(かた)し。君はいかに。／打(う)て、突け、殺(ころ)せあだしあらば、／つるぎ引(ひ)きぬけ！　何(な)に、ものかわ。／あゝ友よ、勇(さい)みすゝめ！」。
二　「神の児」はキリスト教徒のこと。イエス・キリストを意味する「神の子」とは違う。
三　底本「裡体」。
四　独歩は「地上の生命」（九一頁）の意味を求めて煩悶してきたが、三宅雪嶺の文章や内村鑑三『余は如何にして基督信徒となりし乎』によって「霊魂の試験場」という解答を得た。
五　底本「人を」。
六　雑誌『日本人』。↓補三三。
七　三宅雄二郎。雪嶺は号。万延元年（一八六〇）―昭和二十年（一九四五）。加賀藩の儒医の第四子として金沢に生まれ、明治十二年東京大学文学部に進み、フェノロサの影響を受けた。卒業後、東京大学や文部省に務めるが、二十一年政教社同人として『日本人』創刊に参加する。国粋運動を推進する一方、高島炭鉱坑夫虐待問題や足尾鉱毒事件にも係り、『真善美日本人』（政教社、明治二十四年）、『我観小景』（政教社、明治二十五年）などの評論を刊行する。また独自の哲学体系の構築を目差し、東洋思想の可能性を追求しようとした。
八　Oliver Wendell Holmes（一八〇九―九四）。マサチューセッツ州ケンブリッジ生れで、ハーヴァード大学医学部教授になる。彼はボストン社交界の中心であり、詩人・小説家・随筆家としても活躍した。『朝の食卓の独裁者』（一八五八年）、『朝の食卓の教授』（一八六〇年）、『朝の食卓の詩人』（一八七二年）というシリーズの著作を残

曾《かつ》て論ずらく、基督教徒は楽天と厭世とに分る。楽天者の発達せるは、[九]顔容快活、音声充盈《じゆうえい》、[一〇]世の驩虞《くわんぐ》を悦びて敢て修飾すること莫《な》く、住む所の斯《この》地球を以て他の一層善美なる存体に移る可き練習学校となす。

[一一]われ独り此《かく》の如く人生の事に苦む時、道をゆけば歌ひ乍ら来る職人に遇ひ、争ふ所の車夫を見、乞食する翁を見、権をほしいまゝにする貴人を見、シャミの音の障子のうちに起るを聞き、而して悠々日月転じ又転ずるを見る。

嗚呼人間の事遂に如何。

今夜[一二]植村正久氏を訪ひ、吾が「伝道」に関する心中の苦悶を告ぐ。氏の曰[一三]く、[一四]深く熱く求むべし、道自から開けんと。

七日。

如何なる難苦にも忍ぶ可し。難苦はわれをして一段の進歩あらしむる推進器なり。

名を望まじ、利を望[一五]まじ、たゞ霊の発達をのみ願はん。霊の発達は人間の此の地上生活の目的なり。

した。三宅雪嶺「ホルムス」(『日本人』三号、明治二十八年八月)は、ウェンデル・ホームズを紹介した後、彼の詩「The Last Leaf」と劉廷芝の詩「代悲白頭翁」の比較を試みている。↓補三四。

九 底本「顔容快活。音声先盈、」。「音声充盈」は声が満ちあふれている状態。

一〇 喜び楽しむこと。

一一 世間では人生問題などどこ吹く風で、時の過ぎ行くままに気楽に生きている。「シャミの音」とは三味線の音のことで、花柳の巷を歩いていて聞こえてきた。

一二 安政四年(一八五七)—大正十四年(一九二五)。牧師、神学者。一番町教会(後に富士見町教会)の牧師。独歩は明治二十四年一月、彼により受洗した。植村はこの頃、麹町区四番町四番地(現千代田区)に住んでいた。植村環「報告小説父母と我ら」(『婦人之友』昭和十一年)に、「四番町の家」は「丁度今の三輪田高等女学校の前あたりで、一口坂の下の処」にあり、「四番町時代の私共の家族は三十代の父と母、五つから九つまでの私、七つ年上の姉澄江、それから四つ下の妹恵子であつた。それに福音新報の現理事者原戊吉氏の妹さんのお幸さんが私共と一緒に居られて」他にお手伝いさんがいたと述べられている。ちなみに環は明治二十三年八月生れである。↓補三五。

一三 底本「曰く(読点無し)」。

一四 底本「深く、熱く求むべく、」。

一五 底本「望まし、」。

罪と汚辱とに出入するも恐れ失望せじ。前程[一]は光明なれば也[二]。
人間の地上に於ける生活目的、神の光に帰するための習練なり。
務めよ、忍べよ、勇気あれ、善を行ふにためろふ勿れ。
徳をたつるに躊躇する勿れ、懼《おそ》るゝ勿れ。惑ふ勿れ。懼れ惑ふ事あらば静かに一段高き処より考へて、神の前に其のよしとする心に判決せよ。

[三]This Earth, though beautiful, was not originally meant as an angel-land. It was meant as a _School_ to prepare us for some other places. ………… That state is the best in which the best discipline of soul is possible, and hence the original aim of the creation of this Earth is best realized. When this is done, we all may quit this earth, and go, some of us to eternal bliss, and others to eternal no bliss, and the Earth itself to its original elements, as a thing that has finished its business.

十一日。

日曜日。

記憶して忘るゝ能はざる日なり。

本日午前七時過ぎ、信嬢来る。前日嬢と共に約するに一日の郊外閑遊を以てす。

一　前途に同じ。
二　底本「なれは也。」。
三　底本「This Earth, thought beautiful, was-not origonally ment as an angel-land./It was meant as a School to prepere us for some other places. ……/That state is the best in which the best discipline of soul is possible and hence the original aim of creation of this Earth is best vealized. When this is done? We all way quit this earth, and go, soweg us to eternal bliss, and others to eternal no bliss, and the Earth itself to its original elements, as a thing that has finished its finishess.」。内村鑑三『余は如何にして基督信徒となりし乎』第十章「基督教国の偽りなき印象―帰国」からの引用だが、途中省略して、三宅雪嶺の「ホルムス」(→九六頁注八)と同じ趣旨の部分のみ筆写したことがわかる。岩波文庫版の鈴木俊郎訳を次に示す。「この大地は、美しくはあるが、もともと天使の国として意図されているのではない。それは我々をある他の場所へ導く準備の学校として意図されているのである。(中略)霊魂の最善の訓練が可能であり、したがってこの大地の創造の本来の目的が最も善く実現されているその状態こそが、最善の状態であるのである。これが成就されたときには、我々はみなこの地を去り、我々の或る者は永遠の祝福に、他の者は永遠の非祝福に、そして大地そのものはその仕事を完了してしまったものとしてその原始の要素に還(かえ)ってさしつかえない」。
四　人力車。
五　神田区三崎町(現千代田区)。
六　麹町区飯田町四丁目(現千代田区)。明治二十

之れ寧《むし》ろ嬢より申出でたるなり。余之れを諾したり。而して、之れ互に或る目的を有したる也。嬢は此日を以て其心中の恋愛を明言し、余が決心を聞かんことを欲したる也。余も亦た此日を以て余が嬢に注ぐ恋情を直言し嬢の明答を得て、苦悶を軽うせんと欲したる也。互に黙契したる此の閑遊は遂に今日実行を見るに至りぬ。されど勿論《もちろん》之れ秘々密々の事。嬢と共に[四]車を飛ばして[五]三崎町なる[六]飯田町停車場に至る。着する時、恰《あた》かも汽車発せんとする時なり。

直ちに「国分寺」までの切符を求めて乗車す。

「国分寺」に下車して、直ちに車を雇ひ、[七]小金井に至る。小金井の橋畔にて下車して、[八]流に沿ひて下る。

堤上寂寞、人影なし。たゞ農家の[九]婦《をんな》、童子等を見るのみ。これも極めてまれなり。

吾等二人、愈ゝ《いよいよ》行きて愈ゝ人影まれなるところに至り、互に腕を組んで歩む。

吾れ遂に昨夜よりの苦悶及び吾が信嬢に対する一切の情を打明けて語りぬ。

昨夜よりの苦悶とは、昨夜われ国民之友校正のため、社楼に在りて[一〇]竹越氏と雑談の際、談たま〳〵佐々城豊寿夫人の事に及び、而して竹越の曰く、豊寿さん今日吾宅を訪ひぬ。其の時の話の模様によれば、信子嬢を[一一]汐田某に嫁せしむる

八年三月、甲武鉄道(現在のＪＲ中央線)が新宿から飯田町まで延長されたことに伴って開設された。

七『風俗画報』臨時増刊三三七号「小金井名所図会」(明治三十九年三月)に「往還路程●甲武鉄道」として次のようにある。「小金井遊覧には甲武鉄道に依るを最も便利なりとす」「◎汽車(八王子、川越行)●飯田町発●牛込●市ケ谷●四谷●信濃町●千駄ケ谷●新宿●大久保●中野●荻窪●吉祥寺●境●国分寺着」「◎遊覧の便駅●境　停車場を北に距る五六丁、小金井佐久良橋に達す。●国分寺　停車場より十五丁にして小金井橋に到る。小金井橋と佐久良橋の間は観桜の最勝境なり　即ち境駅に下車し、徒歩して佐久良橋に到り、両岸の桜花を賞しつゝ小金井橋に達し、帰途国分寺駅に乗車し、新宿駅に着するか、将た、国分寺駅を先きにし、境駅を後にするか、両者其一つを択(えら)ぶ可し」。また「小金井に至る順路の案内をしるしたるものにては。『王花勝覧』よりふるきはなし。同書は露菴有佐(ろあんうさ)(皐月〈さつき〉氏)の著にて。文化元年三月の出版に係る。其の記する所の道路は。今と異なるなく」とあり、独歩は、こうした小金井案内記によって「閑遊」した。しかも全通したばかりの甲武鉄道を使うというトレンディーなやり方である。八 玉川上水。九 底本「姉、」。

一〇 竹越与三郎(→六七頁注一二)。

一一 高野静子『続蘇峰とその時代』(徳富蘇峰記念館、平成十年)によると、「この箇所に蘇峰は赤エンピツで二重丸を付け、「潮田伝五郎ナラン」と書き込んでいる」とある。潮田伝五郎は潮田千勢子(基督教婦人矯風会の幹部で佐々城豊寿の盟友。→補六三)の長男。明治元年長野県飯田に生まれる。東京府中学を卒業した時、品行方

積りなるが如しと。此の言は極めて簡単なりしもわが心を刺せしこと、如何《いか》計《ばか》りぞや。

吾れ〔帰宅の後、独りつくぐ〱思へらく、此事は信嬢〕自身も承知の事ならん[一]。果して然らば信嬢は吾が愛を弄したる也と[二]。苦悶、措《お》く能はず、一言を載《しる》して信嬢に送らんと一度書きて捨て、再び書し了はりて、机上に置き、寝に就きたり。

今朝は信嬢[三]と共に豊寿[四]夫人の北行を上野[五]に送り、上野より直ちに二人、飯田町の停車場に会することを約し居たれども、余[六]、前夜の事を思ひ且つ天曇りたれば、上野に行かざりし。信嬢上野より来り、閑遊を果す可きを促《うなが》す。すなはち、兎《と》も角《かく》も、人なき自由の林に入りて吾が苦悶のありたけを打明けんと欲し、同意して吾が[七]宿所を出発したる也。

信嬢は吾が腕をかたく擁《よう》して歩めり。吾れは一語一語、徐《おもむ》ろに語り、遂に恋愛するに至りし吾が心情を語る時、感迫りて涙をのむ。嬢も亦た涙をのむ。

嬢の曰く、汐田某に嫁する云々の事は全く偽報なり。さる事はみぢん[八]もなし[九]、と。

嬢は吾が愛よりも更らに切なる愛を吾に注ぎ居たる也。

正学術優等で知事に表彰されるほどの神童で、二十一年東京帝国大学工科大学に進み、特待生となり、天皇の御前で電気工学を進講したという。卒業後逓信省を経て、芝浦製作所の電気部長となるが、熱心なクリスチャンとしても活動し、二十九年七月には福沢諭吉の娘と結婚。目覚ましい人生だったが、明治三十五年五月に急逝する。

以上九九頁

一 底本「なちん。」。
二 底本「弄したる也。と」。
三 底本「信嬢に其の」。
四 豊寿は北海道に生活の基盤を築こうとしていた。→補三・補四。
五 上野停車場。現台東区上野七丁目に明治十六年七月、民営の日本鉄道会社の駅として開設された。
六 底本「余前夜の」。
七 底本「吾宿所」。芝区兼房町十四番地、柴田ツル方(→七三頁注九)の下宿。
八 微塵。
九 底本「もなし。と、」。
一〇 ブライアント(→八八頁注一)の「水鳥に寄せ

吾等堅固なる約束を立てたり。吾等が愛は永久かはらじと。
余は[一〇]ブライアントの水鳥に寄する歌を語りて人生の永久の平和を語り、永生を語り、愛の無限ならざる可からざる事を語りぬ。
遂に桜橋に至る。
[一一]橋畔に茶屋あり。[一二]老媼老翁《らうあうらうをう》二人すむ。之に休息して後、[一三]境停車場の道に向ひぬ。
橋を渡り数十歩。家あり。右に折るゝ路あり。[一四]此の路は林を貫いて通ずる也。
直ちに吾等此の路に入る。
林を[一五]貫いて相擁して歩む。恋の夢路! 余が心に哀感みちぬ。嬢に向て[一六]曰く、
吾等も何時か彼の老夫婦の如かるべし。若き恋の夢もしばしならんのみと。
更らにみちに入りぬ。計らず淋しき墓地に達す。[一七]古墳十数基。[一八]幽草《いうさう》のうちに没するを見る。
吾れ[一九]曰く、[二〇]吾等亦た然るべし、と。
更らに、林間に入り、新聞紙を布《しき》て坐し、腕をくみて、語る、若き恋の夢!
嬢は乙女の恋の香に酔ひ殆んど小児の如くになりぬ。吾に其の優しき顔を重げにもたせかけ、吾れ何を語るも只だ然り〳〵と答ふるのみ。
日光、緑葉にくだけ、涼風林樹の間より吹き来る。回顧。寂又た寂。吾曰く、

る(To a Waterfowl)」(一八一八年)。四行八連からなる宗教詩。『世界日本キリスト教文学事典』(教文館、平成六年)に次のようにある。「空の涯をいく渡り鳥の姿を描いて、「地帯から地帯へと/果てしない空をおまえを導く力は/私のひとり踏むながい道でも/やはり私の歩みを正しく導きたもうだろう」と、彼は神の摂理を説いている。ここでは神を「力ある方」と呼び、自然と人間の両方の背後にある存在として扱っており…」。

一一 野田宇太郎『東京文学散歩・武蔵野編(上)』(文一総合出版、昭和五十二年)に、「桜橋北詰の、実際には高橋という老人二人が農業の片手間に営んでいた茶店」とあり、独歩の「今の武蔵野」六章にも登場する。田村江東「恋の独歩」(『新小説』明治四十一年八月)は次のように証言する。「林の中を出てから二人は堤の畔りの掛茶屋に休んだ、すると其所の婆さんが二人を見て、桜の咲いて居る時分には貴君方の様な人が沢山来るけれども、這様暑い時分に来る人は一人もない、お前さん方は何しに来なすつたねと云つて不審さうに両人を眺めた、大抵分りさうなものをと、信さんと顔を見合して笑つたと、其後独歩は大笑をしながら話した事がある」。

一二 底本「老婆」。

一三 底本「後境停車場の」。境停車場は現在のJR武蔵境駅。

一四 底本「此道」。

一五 底本「貫て」。

一六 底本「曰く。」。

一七 古い墓石の意味。

一八 深く茂った草。

一九 底本「曰く。」。

二〇 我々二人もいつかは墓に入ることだろう。

林は人間の祖先の家なりき。今は人、都会をつくりぬ。吾等は今《い》ま自然児として此のうちに自由なるべしと。

黙又た黙。嬢は其の顔を吾が肩にのせ、[一]吾が顔は嬢の額に磨《ま》す。嬢の右腕、力なげに吾が左腕をいだく。黙又た黙。[二]嬢の霊、吾に入り、吾が霊、嬢に入るの感あり。

吾れ、頭を挙げて葉のすき間より蒼天《さうてん》を望みぬ。言ふ可からざる哀感起る。吾れ曰く、吾が心何となく悲し。されど悲しきは思ふに両心相《あひ》いだく、其の極《きはみ》に起る自然の情なるべし。此の悲哀の感は、吾が愛恋の情をして更らに深く更らに真面目ならしむと。嬢はたゞうなづくのみ。

林を去るに望み、木葉数枚をちぎり、記念となして携へ帰りぬ。

境停車場にて乗車す。[三]中等室、吾等二人のみ。

不思議に数停車場迄は一人の吾等の室に来るものなし。吾等は坐を並《ならび》て坐し、窓外の白雲、林樹、遠望を賞しつ、寧ろ汽車遅かれと願ひぬ。余が帰宅したるは五時半なり。（十二時過ぎ）

　十二日。

朝認《したた》む。

一 独歩の顔と信子の額が触れ合った状態をいう。

二 二人の心が一つに溶け合っていることをいう。

三 この頃の汽車は上中下の三等に分れ、「全国汽車発著時刻及乗車賃金表」(官報の付録)によると、乗車賃が「中等ハ凡ソ下等ノ二倍、上等ハ凡ソ下等ノ三倍」だった。ちなみに、新宿―境間の運賃は、上等三十六銭、中等二十四銭、下等十二銭。

嬢は吾れに許すに全身全心の愛を以てすと云へり。されど嬢は一種の野心を有す。曰く[四]女子の新聞事業。

其の為めに嬢は[五]合衆国に行くことになり居れり。故に嬢は曰く、吾等は已に一体たるべし。されど夫妻となりて一家に住むに至ることは[六]何年の後たるを計り知る[七]べからずと。

われ曰く、ヨシ、吾等は一家に住み得るに至るまで待つ可し。されど夫妻は夫妻なり。われ等は自己の野心のために恋愛をも犠牲《ぎせい》にするは酷なり。吾等は何時までも待つ可し。たゞし、「待つ」は「冷《ひ》ゆる」の意味たらざらんことを望むと。

嬢また曰く、

われ若し恋愛に於て御身に失望せば、断じて再び恋せじと思ひたり。されど今は互ひに心も打明けて知られ、之に越したるうれしき事あらずと。

われ曰く、

余は御身との恋を成就せずんば措《お》かじと思ひ定めぬ。如何なる事ありとも成就さす可し。恋せば将《まさ》に死するまでと決心せりと。

かく互ひに語りしは未だ[八]桜橋に到らぬ前、一橋さびしくかゝる寂寞の場なりき。

四 ↓補三六。

五 川岸みち子によれば、「この信子渡米の件はかなり早くに佐々城家の方針として決つてゐたらしいのである。それはこの年二月二十四日、豊寿が当時日清戦争のため広島出張所にゐた蘇峰に宛てた書簡の末尾に、「御帰京何時頃に候か／千秋の思にて御待申上候／実は娘が学問の方針に付て／御意見を拝聴致し度き義／有之候為めに御座候」と申し送つてゐるから」「おそらくこの春ごろには、ジャーナリスト修業のため信子渡米の計画がきまつてゐた」（〈全集〉別巻二）。豊寿が独歩との恋愛を頭ごなしに反対するのもこの計画があったせいである。↓補三六。

六 底本「何年の経たる」。

七 底本「べからず。」。

八 小金井から玉川上水に沿って桜橋まで下る途中。

橋に立ち、流に上下を一目にみるを得。水流矢の如く、碧草《へきさう》[一]のうちより走り、また碧草のうちに没し去る。

信嬢の美徳は其の剛毅《がうき》なるに在り、同時に温和なるに在り。

余曰く、吾等が恋は飽くまで純潔なるべし。高尚なるべし、堅固なる可し、大胆なるべし。此の四徳の一を欠く可からずと。

純潔なる可きは、男女両性の徳のために、

高尚なる可きは、神に向ふ理想のために、

堅固なる可きは、互ひの相いだく心[二]のために、

大胆[三]なる可きは、世に対して恥づるなきために。

余曰く、[四]

御身若し北米[五]に去らば、われは北海[六]風雪のうちに投ぜん。吾等が恋の前途は「悲運」なり。されど「悲運」何かあらん。

汽車、林を貫いて急行す。窓外白雲深く、哀感交々《こもごも》起る。われ嬢に曰く、余のために一曲を歌へと。

嬢すなはち、「故郷の空」[七]を歌ふ。悲壮の調《しらべ》、実に断腸《だんちやう》の調なり。われ此の調に応じて悲歌一つ作る可きを約しぬ。嬢は唱歌の達人也。

一　青い草。

二　相手を愛する心。

三　堂々としていること。

四　底本「余曰く。」。

五　アメリカ合衆国のこと。

六　北海道移住のこと。

七　大和田建樹作詞のスコットランド民謡「故郷の空」（『明治唱歌（一）』明治二十一年）。「夕空はれてあきかぜふき／つきかげ落ちて鈴虫なく／おもえば遠し故郷のそら／ああわが父母いかにおわす」。

[八]嗚呼恋愛！　恋愛！　若したゞ地上五十余年の肉[九]の生命の香に過ぎずとせば、
嗚呼はかなき夢なる哉。

吾等青年の時は忽《たちま》ち去らん。一日再び来らず。

あゝ神よ。吾等は永久の生命と愛の無窮を信ぜんことを望む。

希《ねが》くば人間地上の煩悩のために、愛の聖を破る勿れ。高、信、純の徳をたてよ。

嗚呼吾が前程[一〇]は世の所謂《いは》ゆる[一一]幸運に非ず。われは敢《あ》へて荒野の試み[一二]に遇はんことを願ふ。此のわれの恋愛は悲運なる哉。されどわれ愛恋[一三]の徳[一四]を以て此の悲運に勝たしめんと願ふ。否な、悲運を以て恋愛の徳を高めんことを願ふ。たゞ此の時、祈る、嫌の愛、如何なる時にも、惑はざらんことを。

恋愛も永生も神の信仰も、凡《すべ》てこれ人間の痴情に過ぎずして、宇宙人生の真相は冷刻[一五]なる不思議なりとせば、生命は分時《ふんじ》[一六]も堪ふ可きものに非ず。されどわれクリストの教を信ぜんとするもの也。此の真理を信ぜんとするもの也。

十二日[一七]。

心張りさく計りに苦し。

恋愛に永生の確信伴はずんばこれ霊魂の地獄なり。

八　もし恋愛が肉体の官能の問題に過ぎないなら五十余年の人生と共に消え去るはかない夢のようなもの、の意。
九　底本「内の」。
一〇　前途に同じ。
一一　底本「世の謂はゆる」。
一二　イエスはヨルダン川で洗礼を受けた後、聖霊によって荒野に導かれ、四十日間悪魔（サタン）の試みに遭う。『新約聖書』の「マルコ伝」一章十二にふれられ、「マタイ伝」四章一や「ルカ伝」四章一では、悪魔の試みが具体的に三つあげられ、それに対するイエスの応答も示される。いずれにしろイエスが受難の生涯を送り、しかもそれに打ち克つことが暗示されている。
一三　前述の、恋の純潔、高尚、堅固、大胆の四徳（一〇四頁）を指す。
一四　底本「徳をして」。
一五　冷酷の意。
一六　わずかな時間。
一七　十二日の夜に記したということ。

今日午後、嬢を訪ひぬ。

今夜、嬢と吾が前途の世難を思ふて悲哀幽愁に不堪《たへず》。

青年の年代忽ち過ぎん。恋愛の香忽ちさめん。かく思ふ時、霊の氷る心地す。

悶《も》がき苦しむ。

熱涙もて神に祈りぬ。

嬢に一書を認めたり。


　十六日。


夜十二時、神に祈りて曰く。

全心全力を以て為さしめ給へ、愛さしめ給へ。


今夜バイロン[一]のチャイルドハロルド[二]中のローム(Rome)を読み、「時」の不思議なる力に感じて涙眼にあふる。バーンス[三]のAe Fond kiss[四] を読みて泣く。

此の両三日新体詩を得ること四五、独歩吟[五]、沖の小島[六]等なり。

昨朝のぶ嬢来宅。薄暮来状、曰く発熱就床、明日来訪を望むと。今朝これを訪ひ午後五時まで居たり。

昨日午後五時頃弁三郎氏[七]来る。収二及び尾間[八]を伴ひて西洋料理を馳走《ちそう》し、新橋[九]

一 George Gordon Byron (一七八八—一八二四)。ロンドン生れ、父は放蕩の末客死し、母の手一つで育つが、十歳の時叔父の爵位と財産を相続した。一八〇五年ケンブリッジ大学に進むものの、文学と放蕩に明け暮れ、退学。詩人としても認められず、二年間大陸を放浪する事になるが、その中で書いた『チャイルド・ハロルドの遍歴』(↓次注)二巻(一八一二年)が時代の風潮に合致し「一夜目覚めて有名人」となった。天性の美貌や財産地位の他に名声まで手に入れた彼は、ロンドン社交界の花形として数々の浮き名を流す。しかしそれが社会的批難の的となり、一八一七年イギリスに見切りをつけ再び大陸へ旅立つ。シェリー夫妻との交際や伯爵夫人との恋など華やかな生活の一方で、『マンフレッド』(一八一七年)、『ドン・ジュアン』(一八一九—二三年)など次々と傑作を発表するものの、一八二三年ギリシャ独立戦争が勃発するや直ちに義勇軍に身を投じ、やがて病死した。

二 底本「チヤイルドデハロルド」。『チャイルド・ハロルドの遍歴(Childe Harold's Pilgrimage)』(一八一二—一八年)。全四巻で、バイロンのヨーロッパ旅行に取材した物語詩。前半の一・二巻は、青春の悩みに悶えるチャイルド・ハロルドが、虚しさや淋しさから逃れようとポルトガル・スペインを経て地中海の国々を彷徨する話。後半の三・四巻は、ライン川やイタリアの美しい風景や異国情緒に魅了され、そこに刻まれている歴史に思いを馳せるものとなっている。益田道三『国木田独歩—比較文学的研究—』(堀書店、昭和二十三年)に次のようにある。「バイロンが「ローム」を詠じたのは、『ハロルド卿の巡遊』第四のカント、第百三十八詩節(スタンザ)あたりからである。読者はハロルド卿の案内に

に送る。

「愛」と「時」と「生命」とを思ふて止まず。

一昨夜家[一〇]庭雑誌の夏期附録を書き了はる。

　十七日。

午後佐々城信嬢を訪ふ。今日は昨日に引きかへて発熱甚《はなは》だしく、苦悶見るに忍びず。氷嚢《ひょうのう》を其の頭に加へ暫時看護す。午後四時帰社す。

[一一]〔昨日は両人相対して午食《ごしょく》を共にし、今日は床上に之れを看護す。明日は如何。神よ、少女を憐れみ給へ。〕

帰社、帰宅の後、胸も張りさく計りに苦し。

恋は苦しきものなる哉。されど吾が心のこれに由《よ》りて深遠高調に赴くを感ず。

[一二]愛の消息は音楽の力[一三]よりも強し。悲壮なり。

わが心を苦しむるものは恋のみに非ざる也。天職に対する苦悶もある也。

嗚呼幻の如き世なる哉。

よつて、ローマの名所旧蹟を経めぐり、今は崩れたりといえども、壮大なりし往昔のローマを偲ぶのである」。「バイロンがローマの追憶に耽けるのも、「ローマの壮大さ今はなし」というよりも、「廃墟は廃墟でも流石はローマである」と感心するのである。独歩はこゝに於いても、彼自らの哲学をこの詩の中に読み込んだ結果泣いたのである」。

三 Robert Burns（一七五九-九六）。スコットランドの貧しい小作農の子として生れ、これといった学歴もなく十五歳頃から農作業に従事する。しかし重労働の傍ら早くから詩を書いた。一七八四年頃から次々と傑作を生み、八六年に『スコットランド方言詩集』を刊行する。ジャマイカに新天地を求めるための費用がほしくて出版したものだったが、大変好評で版を重ねる事となった。やがて農業に見切りをつけ収税吏になり、詩作も順調だったが、長年の労苦が祟り、三十七歳で死去する。

四 「熱き口づけ一度交はして、我等遠く互に別る（Ae fond kiss, and than we sever）」（一七九一年）のこと。→補三七。

五 「独歩吟」（後に「山中」と改題、『国民新聞』明治二十八年八月十六日）。「山路たどれば煙が見ゆる／谷の小川に藁流る／何処の誰がおすみやるか／峰の松風さびしかろ」。

六 「沖の小島」も「独歩吟」と同じ日の『国民新聞』に発表。「沖の小島に雲雀があがる／雲雀すむなら畑がある／畑があるなら人がすむ／人がすむなら恋がある」。

七 国木田弁三郎。→補三八。

八 尾間明（→七五頁注九）。

九 新橋停車場。現港区東新橋一丁目。明治五年九月東海道線の始発駅として開設。

苦しみ、悲しみ、もだえ、泣き、笑ふ。茫然として得る処なし。[一]自然の無窮は霊魂悶々の無窮を示すに非ざる乎。
幻の如くに吾には見ゆ。

凡てを神の慈愛にまかせんことを願ふ。
われは未来の信念なくんば生くる能はず。
[二]此の現今の地上の肉体の生命の活動受動は、地上ならざる肉体ならざる生命の、永久の光明に入るの源泉に非ざるならば暗夜の絶望なり。

　十八日。

　十九日。

　二十日。

[三]十八日(午前)九時頃のぶ嬢を訪ふ。熱度減じ、たゞ床上に横臥し在りたり。
薄暮まで留まりて談話したり。午食《ごしよく》を[四]子女等と与《とも》にす。
十九日は[五]発熱日ゆゑ如何あらんと案じて到り見れば、幸ひに発熱せず。午食前まで談話して帰りぬ。
薄暮再び訪ふ。本支氏帰宅して在り。[六]藤製の臥床《ぐわしやう》に吾は横になり、嬢は其の

一〇「想出るまゝ」(『家庭雑誌』明治二十八年八月二十五日)のこと。
一一 独歩が連日佐々城家に行き、長時間滞在していられるのは、豊寿が北海道に行って不在、本支は釘店の医院で仕事をしているからである。
一二 愛のおとずれ。
一三 底本「消息」。

以上一〇七頁

一 自然が茫然として何ら得るところもないまま果てしなく広がっていたとしたら、それは、魂の苦悶が尽きないことを示すものではないか。
二 こうして今、この地上で自分の肉体が様々に生命活動を行っているわけだが、それもやがてこの地上や肉体を離れて魂が光明に満ちた永久の生命を得るためにある、というのでなければ、この世は暗闇、人生は絶望でしかない。内村鑑三やウェンデル・ホームズの「霊魂の試験場」(→九六頁注四)という現世の捉え方を反復している。
三 信子と小金井散策した「十一日」が「日曜日」とあるから、その一週間後の日曜日ということになる。独歩は終日、佐々城家で過ごした。
四 信子には、佑、愛子、義江の三人の弟妹があった。
五 この頃信子は体調を崩し、発熱をくりかえしていた。
六 籐製のベッドのこと。

ふちに腰かけ、本支氏は傍らの診察寝台にて按摩《あんま》にもませつゝ、かくの如くにして九時に至りぬ。

吾等の手は幾度か堅く握ぎられたり。嬢は吾がために歌ひぬ。吾はたゞ語るのみ。本支氏は頻《しき》りに滑稽の談を投げて吾等を笑はしつ。

余が去らんとする時、本支氏は眠り居たり。

嬢は庭に下りぬ。余は裏門より出でんとす。

嬢は其の病余[七]の衰体をかゝへて送り来り、吾等二人、裏門に別れんとす。余嬢を抱きて曰く、速《すみや》かに全快し給へ。嬢、余を抱きて答ふるに、キッスを以てす。

余、門を出づ。嬢、立ちて暗きかげに其の体をかすかに現はす、余かへりみて礼す、さらば。嬢もまたかすかに、さらばと言へり。

余が手にバイロンあり。余はバイロンを思ひつゝ、嬢との恋愛を思ひつゝ、車を駆つて家に帰りぬ。

本日は多忙にして終に訪《と》ふ能《あた》はざりしも、心は片時も嬢を忘るゝ能はず。

二十三日　朝認む。

昨朝、富永徳磨[八]氏を訪ふ。一昨夜、氏われを訪ひしもわれ不在なりし。氏が妹[九]の事に就いて相談する処あり。上京の旅費をわれより支出し与ふる事に定めた

七 病み上がりの衰弱した身体。
八 →八六頁注三。
九 富永とみ。富永徳磨『キリストの新精神』（新教出版社、昭和四十五年）によれば、明治十年五月生れ。『欺かざるの記』にも記されているが、二十八年十月八日に上京、東洋英和女学校に入学。卒業後、小学校教員となるが、終生嫁がず、兄徳磨の伝道を最後まで助けた。昭和四十一年十一月七日佐伯市立養老院で死去。小野茂樹『若き日の国木田独歩』に富永とみの直談がある。「例の国木田先生と佐々城信子さんとの恋愛問題の起っていた頃ですが、佐々城家では信子さんが渡米する計画を立て居り、信子さんが渡米すればそのあと家庭が淋しくなるので、其の時は私が娘代り兼小間使いという恰好で佐々城家に雇われる事になっていましたが、国木田先生と信子さんが秘密の恋愛関係を結んだ事が分って佐々城豊寿夫人と国木田先生との間が非常に険悪な状態となりましたので、その国木田先生と親しい間柄にあった私たちの事ですから兄が心配して、私の佐々城家行きは取止めることにしました」。

り。

昨朝、富永氏、[一]尾間氏共に釘店なる佐々城本支氏にいたる。

余も亦《また》診察を受く、脈九十六。心臓病の兆あり。

[二]十一時頃、信嬢を訪ふ。不在。午食を彼処《かしこ》にてなし、[三]仮眠一番する時、嬢帰り来る。嬢は二回われを訪ひたり。

一昨日は殆んど終日嬢の家に在りたり。午前九時より午後十時まで。別れに臨んで、庭に送り、[四]裏門の傍に、〔キツス、口と口と!〕

われは嬢を教導せざる可からず。嬢の品性をして更らに益々《ますます》高且《か》つ偉ならしめざる可からず。

如何なる事ありとも嬢を疑はざる可し。

されどわれ日夜、怪しき苦悶になやみつゝあるなり。あゝ[五]嫉妬の魔鬼《まき》よ去れ。

嫉妬は愛をして濁水たらしむるものなり。[六]火宅《くわたく》たらしむる者なり。

昨日は全然われ嬢を苦しめたり。口を以て挙動を以てこれを冷遇したり。あゝ可憐の少女、此のひねくれたる吾をゆるせ!　昨夜嬢は例に依りて彼《か》の裏門まで送りぬ。

されどわれ一握手だに与へずして帰りぬ。

一 尾間明(→七五頁注九)。
二 底本「十時」。
三 うたた寝を一度した。
四 底本「また彼の裏門の傍まで!」。
五 この後「二十九日」に、「吾が心には常に萱場氏に対する嫉妬の念あり」(一一四頁)とある。
六 煩悩が盛んで不安なことを、火災にかかった家宅にたとえていう。

二十六日　夜記す。

此のごろの日記は恋愛の日記なり。われは書を読まず、文を草せず。たゞ恋愛の楽しきうちに苦るしき時間を、朝はめさめてより夜は床に入るまで、少しの間断[七]もあらせず暮しつゝあるなり。

二十四日の朝（土曜日）午前九時、嬢吾を訪ひぬ。坐に松本章男[八]氏在りたり。されど氏は間もなく去りぬ。兼ねて約し置きたる郊遊を行はんとて嬢は来りしなり。われ直ちに諾して、再び先きの小金井近傍の林を訪ふことに定め、車を駆りて飯田町停車場に至る。汽車発程[九]の時間は十一時四十分とあり。それまでに昼食を了はりぬ。

[一〇]此のたびは境停車場に下車したり。彼[一一]の林まで停車場より五六丁に過ぎず。吾等、林に入る前に梨数個を求め、これを携へて例の楽しき林間の幽路《いうろ》[一二]に入りたり。

嬢と並びて路傍に腰かけ、梨を食ひしも、梨甘からず。止めたり。

〔接吻又た接吻、〕唱歌、低語[一三]、漫歩、幽径《いうけい》、古墳、野花、清風、緑光、蟬声、樹声〔、而して接吻又た接吻〕。

七　とぎれることなく。

八　松本章男についての詳細は不明。群馬県出身のキリスト教徒で、明治二十四年、同県出身の深井英五と共に同志社普通科を卒業した。深井はすぐ民友社に入社するので、その縁で独歩とも知り合ったか。後に台湾の澎湖島郵便電信局に勤めた。

九　出発。

一〇　二度目の小金井散策。前掲「小金井名所図会」に、国分寺駅からのコースと境駅からのコースの二通り指示しているが、独歩はそうした案内記が教える面白さに従っていると思われる。→九九頁注七。

一一　「小金井名所図会」にも「境　停車場を北に距る五六丁、小金井佐久良橋に達す」とある。

一二　三行後の「幽径」に同じ。奥深い小道。

一三　低い声でささやくように話すこと。

午後三時十二分発の汽車にて帰路につきぬ。

二十五日(昨日、日曜日)嬢と同伴、[一]一番町教会堂に出席す。帰路[二]萱場三郎氏と三人、釘店なる佐々城本支氏の病院を訪ふ。昼飯を[三]馳走になり、午後二時辞して三人共に吾が宅に帰りぬ。また相伴ふて[四]四国町なる嬢の宅にいたる。本支氏帰り来り、四人与に晩食を同うす。本支氏は直ちに釘店に帰り去りぬ。[五]三郎氏九時頃帰宅するを嬢と共に送りて三田の通りに出で、三郎氏と別かれ、われは嬢と共に[六]紙屋にいたり、嬢のために書翰紙を求めなどしたり。

明記し置く。それより直ちに帰宅(嬢の宅に)せんと相携へて歩みぬ。夫妻の如くにして。余曰く、君は妻、吾は夫、たゞ未だ世間的にこれを公言[七]せざるのみ、精神的に言へば夫婦なりと。嬢曰く、勿論なり。今夜のわが装衣已《すで》に細君然たりと、相顧みて笑ふ。

[八]公園に入り、ベンチに腰かけて語る。暗夜、風早く、頭上樹梢《じゆせう》鳴り、天上雲走る。[九]惨憺《さんたん》たる光景、吾等少しも頓着せず。低語、[一〇]温語、二個の情人は正に恋愛の極に達しぬ。互ひに前途の難を語りて嘆息せり。[一一]流涕《りうてい》せり。而して為す可き事業を数へて慷慨せり。而して[一二]相抱きて〔接吻せり。〕嬢は再び小児の如くにな

一 植村正久の一番町教会は、麴町区一番町四十八番地(現千代田区)にあった。→補三五。
二 →補三〇。
三 底本「馳走になり。」。
四 芝区三田四国町二十番地七号(現港区)。四国の徳島、高知、高松、松山の藩邸があったための命名。
五 萱場三郎(→八九頁注八)。
六 紙を製造し、売る家。
七 底本「せざるのみ。」。
八 芝公園のこと。→補二六。
九 底本「惨憺なる」。
一〇 穏やかで暖かみのあることば。やさしいことば。
一一 涙を流すこと。
一二 底本「相抱けり。」。

りぬ、たゞうつら〳〵と恋の香に酔ふて殆んど正体なからんとす。〔接吻又た接吻。〕

吾等は悲哀の感に打たれ、また歓喜の笑をもらしぬ。夜の更くるを恐れて公園を去り、嬢を家に送りて、吾は直ちに帰宅したり。驟雨《しゅうう》[一三]襲ひ来りぬ。風急に天暗し。

されど幸福の夜！　何ぞ知らん、此の惨憺《さんたん》悲痛を極めたる天候[一四]は、吾等が前途のおも影なるかも。

されど吾、嬢に曰く、吾等[一五]は必ず能くこれを凌駕《りょうが》し去らんのみと。

帰宅すれば十一時半。

今日午前出社、午後四時帰宅。尾間氏[一六]来る。氏が前途の相談なり。七時半三田[一七]にゆく。嬢及び本支氏と語りて帰る。帰れば九時半。

今日、新体詩一個を得たり。題は『望[一八]』

二十九日　夜記。

二十六日の夜より三日を経過したり。

此の三日の恋愛史を記すべし。恋愛史の外に記すべき事殆んどなし。

一三　にわか雨。

一四　底本「天使」。

一五　眼前の悪天候が二人の行末を暗示していると不吉な予感を覚えたことを受けて、たとえそうなっても乗り越えるだけのことと言っている。

一六　尾間明。→七五頁注九。

一七　佐々城家のこと。

一八　『国木田独歩集』頭注によれば「恋のきはみ」（『抒情詩』民友社、明治三十年）のこと。「恋しき君よみそなはせ／苔むす古き此墓を／われらが若き恋の身も／楽しき今の此恋も／はかなきゆる其時の／時の羽風ぞ身にしむ／あはれ悲しき此こゝろ／恋のきはみの涙かな（一連）恋しき君よ此涙／星にもにたる君が目に／露より清く浮ぶ時／限りなき空仰ぎつゝ／われは見るなりとことはに／君ともろとも住む国を／あはれうれしき此こゝろ／恋のきはみの望なれ（二連）」。

二十七日の夜は不思議なるほど不平苦悶の夜なりき。

例の如くに訪問したり。されど十分談話するを得ず。吾が心には常に萱場氏[一]に対する嫉妬の念あり。氏が嬢に対する動作の余りにラヴ的なるを見るに忍びず、嬢がまたこれに応ずる動作の余りにラヴ的なるに不平の血わく。皆なこれ卑しき嫉妬の炎なり。以て自からこがす也。

本支氏は所用にて帰宅せず。由て[二]萱場氏留守居のため宿泊することゝなり、夜更けて余帰路に就くや、嬢と萱場氏とは赤門[三]まで送りぬ。

余が魂は嫉妬の毒杯をのみぬ。

昨夜（二十八日）は別に変りし事なし。朝は嬢来訪せり。楽しく語り、熱きキッスを以て別かれぬ。

昨夜佐々城を出て[四]、萱場と二人、芝公園[五]の山に入り、ベンチに腰かけて大に北海道自立策を語りぬ。

今朝早く嬢を訪ひ、公園に導き、大に将来を談ず。第一、嬢は米国行を止めよ。第二、二人北海道に立脚の地を作らん。第三、しばらく東京に勉学せよ。第四、勉学の方針は余に一任せよ。

嬢悉《ことごと》く諾したり。吾等は楽しく別かれぬ。

一　萱場三郎。

二　明治二十八年九月二十五日付信子宛独歩書簡に「萱場君にも又た。聞く処によれば氏は愈ゝ職に就かれたる由」とあり、台湾総督府に勤めることになるが、それまで自由の身だった彼に留守番を依頼したもの。↓補三〇。

三　「赤門」は「将軍家の姫が降嫁輿入れすると御朱殿を造るが、その時建てるお迎え門」（植原路郎『明治語典』桃源選書、昭和四十五年）のことだが、ここでは増上寺御成門を指す。信子と萱場三郎は独歩を送って、芝公園を南北に貫く松原通りを北に向かって歩いたと思われるが、右手の勧工場を過ぎ、公園の北出口にあたる御成門まで行った。↓補二六。

四　底本「出して、」。

五　公園の西端の紅葉山には、硯友社の文士が出入りして有名な料亭「紅葉館」があったりするが、ここは南端の丸山であろう。東京市編纂『東京案内』下巻（明治四十年）には「東照宮背後の高丘是也。明治十三年開て眺臨に便せしむ。旗亭あり。桜樹楓樹あり」とあり、またベンチなど設置して行楽に供していたことが絵などに窺える。独歩の「牛肉と馬鈴薯」（『小天地』明治三十四年十一月）にも、「丸山の上に出ましたから、ベン

今夜、嬢頗る沈思に陥りたる様子なりし。
明朝其の理由をきく可し。

ア、不思議の世界に不思議の命[六]!
何をあくせく[七]となすぞ。

嗚呼吾が精神をして更らに高尚ならしめよ。更らに深遠ならしめよ。

チに腰をかけて暫時(しばら)く凝然(じっ)と品川の沖の空を眺めて居ました」とある。

芝公園丸山の図
(「新撰東京名所図会」明30・7)

六 底本「命。」。
七 齷齪(あくせく)。小さな事にとらわれて余裕のないこと。

第七

自　明治二十八年九月八日
至　明治二十九年五月九日

二十八年九月

八日　朝認《したた》む。

八月三十一日より今日に至るまで、過ぐる九日間に於て、わが生涯の方向は全く一変せり。

[一]北海道行を決したるは三十一日なり。以後引き続きて種々の事起りぬ。信子嬢が萱場氏に対《むか》つて、われと信子嬢との関係を公言して氏の希望を斥《しりぞ》けたるも此の間なり。

信子嬢が幽愁悲哀に陥り、離別の苦に泣き暮したるも此の時代なり。

[二]遠藤よき嬢が常に信子嬢とわれとの恋愛に同情して、一方に信子嬢を慰め、一方にわれと信子嬢と相逢ふもなほ人目を引かざらしめたるも此の間の事なり。

われと信嬢と終夜語り明かしたるも此の間の事なり。

一　八月二十九日の条に、「第二、二人北海道に立脚の地を作らん。第三、しばらく東京に勉学せよ」(一一四頁)とある。独歩は北海道に生活基盤を築いた後で信子を呼び寄せるつもりだったことが窺える。

二　長野県士族遠藤和作の娘。信子の海岸女学校時代の友人で、二、三歳年長だったという。キリスト教系の女学校で組織された奉仕活動を主とする団体「王女会」(King's Daughter)では、明治二十五年に王女会連合会役員の記章委員を務めている。海岸女学校は、明治六年アメリカ・メソジスト派の宣教師が津田仙の協力を得て設立した女学校で、明治十年、築地居留地内明石町十番地(のち十三番地。現中央区)に校舎を新築、その後、さらに青山女学校へ発展した。

北海道拓殖の事に付き参謀者たることを承諾し、萱場氏自らも吾等のラヴを同情視したるも此の間の事なり。
[三]われ収二にわがラヴを公言したるも此の間の事なり。
徳富氏に公言したるも、竹越氏に公言したるも此の間なり。
月明に乗じ深更《しんかう》に至るまで、佐々城氏の庭園に信子嬢及び遠藤よき嬢と共に、柳樹蔭に籐臥床を置きて談笑したるも此の間の事なり。

徳富氏はバイロン詩集を送りぬ。
[四]社中は不思議の思ひをなせり。
[五]塩原行(信嬢)の計画も此の間になりぬ。
嬢は殆んど悲痛の様、傍《かたは》らに見る目も哀れなるに至りぬ。人なければ泣くのみといふ。
[六]六日午後、豊寿夫人を上野に迎へたり。
豊寿夫人の帰京はわれ等親話の自由を奪ひぬ。

嬢よ。[七]此の普通をはなれたる青年に全心の愛を捧げたるは不幸なる哉。嬢よ、

三 独歩は七月五日以降、兼房町の柴田ツル方で独り暮ししていたので、収二は信子との恋愛の成り行きを知らなかった。
四 恋愛を打ち明けられた蘇峰が『バイロン詩集』を贈って祝したのを見て、事情を知らぬ民友社員が不思議そうにしていた、ということ。
五 田村江東「恋の独歩」に、信子が「遠藤よき子と共に、病後の静養の為めに野州塩原の温泉宿会津屋に行」くことになったので、北海道に土地選定に赴く独歩が密かに合流し、「二人の将来を議」すことになった、とある。つまりそういう計画を立てたということ。八月に信子は「発熱」を繰り返していた。
六 八月十一日以来、北海道に滞在していた豊寿が帰宅した。豊寿の帰宅は、信子の夏の浮ついた気分を冷ます効果をもたらす。
七 「過ぐる九日間に於て、わが生涯の方向は全く一変せり」(前頁)と書き出すように、独歩が性急に事を進めていることが分かる。それに対し「嬢は殆んど悲痛の様、傍らに見る目も哀れなるに至りぬ」とあるのだから、信子はパニックに陥っている。この九月八日の日記を書くことによってそれを確認した独歩が、自分を「普通をはなれたる青年」と反省し、信子に許しを乞うている。

吾を許せ、あゝ吾を許せ。
嗚呼《ああ》神よ。此の足らざる吾をも全心を以て愛する可憐の少女を常に守り給へ。
更らに祈る、吾等二人の望、喜、光、は互ひの愛なり。益々《ますます》清く且つ高く、且つ堅固ならしめ給へ。

　十日。

静に此の一身を顧みれば実に責任の重きを知るなり。
人生は真面目なり。
神は吾に予言者の火を求む。[一]
わが愛は自由を求む。
われに全身の愛を捧げたる少女あり。
われ北海風雪のうちに没せんと欲す。
われの後に父母一族あり。
[二]われの傍にわれを頼む青年あり。
一身の生死失落存亡は恐るゝ処に非ず。あゝ神よ。われをして世人のために、此の国の為めに、此の世の為めに、此の五十年を費さしめよ。
土地を得て何かせん。

一 キリスト教において「火」は両義的だが、ここでは「人心《ひとのこゝろ》を感動し其暗黒《そのくらき》を照し其汚穢《そのけがれ》を清め其憂《そのうれひ》を慰むる所の聖霊の勢力《ちから》をあらは」(『聖書辞典』明治二十五年)すもの。　二 弟の収二や佐伯から連れて来た尾間明や富永徳磨、並河(高橋)平吉のこと。

三 ウェンデル・ホームズ、内村鑑三『余は如何にして基督信徒となりし乎』に教えられた考え。→九六頁注八、九八頁注三。

四 Benjamin Franklin(一七〇六-九〇)。十八世紀アメリカを代表する政治家、文筆家、科学者。ボストンのピューリタンの家庭に十五人兄弟の十番目として生れ、二年間の小学校教育の他は、父や兄の仕事を手伝いながら独学した。その後苦労して印刷業を営み、傍ら新聞を発行し、やがて人生の勝者となる。常識や誠実など資本主義初期の市民道徳の体現者であり、その活動は、公共性や有用性に貫かれたものであった。『自叙伝』(一八一八年)によく表れている。ちなみに斎藤弔花『国木田独歩と其周囲』によれば、独歩がこの時のことを次のように語ったという。「まづ北海道に赴き、そこに新しい生活地を発見し、信子と二人、干渉地帯以外の新天地に、悠々自然を楽しまんとした。之に対して、蘇峰は、予の性質について所見を語り、噪急を戒しめ、予にフランクリン的教訓を与へ、万世の成功を教へたが、勿論予の耳には入らなかつた」。

五 後に段隆介と改名。元治元年(一八六四)、阿波国板野郡撫養町(現徳島県)に、段彦吉の長男として生れる。福沢諭吉を慕い慶応義塾に学ぶ。明治二十四年、卒業と共に、同県人の社長阿部宇之八の誘いをうけ『北海道毎日新聞』に入社。『北海タイムス』に改称した後に総支配人となった。その経営手腕を買われ、三十五年一月『国

富[三]を得て何かせん。此の地球上の生命は唯ゞ霊の修練のみ。

昨夕徳富氏に晩食の饗応あり。夜半まで語り、氏わが性質を説きて大に戒むる所ありたり。氏は余にフランクリン[四]的教訓を与へたるなり。処世成功を教へたるなり。

今日午前段清吉[五]氏を訪ひ北海拓殖の事をたゞす。徳富君及び収二、三人にて丸[六]木に写真を撮る。昼飯の饗応を佐々城にて受く。

昨日約したるなり。夜、段清吉氏を伴うて、上村昌義[七]氏を訪ふ。氏は北海道に於ける事業家の一人なり。

昨日内村鑑三氏より親切なる書状[八]ありたり。

昨日伴諒輔[九]氏より武雄君の片身《かたみ》として浴衣地《ゆかたぢ》一反《いったん》送り来る。

十二日。

午後五時半筆を採る。

われ今塩原温泉[一〇]、古町《ふるまち》の一旅館の楼上にあり。

民新聞』に入社、専務理事に就任し、蘇峰の片腕として活躍した。蘇峰とは札幌在住当時から頻繁に行き来していたことが静子夫人「日記」(『民友社思想文学叢書』別巻、三一書房、昭和六十年)に窺える。また佐々城家との関係について、宇津恭子『才藻より、より深き魂に』(日本YMCA同盟出版部、昭和五十八年)に、「段清吉は、明治二十三年四月豊寿の斡旋で結成された日本矯風同盟会に加入した北海道禁酒会の、古参の有力メンバーで、札幌に在住した。豊寿一家とは特に札幌時代に親しかったと考えられる」とあり、豊寿が死んだ「その日のうちに北海道の段清吉に」信子が手紙を書いた、という。『基督教名鑑』(教文館、明治三十二年)によれば、三十一年十一月現在、「段清吉　北海道札幌大通西三丁目(新聞社員)」となっている。ちなみに「北海道禁酒会」は、明治二十年伊藤一隆の発起で結成され、札幌南二条西一丁目にあった。

六 丸木写真館(芝区新桜田町十八番地〈現港区〉、電話新橋四六一)。丸木利陽、嘉永七年(一八五四)―大正十二年(一九二三)。福井県に竹内宗十郎の長男として生れるが、上京し、二見朝隈に学び、丸木利平の養子となって明治十三年写真館を開業する。二十二年鈴木真一と天皇皇后を撮影、二十三年には第三回内国勧業博覧会で三等になるなど、日本有数の写真師となり、後に、東京美術学校写真科創設に尽した。この時の写真は『蘇峰自伝』(中央公論社、昭和十年)に載せられている。↓補三九。

七 『国木田独歩集』頭注に「札幌市北四条、西十四丁目にあった興産株式会社支配人兼会計庶務を務めていた」とある。また木村昇太郎『札幌繁昌記』(前野玉振堂、石塚書房、明治二十四年)に、「北五条西十三丁目の興産社は資本金五万

昨日午後五時信嬢を送りて上野停車場にあり。停車場にて、遠藤よき嬢と合ひ、二嬢が塩原に行くを送りぬ。

午前今井忠治君[一]来宅。尾間明氏来宅。収二と四人牛を煮《に》て食ふ。午後収二をして菅原[二]佐々城両氏を訪問して紹介状を受取らしむ。

佐々城夫人不在。

田村三治氏来宅、宮崎八百吉氏来宅、萱場氏来宅。

十三日。

昨日執筆の続き。

夜、(十一日)佐々城夫人を訪問して紹介状を受け取る可き筈《はず》の処、以上の来客の為め果さず。

昨日(十二日)午前、収二及び尾間氏に送られて上野停車場に到り、六時半発の汽車にて発す。

那須停車場より車にて塩原に向ひぬ。塩原は古町会津屋[三]なり。

未だ古町に達せざる半里計りの処にて、信嬢に遇ふ。

車を下り、信嬢と共に歩みぬ。吾等の位置の容易ならざる事を語り、大に覚悟

円にて製藍(らせい)を業とし内地に輸出す」とある。日清戦後、上村が藍の売捌きのため度々東京に出張するようになったことが、若林功『北海道開拓秘録』第二篇(月寒学院、昭和二十四年)に窺える。

八 独歩の求めに応じて札幌の新渡戸稲造への紹介の労をとったことをいう。内村は独歩に名刺を送ってきて、さらに新渡戸宛に紹介状を書き送った。↓補四〇。

九 亡くなった伴武雄の兄。↓補一六。

一〇 栃木県北部、箒(ほうき)川渓流沿いの温泉街。『塩原温泉案内』(斎藤商会、明治三十八年)に、「東京の東北四十余里、日鉄線西那須野駅から五里、箒川に沿ふて遡ると、山紫に水清く霊泉の湧く仙郷」とあり、「汽車で西那須野駅まで来て、其処から馬車なり人力車なりで塩原まで這入る」とある。また古町について、「門前から橋一つ越せば古町であつて門前まで箒川を西にして居るけれど、古町になると箒川を東に控へて居る、温泉宿は九軒で」「塩原第一の繁華な所」と紹介されている。独歩が泊まったのは「上会津屋、君島嶺吉」である。↓補四一。

以上一一九頁

一 ↓補四二。

二 高岡熊雄と再会した九月二十日の条にも「此の旧知には菅原三郎氏よりも紹介ありたるなり」(一二六頁)とあるが、九月十九日付信子宛独歩書簡に「明日より萱場君の紹介状を以て諸氏を訪問する筈」とあり、高岡と萱場は札幌農学校の同期生であることを思えば、萱場の誤記であろう。九月十五日付豊寿宛独歩書簡で「萱原君」と誤記した例もある。

三 上会津屋。↓一一九頁注一〇。

四 敬い慕うこと。

五 二人の恋愛の経緯を本文に語った。

して決して惑はず、益〻高潔深切を期し、一には湖処子君等をして吾等のあとを追はしめ、一には世の瞻仰《せんぎやう》[四]する処となる可きを言ふ。互に感激して涙をのみぬ。

会津屋に着し、夜半語りて尽きず。前途を語り、人道を談じ、遂によき嬢、信嬢と三人、声を呑んで哭《こく》するに至りぬ。

佐々城氏突然来り、遂に吾等が今日までの愛史[五]を打ち明けて語らざるを得ざるに至りぬ。

われはありのまゝに語れり。

豊寿夫人より信嬢のもとに一書飛来せり。

吾読んで思はず寸断したり。あまりに吾等を邪推[六]して殆んど人を誤解するの極、吾が面上三斗の泥を塗られたるの感あり。

憤激措《お》く能はず。本支氏外出の後、痛哭《つうこく》す。

二嬢の交々《こもごも》慰むるによりて僅に怒情を抑ふるを得たり。

本支氏は吾が凡《すべ》てを聞きて夫人と相談して後に決答すべしと答へたり。

われ豊寿夫人と相談する為めに一先づ東京に引き回《か》へす事に定めたり。

今朝二嬢と共に散歩して源三位洞窟[七]及び八幡宮[八]に詣でぬ。憂愁痛憤《つうふん》、一変して

六　九月十五日付豊寿宛独歩信子連名書簡に述べられた弁明、すなわち二人は「母様北行以前に於て已に固く約束致し居候」「二人の交情が潔白」「塩原に立ち寄りたる事に就ては（中略）決して怪むに足らぬ事に候」。これを裏返せば豊寿が「邪推」したことが分かる。

七　『塩原温泉案内』に次のようにある。『源三窟』　古町温泉の西北、御殿山の麓に白き旗を立てた茶店があつて、此茶店の傍の一大洞窟が源三窟なのである。洞は巌窟で岩は鍾乳石、入口は高さ一丈六尺巾が二丈八尺ある、此処を這入ると、中は薄暗いが平な所に出る、耳を澄すと水の少しづゝ落ちる音などが声（きこ）えて却（なか）々に物凄い、此処から更に燭を執つて茶店で借りた衣物に更へて斜に這入ると三十間は進む事が出来る（中略）源三窟の因（いはれ）といふのは源三位頼政が、平氏と戦ひ敗れて此地に遁れ来り此洞を隠家にしたのであると云はれて居るのだが、実は頼政の子伊豆冠者有綱が父の軍敗れて後塩原家忠を便つて此地に遁れ、追窮愈（いよ〱）厳しい為此洞に潜んで再挙を謀つたのである」。

八　『塩原温泉案内』に次のようにある。『八幡神社』　古町は御殿山、誉田別命（ほんだわけのみこと）を祭つた所にして平城帝の御代に建てられたのである、石段は草生茂り境内は樹木欝蒼として幽暗陰湿の気満ちて居る、境内に二株の老杉がある、一は周囲三丈二尺一は二丈八尺、枝皆地に向つて伸び宛然大木を逆にしたるがやゝ、是塩原の七不思議の一なる逆杉である。又境内に一夜竹と云ふのがある、この竹筍を生ずれば一夜にして丈育ち葉茂るが故に此称があるとの事、是又七不思議の一、更に七不思議の一に数へらるゝのは冬の蓼（たで）で、冬季此境内に生じ花咲くが故に此名があるのである」。

奮激、決闘、希望、光明の感にみたされたり。

一 何故に一個の天が生みたるソールと他の一個との高尚深切なる愛の交換は、第三者をしてかくまでに干渉せしむるに至るぞ。

誤解邪推は光明正大の敵なり。

愛史は常に秘史なり。故に常に哀史となる。

十五日。

夜認む。

昨朝（十四日）本支氏、信子嬢及び余を呼びて人なき処に至り、曰く、吾等二人の愛の約束はこれを承認す。

元来を云へば、豊寿氏こそ信嬢の母ゆゑ、十分此の事には権力ある人なれども、二 若《も》し四人車を並べて帰京帰宅せば自然と人目を惹《ひ》き、かくては人の口もうるさき故、今本支自《みづ》から母の権をも代表し、責任を帯びて此の事を認定す云々。

故に豊寿氏若し苦情を鳴らさば責は本支氏に在るなり。

一 「天」とは「神のかぎりなき栄光（さかえ）を以（もて）て聖天使等（きよきてんのつかひたち）と偕（とも）に在（いま）す処（ところ）」（『聖書辞典』明治二十五年）、いわば神の国のこと。独歩は、身体髪膚を父母に受けたにしろ、「ソール（魂）」は神に与えられたとして、信子との魂の交換に母の豊寿が干渉するのは不当であると主張している。

二 九月十五日付豊寿宛独歩書簡に、「実は一先づ帰京の上にて十分申述ぶる筈なりし処本支様との相談の上にて帰京は見合はせ申候」「信子様と小生との一生結托永久相愛の契約は本支様より承諾認定被下候。且つ本支様は母の権をも全く代表すと申され候」とあり、日記の文面と符節を合わせている。

吾等二人の喜び如何。直ちに本支氏に対《むか》つて、感謝したり。

本支氏は午後二時過ぎ発の汽車にて帰京するとて午前十時会津屋を出発したり。

本支氏は余をして猶《なほ》滞在せしめたり。

午後三時より信子嬢と共に散歩に出掛けたり。遠藤よき嬢は気分悪しとて留守居せり。吾等二人手を携へて源三位洞窟の茶屋を訪ひ、其れより尚ほ渓流を泝《さかのぼ》りて橋を渡り、淋しき谷に至りて止む。[三]秋晴幽谷、夕陽満山、人影絶寞《ぜつばく》、此の時此の境に愛恋の二人相携へて朝の歓喜を胸にたゝみつゝ歩む。何の不足する処ぞ。一生の[四]パラダイスなり。

今日午後三時少しく前より三人相携へて散歩す。此の度は谷を上りて更に遠きに到る。眼下夕陽山村に満ちたり。静景幽景。[五]カーム、エンド、フリー。行く〱秋草花を集む。

信子、よき子二嬢は野花を以て頭髪に挿《さ》しぬ。

十八日。

夜。

吾今北海道室蘭港の宿[六]楼にあり。

十六日午後三時会津屋を出発せり。離別の悲哀、涙をしぼりぬ。信子嬢の悲嘆

三 秋晴れの奥深い谷、夕日は山々を照らし、人影はなく静かである(『国木田独歩集』頭注)。

四 『聖書辞典』(明治二十五年)に「(Paradise 楽園)ペルシヤの古き言(ことば)にして最(い)と美(うるは)しき楽しき園との意(いみ)なり」とある。『旧約聖書』ではエデンの園、『新約聖書』では永遠の平安と幸福に満ちた場所を言う。本支に公認され自然の懐で思う存分恋愛の歓喜に浸る気分を、楽園にいるアダムとイブに見立てているものか。

五 ワーズワスの詩「美しき夕べなり(It is a Beauteous Evening, Calm and Free)」(一八〇二年)の一行目の詩句。「静かに爽やかなる美しき夕べなり。／聖らなるこの時は静かに、／祈りに息を凝(こ)らす尼(あま)のごと。／大いなる落日は平穏の内に沈み行く。／天の穏やかさは海の面(おも)を蔽(おお)えり。／聞けよ、偉大なる霊は今や眼ざめ、／そのとこしえの活動をもって、／雷のごとき響きを無窮(むきゅう)にたつる。／今われとともにここに歩むなつかしの少女よ、／よし汝はおごそかなる思いに動かさるることなくとも、／汝が天性はいささかも神聖さを失うことなし。／汝は常にアブラハムの懐(ふところ)にありて、／神殿の奥なる厨子(ずし)にて礼拝す。／われら知らざるに神は常に汝とともにいますなり」(田部重治訳、岩波文庫、昭和三十二年)。独歩に後に、ワーズワスの詩のアンソロジー『自然の心』(小川尚栄堂、明治三十五年六月)を刊行するが、この詩も収載する。

六 後出の「丸一」、すなわち㊀(まるいち)蛯子旅館のこと。→一二四頁注八。

見るに堪《た》へず。
信子嬢よき子嬢送りて[一]福渡《ふくわた》の先まで来りぬ。
われ強いて去らしめ車にのぼりぬ。嬢等泣く。吾亦《また》車上にハンケチをぬらしぬ。
顧みれば二嬢立ち止まりて手巾《ハンケチ》を振りつゝあり。山をめぐりて遂に見えずなりぬ。

[二]那須停車場に午後七時二十分乗車。青森には、[三]十七日午後四時到着せり。
[四]十六日の夜発熱し、二嬢水をくみ来りて、頭及び喉頭《こうとう》を冷やし呉《くれ》る。
[五]十七日夜汽車中にて発熱せずやと心配したれども案外に安眠するを得たり。十七日終日、東北の野を窓外に望んで馳《は》す。野馬の夕陽に立つなど吾が眼には珍らし。
青森にて[六]中島屋に投じ、午後十時[七]出帆、函館に向ふ。睡眠の中、函館に着す。
吾が眼はじめて北海道を見たり。午前八時出帆、室蘭に向ふ。途中波高し。[八]午後三時半室蘭に安着せり。丸一に投じぬ。
[九]青森より一通、茲《ここ》より一通、信嬢に発書。
収二に一通茲より発書す。

一 塩原七湯の一つ、福渡戸（ふくわた）温泉。→補四一。
二 那須停車場に着いた独歩は、駅前の「川島屋」で休憩、信子宛に手紙を書き汽車に乗る直前「九月十六日午後七時十分」に投函する。→補四三。
三 夜十時に函館へ出航するまで「中島屋」で休憩したことが、五行後に述べられているが、その間に挿入された記事は青森までの車中の回想。
四 十五日の誤り。九月十六日の夜は既に車中の人になっているので、発熱し看病してもらったのは、十五日の夜のこと。
五 十六日の誤り。九月十七日午前八時二十五分盛岡停車場で投函した信子宛独歩書簡に、「昨夜は殊の外安眠致し候別段の発熱もなく今朝は実に心地よく御座候。御安心被下度候たゞ心中無限の幽愁に充たされ白河関外、秋色深く時々窓外に頭差し出して塩原何処ぞと顧みる事に候」とある。
六 日本鉄道株式会社員・松岡広之『日本鉄道案内記』（明治三十二年）によれば、中島政吉が営む旅館で、「日本郵船株式会社荷物船客取次所」に指定されていた。「青森市大町」にあったが、『東京案内』（読売新聞社、明治三十九年）の広告によれば、後に、船の乗降に便利な「青森市停車場前」に支店が作られたことが分かる。
七 明治二十六年十月、日本郵船会社による青森―室蘭間の航路が開始された。
八 室蘭港トキカラモイ仮設桟橋から正面の緩い坂を少し上って、突当りの角に建った㊀蛯子旅館（港町六、七番地）に投泊する。→補四四。
九 九月十八日午後六時五分「室らん丸一にて」とある信子宛独歩書簡に、「青森よりの一通御落手の事と存じ候」とある。なおこの手紙には、「余はとても長らく離居の苦に堪ゆる能はざる

幽愁、憤激、無念の涙、離別の涙、希望の光、絶望の面影、人生不思議の幽《いう》懐《くわい》、わが胸に往来せり。

[一〇]細雨霏々《ひひ》、夜寂寥。

二十日。

嗚呼吾少しも信嬢を忘るゝ能はず。

十九日——[一一]午後四時札幌に安着したるが故に五時東京に向けて安着の発電をなし、且つ母の心如何《いかん》と問ひ合せたり。其の夜、答なし。今日終に返電なし。余りの事に思ひ[一二]豊寿夫人に問ひて信子嬢塩原より帰りしか、直に返事を頼むてふ電報を発したり。時に午後四時。而して今は九時半、尚ほ返電なし。

信嬢来りて吾をたすけ、共に小屋に入りて開拓に従事する事に就きては、定めて彼の女の両親の苦情多かるべしと信ず。信嬢は必ず能《よ》く之《これ》を打破するを疑はず。

[一三]昨夜信嬢、よき嬢、及び収二に書状を認む。

今朝[一四]新渡戸稲造氏を問ふ。未だ充分意気相投ずるに到らず。明日また訪問せん。

新渡戸氏も同道して[一五]農学校に行き、其書籍館に於て旧知[一六]里田(今高岡)氏に紹介せらる。

也。(中略)小生「来れ」の一言を送るや直ちに来られよ。尾間明氏は必ず御身に同道する様致し置くなり。よき嬢若し吾等と苦難を共にして、清福を望み、自由郷の一員たるを望み給はゞ伴ひ来り給へ」とあり、一方「午後四時、北海道の地をはじめて踏みぬ。嗚呼新故郷!」とある。苦悶と歓喜の入り混じった複雑な心中をのぞかせている。 一〇 細かい雨が降りしきるさま。

一一 岩見沢を回って札幌に到着。→補四五。駅前の「山形屋」に投宿、二十日には「下宿屋に移る」ことが十九日付信子宛書簡に窺える。→補四六。

一二 底本「豊寿氏夫人」。

一三 九月十九日付信子宛独歩書簡によると、結婚について東京と往き来する経済的余裕がないため家族と萱場三郎・遠藤よきだけの略式で済ませて、北海道に向かうよう要請している。当然親の反対が予想されるため、収二や遠藤よき宛の手紙も、その計画実現の援護を求めたものだったことが窺える。また独歩は、「開拓の程度の案外に未熟」な現実に驚き、「なる可く札幌に余り遠からざる地」を希望しているが、その目的が「農業其者」ではなく、あくまで「文学界に於て一旗幟を建て」ることにあり、そのための経済的基盤の確立にあったことを思えば、何の不思議もない。

一四 新渡戸稲造は札幌北三条西一丁目一番地に住んでいた。→補四七。

一五 札幌農学校。→補四八。

一六 高岡熊雄のこと。独歩と山口中学校の同級生で、この明治二十八年七月に萱場三郎と札幌農学校を卒業したばかりだった。『時計台の鐘高岡熊雄回想録』(楡書房、昭和三十一年)に、この日の出来事が記されている。→補四九。

此の旧知には萱原〔一〕三郎氏よりも紹介ありたるなり。

今日又吉沢〔二〕氏と面会す。吉沢氏と相談の上にて略《ほぼ》ゝ今後運動〔三〕の方針を定めたり。

今夜、信嬢、収二、萱場氏に書状を認めたり。

今日薄暮実に人生の悲哀を感じたり。人間は何の故にかくまで齷齪《あくせく》たらざる可らざる乎《か》。何故にかく苦心経営せざる可らざる乎。

何の目的ぞや。何の必要ぞや。何の為めぞや。

今やわれ、語る可き親友なく、遠く恋人を思ふて相見る能はず。孤影落寞《らくばく》として天の一角にあり。且つ苦心惨憺《さんたん》の事に従事す。

〔四〕人の深き霊を有するもの、たれか此の生の何の意義たるかに思ひ及ばざるものあらむや。

されど吾、神の愛、永生の信仰、哲人の生涯などを思ふて無限の悲愁を追払ひたり。

二十一日　朝。

〔五〕ヒロイツクなれ。無益の愁《うれひ》に苦しむ勿《なか》れ。

将《まさ》に北海道に於てなす可き事をつとめよ。信子は今如何にしてある乎。其の母と衝突して苦みつゝあらざる乎。或は病重くなりしに非るか。尚ほ塩原に在

一　萱場三郎の誤り。九月十九日付信子宛独歩書簡に「明日より萱場君の紹介状を以て諸氏を訪問する筈」とある。

二　萱場三郎の後輩で、札幌農学校学生・吉沢誠蔵のこと。『札幌農学校一覧』(明治三十二年)の「第十四期(明治二十九年卒業)」に、「吉沢誠蔵(長野)」の名があり、明治二年五月生れ。『札幌農学校同窓会第十回報告』(明治三十三年)に「樺戸郡新十津川村字リップ　農業　吉沢誠蔵」とあるが、三十七年に渡米、カリフォルニア州ペタルマで養鶏業を営む。若林功『北海道開拓秘録』第二編に、「米国で果樹養鶏業に成功してゐる」とある。

三　土地の貸下に関し次のようなルールになっていた。「移住民ニ貸下グベキ原野ハ先ヅ区画ヲ施設ス其法原野ヲ縦横ニ区画シ八十一万坪ヲ大画トシ九万坪ヲ中画トシ一万五千坪ヲ小画トス小画ハ通常一戸分トシテ貸下グル所ノモノナリ而シテ貸下願書受理期限及土地引渡期限等ハ予テ之ヲ公告シ其時ニ至レバ吏員ヲ各原野ニ派出シ本人ヲ召喚シテ其身元及起業ノ確否ヲ調査シ誠実ナル者ヘハ直ニ土地ヲ引渡シ便宜ニヨリテハ出願人ヲ本庁ニ召喚シ取調ノ上土地ヲ貸下グルコトアリ」(北海道庁内務部殖民課『北海道殖民図解』明治二十八年)と。ところが『北海道協会報告』第八号(明治二十九年二月)によれば、「今ヤ渡島、後志、胆振、日高、石狩諸国ニハ大原野ノ貸下ニ供スベキモノナキニ至レリ依テ明二十九年ヨリ将ニ十勝、釧路、天塩ノ諸原野ヲモ貸下ゲラレントス」という現況にあった。「なる可く札幌に余り遠からざる地」を希望する独歩の気持ちが暗くなるのも頷けよう。

四　思慮深い魂を宿す者にして人生の意義を思い悩まない者などいる訳がない、という意味。

る乎。母の心解けざるが為めに発電[六]せざる乎。吾が一寸帰京し居ることを望み居らざる乎。

わが父母は今吾が北行に就て大に悲みつゝはあらざる乎。其のため更に老衰を加へざる乎。

凡てかくの如き心配悲愁、吾が心をして鉛の如く重からしむ。

されどヒロイツクなれ。頭上神の愛護あり。凡て神にまかし爾《なんぢ》は爾の事に従事せよ。

[七]二十五日。

今朝より空知川《そらちがは》[八]沿岸に向つて土地撰定のため出発せんとす。

二十一日の午後新渡戸君を訪ひぬ。夜氏よりの紹介状を携へて白仁武《しらにたけし》[九]氏を訪ひぬ。

其の夜熱涙感慨禁ずる能はず。信子嬢に一書を出す。

二十二日。

日曜日、朝吉沢氏を訪ひて土地撰定の事に就《つ》き相談する処あり。直に会堂[一〇]に出席す。信太《しだ》[一一]氏の説教あり、「われ生く」の題にてクリストの性格の人情自然な

五 heroic（英）。雄々しくあれ、という意味。

六 電報を打つこと。ここでは独歩の電報への返電がないことを言う。

七 「二十五日」の朝、それまでの出来事をまとめて書いたもの。

八 北海道庁第五部殖民課『第二拓地殖民要録』（明治二十九年）に「空知川は石狩、十勝国境の山脈に発し西北に流れ富良野原野を過ぎ再び山間を駛せ空知太に至り石狩川に会す其の長さ四十五里十五町」とある。杵淵信雄「独歩の山越え」（『北海道新聞』昭和五十六年七月十一日）によれば、明治二十六年に空知川畔の「原野区画図」が作成され、二十八年二月に「六百区」の貸下が公示されたものの、「その願書受付けは三月十一日より三十一日まで、土地引き渡しの期限は四月十五日より五月八日まで」と既に終わっていた。要するに独歩は、白仁武のような道庁の有力者の特別の計らいを受けたという次第だが、白仁を訪ねた九月二十一日夜、「熱涙感慨禁ずる能はず」と記したのも、そういう経緯があったからである。ともあれ石狩国に土地を確保できる見込みがついたのである。

九 文久三年（一八六三）―昭和十六年（一九四一）。福岡藩士の長男として生れ、明治二十三年東京帝大法科大学卒業後、内務省に入り、この時、北海道庁参事官の職にあった。後に関東都督府民政長官、八幡製鉄所長官などを歴任し、退官後、日本郵船社長となった。道庁時代には、『北海道小学読本』の編集やアイヌ地名に漢字を当てるなどの功績を残すが、特筆すべきは、新渡戸と組んで、現地調査をもとにアイヌ保護法制定を政府に要請したことである（『北海道毎日新聞』明治三十年十月十日）。これは改進党の加藤政之助代議士の提案に先立つものである。

一〇 札幌日本基督教会のこと。教会堂は南大通

るを説く。

午後吉沢君と共に散歩す。夜高岡氏[一]を訪ひ十一時頃まで談話し、帰宅後通信文[二]を草す。

　此の日。正午、信子嬢に一通を出す。

二十三日　朝。

信子嬢より電報来る。「父の手紙読みて、われのが着くまで返事よこすな」。[三]われ甚《はなは》だ心配せり。

高岡氏と共に小川二郎[四]氏を訪ふ。帰路製糖会社[五]を見物す。またわれ一人新渡戸氏を訪ふ。昼飯を馳走《ちそう》せらる。書籍を借り帰る。リンコルン伝[六]、キツドのソシアル、エヴオリューション[七]。トルストイのライフ[八]。

夜内田瀞《きよし》[九]氏来訪あり。氏は内田正敏氏の弟なり。

氏去りたる後、禁煙会に至る。信子嬢[一〇]に一通を草す。

二十四日、朝、道庁[一一]に出頭す。白仁氏に面談の結果、空知川河岸に出張することに定まる。道庁より帰るや、直ちに小川氏を訪ふて相談する処あり。直ちに吉沢氏を訪ふ。吉沢氏在らず。信太氏[一二]を問ふ。午後高岡氏来訪、共に吉沢氏を問ふ。氏と相談の上にて一人出張することに決す。帰路新聞社[一三]に阿部氏[一四]を問ふ。

西三丁目にあったが、明治二十七年に信太牧師が新築した。 **二** 信太寿之(しだとしゆき)。→補五〇。

以上一二七頁

一 高岡熊雄『時計台の鐘』によれば、「下宿したのは今の札幌市役所の前にあった下宿屋で、四畳半一間を借り食事一切ふくめて六円を払った」とある。 **二**「札幌だより」(『国民新聞』明治二十八年九月二十二日)を指す。→補五一。

三 九月二十三日付信子宛独歩書簡に、「昨日御身の電報に接してより如何なる事変や出で来りたると大に心配致し居候へ共如何なる事ありとも吾等の決心覚悟に変はりなく候間心配の中にも平気の処あり」とあるが、二十三日の朝届いた信子の電報に対する独歩の心情と思われる。

四 小川二郎は、明治二十七年三月八日、札幌区南二条西一丁目に「農科大学札幌農学校御払下種苗販売店興農園支店」を開店。→補五二。

五 札幌製糖会社。→補五三。

六 アメリカ第十六代大統領 Abraham Lincoln (一八〇九-六五)の伝記。ケンタッキーの貧農の子に生れ大統領となった立志伝中の人物。南北戦争に勝利し、民主主義の伝統を守ると共に、奴隷解放を実現するが、暗殺された。

七 イギリスの社会学者の Benjamin Kidd (一八五八-一九一六)は、一八七〇年代以降に流行する社会ダーウィニズムの論客。その代表作 "Social Evolution (社会進化論)" は一八九四年に刊行されるが、それ以前の社会の発展を前提とする社会進化論と異なり、生存競争を人間社会の原理として厳密に適用するものである。

八 トルストイの『人生論』は一八八七年に執筆された。動物的欲求に翻弄される有限な「生存」ではなく、理性的に意識される「生命」に基づくことこそ人間の生き方である、と説いている。

リンコルンを読みて夜に至る。

夜、信嬢及び本支君より来状ある可しと思ひしに来らず。芳賀[一五]及び依田の二青年来訪。信子嬢に一通を草す。

人生茫々《ばうばう》、行路難《かた》し。わが性格の一歩々々進歩するを覚ゆ。

[一六]願書を差出したる上にて、一先づ帰京し、大に相談する処ある可きに決す。

二十九日　安息日《あんそく》[一七]。

函館港旅館に於て認む。

我が生涯は愈々《いよいよ》多端《たん》になりたり。

二十五日朝空知太《そらちぶと》[一八]に向つて発したり。空知太に於て雨中の北海道森林を見たり。[一九]三浦屋に於けるわが心緒《しんしよ》乱れて糸の如く、苦悶措《お》く能《あた》はざりき。心を転じて殖民小屋のうちに住む他の憐れなる同胞の上に思ひ及びし時、主我的幽愁[二〇]は忽《こつ》然《ぜん》として晴れ、同情の哀感油然《いうぜん》として起りぬ。

空知太よりは空知川沿岸に出づるに不便なるが故に、歌志内《うたしない》[二一]に回行したり。

歌志内旅舎に於て、篠原熊夫氏[二二]と称する御料局の官吏に遇ひ、此の人に井口某[二三]

九 安政五年（一八五八）―昭和八年（一九三三）。独歩が従軍記者として乗船した千代田艦の艦長・内田正敏大佐の弟。↓補五四。

一〇 独歩は九月二十三日付信子宛書簡に、この日の出来事を記している。その封書の裏に「札幌大通り西五丁目十ばん地わたなべ方」とあり、十九日付信子宛書簡に「明日下宿屋に移る筈」とあることから、独歩は二十日に、山形屋旅館から下宿屋に移ったと思われる。高岡熊雄『時計台の鐘』に「私は、旅館にいては金がかかるからといって、下宿を探してやった」とあるので、高岡が紹介したものかもしれない。なお、狩野信平編『札幌案内』に「下宿屋　山サ　渡辺てい　大通西五」とある。一一 北海道庁。↓補五五。

一二『基督教名鑑』（明治三十年）に、「信太寿之　北海道札幌北一条西三丁目三番地」とある。

一三 北海道毎日新聞社は大通西三丁目六番地にあった。↓補五六。一四 阿部宇之八。↓補五七。

一五『札幌農学校一覧』の「第十五期（明治三十年卒業）」に「芳賀亀太郎（北海道）」の名がある。また『札幌農学校同窓会第十回報告』（明治三十三年）には、「盛岡市加賀野二十番地　盛岡農業学校教諭　芳賀亀太郎」とある。「依田」は不明。あるいは依田勉三の縁者か。九月二十三日付信子宛独歩書簡に「来る土曜日（二十八日）は史学会のために談話致す事を新渡戸君より頼まれ申候」とあり、高岡熊雄『時計台の鐘』によれば、彼が幹事を務めた札幌史学会で「国木田の来札したのを機会に」「講演をしてもらうこととし、広告までした」という。独歩の帰京でキャンセルとなったのだが、この広告で「二青年来訪」となったものか。

一六 土地貸下に関し「願書」提出がルールだった。独歩はこのまま北海道に居住し、信子を呼び寄

等の所在を聞知《ぶんち》し、其の夜は一泊したり。信子嬢[一]に一書を出しぬ。

二十六日は午前七時頃より宿[二]の少年一人を連れて、空知川河岸に出立したり。路一山を越ゆ。行程一里強の山中の幽邃《いうすゐ》[三]なる、紅葉の火を点じたる、皆な北海道の美なり。空知川沿岸に難なく出でたり。

難なく井口某等に遇ひたり。土地撰定を為したり。

彼等は移住民の小屋[四]に居たり。三間と四間位の小屋にして極めて粗造なる者なり。われつら〳〵内部を見たり。実にこれ立派の者なり。以て献身者の住家たるに足る。以て労苦する人の家たるに足る。以て読書と沈思と祈禱とに足る。以て筆を取るに足る。代価を聞くに、曰く、一坪一円ならば可なりの小屋を造り得べしと。

寂寞たる森林実にわれを動かしたり。

午後二時頃歌志内に帰りぬ。其の夜また信子嬢に一書を出したり。

其の夜独り散歩す。鉄道線路にそひて歩む。

月、山の端より出でたり。

(真理の追求)。

瞑想沈思する多時《たじ》。仰いでは無限の大空に対し、天地の不思議を思ひ、顧みて

せる計画だったが、信子との連絡がうまくいかず変更を余儀なくされた。九月二十三日付信子宛独歩書簡に、次のようにある。「明日は道庁に出頭して土地撰定の方向を定め申さん。撰定すまば直ちに願書を出だし、願書を出だしてそれに故障(ママ)なくばあとは高岡農学士か吉沢君かに依任致し居き直ちに帰京致す可く候。われ帰京せば一刀両断凡ての事を定め申すべく候」。

一七 キリスト教の聖日たる日曜日。『聖書辞典』(明治二十五年)に、「神六日の間はたらきて天と地と其中にある万物(すべてのもの)を造り第七日(なぬかめ)に息(やすみ)たれば之日を祝て聖日となしたまへり是則ち安息日(あんそくにち)の創始(はじめ)なり」とある。

一八 現砂川市空知太。↓補五八、補四五図。

一九 木原直彦『北海道文学散歩Ⅱ道央編』(昭和五十七年)に次のようにある。「その日の午前十一時頃に空知太駅に着いた独歩は、三輌の乗合馬車の一つに乗り」「三浦屋旅館に着く。現在の砂川市南空知太、空知大橋のたもとにその旅館はあった。開祖は三浦米蔵といい、明治十九年に営業をはじめているが、ほかに集治監出張所への物資の供給や渡船の経営などもしていた。独歩が来たときには三浦庄作の時代になっていた」。「この旅館は、明治三十一年九月の全道的な大水害のために流失している。そのため本拠を滝川に移し、昭和五年七月にふたたび旅館をはじめた。滝川ホテル三浦華園である」。

二〇 「自己」に囚われる余りの憂愁。

二一 現歌志内市。↓補五九、補四五図。駅を出た独歩は客引きに導かれ、駅前の二階建の「仐石川旅館」に入った。『国木田独歩集』補注によれば、旅館の主人は徳島県美馬郡美馬町出身の石川重蔵といい、明治二十三年に妻トラと息子兼三郎を連れ渡道、歌志内に旅館を開業したと

吾が今日の境遇を思ひ、決然として覚悟する所あり。真理の研究、真理の紹介。これ吾が天職なり。真一文字に此の天職に従事すべしと思ひ定めぬ。十万坪を借金して開拓せず五一戸分若《も》しくは二戸分を自作することに思ひ定めたり。

真理の研究、真理の伝播、これ吾が天職なり。風吹かば吹け、雨降らば降れ。政治家をして華麗なる舞台に舞はしめよ。文学者をして、大家連の虚栄を追はしめよ。吾はたゞ此の天職に真一文字に進まんのみ。今日まで、多くの誘惑来りぬ。吾が薄弱なる、常に真誠なる能はざりき。

嗚呼わが天職定まれり。六神の真理。これ吾が命なり。

信子にして已《すで》に吾と一体たる以上は、また此の天職を等《ひとし》ふせしめざる可らず。

吾等一体の愛の結果を此の天職のためにさゝげざる可らず。

人生幾何《いくばく》かある。迷妄の中に一日を送らしむる勿れ。切に光を求めしめよ。

二十七日午前十一時、札幌に帰宿す。本支氏、よき嬢及び収二より書状来り居たり。

豊寿夫人の吾等二人に対する怒は非常なりき。夫人は全く其の平心《へいしん》を失ひたり。半ば狂気したり。信子に自殺を進めたりと云ふ。

いう。旅館は三十三年の大火で焼失し、重蔵は芦別で農業を営むものの、三十八年死去。享年五十六。なお『北海道協会報告』十四号（明治三十一年六月）の「本年一月以降入会者」の中に「石川重蔵」の名が見える。

二一 当時宮内省御料局札幌出張所技手補。独歩の投宿した仐旅館に滞在中で、宿の主人から紹介されたもの（『国木田独歩集』頭注）。狩野信平編『札幌案内』によれば、御料局札幌支庁、その下部組織の御料局札幌支庁札幌出張所も、共に明治二十三年の創設だが、前者は北一条西十一丁目、後者は北二条西一丁目一番地にあった。

二二 井口元一郎は当時北海道庁内務部勤務で、後に殖民部に移った由だが、杵渕信雄「独歩の山越え」によれば、もう一人「伊勢田堤」なる役人が同行していて、「彼処此処と、移民者の為に区画せる一区一万五千坪の地の中から六ヶ所ほど選定」してもらったという。ちなみに、伊勢田堤は、殖民課に属し、空知川沿岸地方の主任者であった。空知川沿岸原野の土地貸下を管轄していた。

——以上一二九頁

一 九月二十五日付信子宛書簡で、午後七時に仐旅館で書いたとあるが、それは隣の旅館で勘違いしている。内容は、歌志内に至るまでの行路と印象、信子への思慕の情、それに入植後二人で晴耕雨読の生活を営もうという提案である。また十月上旬に帰京の予定であったことが分かる。

二 石川重蔵の息子、兼三郎。この子の案内で空知川畔へと山越えするのだが、その道は「別に道らしい道があったわけではなく、熊笹の茂みにかくれた細い道」で、通称「赤歌山道」であった」、いわば「アイヌの踏み分け道で」「当時、空

われ之を聞いて驚かず。彼の女は感情の子なればなり。

本支氏及びよき嬢、収二の手紙皆信子の亜米利加《アメリカ》行を語る。

吾全然不賛成なり。吾は信子の夫として之を許さず。且つ吾等一体の天職に対し、断じて此の事あるを得べからず。

其の夜信子嬢の来書あり。

全然これ彼の女の理性を失ひたる文字なり。彼の女は自殺を企てたりと云へり。

其の書遺《かきお》きを送りぬ。亜米利加に行くに決せりと云へり。

よし、信子をして決心せしめよ。これ全然理性を失ひたる決心なる故吾之を許さず。

吾は直ちに帰京すべきに決したり。

二十八日朝七時二十五分、札幌を出発す。

トルストイのライフを携へて。

汽車中、読書と瞑想と、うたゝねとのみ。

豊寿夫人、及び信子嬢に告ぐ可き事を一々思ひ出すまゝこれを手帳に書きとめ置きぬ。

何故に吾等一体は北海道にて開拓せんとの決心をなせしか。

知川の流域で開拓を目指す入植者のほとんどが、この道を通って川岸に出た」(杵淵信雄「独歩の山越え」)。

三 景色がもの静かで奥深いさま。

四 北海道庁内務部殖民課『北海道殖民図解』に次のようにある。「移民ニシテ土地ノ引渡ヲ受クレバ先ヅ雨露ヲ凌グニ足ルノ小屋掛ケヲ為スヲ要ス其木材ハ楡《アカタモ》、梻《ヤチタモ》、槐《エンジユ》、赤楊《ハンノキ》、柳等ニシテ大抵貸下地内ニアルモノヲ伐採シテ之レヲ構造シ萱、蘆、割木、樹皮等ヲ以テ適宜ニ屋根ヲ葺キ四周ヲ囲ム其小屋ノ精粗大小一ナラズト雖モ通常小ナルモノ六坪大ナルモノ二十坪トス其費用ハ一坪ニ付平均一円内外ヲ要ス」。

五 一戸分とは一万五千坪のこと。

六 このとき独歩は「寂寞たる森林」(一三〇頁)を前にしている訳だが、その思いは「空知川の岸辺」(『青年界』明治三十五年十一月)を重ねてみると次のようだった。「社会が何処にある、人間の誇り顔に伝唱する『歴史』が何処にある。此場所に於て、此時に於て、人はたゞ『生存』其者の、自然の一呼吸の中に托されてをることを感ずるばかりである」と。それ故「政治家」も「文学者」も色褪せて、ただ「神の真理」のみ意味あるものに思えたという次第だ。

——以上一三一頁

何故に信子嬢の亜米利加行は、吾等一体が断じて賛同せざる所なるか。わがこれに対する意見を開陳せんがために、信子嬢の苦悶を救はん為めに。吾が一生の大事を決せん為めに。成るも、破るゝも。

爾《なんぢ》、深く吾等の愛の意味を思へ。恋愛の意義を求めよ。

十月

二日。

[一]麹町区富士見町なる吾が宅に於て認む。

一言一行、一挙手一投足の間に於てすら、習慣先入の薄弱、虚栄、不義、我慾は其の惰力《だりよく》[二]的運動を起さんとす。已《すで》に其の運動を始むる時は、容易に停止することなし。

故に決して軽々しく言動すること勿《なか》れ。これまた修練工夫を要する一事にぞある。

一 独歩の両親は九月中頃、それまで住んでいた平河町から同じ麹町区富士見町に転居、北海道から戻った独歩も同居することになった。

二 底本「墮力」。「惰力」は惰性の力のことで、悪習慣が惰性で活動し出すことをいう。

三日。

[一]吾が恋愛の前途は殆んど暗黒なり。されど吾等は貫かずんば已《や》まじ。吾は如何なる事あるとも此の恋愛は貫かずんば止まざる可し。最後まで戦へ。根気の続く限り戦へ。[二]昨夜本支氏を釘店に訪ひぬ。されど彼は全然余を解せざるなり。余を知らざるなり。

[三]昨日午前信子嬢とよき嬢来宅す。信子嬢は米国行を主張せり。されど吾、全然之《これ》を排したり。

吾は[四]暗迷をたどりつゝあるなり。

吾が心裏に信仰の光あるなし。吾が前途に希望なし。吾に薄弱あるのみ。

吾は凡《すべ》てをさて措き、光を求めざる可らず、

薄弱に打ち勝たざる可らず。希望を求めざる可らず。

吾をして信子嬢を愛することを益《ますます》ゝ深からしめよ。

父母を愛すること、弟を愛すること、友を愛することを益ゝ深からしめむ。目下の吾には[五]自然は死してあるなり。神は無意義なり。吾を知らず。人を見ず。たゞ暗黒あるのみ。

一 本支の態度が塩原の時とは一変し、信子も結婚の約束を反故にし、米国留学を主張している。

二 十月一日付信子宛独歩書簡に「御身と一応十分相談の上にて御身の父母に面談を望む」とある通り、独歩は二日の午前に信子と会い、その夜本支を訪ねている。

三 十月一日付信子宛独歩書簡に「只今尾間君より御手紙落手致し候明朝小生宅まで何卒御来車被下度候」とあり、信子が独歩宅を訪れた。

四 暗い迷路の意。

五 続く「神は無意義なり」と対句表現になっている点、後に「かゞやく秋の日も晴れし蒼天の深き色も今は吾に何の力もなし」（次頁）とある点から前途が暗く閉ざされている今の「吾」には「自然」は無意味なものでしかない、という意。

嗚呼《ああ》神よ！　涙を以て祈る、感激して祈る。希《ねがは》くば吾が心に光をそゝぎ給へ。

吾は弱し。吾は暗し。救ひ給へ。

人生竟《つひ》に何の意義ぞや。暗迷をたどる盲者の行列、これ人間の世界か。暗迷其の裏に光を含むか。

不可思議なる天地。不思議なる人生。吾が雲は暗し。

かゞやく秋の日も晴れし蒼天の深き色も今は吾に何の力もなし。吾が心はにぶりはてたり。吾が精神は疲れ果てたり。吾は人のうち尤《もっと》も愚なるもの、悪しきもの、弱き者なるが如くわれに見ゆ。天も地も友も恋人も、われを捨てわれをあざける如く見ゆ。
[六]吾が心は愛の一点の光もなきなり。
さりとて、吾が心に他を愛するの念もなきなり。[七]主我的精力もなきなり。吾はたゞ空《くう》[八]となりたるが如し。吾は空也。

此の地上はたしかに楽地に非ず。罪悪と惨事との充満する処なり。

余は今、現代の政治につきても、文学宗教に就《つい》ても何の趣味[九]もなし。道路を行くも何者も吾が注意も趣味[一〇]も之を惹起《じゃくき》することなし。

凡ての者、吾には無意義、無趣味なり。

六 「吾」は誰の愛も感ずることが出来ない、という意味。
七 本能的エネルギーのことで、要するに、精気に乏しい状態をいう。
八 空虚の意。
九 底本「趣味」。
一〇 底本「趣味」。

凡て夢中にあるが如し。否な、夢の方寧《むし》ろ趣味あるを覚ゆ。

七日。

三日四日五日六日、忽《たちま》ち数日を経たり。

吾等一体の事容易に落着せず。母氏[一]豊寿は依然として頑固たり。

徳富君に依頼したり。未だ其の確なる見込を聞かず。

本支君に訴へたり。彼は流涕《りうてい》[二]せり。去れど未だ母氏の心を解く程に尽力し呉《く》れず。

[三]遠藤よき嬢の母氏及び姉氏《ていし》[四]、吾等に非常の同情を表し、吾等の為めに尽力するに約しぬ。

八日。

朝、昨夜収二[五]に托して徳富君より来状あり。

今にして、思ひ切らずんば男を下げる云々。

想ふに豊寿氏はあくまで我を誤解し居るが如し。

彼の女は誤解、不情、頑固、虚栄より出づる決心を以て吾等に当る。願くば吾等をして、高潔なる恋愛、男女の信義、一生の体面より生ずる決心を以てこれ

一　十月七日付信子宛独歩書簡に、豊寿が信子に「あんな奴と何故に約束したるか」と言ったことが繰り返し書かれている。

二　涙を流すこと。

三　十月七日付信子宛独歩書簡に、「斧嬢の母氏曰く。豊寿さんの考には御身を世の時めく貴人、才子、富者に嫁したく思へるが如し。と。思ふに婦人はよく婦人の弱点を知る」と言い、さらに「事の落着まで斧嬢の宅にあづける様、母をして同意せしめては如何」と進めている。

四　「姉氏」は姉氏の誤記、遠藤よきの姉で三浦逸平の妻・ゐいを言う。三浦ゐいは、明治二年十二月生れ、長野県士族遠藤和作の長女。石和田八郎編『大日本重役大観』(東京毎日新聞社編纂局、大正七年)は、ゐい夫人の人柄を次のように伝えている。「賢良にして内助に励み、貞淑にして又慈愛に富み、眷族故旧を待つこと頗る厚く其婦徳を称せらる」。またゐいは、信子を匿った頃、身重だった。

五　十月八日付信子宛独歩書簡に次のようにある。「徳富氏より来書あり、又た収二より伝言あり。徳富君の意見は左の如し。豊寿氏は小生の人品に関する非常なる事を並べ立てられし由。収二の名誉に関し、友人の名誉にも関する事なり。故に今にして男らしく思ひ切る可し云々」「且つ徳富氏は収二に向て繰り返し〳〵言はれし由、何(ど)の点より見るも信子氏の決心も極めて薄弱なるが如し云々　故に思ひ切れとの意見に候」「徳富君の曰く、信子さんにして哲夫と共に『虎ふす野辺まで』の大決心あれば兎も角も云々」と。最後に独歩はまたも「遠藤姉妹よりの策に従ひ断然、母きかざる時は、着のみ着のまゝにて遠藤氏に投ずべし」と促している。

に当らしめよ。

事若《も》し全く破裂に了らば如何にす可きぞ。
見よ天高く地広し。爾《なんぢ》の心霊は偉大なり。爾の天職は重し。応《まさ》に忍苦精励《せいれい》すべし。
世と絶ち友と絶ち、苦学修練せんのみ。
天われを召す。

昨夜富永氏等来宅。其の妹来京。[六]
吾等諸友相協力して天職を尽すべしと語りぬ。

今やわれ、諸々の感情乱れ起る。
[七]豊寿氏に対する、遺恨憤怒、復讐的悪感《あくかん》。信子嬢に対する深甚なる恋愛の哀情。
天職に対する熱心なる奮激の情。
されど此の際、われは
一個の男子として、

六 富永とみが佐伯から上京した。↓一〇九頁注九。

七 十月八日付信子宛書簡で、独歩は「立てよ信子。母に向て言へ」として次のように述べている点と対応する。「信子は如何なる事ありとも哲夫氏の妻なり。且つ死するとも受けたる大侮辱を雪ぐの覚悟在り」と。

一個の天職ある男子として、
一個の熱情あり、誠実ある男子として、
一個の信義あり。同情ある男子として、
一個の寛大にして温和なる男子として、
一個、深き心霊の宿る男子として、
一個の真なる恋人として、
一個、孝なる子として、
一個、信愛なる友[一]として、
此の事を処置するの覚悟あり。

[二]三浦逸平[三]に凡てを依頼したり。

爾めさめよ。

夜将《まさ》に十時。独り一室に在り。[四]心眼明らかに中にひらく。自から顧みて、此の一身一心を思ふ。

人生これ何ぞや。これわが心より起る自然の問なり。

一　底本「友として（読点無し）」。
二　明治三年（一八七〇）―昭和十一年（一九三六）。実業家、政治家。三浦桂助の長男として愛知県に生れ、東京法学院（現中央大学）に学ぶ。明治二十四年に卒業、東京取引所仲買人「三輪商店」に入るものの、二十六年、株の投機に失敗し、苦難の人生を送る。日露戦争前後の株価の大波瀾によって「成金」となり、帝国火薬工業株式会社常務取締役、三河鉄道株式会社取締役などを務めるが、四十二年には愛知県郡部選出の衆議院議員となった。
三　底本「逸平　に」。
四　「心眼」とは真理を見極めようとする心の働きのことで、それが心の内部で兆してきた、という意味。その結果、「人生これ何ぞや」以下の問いが生れたことを思えば、自我覚醒の謂いである。こういう問いを創作の起点としているところに、独歩の世代、島崎藤村や田山花袋などの文学の特徴がある。

われこれ何者ぞや。天地何者ぞ。

我が生これ何ぞ。わが友の死これ何ぞ。自殺何故に悪しきや。

不可思議なる天地に於ける不可思議[五]なる人生。

悪とは何ぞ。善とは何ぞ。

人は皆な、自己を中心として其の慾望を追求しつゝあり。[六]人は其の形骸《けいがい》を失ひて土中に没しつゝあり。世間とは慾望の交通所なり。

愛何者ぞ。嗚呼愛！　これ霊の声に非ずや。霊とは何ぞ。

嗚呼爾めさめよ。深き思に入れ。人生の不思議を感ぜず。

天地の不思議を感ぜよ。

霊の覚醒を求め、真理を熱心に求め、信仰の火を天より得よ。


　十日。

昨日(九日)午後一時頃、信子嬢より来状あり。

其の意は吾等の愛、たゞ吾等一体の互の信愛をのみ頼みとすべし。[七]決して他の同情に依頼すべからずとなり。且つ曰く今日の場合、北米行を許せ、となり。

此の手紙を読みてわれは殆んど絶望したり。

断然彼の女と絶つ可きかと思ひぬ。[八]絶望的書状を認めたり。されど遂に投函す

五　底本「なる人生(句点無し)」。
六　欲望が脹んだ結果、人間としての実体をなくして奈落の底に沈もうとしている、ということか。
七　独歩が、十月七日付、八日付信子宛書簡で、遠藤よき一家に頼るよう繰り返し促したことに対して、こう言ったもの。
八　この十月九日付信子宛書簡は〈全集〉に所収されている。「御手紙只今落手致し候　果して絶望は来りぬ」と始め、「汝が帰国の時、余が待ち居ると思ふは大なる誤なり。余は絶望の次ぎを知る。愛破れし心、北海の風雪、如何にして堪へん。いざ去らば、永遠に　十月九日　如何なる悪日ぞ」と結ぶが、追伸に「一度び、もみ捨てゝも心はりさく計りに苦るしく再び筆とる能はざるが故にそのまゝ送る」とある。

るに及ばずして止みぬ。

わが此の時の苦悶は一生忘れ難かる可し。脈々の血管に毒を注入せられて一種の苦液全身を環流するが如きを感じぬ。胸はりさく計りに苦しとは実に此の時に於て最も痛切に感じたり。[一]楣間《びかん》に掲《かか》げある「少女」の画像を見れば、今日までなつかしく見えし此の似顔は却《かへつ》てわれに苦しみを覚へしめ、[二]富士見小学校にて歌ふ小児の唱歌は楽しかりし[三]記憶を呼び起して殆んど吾をして堪ふる能はざらしめたり。何とかして心を他に転じて此の苦悶より脱却せんと思へども少しも其の物なく、夕飯を急ぎて食ひしも其の味少しもなし。たゞ二階を上り且つ下り、苦悶に苦悶を重ね、熱涙《ねつるゐ》絶え間なく流れ、無念さ、残念さ、悲しさ、もろもろのにがき感情あふれ出でたり。

かくする中、萱場氏来宅あり。大に慰楽《ゐらく》するを得たり。

忽ちまた竹越君来り、われを伴ひて外出す。萱場氏にはしばし待たれよと頼み置き出でたり。

[四]竹越氏は頻りに思ひ切れと迫りぬ。其の理由は種々あれども要するに下の如し。

豊寿夫人は無類の剛情者[五]なる故にこれと最後まで争ふ時は非常の事を起すに至る。

一　長押《なげし》の間、欄間《らんま》の間。

二　『風俗画報』臨時増刊一七七号「新撰東京名所図会」第十七編・麹町区之部中（明治三十一年十一月）によると、「富士見尋常高等小学校　もと富士見一丁目にありしを麹町裁判所裏六丁目二番地に移転せしなり」とある。独歩宅は「富士見町六丁目二番地四号ノ三にて富士（ママ）小学校の裏通りの長屋」（十月一日付信子宛独歩書簡）なので、小学生の歌が聞こえてきて、独歩を唱歌が得意だった信子との思い出へと連れ出す。初めて会った従軍記者慰労の晩餐会の折や小金井堤散策の帰りの車中で信子の歌に感銘を受けたことは、日記にも書き留められている。

三　底本「記臆」。

四　竹越三叉は徳富蘇峰の右腕であり、彼の意向を受けて独歩を説得に来たと思われる。独歩は十月七日事態の解決を蘇峰に依頼していて、それに対し蘇峰も、翌日収二に返書を持たせ、信子を思い切るよう言っていたが、なお竹越に念押しさせた。後に竹越は「国木田独歩」（『趣味』明治四十一年八月）で、「一夜私は独歩と散歩をした序に懇々この結婚を思ひ止まるやうに忠告して見たが、もう理性を失つて居たと見えてどうしても聴かなかつた」と述べている。

五　底本「剛性者」。

六　潮田伝五郎との結婚の話。→九九頁注一一。

七　底本「帰出」。

第二信子には已に汐田[六]との約束あり。
第三よし二人の思ふ通りに実行するを得るとするも到底《たうてい》満足は得難し。
第四余一生の浮沈に関す。
大凡《おほよそ》右の如し。これを以つて吾等の愛を破るに足らざるなり。要するに竹越君等の思ひ切れといふは今日直ちに結婚することに就ての不利不便より出でたる理由なり。

竹越君と別れ帰宅[七]して大に萱場氏と相談したり。萱場氏は飽くまで強剛《きやうがう》に行けとの説なり。

余独り夜半まで考へたり。信嬢[八]に書状を認めたり。遂に下の意の如くに決しぬ。

吾等の愛はタイム[九]とスペースと事情とのために破るゝものに非ず。就ては此の際、吾は北海道に去らむ。信子は北米に行け。而して茲《ここ》両三年時機の来《きた》るをまたん。

時機来らずんば十年二十年また一生。結婚せずとも宜《よ》し。唯吾等の愛の約束は断じて取り消さず。よつて竹越氏には下の如く答へ置きたり。

[一〇]思ひ切るとか、切らぬとか言ふ事は吾等の間に用ふる能はざる言葉なり。此の際余一人犠牲となりて北海に去りなば後では宜しき様に納まらむ。

八 十月十四日付蘇峰宛豊寿書簡によると、この手紙が両親の逆鱗に触れたことが窺える。「過日来談々御配慮被㆑成下候に付、小しは悔、且つ恥辱なるに心付し事かと楽しみつゝ彼等が挙動に注意し居り候処、九日夜十二時認むと書したる哲夫が手紙(郵便にあらず、如何にして達せしか少しも知り不㆑申候)十二日の夜、座中に落しあるを拾ろひ、中半読候処に本支に見止められ、直に同人が手に渡し候処、其文中に、徳富や竹越抔の薄情男子が、如㆑斯き真の愛情抔知りしものにあらず。彼等が何を云ふも少しも恐れず、又屈する事無㆑之、汝も如何様に父母又は他の責むる処あるも、決して屈してはならぬ。益々堅く結ばれ度、然して近日是非共密会致し度云々有㆑之候。本支又大に怒り、娘を責むる事過度にして、或時は死ぬる斗《ばかり》に成る事も有㆑之、小妹余りの事に茫然として為す処を知らず。只日夜此事にて心を苦しめ痛め居る而已に御座候。若し彼男が斯迄に発狂し居るものにある以上は、父母或は弟等が厳重なる所分を願ふ外無㆑之可抔存じ候間、御繁忙中甚恐入候得ども、最一応御高慮を煩し度、偏に奉㆑願候。此書御一読の上火中に御投じ被㆑下度奉㆑願候」。

九 time and space(英)。この後に「信子は北米に行け。而して茲両三年時機の来るをまたん」とあるのを言う。

一〇 十月十日付竹越与三郎宛独歩書簡に次のようにある。「如何に苦悶して考へて見ても小生には思ひ切るとか切らぬとか申して愛を擲つ不能。(中略)付ては小生、近日のうち北海道に去り申さんさすれば後は何とか相成り可申候　夫婦になるなと信友と世の中とが命ずれば血を呑んで黙するより外これなく候」。

兎《と》も角も信友《しんいう》及び世の中が、凡て結婚を不利なりと難ずるならば、血を呑みて黙するの外これなし云々。

[一]今朝萱場氏を麻布に訪ひ、信子嬢へ昨夜認めたる書状の伝送を依頼したり。萱場氏を午後一時前に去り、かぶと町の三浦逸平氏を訪ひたり。而して佐々城に対する運動の中止を求めたり。

帰宅後父に決心を語りぬ。父は涙を流して北海道行の中止を求め給ひぬ。われも泣きたり。収二帰宅後此の事を語りぬ。収二また泣きぬ。われは恋愛と、友[二]義との中間に立つなり。

　十九日。

[三]情は美の極処《きよくしよ》に動く。されど時に自家の姿を顧みて自から誇るの醜体《しうたい》を現はす。意志は然《しか》らず。深く達せず、されど強く行く。凡ての幻影を打ち破りて進む。情は蒸気なり。力なり。意志は機関なり。之を通じて始めて情に力あるなり。情の猛烈を憂へず。機関の薄弱を懼る。意志のみを力なりといふは誤謬なり。

　二十八日。

[四]事は様々に変転したり。

[五]民友社の小冊子を書き以て衣食することに定まりたり。

一　十月十日朝。

二　友誼に同じ。信子に対する気持ちが恋愛と友情の中間にあるという意。十月十日付竹越宛書簡に窺える。

三　どんな深い情熱を持っていても、目標を達成するには意志の力が必要だという意味だが、それを、蒸気エネルギーが蒸気機関によって機関エネルギーに変換される自然科学の法則を援用することで、合理的に説明しようとしたもの。しかし蒸気に擬えられる情熱を美醜の規範で捉えているため、論理が混乱してみえる。

四　十月二十六日付信子宛独歩書簡の結びに「明日隼町の方に移転致す都合に候」とあり、この日記は麴町区隼町三番地(現千代田区)で書いている。信子を迎え入れることを想定しての転居と思われるが、以下の記述は、それまでの約十日間に起こった事態の変転を箇条書きしたもの。六通の信子宛書簡が残されているため、照合すると事態の推移がよく分かる。

五　信子との結婚を想定し生活の道を講じたもの。民友社から刊行される『少年伝記叢書』は全八冊で、著者名はないが、すべて独歩が執筆した。『フランクリンの少壮時代』(明治二十九年一月)、『両ケトー』(同年二月)、『リンコルン』(同年五月)、『吉田松陰文』(同年六月)、『横井小楠文』(同年七月)、『ネルソン』(同年十月)、『ネルソン下巻』(三十年二月)、『ウエリントン』(同年二月)。

六　この件に関し、独歩と遠藤よきは共謀していた。↓補六〇。

七　山口県熊毛郡麻郷《おごう》村第四九七番地(現田布施町麻郷)の吉見家のこと。吉見家は津和野城主吉見正頼の流れを汲む周防の旧家、主人競は死去して未亡人のトキと次女ちえ(十七歳)、

少年伝記叢書と題す。徳富氏と数回の相談を遂げたる結果なり。

六 佐々城信子は父母の虐待を受けて三浦氏に投じたり。三浦氏より数回の談判を佐々城氏に試みたれども事成らず。信子尚ほ三浦氏にあり。

萱場三郎氏を吉見家[七]の養子となすために、多少の尽力を試みつゝあり。萱場氏また吾等二人のために尽力しつゝあり。

信子嬢断然吾が家に来り投ずるの外、策なし。

人生は戦争なり。

八 戦を宣告したる上は、書に向つては書を征服し、人に向つては人を征服し、事業に向つては事業を征服するまでは止む可からず。

何物、何事、何人に対しても討死の覚悟を以て戦ふ可し。死するとも勝つの覚悟あれ。

九 以上は吾が始めて心から決定したる立身の法なり。

信子を救ふの精神を以て信子を愛すべし。

決して信子より受くるの念を抱かざるべし。

一〇 天地と人界、吾今にして漸《やうや》く、天地の外、人界あるを知り、人界の外、天地あ

三女はる（十三歳）、四女あや（九歳）という女ばかりの家族だったが、暮らしは豊かだった。桑原伸一『国木田独歩—山口時代の研究—』（笠間叢書、昭和四十七年）には「斜陽士族とはいえ、その生活はきわめて派手なものであったと想像される。古老の話によれば、当時の一町続きの吉見の田植えといえば豪華なもので、近傍の人々の羨望の的になった」とある。ちなみに長女は早世しており、独歩は、明治二十四年五月国木田家が寄寓して以来の親しいつき合いであった。萱場に養子の話を持ち掛けたことは、十月二十二日付信子宛書簡に見える。「萱場君昨夜九時頃来宅、宿泊して今朝只今帰宅したり。相談のために小生より招きたるなり」と。

八 三浦宅に身を寄せた信子に宛てた最初の、十月二十日付書簡に、「今日の場合断じて一歩だも譲る処にあらず最後まで戦ふの覚悟あれ、此決心あらば必ず勝つ也」とか、「最後まで戦へ。討死にするまで戦へ」とよく似た文面があり、正にこの書簡が佐々城家への宣戦布告だったことが窺える。

九 独歩は十月十九日の条で、蒸気機関に喩え、情熱があるだけでは事態は動かせない、その情熱を強い意志を伴った力に変えねばならないと反省しているが、信子を得るための戦略の必要を痛感したと思われ、「立身の法」とはそういう意味である。従って、『少年伝記叢書』の件、信子を三浦宅に囲う件、萱場三郎を養子にする話も、そのための具体的な作戦だった、という風に受け取れる。

一〇 独歩の造語で言う「天地生存の感」に対する「社会生存の感」のことだが、この後に「地の豪傑は人界に於て勝利を誇りぬ。されど、遂に自己を此の不思議なる天地其の者の間に認め得ざ

るを知らむとす。われ、天地の間に介立し、われまた人界の裏《うち》に処身す。天地と人界と吾と、其のうちに限りなき神秘を蔵す。宗教の真理とは此の三者の調和なり。而してわれ未だ神の信仰薄弱なるが故に、此の大調和あらず。嗚呼此の不思議なる天地に対して、われ吾が心霊を認めざるを得ず、而かも人界に在りては常の肉の慾望に苦まんとす。

目さむるごとに其の身を天地の間に見出す者は幸なる哉。されどわれは忽然《こつぜん》睡眠よりさむる時、[一]氷の如く響き来るものは人界の雑響にして、身は忽ちまた紛々たる慾望、主我競争の中に投げ込まれ、あゝ復《また》終日[二]鞭声《べんせい》を聞かざるを得ざるかと感ず。

嗚呼、不思議なる天地に於ける不思議の人界。

哲人、詩聖、預言者は自己を以て天地と人界の不思議を調和せんと試みたり。自己を天地の間、人界の中央に見出したり。[三]地の豪傑は人界に於て勝利を誇りぬ。されど、遂に自己を此の不思議なる天地其の者の間に認め得ざりき。其の眼は[四]人界の太陽を観て遂に天地の太陽をみざりき。[五]哲人は稍《やや》もすれば人界に於て最小の者なりき。

[六]われ人界に於て人界的願望の達し難きを感じて、悵然《ちやうぜん》として立つ時、忽然頭

りき」(一四四頁)と述べるところをみると、信子をめぐって佐々城家と「戦争」した後、勝利の虚しさを味わっていることが窺える。つまりは「紛々たる慾望、主我競争の中に投げ込まれ」(一四四頁)たに過ぎなかったのだ、と。

——以上一四三頁

一 「紛々たる慾望、主我競争」を促す諸々の声が響いて来るので、心が凍るような思いをするし、身を刺すような苦痛も感じる。

二 本心では「紛々たる慾望、主我競争」を嫌悪しているとの思いがあるので、何者かに駆り立てられているような気がする。

三 地上の豪傑の意。『孟子』に言う「人爵」に相当する者を指す。

四 「太陽」は栄光の比喩で、「人界の太陽」は富や権力、「天地の太陽」は真理の謂である。

五 「天地」にあって最も偉大な存在である「哲人」が、「人界」では最も無力であるという意。

六 「人界的願望」は富や権力への憧れ、「悵然」は恨み嘆くさま、「瞻仰」はあおぎ見るの意。自分には社会的名声や富を得る力がないと感じ、嘆きながら月を仰ぎ見ると、たちまち自分の存在が永劫不朽の天地に托されていることに気付いて、限りない悲哀に包まれつつ何とも言えず自由な心を感じる、と言っている。天爵と人爵は必ずしも矛盾しない筈だが、独歩は少しずつ論理をずらして、ここでは、人爵を得られないこ

上の月を瞻仰《せんぎやう》し、忽然吾が身体の永劫不朽なる天地に存するを感じ来れば一種限りなき悲哀のうち、一種言ふ可らざる自由を感ず。此の自由は飲んで尽くる事なき希望の泉を予想せしむ。

人は曰く、天地の間に在りては人間の渺乎《べうこ》七たる一小粟《せうぞく》の如きを感ずと。吾に在りては然らず。八われは人界に在りては残念乍《なが》ら、いと小き未だ何等自得の偉大を感じ得ず、自然一身の孤立を覚ゆれども、眼を転じて天地に対する時、実に心霊の底より声あり。われは無窮の天地に実存すと。

十一月

三日　九天長節、日曜日、雨天。

来訪者、今井忠治、富永徳磨両氏。

昨日来訪者、一〇丹野直信。

一昨日来訪者、萱場三郎。

一一三十一日、信子嬢来宅滞在。此の夜よき嬢来宅。

一二信嬢の消息を見舞ふ。泣く。

丹野氏の来訪は信子に関して相談する処ありしなり。

とが天爵の条件であるかのような論法を展開している。

七「渺乎」も「一小粟」も微小なものの意。はるか彼方のごく小さな粟粒のような存在の謂である。

八 こうした実存感覚は独歩の実体験だが、カーライル『英雄崇拝論』に基づいて概念化されていったと考えられる。それ故「われは無窮の天地に実存す」と実感できる自分は正に「哲人」と主張していることになる。↓七七頁注一一。

九 明治天皇の誕生日。明治時代の十一月三日は「天長節日和」と言われ、好天が多かったが、明治二十八年のこの日は、「雨天」と記されているように、「三日　今日は天長の佳節なるものを朝来の雨車じくを流すやうなり」（樋口一葉『水のうへ日記』）であった。

一〇 丹野直信は豊寿の母方のいとこで、倉長巍『加奈陀メソヂスト日本伝道概史』（加奈陀合同教会宣教師会、昭和十二年）に、中村敬宇の同人社教員を務め、明治八年早々ジョージ・コクランにより受洗したとある。宇津恭子『才藻より、より深き魂に』に、星家に保存されている豊寿や弟星仁三郎と一緒に撮った「ガラス写真」が紹介されていて、「明治七年四月廿九日正十二字浅草に於写之」と裏書されているという。本文が同人社で同僚だったこともあり、親しく交際したものと思われる。またこの頃、丹野は日本橋石町に住んでおり、豊寿の依頼で独歩との仲介の労をとった。

一一 三浦宅より移って、独歩の家で暮らし始めたことを言う。

一二 遠藤よきが「信嬢の消息を見舞ふ。泣く」という文である。

一西国立志編を読みつゝあり。

八日。

今朝徳富氏二を訪ひ、左の書を得たり。

一、信子等謝罪書に由り予《かね》て御申入に相成候結婚之儀は識認致候事。

一、同人等三少なくとも一両年間は府下を立退き候様御談被下度候《おはなしくだされたくさうらふ》也。

一、父母弟妹間の音信並面会は拒絶致し候事。右本人等に御談被下度候也。

佐々城豊寿

佐々城本文

明治二十八年十一月四

徳富猪一郎殿

右の書を得たるまでの次第を左に録す。

四日の夜、潮田ちせ子老姉、丹野直信氏の二氏来宅ありて、大に勧告する処あり。

潮田老姉の曰く、佐々城にては遂に此の度の件を一任する由公言せられたり。

就ては御身達も小老に凡てを一任せよ。然らば五兎も角も目出度結婚せしめむ。

其の間信子は丹野若くは潮田に寄宿すべし云々。

吾これを排して受けず。曰く、御依頼申して、一任致したけれども、愈ゝ《いよいよ》如何

一 中村敬宇(のち正直)『西国立志編』(十三編、同人社、明治三―四年)。Samuel Smiles "Self Help(自助論)"(一八五九年)の翻訳。内容は西洋古今の偉人数百名の立志伝だが、産業革命期の進取的な精神に貫かれているため、福沢諭吉『学問ノスヽメ』と共に明治の青年に大きな感銘を与えた。「明治の聖書」とも言われる。独歩は「非凡なる凡人」(『中学世界』明治三十六年三月)で、「『西国立志編』を熟読し、これを人生の指針として生きた」青年を、「活た西国立志編」として描くことになる。ちなみに敬宇(天保三年〈一八三二〉―明治二十四年〈一八九一〉)は、幕臣の子に生れ、慶応二年(一八六六)に渡英、帰国後「同人社」を興し福沢の「慶応義塾」と勢いを競った。また西周らと『明六雑誌』を刊行するなど、明治初期思想界の中心的存在であった。独歩は、丹野に会ったことで『西国立志編』を手に取ったのかも知れない。

二 信子の両親の結婚承諾書。この頃蘇峰は、赤坂区氷川町五番地(現港区)に住んでいた。↓補六一。

三 独歩と信子は結婚後、一、二年は東京府以外の地で生活すること、という条件。

四 底本「七月」。

五 底本「然らは」。

にして結婚せしむてふ条件を知らし給ふに非ずんば信子をして去らしめ難し云々。相談まとまらずして二氏去る。

六日朝徳富氏を訪ふ。最後の談判を佐々城氏に試み、自から媒酌人となりて目出度く成就せしめやらんと申さる。依頼[六]し帰り、佐々城氏へのわび書及び徳富[七]氏への依頼書二通を徳富氏に送り置きたり。

今日遂に成就す。

高岡[八]氏より来状あり。返書を出し置く。

昨夜吉見氏に書[九]状を発す。萱場氏の事なり。

一昨日西国立志編を読み了る。

昨日　物[一〇]語を読み了る。

　十一[一一]日。

午後[一二]七時信子嬢と結婚す。

わが恋愛は遂に勝ちたり。

われは遂に信子を得たり。

植村正久氏の司式の下に、徳富君の媒介の下に、竹越与三郎君の保証の下に、

六 →補六一。

七 「徳富氏への依頼書」は、十一月六日付書簡で、信子と哲夫の連名になっているものの、信子の筆である。「陳ば私共目下の事情恰(ママ)んど進退之れ谷まるの悲境に陥りなす処を知らず。事も し此まゝにて押進まば、只私共の前途暗黒之外無御座、親を泣かせ友を怒らし、終生の事一朝にして空しく、両個の人間生きて甲斐なき事と相成可申、願ば此悲痛なる境に陥りたる両人の心情御推察被下、万事御頼み申上候間、佐々城氏と御相談之上、宜しきに御取計らひの程奉願上候」。

八 高岡熊雄。→補四九。

九 萱場三郎を吉見家の養子にする件について打診したか。

一〇 未詳。

一一 田村江東「恋の独歩」に、「式を十一日に挙げたのは意味がある、即ち彼等両人の恋の成就したのが八月の十一日であるので、独歩は十一日と云ふ日を以て非常に嬉しい懐かしい日と極めて居た、即ち此日を選んだのである」とある。無論、小金井堤を散策した日である。

一二 蘇峰「予の知れる国木田独歩」に次のようにある。「結局(つまり)佐々城の友人で潮田千勢子と云ふ人が仲に入つて、不承〳〵に佐々城を納得させ結婚を許す事に迄話が運んだ。其処で潮田夫人と竹越三叉君と植村正久君と私とが列して、旧(もと)楠本男爵邸前の長屋の様な家で結婚式を挙げて一段落は着いたが、其でも佐々城は両人を東京に置く事は成らんと云ふので、若夫婦は手鍋をさげて逗子へ赴いた」。

潮田ちせ老婦の世話の下に、吾が宅に於て、父及弟列席の上、目出度く結婚の式を挙げたり。

二十一日。

十九日、信子と共に逗子に幽居《いうきよ》[一]す。以後記する処は幽居の日記及び感想なり。十九日の朝、徳富猪一郎氏より相談[二]あれば来れとの葉書到着せしかば直ちに訪問したり。氏は吾を諭《さと》すに、佐々城豊寿夫人及び潮田ちせ老婦に対する態度の更らに親密なるべきを以てせり。且つ曰く、事は為すは難し。将に真面目に確実ならざるべからず云々。吾感激する処ありたり。

徳富猪一郎氏を辞して帰宅するや信子と共に潮田[三]夫人を訪問[四]したり。三浦[五]氏の事、よき嬢の事を聞きぬ。潮田を辞して直ちに新橋停車場に赴き、収二及尾間氏の尽力にて首尾能く乗り遅れもせずして乗車するを得たり。

天曇り空気沈静の日なりき。横浜停車場に着したる頃は細雨来りぬれど大船[六]にては止みたり。

[七]逗子停車場に柳[八]屋の主人ありき。柳屋とは幽居のため其の一室を借り受けたる農家なり。今年夏、徳富家の借室したるも同家なり。

薄暮信子と共に葉山[九]に至り、厨具《ちゆうぐ》[一〇]を買ひ求めて帰宅す。天曇り風暗し。風濤の

一　十一月二十日付田村三治宛独歩書簡に次のようにある。「私共昨日午後二時着逗仕候(中略)愈々幽居の生涯を初め申候(中略)冬の逗子も又た格別に候相模湾を隔て富士を真向に望み候など面白き眺めに乏しからず候御最後川の岸にもゆる紅葉は滝の川の錦と何れぞ。昨夜は岸うつ濤の音枕もと近く響き人眠りて天地覚むの詩句も想ひ起され申候」。

二　これは十一月十七日付蘇峰宛豊寿書簡で訴えたから。↓補六二。

三　潮田千勢子は芝区金杉浜町六十六番地(現港区)に住んでいた。↓補六三。　四　底本「訪間」。

五　阿部光子『或る女』の生涯』は、三浦や遠藤よきがこの後独歩の日記から姿を消すことについて「苦労人の潮田夫人がかの女の正体を見破って忠告したように思われる」としている。

六　田山花袋編『新撰名勝地誌』巻之三東海道東部(博文館、明治四十三年)に、「大船　東海鉄道の横須賀線に分岐する所にして、往時は田疇の間の一村落たるに過ぎざりしが、今はその名天下に高く、旅客にして大船の名を知らぬはなし。停車場また広くして」とある。

七　『風俗画報』臨時増刊一七一号「江島・鵠沼・逗子・金沢名所図会」(明治三十一年八月)に、「この停車場は、近年逗子の繁栄に伴ふて開かれたるものゝ由にて、こゝには人力車(くるま)もあれば、乗合馬車もありて、海水浴場までは凡そ十町程」とある。

八　蘇峰が紹介した貸別荘で、神奈川県三浦郡田越村桜山にあった。主人は嘉兵衛といった。↓補三一。

九　『新撰名勝地誌』巻之三東海道東部に、「葉山逗子停車場を去ること南一里半の地にあり。逗子より御最後川(さいごがは)を渡りて、この地に通ず

音、終夜枕頭に響きぬ。

二十日、午後信子と共に鎌倉なる星良子[一一]嬢を訪問せり。嬢は信子の従姉なり。[一二]明治女学校に今夏入校したれど、もと横浜[一三]女学校の学生なり。病を養ふて鎌倉なる星野[一四]天知氏の別業《べつげふ》にあり。別業を辞して門を出づれば朧ろなる三ケ月山の端にかゝりぬ。遠近《をちこち》の暮煙《ぼえん》[一五]何となく哀れをこめたり。

今日朝まだきより降雨。

熱心、大胆、忍耐。

二十二日。

何故に爾《なんぢ》は、何故に爾は、此の生命の不可思議を忘れむとはするか。

[一六]何故に爾は神の現存を藐忽《べうこつ》にせんとはするか。

何故に爾に真面目、真実、確固、剛毅ならざるか。

薄弱は悲惨の極なり。剛毅の徳は人間の第一なり。

二十五日。

月光、海波《かいは》[一七]、富岳[一八]、紅葉、朝夕の眺め今や吾を四囲《しゐ》[一九]す。

る海岸の路を伝へば、森戸浦の絶景は一歩毎にその美を展開す。地は逗子と相隣れども、逗子よりは更に海を見ること大に、最も豆相の山、富岳の雲烟を望むに適せり。ことに、海上数町のところには、名島の小島嶼豆の如く点在し、その間を白帆の去来する、真に一幅の画図の如し」とある。 一〇 台所用品。

一一 相馬黒光(こっこう)の旧姓本名。↓補六四。

一二 明治十八年に開校し四十二年に廃校となったキリスト教系の女学校。設立者は木村熊二で修業年限は五年であったが、二十二年に高等科が開設される。十八年に校長の巌本善治が『女学雑誌』を創刊した関係で、二十二年に星野天知、二十五年に島崎藤村、二十六年には北村透谷が教鞭をとる。いわば『文学界』浪漫主義の母胎となった訳だが、相馬黒光、野上弥生子、羽仁もと子などのすぐれた人材を育成した。二十三年以降は、創立以来の後援者島田三郎の旧宅、麹町区下六番町六番地(現千代田区)にあったが、二十九年二月の火災で全焼し、三十一年には巣鴨庚申塚脇に移転した。

一三 現フェリス女学院、当時はフェリス和英女学校と称した。M・E・キダーによって明治三年横浜ヘボン施療所に開校。日本の近代女子教育の先駆となり全国から才媛を集め、若松賤子も学んだ。黒光が在籍した明治二十年代には衰微し生徒数も激減していた。校舎は中区山手町。

一四 「別業」は別荘のこと。天知の別荘は鎌倉の笹目ヶ谷(やつ)にあり、暗光庵と称した。↓補六五。 一五 夕暮れ時に立つ煙。

一六 「藐忽」は侮り軽んずること。何故お前は神が現にこの世に在す事態を蔑ろにしようとするのか、との意。 一七 海に立つ波。座敷にいて逗子の海が一望できた。↓補三一。

祈禱を以て朝の業をはじめ祈禱を以て了はる。

神より下る神聖なる使命を待つて而して後ち起《た》つを願ふなり。

大胆、熱心、勉励、剛毅、忍耐の徳を養ふ。
[一]吾大企図あり。嗚呼《ああ》われに大企図あるなり。
思ひ煩ふ事勿《なか》れ。唯ゝ心を誠にして神に求め且つ[二]力を瘁《つく》してこれを為せ。

爾の霊をして[三]外物の圧迫を感ぜしむる勿れ。

月明と[四]星彩と海岸と富士山と爾の[五]霊境《れいきやう》を崇高ならしめ、爾の天地に対する誠意をして更らに深からしむ。

つとめてこれを求めよ。忍びてこれを為せ。[六]自然の美と雖《いへど》も怠慢者には其の深光を示さゞるなり。

十二月

三日。

日本国民の体軀《たいく》中に流るゝ最高潔の鮮血の泉を一池に集むるの[七]大溝渠《こうきよ》を掘る者は誰ぞや。

四日。

一八 富士山。十一月二十日付田村三治宛独歩書簡に、富士の雄姿と御最後川の岸の紅葉の美しさが報告されている。→一四八頁注一。
一九 四方から取り囲むこと。

——以上一四九頁

一 十二月三日の条に「日本国民の体軀中に流るゝ最高潔の鮮血の泉を一池に集むるの大溝渠を掘る者は誰ぞや」とある。
二 力を尽して苦労する意。
三 十月二十八日の条で言う「紛々たる慾望、主我競争」を強いる「鞭声」(一四四頁)のこと。
四 星の光。
五 逗子の住まいを神社や仏閣などのある神聖な地域のように見做している。
六 天地の霊妙さを顕にしているかのような自然の美でさえ、努めて求めようとしない限り、真の輝きを示すことはない、という意。
七 「溝渠」は掘割のことだが、ここでは文学の比喩。この年(明治二十八年)に創刊された『帝国文学』は、「日本文学の過去及将来」(明治二十八年一―三月)などで、ゲーテに倣って「国民文学」を提唱するが、その影響か。
八 『欺かざるの記』を指す。
九 実際の効力。質素な生活で倹約に努めるから、必然的に生活費を稼ぐ時間が短縮される、ということ。なお、独歩の民友社からの収入は月十二円で、隼町の両親へも仕送りしていた。
一〇 サツマイモ。

久しぶりにて筆執り得るを楽しく思ふなり。日々の読書は、書状書く時をすら容易に得がたく[八]此の記は尚更《なほさ》ら縁遠くなり行きぬ。されど今夜は雨降りて静かに、読書に倦《う》みて閑を得たれば少しく記する処あるべし。

先月十九日の幽居《いうきよ》以来已《すで》に半月を経過したり。吾等が生活は極めて質素なれども極めて楽しく暮しつゝあるなり。質素は吾等の理想にして其の実効は[九]倹約と時間の経済となり。

米五合に[一〇]甘藷《かんしよ》を加へて一日両人の糧となす。豆の外に用ふべき野菜少なし。時々魚肉を用ふれども二銭[一一]若《も》しくは一銭七りんの「あじ」「めばる」「さば」の如き小魚二尾を許すのみ。粗食といふをやめよ。粗食は美食よりも人を弱くするの[一二]実、極めて少なきなり。[一三]菜食の利は脳髄の明快にありと始めて知りぬ。

読書やゝ進みたり。[一四]高木のピツト、[一五]竹越のクロンウエル、[一六]教界十傑、等読了。今は[一七]フランクリンの自叙伝を読みつゝあり。已に其の過半を終へたり。『フランクリンの少壮時代』と題して、彼の立身の歴史のみを著はし、以て伝記叢書の第一巻となすの予定なり。

内村鑑三君より来状あり。曰く、フランクリンは[一八]常識《コンモンセンス》の使徒なりと。実に然《しか》る可く見ゆ。日本には類の稀なる人物也。

一一　底本「著しくは」。

一二　ここに言う「実」は結果の意である。

一三　「菜食の利」について、ベンジャミン・フランクリン『自叙伝』(一八一八年)によって知った。少年伝記叢書・第一巻『フランクリンの少壮時代』(民友社、明治二十九年一月)に次のようにある。「十六歳の時、トライヨンなる人の著書を得、其書に菜食の利を説けり。フランクリン読んで感ずる処あり、身自から実行す可しと決心す。(中略)斯く飲食を節制することに由り頭脳の爽快と智覚の敏活とを増し、学事の上進も亦た一入なりきとぞ」。

一四　イギリスの前宰相ローズベリー伯原作、高木信威訳『ウヰリアム・ピット』(民友社、明治二十七年七月)のこと。ウイリアム・ピット(小ピット)は、一七八三―一八〇一年、一八〇四―一八〇六年と二度、イギリスの宰相を務め、ナポレオン打倒の連盟を作り上げたことで知られている。

一五　竹越与三郎『格朗空』(民友社、明治二十三年十一月)。清教徒革命の英雄クロムウェルの日本初の評伝。今井宏『明治日本とイギリス革命』(研究社、昭和四十九年)によれば、クロムウェルが竹越と同じ「田舎紳士」出身だったことや、彼の所属する教会がクロムウェル率いる清教徒革命を担った「独立派」の流れを汲むことから、共感を抱いて執筆した、という。

一六　田中達著者兼発行人『教界一傑』(明治二十六年五月)。

一七　→一一九頁注四。

一八　独歩の『フランクリンの少壮時代』(民友社、明治二十九年一月)の最後に、「此人を呼んで常識の使徒といふ、決して不当の言に非ず」とある。

土曜日（三十日）の午後収二東京より来る。日曜日の朝。相携へて鎌倉に遊び帰りて逗子の停車場に下車せし時（午前十一時半）今井忠治氏の東京より来訪するに逢ひたり。共に幽居にかへりぬ。午後三人共に海岸を沿ふて葉山に至る。此日天気晴朗晩秋の気透徹にして[一]和適《わてき》、富士山雪を戴きて相模湾の彼方に聳え、[二]大磯国府津《こふづ》小田原の海岸、[三]微湛の中に隠見し、[四]鎌倉の家屋点々指す可くあかぬ眺めに飽かぬ散歩を得たりき。伊豆連山の彼方に沈む太陽を[五]「あぶずり」の崖上に望み[六]地球の自転を沈む太陽に見たり。

夜は明月、連夜なり。

昨夜九時半過ぎ独り海浜に出でぬ。茲《ここ》は[七]御最後川《ごさいごかは》の海に入る口、潮遠く退き去りて跡に海底の岩を現はすが竜の如くに横たはるを見たり。吾其の上に立ちたる時、月天上に在りて寂寞逗子を[八]罩《こ》め、波の音浜にかすかに響き、[九]月影水底に玉を沈め[一〇]俯仰《ふぎやう》して立つ吾を直ちに天地介立の清想哀感に誘ひたり。

吾が勝つ可きの敵は何ぞと吾反省せり。

曰く無学、これなり。曰く忍耐の足らざる事是なり。

自ら思ふ。信仰は最初なり。[一一]信仰の最初は自然を自然として其の不思議中に吾を不可思議のものとして見出す事なり。

一　穏やかで、やわらいでいるさま。

二　『新撰名勝地誌』巻之三東海道東部に、「大磯町　この地は本邦に於ける海水浴の元祖とも称すべく、その名は嘖々として世に聞ゆ。その起源は明治十九年軍医総監松本順が海水浴の人体営養に功あるを論じ、この地を以て冷浴場に充《あ》て、且つ有志者を謀《はか》りて、濤竜館《とうりゆうくわん》なるものを修築せしに始まる。爾来、繁華は更に一層の繁華を来し、高楼大厦は次第に山涯水隈に遍ねく、現今は貴紳の別荘甚だ多し。海岸の眺望はやゝ平凡なれど、東方松林のある辺はやゝ佳なり。町を通ぜる街路には、玉突寄席等の遊戯場をはじめ、料理店もまた多く、夏の夜などはほとんど東京の一街を此所に移したるが如き感あり」とある。また「国府津《こうづ》　二の宮停車場の次駅にして、東海鉄道の東海国道と岐《かわ》るゝ地なるを以て、近時次第に交通の要地となれり。戸数四百、人口二千余を有し、南は海に瀕《ひん》し、北は山を負ひ、西は箱根、足柄連山の翠微に連れり。またこの海岸一帯の地は松樹参差として、碧波に映じ、頗る景勝の地なり。今海水浴場を置かる」とある。

三　「湛」は水が満ちているさま。対岸の様子が潮の満干につれて隠れたり見えたりする、の意か。

四　点在する鎌倉の家屋を逐一指摘できて飽きることのない眺め、の意か。

五　逗子市と葉山町にまたがる地名。前掲「江島・鵠沼・逗子・金沢名所図会」に、「鐙摺　軍見山の麓より此辺を総称せる小名なり、新編相模国風土記曰、土人の伝に頼朝三浦に遊覧の時、山路狭く乗馬の鐙をすり、往来自由ならず故に此名起るといふ、今はさる嶮難の地にあらず」と、さらに「鐙摺古城　小名鐙摺にあり、海岸の孤山なり、高五六丈、山上古松あり、今軍見山と

人間社会を見る前に天地を見る事なり。人を見る前に神を見る事なり事業を見る前に信仰を見る事なり。先づ吾が血に消えざる火[一二]を加ふる事なり。これは[一三]頓悟《とんご》にて来るものに非ず。絶えざる祈禱と沈思と、自然との交通とに由《よ》りて次第に来る者ならざる可らず。[一四]時を以て着たる世間の衣服は時を以ての外、感情一事にて脱す可くもあらざる也。

これ吾が近来の見る所。

　五日。

午前六時、床を出でぬ。午前五時が規定なれども、兎角《とかく》朝は眠たきものなり。されど遂には五時[一五]暁起《げうき》の習慣を養ひ得ずんば止まざる可し。夜は九時半に業を止め、われは直ちに屋外に出で去りて或《あるい》は海浜に或は「あぶずり」の崖上に散歩を試むる、其のひまに細君室を清め床を敷き、礼拝の用意して待つ。散歩より帰りて直ちに礼拝をはじむ。礼拝は、[一六]朝は讃美歌一編を高唱し聖書一章を朗読して其の中より簡単なる[一七]感話をなし而して後祈禱し、以て会を閉づ。夜は、讃美歌一編を歌ひ祈禱して止む。これ毎朝毎夜の例なり。

われ思ふ。[一八]自然は愛する者に負《そむ》かずとは真理なり。其の意味は深し。自然は之《これ》を弄する者に其の[一九]霊光《れいくわう》を示さず、とは此の語に対する反語となすを得ん。

云ふ、東麓を木戸際と唱ふ、三浦義澄の城跡と云伝ふ」とある。独歩はかつて蘇峰を訪ねた帰りに訪れたことがある。明治二十六年八月十四日の条に「岐路、「あぶずり」とて頼朝、其昔こゝを過ぎんとして路嶮に山峻なるが故あぶみを馬上土にすりたりと称する処今は大道、懸崖にうねりて脚下遥かに波の音を聞く処に至る」と記している。

六 軍見山から相模湾を眺望するとパノラマ的景観になるので、太陽が沈むのが実は地球の自転によるのだということが実感できた。

七 田越川のこと。前掲「江島・鵠沼・逗子・金沢名所図会」に、「源を田越村字沼間の谷間より発し西に流れ、桜山に至て海に入る、（中略）川幅源は僅二三間、末は十二間に至る。東鑑には多古江《たごえ》川と書し、承久記は手越川に作る。建久五年八月鎌倉将軍河辺《かはのべ》遊覧の事あり。（中略）文覚流罪の後、六代御前此川辺にて害せられし事、平家物語に見ゆ、此故に古に御最後川とも唱へしなり」とある。

八 底本「卓め、」。「罩」は籠のことで、入れて包むの意。逗子の町全体が寂寞に包まれている状態をいう。

九 水に映る月影が、まるで水底に玉が沈んでいるかのように見える、の意。

一〇 「俯仰」は下を向いたり上を仰いだりする意。「介立」は物と物の間に立つ意。独歩が好んで使う言葉で、「牛肉と馬鈴薯」（『小天地』明治三十四年十一月）に「驚異の念を以て此宇宙に俯仰介立したいのです」とある。

一一 敬虔なキリスト教徒たることではなく、実存的感動を持つ意である。「牛肉と馬鈴薯」で言う、社会生活の慣習が作り出す「夢魔（幻影）」を振るい落とし、「不思議を痛感する」「事実に驚く」「事実を直視する」の意。　一二 信仰の火の意。

世人は弄するを以て愛するとなす。弄して而して自然よりの感化を得たりとなす。われは所謂其の感化なるものに疑なき能はざるなり。何者を愛するにも愛は多少の忍耐を要す。愛とは吾が霊の働きなり。然るに人は[一]肉的感情に支配せられ易し、故に真に愛せんと思はゞ、此の肉的感情に克《か》たざる可らず。これ愛は多少の忍耐を要すと云ふ所以《ゆゑん》なり。世人所謂自然を愛するもの、肉的感情を以て自然に対するに非ざるか。これ愛するに非ずして弄する也。自然に狎《な》るゝなり。其の行は一種の道楽に非ずして何ぞ。[二]自然は道楽者と神聖の交通結ぶ事[三]を為すべきか。

われ之を信ずる能はず。

[四]月を見る、寒夜水辺に立つの苦を忍ばざる可らず。深夜山路をたどる事も辞す可らず。俄然《がぜん》床をぬけ出でゝよもすがら池をめぐる事も忍ばざる可らず。月に浮かるゝ者は月を愛する所以に非ざるなり。

かく言へばとて彼の詩人必ずしも忍耐以て自然に接したりとは言はざるなり。彼等は已に自然の愛を得たり。誰れか愛する者の前に出づるに忍ぶことをなさん。『自然は彼の女を愛するものに負《そむ》かず』とは彼詩人にして始めて道破し得る妙句なるなり。未だ自然よりの愛を感じたることなきもの決して此の言をな

一三　修行を経ずいきなり究極の悟りに達することを意味する仏教用語。

一四　カーライル『衣服哲学』に基づいた表現。長年の世俗的慣習を振るい落とすには時間をかける他ない。思いだけでどうにかなるものではない、という意。→九五頁注一五。

一五　朝早く起きること。

一六　これが逗子生活の日常だったことは、宮崎湖処子「民友社時代の独歩」(『趣味』明治四十一年八月)の次のような証言にも窺える。「それから逗子に一農家を借りて侘住居に新郎新婦は高い理想に憧がれ貧しき生活に安んじて暫くは幸福に暮して居た。その頃国木田君の事業は民友社の偉人叢書に筆を取ることで、「両ケトー」などの傑作はこの頃に出来た。収入はといふと僅かに十円位のものであつたらう。私が一度牛肉などを携へて逗子を訪れて非常に歓迎されたことがあつた。いざ寝るとなつて私は別室に、夫妻は他の一室に寝る前に国木田君夫妻は讃美歌を唱はれた」と。

一七　説教のこと。

一八　ワーズワスの詩"Line Composed a few miles above Tintern Abbey(ティンタン寺より数マイル上流にて詠〈よ〉める詩)"(一七九八年)の一節。「小春」(『中学世界』明治三十三年十二月)に、詩集をひらくとこの一節に「最も強くアンダーラインしてある」と言い、詩の大略を示す中に次のように述べている。「抑も亦斯く祈る所以の者は、自然は決して彼を愛せし者に背かざりしを我れ知れば也。我等の生涯を通じて歓喜より歓喜へと導くは彼の特権なるを知れば也。彼より享くる所の静と、美と、高の感化は、世の毒舌、妄断、嘲罵、軽薄をして吾等を犯かさしめず、我等の楽き信仰を擾《だ》る勿からしむるを知ればなり。かるが故に、月光をし

す能はず。而して自然を弄するもの決して自然よりの愛を得べきに非ず。自然の限りなき力、其のあふるゝ美光。これに対する、先づ厳粛にして忍耐なるべし。

然らば、自然は自から其の霊相[五]を示し来りて彼と宗教的交通をなすに至るべし。所謂自然の感化なるものは何ぞ。宗[六]教的交通なくして感化なるものありとせ[七]ば、そは酒精《しゆせい》のしばらく人を惑はしたるが如きのみ。道楽者もまた此の感化を受けむ。

フランクリンは宗教的直感を有せず。常識的推理と世間的剛勇と商估《しやうこ》[八]的計算と市民的道徳とを有する人なり。宗教的天才を以て世を清め人の血を熱することは其の能に非ず。彼は市人の大模範なり。

風雨極めて荒し。海鳴ること高し。

久しぶりに一日を怠慢に送りぬ。甚《はなは》だしきひが[九]事なり。剛気の足らざるより致す処なり。神に祈りて悔ひ悛《あらた》むべし。

一生再びなし。一日又一日、生命の真意如何《いかん》。[一〇]永生を信ずるは希望の命なり。罪の真意如何。

て汝(妹)の逍遥を照らしめよ、霧深き山谷の風をして恣《ほし》まゝに汝を吹かしめよ」と。
一九 不思議な光。

以上一五三頁

一 全体の文脈からすると、エゴイズムの意。
二 自然は、自然を弄び戯れることしか知らない者と霊的交歓を行う筈がない、ということ。
三 底本「事を為をすべきか。」。
四 「月を見る」以下の文章は、ワーズワス「ティンタン寺より数マイル上流にて詠める詩」を念頭に置いて綴ったもの。それ故「彼の詩人」はワーズワスのことだが、ただし「床をぬけ出でゝよもすがら池をめぐる事」なる表現は、芭蕉の「名月や池をめぐりて夜もすがら」なる句が踏まえられている。
五 「相」はその物の持っている姿。自然の不可思議な実体のこと。
六 霊的な交歓ということなしに感化されるというのは、酒に酔って思わぬ仕儀に至るのと同じである、ということ。
七 底本「せば。」。
八 「商估」は商人。
九 僻事、つまり不都合なこと、間違った事態。
一〇 永生を信ずるが故に人は生きることに希望を持てる、ということ。

[一]旧約的に天地人生を見るべきか、新約的に見る可きか。はた[二]カーライル的に見る可きか、ウォールズウォース的に見る可きか、[三]フランクリン的に見る可きか。西国立志編的に見る可きか。

兎にも角にも熱心に見よ。確信の上に立て。

人に対し事に対し、自然に対し神に対し、将《まさ》に忍耐にして誠実に、剛毅にして大胆なるべし。

忍耐と勤勉と熟慮と謹慎《きんしん》とは、成功に達し、真理に入り、希望を与へ、天職を完《まつた》からしむ。

十七日。

日々労苦して何をか求むるぞ。求むる処なし。たゞ[四]生の意を行はんためのみ。

生の意とは何ぞや、動作なり。

已に時間に限られて死の影に懼《おそ》れず、何ぞ時間に逐《お》はれて齷齪《あくせく》を事とせむ。

野心権勢利慾争奪の横行するを見て、[五]老成人の畢竟《ひつきやう》何の敬重すべきかを疑ふ。

希《ねがは》くは理想に生きん。

理想を行ふことを務めん。恐れず、倦まず、躊躇《ちうちよ》せずして進まん。

将来を夢み光栄を追はずして、日々の職分に忠なるものは幸なる哉。

一『旧約聖書』においては、社会の法や秩序を遵守すべく厳しい戒めが課せられるが、『新約聖書』では、むしろ社会を逸脱したところで、普遍的な倫理と向き合うことが要求される。

二 明治二十九年二月十三日の条に、「カーライルは吾をして天地及人生の不思議を直感せしめ、吾の『シンセリティ』を活動せしめたり。ウォールズウォースは吾をして自然の生命を直感せしめたり」(一七〇頁)とある。カーライルは実存的で、ワーズワスは汎神論的である。

三 フランクリンは「常識（コンモンセンス）の使徒」「市人の大模範」すなわち近代市民社会の理想的人間像であり、『西国立志編』は立身出世を説いていて、資本主義社会が要請する人間像を提示している。

四 十二月五日の条にある「生命の真意」(前頁)に同じ。すなわち、生きることの本質に基づいて行動しているだけ、の意か。

五「老成人」とは経験を積んで老熟した人の意だが、世の中が「野心権勢利慾争奪の横行する」場である以上、尊敬するに値しないのではないか、といっている。

六『聖書辞典』(明治二十五年)に、「ロマショ(羅馬書)是書(このふみ)は使徒パウロが紀元後五十八年エルサレムへ行(ゆく)とき三ケ月の間コリントに止(とゞ)まり彼処(かしこ)よりケンクリヤ教会の女執事フイベを以てロマにありしキリスト教会へ遣(つかは)したる書(ふみ)なり。(中略)是書の目的はパウロが他の教会へ贈りし書の如く其教会に起りし悪弊を矯正(たゞ)さんとにあらず　惟(たゞ)一般にキリストの福音の教義(をしへ)を順序をたてゝロマにある聖徒を教へんがためなりき　而してキリストの福音はユダヤ人(びと)を始めギリシヤ人(びと)なり惣(すべ)て信ずる者を救はんとの神の権力(ちから)なりとのことを説明(ときあか)せり」とあり、さらに「其羅馬書《ロマしよ》[六]第九章に示す神に対する信仰は実に余が心を動かしぬ。吾人は神の全能全智を信ず。已に信ずるからには其の他を言はずして可なり。われ此の信仰に由つて強く、高く、また安し。疾痛《しつつう》[七]、困厄《こんやく》は肉の上に落ち来りし地上の蔭影に過ぎず。

吾が方針はこれなり。更らに信仰の火を求む。

日々を労作[八]して送る。

時間[九]に平安を求めずして信仰に慰安を悟る。自然を熱愛して其の生命と交通を求む也。

文学者たり。政治家たり。かゝる差別は断じてわれの関する処に非ず。書を著はすの必要と用意とあれば筆を執る。起つて行はんと欲すれば行ふ。説教の必要を信ぜ[一〇]ば説教す。

企てし事は成功を期し、成功せざる事を恥とす。但し褒貶《はうへん》は関心せず。

二十日。

徳富猪一郎氏昨夜養神亭[一一]に来り投じぬ。

『御来談如何』と。即ち出掛く。九時まで話して帰る。

人見[一二]の文章はあかぬけがしない。

六 第九章より第十一章に至るまでに於てユダヤ人は其不信仰によりて棄られし者なれども　又後に神の道に従へば収納《うけもど》さるゝ事及び異邦人の召れたることを論じ」とある。

七 「疾痛」は痛み、「困厄」は苦しみ。それは、「野心権勢利慾争奪の横行する」社会生活の影響で、自意識が傷つけられているに過ぎない、の意か。

八 『フランクリンの少壮時代』の執筆のこと。

九 余暇の安らぎより信仰に慰安を求めるべきだと悟った、という意か。

一〇 底本「信ぜは」。

一一 神奈川県三浦郡田越村にあった旅館兼貸別荘。前掲「江島・鵠沼・逗子・金沢名所図会」に、「二階建宏壮《かうさう》の楼榭にして前に田越川《たごしかは》あり、後は恰《あだ》かも海水浴場に当たれる湾口《わんこう》に望みて、碧波庭を洗ひ、風光絶美なるもの養神亭《やうじんてい》となす、鮮魚は食すべく海水浴すべし、養生旁々部屋を借切りにして、幾週日か止宿するものさへあり、避暑には実に屈竟の楼なるべし」とある。

一二 以下、「他人の精力尽きんとする頃余の精力加はる」まで蘇峰のことば。中村青史『民友社の文学』(三一書房、平成七年)は、蘇峰が言っているのは人見一太郎の政治小説「明治の天下」(『国民新聞』明治二十八年十二月)のことで、「連載もすでに半ばを過ぎている時で、恐らく社内でも評判は芳しくなかったのだろう。「第二之維新」や「警文学者」における文体と違って、確かに歯切れの悪い文章であり、(中略)講談調であった」と述べている。ちなみに人見は麻布区飯倉三ノ十一(現港区)に住んでいた。↓補六六。

[一]山路は日本有数の文章家。
[二]余は智識上の訓練より寧《むし》ろ徳育上の訓練を受けたり。家に在りては儒、外に在りては耶、而して世に出でゝは維新以来の有志家精神。
[三]余は病にも圧力を加へんと欲す。
回顧せず、将来のみなり。
他人の精力尽きんとする頃余の精力加はる。
昨夜氏の口より出でたる言語にして記憶する処は大凡《おほよそ》右の如くなり。

二十四日。

野心は人心を圧迫して窮屈なる世界に入らしむ。
信仰は人心を放ちて自由を希望と満足と勇気とに置く。

二十八日。

少年伝記叢書第一巻フランクリン少壮の時代を脱稿したり。
凡《すべ》ての最初は此の身を天地の間に見出すに在り。説教、教育の最初は人をして其の身を天地間に見出さしむるに在り。

一 山路愛山の文章は歯切れがよく、いわゆる読ませる文章であった。「頼襄を論ず」（『国民之友』一七八号、明治二十六年一月）は、北村透谷との人生相渉論争の契機となった評論だが、その「文章即ち事業なり」という信念が蘇峰を動かしていることも考えられる。ちなみに愛山は、明治二十六年三月に麻布区霞町二十一番地（現港区）に住み、同年十二月に十八番地に転居するが、その二十一番地には竹越三叉が住み、又二十六年四月から十二月まで北村透谷が二十二番地に住んでいて、親しく交際していた。↓補六七。

二 蘇峰は、明治九年十二月新島襄より洗礼を受けているが、『蘇峰自伝』に「予には仏教よりも、基督教よりも、儒教の要素が最も多く沁わたつてゐる」とある。また『吉田松陰』（民友社、明治二十六年）の結末に「第二の維新への提言」を加へ、「彼が殉難者としての血を濺ぎしより三十余年。維新の大業半は荒廃し。更らに第二の維新を要するの時節は迫りぬ。第二の吉田松陰を要する時節は来りぬ。彼の孤墳は、今既に動きつゝあるを見ずや」と主張している。

三 精神力で病気も寄せつけない、という意か。

人をして伝説、習慣、[四]地上の衣を脱せしむるに在り。

善をなせよと言はず、寧ろ吾が生命其の物は実に不可思議極まるものなりと説くべし。


三十一日。


本年は今夜限りとなりぬ。

何の感慨も起らず。また、強いて起こさんともせざるなり。

父母の膝下《しっか》に新年を迎へざるを多少の憾《うら》みとなす。

佐々城父母と未《いま》だ和親する能《あた》はざるを多少の憾みとなす。

其の他に於て不平もなく遺憾《ゐかん》もなし。

明日は[五]二十六歳なり。二十六歳何かあらむ。[六]日又日、勉励精苦耐久の外、何事も知らず。

命に安んずるの道、[七]一日を一日となして満足するに在り。

去年の今夜[八]大連湾に在り。

回顧するに、今年何事をか為したる。

恋愛を成就したり。[九]殖地の志を失ひたり。

四 ↓一五三頁注一四。

五 独歩の出生には諸説があるものの、明治四年生れだとすると、明治二十九年には数えで二十六歳になる。

六 日々の意。

七 その日一日を全力で生きることで満足する、の意か。

八 独歩が従軍記者として乗船した千代田艦は、明治二十七年十一月七日大連湾占領以来、翌年一月一日まで、その近辺にあった。

九 北海道移住計画のこと。

信仰に於て僅少《きんせう》の進歩も無し。
[一]過去をして過去を葬らしめよ。

　二十九年の企図。

少年伝記叢書を完成す。
[二]倶楽部を組織す。
[三]独逸語を学ぶ。
漢文を学ぶ。四書。五経。
佐々城氏と和解す。
交際を広うし且つ厚うす。
[四]日曜日は『号外』のために用ゆ。
汽車中に於ては漢文を読む。
勉強して自然との親交をはかる。
以上を以て二十八年を送る。二十八年去れ！

　明治二十九年一月

三日。

一 過去は過去として葬らしめよ、の意か。
二 倶楽部とは「諸人が寄り合うて相談をしたり、書籍を読んだり、酒食をしたりして遊ぶ所」（『かなよみ新聞』明治十年四月二十六日）を言い、石井研堂『改訂増補　明治事物起原』（春陽堂、昭和十九年）によれば、明治五年にできた築地のナショナル・クラブに始まる。独歩は『明治廿四年日記』四月三日の条で「倶楽部を作」る件を「余何れの日か建議する処あるべきなり」と述べている。また「牛肉と馬鈴薯」や「日の出」（『教育界』明治三十六年一月）など倶楽部を舞台にした小説を好んで書いた。
三 →七七頁注一〇。
四 『少年伝記叢書』は本巻六冊に号外二冊という構成であった。別巻を本巻と並行して執筆すべく日曜を当てた。
五 池田米男、今井忠治、宮崎湖処子。池田米男は鹿児島出身で、筆名を「兵児郎」といった。明治三十年五月二十一日付蘇峰宛草野門平書簡に「池田米男は近日絶て顔を見不申、ドウやら報知新聞に入つたらしく候。（中略）池田の如きはドウでもよろしけれど」とあることから、二十九年頃は、民友社に所属していたと思われる。
六 竹越三叉は蘇峰と双生児の如き思想家であったが、三国干渉をめぐって蘇峰と決定的に対立する。遼東半島返還について『蘇峰自伝』は、「予は実に涙さへも出ない程口惜しく覚えた。予は露西亜や独逸や仏蘭西が憎くは無かつた。彼等の干渉に腰を折つた我が外交当局者が憎かつた。一口に云へば、伊藤公及び伊藤内閣が憎かつた」と言い、その結果、松方・大隈新内閣を組織すべく奔走することになるが、それが、陸

一日は[五]池田、今井、宮崎の三氏来訪せらる。池田氏宮崎氏は二日に去りたり。
本日午後三時、今井氏及び妻と共に鎌倉に遊び八時過ぎて帰宅す。
[六]竹越君民友社を退きたり。

[七]竹越君には忠告書を送るべし。

倶楽部の事、池田、今井、宮崎の三氏に談じたり。悉《ことごと》く賛成なり。

倶楽部の事に就《つい》ては深く自から経営の労をとらざる可らざるなり。
今井、池田、富永の三氏には別々に書を送るべし。

尤《もっと》も智識ある道、尤も冷静なる道をとりて進め。情に駆《か》らるゝ勿《なか》れ。誠忠実意熱心を以て人と計れ。忍耐勉力《べんりょく》恒久を以て事に従へ。

（結果）五日認む

四日。
[八]今日は愚かに送りぬ。
明日の事を左に。

奥宗光外務大臣と親しく、既に伊藤内閣のために働いていた竹越とぶつかる。ついに明治二十八年十二月二十五日付蘇峰宛竹越書簡で、「偖（さ）て小生つら〳〵大兄将来のキャリーアを思考致し候処到底長く御同伴する能はざらんことを恐れ、友情の存する中に事業を分つの得策たるを信じ候に付、今日の如くグートアンダスタンドの存する中に小生は一先づ退社致し度候」と告げ、婦人記者の妻竹代と共に退社するに至る。そして南豊島郡中渋谷村九七五（現渋谷区）に転居した。

七 正月五日朝に書かれたこの書簡は以下の通りである。「愈々退社決行致されし由兼て斯くとは推察致し居候へ共稍ゝ急なるに驚き申候。別に新聞若しくは雑誌発兌の計画に候や。若し其計画あるならば十分覚悟を定めて御起業の程、言ふまでもなき事ながら、祈上候　竹越与三郎氏は何の故に民友社を退きたるか　此問は必ず士人の間に起る事必定に御座候　君は実際の上に於て此の問に明答すべき筈に御座候　民友社は何故に遂に竹越氏と分離せしむるに至らしめたるか、是れ亦た人士の間に起る問に候。而して民友社は必ず実際の上に於てこれを答へんことをつとめ申さん。已に分離す。奮起して業を起し成功せしめざる可からずと存候　徳富君と君との間は一社の（ママ）於て最後まで一致して働き得べきに非ず。明言すれば徳富君は君の退社を待ち受け居たりしならん。君の退社に付て小生は当然の事と言ふを辞せず。人に向てかく公言するを辞せず。（後略）」。

八 正月が終わっているのに怠惰に過ごしてしまったとの反省からか、明日五日の予定を書いて、五日の夜に、その結果「成就」か「不」かを下に記した。

午前六時に起くべし。……………………………………………(不)(六時半に起)
直ちに竹越氏に書状を認む事。………………………………(成就)
朝めしの事。……………………………………………………(同)
礼拝の事。………………………………………………………(同)
今井君を送る事。………………………………………………(同)
新聞、雑誌。……………………………………………………(同)
午後。
多分雑誌。………………………………………………………(同)
プルターク[一]。……………………………………………………(不)
夕めし。
『フランクリンの父母』を書く。　(不)
ジヤーマンコース[二]。　(不)
十時業をやめて礼拝。
就眠。
五日。
今日は国民[三]の友掲載の小説を読みて遂に定課[四]をふまざりき。

一　プルターク『英雄伝』。Plutarchos (四五頃-一二〇以降)はローマ帝国時代のギリシャの哲学者にして伝記作者。富裕な家に生れ、若い頃エジプト、小アジアなどを旅した後、終生祖国の顕職を務める一方で膨大な著作を残した。『英雄伝』は共通性のあるギリシャとローマの政治家を比較しつつ叙述するスタイル故『対比列伝』とも称される。独歩「列伝」(『国民新聞』明治二十八年六月十五日)で、「プルタークが遺こしたる古英雄の列伝は五十個のみ」だが「吾等が今住む此遊星は実に億億億億万人の列伝を蔵す」のでその「命運を語らん」ことこそ「余が列伝」と述べている。『英雄伝』は少年伝記叢書第二巻『両ケトー』執筆の材料であった。
二　年末に「二十九年の企図」として「独逸語を学ぶ」ことがあげられていた。
三　『国民之友』二七七号(明治二十九年一月四日)には、「新年付録」として五作の小説が掲載された。江見水蔭「炭焼の煙」、星野天知「のろひの木」、泉鏡花「琵琶伝」、後藤宙外「ひたごゝろ」、樋口一葉「わかれ道」。
四　「定課」は日課に同じ。

明日の定業。

午前六時起。

[五]東、三好に書状を出す。

朝めし。

礼拝。

プルターク。

昼めし。

プルターク。

夕めし。

フランクリンの父母。

ジャーマンコース。

十時礼拝。就眠。

七日。

時は[六]空々《くうくう》の中に去りゆくなり。

不思議なる世界、不思議なる生命。不思議なる人間の世。

習慣と煩悩とは吾をして此の不思議を忘れしむ。されど何者も吾をして此の不

五 山口県熊毛郡麻郷村の吉見家に寄寓当時、親交のあった近隣の家。手紙は、東久治と三好(羽隅)幾馬宛に書かれた。明治二十七年一月二日の条に、「幾馬氏と語る、彼は去年の正月、一男児を得たり。彼の希望は今や全く此男児にかゝる、彼は此男児が前途を思ふて吾をたのむものゝ如し(中略)幾馬氏の父は自殺し、兄は斬られし也、幾馬氏今や瓦焼にも失敗し貧しく暮せども而も今や希望生じぬ」とある。この後、東久治との親密な交際の様子が描かれているが、それもその筈で、彼は田布施町の酒造業有田忠三の弟で東家を嗣いだ人、独歩が田布施に開いた波野学塾の塾生だった。後に山口県視学や柳井小学校校長を務め、吉見家の三女はると結婚する。昭和十九年に死去。

六 何もない虚しいさまをいう。

思議を不思議と思はざるに至らしむる能はざる也。
凡《すべ》ての最初は此の不思議を一極感するに在り。

　八日。

二豈《あ》にわれを沮《はば》むのアルプスあらんや。　（ナポレオン）
「不能」の字を字典より引き去れ。　（同）

三爾《なんぢ》自身の思想を信ずること、爾の中心に於て真理と思ふことは凡ての人にも真理なることなりと信ずること、これ則ち天才なり。　（エマルソン）

四人はかれ自心《じしん》の星なり。　（エマルソン）

教育の真の目的は人をして不思議なる天地の間に自身を見出ださしむるものならざる可らず。

詩人の真の福音《ふくいん》は人を導きて天地不可思議のうちに投入するにあり。宗教は、此の不思議を直感したる人が瞑想苦悶して遂に一個光明と信ずるものを見出し、由《よ》つて吐き出したる言行より起りしものなり。

習慣と名目と煩悩とは此の不思議の敵なり。

一 痛感と同じか。
二 中村敬宇訳『西国立志編』から引用したもの。「第八編　剛毅ヲ論ズ（十二）拿波崙(ナポレヲン)ノ好ンデ誦スル格言」に、「ソノ軍ヲ行(ヤ)ル時ソノ道路ニ亜耳伯士(アルプス)ノ大山アリト云ヘルモノアリシカバ拿波崙豈ニ我ヲ妨タグル亜耳伯士アランヤト答ヘラレ新道ヲ闢(ヒラキ)テ軍旅ヲ通ゼラルコレ昔ヨリ人ノ登リ得ザル地ナリト云フ拿波崙マタ「不レ能(アタハズ)」ト云フ字ハ愚人ノ字書ニ見ユルノミト言ハレタリ」とある。
三 明治二十六年三月二十一日の条に、「汝自身の思想を信ずる事、汝の内心に於て、之れ吾に真理なりと思ふ者は、凡て人にも真理なりと信ずる事―是れぞジニオス也。エメルソン自信論より」とある。Ralph Waldo Emerson（一八〇三-八二）はアメリカの思想家、詩人。↓補六八。思想家としての名声を確立した『エッセー集・第一編』（一八四一年）の十二編のうちの一編に“Self-Reliance（自己信頼）”がある。独歩の引用は、本文数行目の次のような一節である。「To believe your own thought, to believe that what is true for you in your private heart is true all man, －that is genius.」。
四 明治二十六年二月十八日の条に次のようにある。「エメルソン其自信論の初めに一詩を引く、左の如し。Man is his own star; and the soul that can Render an honest and a perfect man, Commands all light, all influence, all fate; Nothing to him falls early or too late.」。しかしこれはエマーソンの創作ではなく、伊藤久男『国木田独歩―その求道の軌跡―』（近代文芸社、平成十三年）によると、イギリスの劇作家ボーモント（Francis Beaumont, 一五八四-一六一六）および協力者フレッチャー

此の不思議中に在りて始めて人生其の者の神秘なるを感じ得るなり。普通の知識は此の不思議の敵なり。

此の不思議を感じたる時は、普通の知識忽《たちま》ち其の価値を失ふ。[五]ファウスト最初の言を見よ。

[六]カーライルの英雄崇拝論及びサルトルの類は此の不思議を直感せしむるものなり。

所謂《いはゆ》る宗教家の信仰なるものゝ殆んど[七]死灰に等しきは此の不思議を直感せず、自己を天地の間に[八]見出さずして世の中に見出せばなり。

十二日。

名利競争の世界は免れ得べし。されど此の天地の外に逸脱し得べきに非ず。[九]煩悩は人心最密の衣服なり。此の衣服を着する以上は決して亦《また》此の天地間に裸体にして立つ能はず。

十五日。

過ぐる十二日には[一〇]神武寺《じんむじ》（沼間《ぬまま》村にあり）に登山す。此の神武寺は其の眺望を以て名あり。三浦半島の西側の海を望み得るなり。相模湾は却《かへつ》て遠く、東京湾の水却て近し。巌頭《がんとう》に座して遠望したる時の光景は今尚ほ目にあふる。細君同道

(John Fletcher, 一五七九―一六二五)の合作『正直物の幸運(Honest Man's Fortune)』の「納め口上(Epilogue)」から引用したもので、「自己信頼」(前注)の扉には、先ずラテン語の一句「Nete quaesiveris extra(汝おのれを外に求むなかれ)」があって、その後に置かれている。伊藤は次のように訳している。「人間はおのれ自身の星、正直で完全な人間を造ることの出来る霊は、すべての光、すべての感化力、すべての運命を意のままにする。人間の上にふりかかることに早過ぎることも遅過ぎることもない」。

五 独歩はゲーテの悲劇『ファウスト』を愛読しており、『欺かざるの記』によると、明治二十六年六月十日に第一部を読み始め、六月三十日には第二部を入手し七月いっぱい読み耽り、その後も折に触れ繙いている様子が窺える。森鷗外訳『ファウスト第一部』(冨山房、大正二年)によれば、第一幕「夜」のファウストの独白は次の如くである。「はてはて、己は哲学も法学も医学もあらずもがなの神学も熱心に勉強して、底の底まで研究した。さうしてここにかうしてゐる。気の毒な、馬鹿な己だな。その癖なんにもしなかつた昔より、ちつともえらくはなつてゐない。(中略)それで霊の威力や啓示で、いくらか秘密が己に分からうかと思つて、己は魔法に這入つた。その秘密が分かつたら、辛酸の汗を流して、うぬが知らぬ事を人に言はいでも済まうと思つたのだ。一体此世界を奥の奥で統べてゐるのは何か。それが知りたい。そこで働いてゐる一切の力、一切の種子(しゅ)は何か。それが見たい。それを知つて、それを見たら、無用の舌を弄せないでも済まうと思つたのだ」と、独歩好みの思考を引き出せる内容である。→補六九。

六 底本「サルトン」。カーライル "Sartor Re-

なり。

神武寺にて昼飯の馳走《ちそう》になりたり。

昨日より時間表を改正して左の如く定む。

午前五時起　聖会。

　迄六時　独乙《ドイツ》語（一時間）

　迄七時　食事、雑務、運動（一時間）

　迄十一時　業務（四時間）

午後迄一時　食事、雑務、運動（二時間）

　迄五時　業務（四時間）

　迄七時　食事、雑務、運動（二時間）

　迄九時　業務（二時間）

　迄十時　漢書、聖会

　迄明朝五時　睡眠。

右の中「雑務」とは書状を認むる事、新聞雑誌を読む事、欺かざるの記を書くこと、文章を作ること、其他の事柄なり。「業務」とは著作なり。聖会とは讃

sartus: The Life and Opinions of Herr Teufelsdröckh（衣服哲学）”のこと。

七「死灰」は生気の失せた枯れた心の意。こうした宗教家批判は、「悪魔」（『文芸界』明治三十六年五月）に結実する。

八 底本「見出ささず」。

九 石田憲次訳『衣服哲学』（岩波文庫、昭和二十一年）第一巻第一章「はしがき」の次のような部分、「彼等は人間をば着物を着た動物として想像してゐるのに、実は生れつきは裸かの動物である。そして或る境遇に於てのみ、故意に計画的に着物に身を装ふのである」を踏まえた表現。

一〇 鷹取山中腹にある天台宗寺院。『逗子町誌』（逗子町役場、昭和三年）に次のようにある。「神武寺は逗子停車場の東方二十町ばかり、大字沼間にありて線路の北に聳えたる神の嶽の上にある、（中略）天台宗で、鎌倉宝戒寺の末寺である、元正天皇の御夢により行基の開基せし寺で慈覚大師の中興したものである、（中略）頂上に登れば南西北の三面の眺望甚だよく更に一、二町進みて絶巓に至れば、眼界限りなく登臨の観玆に尽きるのである、寔に天下の壮観、羽化登仙の想ひがある、東北の方、東京湾の全部と房総の諸山の淡靄の間に延びたるを見るべく、金沢、田浦、横須賀の海湾、瑠璃色を呈し、真帆片帆白鷗の浮ぶが如く見え、横須賀の市街、造船場など一里許離れて皆指顧の中にあるのである」。

以上一六五頁

一 一月五日の条に「定業」（一六三頁）と言っていたのに同じ。

美歌、読経、祈禱なり。

　二十三日。

地上の煩悩は潮の如くに吾が霊を襲ひ来る！

野心より嫉妬に、煩悩より不信に。

吾は次第に堕落しつゝあるを覚ゆ。

起《た》つて不信より醒めよ。神の世界を観よ。

大なる希望に入れよ。宇宙の不思議を感ぜよ。

[二]幻は飛び去り、飛び来る。

忽ち神使《しんし》の裾を踏んで、白雲の光に入り、忽ち毒蛇の穴をくゞりて、魔界の池に沈む。

[三]天地初発の光よ、記録の濁りたる雲を破れ。吾が霊を直射して直ちに世の衣を脱がしめよ。

吾を導きて、天[四]の林に連れゆけ。

　二十四日。

[五]幻影あり。

我を導く[六]一個の星あり。我が眼前に淡青色の光を発して進む。我其後を尾して

二　五行前の「地上の煩悩は潮の如くに吾が霊を襲ひ来る！　野心より嫉妬に、煩悩より不信に。吾は次第に堕落しつゝあるを覚ゆ」の比喩表現か。一度は飛び去った（煩悩の）幻がまたしてもやって来て、忽ち、神（の世界）へ導かれようとしていたのに、押し止められ、白雲（の如き野心）が（大いなる希望の）光に入り（混じって）、忽ち毒蛇の穴をくぐるように（嫉妬、煩悩、不信）などに次々囚われてしまって、（遂に堕落の果てに）魔界の池に沈んでしまう。

三　一月十二日の条にある「煩悩」の「衣服」を脱ぎ捨て「此の天地間に裸体にして立つ」（一六五頁）と同じ意味だが、前文の比喩を踏まえた表現になっている。天地開闢の折に射し込んだイノセントな光で、長い時の流れの中で降り積った習慣の暗雲を打ち払え、ということ。

四　パラダイスのことか。

五　「地上の煩悩」を解脱した「吾が霊」が「宇宙の不思議」に直面しているという感覚がもたらす「幻影」。「神の世界」と「宇宙の不思議」が重ねられているためこういう「幻影」が生じたのであろうが、つまり「吾が霊」が「神使」によって「神の世界」に導かれるように、「我を導く一個の星」が「我」を「宇宙」空間へと誘った、という次第である。

六　彗星のことか。

ゆく。

已《すで》に我の住む地球は星の如く小さくなれり。

空明《くうめい》遥かに他の群星と共に輝くを見る。

而して我眼を飜して四方上下左右前後八方を見渡すに、一道の光輝紫色を帯びて一方に横はるを見る。思ふに太陽の光、暗黒に入りて其の光を失ひしならむ。矢の如く走りゆく光あり。頭上[一]に五個の月の大さ程の円球あり。皆淡紅色を帯びて浮ぶが如く懸れり。

余は斯《か》かる幻影を追ふことを好む。

過去に朋友の死あり。将来に吾の死あり。吾が生は死の間にはさまる。

一日の事、記するに足るものなし。

本日『フランクリン少壮時代』製本の上到着す。吾が文字一部の書となりたるは是れが始めてなり。

吉見、布浦[二]、中山[三]、萱場、高岡、札幌毎日新聞の阿部宇之八氏等に贈呈す。

ケトーも近々脱稿すべし。

一 太陽系の惑星は、太陽に近い順に、水星、金星、地球だから、地球を遠く離れて暗黒の宇宙空間を見上げるとしたら、火星、木星、土星、天王星、海王星の五惑星が見えることになる。冥王星の発見は一九三〇年だからこの時代には存在しない。

二 布浦作平。布浦家は山口県熊毛郡曾根村(現平生町)の素封家で、上杉玉舟『国木田独歩・青春像』に、「作平氏は明治初期曾根戸長、村長、村会郡会県会各議員を勤め一生を地方自治周東部並びに県下各種公共事業に捧げた人で大正六年八月十八日、六十六才で死去」とある。麻郷の吉見家や麻里府の石崎家と親しいので独歩も知りあった。なお「悪魔」の主人公・布浦武雄はこの姓を借りたもの。

三 中山伸一。万延元年(一八六〇)―昭和十年(一九三五)。吉敷郡上宇野令《かみうのりょう》村五十番屋敷(現山口県山口市のうち)の中山定長の長男に生れ、明倫館に学び小学校教員となった。独歩は明治十六年今道小学校で教わるが、『山口県教育史』下(大正十四年)によれば、その年十二月県の優秀教員として表彰される。その後郡視学を経て退職。北九州若松で石炭業を営んだが、四十三年に復職し、玖珂郡の各小学校校長を歴任。「感情的でなく全く意思的な教育者であった。頭脳明せきで筋のとおった議論をよくした人で、国漢文に通じ教養人であったが、すこし極端な感じのするところもあった」というのが彼の人物評である。家庭的に不幸の連続だったという(谷林博『青年時代の国木田独歩』)。なお他は、吉見トキ(→一四三頁注七)、萱場三郎(→補三〇)、高岡熊雄(→補四九)、阿部宇之八(→補五七)。

二月

五日　朝。

一日、帰京、三日帰逗。四日空費。五日は今日なり、今は朝なり。

四何事をも願はず、自由の霊、独立の霊。確信の霊たらむことを願ふ。世の煩悩われを苦しめて止まざる也。自然よ。来りてわれを自由になせ。相模湾を隔てゝ望む、伊豆連山の晴雪五！　嗚呼われ自然を愛す。

十二日。

詩人と予言者の自由と平和と高潔とをわれ希《ねが》ふ。茅屋《ばうをく》六の民を想ふ。山林の一生を想ふ。

信子は満腹の愛と信とをわれにさゝげつゝあり。われ已《すで》に生活の煩累《はんるい》を感ぜざる也。

信子はわれをして生活の煩累より自由ならしめんことを期しつゝあり。饑渇七だに避くる処に非ず。況《いは》んや区々の貧窮をや。

自然児は飽くまで自然児たれよ。

詩人に必要の資格は、真誠《シンセリテー》、信仰、観察、文章の四つなり。

四　わが魂が自由独立していて、確信に満ちていることを願う、との意か。

五　「霽雪」とも。晴れた空に冠雪の山々が聳えるさまをいう。

六　かやで屋根をふいた粗末な家に住む民のことで、続く「山林の一生」と同じ。

七　底本「饑餲」。饑え渇くことすら厭わないのに、少々の貧窮など屁とも思わない、の意。

先達《せんだつて》植村正久氏を訪ひヒービー、ブラウン[一]の談話を聞きたり。

十三日。

今朝　降雪あり。

今日吉田松陰伝[二]を読み了る。

両三日前、新渡戸稲造氏より来状あり。

植村正久氏より『ガリラヤの福音』[三]"The Galilean Gospel" by Bruce を送らる。先達《せんだつて》帰京訪問の節借与《しやよ》の約束ありたるものなり。（四五日前）

[四]此の頃先達立てたる規則を実行せず。

カーライルは吾をして天地及人生の不思議を直感せしめ、吾の『シンセリティ』[五]を活動せしめたり。ウォールズウォースは吾をして自然の生命を直感せしめたり。基督《キリスト》教は吾をして神の愛を知らしめたり[六]。されど今や是等の直感的信念情熱、殆んど冷却せんとはするなり。

[七]功名富貴の念、あへて吾を動かすに非ず。たゞ夫《そ》れ漠々空々冷々然として信念

一 Phoebe Hinsdale Brown のこと。植村の師であった Samuel Robbins Brown（一八一〇‐八〇）の母で、いわゆる賢夫人であった。その薫陶を受けて成長したサミュエルは、アメリカ、オランダ改革派教会宣教師となり、中国の伝道を行った後、安政六年（一八五九）来日、ヘボンと聖書翻訳などに従事し、明治六年には山手二一一番の自宅にブラウン塾を開き多くの伝道者を養成した。なお佐波亘編『植村正久と其の時代』第一巻（教文館、昭和十二年）に、井深梶之助の談として彼女の逸話が紹介されている。↓補七〇。

二「『吉田松陰伝』は、著者野口勝一、発行人富岡政信　出版所野史台、東京市神田区猿楽町十一番地、明治二十四年八月二十四日印刷、二十五日出版のもの」（〈全集〉第八巻「解題」）。

三 Alexander Balmain Bruce（一八三一‐九九）の著作。彼はスコットランドの新約学者で牧師。エジンバラ大学卒業後、スコットランド自由教会牧師となるが、さらに一八七五年にグラスゴー自由教会神学校教授となり『新約聖書』釈義に批判的方法を導入した。

四「定課」とか「時間表」と称して実行してきたルーティン・ワークが崩れてきたということで、それはまた「幽居」と見做した逗子生活そのものが揺らぎ出したことを意味している。

五 ↓七七頁注一一。

六 底本「知らしらめたり。」。

七 世俗的な価値に囚われている訳でもないのに、天地はただ虚しく自然は冷やかにしか見えず、何の思いも掻き立ててくれない、ということ。

の火を感ぜざるなり。

人の世に最も欠乏する処のものは、[八]一個題目的《だいもくてき》の真理にあらず、これが実行にあらず。たゞ、天地と人生と通じて被《おほ》ふ処の神秘に対する真誠なる霊魂なり。言葉を換へて言へば、シンセリテイなる霊魂の活動なり。

十四日。

爾《なんぢ》は何を望み、何を期し、何を希《ねが》ふぞ。名か、利か、逸楽か、文学者の名誉か、政治家の大功業《こうげふ》か、宗教家の大伝道か、農夫樵夫《せうふ》[九]の自由なる生活か。何か何か明言せよ、明答せよ。爾の胸間の有りのまゝの苦悶を吐け。吐け。嗚呼《ああ》吾が願ふ所は凡《すべ》て是等の者に非ず。たゞ此の生命存在を此の不思議なる天地の間に見出す父[一〇]の自然児たらんことなり。

アヽ、如何にすれば吾が願を達し得るか。如何なる手段かありて吾をして此の大希望を達せしむるぞ。吾は此の願望を達する能《あた》はざる限り決して自由を感ずる能はざるなり。囚奴《しうど》[一一]なり。死灰《しくわい》なり。苦

八 内実の伴わない名目だけの真理。

九 きこり。

一〇 「父」は「天父（キリスト教の神）」の意か。自然児に神の子が重ねられているため、こういう表現になったか。一月二十三日の条に、「神の世界を観よ」と言った後で「宇宙の不思議を感ぜよ」（一六七頁）とあるのと同じ。

一一 囚えられ奴にされた人。

悶の器なり。

さきには吾信仰を希ひき。今は然《しか》らざるなり。信仰に非ず。吾が願ふ所は信仰に非ず。直ちに吾が眼を以て此の天地の児《こ》たらむことなり。星と物語らむことなり。月と物語らむことなり。古を今見んことなり。将来を今見んことなり。[一]死を直視せんことなり。死の呼吸を見んことなり。天地の叫《さけび》を聴かんことなり。而して生命の大本を直視せんことなり。

問題は事実より起る。事実をはなれて何の問題か人間界に起らむ。事実なり。人間を動かさんものは事実なり。爾は見て朝鮮[二]の大変動を大事実となし、苦心し推断《すいだん》し、考案す。されど若《も》し、大事実を求めん、然り、人生の大事実を求めんか、死と言ふこと、此の地球も何時か亡ぶると言ふこと、天地は時間に於ても、空間に於ても無限なりといふこと、一個の人の生命は極めて短かしと言ふこと、これ[三]等は爾を動かす大々事実には非ざるか。若しあらずと言はゞ則ち爾に何の理由あるか。曰くあり。爾の知りて高言《かうげん》し得る理由と、知らざる理由とあり。

第一は、大事実には相違なきも、思ふて益なければなりと言ふこと。

第二は、爾、実に是等の事実を見て観る能はざるなり。

一　例えば明治二十八年七月二十五日の条に、「不窮の天地。吾茲に生れて存す。武雄氏は消えたり。行一君は消えたり。何処にかゆきし。彼等何処にかある。此宇宙に於て彼等如何にせしか。「死」を思へ。「死」を究めよ、「死」を見よ」（八三頁）とあり、死を消滅とは考えていない。

二　二月十一日、前年十月八日の閔妃暗殺に報復すべく民衆が蜂起したため、ロシア公使ウェーベルがロシア水兵を京城に入れ、それに応じた親露派の李範晋らが高宗と皇太子をロシア公使館に移し（いわゆる「露館播遷」）、さらに総理大臣金宏集を殺害するという事件が発生した。その後、金炳始が内閣を組織するものの、実権を掌握したウェーベルは、朝鮮における日本の権益を一掃する挙に出る。この暴乱で日本人三十数名が殺され、その損害額は十余万にも達したという。なお『国民之友』では、この事変に関する酒井雄三郎の論文を、当局を憚って掲載を見合わせる事態が起っていて、それに独歩も係っていた節がある。二月十四日付蘇峰先生其外諸兄宛酒井書簡に「前夜は久々にて快談大に渇仰の情を慰め申候。其節差上おき候草稿次号国民の友に御採用可相成候。朝鮮又々騒動誠に面白き事に候。我当路者の迷惑被察申候。小生は此変は全く同国を放拋するの最好機会と存候得共、今日の俗論は左様にも参り申間敷、こゝ政府板挟みの段と存候。右に付差上おき草稿の端に別紙の如きもの添へおく方必要と相考へ差上申候。国木田氏に於而よろしく御取計奉願候」とあり、また二月十六日付蘇峰宛酒井書簡は次のようにある。「今回の事変に付拙稿御掲載御見合せに相成候由、（中略）事変とは定而京城に於ける露国の仕打にて有之、小生の愚考にては本来我れ

十六日。

本日午前散歩。小坪《こつぼ》[四]山道に登りて甲州地方遠山の晴雪を望みぬ。午後鎌倉に散歩、薄暮帰宅。小貫[五]小機関士来遊。

二十日。

終日降雪。されど積んで寸に至らず。

規則[六]を改正す。

「吾が願」[七]を記しはじむ。

二十五日。

一昨、二十三日の夕暮、落日を望んで自然の美に打たる。

二十七日。

松陰文[八]九分九厘脱稿。

本日北海道高岡氏よりアブラハム、リンコルン[九]の伝到来。氏特に農学校の書籍室より借用して送りくれたるなり。

伊豆相模、峰の白雪ふかけれど
わがすむ庵は春雨の音

先づ不正の事を為してその責任を曖昧せし故、今回の如く他に如何様の曲事をなすとも之を咎むることも出来ぬ始末に相成候次第故、猶更責任論を唱ふる必要あることゝ存候。併し此頃の我が日本は総て道理など云ふ事は行はれぬ世の中、殊に今回京城事変のため政府の警戒頓に厳を加へ停止の恐れある故掲載御見合せとの儀に候はゞ是非なき次第に付」と。要するに、酒井とは政治的主張を異にする蘇峰が、検閲を理由に、編集担当の独歩らが請け合った掲載を拒んだかのような印象をうける。ちなみに酒井は西園寺公望に愛された人物で、独歩もその時局論文に注目しており、明治二十七年三月三十日の条に「国民之友」特別寄稿欄の酒井雄三郎氏が寄稿なる「社会問題の真相」を読みぬ」とある。

三 そんな問題は人生の大事実じゃないと言う意見には何か理由があるのかと問うと、ある。ただし、自分でよく分かっていて誰憚ることなく言っている場合と、分からないまま言っている場合がある。初めの方は、確かに大事実だとは思うものの、考えても仕方ないことだからという理由であり、二番目は、それを人生の大事実と認識できないという理由である。

四 現逗子市小坪。前掲「江島・鵠沼・逗子・金沢名所図会」に、「小坪　いにしへ葉山郷、いま田越村に属す、源平盛衰記、治承四年八月、和田義盛の党と、畠山重忠合戦の条に、小坪坂小坪峠の名あり。（中略）村南海岸巌腹壁立して高四五丈、上に小径通ず鎌倉道なり、此所より眺望すれば、東方近く杜戸の浜あり、西方鎌倉霊山が崎突出し、中央に江島浮び出で、又大磯小磯の海浜を望み、遠くは富峰雲際に秀て其美景を称すべし」とある。

五 三月七日夜記の条に、「三月一日、午前横須

[一]春雨蕭々《せうせう》、閑居の思ひ長し。

三　月

三月七日夜記。

二月二十九日午後〇時過ぎ収二東京より来る。池田米男氏其の夜来る。

三月一日、午前横須賀に行き八重山艦の小貫一良氏(小機関士)を訪ふ、収二池田同道。鎮遠号見物、久しぶりにて仙頭《せんとう》[二]大尉に遇ふ。

小貫氏と共に船渠《せんきよ》[三]内の露艦[四]アドミラル、ナヒモフを見物す。

三月二日一番汽車にて収二、池田去る。見送る。帰路鶯をきく。

三日四日吉田松陰文を脱稿送付す。五日空費す。六日リンコルン伝を書きはじむ。

今日東京より松陰原稿回《かへ》る。更らに文章に圏点《けんてん》[五]を附し又批評を加ふるためなり。

[六]何事にも誠を第一となす可きの工夫次第に明かになりたり。誠とは私意、私情、私念に勝ち、静かに良心の力を張る事なり。誠ならずんば自然にも近づく能はず。真理をも見る可らず。神を拝す可からず。ことを為す可らず。人を服し難

賀に行き八重山艦の小貫一良氏(小機関士)を訪ふ」(一七四頁)とある。また明治二十七年十月二十八日の条に、「昨日三輪少尉病を以て退艦し小貫候補生来艦す」とあり、軍艦千代田で一緒だったことが分かる。

六　正月以来続けてきた日程を変更した。

七　独歩の没後刊行された『独歩遺文』(日高有倫堂、明治四十四年十月)「感想篇」に所収された「我が願」のことか。

八　少年伝記叢書号外『吉田松陰文』(民友社、明治二十九年六月)のこと。

九　独歩が借覧した可能性のあるのは次の二冊である。「(a) The Early Life of Abraham Lincoln, containing many unpublished documents and unpublished reminiscences of Lincoln's early friends; by Ida M. Tarbell. N. Y., 1896. 240PP. (b) Abraham Lincoln; by Ernest Foster. 4th ed. London, 1890. 128 PP.」(〈全集〉第八巻「解題」)。

以上一七三頁

一　春雨が蕭々とものさびしく降り、わび住まいの思いはいつまでも続く。

二　仙頭武央(たけなか)。元治元年(一八六四)―大正八年(一九一九)。土佐安芸町(現高知県)の年寄役や庄屋を務めた仙頭武英の四男に生れ、海軍兵学校を卒業。明治二十七年日清戦争に際し軍艦千代田の分隊長として従軍。その後日露戦争でも戦功を立て、海軍砲術学校長、横須賀・呉各海兵団長、呉鎮守府艦隊司令官など要職を歴任し、大正三年海軍中将になった。『現代人名辞典』(中央通信社、明治四十五年)によると、住所が「本郷区湯島四ノ八」になっている。この時仙頭は鎮遠に乗船していた。

三　ドックのこと。

し。安心を得ず。満足を得ず。気力を得ず。

今日松陰文の原稿廻送し来りし時、余は其の面倒を思ふて渋面《じふめん》せざるを得ざりき。されど直ちに思ひ返して思へらく、否な々々、これ松陰のため、少年のためなり。これ計《ばか》りの面倒何かあらむと。かくして快よく再び此の原稿に対するを得たり。

誠なる哉。誠なれば神必ず吾を自然児たらしむ。誠は煩悩と両立せ[七]ざればなり。誠は積まざる可からず。情意を誠にして真理と人情を求めよ。

十三日。

十一日よりリンコルン伝を書きはじむ。

[八]左の所感を記し置く。

研究すべきものは人と自然なり。

人を研究するとは。例へばカーライルといふ人は如何に育ち、如何に学び、如何に生活し[九]、而して如何なる感情直覚を以て此の天地人生に対したるか。而して如何なる結論を下したるか。此の人の性質は如何、感情は如何等なり。此《かく》の如き研究法にて今日まで世に出でたる宗教の人、詩歌の人、文学の人、政治の

四 ロシア帝国の太平洋艦隊の旗艦であり、甲鉄巡洋艦。『東京朝日新聞』明治二十九年二月二十五日付記事に、「過日来横浜に碇泊し居たる露国太平洋艦隊のアドミラル、ナヒモフ号は艦底掃除の為め一昨日午後二時四十分横須賀港に入れり」とある。二月十一日の「朝鮮の大変動」(→一七二頁注二)に駆け付けるべくドック入りした。

五 文章の要点などを明示すべく、文字の傍に付ける。「・」「、」などのしるし。

六 独歩は、吉田松陰の「至誠」に、カーライルが英雄の本質とする「シンセリティー」を重ね合わせて見ているのだが、少年伝記叢書号外『吉田松陰文』を執筆する中で再確認している。

七 底本「せざれはなり。」。

八 独歩は、カーライル『英雄崇拝論』(一八四一年)を念頭に置いてこの「所感」を書いている。彼が「研究」対象としてあげる「ルーソー」や「バアンス」は、カーライルが「第五講　文人としての英雄」と見做している人物であり、のみならず「カーライルはクロンウェルを研究せり」という、『英雄崇拝論』の「第六講　帝王としての英雄」を指示する文もある。

九 底本「生活し。」。

人或《あるい》は時に商業の人、而して哲学科学等の学問の人等を研究することなり。ルーソー[一]を研究したらば如何に発明する処あるべき。バアンス[二]を研究したらば如何に発明する処あるべき。カーライル[三]はクロンウェルを研究せり。彼れが此の研究に依り発明したる処は大なる真理なり。曰く何々。

聖書を研究する事はイエスを研究することなり。またポーロ[四]を研究することなり。

此の如き研究を人を研究すといふ。余は人の大なる部分、光の部分を見んことを希《ねが》ふなり。

小説家の研究とは自から異なる。

さて自然の研究とは如何。

近世の科学者が実行しつゝある処なり。

余は研究と云ふ程にあらねどフランクリンの伝を草し、今又リンコルンの伝[五]を草しつゝあるが故に、此の二に就《つ》き発明する処少からざるなり。其の一を左に記す。

[六]私生活と公生涯との関係なり。此の関係を見るにフランクリンの為したること、其の性情とは大に教ふる処あるなり。公生涯と私生活とはコンモンセンスに非

一　老田三郎訳『英雄崇拝論』(岩波文庫、昭和二十四年)「第五講　文人としての英雄」に、「ルソーの欠点と不幸とは、主我主義の一語で容易に名ざし得るものであった。これ実に凡百の欠点と不幸との源泉であり」「色々な種類のさもしい渇望が」「彼の原動力であった」にも拘らず、「彼は英雄の第一の主要なる特質を備えている、即ち彼は衷心より真面目なるが為である」とある。

二　老田三郎訳『英雄崇拝論』「第五講　文人としての英雄」に、「彼の生息したあの世紀を通じて、最も天分豊かな英国人」「バーンズの主たる資質は、彼の誠実であるということである。その詩に於いて然り、その生活に於いても然り」「バーンズの一生は、偉大な、悲劇的誠実と名づけ得るものである。いわば野蛮な誠実」「事物の真相と裸で取組む底の野人的誠実である」とある。

三　Oliver Cromwell(一五九九―一六五八)。イギリスの軍人、政治家。一六四二年清教徒革命に際し、王党軍を撃破し、チャールズ一世を処刑、共和制を樹立するが、のち独裁政治を行った。老田三郎訳『英雄崇拝論』「第六講　帝王としての英雄」によれば、カーライルは、「これらの人物の経歴こそ、吾等がここに英雄精神の最後の段階として観察しなければならぬもの」とした上で、さらにクロムウェルに関して、「利己的野望、不信義、無節操、獰猛な、野卑な、偽善的なタルチュフ的人物」なる大方の「人物評」を否定し、次のように述べている。「憐れなるクロムウェル――偉大なるクロムウェル。(中略)つぶさに彼を見よ。無秩序の混乱、悪魔の幻想、神経病的夢想、殆んど半狂乱からなる外的皮殻、而もその核心にはあの様な、明確なる人間精力が活動している。一種の混沌たる人物。いわば清純なる星光と熱火の放射線が、無限の憂鬱症、と

ずんば調和せず。野心深くては調和せず、誠実ならでは調和せず。私生涯に於て独立の人、公衆の前に於て信用の人、乃《すなは》ち始めて大なる調和なり。

其の他此問題に関しては追々発明する処あるべし。

嘗《かつ》て徳富君が余に対《むか》ひ語りし事を今なほ記憶す。曰く「[七]余は極めて幼少の頃より人生の問題を考へはじめ、而して十八歳頃まで熱心に考へたれども、到《たう》底《てい》わかるものに非ずと知りたるがゆゑに放棄したり」と。余は思ふ。放棄し得べきは人生に就き未だ何も考へざるが故なりと。一言にして云へば渠《かれ》は自然の児ならぬが故なりと。これには大に論あり。論に非ず説明なり。

[八]道はしばらくも離るべからず、離るべきは道に非ざる也といふ語あり。恰度《ちやうど》此の語の如し。人生其れ自身不可思議なり。故に人は此の不可思議を痛感すべき筈なり。而してこれを痛感せずして尚ほ人生の事を考へるといふ。[九]これ考へざるを得ずして考ふるに非ずんば其の考究や忽《たちま》ち止め得るの考究なり。止め得るの考究は考究に非ざる也と。

[一〇]たとへば茲《ここ》に人あり、捕へられて一室の暗黒中に投ぜらる。かれ頻《しき》りにさぐりて出口を求む。

いうかかる混沌たる無名の暗黒界に活動しつつあるさま。しかもこの憂鬱症も亦、これこの人物の偉大さそのものでなくて何であったか。彼の野性的愛情の深さ、優しさ、彼が事物に対して抱いた共感の広大さ、——彼がやがて得ようと欲した、事物の核心への洞察の広大さ、彼がやがて得ようと欲した、事物の通暁、これこそ彼の憂鬱症であった。この人の不幸は、人間の不幸が、常に然るが如く、その偉大さの為に生じた」と。

四 Paulos. 一世紀のキリスト教の伝道者。熱烈なユダヤ教徒で、ギリシャ文学にも精通していた。キリスト教徒迫害に赴く途中、キリストの声を聞き回心する。その後ローマ帝国にキリスト教を広めるべく三度の大旅行を行い、ローマで殉教した。パウロが残した十四の書簡は『新約聖書』にとって重要な構成要素であるが、独歩は特に、ローマ官憲に捕らわれ投獄の身にありながら、信仰生活の喜びと希望を語っている「ピリピ人への手紙」を愛読していたようだ。明治二十六年二月二十六日の条に、「今朝聖書を読む。句あり、なんぢ我より学びしところ聞きしところ見し所を皆おこなへ然らば平安の神爾曹と偕ならん。(腓立比第四章九) われ貧賤に居るの道を知りまた富厚に居るの道をしり、飽ことも飢ゆることも豊ことも歉ことも諸の一事に於て我之を熟練せり、我は我に力を与ふるキリストに因て諸の事を為し得るなり。(同十二、十三)。△おこなへば則ち平安の神われと共にあり、心境、心術、心気、皆な熟練を以てなし得べく、事を為すの力をキリストより受くるの信仰あり、ポーロのポーロなる処、ポーロの教、ポーロの精神、大に学ぶ可く大に味ふ可し」とある。 五 底本「詩」。

茲《ここ》に人あり、自己の天地の間に介立[一]するを感ずることあだかも暗室内に投ぜられし人が、其の暗黒と室内とを感ずるが如く痛切なり。故にかれは出口を求むること彼の人の出口を求むるが如し。此の如きを人生の事を考ふるとはいふなり。

天地人生は不思議なり。されど人若《も》し其の不思議を忘却し放棄し得べくんば、彼は不思議のとき難きが故に非ずして不思議を不思議と感ぜぬなり。

　十九日。

[二]昨夕、独㆓歩海浜㆒、新月加㆓光輝㆒時、寂寞被㆓四方㆒、寂寞到而天地醒、天地醒覚時、吾心魂戦、於㆑是漫行一時、仰㆓燦爛星光㆒、思㆓悠々無窮㆒。

[三]平野大郊の中央に立ちて、而《し》かも行くべきを知らず、徒《いたづ》らに一彷徨するものあり。[四]嶮岨《けんそ》[五]前程を塞ぎ暗雲四野[六]に垂るゝも、尚ほ行路坦々《たんたん》[七]、大道前に通ずるが如き有様にて進むものあり。アブラハム、リンコルンの如きは後者の人か。

　二十三日。

[八]寒雨蕭々、厳寒の時節の如し。

六 明治二十八年十二月四日の条に、「内村鑑三君より来状あり。曰く、フランクリンは常識(コンモンセンス)の使徒なりと」(一五一頁)とあり、翌十二月五日の条には、「フランクリンは宗教的直感を有せず。常識的推理と世間的剛勇と商估的計算と市民的道徳とを有する人なり」「彼は市人の大模範なり」(一五五頁)と記している。独歩は、こうした考え方を少年伝記叢書第一巻『フランクリンの少壮時代』を執筆する中で発見したかのように述べているのだが、実は既に内村鑑三に示唆されていた。むしろ内村のフランクリン観に基づいて伝記を執筆したと見るべきである。

七『蘇峰自伝』第三章「十一　基督教に対する懐疑と予」に、「明治十一年から十二年にかけては、予も当時学生間に流行した脳病とやらを患ふことゝなつた。(中略)その主なる理由の一は、予は新島先生を信じ、先生に依つて基督教を信じたが、併し齢と共に基督教に対する疑問がむら〳〵と起つて来た」とあり、明治十三年、十八歳の蘇峰は、卒業直前に同志社を退学した。

八 出典不明。

九 それは、どうしても考えない訳にはいかない事情があるから考えているのであって、事情が変わればすぐにも止めてしまう類のものである。

一〇 独歩にとって「人生の事を考へる」とは、無窮の「天地」の間に存在している「自己」を「考究」することであり、しかもそれは、「暗室」に投げ込まれた人が、何よりも周囲の状況を確認し、脱出口を探そうとするように、極めて当然なことなのである。

以上一七七頁

一 物と物との間にはさまって立っている状態。

二「昨夕、海浜ニ独歩ス。新月　光輝ヲ加フルノ時、寂寞　四方ヲ被フ。寂寞到リテ　天地醒

四　月

七日。

[九]東京隼町《はやぶさ》の父母の膝下《しっか》[一〇]に在り。

逗子へは「さらば」を告げぬ[一一]。逗子にゆきたるは昨年十一月十九日にして、去りたるは本年三月二十八日なり。明記し置く。

[一二]四月一日、潮田ちせ姉の宅にて豊寿夫人と和解の面会を遂げたり。互の感情氷解せり。

逗子を去る事に決したるは全く父の病気のためなり。父已《すで》に快方に向ひぬ。

四日の日より余発熱す。終日氷もて冷やし服薬す。五日に至り熱去り、六日に至り殆んど全快し、本日は平常に服したるが如し。

八日。

昔日の高潔なる感情何処にかある。

吾は次第に卑屈に成りつゝあるなり。

吾が苦悶は肉の苦悶に非ずや。

此の頃の此の身ほど下品なるは非ずと感ず。

ム。天地　醒覚スルノ時、吾《わが》心魂戦《おのの》ク。是《ここ》ニ於テ漫行《まんかう》スルコト一時、燦爛タル星光ヲ仰ギ、悠々タル無窮ヲ思フ」。明治二十八年十二月三十一日の条に、「二十九年の企図」として「漢文を学ぶ。四書。五経」(一六〇頁)とあり、さらに「汽車中に於ては漢文を読む」とあるので、その成果か。

三 広い平野の真中にあって、どちらに向えばいいのか分からぬまま、ただ迷うだけの人もいれば、前途が塞がっている険しい所で、しかも四方を暗雲が被うような中を歩いているのに、まるでどこまでも平坦な大通りをいくような気持ちでいる人もある。

四 道や地勢の険しいさま。

五 前途。

六 四方の野原。

七 道や土地が平らであるさま。

八 雨や風や川の流れの音、ものさびしい音。

九 明治二十八年十月二十六日付信子宛独歩書簡に、明日、麹町区隼町三番地に転居とある。

一〇 膝のもとの意で、父母のそば。

一一 底本「告けぬ。」。

一二 四月十一日付竹越与三郎宛独歩書簡に次のようにある。「先達はわざ〳〵豊寿氏をご訪問ありて御尽力被下候由誠に難有存候和解とは申乍ら未だ只だの一会致し候のみゆへ十分の感情相投ずる程には至らず候　志かし已に斯くまで運ぶ以上は今後は小生共も大に安心に御座候小生帰京後是非参堂致す積りにて居候処父の病気やら小生の発熱やら例の和解一件やらにてゴタツキ中候間遂に今日まで無音致し候」と。

天上の星、其の光なく。樹梢《じゆせう》の星、其の色なし。
光なきに非ず、色なきに非ず。
吾が心痲痺したるなり。心眼閉ぢたるなり。

愛情と同情とを求むる勿《なか》れ。愛情と同情とを与へよ。愛し且つ敬せよ。愛せられ且つ崇《あが》まれんことを求むる勿れ。
神は吾を此の怪奇なる境に置き給ふ。神は今大なる練達を吾に加へ給ふ。これ確実なり。
[一]神の法律ほど確なるは非ず。偏狭の心、頑固の心、卑劣の心に報ゆるには必ず地獄的苦悶を以てし給ふなるを知りぬ。

[二]暗黒界！　余が住む目下の世界は確に一種の暗黒界なり。されど音響なき波《は》濤《たう》なき暗黒界には非ず。沈静無風の暗黒界にてはなきなり。
天の一方破れて光明こゝに投ぜんか、如何に崇高壮麗偉大の光景を呈すべきぞ。

三月三十日の夜、潮田チセ姉、佐々城[三]愛子を伴ひて来宅す。愛子は信子の妹な

一 律法（おきて）のこと。『聖書辞典』（明治二十五年）に、「万物が其性質に従て動くべきの道を法（おきて）と云（いふ）なり　聖書の中には神がモーセによりてイスラエルの民に授けたまひし律法（おきて）あり　是則（すなは）ち人をして神に対し又人に対して行はしむる所の道なり」とある。

二 底本「暗黒界！、」。この後、三月三十日の事として、潮田千勢子と佐々城愛子が訪れ、信子を連れ戻したいと申し出たため、独歩が信子をなじり、信子が泣いた、と述べられている。つまり信子は、離婚を願って実家と連絡を取り合っていたと考えられ、そうした事態を「暗黒界」と言い、その「暗黒界」には、信子の泣き声や佐々城家の思惑という「波濤」が響く、と言っている。相馬黒光『黙移』（女性時代社、昭和十一年）によれば、「四月のはじめ」叔母の豊寿を訪ねた折、「信子が内緒でよこした手紙」の話がでて、それは「私は間違ひました、いまは後悔してゐます、私は、もうどうしてもこの家にゐることが出来ません。けれど母上は私が佐々城の家に帰ることをお許し下さるでせうか、もしお許し下さるならば、どうぞ良さんにこゝへ来てもらつて下さい。何も言はないで合図をしてもらつて下さい、私はそれを見たら母上がお許し下さつたことゝ思つて、どうしてもこゝを出て帰ります」という内容だった。そして黒光は、その役割を引き受けたという。

三 佐々城家の次女で、明治十九年一月十二日生れ。北海道移住を志す母豊寿に伴われ、明治二十六年四月室蘭に渡り、伊達紋別に住んだ。この日独歩と初対面だったとすると、そのまま北海道に留まっていたのかもしれない。信子の離婚を機に豊寿は、再び札幌で子供らと暮らすことになるが、愛子も、三十年後半には北星女学

り。

ちせ姉の曰く信子独りを伴ひて今夜ひそかに釘店に帰りたしと。釘店には佐々城豊寿夫人あり。

余此の事を謝絶す。其の主旨に曰く信子一人の面会は不可なり。二人ならざる可からず。

潮田姉去りて後、余信子をなじる。信子大声を放つて泣く。

「泣く」これ今日に至るまで引続く余が苦悶の原因となりぬ。凡《すべ》てを天父[四]の指導[五]に任かす能はざるよりして苦悶愈ゝ《いよいよ》甚《はなは》だし。


十四日。

[六]一昨日信子の失踪以来、吾が苦悶痛心殆んど絶頂に達せり。信子失踪行衛《ゆくゑ》未だ知れず、為めに我が苦痛我が筆の尽し得る所に非ず。
余が肉体の健康の保有が不思議なる位なり。

一昨夜、昨夜共に僅少《きんせう》の時間を眠り得しのみ。

今は詳細の事実を記する能はず。


以上は今日午後五時頃潮田より帰宅しての記なり。今は午後九時四十分なり。

校に在籍していた。両親の死後は、信子の恋人武井勘三郎に、妹義江（明治二十四年十一月二十九日生れ）と共に引き取られ、四十二年八月鹿児島の士族東郷重遠の長男重厚と結婚し、大阪に住んでいたというが、その後の消息は不明。佐々城佑の遺族も「早く亡くなった」ことしか知らない（阿部光子『『或る女』の生涯』）という。なお有島生馬「『或る女』のモデル」（『毎日新聞』昭和二十九年）に、「二女の愛子さんは姉さんほど教養も才気も目立たず、それだけおっとりして肉感的だった」とある。

四　天父（Father）。キリスト教の神。
五　底本「指導を」。
六　四月十二日（日曜日）独歩と教会に出かけた信子は、そのまま失踪してしまった。後に「悲しき事実」（次頁）として詳しく報告される。

吾が心ほとんど平静にふくしぬ。

[一]今井忠治君薄暮来宅。わが心は真友[二]、十年来の真友に依りて其の健康を恢復《くわいふく》し得たり。

吾が決心は左の如し。

今日の難局に当るには、たゞ一路あり。曰く尤《もつと》も正直真実にして人情と道理とに適合するの道を踏むことなり。

如何《いか》にしてか。

[三]信子の心願をよろこんで許可すること。

故に一応帰宅して公然吾家を出づること。

以て前途の熟談をとぐること。

相手に対するに常に相手を立つる心得あること。

悲しき事実。

といふ題の下に、一昨、日曜日の事より今日までに至る三日間の事実の悲しき記録を詳細に留め置かんとぞ思ふ。

一昨。十二日は安息日[四]なりき。余逗子より帰りて已に此の日まで十数日となれ

一　独歩は、明治十八年九月山口中学に進学するが、今井忠治はその時の同級生である。↓補四二。

二　真実の友。

三　四月八日の条に、「三月三十日の夜、潮田チセ姉、佐々城愛子を伴ひて来宅」(一八〇頁)し、「信子独り」実家に連れ帰りたいと申し出たため、激怒した(一八一頁)とあり、それが「失踪」の切掛けと考えられるところから、独歩は先ず、それを認めようとしている。

四　→一二九頁注一七。

ども、会堂[五]に赴きたるは此の安息日が始めてなり。

午前八時頃信子を促して、収二もろとも三人にて家を出でたり。あへて促してと言ふ。蓋《けだ》し信子は自から進んで教会堂に出づるの様子なかりしなり。

朝食の時、食卓の彼方に座する信子に対《むか》つて余の曰く、「信子今日教会に赴くや」と。信子少しく笑みを含んで曰く「赴きても可なり」。

余直ちに曰く「可なり所か、応《まさ》に赴かざる可からず」と。

斯くて信子は衣装を更《あらた》むる為めやゝひまどりぬ。綿入一枚を着し、羽織は余これをすゝめたれど着ざりき。片手にふろしき包を抱き、片手に蝙蝠傘《かうもりがさ》[六]を持ちたり。包みの中には余と信子との聖書一冊づゝ及讃美歌一冊なり。其の外に何もあらず。

三人は先づ招魂社[七]の桜を見物したり。それよりして教会に出でたり。落花の光景、此の時彼の女の心に如何に映じけむ。

余にはたゞ美はしくのみ見えたり。彼の女の多感にして、是等の感情少しも後の書状に見えざるぞ不思議なる。彼の女は吾等の後《しり》へにのみ従ひて来り、今よりして想へば、言葉数極めて少なかりき。

会堂にては彼の女は女席[八]の最も後ろのベンチに倚《よ》り、余は男席の前の方なる所

五　一番町教会(→一一二頁注一)の教会堂。

六　開いた形が蝙蝠に似ていることからいう。西洋風の傘。

七　明治二年六月、明治新政府が戊辰戦争の殉難者の霊をまつるため、皇居に近い高台ということで、九段坂上の三番町歩兵屯所跡に建てられた神社。十二年六月に靖国神社と改称した。二葉亭四迷『浮雲』第二篇(金港堂、明治二十一年)に、「何時(いつ)の間にか靖国神社の華表際(とりゐぎは)に鵠立(たゝずん)でゐる、考へて見ると成程俎橋(まないたばし)を渡ツて九段坂を上ツた覚えが微(かすか)に残ツてゐる　乃ち社内へ進入ツて左手の方の杪枯(うらがれ)た桜の樹の植込みの間へ這入ツて」とあるが、靖国神社は、東京の桜の名所の一つであった。

八　教会堂は、男女の席が左右に分かれていた。

の座を占めぬ。故に彼の女が如何なる形容を植村君[一]の説教中にもらしたるか少しも知るに由なかりき。

十五日。

吾今机に向つてリンコルン伝を草しつゝあり。（夜七時）、されど吾が心の底に鉛の如き悲痛の沈みて転ずるを感ずるなり。愛し愛する信子已に吾が家にあらざるなり。彼の女の笑声已に吾が家にひゞかず。彼の女今何処にある。府下[二]か仙台[三]か。吾等夫婦の行く末は如何。

たゞ此の際、男らしかれ。忍耐せよ。凡て愛を以てせよ。怒るなかれ。

悲しき事実（つゞ〔き〕）

植村師の説教はクリストの人物考なりき。クリストが人寰《じんくわん》[四]を脱して神に祈り、神と交はりし事、大罪人を喜んで容れし[五]事、等なり。

説教了はり、会衆散ぜんとして、余もまた出口に立ち出でたり。信子の来るを待ちぬ。

信子出で来らず、余は婦人席の入口に首さし出して信子を呼びぬ。信子出で来りつ、余に聖書の包を渡して曰く、

「只今明治女学校[六]の生徒に会ひぬ、これより直ちに同道して寄宿舎に到り星良[七]

一　植村正久。↓補三五。

二　当時は「東京府」。その区域内の意味。

三　四月十五日付星良宛独歩書簡に次のようにある。「今朝潮田氏に参り候処仙台よりは豊寿氏の帰京は勿論返電すらなしとの事に一驚を喫し申候　果して然らば信子は仙台母子の下に参りたるか。若し参りたりとすればこれ程危険は御座なく候。豊寿氏の事ゆゑ十中八九迄は離婚運動をはじむる事と思はれ候、斯くては由々しき大事に候はずや思ふて玆に到れば断腸の至りに御座候。小生は飽く迄信子を信ぜんと欲す、されど豊寿氏が離婚運動を始めても尚ほ傍観するに到ては小生の悲痛如何ばかりぞ、思ふて玆に到れば小生夫婦の愛のよく〳〵不運なるを泣く事に候　若し信子仙台に在らずとせば豊寿氏何故に驚て帰京せざるか、将た又た電報ぐらゐは打たざるか。されば兎も角も仙台の方の様子をさぐる事第一義に候間何卒貴姉には仙台の御母様か其他の御知己に直に書状さし出し給ふて其れとなく豊寿氏の様子及び信子の在不在を通知することを御依頼被下度願上候。小生も亦た仙台の豊寿氏にあてゝ一通差出し度く候間別紙書状の肩書を御加筆被下御投函願上候」。

四　人の住んでいる所、世の中。

五　底本「容れし事。」。

六　相馬黒光『黙移』に、明治女学校の「火災後（明治二十九年二月五日）、寄宿生達は一時中六番町島田三郎氏邸の向ひに当る何とかいふ華族の邸を借りて収容され」たとある。↓一四九頁注一二。

七　星良（相馬黒光）は当時「明治女学校」に在籍していた。↓補六四。『黙移』によれば、黒光は豊寿の依頼を受け、信子と佐々城家の連絡役を務めていた（↓一八〇頁注二）。そして次のように

子嬢に会ひ彼の女を吾が家に連れ帰らばやと思ふ」と。

余何心なく曰へり。「最早昼飯なり。早く帰り給へ」と。信子曰く「直ちに帰らむ」と。余此に於て外に出で信子復《また》内に入れり。余は全く無心なりしが、此の時の信子の心中果して如何《いかが》なりけむ。熱湯を呑むほどの苦痛ありしならむ。余収二と共に家に帰り、昼飯を了りて再び教会に到りぬ、これ青年会[八]に出席したるなり。

青年会散じて帰路富永氏[九]の宅に同道し、午後四時過ぎ家に帰りぬ。信子あらず。余は一種異様の感ありたり。何故にかくは遅きぞと。此の時已に夕食の用意出来居たれども余《よ》余りに気にかゝれば、父母に言はずして直ちに外出し、明治女学校の寄宿舎さしていそぎたり。寄宿舎は中六番町二十二番地に在り。路に星良子嬢に出会ひぬ。余驚き問ふて曰く「信子今日御身《おんみ》を訪ひし筈なるが如何」と。良子[一〇]嬢顔色を変じて曰く、「不思議なる哉、今日先刻来訪ありしも直ちに帰り給ひぬ、顔色甚だ悪かりき。」と。此の答を聞きし余の驚愕《きやうがく》如何ぞ。余の声ふるひ、余の心波の如くに激しぬ。「こは不思議なり。まだ帰宅せず」と言ひ捨てゝ直ちに良子嬢と分れ、家に帰りたり。信子依然在らず。

ある。「四月十二日、それは日曜日でした。正午少し前であつたかと思ひます。寄宿舎へ信子が来ました。それは如何にも逃げて来たといふ様子で、しきりに前後を気にしながら、「独歩がもう直ぐこゝへ探しに来ます。そしたら良さん、信子はこゝへ来ることは来たけれど、直きに帰つたと言つて下さい、私がこれから行く先はどうぞ暫く尋ねないで下さい、とにかく一時身を隠します。」そして一円貸してくれといふのです。（中略）ひどい恐怖に追ひ立てられてまつ蒼になつてゐる」ので、貸してやった、と。

八　一番町教会所属の基督教青年会。

九　富永徳磨は、明治二十七年十一月二十三日以来、麹町区五番町十八番地（現千代田区）青木千代方に尾間明と下宿していた。

一〇　『黙移』には、「果して独歩は顔色を変へて飛んで来ました」とした後、『欺かざるの記』のこの箇所を引用し、「真正直な独歩に少しの邪念もなく尋ねられた時、私の顔色が変つたのは当然です」とある。

余は激する心を抑へ食事に対《むか》ひぬ。されど一口も喉《のど》に下らざるなり。今日は富永氏の宅にて菓子を大食したればてふ口実にて卓を離れ、直ちに家を出でぬ。此の時暮色已に蒼然たり。余は[一]半蔵門のあたりを[二]うろつきぬ。若《も》しや信子日本橋石町《こくちやう》の親戚なる[三]丹野氏を訪ひて已に帰路に就《つ》きつゝありもやせんと思ひしが故なり。

されど遂に耐ふる能はず、直ちに家に帰りて、信子の帰宅のあまり遅き不思議を父母に語り出でたり。

試みに丹野氏を訪ふて見る事に決心し、釘店に到りて先づ丹野氏の石町の番地を聞き、丹野氏に訪ね到りて信子のことをきゝたれど、「知らず」との答へに、一段の驚異を増し、帰宅したり。信子或《あるい》は潮田氏よりなりとも帰宅しあらむかと空だのみを楽みつゝ。

されど信子依然家に帰り居らざるなり。已に夜は[四]初更《しよかう》を過ぎんとす。遂に潮田氏に向けて電報を発し信子の[五]在否を問ひたり。此の時已に九時なり。十時返電あり。「コナイドヲシタ」と。茲《ここ》に於てか余は殆んど絶望に泣き出ださんとせり。形容し難き恐怖の念全身の熱血を凍らしむるが如し。余主張して曰く、信子必ず[六]染井の墓地に到りたる也と。蓋し余が染井の墓地に思を馳するは原因あ

一　江戸城六門の一つで、麹町一丁目（現千代田区）から皇居に入る門。谷崎潤一郎「象」（『新思潮』明治四十三年十月）が描くように、象の曳き物が半分しか入らなかったのでその名が付いたというのは俗説で、服部半蔵の組屋敷が近くにあったことによる。『風俗画報』臨時増刊一七三号「新撰東京名所図会」第十五編・東京総説幷内廓之部（明治三十一年九月）に、「前門は今尚ほ存すれども。正門の楼壁は。撤毀《てっき》して石垣のみを残せり。門外南の方は。深濠にして。柳の井を下瞰《みおろ》し。参謀本部より外桜田の土手を望み。雪中の景特に奇絶なり」とある。

二　底本「うろ就きぬ。」。

三　豊寿の母方のいとこ、丹野直信。当時、日本橋石町に住んでいたが、『国木田独歩集』頭注に、「現、東京都中央区日本橋本石町三丁目」とある。→一四五頁注一〇。

四　五更の一。今の午後七時から九時をさす。

五　在宅か不在か。

六　北豊島郡巣鴨町（現豊島区駒込五・七丁目）に、明治五年十一月開設した共同墓地。面積は一万九千三百十一坪。

るなり。信子嘗《かつ》て三浦氏の宅に在りし時にも独身飄然《へうぜん》染井の墓地なる亡弟[七]の墳墓を訪ねたる事あり、而して其の後しば〳〵曰く、染井の墓地に至れば精神寂然として極めて心地よしと。

然《しか》るに此[八]の日の説教の中、「時に人を離れて独り神と交はる事をせざる可らず」との意あり。余こゝに於て信子必ず復《また》もや染井の墓地に安息日の半日を送らむと志さしたるならんと思ひ、かたく斯《か》く信じたり。されど如何にまてども帰宅せざるなり。余の疑惑は遂に空しく信子を待つに忍びず。芝[九]区なる潮田チセ氏に車を馳せつけ、事の次第を語りぬ。潮田氏また愕然《がくぜん》たり。されど余が憂の十分一だも解せざりし。

「兎《と》も角も左程狼狽《らうばい》せずとも」と称し、且つ曰く「或は最早や帰宅し居るやも知れず、されば速にかへり見られよ」と。余もまた万が一を思ひて急に潮田氏を去り帰路につきぬ。車上の感とても言語のつくし得る所に非ず。

信子今頃に染井の墓地に卒倒《そつたう》し居らざるかなど考へ至る時は血の凍るが如くに感じ、気も狂はん計りなりき。然るに此の夜は天曇りて北風吹き近来に稀なるさむさを覚えければ、余が心ほとんど暗夜をたどるが如く、未だ嘗てかくまでに天地の悲哀を感じたる事なかりき。

七 この後で独歩は「佐々城進（信子の弟）」（一八九頁）と記しているが、瀬沼茂樹「留学前後の有島武郎（上）」（『文学』昭和三十九年十月）は「済《すう》」、宇津恭子『才藻より、より深き魂に』は「たけし」としている。

八 四月十二日、一番町教会で植村正久が行った説教。

九 潮田千勢子は、芝区金杉浜町六十六番地（現港区）に住んでいた。→補六三。

帰宅せしと雖《いへど》も信子あらざるなり。時に已に十二時。

昨夜まで枕を並べて寝ねし床に独り悲痛の心をいだき横はる時の吾が感を如何《いか》で説明し得ん。

疲労のため眠忽《たちま》ち到り、夢現《ゆめうつゝ》のうちに二時に至りて睡気散じ[一]悲痛憂懼《いうく》交《こもごも》ゝ起り、窓外の車声と足音とを一々耳傾けて聞く時の吾が胸の苦しさ。忽ち車声彼方に起るよと思へば、空しく吾が家の前を過ぎて、再び彼方に没したるなり。[二]女の足音にまがひなき音は吾を弄するが如くにして吾が家の前を過ぎ去るなり。斯くて三時をきゝ四時をきゝ、精神疲れ果てゝとろりとまどろみしと思へば五時なりき。此に於て吾が家を出でゝ染井の墓地指して捜索に赴きたり。収二は僅《わづか》に一椀《わん》余りの飯を食ひ得《う》と雖も、[三]余の腹中には憂懼の冷塊《れいくわい》みち〳〵たれば、茶を呑み得しのみなりき。[四]花時に稀れなる曇天の冷気[五]身に沁み、[六]天地暗憺《あんたん》の光景も余が心中の憂懼も、殆んど余をして堪ふ可からざる思あらしめしも、幸ひに弟の同伴ありしため、談話、慰藉、気をまぎらすを得たり。[七]飯田町の電信局にて潮田氏に宛《あ》て「信子まだ帰らず」との電報を発し、[八]水道橋の傍にて車に乗り、未だ見しことなき染井の墓地に至りぬ。[九]墓守りの家にて訪ねたれども、昨日左様なる年若《としわ》かの婦人の一人参られしを見ず、と。教へられ

一 「悲痛」と「憂懼」がかわるがわる起こる状態。「憂懼」はうれえ恐れること。

二 間違いなく女の足音が近付く度に、もしや信子ではと気もそぞろになるので、心を弄ばれているようだ。

三 心痛で食欲がないのを、晴れることのない胸中の「憂懼」が冷たい塊となって「腹」に溜ったかのように感じている。

四 桜の花の咲く頃。槌田満文編『明治東京歳時記』(青蛙房、昭和五十一年)に、明治東京の花見は四月上旬から中旬、とある。

五 底本「身に沁み、」。

六 「曇天」で花冷のする日であるので、「天地暗憺の光景」に見える。

七 『風俗画報』臨時増刊一七七号「新撰東京名所図会」第十七編・麹町区之部中(明治三十一年十一月)に、「飯田町郵便電信電話支局　九段坂を下り。俎橋の右側に在り」とある。

八 『風俗画報』臨時増刊一九三号「新撰東京名所図会」第二十編・神田区之部上(明治三十二年七月)に、「水道橋は、三崎町より小石川、本郷の間へ出る口なり、神田川の流に架す、此橋の次に神田上水の懸樋あり、故に名とす」とある。現在、中央線の駅名になっているが、水道橋を渡って白山通りへ出れば、染井墓地までは一本道である。

九 墓地の管理人。

て[一〇]佐々城進（信子の弟）の墓に到り見しに、[一一]落花点々たるのみ、人の詣でし足跡だになし。況《いは》んや卒倒せる信子の死体をや。余と弟とは兎も角も多少の安心を得たり。

再び墓守りの家に入りて彼是《かれこ》れと尋ねきゝたれど卒倒したる女子の噂あることなし。則ち墓地を辞して徒歩帰宅の路につきぬ。

途《みち》に交番所に至り。失踪者捜索の方法等を巡査にきゝたゞしなどせり。帰路収二と共に万一を僥倖《げうかう》せんとしたるは余等が不在の間に信子の帰宅し在らむとてなりき。されど帰宅し見れば信子の影だに在《あら》ざるなり。[一二]但し思ひきや、書状到着し居らんとは。余の此の時の驚きと喜びと不思議の念と、今はすでに思ひ起すことすら能はざるなり。

已に書状なり、信子の死せざるを知り得たり。これ第一の喜びなりき。此の書状は此の記の終りに書き写すべし。今は其の大意を記さんに、

「[一三]外側より余を助くる方、余の利益となる」。

「[一四]信ずる方法に[一五]進まん」。

「されど許可を得んと欲すれば余の許さゞるを知るが故に無断にて家を出でたり。[一六]目下市外の旧友の許《もと》にあり」。

一〇 ↓一八七頁注七。

一一 桜の花びらが散っているさま。

一二 信子の手紙が届いているなどとは思いもよらなかった。

一三 内助の功を尽すよりも、離婚して余所ながらあなたを援助する方が、あなたの役に立つ、と独歩に向かって述べている。

一四 信子が自ら信ずる道を進むこと。結婚前に志した渡米しジャーナリストになることをいうか。↓一〇三頁注五。

一五 底本「進まん。」」。

一六 独歩の追求を避けるための偽り。

「星良子嬢にも一通を出し置きぬ」。等なり。要するに自分も勉強したく、余にも独身者の精力を以て勉強させたしといふに在り。

此の書状を読み了はるや、先きの憂懼は一変して言ふ可らざる悲痛となり、余りの事に暫時は怒気も起りたれど、信子の悲哀を思ふて忽ち消滅し、一転して大悲痛となりぬ。

『信子何処にゆきたる』これ第一の念なり。市外の旧友の許とは誰なるか。書状は本郷区[一]の消印にして十三日のイ便[二]なり。然らば昨夜投じたるなり。

余の疑念に曰く、此の書状は吾が家にて認めたるものならんと。母の曰く「先日汝《なんぢ》が図書館に赴きたる節、信さんは頻りに何か書状様の者を認め居たり。」と。されど兎も角も、疑念は疑念となし置きぬ。

星良子の許には如何なる書状や到来したるぞ。其の所在に就き多少の手がかりはなきか。こゝに於て直ちに車を飛ばして中六番町なる明治女学校の寄宿舎に赴きたり。

良子は登校中ときこ又学校[三]に赴きたり。

良子に逢ひて昨日来の事を語り、信子よりの書状を示し、「御身にも到着し居

一 現在の東京都文京区の一部。

二『国木田独歩集』頭注に、「明治期の第一便」とある。『日本百科大辞典』(三省堂、明治四十一年)に、「二十一年九月制定郵便日附印雛形(原形)」として次のようにある。なおこの日附印は三十三年十二月まで使われた。

三 明治女学校は麴町区下六番町六番地(現千代田区)にあった。↓一四九頁注一二。

る筈なり」と言へば、未だ到着せずと答へぬ。余問ふて曰く、「御身は信子に金を貸しはせざりしか」。[四]良子答へて曰く「一円貸したり」と。抑《そもそ》も信子の最初吾が家を出でたる時は一文銭を持たざりし筈なりき。故に吾が家のもの悉《ことごと》く彼の女の如何にして一文銭なきに失踪し得たるやを疑ひ居たるなり。今や始めて多少の疑団[五]を解き得たり。

「然らば[六]仙台に行きしには非《あらざ》るか」

「一円にては仙台に行かれず」

「然らば府下にあるなり。御身に心当りなきや」「今まで信子さんとは余り交際せざりしかば、其の交友を知らず」

兎[七]も角も寄宿舎の方へ書状到着し居るやも知れざればとて、余と良子とは再び寄宿舎へ帰りたり。されど未だ到着し居らざりき。余いたく失望す。已《や》むことを得ず正午頃また来るべしと約し置きて帰りたり。

十八日。

午後〇時半此の筆を執る。

悲痛の事実、未だ書き了はらざるに、事は愈〻悲痛に赴かんとす。窮極[八]する処、一転せざる可らず。一転する時、通ずる処なかる可らず。事は今窮極に達せり。

四 相馬黒光『默移』に、信子に乞われ「一円貸し」たと述べられている。→一八四頁注七。

五 疑いのかたまり。容易に解けない疑念。

六 この時豊寿が仙台に滞在していたことから、独歩は、信子が仙台に向かったと疑っていた。→一八四頁注三。

七 『默移』に、「私のところへは端書でも来てゐるかと日に二度も聞きに来るといふ風で、私はその顔蒼ざめ、眼の血走つた独歩を見ると一緒に泣けてしまふのでした」とある。

八 物事が極まれば新局面を迎えない訳にはいくまいし、そうなれば必ず別に道は開けるだろう。そして今や、事態は極まった。

昨十七日薄暮《はくぼ》(六時十五分)、徳富氏[一]より来電あり、曰く、早く来れと。直に車にて馳せつく。

佐々城本支氏より徳富氏へ左の電報到着し居たるなり。

「信子死を決す。十二日より絶食、委細《ゐさい》潮田に聞け、頼む。」

愕然たり。徳富氏と相談の上、余直ちに車を潮田に飛ばし、此の電報を示す。潮田無論何の委細も知らざるなり。再び徳富に帰り、徳富の名にて左の電報を発す。

「潮田に様子聞く、少しも分らぬ。」

余も亦《また》同時に、

「信子居所誰も知らぬ、スグ知らせ。」

佐々城本支氏は石狩[二]滝川半開地オホイヅミ館にあり。

本支氏は如何にして斯る電報を打ちたるぞ。それにしても信子は何処にあるぞ。仙台にあらぬ由《よし》豊寿氏よりの報知潮田氏まであり。然らば東京に在るか。然らば誰か本支氏に信子決心の由電報打ちたるか。又何[三]故に豊寿氏、如何に病気とは言へ、此の際帰京せざるか。

茫々《ばうばう》[四]として少しも知る可らず。

一 徳富蘇峰。

二 近藤不二三編『北海道移住之栞』一編(北海道協会)に、「空知郡滝川村通三丁目　大泉館　多田権平」とある。現北海道滝川市のことで、松原岩五郎『日本名勝地誌』第九編・北海道之部(博文館、明治三十二年)に、「石狩国(空知郡)滝川村　郡内北部の大農村にして東西凡(およ)そ二里、南北四里、広袤(くわうぼう)凡十五里に亘(わた)り戸数千八百二十、人口一万零七百三十五を有し、空知太(そらちぶと)にて市街(まち)を為し農村の中央市場たり」とある。滝川村は、屯田兵村として明治二十三年に誕生するが、市街地は南端の、空知川が石狩川に合流するエリアにあり、当時そこは、「空知太」、あるいは屯田番外地ということで「番外地」と呼ばれていた。二十五年北海道炭礦鉄道会社線の終着駅として開設された「空知太駅」はさらに南、空知川の対岸にあり、半年前に独歩が降り立った訳だが、本支もこの駅で下車し、空知川を渉って、滝川村の市街地に至り、滞在した。『欺かざるの記』に「滝川半開地」とあるのは、「滝川番外地」の誤りである。↓補五八。

三 四月十五日付星良宛独歩書簡に、「若し信子仙台に在らずとせば豊寿氏何故に驚て帰京せざるか」とあり、それが、信子が仙台にいるのでは、と執拗に疑った理由だったことが窺える。↓一八四頁注三。

四 とりとめもない、はっきりしないさま。

何の故に信子は死を決したるぞ。発狂したるか。然らば何故に発狂したるか。

何故に絶食したるか。

茫々として之《これ》も知る所あらず。

本支氏よりは今だに返電なし。如何にせん。

想像も何も及ぶ所に非ず。苦悶は鉛の如く血管をころがる。

人間とは何ぞや。憂苦其の者にや。吾とは何ぞや。天地已に茫々として倚る処なきに、[五]人はたゞ地上に憂の器たらむとす。

嗚呼信子、信子、吾が愛足らざるか。

面白くもなき世なるかな。哀れなる人の運命。今の今、此の心に希望と生命とを吹き込み得るものは何ぞや。神の愛か。然り、神の全智の愛か。クリストの道か。

罪多き身なるかな。愚なるかな。

人生とは何ぞや。人生とは何ぞや。[六]茫々紛々擾々《ぜうぜう》として知る可からず。[七]人より人の迷出で、天より天の光来らず。信子果して死したるか。断じて断じて、断じて死なじ。
[八]死とは何ぞや。生とは何ぞや。愛とは何ぞや。死を包む此の地の神よ。吾が一

五 人生は憂ばかりで、人はただ憂を抱えながら地上をうろついているようなもの、の意。
六 人生は、とりとめもなく、入り混じって、ごたごた乱れている、の意。
七 人の心は次々と迷いを生み出すのに、天は少しも救いの光をもたらさない。
八 『国木田独歩集』頭注に、「当時独歩が読んでいたブライアントの「死生観」、トルストイの「人生論」、内村鑑三の「余はいかにしてキリスト信徒となりしか」も、これらの問題を扱っている」とある。

生の命運！　何者か吾を導き、吾を誘ひ、吾を支配するぞ。人生、人生、これ何ぞや。人の一生の命運、嗚呼これ何ぞや。

美はしき花も憂ふる心に何の力かある。今の今、此の心に希望と生命とを吹き込み得るものは何ぞや。

午前の中に本支氏よりあるべき返電、今まで（午後二時）来らざるなり。信子何処に在るぞ『十二日より絶食』。『死を決す』。[一]何故に、何故に、吾と良子嬢とに送りたる書状の意は如何にしたる。

二十日。

朝七時二十分此の筆を執る。

十八日午後潮田よりの来状に曰く、豊寿夫人帰京したれど、病気の為め、両三日は面会相談致し難しと。余此の事を以て理と情に於て不法となし、直ちに徳富氏を訪ひ事の次第を語り、潮田を訪ふ。不在。釘店の佐々城を訪ふ。良子嬢あり。豊寿氏に面談の事を申込む。潮田の宅ならば会はんといふ。乃《すなは》ち潮田に到り、電報を以て豊寿夫人を呼び寄す。豊寿夫人来る。のぶ子[二]浦島病院に在る

一　信子の独歩宛「書状」には、本支の「電報」で知らせてきた死を決意した様子など全く見えないので、考えあぐねている。

二　佐々城本支の知人浦島堅吉の病院。日本鉄道株式会社員・松岡広之編集兼発行『日本鉄道案内記』（明治三十二年）に、「市内に於ける病院の首《（おも）》なるもの」の一つとして、次のように紹介されている。「浦島病院　京橋区采女町（現中央区）に在り本院は婦人科の治療を以て長技とす入院料は左の如し　特別　一日金一円五拾銭／一等　一日金一円二拾銭／二等　一日金九拾銭／三等　一日金七拾五銭　但規定以外の諸雑費は別に之を納めしむ」。また浦島堅吉について、『現代人名辞典』再版（中央通信社、大正元年）に、「君は長崎県士族浦島怒仙氏の長男にして、安政二年六月二十一日を以て生れ、後先代洞雲氏の嗣となる。夙に医師となる、刀圭界の知名の士たり、嘗て屢々医術開業試験委員に任命せられ、現に其任にあり、先きに正七位に叙せられたり、夫人をてい子と呼び、七男六女あり（京橋区采女町二六　電話新橋七三五）」とある。なお相馬黒光『黙移』には、佐々城家が独歩に信子の所在を教えるに到った事情が述べられている。「叔母も思ひ詰めた独歩がどういふことをするかも知れぬといふので、初めは秘してゐたのですが、独歩の追求があまりはげしいのと、最初からの行きがかりで、信子はそれ程でもないのに母親が引戻したといふやうな誤解が独歩を一層苦しめ、世間にもさういふ噂が立つて益々立つ瀬がなくなると共に、一つにはその誤解をとくため、も一つにははつきりと両方の心を決めさせるために、兎も角も二人を会はせて見ようといふことになり、とう〳〵「信子は浦島病院にゐる」といふことを通知したのであ

こと明白となる。

帰宅す。今井君[三]在り。信子より来状あり。曰く離婚（表面だけ）致し度し。其方余の為になると。

直ちに浦島を訪ふ、一二[四]時間の押問答の末、遂に面会す。信子[五]病床にあり！

信子の曰く、かの[六]願を叶へ給へと。余の曰く、情なきことを言ふものかなと。

左右に医士と後に看護婦とあり。何事も思ふこと語り得ずして帰宅す。

帰宅すれば午前三時。直ちに一通を認めて、昨朝投ず。
[七]昨日午前徳富氏を訪ふ。兎も角も潮田と相談致し度しとの事故《ことゆゑ》、余より潮田に斯く申し遣《や》る。
午後湖[八]処子氏来宅。四時頃収二、今井氏を伴ふて帰宅。七時頃まで語りぬ。

信子より来状あり曰く、逢ふはうれしけれど、亦更《またさ》らに苦しと。


今日に当り余の決心は是なり。

信子をして其の判断をひるがへさしむること。

信子の愛さめ、信子余にそむき去るとも、余は決して怒らず。飽くまでも彼の女を愛すること。

りました」と。
三 今井忠治。→補四二。
四 田村江東「恋の独歩」に次のようにある。「独歩は取るものを取り敢ず、浦島病院へ行つた。斯様な人に面会したいと申込む、受附の者は独歩がクタ〳〵な単物一枚の書生姿を見て、予ての内命を思合せ、何と云うても取次で呉ない、疳癪声を振立て丶弁論一時間に及んで後、辛《やつ》と面会が許された」と。
五 『黙移』は、「信子は病床に居り、顔は蒼ざめ、髪はみだれて、食事も通らぬらしく、あまりに哀れに変り果て丶ゐました」と、その様子を伝えている。この時信子は妊娠しており、明治三十年一月に浦子を産むことになる。いずれにしろ信子の様子を見た独歩は、怒りを抑える他はなかったという。
六 離婚したいとの願い。
七 四月十九日。
八 宮崎湖処子。→補二四。

且信子の為めよりすれば、[一]今日の判断は他日の後悔なるが故に、信子をして他日の後悔に入らしめざる様、夫婦の義を今日に維持すること。如何なる場合来るとも、余の口より一度、離婚の言葉を放たざること。如何なる場合たりとも余は信子をせめざること。

決心は決心なり。悲痛は悲痛なり。信子の口より彼《か》[二]の言の出でしを思へば、其の理由は兎に角、余には無限の苦痛なるなり。

男らしき精神来れ。[三]高壮の覚悟あれ。

二十一日。

リンコルン漸く脱稿せり。

昨日星良嬢を待ちたれども来らざりき。五時より六時の間に[四]来舎あれと申し来りしも悲痛のため、午後より床上に横はりて、之も果さざりき。薄暮信子に一書を出し置きぬ。

夜、[五]徳磨氏来り、談話悲痛を払ふ。[六]尾間、[七]大庭両氏来る。円座《えんざ》して来る二十五日開会の筈なる一番町教会男子部懇親会の相談あり。

本日午前はリンコルンのために消す。

一　失踪した信子が四月十三日に投函した「書状」に、「外側より余を助くる方、余の利益となる」「信ずる方法に進まん」(一八九頁)などと、離婚を決意した理由が述べられていたが、独歩は、それを一時の出来心と見做している。

二　離婚のこと。　三　すぐれて高くさかんなこと。

四　明治女学校の寄宿舎に来てくれ、の意。

五　富永徳磨。↓補二八。

六　尾間明。↓七五頁注九。

七　大庭敏太郎。『基督教名鑑』(教文館、明治三十二年)に「東京麴町区四番町三番地(実業)」とあり、後、三井物産株式会社員となる。なお、明治三十一年二月三日の一番町教会の臨時総会で長老に選出されている。

八　トルストイ「二人の驃騎兵(Два гусара)」(一八五六年)の英訳本。『国木田独歩集』頭注に「ツルゲーネフの「父と子」に先立って、父と子の二つの世代を描いたもの」とあるが、首都ペテルブルグの文芸雑誌『現代人』誌上に掲載された時、ツルゲーネフの序文つきであった。田山花袋や徳冨蘆花同様、独歩も、一冊五十銭のアメリカ版の「海辺叢書」で読んだと思われるが、木村毅『丸善外史』(丸善株式会社、昭和四十四年)によれば、「Seaside Library(シーサイド・ライブラリイ)」といって、鰐皮の靶を表紙にして、中に灯台のもとに洋傘をひらいて男女が海を見ている銅版画を入れた廉価版」であった。↓補一三。

九　明治四年(一八七一)―昭和四十六年(一九七一)。山口県士族永田孝之允の長男に生れ、岩国の錦見小学校で独歩と同窓であった。南方書佐の水西塾に学んだ後、名古屋の扶桑新聞社に入り活版職工を長く勤めるが、明治二十九年『読売新聞』記者となり上京、国民新聞社で偶然独歩と再会した。三十年には国民新聞社に入社し編集長まで

午後[八]トルストイ『二代』Two Generations を読みたり。
[九]永田新之允氏来談あり。
星良子嬢来訪す。[一〇]バイロン、[一一]ウオールズウオース、[一二]ウエルテルの悲哀を貸す。
信子の心をひるがへすことを相談す。
夜今井忠治氏来談あり。九時去る。[一三]浦島医師に書状を発す。
[一四]「ダンテ」をひもときはじむ。
[一五]宇宙、人生に関する偉大にして崇高なる感情の流れ胸間に潜入せり。
信子の失踪以来の悲痛は余が精神に非常なる結果を来《きた》せしが如し。
人生は真面目なり。死は恐ろしき声なり。

　二十二日。

今朝信子並びに星良嬢に書状を発し置きぬ。
ダンテを読む。

今や吾が心には名状し難き一団の苦悩あり。
此の苦悩は今日まで経験なきの苦悩なり。
信子の愛の行くへを逐《お》ふ苦悩に非ず。否、それもあり。浮世の名利に焦がるゝ

勤めるが、三十七年に実業之日本社に転じ理事となる。大正十三年に衆議院議員に当選、昭和十五年には初代岩国市長となった。岳淵、五竜橋と号し、『小野梓』(冨山房、明治三十年)、『今様浦島夢の未来記 三十年後の岩国市』(日新堂書籍部、昭和十六年)などの著作がある。また「少年時代の独歩」(『趣味』明治四十一年八月)を書いている。↓補七一。

一〇 バイロン。↓一〇六頁注一。

一一 ワーズワス。↓補二九。

一二 底本「ウエルテル。」。ゲーテの書簡体小説『若きウェルテルの悩み(Die Leiden des jungen Werthers)』(一七七四年)。自由で束縛のない人生を夢想する青年ウェルテルが、社会的閉塞状況にあって、あまつさえ恋に陥った娘ロッテが既に婚約者のある身であったため、次第に追いつめられ自殺するまでを描く小説である。バイロンと共に、明治二十年代の浪漫主義文学のバイブルのように受容され、英訳本を通して多くの知的青年が愛読したが、高山樗牛「淮亭郎(ウエルテル)の悲哀」(『山形日報』明治二十四年七月二十三日―九月三十日)、緑堂野史(誉田肇)「わかきエルテルがわづらひ」(『しがらみ草紙』明治二十六年九月―二十七年八月)などの翻訳も試みられていた。独歩がこの小説を星良に貸したのは、自分の心境を理解させ、信子に伝えてもらうためであった。五月六日付星良宛独歩書簡に、「小生の近況を其れとなく彼女に御知らせの程願上候　若きウヱルテルの悲みも今は小生の身の上と相成り申候　幾度か彼れの運命を吾れも追はんかと思ひ定め乍らもさすがに実行も致し得ず　泣くより苦るしく死するより苦しく候」とある。↓補六九。

一三 浦島堅吉。↓一九四頁注二。

苦悩にもあらず。否、それもあり。[一]されど是等は其の苦しき湖水のなぎさに漂ふ雲影に過[二]ぎず。
[三]吾は今や此の恐ろしき天地のたゞ中に裸体のまゝ投げ入れられむとするが如し。
[四]無窮の「時」に暗き雨降る。無限の空際に火の焔《も》ゆる声あり。
愛とは何ぞや。美とは何ぞや。生命とは何ぞや。死とは何ぞや。
吾に一団の苦悩あるなり。
此の苦悩は吾強いて医《いや》せんとせず。

信子は全く利害を打算して愛の純潔を失ひたるなり。
されど愛の純真ならざるものは吾とても然り。信子をのみとがめんや。信子もし其の心をひるがへすことなく、全く余を捨て去らば、余は其の苦痛を深く蔵して此の世を進むべし。
余は「愛」を全うせん為めには苦痛を担《にな》ふを辞せざるべし。
[五]利害名聞の惑声、しきりに耳朶《じだ》を打つ。屈することなく理想の天に進め。
無窮の天地！　其の間の生死！　一生！　苦楽。真面目の事実なり。

一四 Dante Alighieri（一二六五－一三二一）。イタリアの詩人。フィレンツェの小貴族の子に生れる。先祖には十字軍に参加した人もいるが、父は平凡な人だった。早くより文法・修辞学・古典文学を学んだダンテは、二十二歳頃ボローニャ大学に遊学し、新しい詩を学び、やがて夭折した初恋の人ベアトリーチェを称え、愛を歌った『新生(Vita Nuova)』（一二九三－九六年）を書く。しかし帰国したダンテは、故国の政争に巻き込まれ、共和国の代表委員の一人として活躍するものの、一三〇二年反逆罪で追放され、以降二十年間、イタリア全土を流浪することになる。そしてその果てに、中世西欧文学の最高峰たる長編叙事詩『神曲(Divina commedia)』（一三〇四－二一年）が書かれた。独歩が読んだのは、この後の記述から『神曲』と考えられる。『世界日本キリスト教文学事典』に次のようにある。「その物語はダンテが一三〇〇年大赦の年の復活祭に一週間、地獄、煉獄、天国を旅する、というものである。罪をあらわす森で迷っていたダンテは、ベアトリーチェの依頼で彼を救いに来たウェルギリウスに導かれて地獄と煉獄をめぐる。煉獄の山の頂でウェルギリウスはベアトリーチェと交代し、ベアトリーチェはダンテを伴って天国を案内する。（中略）『神曲』におけるダンテの様々な体験は、実生活におけるダンテの魂の成長過程であり、『神曲』の目的は、（中略）「この世に生きる者たちを悲惨な状態から解放し、至福に導く」ことである」。ちなみにベアトリーチェは『若きウェルテルの悩み』のロッテや『ハムレット』のオフェリア同様、この時代の文学青年にとって、永遠の恋人を示す符帳であった。

一五『神曲』によってもたらされた感慨。

以上一九七頁

午後信子[六]に与へんとて左の書を作る。

熟考の上の書。

第一[七]、御身此の度の事は全く余の事業、利害、功名等を苦慮して遂にこゝに至りたる事と信ず。されど夫婦は人倫最大の事なり。之を失ふてまでも功名を握らむとするは下劣なる空想なり。夫婦は愛によりて永劫《えいごふ》をちぎりたるもの、功名は此の世のつかの間の夢に非ずや。

第二、吾等夫婦は結婚する迄には非常の苦心を為したり。死をさへ決したり。[八]勿論《もちろん》水火をだに辞せざりき。況んや区々《くく》の功名富貴をや。其の為め吾等が恋愛の事は交友間知らぬものなし。九州より北海道に至るまで朋友知人の住む所、悉くこれを熟知せり。且つ徳富[九]、竹越等の諸名士を煩はして牧師の下に結婚したり。故に如何なる口実あるにもせよ、未だ一回だも真実相衝突したることなく、恋ひこがるゝ吾等が忽ち離婚する事は吾等一生の面目にかけて出来ぬ事なり。一生の間背後の嘲笑を担ふを如何せん。否、[一〇]われ等一生の希望達したる暁、われ等の事業の後世に伝はらむ限り、吾等常に不貞、不信、浅情、薄愛の嘲りを辞する能はざらむ。如何程の理由あれば、吾等此の大恥辱を受けて甘んずべき。

一 今自分が「経験」しつつある「苦悩」を「苦しき湖水」に譬えるとすれば、「信子の愛の行く〈へ〉」や「浮世の名利に焦がるゝ苦悩」など、その「湖水のなぎさ」に映った「漂ふ雲影」のようにはかなく、何ら実体がない、の意。

二 底本「過きず。」。

三 「今日まで経験なきの苦悩」（前頁）がどのようなものか、述べている。

四 『国木田独歩集』頭注に、「暗く淋しい時間、苦悩しか与えない天地を言ったもの。当時読んでいたダンテの『神曲』のイメージが反映か」とあるが、「今日まで経験なきの苦悩」を具体的に説明したもの。

五 利害や名声を唆し誘惑する声がしきりに耳に入ってくる。

六 信子宛に書かれた手紙。

七 信子が失踪直後に独歩に宛てた手紙を受けて書かれている。↓一八九頁注一三。

八 結婚できるなら、水に溺れ火に焼かれるほどの苦痛をもいとわなかった。

九 明治二十八年十一月十一日の条に、「午後七時信子嬢と結婚す。（中略）植村正久氏の司式の下に、徳富君の媒介の下に、竹越与三郎君の保証の下に」（一四七頁）とある。

一〇 自分達の志を遂げることが出来たとして、その業績が伝えられる間は、嘲笑も受け続けることになる、の意。

第三、また仮りに斯かる嘲笑的恥辱を忍び得とするも、吾等果して離婚後、心の底に何の悲痛もなく、今後を生活し得べきか。余には能はざるなり。[一]御身の愛の深き必ず余をして其の心に必ず無限の悲傷を負はしめて今後を送らしむるが如き無残なる事は為し給ふまじ、また[二]御身の多感多情なる、必ず又無限の悲痛絶えず胸間を往来して常に[三]幽愁の日を送り給ふに至らん。これ明白なる事実なりとす。

第四、[四]昨年十一月十一日よりの五ヶ月間、斯くまでに相愛したる吾等、不思議にも御身をして突然こゝに至らしめたる理由は、名も利も身も心も相さゝげて打込みたる恋の香、漸《やうや》く消え、此の世の利害得失、私利私慾の念、漸くきざしたる矢先に、[五]御身の身体に病気さへ起り、兎角心の屈し勝ちに至りしより、遂に利害の念、御身の愛と忍耐とに打勝ち、以てこゝに至らしめたる也。

第五、経験ある人の言をきくに、新夫婦の危険は結婚後半年の間に起る。此の半年を忍耐して経過せば夫婦の[六]真味はじめて生ずと。成程御身は五ヶ月目に此の暗礁《あんせう》に乗り上げたり。有体《ありてい》に言へば人間は誰れしも弱点だらけなり。結婚後に至り、結婚前の空想の[七]如くに参らぬは普通の事なり。空想の如くに参らぬとて離婚したら天下成立するの夫婦なかるべし。其処が忍耐なり。工夫なり、互

一 愛情の深いあなたのことだから、きっと、私が、心に生涯消えない悲しい傷を負って生きねばならぬような無慈悲なことはなさらないだろう、という意味。
二 感じやすく情の細やかなあなた、の意。
三 深い憂い。
四 結婚して五か月、恋愛の情熱が冷めるにつれ、これまで抑えられていた我欲が頭を擡げてきたが、そこへ病気が重なったために心が弱って、その勢いに負けてしまった、という意味。
五 相馬黒光『黙移』によれば、信子はつわりに苦しんでいた。→一九五頁注五。
六 まことの味わい。
七 底本「如く参にらぬは」。

の反省なり、互の奨励《しやうれい》なり、艱難苦楽を共にするとは外部よりの艱苦《かんく》のみに非ず、互の弱点より出づる人性の悪所と戦ふにも共にせざる可からず。夫婦の[八]真義はこれに非ずや。故に実は吾等夫婦もこれからが忍耐なりし也。これからが夫婦の真味なりし也。[九]これからが愛の愛たる処を事の実際に現はす可き筈なりし也。

第六、[一〇]余は姦淫《かんいん》の故ならで其妻を出すことを禁ずるクリストの教を奉ずる者なり。余は厳粛なる宗教上の儀式を重んずる者なり。余は植村牧師の権威を重んずる者なり。故に終生、余の口より離婚の二字を言はず、また永久の妻を御身なりと確信し、神と凡《すべ》ての人の前に公言することを止めざるなり。これ御身と余とが此の世に於ける神聖の義務なり。これ吾等夫婦の面目を神の前に保つ唯一の法なれば也。

以上説く所によりて最愛なる御身、必ず静思熟考をこゝに致し給ふべし。[一一]就いては今日の策如何《いかん》。

第一、益々《ますます》事を面倒にして其のため佐々城、国木田両家の父母等に此の上の苦慮をかけぬこと。

第二、[一二]あとへも先へもゆかれぬ様に致さぬこと。

八　真実の意義。

九　夫婦が危機にあるからこそ、実際に愛の力が発揮されねばならない場面が、の意。

一〇　大日本聖書館『引照新約全書』（明治二十七年）「馬太伝」第五章に、「凡《おほよ》そ人その妻を出《だい》さんとせば之に離縁状を与ふべしと　然《され》ど我爾曹《われなんぢら》に告《つげ》ん姦淫の故ならで其妻を出《だ》す者は之に姦淫なさしむるなり又出《だ》されたる婦《をんな》を娶《めと》る者も姦淫を行ふなり」とある。

一一　従って具体的に、今どうすればいいか、の意。

一二　動きがとれなくなり、途方に暮れるようなことはしない、の意。

第三、事を余り長引かして却て面白からぬ風説を伝播せしめざること。故に御身の病、少しく快くなりたらば、単身吾が家に帰り給へ。他人を煩はすことなく無断にて家を出でしも御身ゆゑ、また独断にて帰り給へ。たゞ余を信じ余にまかせ、断然余が言に従ひ給へ。余が切なる願はこれなり。御身熟考静思の上、必ず余の此の切願に従ひ給ふことを確信す。

再言す、最愛の妻よ、斯くまでに御身にこがるゝ余の言を用ひ給へ。沈黙のうちに断然帰宅し給へ。

御身の此の一挙によりて、凡ての人、悉く愁眉《しうび》[一]を開き、余の悲痛、一変して歓喜とはならむ。

義と貞と愛と信とを全うするは此の一挙に在り。決して利害に誘はれ給ふな。

御身の哲夫認む

最愛永久の妻信子様

二十三日。

苦痛忍び難し。されど忍ばざるを得ざる苦痛なるが故に、愈ゝ苦痛なり。此の世の苦しくもあるかな。

信子、信子。われを許せ。われ実に御身を楽しますます能はざりき。御身のわれに

一　これまでの心配が解けて安心する。

注ぎし真心のほど、しみ〴〵うれしかりしぞや。

今や御身遂にわれを[二]絶えざる苦痛の墓に葬りて去りぬ。

これもとより余自から[三]招きたる事なり。

今後御身如何にするとも余に帰らずんば、余には無窮の苦悩あれど、余が御身に注ぐ愛は益ゝ深かるべし。余は一生、御身を愛すべし。

今後、信子遂に吾に帰らずんば、余は信子に関してはたれにも一言せざる可し。

何事をも語らざる可し。
[四]万斛《ばんこく》の愛と悲と、これを沈黙の中に蔵せん。
余は永久、信子を愛すると感ずることによりて一種の慰藉《ゐしや》あるなり。

吾、浮世の浪にたゞよふ時も、依然信子を愛せん。われ死する後も信子を愛せん。これ詩的表明に非ず。余が信仰と希望はこれなり。

されど、されど神のめぐみ深きや、必ず[五]信子の今日の第二の空想を破り給ふて余が家に復帰せしめ給ふことを信ず。これ真に信子の幸なれば也。

信子は離婚後の空想に誘はれつゝあり。此の空想の空に帰したる時、彼の女は如何にすべき。大苦痛其の心を襲はん。彼の女は一生悲痛の子とならむ。余、悲痛の子となり、信子また悲痛の子となる。これ離婚の与ふる処なり。

二 自分の心が永久に「苦痛」の思いに閉ざされてしまった、という気持ちを、「墓に葬」られるという譬えで強調したもの。
三 底本「招ぎたる」。
四 「万斛」ははなはだ多い分量の意で、「斛」は「石」に同じ。信子への愛とそれを失う悲しみは溢れるほどあるが、すべて心に深く秘め、誰にも語るまい、と言っている。
五 四月二十二日の条に、信子に宛てた要請が六箇条にまとめて書かれているが、その「第五」に、「結婚前の空想の如くに参らぬは普通の事なり」（二〇〇頁）とある。これが第一の空想で、独歩と離婚後にいだく希望を「第二の空想」としたもの。

嗚呼信子は悲哀の子なる哉。

信子、信子、来つて吾が愛に投ぜよ。浮世の夢を追ふて苦しむ勿れ。

　二十四日。

余と信子とは今日限り夫婦の縁、全く絶えたり。昨日信子に遇ひぬ。信子の本意全く離婚にあることを確かめ得たり。

[一]本日午前、徳富氏を訪ふて相談の上、離婚することに決し、其の通知書を認めて徳富君に手渡したり。

是に於て去年六月以後の恋愛も一夢に帰し了はんぬ。

斯くまでに相愛したる信子、遂に吾と相離るゝに至りたる事、極めて悲痛の事なれど、人の心の計り難きを思へばこれも詮なし。

余は今やもとの独身者となりたり。

[二]徳富君の曰く、発憤して布哇《ハワイ》[三]なり、亜米利加《アメリカ》[四]へなり行きては如何と。亜米利加へ行くなら百円は出してやると。

未だ余の決心定まらず。

母は賛成し、父は多少の不同意あり。

一　四月二十七日付と考えられる竹越与三郎宛独歩書簡に詳しい事情が述べられている。↓補七二。

二　蘇峰は日清戦争に際し『大日本膨脹論』（民友社、明治二十七年十二月）を刊行し、「北方を防禦して、南方に展開するは、大日本膨脹の大方針也」と、いわゆる北守南進論を主張するに至るが、併せて「航路拡張、海外出交易、新版図占領、移住及び殖民」などのスローガンを、戦後政治の指針として掲げている。こういう主張に基づいて独歩に渡米を進めたと思われる。

三　ハワイ王国は、明治三十一年八月アメリカに併合されるまで、原則、親日的だった。特に十四年、カラカウア王が国賓として来日した折、日本移民を強く要請したため、渡航条約が締結され移民も急増した。日清戦争後には、およそ二万三千人の日本人が主に甘蔗耕地に就労し、ホノルルなどに日本人社会もできつつあった。独歩も、「家庭小話、其六、布哇出稼」（『家庭雑誌』明治二十六年六月）や「帰去来」（『新小説』三十四年五月）で、ハワイに雄飛する青年を描いている。

四　アメリカ渡航者は、明治以降次第に増え、十三年頃には在米日本人の団体が組織されるまでになっていた。四十一年には在米日本人が十万人に達し、経済的社会的に強固な基盤を築くに至り、排日運動の原因になっていく。こうした渡米者の急速な増大は日清戦争後に顕著で、定期航路が開設され、移民会社も登場し、さらに各種ガイドブックによって煽られていった。↓補七三。

五　明治二十八年八月十一日（日曜日）と八月二十四日（土曜日）の二度、信子と訪れている。↓九九頁注七、一一一頁注一〇。

恋愛に破れたる此の悲傷の心、如何にしていやす可き。

余が心には尚ほ微塵《みぢん》も彼の女を夢み恨むの念なし。否。尚ほ恋々の情に堪へず。

されどこれこそは未練と申すなれ。

亜米利加行！ 大なる命運の分れ目！


二十五日。


午前十時過《すぎ》認む。

昨日午後、収二を伴ふて小金井[五]の桜堤に遊ぶ。途中にて大久保[六]に下車し、つゝじ園[七]等を散歩す。小学校の運動会などあり。

新緑もえん許《ばか》りの郊外の風光は却て吾が心に無限の感傷を加へぬ。境の停車場に下車し、昨年信子と夫婦永劫のちぎりを約したる林に到り、収二に去年の事を物語れり。信子と共に紙を布《し》きて憩ひたる林、今は悉く伐木《ばつぼく》せられしを見る。[八]松柏も一年立《た》たぬ中に変じて薪となり、夫婦永劫のちぎりも一年ならずして一片回顧の情となる。

桜堤をさかのぼりて里余《りよ》[九]にして帰路につきぬ。

[一〇]林頭已に月色の淡きあり。浮雲変幻、日光出でゝまた没しぬ。

帰宅せしは八時近かりき。食後直ちに植村正久[一一]氏を訪ふて離婚一条を談話す。

六 甲武鉄道の大久保停車場。
七 『東京近郊名所図会』第十五巻・西部の部三(明治四十四年八月)に、「大久保の躑躅花(つゝじ)は。東京に於ける一名所として宣伝せられ。開花期に際しては。来観者日に多きを以て。中部鉄道管理局は四月上旬より五月上旬まで。大久保行の電車を続発し。其の来往に便するを例とせり。大久保躑躅園は大久保百人町仲通北側に在り。停車場を距ること僅に二丁とす。もと大久保のつゝじといひしは。百人組諸士の園中に栽培しあるを。あまりに見事なればとて。衆人相誘ひ其の家々に請ふて遊覧を為せしものなり。江戸名所図会載する所の図以て証すべし。(中略)かゝれば天保頃は已に盛りなしと信ぜらる。然るに明治以後は都人士の来観するもの減少し。此儘にて経過せば遂に名所を失ふに至るやも知るべからずとて。十六年二月日出園主人等十余人共同発起し。各家より数十百株を集合し始て此躑躅園を開設せり」とある。なお大久保百人町は、明治二十二年、東大久保村、西大久保村と合併し、豊多摩郡大久保(現新宿区)となった。
八 唐代の詩人劉廷芝(りゅうていし)の七言古詩「代悲白頭翁(白頭を悲しむ翁〈おきな〉に代る)」を踏まえたもの。七句目に「已見松柏摧為薪(已に見る 松柏〈しょうはく〉の摧〈くだ〉けて薪〈たきぎ〉と為るを)」とあり、さらに十一、十二句目に「年年歳歳花相似／歳歳年年人不同(年年歳歳 花相似〈あいに〉たり／歳歳年年 人同じからず)」とある。『唐詩選』上(岩波文庫、昭和三十六年)の前野直彬注解によれば、「私たちは知っている。墓に植えられた松や柏も、いつかは伐(き)られて薪となってしまうものだということを」「来る年ごとに、花の姿はいつも同じようだが、来る年ごとに、見る人の姿は変るのだ」という意味である。

氏[一]夫婦共に非常の同情を表せらる。余が今後の事に就き戒むる処あり。植村氏は北米行には先づ不同意の方なり。

余が現在の悲痛困厄につれて、過去を回顧し来れば、真に悔恨の情に堪へざるなり。

[二]十年の学問、何を学びたる。一個の堅固の志を立つる能はず、空々として経過せり。

[三]一陣の寒気、心魂に吹き入りぬ。[四]少壮の猛気《まうき》忽然《こつぜん》として冷却せんとす、何をなし、何をつとめん。

[五]此の失神亡気したる青年の活気を再起せしむるもの何処にある。

[六]一個の火、[七]かすかに胸間にもえそめぬ。

[八]「クリストの死」

余は一度死したる也。今や新生命に入りつゝあるに非ざるか。

　二十七日。

午後五時認む。

二十五日の午後は一番町教会男子部の懇親会ありたり。

九　一里あまり。

一〇　林の上には既に月が淡い姿を見せている。

一一　植村正久宅は、麹町区四番町四番地（現千代田区）にあった。→九七頁注一二。

以上二〇五頁

一　植村正久夫人、旧姓山内季野。安政五年（一八五八）―昭和五年（一九三〇）。紀伊国日高郡（現和歌山県）の酒造業を営む庄屋の次女に生れ、漢学塾に学ぶ。後に横浜に出るが、フェリス女学校で漢学を教えて、傍ら英語を学んだ。明治十年五月横浜海岸教会でE・R・ミラーにより受洗、十五年には植村正久と結婚し四女をもうける。明治女学校で教鞭をとった一時期もあるが、基本的には良妻賢母としての人生を貫いた。

二　独歩は明治二十年、山口中学学制改革のため退学し、前年退学上京していた同級の今井忠治のすすめにより、四月以降に上京した。

三　十年間を空費したに過ぎないのではないかという思いのために、心が寒々としてしまった。

四　若い時のたけだけしい心。

五　激しいショックのため意識を喪失し、瀕死の状態にあること。信子との破婚による精神的ダメージの深さを言ったもの。

六　希望の灯のこと。

七　底本「かすにか」。

八　ゴルゴタの丘で十字架に掛けられたキリストは、葬られてから三日後に復活する。そして四十日間、神の国について説き、使徒らを大きく成長させた後、昇天する。『新約聖書』の「マタイ伝」第二十八章、「マルコ伝」第十六章、「ルカ伝」第二十四章、「ヨハネ伝」第二十章などに書かれた、この「イエスキリストの復活《よみがへり》はキリスト教の要目《かなめ》にして又其信仰の基礎《もとゐ》なり」（『聖書辞典』明治二十五年）。しかもそれ

其の夜今井[九]、田村[一〇]、富永[一一]、尾間[一二]の四氏来宅。収二と六人、円座して快談す。余が北米行の可否の論、極めて盛なりき。富永、田村の両氏は否とし、今井氏は可とせり。収二は賛成なり。

富永氏は余にすゝむるに忍耐[一三]して今日の境遇を続く可きを以てせり。余もまたこれを思はざるには非ず。

今井君は大なる経験を得んために、と称して賛成す。

夜の十一時散じたり。

二十六日午前教会[一四]に出席す。植村先生の説教ありクリスト教に就ては人々大に進んで求むる処あらざる可からざる意を説きたり。

午後富永[一五]氏の宿処にて談話す。

夜もまた教会に出席せり。雨降る。

今朝快晴。

民友社に出仕し久保田米斎[一六]君に挿入画《さふにふぐわ》を托す。

嗚呼信子遂に吾を去りぬ。

両三日前、収二、徳富氏を訪ひし時、徳富氏[一七]潮田[一八]より聞きし処なりとて伝へて

は、単なる再生ということではなく、不滅の、輝かしい力に満ちた存在になること、つまり全く新しい霊的な体として生きることを意味しているという。信子との破婚によって「失神亡気」状態に陥った独歩は、それを、「クリストの死」に擬えることで、復活し「新生命」に入る過程と考えようとしている。

九 今井忠治。↓補四二。

一〇 田村三治。↓六四頁注一。

一一 富永徳磨。↓補二八。

一二 尾間明。↓七五頁注九。

一三 信子を失った今の境遇に耐え続けるべきだ、の意。 一四 一番町教会。

一五 麹町区五番町十八番地(現千代田区)青木千代方。↓一八五頁注九。

一六 明治七年(一八七四)—昭和十二年(一九三七)。日本画家、舞台美術家。『大日本人物誌』(八紘社、大正二年)に次のようにある。「君は東京の画家なり画家久保田米僊の長男、明治七年八月十八日京都に生る、通称米太郎、諱は満明、米斎は其号、別に世音の号あり夙に絵画を家庭に学び小学校卒業後米国に渡航し桑港に留学する事三年、帰朝後森川曾文翁に就き画を学び兼て和歌を園美蔭氏に修む二十四年頃上京し石川鴻斎翁を師とし漢籍及俳諧を学び又画を橋本雅邦翁の門に修む爾来国民新聞社に入り挿画を担当す三十年仏国に渡航し巴里に在りて美術の視察研究に従事し居ること三年帰朝後三越呉服店に入り専ら意匠図案に従事す」。なお米斎は、この頃、芝区新橋田町十九(現港区)に住んでいた。

一七 四月二十七日付と考えられる竹越与三郎宛独歩書簡にも、同じことが書かれている。↓補七二。

一八 潮田千勢子。↓補六三。

曰く、信子は逗子に在りし時にも両三度逃亡を企てつる由。徳富氏は是等の事実よりして、信子を魔物と罵り、狸と称し、寧《むし》ろ此の度の事を祝すべしと言ひ、且つかゝる女は七度[一]も姦通する女なりと熱罵《ねつば》せし由。信子果して余を欺く斯くまでに深かゝりしか。余が斯くまでに愛したる愛には何の感動もなかりしにや。然らば余を恋ひたるは始めより左程にもなかりしにや。

咄々《とつとつ》[二]、何等の悲痛なる話ぞや。

余は信子が斯かる[三]心ありしを信ずる能はざる也。信子は深く余を愛し居たり。

余は今も尚ほ信子を恋ひつゝある也。

　二十八日。

昨夜宮崎君[四]を訪ひ、相伴ふて月下を逍遥《せうえう》せり。

氏は米国行を賛成せり。氏は宗教家たらんことを余に望むと云へり。昨夜宮崎氏と別れて帰宅して後、ヨブ記[五]をひもときぬ。

今朝吉田庫三《くらざう》[六]氏を訪ふ。氏の病未だ癒えず。

出社[七]す。

一 仏教でいう「七生」、すなわち人はこの世に七回まで生まれ変われるとする考えに基づく言い方。「七生までの勘当」「七生報国」などと同じ発想である。四月二十五日付田村三治宛独歩書簡に、「信子は小生を去りぬ、されど其為め人情を破り、貞節を破り、今は徳富家の人々よりもつまはじきせらるゝに至りぬ、彼女は其面上に自から泥をぬりたり」とある。

二 「咄々」は舌打ちする音、叱る音。何という悲痛な話であることか、の意。

三 独歩を欺いていたこと。

四 富永徳磨日記『一小涯・一生涯』の五月二十三日の条に、「湖処子を永田町に訪ひ」とあり、当時、宮崎湖処子は麴町区永田町二丁目二十九番地第七号(現千代田区)に住んでいた。

五 『旧約聖書』の「ヨブ記」は、深刻な人生体験に対する解決が試みられている。『聖書辞典』(明治二十五年)によれば、「何故(なにゆゑ)に現世(このよ)に於て義人は苦(くるし)み悪人は栄えるか等の問題」について、次のような「教訓(をしへ)」が示されているという。先ず知らねばならないのは「諸(すべて)の苦難(くるしみ)必ずしも罪の罰にあらず」ということ、それ故「義人の苦難(くるしみ)は刑罰にあらずして懲治(こらしめ)なり」である。つまり「患難は忍耐を養ひ又私(わたくし)なきの徳を発達するに必要欠可(かくべか)らざるの具なり、されば斯(か)る目的を達する手段(てだて)として神は艱難を予定したまへり」ということなのだが、より根本的には「神に対してつぶやき其処置を是非するは悪(あし)し寧(むし)ろ其全能なる権威と知識の秘義に服従し謙(へりくだ)りて神を崇(あが)むべきなり」という「教訓(をしへ)」を示そうとしている。

六 慶応三年(一八六七)—大正十一年(一九二二)。吉田松陰の妹婿児玉祐之の次男に生まれ、明治十年八月

道路をゆく時、妄想より妄想に、[八]吾が心回転す。

「功、利、名《みやう》、聞《もん》」の力、今しきりに吾が上に加はりつゝあり。

苦闘絶えざるなり。

今はわれ吾が欠点をのみ見て自棄せんとしつゝあり。
[九]されどこれ、神のかくして人の霊を卑しむる仕方なるが故に、未だ全く自暴自棄せざる也。
大なる家、美しき馬車、高き位、派手なる衣服、斯かる人の世の誘惑に力の加はりし原因は如何。

信子を愛せし結果なり。

名と利との力、蓋しまた家庭の影響なり。

父母、われに望むに功名富貴を以てするが故なり。

此の吾を誘ふの力、今や甚だ大なり。

[一〇]献身は容易の業に非ずかし。
[一一]身を献じて吾が霊を救ふことを期せよ。
神の道を求めよ。

過去の吾が生涯をして[一二]一片のざんげ録たらしめよ。


吉田家を継ぐ。松陰の兄梅太郎の長子小太郎が「萩の乱」で死に、子供がなかったため庫三が養子となった。漢学者で、当時は二松学舎塾員。吉田寅次郎『幽囚録』(吉川半七、明治二十四年)奥付に、「相続者吉田庫三　東京市赤坂区新坂町一番地」とある。その後、鳥取中学校校長を経て、神奈川県立第四中学(現横須賀高校)創立初代校長として活躍、大正十二年六月銅像が立てられた。編著に『松陰先生遺著』(民友社、明治四十一年)がある。

七 民友社。

八 「吾が心」が「功、利、名、聞」の念に次から次へと囚われていく。

九 自分の欠点ばかり目に付くというのは、神の知恵と力は人の理解を超えていて人が判断することは許されないと論すべく神が与えた苦難である、という意味。「ヨブ記」の教えに影響された考えである。

一〇 神に対する献身、のこと。

一一 神に身をささげて、自分の心が救済されることを願う。

一二 Jean-Jacques Rousseau（一七一二–七八）の『懺悔録(Les Confessions)』(第一部・一七八二年、第二部・一七八九年没後刊)が念頭にあるか。

新生更生して神の道を求めよ。

本日午前十一時頃より、老父母を伴ふて大久保つゝじ園[一]を訪ふ。四谷駅[二]より汽車に乗りぬ。帰宅したるは午後四時なりき。帰路清水谷《しみづだに》[三]の大久保紀念碑[四]畔のつゝじ園に遊びぬ。

帰宅後、リンコルン[五]の校正に着手し、晩食後直ちに出社して、夜十時（只今）帰宅したり。信子の吾が傍《かたはら》を去りたること、其の愛の消滅したること、是等の苦痛は今日もまた吾を非常に悩ましたり。

嗚呼此の身は無きものとは思へども、兎角は煩悩のみに苦しめらるゝ事かな。名も利も恋もわれには要なし。と言ふは欺きたる言なり。名と利と恋と、此の三者、今日此の頃ほど吾を苦しめし事は非ず。

月色皎々《かうかう》[六]、天地悠々、人生夢の如し。

　二十九日。

夜十一時記。

午前七時家を出でゝ神田青年会館[七]に至り丹羽清次郎[八]氏を訪ふ。米国[九]桑港《サンフランシスコ》青年会の事に就き、聞く処あらんためなり。丹羽氏未だ青年会にあらず。氏の宅、

一　→二〇五頁注七。

二　『風俗画報』臨時増刊二七七号「新撰東京名所図会」第三十九編・四谷区之部上（明治三十六年十月）に、「四谷門外、壕端に在り、甲武鉄道の停車場なり、（中略）場の設備は普通の停車場と異なる所なし、場外に待合茶屋一戸、隣りて人力車夫の溜所あり。場内ブラットホーム長く」とある。

三　『風俗画報』臨時増刊一五一号「新撰東京名所図会」第九編・麴町・愛宕・清水谷公園全（明治三十年十月）に次のようにある。「清水谷公園は。麴町区の西部なる紀尾井町の中にあり。公園の傍辺は総て清水谷と称す。そは此地昔時より清泉の迸出（はうしゆつ）する者あるに因れるなるべし。本園の公園となりしは明治廿三年八月にして。総坪数は三千三百廿八坪なり。其間に二百有余坪の池ありて。東西に長く。南北に狭し。池水流れて園外の溝渠（かうきよ）に落つ。池北に槖駝（たくだ）師江川定次郎と称するもの居住し。池畔に茶席を構へて客の憩ふに任す。池南は地較々広く。中央に贈右大臣大久保利通公の哀悼碑あり」。

四　清水谷公園の中央に、明治十一年紀尾井坂下で暗殺された大久保利通の哀悼碑が立っている（十七年建立）。

五　三月七日の条に「リンコルン伝を書きはじむ」（一七四頁）とある。少年伝記叢書第三巻『リンコルン』（民友社、明治二十九年五月十四日発行）。

六　月の光が明るいさま。

七　東京キリスト教青年会（ＹＭＣＡ）の会館。明治二十七年四月神田区美土代町三番地（現千代田区）に建てられた煉瓦造りの建物。「神田の青年会館」として親しまれ、明治・大正期の文化の殿堂であった。

小石川第六天町に到る、不在。帰宅。

九時、[一〇]吉田友吉氏来る。全力を[一一]美文に注ぎては如何といふ。星良子嬢の葉書に返書を認む。昼食後出社す。午後二時過ぎ、[一二]今井氏と共に[一三]あたごの山に登り、[一四]バラ園の躑躅《つつじ》を見物し、[一五]麻布永坂のそば屋に到り、[一六]山王社を散歩し、共に帰宅して終に十時過ぎまで語り、氏を送りて[一七]麹町通近傍まで到りて帰宅したり。

[一八]真理は人性を通じて始めて生命あり。
理想は人の品性を通じて始めて現実なり。

真理、理想は言語に非ず、題目に非ず。

故に此のわが一身一心一生一個は真理、理想の権化たることをつとめざる可からず。

人は慾と迷の入れものに非ず。真理と理想とを示す実体なり。此の心だにあらば自から重んじて猛省し、直立し、進行し、苦戦し、忍耐して此の身を[一九]経処せざる也。


神の道を求めよ。

八 慶応元年（一八六五）―昭和三十二年（一九五七）。大阪に生れ、明治十五年大阪組合教会で受洗。翌年同志社に入学し新島襄の感化を受けた。二十三年J・T・スウィフトの勧めで東京キリスト教青年会の日本人初の主事、さらに総主事となり、「神田の青年会館」設立など、草創期のYMCA発展に尽力した。三十八年同志社の校長となるものの、二年後、万国学生基督教青年大会に協力すべくYMCAに復帰し、昭和六年退任するまで総主事として活躍した。自宅は、小石川区小日向第六天町五十四番地（現文京区）にあった。
九 Japanese Y. M. C. A.（日本人基督教青年会）は一八八六年に設立された。場所はサンフランシスコ市ヘート街一二一番にあった。
一〇 新聞記者で、東京専門学校英語政治科以来の独歩の友人。↓補七四。
一一 明治中期に流行する擬古文。
一二 今井忠治。↓補四二。
一三 愛宕山は、芝公園の北方、現港区芝愛宕町一丁目にある海抜四五メートルの丘。山上には慶長八年（一六〇三）に創始された愛宕神社がある。↓補七五。
一四 芝公園第二十一号十番地にある「薔薇園」か。園主は吉田彦次郎という元官吏で、鹿鳴館に安くバラを提供すべく明治二十年に開いた。
一五 信州更科蕎麦処布屋太兵衛の名で、文化文政頃から有名な蕎麦屋。永坂のたもと麻布区永坂町十三番地（現港区）にあった。↓補七六。
一六 現千代田区永田町にある日枝神社のこと。↓補七七。
一七 独歩は当時、麹町区隼町三番地（現千代田区）に住んでいたので、半蔵門から西に延び甲武線の四谷駅に至る大路、今の新宿通りを言っていると思われる。

吾と信子との間の愛情の余りに儚《はか》なかりし事を嘆ずる勿れ。人間は暗き性をもつ。[一]人情は発達の中途に在り。宇宙は暗と光との戦なり。人類は苦悩のうちに開発す。

三十日。

吾を光と強と柔和と勇気と忍耐と、真理と理想との器となせと自から言ふ。然り。されど、吾が信子を恋ふる心いとゞ深く、彼の女なければ此の世に倦《う》み疲るゝ心地す。

彼の女の遂に吾を見捨てたる今日。[二]寒風一陣、心頭に吹き入りて、めぐり転じて吾をなやます。吾が心、色と光とのぞみとを見ず。

信子、信子、汝と吾とは同じ東京市中の僅に里余《りよ》[三]の地にすみ乍《なが》ら、汝の心、いかにしてかくも我より遠ざかりつるぞ。

今更《いまさ》ら言ふもせんなし。せんなきが故に苦し。苦しきが故に此の世うしつらし。

嗚呼、恋てふものゝ苦しきかな。冷《さ》めし恋の夢を逐《お》ふ苦《くるし》み、何にかたとへん。

永久にわれ信子を愛す。吾が心に信子益ゝ恋し。

[四]彼の女は最早、恋の墓か。[五]然らば吾れ其の中に埋められん。

一八 この後、人間を「真理、理想の権化」とか「真理と理想とを示す実体」と言っているのと同じ。「真理」と「人性」、「理想」と「品性」の関係は、共に普遍概念に対する独立的実体の謂であるが、後者は、前者の関係をやや道徳的価値で見た場合である。 一九 底本「軽処」。

以上二一一頁

一 この世に明暗があるように、人間も善悪の葛藤の中に置かれていて、あるべき人間性を目差し努力している、という意味。

二 四月二十五日の条にも「一陣の寒気、心魂に吹き入りぬ」(二〇六頁)とある。それが「心頭」を経回るため虚無的な気分になる、と述べている。

三 一里あまり。

四 独歩への恋心がなくなったことを、恋心を墓に葬ったと譬えたものだが、そういう墓があるなら自分も一緒に葬られたいという思い、信子への断ち難い恋情を述べたもの。

五 底本「然らは」。

此の世の事に思ひなやむ吾が心。

曰く、何を為す可き。曰く、如何にして身を立てん。曰く、われは貧し。曰く、無学なり。曰く、愚者にして怠慢者なり。曰く、文学者詩人たらんか。曰く、政治家たらんか。曰く、伝導者[六]たらんか。曰く、凡て吾が長所[七]に非ず。曰く、われは一個狂漢、絶望者、呪はれし者なり。

思ひなやむ心の苦しさ。

永《とこ》しへに此の地上に長らふるもの〻如くにもだえ苦しむ。

少壮の時は去らん。忽ち老い、忽ち死すべし。生已《すで》にはかなく、其のはかなきつかの間の生すら此《か》くの如くに苦し。

さりとて自殺もえせず。自殺[八]は罪と思へば死の後のおそろしきかな。生已に苦しく、死もまた恐ろし。

生は苦悩、死は恐怖、此の身は地獄の中央に立つ。火焔[九]なき、剣鎗《けんさう》なき、熱湯なき、何も[一〇]なき荒野の如き地獄の苦しくもあるかな。

今の苦悩を逗子[一一]に於ける愛楽に比べ来れば、われは高山の絶頂より深谷の最底に投げこまれしが如し。

されど友義[一二]！

六 伝道者のこと。
七 能力に同じ。
八 キリスト教では、自殺はすべてを把握する神の意志への反逆であり、恐るべき罪と見做されてきたので、何かしら天罰を恐れるの意。↓九三頁注一〇。
九 四月二十一日の条に、ダンテ『神曲』を読んでいる記述がある。その「地獄篇」には、異教徒が落ちる炎熱地獄、殺人を好む者が落ちる煮えたぎる血の池、骨肉の争いを招いた者が落ちる剣で斬られる地獄がある。ただし仏教の地獄の方がぴったりする。↓一九七頁注一四。「剣鎗」は刀剣と槍のこと。
一〇 キリストがヨルダン川で洗礼を受けた後、聖霊によって荒野に導かれ、四十日間悪魔《サタン》の試みに遭う話を踏まえ、それを「地獄の苦しみ」の一つに数えたもの。↓一〇五頁注一二。
一一 信子との新婚の甘い生活。
一二 友誼に同じ。友情のこと。

今日に当りてせめてもの心の避難所は、友義のあたゝかき情にぞある。

吾をせむるもの左の如し。

愛の破壊、貧困、無職業、自暴自棄、[一]天地悲観。

右の五個、此の一つだにあらば人は苦しきものを、[二]此の五個相結んで吾を攻む。

信子の離婚は吾が愛を破りて無窮の悲痛を与へ、老父母を憂へしむる貧困は殆んど胸を塞ぐの思あらしめ、自信消え自から自己を呪ふに至りて殆んど何の希望もなく、これに加ふるに神の愛を感じ永生を感ずる能はざる無信仰は実に此の天地を暗き世界と化せしむ。

此の五個のもの、[三]未だ十分其の力を逞《たくまし》ふせずと雖も、尚ほ且つ吾を苦しむるに十二分の力あり。

されど吾、此の五個を征服せずんば止まじ。

吾あに何時までか自暴自棄するものならんや。吾あに[四]遂に神の愛を感ぜざらんや。吾あに業なくして止まんや。吾あに貧に苦むものならんや。貧しき他の人を見て憐れめ。[五]自家の富を願ふものならんや。

たゞ愛、信子の愛、壊れしを如何せん。[六]忍びて丈夫《ますらを》の如くに立たんのみ。

一　四行後に「無信仰は実に此の天地を暗き世界と化せしむ」とある。
二　五つの苦難が相乗効果を起こすこと。
三　五つの苦難がまだ決定的に自分を追い詰めるまでに至っていない状態にあることをいう。
四　どうして「神の愛」を感じないまま済ますなんてできようか、の意。　五　自分の富貴を願う者であろうか、そんなことはない、の意。
六　ただじっと耐え忍び、雄々しくこの世に立とうと思うだけ、の意。「ヨブ記」の影響。
七　↓二〇八頁注五。
八　相馬黒光『黙移』にこの条の引用があって、「この騒動によつて独歩の純情を見て泣かないものは一人もないのでした。まして私は苦しい役を負はされ、独歩に対して申訳のない手伝ひをしてしまつたのですから、一層辛かつたのでございます」と述べている。
九　『風俗画報』臨時増刊一七七号「新撰東京名所図会」第十七編・麴町区之部中(明治三十一年十一月)に、「九段阪は。富士見町の通りより。飯田町に下る長阪(ながさか)をいふ。むかし御用屋敷の長屋九段に立し故。之を九段長屋といひしより此阪をば九段阪といひしなり。今は斜めに平かなる阪となれるも。もとは石を以て横に階を成すこと九層にして。且(か)つ急嶮(きうけん)なりし故に。車馬は通すことなかりし」とある。九段坂の南側は「牛が淵」で、それに沿って「靖国神社附属地」があり公園のようになっていた。その附属地に「花屋敷」が「三軒ありて。夏の朝貌(あさがほ)、秋の七草など最とも名物なりし」という。
一〇　独歩「雑吟三編」(『国民之友』三六六号、明治三十一年二月)に「すみれの花」と題する詩がある。後に改訂され、「相馬良子に送りて近時音信の無きを恨む」と題して、沼波瓊音編『独歩遺

ヨブ記[七]を読み了はる。

[八]午前早朝星良子嬢を訪ふて事の次第を語りぬ。
嬢泣く。
二十九日に送りたる吾が書状を読みて良子嬢泣きぬる由、傍に在りし友、嬢を促して[九]九段坂下の花園に到り、[一〇]嬢わがためにすみれを求めて帰り、これを吾におくらんと思ひ居りし由を語りぬ。余其の好意を謝し、自ら其のすみれを携へて帰宅し、今机上に在り。

五　月

二日。
昨日午前内村鑑三氏より返書あり。曰く、
貴書正に拝受、御厄難の段御同情の至りに堪へず。若《も》し小生にして貴君を見るを得ば多くの慰めを呈するを得む、そは[一一]小生も早年の頃、貴君と同一の厄難に遭遇したればなり。[一二]プロビデンス、プロビデンス、神に謝し給へ、神は貴君を普通人間以上となさんとの聖意《せいい》なればなり。

文』（日高有倫堂、明治四十四年）に収められていることから、明らかにこの詩は、この星良の行為を思い出して作られたものである。「うれしき夢を去年の春／見はてし朝のかなしみを／君が誠の涙もて／そゝぎし花を力にて／ゆふべ僅にしのびにき（二連）かの花今はいかにせし／君が送りて慰めし／すみれの花はいかにせし／とてもはかなき恋ゆへに／慰めかねて枯れにしか（三連）」。

一一　内村鑑三は、明治十七年三月二十三歳で、同志社英学校などで学んだ上州安中（現群馬県）の浅田タケと結婚するものの、やはり半年で破婚。政池仁『内村鑑三伝』（教文館、昭和五十二年）に次のようにある。「タケ夫人は当時の日本としては最も学識の高い女であったが、婦人としての従順さと、やさしさを欠いていた。その上虚栄心が強く、また生来のうそつきであった。（中略）その上鑑三の母も仲々気の強い女であったのでタケとは始めから気が合わなかった。しかも新夫婦は老父母や鑑三の弟妹とも同居し僅か三部屋の小さい家に合計七名がすんでいた。（中略）タケは内村家にいるのがつらくなり、ついに離婚を申し出た。しかし鑑三は忍耐に忍耐を重ね、種々慰めて離婚を思いとどまらせようとした。けれども彼女はきかなかった。ある日鑑三が「武士の家庭として一旦しきいをまたいでこの家を出た以上は再び帰ることはできぬがよいか」と聞いたところ「もちろんです」と答えた。そしてついにタケは次兄浅田信治を東京に呼びよせ、正式に離婚を申し出、兄に連れられて永久に内村家を去ってしまった。「その時ぼくは白いゆかたを着ていた。お前の母が去って行く後姿を見送ってぼくは縁がわの上にうっ伏して泣いたのだ」と内村は後年その時の事を思

御渡米の事は大賛成には御座候へ共彼の地に於て少くとも三四ケ月間に堪ふる兵糧を用意するに非ざれば如何ともする能はざる事と存じ候。日本人[一]は今や彼の地に於て大に信用を失ひ居れば普通一様の事にては彼の国の仁人君子も日本青年の為に資を助くるが如き事はあらざるべしと存候。貴君にして少くとも三百円位の資を整へらるゝならば小生は貴君が断然彼の地に到り、貴君の欲する学校に入る事を勧む。而して先づ教頭教師の信用を博し、然る後貴君の真情を打開き助力を乞ふを得べし。小生は他に方法を考へ付かず。

[二]小生渡米の模様は拙著に於て略《ほぼ》御承知の事と存候。実に例外の洋行、今日より思ひ見れば自身の大胆に驚き入り候。彼の地に於ける小生の友人は大半死歿し、今は商売人二三人を余すのみに御座候。依つて貴君を紹介するに足るべき人物は今は一人も無之候。

若し万止むなくんば西京[三]に来り給へ。小生今は徐々とカーライル文庫[四]を作りつゝあり。小生の書函は貴君の為めに開かるべし。只失望し給ふな。又別に恥とするに足らず。今[五]や日本の社会は虚栄とゴマカシとの故を以て腐死せんとしつゝあり。如斯《かくのごとき》社会の褒貶《ほうへん》何《いづ》れも意とするに足らず。実に

い出して、二人の間に生まれた娘ノブに語った」と。独歩との共通点が多い。

三 Providence（英）は神意、摂理のことで、この後でいう「聖意」に同じ。独歩がこの頃読んでいた「ヨブ記」の教えにも重なる。↓二〇八頁注五、二二五頁注四。

以上二一五頁

一 一八九二年（明治二十五）カリフォルニア州ウィンタースで、白人労働者が低い賃金で働く日系労働者の解雇を要求した事件が切掛けとなり、さらに日系移民の風儀の悪さが「排日運動」に拍車をかけた。逸早く日系移民が入っていたハワイのホノルルでは、日系人の無頼の徒の集団が組織され、「魔窟」まで形成されていたという。

二 内村は、浅田タケとの破婚を癒すべく、明治十七年十一月に渡米し、フィラデルフィア近郊エルウィンで州立「白痴院」の看護人として働いた後、アマスト大学を卒業。さらにコネチカット州のハートフォード神学校に進むが、中退し二十一年五月に帰国する。その体験を後に「流竄録」（『国民之友』二三三号、二四〇―二四二号、二五一号、明治二十七年八月、十二月、二十八年四月）として発表するが、独歩はそれを読んで内村に注目することになった。↓補二。

三 内村の京都時代は明治二十六年八月末から二十九年九月まで。初め妻の実家・岡田家に近い下立売通り小川西入ルに、二十八年夏以降は新町通り竹屋町にある「便利堂」主人中村弥二郎の家の一部を借りて住んだ。教職に見切りを付け著述に専念し、傍ら日曜学校、キリスト教教義月曜学校で教えた。生活の困窮は、「便利堂」の援助を受けるようになって緩和してきた。この内村の言葉には、そうした余裕が感じられる。

憐れむ可きは日本国なり。一人の[六]誠実者の彼の女の大弱点を指示するものなく、又指示するも之れを信ぜず、[七]見すく〳〵好望の国民は死滅に向ひつゝあり。国の為めに泣き給へ。自身の為めに泣き給ふな。[八]旧約聖書何西〔阿〕(Hosea)を読み君の厄難よりして我が国の運命を察し給へ。

四月二十九日

内 村 鑑 三

国 木 田 君 机 下

此の書は余をして寧《むし》ろ奮《ふる》つて渡米せんとするの念を愈《いよいよ》ゝ深からしめたり。余は金を得ることに沈思せり。遂に左の決心を為したり。

[九]少年伝記叢書を大至急完成せしむ可し。七冊と号外一冊と八冊の収入八十円を四ヶ月にて得べし。四ヶ月の経費を大節倹《せっけん》を以て六円となすべし、或は七円となす可し。故に五十円の余りを生ずべし。これ今にありては大金なり。故に渡米は初秋九月と致さん。此の事を兎《と》も角も徳富君と相談すべし。以上の決心を父母にはかりぬ。父母同意せり。

午後出社し、リンコルンを校正し夫《そ》れより[一〇]神田青年会館に抵《いた》りて[一一]丹羽清次郎氏を訪ひ北米に於ける便宜を青年会より致しくれまじきやを相談したり。

四 京都時代の内村はカーライルに熱中していて、「日本のカーライル」と呼ばれていたが、明治二十九年七月七日から十七日まで静岡県興津の亀島楼で基督教青年会第八回夏期学校が開かれ、正宗白鳥など五十名ほどの受講生を相手に、五回に亘ってカーライルの講演を行った。「カーライルを学ぶの法」「カーライルの宗教」「カーライルの伝」「カーライルの福音」「カーライルの事業」という演題であったが、この講演は既に前年に決まっていて、講演料も前払いされていた。内村はその金でカーライル講演の資料を購入しており、それを「カーライル文庫」と称したのであろう。ちなみに内村は、カーライルを学ぶ「利益」として誠実の信念、労働の尊重、貧民愛の三つをあげている。

五 内村は、日清戦争を、古代ギリシャが老大国ペルシャを破り歴史の駒を進めたのと同じ図式で見ていたため「義戦」と考えていたのだが、戦後の状況に絶望し、やがて「時勢の観察」(『国民之友』三〇九号、明治二十九年八月)を書き、国家主義批判に転じていく。「而して戦局を結んで戦捷国の位置に立つや、其主眼とせし隣邦の独立は措《お》いて問はざるが如く、新領土の開鑿《かいさく》、新市場の拡張は全国民の注意を奪ひ、偏に戦捷の利益を十二分に収めんとして汲々たり、(中略)余輩の愁歎は我が国民の真面目ならざるにあり、彼等が義を信ぜずして義を唱ふるにあり、彼等の隣邦に対する親切は口の先きに止て心よりせざるにあり」。この論文の載った雑誌は一万五千部が即日売り切れたという。こうした内村の考えは明治二十九年四月十日付新渡戸稲造宛内村書簡に既に見られ、独歩宛書簡と、語彙、発想とも共通点が多いので、次にあげておく。『ファー・イースト』に載った君の論文は

兎に角に[一]スイフト氏に相談致しくるゝ事になりて帰宅したり。
[二]北米の神学校に校資を以て直ちに入学し得ることを希望す。
夜一番町教会祈禱会に出席したり。

昨夜は教会に在る間も、人生凡《すべ》て暗憺《あんたん》たるが如く思はれ国事[三]も何もかも希望全く絶えたる如くに感じたり。
今や生きて殆んど何の面白き事なしと思ひぬ。
昨夜もまた夢に信子を二回程見たり。信子悔いてわれに帰りたる夢を。一昨夜も信子を夢みぬ。夜々の夢に入るものは実に彼の女なり。友人父母皆な彼の女悪《にく》むべしと云ひ、彼の女欺きぬと罵れども、余は如何にするも彼の女を悪む能はざる也。彼の女が全く余を欺きたりとは思ふ能はざる也。
彼の女誤りたるのみと信じ居る也。

[四]已《すで》に此の身は神の道を求めてこれを伝播することに捧ぐ。
大に歓喜して猛進すべき筈也。されど余は今や悲哀鬱悶《うつもん》[五]の児となりはてたるが如し。

すばらしい。あのゴマカシ雑誌には、まったく立派すぎる。ただ一つ、僕は、このオベッカ国民に対する君の賛辞にだけは、全面的に同意できない。国民をあげて、どれほど深い堕落と恥辱とに陥りつつあるかを見たまえ。今日における最大の愛国者とは、国民の裸身のすべてと、その空虚、非情、ゴマカシ主義の全貌と、その社会にひそむ蛇にもにた醜状の全部とを暴露し得る人だと、僕は考える。カーライルが「欺瞞の破産」と呼ぶものが、この国に急速に起こりつつあると、僕は信じている」。

六 日清戦争後の日本国民の堕落を念頭に置き、だから信子の「大弱点」を指摘する「誠実者」がいないのであり、たとえ指摘する者がいても人は真剣に受け止めようとしない、と述べている。

七 信子のような不義がまかり通る世の中だから、独歩のような「好望の国民」は居場所をなくし滅びる他はないと、つまり信子の行為と日本国民の堕落を同一視している。「好望」は前途の頼もしいこと。

八 『聖書辞典』(明治二十五年)に、「ホセア書」は「イスラエルの人々がエホバに反(そむ)きて偶像に事(つか)ふることは恰(あだか)も人の妻たる者が其夫を棄(すて)て他男(たのをとこ)を愛し之と姦淫するがごときものなることを示せり又イスラエル人等が其罪悪に固執(かたま)れるにより厳しく神の罰を蒙(ふかむ)らざる可らず而して其国(そのくに)遂(つひ)に絶へ果べし、されど終(をはり)に至りエホバに恵まるゝことを得(う)べしと」とある。独歩に対する信子の背信行為が、内村の目に、大義を踏みにじる日清戦争後の日本人そのもののように映るのは、「ホセア書」を念頭に置いているからであり、それ故信子の行為は、亡国の序曲のように思えるのである。

六人事の児戯《じぎ》らしきを感じ、七吾が国民の堕落を思ふ也。

一身の一生、八遂に空《くう》の空《くう》なるかの如く感ず。

余は信子との愛を通じて永生の俤《おもかげ》を見たり。

九深き恋愛の中に永生の希望を感じたり。人性の美を見たり、人情の高を感じたり。

今や信子の愛、忽然《こつぜん》として冷却し、吾を去りたる事に由りて、殆んど是等の事、一時の空想幻影なりしを見る。

一〇天地俄然として墨をぬられしが如くに思はる。人はたゞ虚栄と我慾との池に浮沈する芥《あくた》に過ぎざるが如くに思はる。

信子若し死せんか、これ肉の死なり、愛の勝利なり。されど今や肉の勝利となり、愛の死亡となり了はんぬ。

一一肉の天地、眼にあふれ、愛の世界、消滅し去りたるが如くに感ず。

加へて吾が過ごこし方の空《むな》しかりし事など思ふ也。

不可思議の天地、不思議の人生。

わが身、限りなき悲痛に入りしより、世間幾多の悲惨の出来事にのみ心注がれ

九『少年伝記叢書』は、民友社で分担執筆した『十二文豪』シリーズが好評刊行中だったところから、その少年版として企画された節があるものの、すべてが独歩一人の手に成る。全八冊だが、この時点ではまだ三冊目であることを思えば、渡米の費用としては当てにできない。↓一四二頁注五。

一〇→二一〇頁注七。　一一→二一〇頁注八。

以上二一七頁

一 J. T. Swift（一八六一―一九二八）。アメリカ合衆国コネチカット州に生れ、イェール大学卒業後キリスト教青年会（ＹＭＣＡ）に勤め、主事、総主事を歴任後、明治二十一年派遣されて来日、明治学院で、島崎藤村、戸川秋骨、馬場孤蝶らを教えた。藤村「桜の実の熟する時」（『文章世界』大正三年五月―七年六月）に描かれる。翌年再来日し、草創期の日本ＹＭＣＡ発展に尽し、「神田の青年会館」（→二一〇頁注七）建設に際し私財を投じた。三十一年ＹＭＣＡ辞任後は、東京帝国大学、高等商業、高等師範で教鞭をとり、東京で没した。当時は、小石川区茗荷谷八十五（現文京区）に住んでいた。

二 内村鑑三の渡米をモデルにしている。

三 前掲、独歩宛内村鑑三書簡に示された「今や日本の社会は虚栄とゴマカシとの故を以て腐死せんとしつゝあり」（二一六頁）とする認識に影響されている。

四 内村の後を追って「北米の神学校」に入学するつもりでいるので。

五 思うようにならないため悩み苦しむこと。

六 社会の出来事が子供の戯れと同じで、一顧の価値もないように思える、の意。

七 内村の書簡に影響されたもの。

八 何も無いさま。『旧約聖書』の「伝道の書」第一

て、此の世界たゞ苦悩憂愁のものなるが如くに感ぜられ、看る処、聞く処、何の快味もなく、何の趣味[一]もなし。
東京てふ日本の首府、これに何の趣味ある。
さればとて田舎[二]山水の地とても今はわれを誘ふに力なし。吾は実に人の世にあきはてたるが如し。
希望もなく、勇気もなし。
友と雑談でもするが第一の楽なり。其の次は読書、其の次は書状を書くこと、其の次は此の記を書く事。
睡眠も苦し。何となれば信子を夢みるが故なり。
されど。
丈夫《ますらを》らしかれ。苦悩に勝たるゝ勿《なか》れ。却《かへつ》て苦悩に勝て。
此の身は無きもの、神に捧げよ。いつまでも信子を愛せよ。神の愛を感ぜよ。神と共に歩め。神と共に住め。神とたゞ語れ。神の世界を見よ。神の御手のわざを見よ。神の力、美、善、愛を感ぜよ。[三]クリストの品性の香を呼吸せよ。

寝に就《つ》く前に記し置く。

章一節に、「伝道者いわく空の空、空の空なるかな、すべて空なり」とある。内村鑑三「空の空」(『聖書之研究』大正四年七月)は、「まことにこの世のことはすべて空である。財貨も空である。知識も空である。名誉も空である。最も成功多き生涯を送りし人といえども、ひとたびは必ずこの嘆声を発せざるを得ないのである」と説明している。なお、北村透谷との論争を招いた山路愛山「頼襄を論ず」(『国民之友』一七八号、明治二十六年一月)に、「華麗の辞、美妙の文、幾百巻を遺して天地間に止るも、人生に相渉らずんば是も亦空の空なるのみ」とある。

九 北村透谷「厭世詩家と女性」(『女学雑誌』明治二十五年二月)冒頭の恋愛マニフェスト、「恋愛は人生の秘鑰《ひやく》なり、恋愛ありて後人世あり、恋愛を抽き去りたらむには人生何の色味かあらむ」を髣髴とさせる表現。

一〇 四月三十日の条に、「神の愛を感じ永生を感ずる能はざる無信仰は実に此の天地を暗き世界と化せしむ」(二一四頁)とある。

一一 「虚栄と我慾」の世界のこと。

以上二一九頁

一 おもしろみや味わい。

二 前年九月には北海道移住を熱望していた。

三 イエス・キリストの高貴な人格が香のように周囲に立ち籠めている、の意。

余は到底信子を忘るゝ能はざる也。道をゆく時も[四]余が愛をみたす空想は多分は信子に関すること也。信子との愛の一たん破れ去りて吾が一生全く何の幸福なきものとなりしやに感ず。余は信子の愛に由《よ》りて生きたり。

如何なる困厄《こんやく》も貧苦も不運も、信子と共に戦ふに於ては何かあらんと感じ居たり。信子の愛は余に言ふ可からざる自由を与へたり。

而して今や無し。今や[五]此の愛のかくれ家破れ倒れぬ。

[六]余は世路風雪の中に裸体のまゝ独身にて投出されたり。[七]先きの愛を回顧恋々するも其の筈なり。

信子今は却て是等の苦悩もなく、過去の恋愛を回想して何等の感もなけん。彼の女の脳中には最早や永劫をちぎりたる国木田哲夫在らざる可し。冷却せる彼の女の心こそいたましけれ。

[八]愛情は世に勝つ。彼の女は世に勝たる。彼の女に愛情の乏しかりしや知るべし。

其の彼の女を愛する余は不運なる哉。

されど[九]愛とは交換的ならず。愛は犠牲なり。余は犠牲となりし也。余が愛は永久変らじ。

四 何かを思うことで心が愛に満たされることがあるとすれば、それは信子に関すること以外にない、の意。

五 「愛」故に、心は「世路風雪」を意識することなく、「自由」に振る舞えた、という意。四月三十日の条に、「せめてもの心の避難所は、友義のあたゝかき情にぞある」(二一四頁)とあるのと、同じ類の比喩。

六 四月二十二日の条に、「吾は今や此の恐ろしき天地のたゞ中に裸体のまゝ投げ入れられむとするが如し」(一九八頁)とある。「世路風雪」は、渡る世間に厳しい苦難が待ち構えていること。

七 前途多難なだけで何の夢もなく投げ出されているような状況にあるから、過ぎ去った愛にすがるしかない、との思い。

八 愛情は世俗的価値に勝るものだが、信子の心では、世俗的価値の方が打ち勝ってしまった、の意。

九 愛は見返を要求するものではなく、無償の行為である、の意。

三日　夜十時記す。日曜日。

天地何の意味もなきかの如く感じ、自殺の念動いて止まず。

午前、[一]会堂に在りて流涕《りうてい》[二]少しも止まず。

愛破れ、希望滅し、猛気《まうき》[三]消え、自信死し、死灰《しくわい》[四]よりも冷然たり。自殺の念の動くも無理ならず。

午前教会にゆく道すがら、自から一個の影子[五]の如くに感じたり。午後富永等と共に[六]市ケ谷会堂にいたる。何の鼓吹せらるゝ処もなし。

一挙手、此の生を断たば此の苦悩を脱するを得る也。

されど自殺すら為す能はざる也。

[七]人たれか一個渺然《べうぜん》たる泡沫《はうまつ》ならざる者ぞ。

四日　朝。

昨夜も彼の女を夢みぬ。彼の女後悔して余に帰り余に幾度となくキッスしたるを見たり。

彼の女、如何に余を欺きたりと人々は言ふも余は信ずる能はざる也。彼の女なくしては余は世界に何の趣味なき心地す。

一　一番町教会の教会堂。→一一二頁注一。

二　涙を流すこと。

三　たけだけしい気性。

四　生気のないもののたとえ。

五　かげ、かたちの意。徳富蘇峰に次のような用例がある。「宇宙渺邈として極りなしと雖、多くは人心の影子たらずんばあらず」(「人事に於ける人心の作用」『国民之友』二〇四号、明治二十六年十月)、「政治は人民の影子なりとは、万古の真理なる可し」(「政界の底流」『国民之友』二七〇号、二十八年十一月)。

六　市ケ谷講義所のこと。日本一致基督派数寄屋橋教会の信徒五名が、明治二十三年十二月牛込区市ケ谷薬王寺前町(現新宿区)に開いた教会で、翌年六月植村正久を主任に招いた。後富永徳磨も伝道師になった。この日独歩と富永は、片山潜の説教を聞きにやってきた。片山は明治十七年、二十六歳で渡米、イェール大学を卒業し十三年ぶりに帰国したばかりだった。当時の片山は熱心なクリスチャンであり、植村と親交を結び、彼が主催する『福音新報』で健筆を振るっていた。渡米を志していた独歩としては、片山の言動に期待を持ったのであろうが、「何の鼓吹せらるゝ処もなし」だったようだ。

七　ちっぽけなうたかたのような存在でない人などいない、の意。「渺然」はとるにたらない、ちっぽけなさま。「泡沫」はあわ、うたかた。

此のわれ、今は生きがひもなきものとなりぬ。

神の愛もわれには余りに遠きが如し。友のむつびも彼の女の愛に比べては余が苦悩をいやすに足らざる也。

自殺、自殺、余は自殺を欲す。否自殺の外に、余には為す可きの事なければ也。見るもの、きくもの皆な苦しみの種なり。

昨日の聖餐《せいさん》式[八]も余の苦しめる心には何の力もなきぞ悲しき。余は人にも神にも見はなされし一個の空影子[九]に過ぎざるか。

此の日苦し。此の生命苦し。信子信子、御身は楽しきか。楽しき御身ぞ羨ましきの至りなる。

御身今何の苦悩もなくば余には益〻《ますます》苦悩あり。御身羨ましき至り。

されど今日となりては御身にも多少の苦悩あるべきを信ずるなり。或《あるい》は否か。

御身楽しきか。[一〇]御身若し楽しく此の日を送りつゝ居らんか。此の日は悪魔の日なり。此の日は詛《のろ》ふ[一一]べきの日なり。御身の楽は詛はる[一二]可きの楽なり。其の楽を享有する御身の心は毒血[一三]の池なり。聖《きよ》き高き深き恋愛の血を自から吸ひからしたる也。御身は自から知らずして一個の最愛せし青年を暗殺したる也。

余は彼の女に暗殺されて死す可きか。

八 Holy Communion（英）の訳語。キリストが最後の晩餐で、パンと葡萄酒をとり、「これわがからだなり、わが血なり」と言った故事に基づいて、パンと葡萄酒を会衆に分つ儀式。
九 空しい影子という意。カーライル『英雄崇拝論』第二講「予言者としての英雄」の、「此の宇宙は彼にとって、恐ろしい、不思議な、生の如く真実に、死の如く真実なものである。たとい万人がその真実を忘れて空しき影の生を送るとも、彼はそうするわけにゆかぬ」や「好事家気質、臆説、空理、真理を弄び、之と巫山戯る、いわば遊戯的真実探求、かかるものは極重の罪悪である。ありとあらゆる他の罪悪の根源である。それは、其の人の心魂未だ嘗て真理に開眼されたることなく、―「空しき影の中に生きる」ことを意味する」（老田三郎訳）に基づく造語であり、そもそも『旧約聖書』「詩篇」第三十九篇六節を踏まえた表現である。「影子」は→注五。
一〇 もし信子が今日を楽しく送っているというのなら、今日は悪魔が支配する詛うべき日である、の意。
一一 底本「咀ふ」。
一二 底本「咀はる」。
一三 病毒を含んだ血。

否。彼の女暗殺せんとするも、余は自から生きざる可からず。されど彼の女なくして余は自から生くる能はざるを如何せん。

余は到底苦悩の児《こ》なり。

信子、信子。来つて此の苦悩するわれを救はざるか。

御身は何故に過ぎし日に於て斯《か》くまでに余を愛したるぞ。余はまた何故に御身を斯くまでに恋ふるぞ。

吾等が恋愛は詛[一]はれし也。


神のみち、神の愛。

これを求むることのみぞ余[二]が今の最後の呼吸なれ。


余は必ず亜米利加《アメリカ》にゆかざる可からず。

亜米利加数年の生活と修練と苦学とは必ず一個、強健にして熱心、温良にして勤勉なる青年者を日本に送り回《か》へさん。

余は必ず亜米利加にゆかざる可からず。

一　底本「咀はれし」。

二　今の自分に残された唯一の生きる道、の意。

三　「使徒」とはキリストが福音を伝えるべく選んだ十二人の弟子のことだが、ここでは、神が「此の下劣なる日本を救はん」とする使命を自分に下した、ということ。

四　Providence（英）の訳語。本来はギリシャ哲学で、神が世界全体の未来を予見し、合目的的

神は使徒[三]の命をわれに下し給ふ。此の下劣なる日本を救はんが為めに、余の苦悩、これ摂理[四]のみ。

[五]余は苦悩のうちに在り。されど植村正久[六]、内村鑑三[七]、宮崎八百吉[八]、富永徳磨[九]、[一〇]今井忠治君等の諸友ありて余が精神を鼓舞《こぶ》し、奨励《しやうれい》し、慰藉《ゐしや》しつゝあり。此の点に於て余は幸福なり。余は此の度の経験に依つて感情を高め、智識を加へ、品性を養ふを得んとす。されど此の際彼の女を思へば如何。

彼の女に真の朋友ありや。絶無なり。真の教師ありや。絶無なり。真の慰藉ありや。絶無なり。彼の女の朋友たり慰藉たるべき筈の星良子嬢は却て余の朋友となり慰藉者となれり。

彼の女の母は一個の高慢にして、無学、虚栄を好み、人間を知らず、神を知らざる圧制家[一一]たるのみ。彼の女の父は温和なる人なれども、下品[一二]なる人なり。彼の女に今や此の父母に帰りたる也。何者か彼の女を導きて高尚なる生活に到らしむる者ぞ。何者か彼の女を教へて真にヒユーマニテイ[一三]を解せしむる者ぞ。何者か真に彼の女の霊魂[一四]の為めに憂ふるぞ。彼の女は独立して独行[一五]すと自信し居るべし。されどこれ彼の女の不幸なり。彼の女は野心多き割合には徳性[一六]足らざ

に支配していることを言う概念だが、後に神学用語として使われる。たとえ不可解な現実に見舞われていても、神が救いの計画を確実に遂行することを確信する、という意味。従ってここは、今日只今自分が見舞われている「苦悩」は、「摂理」である他はない、の意。→二五七頁注八。

五 以下の記述は夜帰宅した後で書いたと、日記の最後に明記してある。

六 →補三五。

七 →補二。

八 宮崎湖処子。→補二四。

九 →補二八。

一〇 →補四二。

一一 権力を行使して人の自由を束縛する者。

一二 この場合、佐々城本支が塩原温泉で会った折は二人の恋の理解者として振る舞いながら、その後一転して反対の側にまわるなど、態度や行為が卑しいという意味。

一三 Humanity（英）。人間性の意だが、この後五月六日の条に「人間の真情（ヒユーマニテイー）」（二二九頁）とある。

一四 「人間の霊魂は、霊なる神が人間の創造に際して、土の器なる肉体に神の息吹き（霊）を与えたことによって「生ける存在」となったという、人間だけに賦与された特性であって、物質とは本質的に異質のものであり、肉体の死とは無関係に存在する。したがって人間は、この与えられた霊性によって、神というような純霊的存在をも認識・把握することができ、救いにあずかることができる」（『日本キリスト教歴史大事典』教文館、昭和六十三年）。

一五 独立独行。他人に頼らず、自力で自分の信ずるところを行うこと。

一六 道徳的意識、道徳心のこと。

る也。

彼の女の前途、遂に如何あるべき。

彼の女だに辞せずんば、余は今にても直ちに彼の女の慰藉者、教導者、真友[一]たらん。妻[二]と呼ぶ能はざるを必ずしも悔まず。

彼の女若し余を目して真友とたのみ得るならば、真に彼の女の幸福なる也。されど今日の場合にては彼の女の心ひがみ、昨日の愛情すら冷却し、一個高慢なる野心家の卵となりはてしならむ。

余は如何にして彼の女を救ふ可きぞ。余は必ず彼の女を救はざる可からざる也。

これ余の義務なり。

余は彼の女に与ふるに静穏平和の家庭を以てせんと欲しぬ。

五ケ月の閑居[三]、余に取りては如何に幸福たりしぞ。されど何ぞ知らん、彼の女[四]は此の間已に逃亡を企つる、三回ならんとは。

彼の女は到底[五]デイビニテイーを解し得ざる人なり。或は多少美妙を感じ得んか。

されど彼の女は到底[六]一個都会児たるをまぬかれざるか。

彼の女と星良子嬢と比較するに、彼の女は勤勉家、実際家、家政家なり。星良子嬢は同情の人、人性を解せる人、感情の人、野心なき人、上品の人なり。彼

一　本当の友人。

二　「真友」となれば妻ではなくなるが、そうなったとしても悔やんだりはしない、の意。

三　「閑居」は世事を離れてのんびりと暮らすこと。信子と結婚し逗子で過ごした月日をいう。

四　四月二十七日の条に、収二が蘇峰より聞いた話(二〇八頁)としてある。↓補七二。

五　divinity(英)。神性、神力。

六　その内実は、星良との対比で示されていく。

七　押しが強く無遠慮、ずうずうしい。

八　人見知りをする人、の意。

九　ありのまま、偽りなく。

一〇　現実的な欲求のことか。

一一　「霊」は「霊魂」に同じ。それに対し「心」はよ

の女は横着[七]の人、良子嬢は赤面[八]する人、彼の女は実行の人、良子嬢は黙想の人、彼の女は政治家の妻たるべし。宗教家、文学者、詩人の妻たる可からず、彼の女は得意の人、富貴の人の妻たるべし。失意の人、貧苦の人の妻たる可からず。彼の女を幸福にする者は偽善なる富貴の人、虚名ある高位の人なり。

余は今も尚ほ彼の女を熱愛すと雖も、有体《ありてい》[九]に言へば余は彼の女の夢想を捉へ得るも、実慾[一〇]を満足せしむる能はざる夫なり。

兎に角彼の女は余に比して、数倍の不幸なる人なり。

余には堪へ難き苦悩あり。されど彼の女には彼の女を光に導く先導者なし。余[一一]の心は苦しむ。されど霊は養はれつゝあり。彼の女の心はまた必ず苦しむ。されど霊は思ふに枯れつゝあらむ。

彼は不幸児なり。余は彼の女を救はざる可からず。如何にして救ふ可き。『時[一二]間は経験すべし』余の心だに益ゝ彼の女を愛して真に其運命を憂へ、霊魂を憂へなば、時間は必ず彼の女を救助することを余に托し来らん。

『格闘』[一三]の二字、余が今日の慰藉なり、鼓吹なり、勇気なり、発憤なり。無限[一四]無窮の天地を獄舎の如くに感ぜしむる「苦悩」、余は此の苦悩と格闘すべし。

り此岸的、個人的な概念の謂い。→二二五頁注一四。

一二 この日の午後、民友社で読んだ緒方維嶽著『十二文豪号外 シルレル』(→二一八頁注四)の中の言葉。「其八 ウワイマル及イエナ」の、シラーとゲーテの出会いについての叙述に、次のようにある。「シルレルは此会見の後、直に記して曰く。『要するに此会見は毫も我が理想を減少せざりき。彼れは余が曾て描ける理想の如く大なるものなり。然れども唯だ余は疑ふ。我等は親密なる交誼を有するに至り得可きや否や。(中略)彼れの性格は根本に於て、全く余の性格と相反す。彼れの世界は余の世界に非ざるなり。我等の思弁の方法は、其要素に於て甚だ相違せり。如斯き関係より堅牢なる交誼を結果し得べきや、蓋し疑はしと云ふべし。時間は試験す可きなり』と。時間は実に試験す可かりし也」。初対面のゲーテに強い違和感を覚えたシラーが、その後彼を無二の親友にする事態について、緒方が、シラーの言葉を逆手にとって、正に時間が判断を下してくれたことだった、と述べている。それを独歩は、信子への希望を繋ぐ話として受け取っている訳だが、「時間は経験すべし」というのは誤記であろう。ここは「時間は試験すべし」と言うべきところである。

一三 やはり『十二文豪号外 シルレル』からの引用で、シラーの人生を象徴する言葉として繰り返し使われる。例えば「其十一 史詩、歴史及戯曲」に、「彼れは死する迄安息し能はざるの人なり。(中略)運命を開拓し、事情と格闘し。一躍して大家林に上ぼりたる雄志は、今猶ほ其俊秀なる額に輝けり」とある。

一四 希望や生きる意味を見失ったため、「天地」の印象が一変したことを言う。

神の摂理にまかせん。決して人に媚《こ》びず。生活の運命に於ても今や余は最も不運者の[一]一人子《じんし》なり。されど人にこびて此の不運より脱出せんとは願はず。かく言ふは[二]思ふ心あれば也。

今日午前[三]出社、午後[四]十二文豪号外シルレルを読みて、読み了はる。夜[五]富永氏を訪ふて大なる慰藉を得て帰り、「余は苦悩のうちに在り」以下を書す。

六日。

深夜床上に筆とる。

昨日午前早朝、徳富君を[六]小林(下宿屋)に訪ふ。不在。十時帰宅、直ちに食事して[七]植村正久氏を訪ふ。来客のため用事を果たさずして帰宅し、苦悩して遂に横に倒れ一時に至る。[八]蹶起《けつき》して出社、途中に徳富氏に遇ふ。社にてまてといふ。乃《すなは》ち其のまゝ出社す。午後四時頃まで[九]今井君と共に[一〇]築地近辺を散歩す。帰社間もなく徳富君出社、直ちに渡米の決心を語り、且つ[一一]横井時雄君への依頼状を依托したり。夜十時帰宅。

本日午前出社、午後五時帰宅。

一　人の子の意。

二　この頃独歩は内村鑑三の影響で、「北米の神学校」を目差していた。→二一八頁注二。

三　民友社。

四　緒方維嶽『十二文豪号外　シルレル』(民友社、明治二十九年五月)。緒方維嶽は明治六年九月熊本県生れ。二十六年同志社を卒業後、キリスト教ヒューマニズムに基づき文芸評論を展開した。二十九年には竹越与三郎の主宰する雑誌『世界之日本』の文芸評論担当となると共に、『シルレル』を執筆。"Poems of Schiller"(一八四四年)の序文、エドワード・リットン「シルレル小伝」を種本にしたものだが、『群盗』や『ヴィルヘルム・テル』などを論じている。その後『万朝報』に移り、明治三十年代に三冊の文芸評論集を刊行する。没年は不明である。なおFriedrich Schiller(一七五九-一八〇五)は、ゲーテと並び称されるドイツの古典主義の詩人・劇作家で、過激な青年文学運動であった「疾風と怒濤(シュトゥルム・ウント・ドランク)」に促されて創作した処女作『群盗』(一七八一年)で名を成すが、ゲーテの知遇を得て後、古典主義の文学理論を確立するに到った。我が国では、明治十年代に自由民権運動の風潮に乗って『ヴィルヘルム・テル』(一八〇四年)が盛んに翻訳された。独歩も読んでいて、明治二十八年四月十日、五月一日の条に記述がある。シラーを尊敬したカーライルに促されて読んだのかもしれない。ちなみに『シルレル』の広告文に次のように掲載された『国民之友』などにある。「独逸近世の二詩星は、ゲーテとシルレルなり。前者は邦人多く之を説く。後者は未だ人の伝し、評論したるものあるを聞かざる也。(中略)シルレル四十五年の生涯、僧侶たらんと欲し、医学生たらんと欲し、英国に去り、米国に走らんと

[一二]植村正久氏は余の失望せん[一三]事を憂ひ居る由、富永氏より伝聞す。
徳富君、昨日余に告げて曰く、此の度の事、必ず復讐せざる可からずと。蓋《けだ》し
大に勉励して佐々城家につらあてすることを意味せり。

最早、信子の事、語るまじ。[一四]恥じの至り。痛恨の至り、語るまじ〳〵と思ひ
乍《なが》ら、友の顔見れば訴へたくなる。

神の愛、自然の美、人間の真情《ヒューマニティー》、求め願ふものはこれなり。

七日。

信子は真に冷却せしか。余は未だ全然、然《しか》りと答ふる能はざる也。
彼の女なくしては兎にも角にも余が生活は趣味なき苦悩なり。何事も其の面白味を失ひ、其の色、其の香、其の力を失ひぬるなり。
何故に彼の女は吾を見捨てたるか。幾度か自問するも自答を得ざる也。余は真に貧し。[一五]彼の女の意想外に出でしならめ。
余は真に半狂人なり。彼の女もかくまでの変人とは思はざりしならん。有体《ありてい》に

欲し、遂に其天職を覚悟し、詩人の最大光栄を冠するに至る。其間出奔あり、失恋あり、厭世あり、流浪者と成り、推拓者と成り、勝利者と成る。多情多感、妙思麗趣溢る」。
五 富永徳磨。→補二八。
六 徳富蘇峰は、自宅とは別に部屋を借りていた。京橋区鎗屋町一(現中央区)小林よし方。かつて今井忠治が下宿していて、独歩も訪ねたことが明治二十六年三月十日の条に見える。
七 植村正久は、麴町区四番町四番地(現千代田区)に住んでいた。→九七頁注一二。 八 決然と行動を起こすこと。 九 今井忠治。→補四二。
一〇 「築地居留地」(現中央区明石町)があった。安政五年(一八五八)に締結された日米修好通商条約に基づき、明治元年に開設された治外法権の外人居留地。明治五年、五百坪ずつ五十二区画に整備された後に発展し、外国人の住む洋館やアメリカ公使館、立教学院、佐々城信子が通った海岸女学校、東京三一神学校などのミッション・スクールが立ち並び、前年には聖路加病院も建ち、文字通りエキゾチックな空間だった。三十二年に条約改正され、居留地も撤廃された。
一一 安政四年(一八五七)―昭和二年(一九二七)。日本組合基督教会牧師、同志社社長、政治家。横井小楠と津世(蘇峰の母の妹)の長男として肥後国(現熊本県)に生れる。明治四年熊本洋学校に入り、九年花岡山の奉教結盟(熊本バンド)に加わる。十二年同志社を卒業後、愛媛県に赴き今治教会を設立し牧師となる。その後同志社教授、本郷教会牧師を歴任、傍ら『基督教新聞』の編集なども担当した。二十七年に渡米し、イェール大学神学校に入学、二十九年六月に帰国する。ここでは蘇峰に渡米の決意を報告に行った独歩が、序に、まだアメリカ滞在中だった従兄弟の

言へば、彼の女ほど内心を外観に現はさゞる人はあらず。此の点に於て余とは大正反対なり。故に余は何時の間に彼の女の愛の冷却し居たるかを知らざりし也。

されど失踪[一]後の二通の書状及び星良嬢への書状によれば彼の女も決して愛を失ふて後、はじめて家を出でしには非ざるが如し。

今、彼の女は如何に思ひ居らん。余の事は何事も思はざるか。

過ぎし恋愛、夫婦間の真情をかへり見て何とも感ぜざるか。

昨日、社にありて星良嬢[二]に書状を出しぬ。今日返事あり。再び余より出し置きたり。

[三]吾等は従兄弟なり。決して縁は切れずと申しやりぬ。

今夕よりイーストレーキ家塾[四]に通ふことゝなしぬ。

[五]ハムレット講義と会話とあり。

八日。

余が過去の生涯は、決して真面目なる者には非ざりき。決して謹慎なるもの、厳格なるものにはあらざりき。

一個放逸[六]なるもの、浮薄なるもの、狂熱《きやうねつ》[七]的なるもの、高慢なるものなりき。

「横井時雄君への依頼状」を懇請したもの。なお帰国後の横井は同志社社長を務めるが、三十四年には政界に転じ、衆議院議員として活躍した。

三 植村正久が独歩の渡米計画を危ぶみ、憂慮しているということ。富永徳磨の日記『一小涯・一生涯』五月二十日の条に、「国木田は甚だしく植村、丹羽等を怨めり、此は己が米国行を周旋せざればなり」とある。丹羽清次郎にも「桑港青年会」への周旋を依頼したものと思われる。↓二一〇頁注八。

四 底本「恥し」。 **五** 底本「せざらん事を」。 **六** 独歩の貧苦の度合いが信子の予想を越えていた、という意味。

以上二二九頁

一 信子の書状は、四月十五日の条に「本郷区の消印にして十三日のイ便」(一九〇頁)とあるものと、四月二十日の条に「信子より来状」(一九五頁)とあるものの二通。前者には、星良宛てに一通出したことや、「要するに自分も勉強したく、余にも独身者の精力を以て勉強させたし」などと書いてあり、後者には「曰く離婚(表面だけ)致し度し。其方余の為になると」と書いてあった。

二 五月六日付星良宛独歩書簡。「拝啓昨日訪問致し候処あいにく御不在にて失望致候(中略)小生其後苦悩に苦悩を重ね殆んど堪へ兼ぬる程なれども親切なる諸友の慰藉奨励に由り僅かに精神を固め居候小生北米行は愈々断行致す事と相成り候へ共着手致しかけたる少年伝記叢書完成の上に致し候間来る九月までは東京に留まる事に決定致候(中略)貴嬢近々彼女を御訪問被下彼女の近況それとなく小生まで御知らせ被下度願上候(夜々の夢に入るものは彼女に候)」とあり、以下一九七頁注一二の引用箇所に続く。

三 星良は佐々城信子の従姉妹だから、自分にと

罪多く、徳行少なく、忍耐薄く、怠慢多く、多く空しく思ふて、少なく弱く行ひたり。

余は吾が霊魂の偉大なることを知る。されど同時にわが情熱の余りに放逸なるを見る。

余が信子を熱愛すること今も変らざる也。

されど余の彼の女を愛したる方法は決して完全の者に非ず。余が愛は殆んど[八]迷溺のものなりき。不健全なりき。

一言以て評すれば吾が今日までの生涯は決して[九]科学的ならざりき。

余は吾が使命を重んずることをせざりき。

吾が生命其の者の神秘にして荘重なるものなることを知りて感ぜざりき。余が今日の苦悩は一個、天上よりの[一〇]大戒なり。余をして余の過去の凡てを反省悔悟せしむる[一一]高丘なり。

自然の自由と人情の[一二]好和とを求むる[一三]詩的狂熱ありて、而かも自然に包まるゝ人間の世に立つ[一四]深玄《しんげん》の反省乏しかりき。

人には皆な其の[一五]霊性を殺すほどの狂熱あり。

殆んど狂熱の無きものもあり。狂熱は一種の力なり。能《よ》く導くに於ては人を[一六]肉

っても従兄弟であり、今後も変わらない、の意。

四「博言博士」ことイーストレーキを教頭、一番町教会の磯辺弥一郎を幹事として、明治二十一年二月神田区錦町一丁目十二番地(現千代田区)に開いた「国民英学会」のこと。ただし独歩が通った頃にはイーストレーキはおらず、場所も神田区錦町三丁目十九番地に変わっていたと思われる。F. W. Eastlake(一八五八―一九〇五)はアメリカ出身の英語教育家で、幼少年期を日本で過ごすものの、一度帰国し言語学博士となって、明治十七年再来日。日本人と結婚し、英語教育に大きな足跡を残し、日本で亡くなった。七か国語に精通し「博言博士」の異名をとり、学生用英和辞典にイーストレーキの名を付けるとよく売れたという。「国民英学会」は磯辺と衝突し追い出され、二十四年に神田小川町に新たに「日本英学院」を立ち上げるものの、振るわなかった。イーストレーキ・ナヲミ『憶ひ出の博言博士』(信正社、昭和十一年)には、妻の目で回想されたイーストレーキの姿や、写真が所収されている。少年園編纂発行『東京遊学案内 全』(明治三十二年)に「国民英学会」が次のように紹介されている。「本会は主として実用英語を教授し、教科を分ちて正科、英文学科、夜学科、会話専修科、特別受験科、随意科の四科とす。修業年限は、正科夜学科は、各二年半、英文学科は一ヶ年と定む。学年を分ちて前後の二期とす。前期は十二月一日に始まり、後期に五月一日に始まる。学費は束修(ママ)金一円、月謝英文学科、会話専修科は金一円、正科、夜学科は、金七十銭、特別受験科は八十銭、随意科は金五十銭とす。本会は神田区錦町三丁目にあり。基礎の確実なるを以て世に許され、其卒業生は、英語教員又は会社員たるもの殊に多しといふ。主幹は磯辺弥

以上に活動せしむるものなり。されどやゝもすれば人の霊性の真の発達を殺すものは此の狂熱なり。余の如きは此の悲しき実例の一なり。

交はる処を見るに真に高き人なし。真に深き人、強き人、愛の人なし。茲《ここ》に於てか、[一]これを神の人に求むるの自然の情あり。余には此の情甚《はなは》だ薄し。交はる人を以て満足せんとはする也。

余が今日の道、[二]一路眼前に通ず、忍耐して進むあるのみ。謙遜して進むあるのみ。

[三]浮誇《ふこ》放逸の生涯は茲に終らざる可からず。

[四]苦悩の力、これを殺さざる可からず。

今は余が生涯の回転期なり。

余は今日まで空しく叫びたれども、黙して戦ふことをせざりき。笑つて人と語ること余りに多く、泣いて神に祈ること余りに少なかりき。余が[五]心は高尚なる鍛錬の足らざる熱鉄《ねってつ》なり。

[六]此の度の事は此の熱鉄を鍛ふ[七]大槌《つち》ならずとせんや。愛の力の働き余には極めて薄し。要するに信子に対しても未だ愛の働の足らざりし也。余が胸の中は絶えず苦し。此の傷のいゆる時無《なか》るべし。されど思ふに最良唯一の療法は一段高き

一郎にして、高橋五郎、石川角次郎、花輪虎太郎、服部他助、米人ブラッドベリー、スナッドグラス等十八名の教師を以て、千二百六十余名の生徒を教授せり」。なお富永徳磨日記『一小涯・一生涯』五月十八日の条に「国木田は米国に赴かんと決心し、今会話を学びつゝあり」とある。

五『ハムレット(Hamlet)』(一六〇一年頃)。イギリス・エリザベス朝時代の劇作家William Shakespeare(一五六四-一六一六)の四大悲劇の一つ。父を殺し母を娶って王位についた叔父クローディアスの悪事を、父王の亡霊によって知らされたハムレットが、更なる叔父の奸計を躱し復讐を遂げる話だが、その間に、誤ってハムレットが恋人オフェーリアの父を殺す事態が出来し、ために彼女を死に追いやり、その兄とは決闘を演じた揚句に共倒れになる、という悲劇が重ねられていく。わが国でも早くから紹介され、特に内省的で非行動的なハムレットの性格が、雑誌『文学界』(明治二十六―三十一年)の同人に強い影響を与えた。

六 勝手気ままでしまりのないこと。

七 くるおしいほどの情熱の意。吉田精一『自然主義の研究』上巻(東京堂、昭和三十年)によれば、「狂熱」は、日清戦後の文壇でいわば文芸批評用語として使われた。

八 夢中になって本心を失うこと。

九 合理的、体系的でない、の意。つまりそういう「科学的」な目で振り返って、信子に対する愛が「放逸」「迷溺」だったとしている。

一〇 大きな戒め、法則のこと。一一 高い丘のことだが、ここでは、人生の試練の意。

一二 仲良くすること、友好のこと。一三 精神的な感情の昂りをいう。一四 奥深いこと、幽玄。

愛に入ることにあり。則ち[八]交換的ならざるの愛に入るに在り。恋愛とても交換的なる以上は品高からず、誠深からず、涙[九]薄く血濁れり。信子と余とは深き恋に入りて、而して遂に辛苦を排して婚したり。而して今や、信子、余を捨てゝ去れり。されど余が彼の女を愛する点に於ては真実、少しも劣らざる也。益ゝ余が愛は加はらんとする也。されど今や決して交換的にはあらざる也。

余は彼の女の心の発達を望む。決して虚栄の夢を逐はざらんことを祈る。[一〇]鬱悶に沈みやせんと恐る。其の品性の高貴なる発達を願ふて止まざる也。余は今日まで人に依頼すること余りに多かりき。今後は神に頼るべし。正しきを蹈みて神に頼るべし。人に接するには神をのみ仰ぐ大胆真率誠実の人として接せんことを理想とせん。

[一一]神をおそるゝは智慧《ちゑ》のはじめなり。

[一二]余は自己を信ずるの力乏しく、而かも却て高慢なりき。真に自己を信ずるものは人と接して謙遜且つ大胆なり。これ実に男子の最高の品性に非ずや。されど自己を信ずるよりも神を信ぜよ。

一五 →二二五頁注一四。

一六 『聖書辞典』（明治二十五年）によれば、「肉と云《いふ》言《ことば》の殊別《かくべつ》なる意義《いみ》は大概《あらまし》左の如し」として四点にまとめている。「一全人類《すべてのひと》と云《いふ》意味なり」「二霊魂《たましひ》と相区別したる所の体《からだ》又は身と云《いふ》意味なり」「三人性《じんせい》或は人と云《いふ》意味なり」「四神の霊に反対なる所の人性と云《いふ》意味なり」。ここでは、人間性の限界を超えた活動を言う。

以上二三一頁

一 「真に高き人」「真に深き人」「強き人」「愛の人」というのは神が人に要求するところ、と見做す自然の情が人にはある、の意か。それに対し独歩は、自分は人間の現実に満足してしまうと述べている。

二 一筋に続く道。例えば仏教では、涅槃に到達するはずの道をいう。ここでは、渡米して牧師を目差すことをいっている。

三 落ち着きがなく、うわずって大袈裟なこと。

四 苦悩の力で「浮誇放逸の生涯」を抹殺しなければならない、の意か。

五 イギリスの諺“Strike while the iron is hot”すなわち鉄は熱いうちに鍛えよ、を踏まえた言い方。

六 佐々城信子との破婚の件。

七 物を打ち叩く工具のことで、大きなハンマーの意。

八 →二二一頁注九。

九 「涙」は人情、「血」は情熱の比喩。

一〇 思うようにならないため心がふさいで悩み苦しむこと。

一一 『旧約聖書』の「箴言」第一章の言葉。

一二 自信がないから他人に対し高慢な態度に出る、ということ。

今日午前竹越[一]君を中渋谷村に訪ふ。

午後出社。宮崎湖処子君来宅。

出塾[二]。帰路祈禱会[三]へ出席。帰路富永[四]氏を訪ふ、病気なり。


　九日。


欺[五]かざるの記の最初(二十六年二月)より今日まで三年三ヶ月と九日なり。

余[六]が生涯はこゝに一変せざる可からず。

回想記を書し、苦悩記を書し、日記を書し、独語[七]して慰藉せんよりも、凡ての過去を過去となして、一心不乱、前程[八]に進むの生涯たらざる可からず。

故に筆をこれに措き、此の記はこゝに閉ぢ了はることゝなしたり。

望は前に在り。過去よ、去れ。勉励と活動と計画と来れ。追想と低徊《（ていくわい）》[九]と独語と、去れ。


　[一〇]明治二十九年五月九日　　国木田哲夫誌

一 竹越与三郎は明治二十八年十二月末、民友社を退社し、二十九年一月に時事新報社に入社するが、その際、心機一転のため南豊島郡中渋谷村九七五(現渋谷区)に移転した。→一六一頁注六。
二 国民英学会のこと。→二三〇頁注四。
三 一番町教会のこと。
四 富永徳磨。→補二八。
五 『欺かざるの記』は、明治二十六年二月四日から書き出された。
六 〈全集〉第六巻の塩田良平「解題」は、この部分を引用し、ルソーの「懺悔録に似せて書いた」証拠としている。
七 ひとりごと。
八 前途に同じ。
九 思案にふけりつつ行ったり戻ったりすること。
一〇 〈全集〉第九巻「遺稿」に、「五月九日」と題する文章が所収されている。→補七八。

第八

自　明治二十九年八月十四日
至　明治三十年五月十八日

明治二十九年八月

十四日。

欺かざるの記を廃したるは五月九日なり。爾来《じらい》経過すること殆んど百日ならんとす。

実に人の命運ほど怪しきは非ざるなり。殊に我が身の命運ほど怪奇なるは非ざるなり。

一一 北海道の森林に自由の生活を得んと夢想して空知川の沿岸を探見一二したる去年の吾、一年ならずして西京一三の客舎《きやくしや》に生活しつゝあり。

一四 小金井堤上の誓約、昨年十一月十一日の結婚、逗子の冬の生活、今年四月十二日の信子の失踪、同二十五日の離婚、西京の生活、すべて茫々《ぼうぼう》夢の如くなるかな。実に感慨に堪へぬぞかし。

一五 徳富猪一郎何者ぞ。内村鑑三一六何者ぞ。信子一七何者ぞ。此の吾が身何者ぞ。

一一 独歩が空知川沿岸に至ったのは、明治二十八年九月二十五日のこと。翌二十六日も土地選定のため沿岸を歩き回った。→補五八。
一二 探検の意か。
一三 独歩は、六月三日に民友社を退社し、内村鑑三を頼って京都へ向かうが、六月二日付星良宛独歩書簡に、「小生は明日午前十一時四十五分の汽車にて出立致す筈に候信子に此由御伝へ被下度候」とある。翌六月四日に京都に着き、八月二十六日まで滞在する。六月六日付竹越与三郎宛独歩書簡で、初め上京区寺町通り今出川下ル真如堂前町十二中司方に止宿したこと、「西京行は全く例の傷を何とかして療治せんとの願より出でしもの」であったことが分かる。さらに六月十日付竹越宛書簡では、間之町通り二条上ル斎藤方に移ったこと、「渡米の志」を捨てていないことなどが分かる。→補七九。
一四 明治二十八年八月十一日のこと。その日の条に「吾等堅固なる約束を立てたり。吾等が愛は永久かはらじと」(一〇一頁)と書き記している。
一五 蘇峰は、五月二十日、民友社を人見一太郎に托し、欧米巡遊に出立した。トルストイ訪問などを経て、翌三十年六月二十八日に帰国するが、渡米を志す独歩にとって、蘇峰を全面的に頼っていただけに裏切られた思いがしたのではなかろうか。
一六 鈴木範久『内村鑑三をめぐる作家たち』(玉川選書、昭和五十五年)は、この部分を引用し、「内村に対する見方の変化の兆しとも受とられる」としている。
一七 佐々城信子のこと。

嗚呼何の縁、何の因果、何の命運ぞ。

此の世に於ける人の命運、此の天地に於ける人の命運、げに思へば〱不思議の至りなるかな。

自然は次第に吾に親しく、[一]人は次第に吾より遠ざかりゆくが如し。自然は美にして誠なれども、人は利己的にして虚偽なるが如くに吾には見ゆ。

恋愛何者ぞや。友愛何者ぞや。

嗚呼吾は此の天地の[二]過客《くわかく》に非ざるか。誰か死を免かれ得んや。若きものよ、誇るなかれ。智者よ富者よ、誇る勿《なか》れ。

人生、人生、嗚呼これ何者ぞ。涙あり血あり、此の燃ゆるが如き情熱ある、此の吾は何者ぞや。

嗚呼天地に於ける人類(mankind)爾《なんぢ》は不思議なるかな。

夜更けて[三]千年の旧都、[四]墳墓の如くに静寂なり。吾は墳墓の中に座せり。

神よ、神よ、永生の神よ。愛と誠との光を更に人心に注ぎ給へ。人は偽にして[五]自己的なり。

夜更けたり、神の懐[六]、静なり。

一「徳富猪一郎何者ぞ。内村鑑三何者ぞ。信子何者ぞ」を受けている。
二 旅人。芭蕉『奥の細道』(一六九三—九四年頃)の旅立ちの言葉、「月日は百代の過客にして、行かふ年も又旅人也」が念頭にあるか。
三 前年の明治二十八年、桓武天皇が遷都した日とされる十月二十二日に「平安遷都千百年記念祭」が盛大に挙行された。はじめ平安神宮が造営された三月十五日に予定されていたが、コレラ流行で秋に延期された。なお四月一日から七月三十一日まで第四回内国勧業博覧会も開催されている。その後、平安神宮の祭礼は年中行事となり、今日の時代祭がそれである。
四 十八世紀中頃のイギリスに「墓地派(Graveyard School)」なる詩人の一派があり、理性と合理主義が横行する時勢に抗して、死についての瞑想、死別の悲しみ、墓の寂寥などを主題とした陰鬱で内省的な詩を書いた。→補八〇。
五 九行前の「利己的」と変りないと思われるが、あえて言えば、「利己的」が egoism の意で、「自己的」は egotism、すなわち自分のことばかり言う性癖というニュアンスに近いか。
六 比喩的に、暖かく迎え入れ庇護してくれるところを言う。膝下。
七 イギリスのヴィクトリア朝を代表する詩人にして批評家 Matthew Arnold(一八二二—八八)の "Culture and Anarchy"(一八六九年)は、西欧文芸思潮に「ヘブライズム」と「ヘレニズム」という二大潮流があると指摘しているが、北村透谷死後に雑誌『文学界』を主導した上田敏は、この主張に基づき、それまでのキリスト教的理想主義に変って人間賛歌に裏付けられた唯美主義を、日清戦後の文壇に向けて発信するようになる。独歩の発言もこうした動向と無縁ではない。

人生何をか求むるぞ。

美と愛と、これ人の求むべきものに非ざるか。美よ美よ[七]、爾は漸《やうや》く吾が心の真の光とならんとしつゝあり。吾が魂の力となりつゝあり。げに琵琶湖[八]の美の吾を動かしたる力は深大なりし。美の実在は漸く吾が魂に認められつゝあり。

嗚呼人生何をか求むる。

若き夢よ、さめよ。美こそ我の、人の求むべきものなれ。美は自由なり、平和なり、神聖なり、無限なり。

我は愛を失ふて美を得んとしつゝあり。


大空の星影を仰ぎ見る時は、吾がこゝろをのゝかんとす。嗚呼わが夢[九]よさめよ。めさめて此の天地に立たんことを。

十六日、日曜日。

朝記す。昨日菊池[一〇]に書を送りて、民友社[一一]に復帰の事を相談せり。

薄暮外出、若王子《にやくわうじ》[一二]より南禅寺[一三]を散歩せり。好景に動かさるゝ事多し。されど昨夜より今朝にかけて憂愁に堪へず。心たゞ空しくもだえ苦しむなり。

八 金森直次郎『京都名勝案内記　附連合府県』(飯田信文堂、明治二十八年)に次のようにある。「琵琶湖　其形琵琶に似たるを以て名く湖中水産に富む(中略)湖上の風景は天下の絶勝なり石山秋月、瀬田夕照、粟津晴嵐、矢橋帰帆、三井晩鐘、唐崎夜雨、堅田落雁、比良暮雪是れを近江八景といふ明応年中近衛政家父子が支那洞庭湖八勝に擬し和歌を咏ぜしに始まり夙に人口に膾炙すれども固より其全景の十が一を尽したるものにあらざるなり」。
九 カーライルの『衣服哲学』(一八三六年)や『英雄崇拝論』(一八四一年)で言う「夢魔」のこと。つまり実存を自覚せよと述べている。
一〇 菊池謙譲。独歩の友人で、閔妃事件の首謀者の一人。この時『国民新聞』記者。↓補八一。
一一 独歩が民友社に復帰するのは、十二月二十八日のこと。
一二『京都名勝案内記』に次のようにある。「若王子(にやくわうじ)神社　永観堂の北に在り白河帝の草創に係り天台宗に属せしが維新後より若王子神社となれり那智神社を祭る往古は殿宇荘厳を極めしが応仁の乱に荒廃せり山腹の地は当時の庭園の旧跡なる由にて山に拠り泉石を点綴(てんてつ)し四時の風光兼愛す可し山中の飛泉(たき)あり高一丈余炎暑の候都人避暑(ひしよ)第一の勝地なり」。
一三『京都名勝案内記』に次のようにある。「南禅寺　臨済宗、五山の一なり弘安年中亀山上皇此地に離宮を経営し玉ふ宮中恠異(くわいゐ)多し(中略)正応四年東福の釈普門(当寺の開山にして無関和尚といふ大明国師と謚す)勅命を以て二十の禅侶を率(ひきひ)て宮中に安居を結びて坐禅しけるに恠物跡を匿(かく)し上下安寝せり上皇(中略)宮殿を革(あらた)めて寺となし遂に仏殿を創建し玉ふ(中略)仏殿は本年(明治二十八年)一月炎上した

求むべきものは実に美なり。人が此の世界に於て求むべきものは愛と美となり。此の二者これ真なり。われ美を感ずること今の如きは非ず。吾は美を信じはじめたり。[一]美を聖視するに至らんとす。

如何なる心中の世間的煩悶も、吾が身此の悠遠宏大[二]深玄秘密なる天地に介立するを感ずる時は霧よりもろく消散するぞかし。[三]星斗を仰ぐ時は煩悶は消ゆ。鳴呼人の心のほども大概は解りぬ。多くの人は吾が隔てなき心を以て談笑するに乗じて[四]吾をば喰んとす。吾は他人を信ぜざるべし。彼等は醜怪なり。其の心は偽を以てみたさる。其の心は不具なり。

十七日。午後四時記。

たゞ今、[五]富岡謙蔵氏を訪問し、[六]熊沢蕃山の著書を借用し帰る。

たゞ今[七]驟雨《しうう》来る。

今朝[八]尾間明氏に書を送る。

れど尚ほ毘盧頂（方丈）龍淵室（書院）天授庵（開山の塔所）帰雲院（南院国師の塔所）等あり境内六万三千五百余坪羊角嶺、独秀峰、駒ヶ滝、神仙佳境等の勝地あり又山門の辺に萩多し初秋には株々錦を栽し枝々珠を綴れり之を南禅寺の萩といひ高台寺と共に萩の名所たり」。

以上二三七頁

一 神聖なものとして見る、の意か。
二 奥深いこと。
三 「斗」は天の南北にある星座の名。星。
四 底本「吾をは」。領分を侵すこと。
五 明治六年（一八七三）―大正七年（一九一八）。画家富岡鉄斎の長男として京都に生れる。なお富岡邸は室町通り中立売上ルにあった。↓補八二。
六 熊沢蕃山（元和元年〈一六一九〉―元禄四年〈一六九一〉）は、代表的陽明学者。↓補八三。
七 急に降り出し、間もなく止んでしまう雨。夕立ちのこと。 八 ↓七五頁注九。
九 『京都名勝案内記』に次のようにある。「如意（によい）ヶ岳（たけ）　俗に大の字山といふ往古浄土寺回禄の時其本尊飛（とび）て此山に至り光明を発したりとの故事（こじ）により毎年七月十六日火を山腹に点ぜしが弘法大師始めて火を大字形に焼き叡覧（えいらん）に供したり其後久しく中絶したるを足利義政の代に相国寺の横川和尚と其臣芳賀掃部に命じ之を再興せしめ継続して今日に至る維新後八月十六日夜に点火す亦た都下の壮観なり山上に如意寺の旧跡あり瀑布（たき）あり如意寺の楼門の側に在りしより楼門の滝といふ」。
一〇 『京都名勝案内記』に次のようにある。「三条大橋　京都三大橋の一にして長五十六間幅四間半余天正十八年豊臣秀吉小田原征伐の時初めて之を架設せり欄干の擬宝珠（ぎぼうしゅ）は皆紫銅（からかね）にして其数十有八今尚之を襲用（しうよう）せり此橋は

昨夜大文字山[九]に火あがる。京都の子女、衣装花の如し。三条橋[一〇]上、群集山をなし、車通ぜず。

今朝ソージー[一一]のネルソン伝をひもときはじむ。

何となく秋気立ちぬ。

昨日「春は逝きぬ[一二]」を起稿す。

昨日朝教会[一三]に出席す。新町夷川下ル《えびすがは》にあり。

美を感ずること深くなりまさりゆくが如し。山、雲、森林、日光、月色、星斗、河海、雨雪、すべてこれ万人の所有物なり。こゝに美あふる。求めて得ざることなく、求めてつくることなし。こゝに自由あり。平和あり、満足あり、神聖あり。

富も貴も、すべて美をあふぐの心には空なり。

われ今日に至るまで山河を跋渉《ばつせふ》[一四]したり。月にあくがれ、雲に迷ひ、山にこがれたり。されど今や漸く美の実在と神聖とを黙会[一五]するに至らんとする也。

これは吾が心、やゝさめて、此[一六]の天地の不可思議に驚異しはじめたればなり。

[一七]美や、神の光なり。

京都各街の起点にして里程元標の在る所なり橋の東西には数十の旅店あり橋上の眺望《てうばう》最も風致に富む炎暑《えんしよ》には橋下に涼棚《すゞみだな》を設け酒茶を鬻《ひさ》ぎ昼夜納涼の客を絶《た》つことなし」。

一一 Robert Southey(一七七四-一八四三)。イギリスの詩人、作家。ブリストルの裕福な商家に生れ、オックスフォード大学に学んだ。後に保守派に転向するものの、当時の知的青年の多くがそうであったようにフランス革命を熱狂的に支持した。一七九四年コールリッジと出会い、さらに湖水地方に住んでワーズワスと親交を深め、共にイギリス・ロマン派の第一世代を形成するに至る。植村正久「自然界の予言者ウォルズウォルス」(『日本評論』明治二十六年八、九月)に、「コルリッヂは壮年の時一種の社会説に心を寄せ、同志の文士〔ロバート・サウジ〕とゝもに米国に渡航し、サスキハンナアの河畔に理想的社会を創起せんと企てたり」とある。何よりも良識の人であり、一八一三年には桂冠詩人に推された。散文"The Life of Nelson"(一八一三年)は、トラファルガー沖海戦の英雄、イギリス海軍提督ネルソンの伝記で、独歩は、『少年伝記叢書』執筆のために読み出した。

一二 この後、十月六日の条にも出てくるものの、不詳である。

一三『基督教名鑑』(教文館、明治三十年)に、「京都教会　京都府新町通夷川下ル」とある。

一四 山を踏み越え、川を渡ること。

一五 暗黙のうちに会得するの意。ひそかに悟ること。一六 カーライルの影響。→補三二。

一七 二行前に「美の実在と神聖とを黙会するに至らん」とあるので、「美」とは「神」の威光を表したもの、という意である。

[一]如意ケ岳、何ぞ美なる、叡山[二]何ぞ美なる。雲霧晴空の旧都何ぞ美なる。神聖を感ずるの心なくして美をめづるは美を弄するなり。美を信ぜよ。これわが今日までしば〳〵叫びたる言なりき。今や吾はたしかに美を信ぜんと[三]しつゝあり。歴史何者ぞ。吾は此の天地に立つ。これ神[四]の美はしき宮なり。

午後六時半記。

[五]「わが願ふ所」を草しつゝあり。

わが願とは夢より醒めんことなり。

われはたしかに吾の夢みつゝあることを極感[六]する也。何者か吾を此の夢よりさますものぞ。美の力か、美の力か。

十八日。

深夜（十九日午前一時半）記す。

神も照覧《せうらん》[七]ある如く、わが心はしばしも彼[八]の女の上より離れざるなり。彼の女を恋ひ慕ふ心の苦しみはやゝ失せたれど、何事につけても想ひ連ねて来るものは彼の女なるぞうたてき[九]。

彼の女は恋にて成立ちし夫婦の義をも顧みず、吾の信愛をも顧みず、程よき口

一 京都市の東端にあり、標高四六六メートル。大文字山はその一部をいう。↓前頁注九。
二 比叡山のこと。京都市の北東部、滋賀県との境に聳え、標高八四八メートル。『京都名勝案内記』に次のようにある。「日枝（ひゑ）又は比江といひしが伝教大師延暦寺を創立せしより歴朝の叡信浅からざるを以て比叡と改むと又一説には伝教大師と桓武天皇と心を一にし興隆ありし故に比叡と名くと平安城の東北に当るを以て艮峰とも号せり最高の処を四明岳といひ其他東塔、西塔、横川、無動寺谷の諸嶺ありて西塔は京都府下に属せり西明岳は直立千八百五十尺京都数万の人戸は風煙の中に隠見し琵琶湖又た一葦帯水の如く往来の船舶は木葉の波に点ずるに似たり之に登るものをして羽化登仙の思あらしむ」。
三 底本「とつゝあり。」。
四 「天地」は「神」が創造したものだから、そこは神域であり、いわば神の御殿のようなもの、ということ。
五 〈全集〉の注に、「天地の大事実」のこととある。沼波瓊音編『独歩遺文』（日高有倫堂、明治四十四年十月）に所収された。六 痛感する意か。
七 神仏がごらんになること。
八 佐々城信子のこと。
九 煩わしく厄介だ、ということ。
一〇 佐々城豊寿のこと。一一 腹黒い、という意。
一二 何か策略を秘めている目付き、の意。
一三 深く思い定めること。心に強く思うこと。
一四 少年伝記叢書第四巻『ネルソン』（民友社、明治二十九年十月）のこと。なお第五巻『ネルソン下巻』（明治三十年二月）と続く。
一五 アルキング作・斎藤紫影訳「夢見の里」（『しがらみ草紙』第三十一、三十二、三十五、三十七、三十九、四十、四十一号、明治二十五年四月―

実を作りて逃げ失せにけり。

彼の女は逃げあふせ得ると思へるにや。其の良心のせめより逃げ得ると思へるにや。憐れの少女よ。

[一〇]彼の女の母はげに世にも卑しき性の女なること愈ゝ《いよいよ》我には明らかに成りまさりゆく。彼の女も此の母の性を少しは受けつぎたればにや、情の中に誠少なし。[一一]腹に墨あり。眼に[一二]手段あり。意地強し。これは正しき判断なり。彼の女の行末の不幸を予言し得るなり。彼の母に比ぶれば吾が母の心情のうるはしさよ。吾が母は偽といふことを知り給はず、吾が母の情には誠実同情の気あふるゝが如し。吾が母には教育なきが故に理想てふものゝ影だになき故、[一三]志念は低き様なれども天性上品の人に在《お》はせば母を知る人の母になづかぬは稀なり。吾が母を思ふて彼の母を思ふときは吾が心に彼の母をあさましく思ふ念みちあふるゝ也。

[一四]ネルソンを書きはじめ、「[一五]夢見の里」、「[一六]新学士」の二編を読みたり。

昨夜より風いたく荒れ、今日はひねもす雲の走ること急にをり〱雨を誘ひ来り風さへ加はりていとすさまじき日なりき。月はや西に入りぬらんとおぼし。雲間にみえつかくれつ、其の美も今夜は能《よ》く眺め得ざりき。

二十六年二月）。Washington Irving（一七八三―一八五九）は、アメリカの随筆家、小説家。ニューヨークの裕福な貿易商の家に生れ、大学には行かず弁護士となるが、二十代初めに数年に亘るヨーロッパ旅行を行い、作家となる。優れた短篇小説を収めた『スケッチ・ブック』（一八一九―二〇年）刊行で海外でも知られるようになる。その後外交官に転じ、傍ら多くのノンフィクションを執筆した。

[一六]パウル・ハイゼ作・誉田緑堂、小金井きみ子共訳「新学士」（『しがらみ草紙』第十、十二―十五、十七―二十三、二十六、二十八、三十一―三十五号、明治二十三年十月―二十五年八月）。後に鷗外漁史『かげ草』（春陽堂、明治三十年）に所収された。Paul Heyse（一八三〇―一九一四）は、ドイツの小説家、劇作家。著名な言語学者の子としてベルリンに生れ、十代から創作を始めた。大学卒業後の長期のイタリア旅行が、後の創作に多くの素材を提供することとなった。その後ミュンヘンに住み、年金を支給されたため創作に専念することが出来、一九一〇年にノーベル文学賞を受賞した。巧みな構成と流麗な文体を特徴とする。なお独歩は、後に、この小金井きみ子訳「新学士」を、遠山雪子「『天の愛と地の愛』」（『婦人新報』改巻第六号、明治三十年十月）として詳しく紹介している。「「新学士」はハイゼの作なり、小妹はこれを原文にて読むの素養なければ、小金井きみ子女史の訳文にて読みたり」と述べ、以下、独歩一流の解釈を披瀝しているが、要するに「愛てふ事につきて夫の理想する処と妻の理想する処との相違より生じたる世にも哀れの悲惨を説きたるもの」という点に尽き、信子との破婚を念頭に置いて理解しているのは明らかである。

げに不可思議なるは此の天地と此の世とに於ける人の生命と運命とにてあるなり。不思議と思ふ念のみ加はるぞかし。

二十日。

午前　ネルソン。

昼飯、便利堂[一]主人帰宅、鶏肉〔を煮る。〕

午後一睡。

晩食後内村[二]氏を訪問。

帰路　御所[三]園内散歩、月色宜し。

[四]今井忠治氏より来状。返書を認めて直ちに投函、夜十時半。其れより南禅寺近辺まで散歩、十二時帰宅。「わが願ふ所」[五]を書す。

二十一日。

美はしき品性の人は実に稀なる哉。彼の人[六]は一個の天才なり。されど其の品性は美ならず。其の品性は寧《むし》ろ下劣なり。其の精神は高尚なり。其の理想は高尚なり。されど其の品性は下劣なり。げに品性の中心は信義なる哉。彼は自己中心の横着者にして信義の人に非ず。彼の人とは誰ぞや。内村氏なり。彼の人には品性の人を感化すべきものを有せず。彼の人には才あり文あり。されど其の

一 中村弥二郎。明治五年（一八七二）—昭和十九年（一九四四）。明治二十年頃新町通り竹屋町南入ルに、貸本兼出版業「便利堂」を創業する。なお便利堂の所在地は、その後三条通り富小路角に移り、さらに三条通り富小路西入ルに変った。その跡地「新町通り竹屋町南入ル」には中村弥二郎の一家が住み、その離れに内村鑑三も住んでいた。独歩は中村宅で昼食を振る舞われた訳だが、主人の弥二郎が便利堂から帰宅したので、鶏肉を煮て一緒に食べた、という意。→補八四。

二 内村は中村邸の離れに住んでいた。おそらく昼に訪ねて留守だったので、夕食後再び訪問したのであろう。なお、現在、便利堂はこの創業の地に戻り、内村の滞在記念碑が立っている。

三 『京都名勝案内記』に次のようにある。「御苑地（ぎょえんち）　御所の外郭にして維新以前は諸親王を始め縉紳（しんしん）の邸第あり俗に之を公卿屋敷と唱へしが明治十一年夏之を開て御苑地となしたり仙洞御所（せんとうごしょ）、久邇宮邸（くにのみやてい）、桂宮邸（かつらのみやてい）、主殿寮（とのもりょう）出張所、京都博覧会場、京都測候所、白雲（しらくも）神社、宗像（むなかた）神社等皆な苑内に在り」。 四 →補四二。 五 →二四〇頁注五。

六 独歩が突然こうした内村批判を行う理由について、鈴木範久『内村鑑三をめぐる作家たち』が次のように指摘している。「国木田と内村との間に何があったのであろうか。このことを解く一つの鍵としては内村夫人シズの京都時代の思い出がある。それによると、国木田独歩は、内村の本が沢山売れたものと思い込み、金の無心をしたようである（斎藤宗次郎自筆稿「内村鑑三全集編輯日記」）。おそらく内村も貧しかったから、これには応ずることができず、それが国木田の心証を害したのではないか。右の「日記」の直後の二四日の国木田の「日記」には、彼の経済

七 人物に芳香《はうかう》なし。

八 徳富君の方、品性は上等なり。植村君[九]に至りては更に上等なり。されど皆な傲慢なり。自信ありて而かも謙虚の人品は少なし。

品性の大敵は主我なり。エゴイズムなり、内村君の如き実に然り。彼はエゴイ[一〇]ズムを以て確信なりと誤解せるものゝ如し。

われはリンコルン[一一]を慕ふ。

[一二]茅屋《ばうをく》の民にも美はしき品性の人あり。無学の人にも高尚の品性宿るあり。

品性は半ば遺伝なれども、また之を養ふべし。徳性を涵養《かんやう》[一三]し、気質を変化するは此の事なり。[一四]されどこれ抑《そもそ》も末のみ。信仰の火を以て燃《や》きつくすに如かず。

自己を捨てゝ義と情とを立てんとする高尚なる行為を見ることは稀なる哉。

吾も人も自我[一五]の肉塊たるに過ぎざるなり。

[一六]ネルソンを書く、

[一七]便利堂に教授にゆく。

日光を蹈んで散歩。

事情のかなりひっぱくしている状況が記されていることも、これを裏付ける」と。前日の夕食後の訪問の折に、内村に借金を申し込み、断られた、ということか。七 人柄におもむきがない、の意。八 徳富蘇峰。→補一。

九 植村正久。→補三五。

一〇 単に自己中心的であるに過ぎないのに、かたい信念を抱いていると思い込んでいる。

一一 Abraham Lincoln(一八〇九-六五)。アメリカ合衆国第十六代大統領。→一二八頁注六。少年伝記叢書第三巻『リンコルン』には、彼が丸木小屋に生れ「一冊の聖書、一冊の宗教問答、其外に綴字法一巻ありしのみ」だったが、それを独学したことや、「神を崇むる精神、摂理を信ずる信仰、温厚にして親しむべき性質」を養われ、それが後に「美はしき特質として現はれ」ることなどが説かれている。内村と対照的な人物としてリンカーンを持ち出したのだが、八月十八日の条でも、同じ理屈で佐々城豊寿の人間性を切り捨て「吾が母」を賞賛している(二四一頁)。

一二 みすぼらしい家に住む人々の意で、「山林海浜の小民」に同じ。

一三 「徳性を涵養し、気質を変化する」と言うが、それはこういう事なのだ、の意。「涵養」は自然に水がしみ込むように徐々に養い育てること。「気質」は生れながらの気性のこと。

一四 しかしこうした改善が可能だとしても、そもそも先々に限った話で、信仰の力でエゴイズムを調伏するのには及ばない、の意。

一五 エゴイズムの塊のような人間、の意。

一六 →二四一頁注一四。

一七 原口昇「便利堂と国木田独歩」(『便利堂物語』二号、平成七年)は、「便利堂夜学校」について、「発案者は弥二郎で社員の教養講座として設定

月色満街《まんがい》[一]。

[二]木本常盤《ときは》嬢より来状。

黙して徳を建て、進んで義を行ひ、忍んで事に耐ふ。これ壮烈《さうれつ》[三]なる品性なり。

[四]近世此の人鮮《すくな》し。

北海道森林に自由の生活を求めたる吾が志念[五]は高潔ならざるに非ず、されど塵[六]都に耐へ忍びて不自由を甘んじ、謙遜にして人に仕ふるに比すれば、下劣なる品性ぞかし。

[七]自由を捨てよ。其所に自由あらん。幸福を捨てよ。其所に幸福あらん。人に仕[八]へよ。爾は尊貴《そんき》なるべし。玉は如何にしても玉なり。土は如何にしても土なり。土ならば土を以て安んぜよ。土即ち玉[九]たるべし。

人は不幸と下劣と醜悪とを甘受して始めて幸福と善美とを得ん。

美よ美よ、吾は美を信ぜんとしつゝあり。月光流水の如き今夜の美はしさよ。

此の不思議なる天地に美てふもの実在す。嗚呼これ大神[一〇]の御手のわざなるかな。

[一一]人は生れて世は逝きぬ。

したであろうことは疑う余地はない。（中略）講座の内容については推量するほかないが、彼の専門分野である文学・宗教を中心に日清戦争従軍記者の眼で観た時局の解説など広範囲なものであったろうと思われる」と述べている。

以上二四三頁

一　街路に満ち溢れること。

二　明治八年（一八七五）―昭和三十四年（一九五九）。会津藩士木本成三の次女として北海道に生れる。成三は海産物問屋として大成功を収め、家は富裕であった。女子学院在学中、校長の矢島楫子の信頼も厚く、また英語に堪能で、民友社の英文雑誌『Far East』に坪内逍遙の劇や尾崎紅葉の小説の英訳を載せたり、米国公使バック夫妻の通訳を務めている。明治三十三年外交官の川上俊彦と結婚。夫の任地のウラジオストックやモスクワでの生活が続いた。『日本婦人の鑑』（婦人評論社、昭和九年）に「聡明高雅、夙に賢淑を以て聞ゆ。克く家を整へ愛児の教養に努め、謂ゆる良妻にして賢母たるの範を垂れて遺漏なし」と紹介されている。なお『婦人新報』明治三十年十一月号の「在東京婦人矯風会々員姓名」に、「四谷区　木本常盤」とあるが、独歩と交際していた頃は、麹町区上二番町三十三番地（現千代田区）にあった女子学院の寄宿舎で暮らしていた。宮崎湖処子が、独歩の結婚相手として紹介したことが、この後、十月二十三日の条に書かれている。↓補八五。

三　勇猛果敢な人柄、の意。「品性」は道徳的な基準で見た場合の人柄のこと。

四　近ごろ「壮烈なる品性」の持ち主はまれである、ということ。　五　↓二四一頁注一三。

六　煩悩にけがれた都会の意か。

七　自由を求める気持ちに縛られて却って自由で

千年の旧都今如何《いかん》。たゞ月光の今も昔も変らざるを。人生、人生、これ何ぞや。吾が生、これ何ぞや。此の天地に於ける人の命、これ何ぞや。美よ美よ、わが驚異の念動く毎に爾の実在を感じ、爾を信ぜんと欲す。嗚呼美妙なる天地に於ける此の人生！

されど吾が心は夢中[一二]にありて世てふ翼の下にまどろみつゝあり。天地の真光[一三]に触れざる也。

二十三日。

二十二日午前八時半発の汽車にて大津[一四]までゆき、大津より汽船にて石山[一五]にゆき昨夜彼の地に一泊して今日正午前に帰舎せり。

石山寺よりの眺望は極めて美なるものなり。

昨夜の月はまことに澄み渡り居たり。

月の美てふことよりも宇宙の美てふことを感じぬ。

宇宙にに美あふる。吾は此の宇宙の子なり。吾が夢はさめつゝあり。而かも世俗的憂悶は忽《たちま》ち此の心を押へんとす、悲しからずや。

月の美に打たれ、思はず神に膝まづきて祈りし此の吾れ、忽ち処世の事や、其の他の世間的に空しき悶えをなすは不思議ならずや。

なくなっている、との思い。

八 二行前に「謙遜にして人に仕ふる」とあるのと同じ。従って、へりくだっている方が却って高貴だ、の意。

九 美しい「玉」に対し醜い「土」という意。従って、醜いものであることを甘受している存在は、それ自体が美しい、ということ。

一〇 神を敬っていう語。

一一 人が新たに生れて、今の世が過ぎ去る、ということ。

一二 「岡本の手帳」（『中央公論』明治三十九年六月）に「英語に Worldly てふ語あり、訳して世間的とでもいふ可きか。人の一生は殆んど全く世間的なり」「人、生れて此場所に生育し、其感情全く此場処の支配を受くるに至る」とある。つまりそういう「世間」という移り変る世界の中で生きるということは、夢を見ているのと何ら変わりがない、ということ。

一三 「岡本の手帳」では、「世間的」に営まれる人生に対し、「此吾は先づ天地の児ならざる可からず」と主張している。つまりそういう真理を自覚させる光の意か。

一四 『京都名勝案内記』に次のようにある。「大津県下第一の市街にして滋賀県庁所在の地なり京都を去る三里弱東海道鉄道の馬場、大谷両停車場あり又京都間には疎水運河の通船あり湖上亦舟楫の便多し大湖汽船会社、湖南汽船会社等あり県下各浦を往復す当地は山に拠り湖に沿ひ最も風色に富む近傍探遊す可きの勝地多し名物は大津絵(おほつゑ)、鮒鮓(ふなずし)、湖魚の時雨(しぐれ)煮等なり」。

一五 「京都名所―附近傍名勝案内」（『文芸倶楽部』明治三十五年四月）に次のようにある。「石山寺これも八景の一である、瀬田橋より南へ十町余石山村の山上にある寺で、天平勝宝年間の創建で、奇巌怪石より成つて、東に瀬田川を眺める

吾は絶えず求めて必ず此の夢を追はざる可からず。天地に介立[一]せざるべからず。

夢中の人々よ。夢中の世よ。夢中の吾よ。

二十四日。

[二]中村氏に依頼する所ありしも破談ゆゑ、尾間明氏に向けて只今書状を送り質入送金の事、収二と相談の上至急周旋の事、依頼したり。

吾が生涯の分水嶺《ぶんすいれい》[三]は今なり。

東京帰京の上は貧窮を甘受すべし。

恋女房の逃亡、貧窮、ヨシ〳〵何事にも堪へん。此の世界に於ける人生はこんなものと知るべし。たゞ神を求むるの外あらじ。

基督教徒としての生涯を確守《かくしゅ》[四]実行致す事をつとめん。

貧困、自由、嘲笑、何もかも甘受すべし。

[五]夢魔《むま》の翼の蔭に立つ此の世間、これ何者ぞ。げに憐れなる世間よ。

嗚呼われはわが困窮を憂へず。わが精神のあくまで高尚ならざるを憂ふ。

[六]クリスチヤニテイは此処ぞ。進めや。戦へ。

此の吾を神と人とに捧げん。

されど夢さめず。われは世の児なり。故に煩悩に苦められ、神を見る能はざる

佳景、本堂に如意輪観音を安置し、其傍らに源氏の間と云ふがある、是紫式部が源氏物語を作りし所だ、本堂を右折して石段を昇ると多宝塔あり観月亭あり、月と螢に名高いは人の知ることだ、馬場停車場より寺門まで十余銭を投ずれば腕車(くるま)も来る、また夏になると石場より瀬田川の間を往来する小汽船もある」。独歩より三年早く訪れた島崎藤村は、「石山寺へ「ハムレット」を納むるの辞」(『文学界』明治二十六年二月)を書いている。また田山花袋『東京の三十年』(博文館、大正六年)所収の「KとT」は、明治三十年初夏華厳の滝を訪れた折、独歩が「文学界のSは石山寺にセキスピイアを供へたさうだが、我々も、記念にこの校正刷を瀑神に献じやうぢやないか」と言ったことを伝えている。石山寺を訪れた折、独歩は、藤村の文章を読んでいた可能性が高い。

以上二四五頁

一　天と地の間に立つこと。

二　便利堂主人の中村弥二郎のこと。借金を申し込んで断られたのであろう。↓二四二頁注一。

三　分水界になっている山の尾根のことだが、転じて、物事がどうなっていくかが決まる分かれめ、の意。

四　しっかり守ること。

五　「夢魔」は、カーライルの『衣服哲学』や『英雄崇拝論』で言う"Nightmare dream"の訳語。八月二十一日の条にある「夢中にありて世てふ翼の下にまどろみ」と同じ意味。↓二四五頁注一二。

六　Christianity(英)。キリスト教的精神。

七　不孤庵主人『奈良の名所』(中沢勇次郎、明治

也。

神は吾を愛し給ふこと深し。

二十六日。

夜、十一時前、月明のもとに書す。

昨日奈良[七]に行き今日正午帰宅す。

[八]三笠山山上[九]の感を永く忘るゝ勿《なか》れ。

明日、帰京に決し、今日晩食に内村鑑三君主唱となりて富岡[一〇]、横浜[一一]、中村[一二]の諸氏余のために送別会食を某楼に開かれ、鶏肉を飽食したり。便利堂[一三]夜学校の小僧連のために一場の離別の語をなしたり。

断乎《だんこ》[一四]文学界に突入せんと欲す。

われには宗教の人たらんと欲し、文学の人たらんと欲するが如きことをせず、たゞ此の夢よりのがれ出でゝ天光《てんくわう》[一五]に浴せんことを希《ねが》ふのみ。

われには何者をも要せず、たゞ此の美なる天地を信じ得れば足る。而して今は吾が心已《すで》に此の美にさめつゝあるが如きを覚ゆ。

二十八年）に、「停車場より東に上るを三条通といふ西せば暗峠（くらがりたうげ）を越えて大阪に至るべし鉄道の此の地に通ぜしより今は通の幅も五間に打広げられて市中最盛んなる一区となれり」とある。そしてその東側に猿沢池や興福寺があり、その背後に「黒々と打茂れるは総称して春日山といふ。その正面に低く立てるは「あまの原ふりさけ見れば」の歌に名高き三笠山にして、有名なる春日神社はその麓に鎮座ましますなり。左のやさしきは若草山にして、「この度はぬさも取りあへず」の歌に名を知られたる手向山はその北につらなり、奈良といへば天下の人の誰しも思ひ起す大仏殿はその前に見ゆるなり」とある。

八 『京都名勝案内記』に次のようにある。「三笠山 春日山に連なり満山翠氈を展ぶるが如く山嶺の眺望極めて佳絶士女の行厨を携へて之に登臨するもの多し」。

九 独歩は「吾が生涯の分水嶺」にあるとの思いを抱きつつ三笠山に登り、何らかの決断を下したのであろう。『新約聖書』の「マルコ伝」第九章、イエスが三人の弟子を伴い高い山に登った折、突然、真っ白に輝き、救い主になったことを知らされた話が念頭にあっての表現。

一〇 富岡謙蔵。→二三八頁注五。

一一 横浜恕か。内村鑑三は明治二十二年、高崎時代の幼馴染で横浜恕の娘・加寿子（二十歳）と二度目の結婚をするが、わずか二年で死別。横浜家とは、その後も親交が続いていた。

一二 中村弥二郎。→二四二頁注一。

一三 →二四三頁注一七。

一四 三笠山山上で下した結論か。

一五 日光のことだが、八月二十一日の条にある「天地の真光」と同じ意。→二四五頁注一三。

嗚呼美にして静、幽にして玄なる自然よ。
東京の生活、詩人となりてわれは飢えん。
飢ゆるも楽しきは詩人なり。
旧都よ、われ爾と暫時の別を告ぐ。
神よ、わが前途を御手のうちに任かす。

今われ楽し。今われ生く。月今われを照らす。われ今彼の女[一]を懐《おも》ひ、彼の心を思ふ。わが心今愛と美とに動く。嗚呼将来！　われ此の今を楽まん。将来は神のものなり。

空想よ、空想よ、それ空想[二]は鬼これを嘲笑す。

[三]想像の翼はわれを美と愛の各所各時にみちびくぞかし。

三十日。

二十七日午後二時五十八分発の汽車にて西京を発し、二十八日午前八時十五分東京に着したり。

今日午後雨を犯して今井兄[四]及び収二と共に品川[五]に赴き閑居の家屋を捜索したれども見当らざりき。

帰京以来天候甚《はなは》だ不順にして極めて不健康的のものなり。

一　佐々城信子のこと。

二　「鬼が笑う」とは、実現性のないこと、見通しのはっきりしないことなどを言った時に、からかう言葉。つまり「将来は神のもの」なのにそれに煩うのは、いわば「空想」を弄ぶようなもので、鬼に笑われる、ということ。

三　空想に対し、想像力の方は、自分の心を、彼女と過ごしたあの所その時と、どこへでも導いて、美と愛に満たしてくれる、ということ。

四　今井忠治。↓補四二。

五　『東京近郊名所図会』第七巻・南郊の部一（明治四十三年十一月）に次のようにある。「品川町は。東京市の南位に在りて。荏原郡に属し。東は東京湾に枕《その》み。西は大崎町と平塚村に界し。南は大井町に接し。北は東京市芝区に隣れり。即ち北品川宿、品川歩行新宿、南品川利田新地、南品川猟師町、南品川宿、二日五日市を併合したるものに係る。其の地南北に延長せり。もと東海道五十三駅の第一駅にして。旅客の来往最も繁劇なりしが。東海道の汽車通ぜし以来。昔日の如くならずと雖も。尚ほ繁華の一市街たるを失はず」。

訪問者に宮崎君[六]、今井君[七]、池田君[八]、富永君[九]、尾間君[一〇]あり。宮崎君は昨日午後来[一一]宅、昨夜おそくまで今井君等と快談して去る。今井君は二十八日の夜、二十九日の夜、今日午後来宅。

今井氏に輪読会[一二]の事を発議《ほつぎ》して、大賛成を得たりければ、閑居定まり次第、実行の運《はこび》に至らんことを互にたのしみつゝあり。

閑居一定の後は静かに文筆と、読書とに従事すべし。

自由を山林に求むるを要せず。自由なる霊は到る処に処して自由なり。忍耐と勤勉と希望と満足とは境遇に勝つものなり。

民友社に帰復すること出来ず、其の他の社に入る事も出来ず、報知社[一三]に空位ありて吾を迎へざるに非ずと云へども、今は吾、文筆に従事せんことを願ふ。

あらゆる空想を排し此の世の夢よりさめんことこそ願はしけれ。

九月

七日。

六 宮崎湖処子。→補二四。

七 今井忠治。

八 池田米男。→一六一頁注五。

九 富永徳磨。→補二八。

一〇 尾間明。→七五頁注九。

一一 麴町区五番町十八（現千代田区）山崎方。五月二十一日付竹越与三郎宛独歩書簡に、両親を銚子に移し、弟収二と共にこの下宿に引っ越したことが書かれている。無論、渡米を想定しての措置だったが、結局、またこの下宿に戻ってきた。

一二 数人が順番に一つの本を読み、解釈研究などをすること。十月十八日まで、四回ほど開かれたことが日記で確認できる。

一三 京橋区三十間堀三丁目十一番地（現中央区）にあり、『報知新聞』を発行。前身は、明治五年六月前島密が創刊した『郵便報知新聞』。自由民権論の拠点として発展した後、改進党系の有力紙となる。十九年には新帰朝者・矢野竜渓が英国の新聞をモデルに更なる刷新をはかるものの、やがて衰退し、経営危機に瀕した。そのため二十七年に大衆紙として再出発することとなり、紙名も変更された。また日本橋区薬研堀町三十三番地（現中央区）にあった本社を、「廿六年四月現在地に三層楼を造築し之れに移転」（『風俗画報』臨時増刊二二八号「新撰東京名所図会」第二十九編・京橋区之部一、明治三十四年三月）した。なお独歩は、三十一年秋、竜渓の弟小栗貞雄の紹介で入社し、政治外交面を担当する。

吾が身今は[一]渋谷村なる閑居に在り。家は人家はなれし処に在り。

四日に移転したり。

五日に[二]今井君来りぬ。六日は昨日日曜日、朝より今井来り、昼飯に[三]中村修一氏来り、午後一時頃宮崎湖処子君来りぬ。

昨朝早く[四]差配《さはい》の老婆と収二との間に喧嘩あり。

今尚ほ其のもんちやく中なり。

[五]昨日も今日も南風強く吹き、雲霧忽《たちま》ち起り、突然雨至るかと見れば日光雲間よりもれて青葉を照らすなど、気まぐれの秋の空の美はしさ。

実に昨年の事夢の如し。[六]今や信子は北に在りと云ふ。哀れなるは吾が身の上かな。

われ詩人たるべしといふ。されどわれに此の資格ありや否や。[七]神の愛と義を感ずる事は極めて薄し。たゞ偏《ひと》へに人生の不思議に驚くのみ。[八]まぼろしの世なるかな。

一日の事を[九]詳記すれば限りもあらず。されど人の伝記は一日の中に在り。彼の一日を[一〇]精査せよ。彼の事業と彼の品性とを見るを得べし。

一 豊多摩郡渋谷村大字上渋谷宇田川一五〇番地(現渋谷区)。明治三十年の渋谷村の戸数は一五〇五、人口は八九二五であった(有田肇『渋谷町誌』渋谷町誌発行所、大正三年)。↓補八六。

二 今井忠治。

三 慶応元年(一八六五)―昭和十四年(一九三九)。ジャーナリスト、俳人。楽天と号す。当時芝区南佐久間町二―十七(現港区)に居住。病気のため夏の間鎌倉で療養し、九月に職場復帰したことが、八月二十六日付蘇峰宛中村修一書簡その他で窺える。↓補八七。

四 管理人のこと。翌年六月、独歩が日光に滞在中にも拘らず、収二が勝手にこの渋谷の寓居を引き払うことになるが、それもまた、「磯とい ふ大工の夫婦者」の番人と喧嘩したためだった(岡落葉「独歩氏が生涯の半面」『新潮』明治四十一年七月、同「独歩の半生」『趣味』明治四十一年八月)。

五 独歩「今の武蔵野」(『国民之友』三六五号、明治三十一年一月)の二章は、渋谷時代の日記からの抜粋によって構成されているが、この箇所が次のように引かれている。「九月七日―『昨日も今日も南風強く吹き雲を送りつ雲を払ひつ、雨降りみ降らずみ、日光雲間をもるゝとき林影一時に煌《らき》めく、―。』」。

六 佐々城信子(↓補四)は、六月頃に母や妹たちと渡北し、室蘭で暮らしていた。『婦人新報』十九号(明治二十九年八月)に、室蘭から発信された七月二十九日付編集部宛豊寿書簡が掲載されている。この頃の『婦人新報』の編輯人は三叉夫人・竹越竹代と愛山夫人・山路タネの二人であるので、独歩がこの豊寿の手紙を読んでいた可能性もある。↓補八八。

七 「神と人間について語られる徳目。正義とも

彼の一日を詳記せよ。そは彼の伝記なるべし。
故に余は余が一日の事を詳記すべきか。余には其の技倆なきなり。

われは[一一]重夢の中にあるなり。

九日午後一時四十五分記。
余は今、此の閑居に独座し[一二]ネルソン伝を訳しつゝあり。
わが机の上には[一三]樹梢《じゆせう》を通じて落ち来る光点々たり。[一四]日は強く、[一五]秋声野に満つ。
浮雲変幻たり。
[一六]お徳、お国、お勝。一は女郎たりし女、一は家を走りし老女、一は農にかせぐ老婆。
此の家に来りし以来の見聞遭遇は人生一片の詩に非ずや。

人各ゝ自ら感じて[一七]自得する処あり。人応《まさ》にこれを[一八]強追熱躡《ねつでふ》して其の上に樹立すべし。

今は十一時半なり。一たび床に就きたれども、[一九]百感交《こ》も〳〵起りて眠られざる

いう。倫理的・法的概念であるとともに、その根底にある神と人間の本質を言い表す。人間の義は神の義に根ざす。旧新約聖書いずれもその中心主題はこの神の義である。神の義は神の属性のひとつの徳目というより、人間と世界との関係で常に正しく、神が神であることを示す。したがって不義なる人間を裁くとともに、人間の罪をゆるし正しい関係を回復する義である」(『日本キリスト教歴史大事典』)。

八 「牛肉と馬鈴薯」(『小天地』明治三十四年十一月)で、「習慣の眼が作る処のまぼろし」と言っている。そういう「まぼろし」を振り払って実存を凝視したい、ということ。

九 詳しく記すこと。また、その記録。

一〇 詳しく調べること。精密な調査。

一一 深い夢に閉ざされることか。

一二 Robert Southey "The Life of Nelson"(一八一三年)のこと。→二三九頁注一一。

一三 樹木のこずえ。

一四 底本「目」。

一五 秋風。秋風の音。「今の武蔵野」二章に次のように引かれている。「九日の日記にも『風強く秋声野(ゃ)にみつ、浮雲変幻(ふうんへんげん)たり』とある」。

一六 お徳、お国、お勝については→補八九。

一七 自らさとること。自ら会得すること。

一八 「追躡」を強めた言い方。「追」と「躡」は同じ意で、あとを追いかけること。

一九 種々の感想。いろいろなおもい。

がため、再び起つて此の筆をとるなり。

[一]わが年已《すで》に二十六歳。

これ功名を樹立すべきの時なり。これ智識も、学術も、成熟の緒[二]に就《つ》く可きの時なり。此の我は依然たり。何の発明も進歩もなし。

一日また一日。夢の如くに過ぎゆく。

吾は遂に失敗者なるか。失敗者にても可なり。人生の意義に就き、根本的信仰なくして而かも世に成功せんことは我の望む処にあらず。

[三]夢中の成功は夢なり。

醒むること則ち成功なり。

わが願は夢より起きんことなり。今日夕暮独り門を出でゝ近郊を散歩し、秋風に身を任せて、田園丘壟《きうろう》[四]の間を吟行《ぎんかう》したり。されど自然の懐に温気なく、神の御手のわざに感瞑[五]する能はざりき。今や夜更けて独坐す。屋外の草叢、虫声繁く、雨滴またきこゆ。

吾は苦学すべし。

幸福の夢を逐躅《ちくでふ》[六]する勿れ。

借金を払へ。労作せよ。習錬せよ。観察せよ。

一 明治二十八年十二月三十一日の条に、「明日は二十六歳なり。二十六歳何かあらむ」（一五九頁）と記していた。
二 事業の端緒につく。成功の糸口が開ける。
三 「悪魔」（『文芸界』明治三十六年五月）のことばを借りれば、「自己を宇宙の外に置き、神と人と其処に並べて鉱物の見本を説明するが如くに宗教を説」き、ついに斯界の頂点に立つような「成功」のこと。
四 地の高い所の意。
五 深く感じて瞑目する意か。
六 追いかける意か。
七 八月二十九日伊藤博文内閣総辞職。藩閥政府の伊藤内閣は、日清戦争を機に政敵たる自由党と和解し、明治二十九年四月に板垣退助を内務大臣に迎えた。これによって政治の時代は終焉し、新たに経済中心の時代が到来する訳だが、皮肉なことに、それがために伊藤内閣も崩壊することとなった。すなわち伊藤内閣の大蔵大臣・渡辺国武が、戦後の国家運営を名目に軍事公債一千万円を募集するものの、財界は、松方正義ならともかく渡辺ではと、三百万円しか出さなかったのだ。山路愛山『現代金権史』（服部書店・文泉堂書房、明治四十一年）は、「松方ならば一千万円の御用を達し申すべし、渡辺ならば三百万円で御免蒙ると云ふは、何たる失敬ぞや。世には之を松方侯の人望多きに帰するものあり、それも一個の見解なれども、町人と政治の関係より見れば、町人が好かぬものには大蔵大臣が勤まらぬ世の中になりし徴候なりと申すべき歟」と述べている。正に政治主導の時代ではなくなったということなのだが、その結果伊

是は自戒のみ。
信子は吾を捨てゝ走りぬ。これも可なり。これも事実なり。人間に行はれし事実なり。
われは功名をも愛し、功名を愛せざることをも愛す。
われは詩人たるべし。これ吾が運命なり。あへて天職といはず。
とやかく言ふ間もあらず一生は飛び去らん。
事実を見るのみ。
[七]伊藤内閣倒れぬてふ事も事実なり。吾が死するも事実なり。生も事実なり。或人は彼を痛感し、或人はこれを痛感す。

十四日。

十二日(土曜日)午後一時半頃より輪読会を開く。
[八]今井忠治君は[九]ツルゲネーフの[一〇]初恋てふ小説を講ぜられ、収二は[一一]プルターク其の人の伝を講ず。
吾は[一二]バルンスの「[一三]吾が心は高原にあり」を講じぬ。
十三日(日曜日)午前一番町教会に出席す。
植村正久氏の宅にいたる。氏より大に戒められたり。神学書を[一四]借読する事を約

藤内閣は総辞職に追い込まれていったのである。
八 宮崎湖処子「民友社時代の独歩」に次のような証言がある。渋谷時代のこと、「この当時は非常にツルゲネフに傾倒して居て、国木田君の友人の中に独逸文学をやる人があつてその人に独文から読んで貰つて話を聞くといふ位であつた」と。今井忠治はツルゲーネフをドイツ語から訳読しながら講じていたのだ。十月十八日の条にも「今井氏のツルゲネーフを聴きしのみ」(二六二頁)とあり、また十一月十九日の条にも「今井氏は余の為めにツルゲネフの小説を語りきかしぬ」(二七七頁)とある。
九 Ива́н Серге́евич Турге́нев(一八一八-八三)。ロシアの小説家。→補九〇。
一〇『初恋(Первая любовь)』(一八六〇年)。恋に憧れる少年が、父との悲劇的な恋に生きる美しい公爵令嬢に魅了され、恋の歓喜と絶望を知る話だが、ツルゲーネフの自伝的作品である。
一一 Plutarchos. 古代ギリシャの哲学者にして伝記作者。代表作『英雄伝』で知られているので、こういう言い方をした。なお九月二十一日付徳富蘇峰宛収二書簡に、「小生は目下英国史第三冊の初めを相読み居り候。外にプルタークの英雄伝をもかぢり居り候」とある。独歩も逗子で生活していた二月初旬、少年伝記叢書第二巻『両ケトー』(民友社、明治二十九年二月)執筆のため『英雄伝』を読んでいる。→一六二頁注一。
一二 Robert Burns. 十八世紀イギリスの農民詩人。→一〇六頁注三。
一三 "My Heart's in the Highlands." 独歩が愛唱した詩で、明治二十七年十二月一日の条や小品「星」(『国民之友』三二八号、明治二十九年十二月)でも言及される。→補九一。
一四 他から書物を借りてきて読むこと。

しぬ。

富永徳磨氏を連れて帰宅すれば天来山口氏[一]あり。

十四日(月曜日)本日、東京に出で民友社にいたり、丸善[二]にいたり、キッドのソーシアル、エボルーション[三]、及び、ゴルドン将軍[四]の伝を買ひぬ。

竹越与三郎氏[五]を開拓社に訪ふ。

[六]古谷久綱氏を連れ帰宅す。山路氏[七]の宅にて談話。

様々色々の感情もえあがる。されどこれ俗念なり。取るに足らず。吾ながら笑ふべきことなり。

十五日。

秋雨蕭々《せうせう》たり。

昨年今月今日、信子と共に塩原に在りき。

今や如何《いかん》、今や如何。

[八]彼の女は吾を捨てゝ走りぬ。今や北海に母と共に在りと聞く。今や吾は憂魂[九]を懐《いだ》きて渋谷の閑居に在り。相へだつる数百里、彼の女の心冷えゆきたり。人生夢に似たりとは此の事ぞかし。

一　山口恒太郎。明治六年(一八七三)－昭和十六年(一九四一)。ジャーナリスト、政治家。天来と号す。↓補九二。

二　明治二年福沢諭吉門下の早矢仕有的《はやしゆうてき》が横浜に丸屋商社を創立。十三年丸善商社と改称、日本橋区通三丁目(現中央区)に本店を置き、書籍・薬品・舶来雑貨を販売したが、十五年『新体詩抄』を刊行、翌年には『百科全書』(チェンバース編)を予約出版したのをはじめ、洋書の輸入販売で多くの知識人に親しまれた。三十四年に内田魯庵が図書顧問として入社、機関紙『学燈』(後に『学鐙』)を発行するに及び、文化の発信源としての性格をより明確にしていく。↓補九三。

三　Benjamin Kidd(一八五八－一九一六)。イギリスの社会学者で社会ダーウィニズムの代表的論客。社会ダーウィニズムは、ダーウィンの理論のうち生存競争を人間社会に厳密に適用することによって新しい社会理論を立ち上げ、それに基づく政策を主張した。キッドの『社会進化論(Social Evolution)』(一八九四年)はその代表的著作であり、後に、角田柳作訳『社会之進化』(開拓社、明治三十二年)として刊行される。↓一二八頁注七、補九四。

四　Charles George Gordon(一八三三－一八八五)。イギリスの軍人。↓補九五。

五　明治二十八年暮れ、伊藤内閣のために働いていた竹越与三郎(↓六七頁注一一、補一〇)は、松隈内閣作りに走る蘇峰と対立し、民友社を退社するが、二十九年七月二十五日西園寺公望や陸奥宗光の後援で、京橋区尾張町一丁目四番地(現中央区)に「開拓社」を立ち上げ、総合雑誌『世界之日本』を創刊する。二十九年十二月十五日付中桐確太郎宛独歩書簡によると独歩も開拓社に誘われていたことが分かるが、前日の山口

人生の悲惨は多くは[一〇]キャラクターの結果なり。
これ最も悲惨なる悲惨なり。吾も其の一人、信子も其の一人。
キャラクターは遺伝なり。故に悲惨は遺伝より来るてふ[一一]ゾラの説は真理なるが
如し。
[一二]直覚的感情の高潔幽玄神秘なる者必ずしも善行せず、実行せず、成功せず。
品性の中心は[一三]信実と自信となり。

　十七日。

午後三時半、
有体《ありてい》にいへば余が感情は区々たる事にのみ動かされ居る也。
何故に[一四]マンリーに行動する能はざるか。何故にヒロイツクに言行する能はざる
か。何故に理想する所を直行する能はざるか。
あゝ野卑なる人の心！　何故に霊魂の示す所に従ふ能はざるか。
大胆に行動する能はざるは感情の低ければ也。

　十八日　午後十時半記。

昨日午後四時今井忠治氏来宅せらる。薄暮収二と三人にて[一五]目黒に散歩せり。今
井氏宿泊せられ今朝共に東京に行く。[一六]国民新聞社員社友一同撮影せり。

天来の来訪の事情と考え合わせると、この頃の政治的激動の渦に巻き込まれている独歩の姿が浮かんでくる。 六 明治七年(一八七四)―大正八年(一九一九)。ジャーナリスト、政治家。↓補九六。 七 山路愛山は豊多摩郡中渋谷村九〇二番地(現渋谷区)に住んでいたが、この時旅行中であり、『婦人新報』の編集に携わっていたタネ夫人と談話したものか。愛山「鴻爪録」五回連載(『国民之友』三二四―三三〇号、明治二十九年九―十月)によれば、八月二十八日に出発し、下総、西京と旅している。そして九月二十一日付蘇峰宛塚越芳太郎書簡に「山路君も中国、九州漫遊の途にありて」とあり、十月十一日付蘇峰・深井英五宛愛山書簡には「僕は九月一杯東海北陸山陽の諸国に遊びたり」とあるので、西日本全域に亘る一か月もの大旅行だったことが窺える。 八 前日山路タネとの談話で、佐々城信子の消息が話題に上ったか。↓二五〇頁注六。 九 「憂心」に同じか。 一〇 character(英)。性格。 一一 Emile Zola(一八四〇―一九〇二)。フランス自然主義を代表する作家。人間にまつわる諸現象を遺伝と環境という視座から捉える方法を主張。↓補九七。 一二 たとえ「高潔幽玄神秘」な「感情」であってもインスピレーションに過ぎなければ、「善行」に結び付かないし、「実行」を充すこともない。かりに「実行」に結び付けようとしたとしても「成功」にはしない、という意か。 一三 まじめで偽りのないこと。 一四 manly(英)。男らしい。 一五 「目黒不動の門前町として開けた目黒は、明治二二年五月に上目黒村、中目黒村、下目黒村、三田村が合併して荏原郡目黒村となり、(中略)明治一八年三月に最初は貨車専用の目黒停車場ができてから開け、台地は学校や住宅地、目黒

午後四時帰宅す。

夜、今少し前まで水上梅彦[一]氏来訪。婦人の事、世渡りの事など色々の談話ありたり。

今夜は月明かなりし。今は曇りたり。

独り近きあたりを散歩したり。
[二]クリスチヤニチーなる哉！

　十九日朝。

[三]空曇りて風死し、冷霧寒露、秋気身に沁《し》む。
虫の声庭にしげし。朝ながら天地の心なほ目さめぬが如し。陰湿暗憺《あんたん》たり。

心重く悲哀憂愁に堪へず。昨夜水上氏との談話にて女性の品性の下劣野陋《やろう》[四]なる、人心の険悪なる、常に年若き者の悲劇をなすを知る。夢に彼の女を見たり。彼[五]の女曰く君に帰る程に雑誌を起し給へといへり。
[六]「薄弱よ、爾《なんぢ》の名は女なり」女性の品性に誠実を欠くは薄弱なるが故なり。
吾未だ高尚なる女を見ず。

女子は下劣なる者なり。

人心は険悪なり。


川沿いには工業地区が発達している」(槌田満文編『東京文学地名辞典』)。ちなみに目黒駅に勤める一青年労働者の人間的階級的目覚めを主題化する白柳秀湖「駅夫日記」(『新小説』明治四十年十二月)には、主人公の藤岡青年が独歩の『武蔵野』に影響され、目黒界隈を散策する場面が描かれている。

一六　九月十五日『国民新聞』二千号祝いが行われたが、記念撮影は雨のため延期された。九月二十一日付蘇峰宛収二書簡に「去る十八日社員一同、外に森田思軒氏等と撮影仕り候。此書簡と前後して倫龍(ママ)に達する事と存じ候。明日は又社員一同大森八景園に於て運動会を催す筈に候。何れも国民新聞二千号の祝賀の為めに候由」とある。ちなみに「社友」とは、社員ではないが社員に近い常時寄稿者のことで、蘇峰がそう呼んでいた。↓補九八。

以上二五五頁

一　詳細は不明だが、この頃民友社にいた人物であることは明らかで、十月一日付蘇峰・深井英五宛古谷久綱書簡に「水上君は国民之友の海外思想、口絵の説明的社説及び新聞の切抜を依頼致候」とある。また、山路平四郎「父・山路愛山のこと」によると、「父にはこれといった道楽はなかったが将棋が好きだった。相手は近所に住んでいた水上梅彦氏で、この人はなかなかの凝り性だったから、有楽町の小野五平のところで初段をもらったと自慢にしていたが、容易に父には勝てなかった」とあり、愛山は水上の結婚の世話もしたという。その後「海軍教育本部編修官」になった(古林亀治郎編輯兼発行『現代人名辞典』再版、大正元年)。　二　Christianity(英)。キリスト教的信仰、精神、性格の謂い。

三　「今の武蔵野」二章に次のように引かれている。

嗚呼クリスチヤニチーなる哉！

人は重[七]夢のうちにあり。

植村正久先生吾を戒めて曰く「摂[八]理を信ぜよ」と。

　二十日　日曜日。

昨日午後今井[九]、宮[一〇]崎両氏来宅、輪読会（第二回）を開きぬ。宮崎君はミルトン[一一]の失[一二]楽園なり。宮崎君は宿泊せられたり。

今朝宮崎君と共に出京、余は教会[一三]に出席せり。

晩[一四]餐式あり。

帰宅は午後一時半、家に菊池[一五]君、及び社員（欠字）氏来たるあり。晩食後共に散歩せり。

菊池君を送りて停[一六]車場に行きたり（午後七時過ぎ）。帰路水上[一七]氏を訪ひ語りて九時過ぎにいたる。山[一八]路妻君等は信子と余との事に就き余の悪しき様に解し居る由を語らる。帰路無限の悲憤を感じぬ。

されど余は何事をも黙して忍ぶべし。

愛は忍ぶ事を為す。

何事も忍ぶぞかし。誤解するものをして誤解せしめよ。

「九月十九日―『朝、空曇り風死す、冷霧寒露、虫声しげし、天地の心なほ目さめぬが如し。』」。「冷霧」はつめたい霧。「寒露」は晩秋から初冬の間の露の意。**四** 野鄙に同じ。卑しいこと。
五 佐々城信子が夢に出てきて、独歩に向かって、あなたのもとに戻るから雑誌を刊行して下さい、と言った、ということ。
六 "Frailty, thy name is woman!" シェークスピア『ハムレット』（一六〇一年頃）で、ハムレットが、父王の死後間もなく叔父クローディアスと結婚した母を嘆くことば。女の心の変わりやすいことを言う。→二三〇頁注五。
七 →二五一頁注一一。
八 『聖書辞典』（明治二十五年）に次のようにある。「摂理　神学上の言（ことば）にして造物主は常に其造りたまひし万物（すべてのもの）を保ち又之（これ）を治めたまふとの意味なり即（すなは）ち神初（はじめ）に万物を造り其無限（そのかぎりなき）の智慧と能力（ちから）と恩恵（めぐみ）とによりて最大（いとおほい）なる物にも最（いと）小（ちひさ）き物にも各（おの〳〵）に其形状（そのかたち）と其固有の性質を賦与（あた）へ変ることなく之を守りたまふこと、又各（おの〳〵）に其性質に従てかゝはりあふことと其相互の運動（はたらき）の道を治めたまふことにして神は其摂理によりて其智慧と公義と恩恵と慈悲（あはれみ）の栄光（さかえ）をあらはしたまへり而（しか）して聖書は其初（はじめ）より終（をはり）に至るまでくはしく是教義を教ふる書なり」。→二二五頁注四。
九 今井忠治。→補四二。**一〇** 宮崎湖処子。→補二四。**一一** John Milton（一六〇八―七四）。イギリスの詩人。→補九九。
一二 『失楽園（Paradise Lost）』（一六六七年）。ギリシャ古典叙事詩の形式による全十二巻の叙事詩。サタンの誘惑に負けたアダムとイヴがエデンの園を追放される「創世記」の話を、宇宙的規

要するに人の世なり。
婦人は実に下劣なるものなり。
女子教育が大切なり。
[一]吾は夢のうちに在り。天地不思議に非ずして、たゞ人事のみ不平なり。これわが事ぞかし。
先づ天地の不思議にさめよ。
不平を圧《おさ》へよ。たゞ忍びて信仰を求めよ。

夜更けて独り家を出で郊路[二]を歩みぬ。祈禱せり。絶叫せり。天地茫々《ばうばう》たり。

二十一日。

[三]好美《かうび》日。秋冷《しうれい》[四]晴空。
われに卑しき心のもがきあり。わが品性の下等さよ。
[五]彼の女等何等の誤解を吾が上に置くもかまはぬに非ずや。汝《なんぢ》の憂は人の批評に非ずして、神を求むることの上にあるに非ずや。
天地の不思議を痛感する事のみぞ吾が欲する所なるに非ずや。朝記。

模の超自然的背景のもとに展開し、人類の堕落と神による救済を示そうとした作品。
一三 一番町教会。→一一二頁注一。 一四 聖晩餐式(Holy Communion)のこと。聖餐式とも。→二二三頁注八。 一五 菊池謙譲。→補八一。
一六 明治十八年三月に赤羽－品川間に通称品川線が開通して渋谷停車場(南豊島郡中渋谷村)が設置された。『東京近郊名所図会』第十三巻・西郊の部一(明治四十四年六月)に、「渋谷川稲荷橋を渉りて其の南西に在り」とある。
一七 水上梅彦。
一八 山路タネ。明治六年(一八七三)－昭和六年(一九三一)。阿部光子『或る女』の生涯』に、「たとえば当時、民友社の社員だった人の夫人たち、竹越夫人、山路愛山夫人のような公正な人々はいずれも独歩よりも信子に同情し、その母に同情した。あからさまにはいわないが、独歩のやりかたは卑劣であった。独歩自身が恋愛以外でも示した自己中心主義と負けず嫌いは、この恋愛でも発揮されていると、かの女らは批判した」とある。→補一〇〇。

以上二五七頁

一 八月二十一日の条に「夢中にありて世てふ翼の下にまどろみ」(二四五頁)とあるが、それに同じ。だから、自分の人生が「天地」に托されている事実を実感できず、夢幻に過ぎない世俗に煩わされてしまう、と言っている。
二 郊外の道の意か。
三 ヴィクトル・ユーゴー原作・森田思軒訳「死刑前の六時間」(『国民之友』三〇九－三三五号、明治二十九年八月十五日－三十年二月十三日)の「二」章に次のようにある。「余は典獄に向ていへり、「好晴日」。／渠は余の斯の語には、之に答ふるの価値ありや否やを打案るが如く、暫し

午後三時記。今日は業も意外に進みたり。美和[六]の好天気、晴空[七]秋天拭ふが如し。木葉火の如くにかゞやく。

而かも一団の幽愁《いうしう》あり。常に彼の女[八]を聯想して吾に襲来す。猛気《まうき》[九]心頭に上り来る。悲哀忽ち風の如く吹きて懐に入る。

　二十五日。

[一〇]宮崎君来る。共に収二と三人、郊外の林間野路を散歩し午後四時帰宅。

　三十日。

九月を送る。

昨日民友社に至る、宮崎君と共に丸善にゆきぬ。

氏途《みち》にて広瀬梅子[一一]てふ少女の事を説きて、之を余に娶《めと》れとすゝめらる。余は紹介を求め置きたり。

されど吾が信子に対する愛は変らざらんことを期す。余は独身を希《ねが》ふ。

一昨夜ネルソン[一二]上巻を脱稿す。

昨夜水上[一三]氏の宅にて宗教的議論あり。

今日今井[一四]氏来る。

黙然たりしが、既にしてやう〳〵思ひきりたる如く渋ぶ〳〵口を開きて、／「然り、然(さ)るやうなり。」／余は精神恍惚として酔るが如く、身動きもせず、天井の面に閃めき耀やく黄金色の返照を仰ぎ瞻りてをり。／余は再び繰りかへせり、「好美日。」」と。この思軒独特の翻訳調を借用したと思われるが、九月十九日発行の『国民之友』三一四号掲載分の「十三」章にも、「渠等は皆な錐をもむやうなる声を発して余を喚びて「好美日。好美日」と挨拶せり」とある。 四 秋のひややかさ。 五 山路タネや竹越竹代のこと。↓二五七頁注一八。 六 美しく穏やかの意か。 七 「今の武蔵野」二章に次のように引かれている。「同二十一日―『秋天拭ふが如し、木葉火の如くかゞやく。』」。 八 佐々城信子のこと。 九 たけだけしい気性。 一〇 宮崎湖処子。↓補二四。 一一 広瀬梅子についての詳細は不明。『日本キリスト教婦人矯風会百年史』によれば、古くからの会員で、明治二十年七月には四谷区箪笥町五十三番地(現新宿区)、三十年十一月には牛込区(現新宿区)に在住していたことが分る。『女学雑誌』二二五号(明治二十三年八月)の「廃娼記事」に、越後高田の通信として彼女の活躍が紹介されている。「桜井女学校生徒広瀬梅女史此頃暑中休暇にて高田に帰り、赤心を文章に吐露し、自ら奮つて高田及直江津の遊廓に入り、軒ごとに出入し、人ごとに之を配布す」と。その後、三十二年四月三、四日、九段坂美以教会で開催された婦人矯風会中央部第六回紀念会では、前年設立された相州支部「相州婦人」の書記・会計担当として参加している。 一二 少年伝記叢書第四巻『ネルソン』(民友社、明治二十九年十月二十二日)。 一三 水上梅彦。↓二五六頁注一。 一四 今井忠治。↓補四二。

六日。

十月

二日(?)午後宮崎君[一]を訪ひ、伴うて藤田文蔵氏[二]を訪ふ。午後十時帰宅す。

四日(日曜日)午前教会[三]に出席す。午後輪読会を開く。宮崎氏出席せず。

五日、「春は逝きぬ」[四]を書きぬ。此の日は星良子[五]嬢来宅の約ありしも、嬢の上に事ありて来らず。

四日教会の帰路、市ケ谷停車場[六]へ下る坂路にて木本嬢[七]に遇ふ、互に語らずして別る。
[八]信子の事、わが心を去らず。
嗚呼クリスチヤニチーとは何ぞや。

神と主[九]とに由《よ》りて得る所の自由、歓喜、希望、平和、勇気、忍耐而して愛。永遠の生命。


男女！　これ人生のデイレンマ[一〇]に非ずや。古来より無数の破船者[一一]を造りたるものはデイレンマなり。

一 宮崎湖処子は麹町区永田町二丁目二十九番地第七号(現千代田区)に住んでいた。↓補二四。
二 文久元年(一八六一)―昭和九年(一九三四)。この頃麹町区永田町一丁目十番地(現千代田区)に居住。竹越与三郎の雑誌『世界之日本』三号(明治二十九年八月二十五日)に藤田文蔵の彫刻の写真が掲載されているので、それが縁で独歩も交際するようになったものか。↓補一〇一。
三 一番町教会。 四 八月十七日の条に「昨日「春は逝きぬ」を起稿す」(二三九頁)とあるが不詳。
五 星良に相馬愛蔵との縁談が持ち上がっていた。
六『風俗画報』臨時増刊一九一号「新撰東京名所図会」第十九編・麹町区之部下之二(明治三十二年六月)に次のようにある。「甲武鉄道市谷駅は。土手三番町二十二番地に在りて。東南は市谷門を隔て丶三番町に隣り。西北は市谷八幡宮並に士官学校に対し風景絶佳なり。飯田町より第二次の駅にして乗客の数は牛込、四谷駅の如くあらざるも。靖国神社並に市谷八幡宮等の例祭に際しては。乗客群を為し甚だ雑沓せり。開駅は明治廿八年四月なり。場の南方に玉家と称せる茶亭あり。酒菓を備へて乗客の休憩を待つ。其の傍に駅長の住宅あり」。
七 木本常盤。↓二四四頁注二。 八 佐々城信子。
九 イエス・キリストのこと。
10 dilemma(英)。相反する二つの事の板ばさみになって、どちらとも決めかねる状態。
一一 人生の落伍者を難破船に譬えて言ったもの。植村正久は、「『ワーズワス集』を読む」(『福音新報』二六四号、明治二十七年五月)で、西行『山家集』との比較を試み、その中に「『山家集』の作者は失恋の人なり、人生の破船者なり」とある。
一二 品性や行為が下劣なこと。男女関係について言ったもの。

最も高尚美妙の関係、而して又一転して尤《もっと》も醜怪[11]卑陋《ひろう》の関係たり。

　十二日　月曜日。

九日　金曜日午後。上野に収二と共に行き[13]絵画展覧会を見物せり。

十日　土曜日午後。吾が教会の懇親会を[14]市ヶ谷八幡社内の一楼に開き、出席す。祈禱[15]感話せり。

十一日　日曜日。土曜日の夜は[16]富永氏の宿所に一泊し、午前八時[17]星良子嬢を訪ひぬ。[18]今井君と共に渋谷に帰村したるは十一時半なりき。

其の日の午後、散歩す。帰宅して見れば[19]山路、[20]宮崎、[21]阿部等の諸氏ありき。[22]山口天来氏は土曜日の朝より吾が宅に滞在せり。

本日民友社に至り、[23]人見氏を訪ひ、また[24]金僊氏を訪ふ。

余は[25]色々の事実の中を旅行しつゝあり。

余は今(十時過)独り坐して燈下にあり。此の静かなる時、認めたき書状数通あり。第一には信子への書状、第二には父母への書状、第三には星良子嬢への書状、第四には死したる友、[26]古川豹造への書状、第五には小学校の先生[27]中山伸一氏への書状、第六には岩国なる竹馬の友[28]片山武助氏への書状、第七には宮崎八

一三　日本絵画協会・第一回共進会。日本絵画協会は、既にあった青年絵画協会に、新たな美術学校の卒業生を加えて改組再編したもので、審査長の岡倉天心の下に有力画家を審査員にした第一回展は、九月二十日から十月三十日まで上野で開催された。会を三部に分かち、第一部東洋の画法、第二部西洋の様式、第三部新しい画法とした大規模な展覧会で画壇に衝撃を与えたが、とりわけ第二部はそのまま白馬会第一回展(十月七日―十一月二十九日)に当てられ、洋画界の新旧交替を印象付ける結果となった。白馬会は、フランスから帰朝した黒田清輝や久米桂一郎が立ち上げたいわばニューウェーブで、外光派と呼ばれたその清新な画風が浪漫主義文芸と呼応する事態を思えば、独歩が上野まで出向いたのも頷ける。

一四　『風俗画報』臨時増刊三四五号「新撰東京名所図会」第四十三編・牛込区之部下(明治三十九年八月)に次のようにある。「市谷八幡神社は、市谷八幡町十五番地に鎮座す、牛込区の西南端、丘陵の尽くる所、地位爽然として、市谷門址を俯瞰し、石段高く聳えて、境内緑陰あり、樹下逍遥す可く、眺矚(てうしよく)の景に富む、当社は一に亀岡八幡と称し、郷社(がうしや)にして、市内有数の神社として、創建の年代最も古く、其名夙(つと)に著はれたり」と。また「掛茶屋あり、清風亭といふ、緑蔭茗を瀹す、詣客憩ふ可し」とあり、ここで一番町教会の懇親会を開いたか。ちなみに田山花袋「蒲団」(『新小説』明治四十年九月)にも描かれる。「急に自から思ひついたらしく、坂の上から右に折れて、市ケ谷八幡の境内へと入つた。境内には人の影もなく寂寞(ひつそり)として居た。大きい古い欅の樹と松の樹とが蔽ひ冠さつて、左の隅に珊瑚樹の大きいのが繁つて

百吉君への書状、第八には植村牧師への書状、余は是等の人々にそれ〲語りつくしたき或者を有す。

　十八日　日曜日夜九時。

本日午前七時半、吾が家を出立して九時二十分頃教会に着きぬ。植村牧師の説教あり。腓立比書《ビリピしよ》[一]第三章第十節に就きて説かる。説教了りて後総会あり。長[二]老、執[三]事等の改選ありたり。[四]富永尾間氏宅にて昼飯す。輪読会お流れとなり、今[五]井氏のツルゲネーフを聴きしのみ。今井氏宿泊せらる。

限りなきの感慨に堪へず。人[六]生茫々《ばうばう》遂に如何《いかん》。
嗚呼遂に如何。
不思議なる人生なる哉。

　十九日　月曜日。

明月皎々《かうかう》[七]、秋気身に沁《し》む。
思ふまじと思へど尚ほも思ふは昨[八]年の此の頃の事なり。嗚呼恋てふものは夢の夢たるに過ぎざるか。悲惨なりし吾が命運。されどこれ益なき繰言《くりごと》のみ。

居た。処々の常夜燈はそろそろ光を放ち始めた」。一五 教会で行う説教のこと。
一六 富永徳磨は麴町区五番町十八番地(現千代田区)青木千代方に下宿。↓補二八。
一七 星良は明治女学校の寄宿舎に住んでいた。四月十五日の条に「寄宿舎は(麴町)中六番町二十二番地に在り」(一八五頁)とある。
一八 今井忠治。一九 山路愛山。二〇 宮崎湖処子。
二一 阿部充家《あつ いえ》。文久二年(一八六二)—昭和十一年(一九三六)。ジャーナリスト。無仏と号す。この頃芝区西ノ久保城山町一(現港区)に居住。↓補一〇二。二二 ↓二五四頁注一、補九二。
二三 人見一太郎。当時蘇峰は外遊中で人見が代理を務めていた。ちなみに住まいは麻布区飯倉三丁目十一(現港区)にあった。↓補六六。
二四 久保田金僊。明治八年(一八七五)—昭和二十九年(一九五四)。日本画家、舞台装置家。↓補一〇三。
二五 「夢魔を振い落し」「事実を直視する」(「牛肉と馬鈴薯」)状態が続いている、という意味。
二六 ↓七九頁注一三。二七 ↓一六八頁注三。
二八 明治二年(一八六九)—昭和十九年(一九四四)。錦見小学校時代の友人。↓補一〇四。

以上二六一頁

一 ピリピ(Philippi)はマケドニヤの都市で、ローマ帝国成立の時ローマと同等の権利を与えられた。西暦五一年パウロがヨーロッパにおける最初の伝道を行った。六二年ローマで捕らわれ投獄されたパウロは、ピリピのキリスト教徒に、信仰生活の喜びと希望を語った「ピリピ人への手紙」を書き送った。独歩は『新約聖書』の中で特にこの「腓立比書」を愛読していた。その三章十節には「また彼(キリスト)と其復生《そのよみがへり》の能力《ちから》を知その死の状《ありさま》に循《したが》ひて彼の苦《くるしみ》に与《あづか》り」(大日本聖書館『引照新約全

九 彼の母子の運命は誠実なき虚栄の果実ならんかし。われは如何。神知り給ふ。

一生を神の真理の為めに捧げ得ば如何に幸福ぞ。

将《まさ》にヒロイックなれ。

天地茫々たり。人生茫々たり。一〇 無限より無限に不思議より不思議に入る。将に神の真理を信仰せよ。

一一 神は限りなきの生命を賜ふの神なり。

神は限りなきの愛をクリストに依りて示し賜ふの神なり。

神は正義の神なり。

此の天地は神の宮なり。

一個の我を捨てゝ神につかへよ。

二十一日。

昨夜尾間明氏吾が宅に一泊す。

嗚呼人間の世の事が不思議でたまらぬぞかし。

茫々として限りなきの天地に於ける紛々たる此の人世。此の天地と此の人世とに処する此の生命、此の肉体、此の感情。

思へば思ふほど不思議ならずや。これを不思議とも何とも感ぜぬ人々の心こそ

書『明治二十七年』とある。

二 elder, presbyter（英）。教会における一職名。当初は長老と監督も同義であったが、二世紀頃から監督（司教）が長老（司祭）を統治する形に変わった。宗教改革後、監督制を廃し、長老が神の言葉の布教者であり、長老職を同権と見做す考え方が復権し、日本でも、メソジスト教会以外、この長老制を採っていた。

三 deacon（英）。教会の職務、長老などに従属し教会の実際面の奉仕に当たる役職。「長老派教会では聖餐式での司式者の補助、財務管理、困窮者の援助などの奉仕をする信徒の役職であったが、日本では長老になる準備段階のように理解されることが多い」（『日本キリスト教歴史大事典』）。→二六一頁注一六。 四 富永徳磨と尾間明は同居していた。 五 今井忠治。

六 人生はとりとめもなく結局どういうことになるのか見当も付かない、という意味。

七 「皎々」は月の光などの明るいさま。「今の武蔵野」二章に次のように引かれている。「十月十九日―『月明かに林影黒し。』」。

八 明治二十八年十一月十一日独歩は信子と結婚し、十九日に逗子の柳屋に入居した。

九 佐々城豊寿と信子のこと。

一〇 天地は余りにもとりとめもないので、我々は一体どこから来てどこへ行くのか分からない、生れる前も死んだ後も無限で不思議としか言いようがない、という意味。

一一 「キリストの十字架と復活により罪から解放され、義と聖に生きる者は永遠のいのちに至るのである。キリストを通じて永遠なる神と永遠の交りに生かしめられる恵みの賜物であり、これによって死にも打勝つ」（『日本キリスト教歴史大事典』）。

又不思議なれ。

神の愛と義とを信じたし。信ぜよ。
[一]人将《まさ》にヒロイックなれ、此の不思議なる天地にあくせくするなかれ。

[二]山路氏は民友社をはなれて別に雑誌社を起すが如き計画あるよしを語りぬ。
本日[三]宮崎君を訪ひたり。

月明らかに風寒し。


二十三日。


夜半にこれを誌す。

宮崎湖処子昨日午後一時頃来宅、午後四時頃より共に散歩す。夕陽美なりき。

昨夜月光霜の如し。宮崎氏一泊す。

今朝共に野に散歩して林に座す。

午後共に歩して宮崎氏の宅に至る。

昨夜月明に乗じて、[四]わが木本嬢に対する心を語る。結婚のことを申込むことゝなり、宮崎氏この周旋の労をとることゝなりぬ。もとわがために去年の夏の初め、氏は木本嬢を吾に嫁がしたしとの考へありしなり。

一　この不思議なる天地にあって、小事にこだわって生きてはいけない、雄々しくあれ、という意味。
二　十月十一日付蘇峰・深井英五宛愛山書簡に次のようにある。「蘇峰先生足下、人間は何時迄も梁山泊の頭領たり、子分たりにて止むべからず。せめては一個の市民となり、天下の経綸に実落の手段あらまほしきことなり。僕も遅蒔ながら近来左様考へ付たり。足下若し帰来せば僕は足下の助言を請ふて、民友社よりのれんを分けてもらひ、別に一身上を起したく思ふなり。いつまでも君の厄介になるは僕の忍びざる所なり。いつまでも磊落的生涯を為すは余りに小児の態度を保守する者に似たり。僕の志は事業に在らず編述に在り、さりながら閑居して書を読まんには相応の金なかゝるべからず。その金は自から儲けざるべからず(世上の才子中には天外より金を降らする術を心得居る者もある由なれど)。僕を以て自由党の政界をゆするが如く足下をゆするとすること勿れ。僕は実に深く独立の生計を営むべき必要を感じたり。足下以て如何となす」。愛山は、特に仲のよかった塚越停春(→六八頁注八)と共同で雑誌刊行を企て、「雑誌刊行計画大要」なる印刷物を頒布し千五百円の株式を募集したものの、結局実現しなかった(日本人記者・怪庵翁述『文士政客風聞録』大学館、明治三十二年十二月)。
三　宮崎湖処子。→二六〇頁注一。
四　木本常盤との結婚の件。→二四四頁注二。

わが信子[五]に対する愛は深くしてさめじ。
われは悲恋を忍ぶべし。
われは独身を忍ぶべし。
われは独身にて憤進猛進[六]すべし。
われは彼の女[七]を懐《おも》ふに満足せん。
われは女を恐るべし。
われは信子を愛す。されど女を恐る。
故にわれは宮崎君[八]の周旋をさしとむべし。

わが恋の[九]深き心は恋すてふ
浮名も消えし苔の下かな。

信子、信子、われは此の歌を愛吟《あいぎん》して満足せんのみ。

二十五日。

日曜日なり。朝[一〇]まだき霧ふかく、午後は晴れ、夜に入りて雲間より月さゆ[一一]。今は夜更けたり。此の記をかく。

霧の晴れぬ間に、林を訪はんとて、朝飯前家を出でゝ野[一二]を歩み林を見たり。

五 佐々城信子。

六 発憤して進むことか。

七 佐々城信子のこと。

八 木本常盤との結婚の件。

九 君への恋情は、恋の評判が消えた後も心深くに残っていることだ、という意か。

一〇 「今の武蔵野」二章に次のように引かれている。「同二十五日—『朝は霧深く、午後は晴る、夜に入りて雲の絶間の月さゆ。朝まだき霧の晴れぬ間に家を出で野を歩み林を訪ふ。』」。

一一 冴ゆ。光が澄むこと。

一二 「今の武蔵野」四章に、「十月二十五日の記に、野を歩み林を訪ふと書き」として、後にツルゲーネフ「あひゞき」（二葉亭四迷訳）の結末が引用されている。

「秋の朝の霧」は森林の美ならずや。これより静粛《せいしゆく》のものはあらじ。
[一]青山会堂に出席せり。
午後、[二]竹越、[三]山路、[四]塚越君等来宅せり。
薄暮、[五]峰安世氏来宅、共に郊野《かうや》[六]を散歩せり。

昨日東京に出で民友社に到り、[七]菊池氏に面会せんと欲したれど、菊池氏社に在らざりき。[八]竹越氏を民友社に訪ひぬ。

[九]結婚の事はすべて神の御心のまゝにまかせぬ。なるもならぬも御心のまゝぞかし。されば一昨夜、宮崎君に中止を依頼するの書状を認めたれども投函せずして止みたり。なるがまゝに任かせんのみ。

今日[一〇]山路氏より[一一]Pushing to the Front てふ書を借り来りて、精力集注てふ章を読み、感ずる所多し。

　二十六日。

今朝[一二]宮崎君を訪ひぬ。風邪の為め横臥し居たり。[一三]木本嬢のことなど語りてかへ

一 青山学院内にある青山第二(美以)教会。青山学院は豊多摩郡渋谷村元青山南町七丁目一番地(現渋谷区)にあり、美以教会はメソジスト監督教会のことである。有田肇編『渋谷町誌』に次のようにある。「青山学院　明治十一年築地に創設せる英語学校、十二年横浜に創設せる神学校の両校を、十五年合併して青山七丁目、即ち今の地に敷地を購入し、校舎及寄宿舎を建築し、東京英和学校を称したるに始まる。(中略)本院は米国メソジスト監督教会が其伝道事業の一部として設立せる教育機関にして、創立以来同教会伝道会社は年々資金と教師とを送れり。二十三年本多庸一を校長とし、二十七年校名を青山学院と故(ママ)め、政府法令の規定に準拠する事となす」と。　二 竹越与三郎。→六七頁注一二、補一〇。　三 山路愛山。→補六七。
四 塚越停春。明治二十二年に民友社に入り、『家庭雑誌』の編集に当たっていたが、二十九年六月二十一日付蘇峰宛山川瑞三書簡で、『国民新聞』に「時事短評の一欄を設け」その担当に抜擢されたことが分かり、さらに九月十三日付蘇峰宛草野門平書簡では、「国民之友総裁と相成」ったことが分かる。この頃、麻布区市兵衛町(現港区)に住んでいた。→六八頁注八。
五 明治二十六年十二月二十五日の条に、「船中たま〴〵鶴谷学館生徒の一人なる峰安世氏に出遇ふ、氏は思ひ立ちて神戸に向け出立せんとするなり」とあり、また二十七年五月二十四日の条にも、「今日、峰泰世氏より来状あり、又た一書を送り置きぬ」とある。
六 郊外の野原。　七 菊池謙譲。→補八一。
八 竹越与三郎。「民友社」は開拓社の誤りか。
九 木本常盤との結婚の件。　一〇 山路愛山。
一一 Orison Swett Marden "Pushing to the

りぬ。

午後、独り野に出で丶林を訪ひぬ。プッシング、ツー、ゼ、フロント、を携へて。

[一四]林中にて黙[一五]想し、回顧し、睇視《ていし》[一六]し、俯仰[一七]せり。「武蔵野[一八]」の想益《ますます》ゝ成る。

われは神[一九]の詩人たるべし。

われは詩人たるべく今日まで独修し来れり。

[二〇]われは自己の道を歩むべし。われは詩人として運命づけられしことを確信す。

全力を此の天職に注ぐべし。げに吾は詩人たるべし。われには此の事の外に何の長所もあらず。

われは政治家たるべき修養なし。われは牧師たるべき修業なし。われは唯詩人たるべくのみ今日まで発達し来れり。吾は此の運命を満足す。「武蔵野」はわが詩の一なり。

われは益ゝ神の確信を求めん。益ゝ不思議を見んことを力《つと》めん。われは牧師にあらず、されどわれは神を知らんとねがふの人なり。

牧師的詩人、これ余の満足する所なり。

余は誰をも憚からざるべし。

Front”（一八九四年）。マーデンはアメリカ『成功(Success)』誌の主筆で、竹村脩訳『立志論』（内外出版協会、明治四十二年）の「緒言」によれば、「穏健なる思想を以て米国青年を指導し、活動的生活を鼓吹する実際的教育家なり」とある。独歩が読んだのは、“Chapter V Concentrated Energy”で、世の偉人や成功家は各々の能力を一方向に限定し、集中させることで望みを叶えたという主張を、主として偉人や成功者の言説を通して論証しようとしたもの。カーライルの言葉なども引用されていて共感しやすかったのであろう。押川春浪「鎌倉在住前後の独歩氏」（『新潮』明治四十一年七月）の次のような証言もある。「三十四五年頃国木田君は「サクセス」といふ横字雑誌を購読して居たが、自分でも恁んな「成功《サクセス》」といつたやうな雑誌を出したいと言つて居た。数年ならずして必ず成功を急ぐ時代が来る、生活難もそれに伴ふて来るに相違ない、といふのがその頃の君の持論で、尚他に「ホワイ」又は「ハウ」と云ふ題名で、如何にして生活すべきか、といふやうな記事を載せる雑誌を出さうぢやないかと相談を受けたことがあるが、（中略）それが洩れたのか、然うでないかはわからぬが、その翌年か翌々年かに村上濁浪君が終に「成功《サクセス》」を発行した」と。『プッシング、ツー、ゼ、フロント』は英語のテキストとしてよく使われ、夏目漱石「坊っちゃん」（『ホトトギス』明治三十九年四月）「五」に、「云ふならフランクリンの自伝だとかプッシング、ツー、ゼ、フロントだとか、おれでも知つてる名を使ふがいゝ」という坊っちゃんの科白がある。　一二 宮崎湖処子。↓補二四。

一三 木本常盤。↓二四四頁注二。

一四 「今の武蔵野」二章に「同二十六日―『午後林

嗚呼、たれか、何者か、何事か、吾が詩人たるべき前程をさまたぐるものあらんや。

[一]信子は吾を捨て去れり、よし。去れ。われは此の事に依りて人情を知るを得たり。わが心は大なる試みを経たり。われは詩を得たり。

[二]常盤嬢わが願を容れざらんか。よし、容れずとも可なり。わが恋の泉はつきじ。美なる天地よ、深き御心よ。不思議の人生、幽玄の人情よ。われは此の中に驚異嘆[三]美して生活せんのみ。

嗚呼人生これ遂に如何。

林よ、森よ、大空よ。答へよ、答へよ。

[四]武蔵野に春、夏、秋、冬の別あり。野、林、畑の別あり。雨、霧、雪の別あり、日光と雲影との別あり。生活と自然との別あり。昼と夜と朝と夕との別あり。月と星との別あり。

[五]平野の美は武蔵野にあり。[六]草花と穀物と、林木との別あり。

茲《(ここ)》に黙想あり、散歩あり、談話あり、自由あり、健康あり。

秋の晴れし日の午後二時半頃の林の中の黙想と回顧と傾聴と睇視とを記せよ。

を訪ふ。林の奥に座して四顧し、傾聴し、睇視し、黙想す。』と引かれ、三章でも「自分は十月二十六日の記に、林の奥に座して四顧し、傾聴し、睇視し、黙想すと書た。「あひびき」にも、自分は座して、四顧して、そして耳を傾けたとある」という風に引かれている。

一五 無言で考えに耽ること。

一六 横目で見ること。

一七 下を向くことと上をあおぐこと。

一八 「今の武蔵野」(『国民之友』三六五、三六六号、明治三十一年一、二月)の構想のことで、以下その具体的内容が展開されていく。

一九 この後で「牧師的詩人」と言っている。広義の宗教文学を志したということか。

二〇 前日読んで感銘を受けたマーデン『プッシング・ツー・ゼ・フロント』第五章「精力集注」に促された結果か。

以上二六七頁

一 佐々城信子。

二 独歩は、十月二十三日宮崎湖処子に木本常盤との結婚を依頼している。その後煩悶を重ねつつも成り行きを見守っていたのだが、この日彼女の断りの返事を聞いたものか。

三 感心してほめること。

四 「今の武蔵野」の前半は秋から冬の佇いを、主として音楽的に捉えているのに対し、六章以下の後半は夏の武蔵野を絵画的に描いている。また三章が林、四章が野、五章が路という風な分節化も見られる。さらに生活と自然の関係は作品の主題と言える。

五 「今の武蔵野」で独歩は、落葉樹と複雑な地勢が武蔵野の美を醸成しているとする。

六 野原と田園と林の意。

あゝ「武蔵野」。これ余が数年間の観察を試むべき詩題なり。余は東京府民[七]に大なる公園[八]を供せん。

音響に鳥声あり、風声あり、葉声あり、虫声あり、車声あり、蹄声《ていせい》[九]あり、歌声あり、談話の声あり、砲声あり、足音あり、羽音あり、滴声[一〇]あり、雨声あり。[一一]これ武蔵野の林中にて傾聴し得るの音声なり。突然、物の落つるが如き音す。

二十八日　午前十時。

過去を見る勿《なか》れ。これ愚者の事なり。自然[一二]は前途を有するのみ。宇宙は進歩あるのみ。神は前進者をめぐみ玉ふ[一三]。

嗚呼、不思議なる宇宙に此の人生。進むあるのみ。

われつら〳〵交はる所を見るに、仰いで服するに足るの人物は誠に稀なり。才物はこれあり。覇気《はき》[一四]豪なるものはこれあり。勉強家はこれあり。野心の火の如きものはこれあり。一人の高潔、勇胆《ゆうたん》[一五]、学と才と徳と精力とを兼ねしものなし。あゝ、われ何をか望まんや。一個[一六]のヒロイックならば足る。

午前[一七]ネルソン二十枚、書きぬ。

七 東京府が設置されたのは慶応四年(一八六八)だが、府下が十五区六郡に区画されるのは明治十一年七月郡区町村編成法によってである。その後二十二年五月、十五区を市域とする東京市が成立し、二十九年四月には十五区八郡となった。

八 公園制度は、明治六年十月、上野・浅草寺・芝の増上寺・深川の富岡八幡の境内・飛鳥山の五ケ所を制定したことに始まる。

九 「蹄」はひづめのこと。牛馬のひづめの音の意。

一〇 木の葉や花などから雨のしずくが落ちる音。

一一 「今の武蔵野」三章に引用された。

一二 自然は、人間社会のように歴史的遺産を積み重ねていくことがない、ということか。

一三 底本「王ふ。」。

一四 積極的に立ち向かおうとする意気が盛んなこと。

一五 勇ましく度胸があること。

一六 一人の雄々しい人間であればいい、ということ。

一七 少年伝記叢書第五巻『ネルソン下巻』(民友社、明治三十年二月)。

午後二時記す。

一木本嬢わが申込みを拒絶しても、われこれをさほどに悲しまざるべし。吾には深き悲しき恋二あり。

而して今又新らしき恋に入りぬ。曰く「書籍」。信子はわれを捨てたり。木本嬢もわれを拒まんと欲せば拒めかし。われは「書籍」てふ静にして其の楽深き恋人を得べければ。

友と、書と、自然。此の三つの者あらばまた何をか悲恋といふべき。

　二十九日。

人は古きものを嫌ひて新奇のものを愛す。然《しか》らば何ぞ名聞《めいぶん》三てふ如き古来より人心を支配する所のものに相変らず支配せられて満足するや。何んぞ人心の中、更に新らしき高き感情を求めざる。名を愛し富を愛するの心も既に古るめかしからずや。

深夜にこれを書す。

木本嬢は果してこれを承知せざりき。

われはこれを不幸と思はず。凡《すべ》て神の御心の在る所と信ずるのみ。

一 木本常盤が独歩の結婚申込みを拒んだこと。

二 恋情の意か。

三 評判、名声。

四 山路愛山。→補六七。

五 宮崎湖処子。→補二四。

六 →二六六頁注一一。

七 James Anthony Froude "Thomas Carlyle" 4vols(一八八二―八四年)。手紙や日記などの資料を駆使した四冊本のカーライル伝で、前半生二冊、ロンドン時代二冊という構成である。James Anthony Froude(一八一八―九四)は、カーライルに師事し、その死後遺稿管理人となり彼の伝記や回想録を多く残した人物である。独歩は既にこの本を読んでいて、明治二十六年八月二十二日の条に、「フロード氏のカーライル伝を読む、之れは書状を集めたる者なり」とある。

[四]山路氏、宮崎[五]氏等来宅。

共に談《かた》れば感ずることも多し。人生てふことの意味深きを感ぜざらんと欲するも得ず。

嗚呼、わが心のさめんことを。自然と人生とにつきて益〻驚異せんことを。

昨日午後。プッシング[六]、ツー、ゼ、フロントを読み、夜はカーライル[七]の伝、二十二歳頃の所を読みぬ。（フロード氏の）

今夜プッシングを読みぬ。

三十一日。

昨日東京に行き、竹越[八]氏より十円を借用せり。

此の事如何に吾が精神を衝動したるぞ。

[九]われ男泣きに泣かんとせり。

驚異の心なくして宗教心ありといふはうそなり。宗教心を耕す前に驚異の情を燃やさしめざるべからず。

人は何故に驚異心を失ふや。大問題なり。ダルウヰン[一〇]は何故に音楽等の趣味を失ひしや。

独歩は『婦人新報』二十三号(明治二十九年十二月)に、T・K生の署名で「文豪トマス、カアライル壮年の時、其父母弟妹との間に往復せし書簡—家庭の模範」を掲載しているので、その執筆のため読み直したと思われる。「カアライルの年齢二十二三、以後数年の間は渠の生涯のうちにありても最も惨憺たる部に属せり。(中略)此等の時に当り、此不幸なる青年と其父母諸弟との間に往復されたる書状は数千通を以て数へ得べき程のものなりき。今史家フルードが其中より数通を撰んでカライル伝中に挿入せるものを読むに、吾人をして幾度か蘇国農夫の家庭を羨んで措く能はざらしむ。(中略)カアライルの年二十二、カーカルデーてふ田舎に教師を務め居たりしが」といった風に描かれている。

八 竹越与三郎。→六七頁注一二、補一〇。

九 竹越の好意に感動したということか。

一〇 蘇峰の女婿、三宅驥一に『世界叢書第一冊ダーウヰン』(民友社、明治二十九年十月)があり、そこに次のような記述がある。「ダーウヰンは亦余りに学術研究に熱心にして、他事を顧るの暇あらざりければ、晩年に至りて全く其文学的趣味を失ひ、嘗て「ビークル」号航海の時、左右に置きて愛読したるミルトンの詩集も少しも意味なきの文字と見へ、英人が傑作中の傑作として世界に誇れるシエキスピーアの妙曲すら、何の感覚をも与へざるに至り、而して亦人を慰め、憂を云り、感動を与ふるの麗朗清調なる音楽を聞くも、何の快味を感ぜざるに至りき。然らば彼れは冷淡にして無感覚なる乾燥無味の人と化せしや、否決して然らず、其真理を愛し正義を尊ぶの念は愈々高まり、其青年時代に有したる貧弱なる同胞に対するの熱情は尚彼より冷却すること能はざりき」と。

ダルウヰンに宗教心なきは何故ぞや。其の智識にや。否、彼は不思議に打たるこの驚異心を失へるなり。

わが目的は唯一なり。驚異せんこと及び驚異せしめんことなり。

去年の今月今日は信子[一]が遠藤の家を去つて吾が家に投じたる日なり。

十一月

二日　朝。

昨日は日曜日。午後教会[二]に出席せり。

午後　今井氏[三]、収二、三人にて農科大学[四]の運動会を見物に出かけたり。夜は早く床に就きぬ。

明白に語らん。

[五]信子の事しばしも吾が心を去らざる也。嗚呼何故にわれは彼の女を斯《か》くまでに愛するや。恋ふるや。彼の女はわれを恥と悲とに、衝《つ》き落したるに非ずや。

嗚呼前進せよ。これ宇宙の法なり。回顧する勿《なか》れ。われ尚ほ若し。

恋てふものは儚《はか》なき夢なり。されど夢の如き人の命の中にありては尤《もつと》も楽しき

一　正しくは遠藤よきの姉の夫、三浦逸平宅に身を寄せていた。↓一四三頁注六。

二　一番町教会。

三　今井忠治。↓補四二。

四　東京市編纂『東京案内』下巻(裳華房、明治四十年)に、「農科大学　荏原郡上目黒村駒場野に在り。明治二十三年六月東京農林学校を帝国大学の分科大学となして設置したるものに係り、農学、農芸化学、林学、獣医学の四学科を授け、修業年限を三ヶ年とす」とある。また若月紫蘭『東京年中行事』下の巻(春陽堂、明治四十四年)に、「駒場農大の運動会(十一月初旬)」として次のようにある。「今でこそ運動会は駒場と限つたことなく、諸方の学校に於て中々盛に催さるゝので有るが、其以前運動会と云へば、駒場の農科大学のそれに止めをさしたもので、市内各学校の生徒は此処の競争に勝つを最後の勝利と心得、女子大学の運動会、一高の寮祭などと共に学生界に於ける名物に数へられて居たので、今も此運動会と云へば大学生中学生は勿論のこと、女学生其他紳士淑女の集まること夥しく、時あつては皇孫殿下、各若宮殿下なども成らせらるゝことが珍らしくない。此処の名物は学校内のでは矢張団体競争が呼物で、外のでは市内学生界の所謂「駒場の競争」が呼物で、一高を始めとして慶応、早大、東協、高商、高工、高師、美術、音楽、商船、水産、蚕業の十二校選手が之に加はるので有る。一高の弥次連は何時もながら例の白いシーツや風呂敷、大旗を幾個となく押立てゝ「勝つた方がいゝ」と連呼する。美術学校生は徽章そつくりの亀をかいた旗を打振りながら、之に応じて「負けてもいゝ」と皮肉るかと思へば、亀さん〳〵の唱歌をやり出す。早大慶応の連中亦負けじ劣らじと弥次る。斯くして

夢ぞかし。

わが心恋になやむ。わが心さびし。

憐れむべき信子。

　四日　夜。

虚栄の夢の力の強きかな。

さめては夢み夢みては苦しむ。

如何なれば若き人の子は此の夢に迷ふぞ。

六 蒼々《さうさう》として限りなきの天。

七 悠々として窮《きはま》りなきの時。

八 何を人の前に人の誇りて求むべきものある。

かくは知りつゝなほも若き血は此の夢にこがる。

嗚呼願はくは此の霊を自由に放たしめよ。

九 秋晴、一〇 美日、風清く気澄む。夕暮に独り風吹く野に立てば天外一一 富士聳《そび》え、連山地平線上に黒し。星光一点暮色地に落つ。黙想するものをして一二 天色の美なるよりも蒼空の深きに一三 瞻仰《せんぎやう》せしむ。

喧々囂々の間に、名物の各学校選手競争は行はるゝので有つて、従つてこれが又当日一の観物で有ると云ふ」。

五 佐々城信子。

六 あおあおとしたさま。

七 はるかに限りないさま。

八 身近なところに人が誇りに感じて追求すべきどんなものがあるというのか、の意。

九 「今の武蔵野」二章に次のように引かれている。「十一月四日―『天高く気澄む、夕暮に独り風吹く野に立てば、天外の富士近く、国境をめぐる連山地平線上に黒し。星光一点、暮色漸く到り、林影漸く遠し。』」。また四章で、「夕暮に独り風吹く野に立てばと書てある。そこで自分は今一度ツルゲーネフを引く」とある。

一〇 うららかな日。

一一 遠くに富士山が聳えているのが見える、の意。

一二 空模様。

一三 「瞻」は見る意で、あおぎ見ること。

人生の不思議と天地の不思議とを思へば見えざる深淵に対するが如し。深し深し。其の底知るべからず。喜憂哀楽[一]をして平等の色に帰らしむ。世を忘れしめ、其の煩を忘れしむ。睇視《ていし》することや久うして霊魂の戦《をのの》ぐを感ぜしむるなり。詩人は人生の意味を深く感ぜしむるなり。

十二日　夜。

日々の生活は甚《はなは》だ単純なり。

余は目下秋の好光景を十二分に享有しつゝあり。余は余の目下の境遇に就いては何等の不満なし。

新知[二]の人、昨今両日の中に三人を得たり。一人は留岡幸助[三]氏なり。他の二人は田山花袋[四]、太田玉茗《ぎょくめい》[五]なり。

昨日は十一月十一日なりき。昨年の昨日は信子と結婚したるの日なり。茫々《ぼうぼう》として昨事夢[六]の如し。余に取りては無限の愁思[七]なり。日夜余は信子の事を思ひつゝあり。信子[八]は目下北海道にありて何を感じ如何に生活しつゝあるか。夢の如き日々の事、実に人は夢裏[九]に在り。との感の起るなり。

昨夜は富永[一〇]、尾間[一一]、並河[一二]の三氏来宅せり。

一　世界の深淵においては、世俗的な感情などその色合を失くしてしまう、という意か。
二　新しい知り合い。
三　元治元年(一八六四)―昭和九年(一九三四)。牧師、社会事業家。竹越与三郎が移った後の豊多摩郡中渋谷村九七五番地(現渋谷区)に居住。↓補一〇五。
四　本名田山録弥。明治四年(一八七一)―昭和五年(一九三〇)。小説家。花袋は後に、この日の出来事を詳しく述べている。↓補一〇六。
五　明治四年(一八七一)―昭和二年(一九二七)。詩人、住職。↓補一〇七。
六　昔の事の意。　七　悲しみ憂えて思う。　九　夢のうち、夢中。
八　↓二五〇頁注六。
一〇　富永徳磨。↓補二八。
一一　尾間明。↓七五頁注九。
一二　並河(高橋)平吉。大分県佐伯の鶴谷学館の生徒で、明治二十七年九月独歩と共に上京した四人の青年の一人。この日、死んだ山口行一(↓七五頁注七)を除く鶴谷学館の仲間が久々に揃って師の独歩を訪ねて来た。↓補一〇八。
一三　佐々城信子のこと。
一四　まごころ、真情。
一五　菊池謙譲のこと、長風は号。↓補八一。
一六　品川線渋谷停車場開設後、明治二十年頃より駅周辺が徐々に開けていった。↓二五七頁注一六。
一七　富永徳磨。↓二六一頁注一六。
一八　柳田国男。明治八年(一八七五)―昭和三十七年(一九六二)。詩人、民俗学者。この頃本郷区本郷台町五十七(現文京区)沢田方に下宿。この時の経緯について後に「故郷七十年」(『神戸新聞』昭和三十三年一―九月)で次のように述べている。「今でもよく憶えてゐる。本郷の大学前にあつ

[一三]彼の女の良心の[一四]誠情を祈るのみ。

　十七日　深夜記す。

一昨日日曜日は[一五]菊池長風、今井忠治二氏来宅。

薄暮今井氏と共に[一六]市街に出で月光を蹈んで散歩。

其の夜[一七]富永氏の宅に一泊。

昨日朝帰宅。田山花袋、[一八]松岡国男の両氏来訪終日談話す。雨降りぬ。

木の葉散る尤《もつと》も甚しきの時は今なり。[一九]満目《まんもく》青葉なし。稲田刈られたり。処々なほ刈られず。

本日は気分悪しく暮しぬ。

為すなきの吾。信仰なきの吾。遂に如何。

信子の事を思ふて止む能《あた》はず。昨夜雨を聴いて[二〇]水上夫婦に限りなき同情を感じ、一書を認めて其の前途を祝福したれども投函せざりき。

昨朝星良子嬢を[二一]明治女学校寄宿舎に訪ひしも不在。帰国するとの事。

暗夜をたどる此の吾、たゞ夢現《ゆめうつつ》に日を送りつゝあり。感激する処だもなし。奮励するところだもなし。勉強する事もなし。吾は一個の[二二]空影子のみ。

た喜多床といふ床屋の前を私が歩いてゐると、後から田山花袋がやつて来て「おい」といつて私の肩を叩いてから、「君に会ひたがつてゐる奴があるからいつしよに行かないか」といふ。「誰だい？」ときくと、「国木田つて男だ」「それは面白いねえ」といつて、いつしよに会つたのがたしかに明治二十九年の秋だつた」。→補一〇九。

一九 見渡すかぎり。

二〇 水上梅彦、夫人は静江子。→二五六頁注一。

二一 明治二十八年四月十五日の条に「寄宿舎は(麹町区)中六番町二十二番地に在り」(一八五頁)とある。星良の帰省は相馬愛蔵との縁談のためだった。彼女には仙台に許婚のように思っていた布施淡という画家がいたが、彼がこの年の春に彼女のフェリス時代の親友加藤豊世と婚約したため衝撃を受け、窮迫する実家の事情もあって翌年の明治女学校の卒業を待って結婚することになる。結婚式には佐々城豊寿と信子が出席したという。宇津恭子『才藻より、より深き魂に』によれば、独歩が今井忠治や宮崎湖処子等と企てた西欧文学の「輪読会」の仲間に加えられていた星良にとって、愛蔵との結婚とは「文学志望を棄て農村の平凡な人妻の道を選ぶ」ことであり、正に青春との訣別であった。ちなみに布施淡は島崎藤村の友人で、東北学院の教師となった藤村の下宿を斡旋している。それがトルストイの翻訳で知られる加藤直士の実家で、豊世はその妹。

二二 →二二三頁注九。→補一一〇。

以下二七六頁

一 何の為す所もなく徒らに一生を終わること。

二 勇ましく進み、たけだけしく闘うことか。

三 こおりつくようなきびしい寒気。

四 小声で詩歌をうたう。口ずさむ。

驚異する所なくして日夜を送る。これ則ち酔生夢死《すいせいむし》[一]するなり。文学者たるべき乎。伝道者たるべきか。余は尚ほ此の二途に迷ひつゝあり。其の一を定めて勇進《ゆうしん》[二]猛闘せざるべからず。如何、如何。

飢渇も辞する所にあらず。凍寒[三]も懼《おそ》れざるべし。区々《くく》の名誉は関する所にあらず。これ覚悟なり。されどいざ実際となれば此くの如くなる能はず。

一言す。余は暗《やみ》に迷ふと。

げに吾が心には堪へざる苦あり。

今は此の命何故に惜しきやをしらず。

十九日。

去年の今日は信子と共に逗子に行きたるの日なり。信子は是等の事凡《すべ》て忘れはてたるべし。

昨夜月明かなり。夜更けて独り庭に出で微吟《びぎん》[四]すれば万感交《こもごも》ゝいたりぬ。

昨日萱場[五]三郎氏より来状あり。氏は信子を恋ひたる人なり。氏は余が恩人なり。故に別して余が心を動かしぬ。昨夜返書を認め、今朝投函したり。昨夜また中[六]村徳太郎氏及び内村鑑三君へも書状を出し置きたり。昨夜午後四時今井[七]君来宅あり。月を[八]踏んで共に散歩したり。青煙[九]地にはひ、月光林にくだけ、星光一点

五 萱場三郎は台湾総督府に奉職している。明治二十八年九月二十五日付佐々城信子宛独歩書簡で確認できるが、二十九年十月、台北新起街一丁目二十番戸に台北日本基督教会が設立され、萱場が執事に就任しているので、そんな報告の手紙であったか。なお三十一年十一月頃の住所は「台湾台北新官舎内八号六室」(『基督教名鑑』教文館、明治三十二年)である。↓補三〇。

六 便利堂二代目主人、中村弥左衛門のこと。↓補八四。 七 今井忠治。↓補四二。

八 「今の武蔵野」二章に次のように引かれている。「同十八日―『月を踏で散歩す、青煙地を這ひ月光林に砕く。』」。 九 もや。 一〇 ↓二五三頁注八。

一一 ↓二七四頁注三。

一二 宮崎湖処子「民友社時代の独歩」に次のようにある。「渋谷時代にはその附近に留岡幸助氏、三好退蔵氏、山路愛山氏などが居られた。私もその頃少し文学上の著作の都合で渋谷の天地の美を観察する為にバレン屋と云ふ家に下宿してゐた。で私の家でこれ等の人々と祈禱式を正式にやつて居たが国木田君もいつも之れに加はつて、どうしても堅実な宗教家として立つ積りであつたとしか見えなかつた」と。「祈禱会」は毎週水曜に開かれていた。ちなみに二十九年十二月三日付蘇峰宛湖処子書簡によると、九月に生れた女児の夜泣きで仕事が出来ないため「此の一月前より渋谷村道玄坂下ばれんやてふ旅人宿に下宿仕候」とある。

一三 弘化二年(一八四五)―明治四十一年(一九〇八)。司法官僚、キリスト教徒。日向国(現宮崎県)高鍋藩の家老であったが、明治政府に出仕し司法官となった。明治十六年伊藤博文の憲法調査団に随行し渡独、司法制度の調査研究に携わるが、ベルリンの日本公使・青木周蔵にK・H・リッタ

西の空に輝く。何等の好景ぞ。[一〇]今井氏は余の為めにツルゲネフの小説を語りきかしぬ。午後六時半、[一一]留岡幸助氏の門前にて別れ、余は直ちに留岡氏の宅に入りぬ。[一二]渋谷村近傍に住居する基督《キリスト》教徒等相会して此の夜はじめて留岡氏の宅にて祈禱会を開き余も列席したる也。会するもの山路愛山君、宮崎湖処子君、[一三]三好退蔵君、[一四]森為国氏其の他年若き婦人四名、[一五]山路氏の夫人、[一六]留岡氏の夫人、及び余が其の名を知らざる留岡氏の友人某、これに留岡氏と余とを加へて、十三名なり。留岡氏の感話、山路氏の感話、宮崎氏の感話、森氏、三好氏の祈禱あり、余も祈禱し感話したり。

昨朝独り近郊を散歩したり。七時過ぎより散歩しはじめて帰宅したるは九時半なりき。[一七]天晴れ風清く露冷やかに、満目、黄葉紅楓青樹なり。小鳥梢に囀《てん》[一八]じ一路人影なくたゞわれ独り黙思しつゝ歩みぬ。色々の事を感じたり。

余が感情は再び荒れんとせり。再び昨年信子を知らざりし以前の余の荒らき感情に立ちかへらんとせり。

和歌あり。

ーを紹介され、受洗した。十八年帰国し、民事、刑事など諸法令の整備に尽力する傍ら、小崎弘道を牧師に推し日本組合基督教会番町講義所（後に番町教会）を立ち上げる。また留岡幸助と共に、監獄改良、教誨感化事業に努めた。初代検事総長をはじめ、各種司法職を歴任した後、大審院院長（現在の最高裁判所長官に当たる）となる。退官後は弁護士となり、足尾鉱毒事件の弁護に努め、弁護士会会長に推された。豊多摩郡千駄ヶ谷村穏田源氏山一九一（現渋谷区）に居住。

一四　詳細は不明。日向国（現宮崎県）高鍋の人で、三好退蔵と主従関係にあったと思われる。司法省の官吏で、明治三十年に北海道函館控訴院書記長に転出している。日本組合基督教会番町講義所の立ち上げの時も土地選定に奔走し、その後も執事として財政面を一手に引き受けた。また住まいも三好と同じ「豊多摩郡穏田村」（『基督教名鑑』教文館、明治三十年）。

一五　山路タネ。→二五七頁注一八、→補一〇〇。

一六　留岡夏子。慶応二年（一八六六）―明治三十三年（一九〇〇）。備中国川上郡下切村（現岡山県）に生れ、明治十一年高梁の留岡金助の養女となる。十七年高梁教会で受洗し、十九年神戸女子伝道学校に入学。二十二年幸助と結婚し、翌年卒業と共に、夫に従い丹波、北海道と伝道に努めた。夫の渡米中も岡山にあって伝道に専心した。五男一女をもうける。

一七　「今の武蔵野」二章に次のように引かれている。「同十九日―『天晴れ、風清く、露冷やかなり。満目黄葉の中緑樹を雑《まじ》ゆ。小鳥梢に囀《てん》ず。一路人影なし。独り歩み黙思口吟し、足にまかせて近郊をめぐる。』」。

一八　さえずること。

恋すてふ[一]浮名や消えし後もなほ
　恋しきものは恋にぞありける
朝な[二]夕な身に沁みまさる秋風に
　さびしく独り恋ひまさるかな
花に[三]狂ふ蝶の羽風のたよりだに
　君がことづて聞くよしもがな
わぎもこ[四]の北にいませば北風の
　身に沁めかしと野辺路さまよふ

二十二日　日曜日。

クリスト、イエスは神が其の愛を示し賜はんとて人界に下し給ひたる神の一人子なりてふ信仰と、これ[五]を思ひよらぬ馬鹿々々しき仮説なりと直感せしむる事との間に、如何程の作用、人心に起るべきか。此の二つの心の間にはどれ程の差あるか。

早や、夜の十二時も過ぎぬ。

戸外[六]には木枯の音いや物《もの》すごし。滴声頻りに聞ゆれど雨は已《すで》に止みたらんごと

一 佐々城信子への思いを詠んだ連作である。君との恋の浮名が消えてしまっても、君への恋心は慕わしく思えてならない。

二 朝に夕に秋風が身に沁みるようになってきたというのに、自分一人は君への恋情をいよいよつのらせていることだ。

三 せめて花の香に狂って舞う蝶の羽風のようなかすかな便りでいいから、君の伝言を聞く手段があればなあ。

四 恋しい君が北の方にいらっしゃるので、その北より吹いてくる北風が我が身に沁みてほしいと願いつつ野辺の路をさ迷うことだ。明らかに信子が北海道にいることを念頭に置いて詠んでいる。

五 九月十四日の条によれば「丸善にいたり、キッドのソシアル、エボルーション」を購入(二五四頁)しており、また十月三十一日の条では、「ダルウヰンに宗教心なきは何故ぞや」(二七二頁)と記しているので、進化論の謂いであることは疑いない。東京大学を発信源とするダーウィンの進化論やスペンサーの不可知論は、明治中期の学問領域全般を揺るがし、天賦人権説の否定、無神論や唯物論の風靡となって現れる。特に宗教は深刻で、植村正久『真理一斑』(警醒社、明治十七年)が有神論と進化論は矛盾するものでないことを説き、山路愛山など知的青年に多大な影響を与えた訳だが、今、独歩の中で同様の葛藤が生じていると思われる。

六 「今の武蔵野」二章に次のように引かれている。「同二十二日―『夜更けぬ、戸外は林をわたる風声ものすごし。滴声頻《しき》りなれども雨は已に止みたりとおぼし。』」。

七 二葉亭四迷。元治元年(一八六四)―明治四十二年(一九〇九)。本名長谷川辰之助。尾張藩士の子とし

し。

今二葉亭[七]の訳したるツルゲネフの片恋[八]を読み終りぬ。

此の両三日は夜も昼も限りなき空想、妄想、煩悶、憂愁、此の心をかき乱しぬ。

今此の筆を把《と》りて此《か》くの如くに書けど、ほとんど何より何と書き立つれば此の心満足するやを知らず。彼の女信子に対する空想を書き立つべきか。これほとんど終極[九]なきの業なるべし。

吾が心は狂はんとするほど悶《もが》きつゝあり。

小説を読み乍《なが》らも、何時《いつ》しか心を書より奪ふものは終極なき空想なり。煩悶なり。

あゝ人生、不思議なる人の運命、生涯、終極、夢想よ。

一昨夜は信子を殺したるを夢み、夢中、夢にてあれかし、然《しか》りこれ夢なり夢なりと悶えぬ。

嗚呼昨年十一月二十日の夜は吾等夫婦が恋の望を達して逗子に移りたる第二日目なるものを。昨年の事夢の如くにして夢に非ず、今は却《かへつ》て苦しきあさましき夢を見んとは。

昨日午後、市[一〇]ケ谷なる太田氏の宅にて和歌の集会あり。会するものは松岡[一一]氏、

て江戸市ケ谷に生れる。近視のため陸軍士官学校を断念、外交官を志し、明治十四年東京外国語学校露語学部に進学するものの、十九年に退学し坪内逍遙の後を追う形で文学に転ずる。『浮雲』一篇・二篇（金港堂、明治二十年六月、二十二年九月）・三篇（『都の花』二十二年七―八月）はもとより、ツルゲーネフの翻訳で、いわゆる言文一致と近代リアリズムを実践し、次世代の作家に多大な影響を与えるが、やがて文壇を離れる。後に『其面影』（『東京朝日新聞』三十九年十―十二月）で復帰するが、『朝日新聞』特派員として赴いたロシアからの帰途、ベンガル湾上で客死する。

八　ツルゲーネフ『猟人日記』（一八五二年）の一篇を、二葉亭四迷が「あひゞき」（『国民之友』明治二十一年七、八月）として翻訳。地主の従僕と彼に捨てられる農奴の娘の最後の逢瀬を、秋の自然の佇いを背景に描いた作品で、独歩は、「今の武蔵野」三、四章で、その一部を引用している。　九　はて、おわり。

一〇　松浦辰男門下の若手歌人の集まり「紅葉会」のこと。田山花袋が『東京の三十年』所収の「新しい文学の急先鋒」で「同じグルウプ」と称している花袋・桜井俊行・太田玉茗・土持綱安の四人が、明治二十三年秋、紅葉の盛りに遠足して歌を作ったのに因んで結成された。さらに二十四年には、松岡国男と、「改めて旧文芸から修養して、そして旧文芸と新思想との調和を力めて見やうと思ひ立」（「文学から宗教へ」『文章世界』明治四十三年九月）った宮崎湖処子が加わる。そして独歩も、「歌は読まなかつたが和歌の精神に触れやうと言ふ目的で仲間に這入つた」（宮崎湖処子「民友社時代の独歩」）という。なお「太田氏の宅」は、牛込区市谷八幡町七番地（現新宿

田山氏、[一]加藤氏、而して湖処子と同道せし余は渋谷よりこれに出席せり。

今朝[二]教会に出席せり。三名の人々に[三]按手礼《あんしゅれい》を施行されたるを見たり。

午後[四]田山氏の宅を牛込喜久井町に訪ひぬ。午[五]後三時氏の宅を去り、雨を冒して
[六]目白の停車場より汽車に乗り午後五時半に帰宅したり。
われ、断然、[七]伝道師たるべきか、詩人たるべきか。伝道師たらんと欲せば断然
[八]神学校に入るに如《し》かずと思ふなり。
兎《と》にも角にもわれ未だ神の招きを受けざるが故に此の疑問あるなり。時は自《おの》づから来《きた》らん。わが身果して此の聖職にかなふならば神のめし給ふ時は自づから来らん。故に今は全力を詩人として立つべき覚悟の上に注《そそ》がんのみ。これ吾が今の決心なり。

昨夜は欺かざるの記中、[九]佐伯に於ける部分の一二節を読みて当時の感に打たれたり。

過去、過去。自分は過去を顧みて居るべき時に非ず。されどまた、[一〇]過去を顧みるの外に、前途てふ前途を有せざるの時もまたゝく間に来るべし。

信子は余を捨てたり。

余を欺きたり。


区)伊藤重敏方、すなわち玉茗の実父の家である。
二　松岡国男。→二七五頁注一八、補一〇九。

以上二七九頁

一　加藤雄吉。明治六年(一八七三)—大正七年(一九一八)。歌人。鹿児島県串木野に生れ、明治二十一年法律を学ぶべく上京するものの、文学志望に変り帰郷。二十四年に再び上京し、松波資之や松浦辰男に和歌を学ぶ。また井上通泰を通じて『しがらみ草紙』二十号(明治二十四年五月)に、「桂園叢話第七」として薩摩桂園派五人の小伝を載せている。三十三年帰郷し、鹿児島明治学院で教鞭をとりながら郷土の文人の事蹟を掘り起こし、『尾花集』(大正六年)を刊行した。牛込区新小川町三丁目四番地(現新宿区)永盛館に住んでいた。　二　一番町教会。
三　キリスト教で聖職任命の儀式をいう。
四　牛込区喜久井町二十番地(現新宿区)、兄実弥登の家に住んでいた。『東京の三十年』所収の「山の手の空気」に次のようにある。「喜久井町に住んだのは、(中略)私が二十四五になつた時分からだが、そこは、元、ある大名の下邸のあつた跡で、立派な泉水があり、すぐれた庭であつたらうと思はれる。ところが、人工から再び自然に返らうとして、築山は丘に、池は田になつてゐた。邸の趾はひろい原で、そこにぽつねんと一軒私の借りた家が建てられてあつたのだが、そのさびしい静かな光景が、私の心を惹いて、兄や母の反対するにも関せず、四谷から引越して来たのであつた。私は朝に夕にそのひろびろとした田と丘とに対して、尽きない空想に耽つた。それに、田を越した向うにある丘の上の眺望が非常に好かつた。丘の向うには、榛《はん》の並木が並んで立つてゐて、彼方の路を通

余を殺さんとせり。

嗚呼、恋！　美はしき夢！　恋は美にして真なり。されど女は醜にして偽に非ざるか。愚痴よく〳〵去れ！

余は佐々城豊寿夫人と涙乍らの談話がして見たし。人生[11]の幽音悲調を夫人のために語りたし。夫人をして心より人情（ヒユーマニテー）の為めに泣かしめたし。あゝ、彼の女母子は儚なき夢想家なり。彼の女等はたゞ浮世の虚栄にのみ其の心を焦がしつゝあり。彼れ等もまた「将来」の影子[12]に酔ひつゝある仲間なり。信子の性質の上に一大光明をかゝげて其の不幸なる精神[13]的不具を明識[14]せしめたし。彼の女には主一[15]の平静なく、理想の狂熱《きやうねつ》[16]なく、確実なる良心[17]なし。彼の女は常にいらだちつゝあり。而かもこれを圧へつゝあり。常に浮世[18]の波に虚栄の帆を張らんものと夢みつつあり。而かもこれを次序《じじよ》[19]たゞしく追ふの平静なし。良心にぶく、理想は暗し。あゝ憫《あはれ》む[20]べき少女よ。不幸なる少女よ。恋しき少女よ。わが愛の中に罪なき発達を待つ能はざりしか。

人類！　恐ろしき事実なるかな。凡《およ》そ人に取りては此の宇宙に於ける人類生滅、連続の事実ほど不思議にもまた恐ろしき事実はあらじとぞ思はる。

あゝ願はくはわが心さめて更らに深痛《しんつう》[21]切実に此の事実を見て、戦々[22]と此の心を

る車の音が静かに秋の空に響いた。私は一人で又は友達と一緒に、よくその丘の上に立つた。（中略）ひろいひろい地平線の上に漂つた雲、向うに連りわたつた目白台の翠微《すゐ》、下に江戸川が細く布を引いたやうに流れてゐるのが手に取るやうに見えた」。

五　十一月二十三日付花袋宛独歩書簡に次のようにある。「昨日は失礼致候色々御馳走に相成り母御様に宜しく御礼申し被下度候帰路は馬場下より車に乗り候間別に困りも致さず唯停車場にて三十分以上待たされ閉口致し候昨夜は更けゆくにつれて雨止み風出で木枯の音、屋をめぐりて物すごく午前二時頃まで読書やら空想やら日記を書くやらして今朝七時、雀のおしやべりにおこされ申候　昨夜二葉亭の片恋を読み候」。

六　明治十八年に設置された。『東京近郊名所図会』第十七巻・西郊の部五（明治四十四年十月）に、「目白停車場は山手鉄道線の昇降場にして。池袋と高田馬場の両停車場の中間に在り。此地は高田大通より甚だ低し。大通りは隄の如く左右に桜の並木あり」とある。

七　キリスト教を伝え広める人、牧師。

八　seminary（英）。キリスト教の宣教を司る教職者を養成する学校。

九　独歩は明治二十六年九月三十日大分県佐伯に着き、翌二十七年八月一日まで、鶴谷学館教師として過ごすが、その一年間、最も熱烈なワーズワーシアンであった。詩人になる決心をしたため、その頃のことを回想している。

一〇　老境に入ることをいう。

一一　ワーズワスの詩「ティンタン寺より数マイル上流にて詠める詩（Lines Composed a Few miles above Tintern Abbey）」（一七九八年）中の一節、“The still, sad music of humanity”

驚かしめたし。

相恋したる人、相婚したる人、たゞこれ意味もなく此の宇宙に現はれたる影子なるか。

罪、罪、罪とは何ぞや。此の宇宙に於て人の罪とは何ぞや。人が勝手にふるまひたる事、人其の者には何の責めも結果もなくして止む可きか。死とは何ぞや、罪と死と何の関係ありや。

(風の梢を渡る音、[一]颯々《さつさつ》として淋し。)

[二]死したるものは土となりぬ。雨其の上に降り風其の上を過ぎたり。草其の上に生じ、月照らし露置く。罪何処にありや。道徳何処にありや。地球すら消滅せん。善行善事罪悪遂に如何。人間の行為と宇宙の物質[三]と何の関係ありや。人の行為、其の情の働き、凡て是等は物質の遊戯なりや。物質が物質を欺く手品なりや。

[四]人は落葉の一片と等しき運命の外形を有すれども草木、動物を問はず生命其の者には何等意味なきか。

美も空《くう》にや。愛も空にや。

二十三日。

を訳したことば。いわば独歩の座右の銘といってよく、例えば「ウオーズヲースの自然に対する詩想」(『国民之友』三六八号、明治三十一年四月)に、「我は思想なき童児の時と異り、今や自然を観ることを学びたり。今や人情の幽音悲調に耳を傾けたり。今や落日、大洋、青空、蒼天、人心を一貫して流動する処のものを感得したり」とある。

一二　かげ、かたちの意。→二二二頁注五。

一三　虚栄心が強い性格をいう。

一四　立派な見識。

一五　心を一方に集中すること、専一。

一六　→二三〇頁注七。

一七　底本「心良」。

一八　虚栄心の満足だけを願っている、ということ。

一九　ついで、順序。

二〇　底本「少べき女よ。」。

二一　「深痛」は深く心をいためること。

二二　おそれおののくさま。

以上二八一頁

一　風の音、風の吹くさま。

二　ダーウィンの進化論やスペンサーの不可知論の影響で、無神論的・唯物論的パラダイムで物事を捉えている部分。→二七一頁注一〇。

三　底本「何の関と係ありや。」。

四　葉が枯れて落葉となって散るのも、人がやがて死ぬのも表向き何の変わりもないが、その生命の内実は大いに異なるのではないか、という意。

[五]昨夜の雨風にて木の葉もほとんど落ちつくしぬ。田はほとんど刈りつくされて、見るもの何につけても冬枯れの淋しき有様となれり。

　二十四日　夜。

今夜お国様[六]より色々の身の上話し、其のほか知る人の上の悲しき事、痛ましき事、苦しき事、哀れの事のかずく〵を聞きたり。

昨日星良子[七](仙台)より来状あり。

昨夜更けて其の返書を書きぬ。

昨日、薄暮、収二と共に近郊を散歩したり。

本日、薄暮、独り近郊を散歩したり。

[八]木の葉落ち尽さんとして尚ほ全く落ちず。見るとして哀れの光景ならぬはなし。遠山を望めば心も消え入るほどになつかし。

あゝ、此のわれ、自然の児なるかな。われは浮世のものに非ざるが如し。人の上は悲しき事恐ろしき事のみ多く、天地自然は幽玄無窮にして不思議なり。[九]鳴呼此の事実を正視するもの誰か限りなき暗愁《あんしゅう》を感ぜざらん[一〇]や。浮きたる心を去れ。気休めの情よ消えよ。われをして愈ゝ《いよいよ》痛切に人生の不思議を感ぜしめよ。此の天地此の人生、此のわれ、これ実に何ぞや。放棄し得るの

五 「今の武蔵野」二章に次のように引かれている。「同二十三日—『昨夜の風雨にて木葉殆ど揺落せり。稲田も殆ど刈り取らる。冬枯の淋しき様となりぬ。』」。

六 →二五一頁注一六。

七 宇津恭子『才藻より、より深き魂に』が次のように説明している。「(結婚が)最終的に決まる。こうして十一月中旬、仙台に最後の帰省となったのである。母、兄、狂える姉に暇を告げて明治女学校に戻った良は、残る数か月の学生生活が「一時間でも惜しまれて」学課にいそしみ、二学期の最終日(十二月二十五日)前に高等科二年の全課程を履修し終えたという」。→補一一〇。

八 「今の武蔵野」二章に次のように引かれている。「同二十四日—『木葉未だ全く落ちず。遠山を望めば、心も消え入らんばかり懐し。』」。

九 人間存在が「幽玄無窮にして不思議」な「天地自然」に托されている「事実」に自覚的であれば、「浮世」の生活がもたらす「暗愁」などに囚われることはない、ということ。

一〇 底本「感ぜざらや。」。

驚異は真の驚異に非ず。驚異はそれ自身に於て、一たび人心を襲ふ時は放棄さるべき性質のものに非ず。

何卒《なにとぞ》、如何なる難業苦業をも積みて真の驚異を感じたし。

此の天地、此の人生、実にこれ何ぞ、此の吾、生死、実にこれ何ぞ。恋愛、憎悪、慾望実にこれ何ぞ。

（一）地球は幾千億万人の人血を吸へば満足するにや。何億兆の人骨を食へば飽き足るにや。

（二）一個の星なる此の地球、こゝに生滅する人類、嗚呼これ実に何の事ぞや。実はわが願は驚異すること益ゝ《ますます》強からんことなり。

げに不思議なる人生天地に非ざるか。

如何にすれば人は此の眼を開きて天地を見得るか。

如何にすれば吾が心はさむべきか。

　二十六日。

夜十時記。

（三）屋外は風雨の声ものすごし。滴声相応じぬ。

武蔵野の一隅に此の冬を送る。われ此の生活を悲まざる可し。昨年の今月今夜

一　人類が幾世代にも亘って生滅を繰り返す地球の永遠性をいったものか。

二　「一個の星なる此の地球」と見做したとしても、結局「無窮」であるとなれば、不思議なる「天地」に驚異を感ずるのと何ら変わりない、ということか。

三　「今の武蔵野」二章に次のように引かれている。「同二十六日―夜十時記す『屋外は風雨の声ものすごし。滴声相応ず。今日は終日霧たちこめて野や林や永久(とこしへ)の夢に入りたらんごとく。午後犬を伴ふて散歩す。林に入り黙坐す。犬眠る。水流林より出でゝ林に入る、落葉を浮べて流る。をり〳〵時雨しめやかに林を過ぎて落葉の上をわたりゆく音静かなり。』」。

四　佐々城信子との新婚生活。

五　草庵。自分の家の謙譲語。

六　明治五年(一八七二)―昭和二十年(一九四五)。大西祝門下の哲学者。確堂と号す。福島県福島市に生れ、明治二十三年東京専門学校英語普通科を終えた後、直ちに新設の文学科に進学。同期に金子筑水がおり、英語政治科にいた独歩と知り合う。二十六年文学科第一期生として卒業。清国杭州の浙江師範学堂に招聘された時期もあったが、三十六年早稲田大学講師となり、大正二年に教授となった。この日の突然の来訪は就職の相談であったことが、十一月二十七日付中桐確太郎宛独歩書簡に窺える。「折角の御来遊にも何の風情も御座なく大に失礼致候。久しぶりにて御互に気焔を吐き大に満足致候。今日の御手紙に由れば岐阜行は御見合はせの由、小生も大に賛成致す処に御座候但し収入の点に於て果して君を満足せしむる程の職業東京に見つかるや否やは受けあい難く候、此等の点に就き尚ほ〳〵御熟考然るべくと存候又々色々相談致し度

は逗子に[四]彼の女と共に枕にひゞく波音をきゝて限りなき愛の夢に出入せしことあり。今はたゞ独り此の淋しき[五]草堂に此のものさびしき夜を送る。あゝ吾は此の生活を悲まざるべし。

昨夜午後六時頃[六]中桐確太郎氏突然来宅あり。昨夜は久しぶりの[七]邂逅《かいこう》ゆゑ互の過去を語りて夜更けに及びぬ。今朝十時の汽車にて去りぬ。

今日は終日[八]狭霧《さぎり》たちこめて野も林も永久の夢に入りたらんごとく静かなりき。午後独り散歩に出かけ犬を伴ひぬ。林に入り、黙視し、水流を睇視して空想に馳《は》せたり。をり〳〵時雨の落葉の上をわたりゆく様の静けさ。

　[九]もぐらもち土をもたぐる狭霧かな。

狭霧の静寂を歌ひたる也。

信子を懐ふて和歌及び[一〇]新体詩成れり。

昨夜は水曜日なりしかば[一一]山路氏の宅にて[一二]渋谷村祈禱会ありたり。中桐氏を伴ふて出席せり。

候。小生も十二月に入れば少々余暇を得る事と存候間、十二月二日か三日には必ず君を訪問致す可く候。而て十分御相談致し今後の事なども色々打あけて協力致し度候。兎も角も此二三日間は月末にて著作の方忙しく候間籠城致す可く候」。なお、中桐確太郎「早稲田時代の独歩」(『趣味』明治四十一年八月)に、「君が渋谷に居た折に、私は恰ど人生問題宗教問題に煩悶してゐて、よぼ〳〵とした姿で君を訪うて話し合つた事なども覚えてゐます」とある。

七 思いがけなく出会うこと。

八 「サ」は接頭語で、霧。

九 終日狭霧立ちこめる静かさに、用心深いもぐらも思わず土をもたげる、という意。

一〇 明治時代に「詩」といえば漢詩を意味したことから、西欧のポエトリーを受容する際に「新体詩」と称した。井上哲次郎の造語で、『新体詩抄』(丸屋善七、明治十五年八月)に始まる。独歩がこの日作った新体詩とは、鉄斧「独歩吟」(『国民之友』三三六号、明治三十年二月)として発表された五篇のうちの「森に入る」と推定される。全四連で次のような内容である。「遠山雪をわれのぞみ/若き血しほぞわきにける/自由にこがれわれはしも/深き森にぞ入りにける(一連)あはれ乙女のこまねきて/恋しき君よと呼びければ/わかき心のうきたちて/何時しか森をわれ出でぬ(二連)森をば慕ふわれなれば/都のちまたに生ひたちし/乙女がこゝろあきたらで/恋を黄金に見かへしぬ(三連)あはれはかなきわが恋よ/若きこゝろもくだかれて/わかき血しほも氷りはて/をぐらき森にわけ入りぬ(四連)」。

一一 山路愛山。→補六七。 一二 毎週水曜に開かれていた。→二七七頁注一二。

林の木の葉落ち尽さんとせり。[一]小路は[二]小葉もて覆《おほ》はれぬ。

二十七日。

[三]昨夜の風雨に今朝は天全く晴れたり。日はうらゝかに登りぬ。富士山真白に連山の上に立てり。

風清く[四]気澄めり。

げに初冬の朝なるかな。

此の美しき、清き朝の幸福は却て信子を思はしむ。

田面に水あふれ、向ひの林影これに映れり。

十二月

二日。

朝記。

一昨三十日、民友社に行き、其の夜は[五]水上梅彦君の宅に一泊せり。昨日正午前帰宅せり。[六]田山花袋君、昨日来宅、余の不在なりし故書状をのこして去れり。

昨日薄暮[七]富永徳磨君来宅、[八]福音新報に関して植村正久君より依頼を受けたり。

一 こうじ、こみち。 二 小さい葉。

三 「今の武蔵野」二章に次のように引かれている。「同二十七日―『昨夜の風雨は今朝なごりなく晴れ、日うらゝかに昇りぬ。屋後の丘に立て望めば富士山真白ろに連山の上に聳ゆ。風清く気澄めり。げに初冬の朝なるかな。田面(たおも)に水あふれ、林影倒(さかしま)に映れり。』」。 四 大気。

五 水上梅彦は既に移転していて、明治二十九年十一月時点の住所は、東京芝区桜川町十七番地(現港区)(『基督教名鑑』教文館、明治三十年)である。↓二五六頁注一。

六 田山花袋『東京の三十年』所収の「丘の上の家」で次のように述べている。「何うかすると、何処かに行つてゐないこともあつた。さういふ時には、私はひとり上にあがつて、一二時間待つてゐたりなどした。ある時雨の降る日には、矢張留守ではあつたが、ふと見るとそこに読みたいと思つた二葉亭の「かた恋」が置いてある。で、私は一人そこにねそべつて、一日静かにそれを読んで、帰つて来た。『昨日は君は留守だつたが、「かた恋」があつたので、それを読んで、静かに君の家で日を暮した。いろいろなことを考へた。忘れられない一日だ、』こんな手紙をそのあくる日書いてやつた」と。花袋は「渋谷時代の独歩」(『趣味』明治四十一年八月)でもほぼ同じことを言っている。

七 富永徳磨は明治二十七年に上京するが、植村に認められ、同年十一月『福音新報』に入社、後に編集に携わる。独歩が何を依頼されたのか、不明。↓補二八。

八 明治二十三年三月植村正久が創刊。初め『福音週報』と称したが、翌二十四年二月、内村鑑三の不敬事件に対する植村の論評「不敬罪と基督教」を掲載した第五十号が発売禁止となった

一昨日丸善[九]にてドーデー[一〇]のチャック、デクィシー[一一]のオピアムイーター、ウエリントン伝[一二]、の三冊を求めぬ。

一昨日は午後降雨、夜に入りて晴れ、昨日は半晴半曇[一三]にていと寒き日なりき。

今朝[一四]は霜雪の如く、朝日にかゞやき、今に至りて天少しくうす雲を被《おほ》ふに至りぬ。冬の朝も美しからずや。

われは何事をも恐れず、何事をも恐れず。わが心は荒れに荒れたり。貧、窮、死すら恐れず。況《いは》んや区々[一五]人の顔をや。嗚呼わが心は荒れたる野の如きかな。われは神をも恐れざるなり。

此の世の何ものも吾が心を奪ふ能はざらんとす。されどたゞ恋。あゝたゞ恋。わが心は恋に対《むか》つては泉の如く流れんとするなり。自然の美に対《むか》つては花の如くに笑はんとするなり。わが心は自然の美にこがれ、少女の声にこがる。

四日。

夜、わが命の日[一六]は飛び去りつゝあり。われは老いつゝあり。人生幾何《いくばく》もあら〔ず〕。

安逸《あんいつ》よ、安逸よ。

空想よ。空想よ。

ため、三月に『福音新報』と改め再刊することとなった。当時のキリスト教言論界に指導的役割を果たしたが、昭和十七年、前年の日本基督教団設立に伴い、他紙と併合、『日本基督新報』となる。九→二五四頁注二。

一〇 Alphonse Daudet（一八四〇-九七）。フランスの作家。南フランスのニームの商家に生れるが、父が破産したため官立中学を中退、代用教員となる。一八五七年に兄を頼ってパリに出る。詩人として活躍するものの、南フランスを舞台にした短編集『風車小屋便り』（一八六九年）で名声を得る。以降、普仏戦争に取材した短編集『月曜物語』（一八七一―七三年）など多くの作品を書いた。「チャック」は、長編小説『ジャック（Jack）』（一八七六年）のこと。母親の誤った情事のために犠牲にされ、悲惨な死を遂げる少年を描いたもので、自然主義的作品とされる。ドーデは『巴里の三十年』（一八八八年）で「我が書の来歴「ジャック」」の項目を立てて、その内容を詳しく紹介している。

一一 Tomas De Quincey（一七八五-一八五九）。イギリスのエッセイスト、作家。マンチェスターの織物貿易商の次男に生れ、一八〇三年オックスフォード大学に進むが、主に文学を耽読する生活を送り退学になる。一八〇六年父の遺産で読書三昧の人生に入り、一時ワーズワスやコールリッジなど湖畔詩人と親密に交際した。やがて遺産を使い果たし、一八二一年本格的な作家人生を開始するものの、アヘン中毒が高じて生活は悲惨を極めた。「オピアムイーター」は『英国アヘン吸飲者の告白（Confessions of an English Opium-Eater）』（一八二二年）のことで、「マンチェスター・グラマースクールを逐電したいきさつとウェールズ、ロンドンでの放浪生活、幼

雑事よ、無益の談話よ。

嗚呼人生の短かきを感ず。寧《むし》ろ其のはかなく消費せられつゝあることを感ず。

[一]イムポッシブルてふ事を吾が眼前に置くを願はず。かく言ふは我を張りたし[二]といふにあらず。薄志弱行を戒むるなり。

十七日。

筆を置きてより忽《たちま》ち二週間を経過せり。

[三]竹越氏の社へ入るべきや否やに就《つ》き色々考へしが、[四]植村君と相談する処あり、遂に入らざることに決せり。全く民友社に対する義理を守りたるなり。

たゞ二週間なり。

されど色々の事を考へ、色々の苦しみを受けたり。政治的虚栄はわが懐疑の念を[五]奇貨《きくわ》として吾を誘惑する也。

何はさて置き吾は余り勉強せざるなり。これわが煩悶の原因なり。労苦し、勉強し、戦闘せよ、道は自づから前に開けん。

[六]信子の事は常に吾が心を襲ひつゝあり。夜は夢に見、空想には必ず信子を思ふ。吾れ最早此の女子の事を断念すべし。最早や此の女を恋ふの愚を知らざるべか

い売春婦アンとの出会いと別れを物語る長い導入部のあと、多幸感と閉所恐怖の交錯する麻薬幻想が彼の言う〈情熱散文〉で綴られている」(『集英社世界文学大事典三』)。

二二 〈全集〉八巻の中島健蔵「解題」に、「Arthur Wellesley; Duke of Wellington. 刊本は未詳であるが、明治二十九年十二月丸善在庫本」とある。少年伝記叢書号外『ウエリントン』(民友社、明治三十年二月)執筆のために購入したもの。ウエリントンは、本名アーサー・ウエルスル(一七六九-一八五二)。モーニントン伯爵の第三子としてアイルランドに生れ、軍人となる。ナポレオン戦争に功あって、一八一二年ウエリントン伯爵に叙せられた。一八一五年ナポレオンが復帰し、いわゆる「百日天下」が実現するや、同盟国軍の総指揮官としてワーテルローに戦い、これを破る。後に政界に入り、一八二九年イギリス首相となる。

二三 晴れたり曇ったり、ということか。

二四 「今の武蔵野」二章に次のように引かれている。「十二月二日―『今朝霜、雪の如く朝日にきらめきて美事なり。暫くして薄雲かゝり日光寒し。』」。今朝は霜が下りていて、まるで雪が降っているような佇いだった、という意味である。

二五 他人の顔色などというささいなこと、の意。

二六 生涯のこと。

以上二八七頁

一 impossible(英)。実行不可能な。

二 自分の考えを無理にでも通そうとする。

三 開拓社。↓二五四頁注五。十二月十五日付中桐確太郎宛独歩書簡に次のようにある。「小生も竹越君より入社の事彼日に勧められ候へ共、色々熟考の上辞退致す事に決心致候。其理由は頗る関(ママ)単に候即ち民友社への義理に御座候。

らず。此の女は吾を此の恥辱と此の悲哀とに投げ入れたる也。兎《と》に角に最早や吾は信子の事を思ひ断つべし。これ実に愚なる事なり。幾度思ひても詮なき事なり。たゞ信子の幸福にして善良ならんことを祈れば足るなり。

最早信子の事は懐《おも》はざらんことを期す。

七健康と倹約と労働と友愛と、わが幸福はこれ也。

十八日。

八天に在《ま》します父よ。九限りなき宇宙を統御し給ふ神よ。クリスト、イエスに依りて人生の目的を教へ給ふことを感謝す。クリスト、イエスに依りて愛の限りなきことを教へ給ふことを感謝す。一〇十字架に依りて吾が道徳の目的を教へ給ひ、吾が罪を教へ給ふことを感謝す。

一一区々として肉と世との儚《はか》なき思に煩ふ時に、クリストを仰ぎ見ることによりて限りなきの平和と自由と勇気とを鼓吹し給ふことを感謝す。神よ此の愚かにして罪深き吾をも一二クリストに依りて誇り得るものゝ中に加へ給ひし御めぐみを感謝す。よろこびも勇気も自由も義務も希望も平和も凡《すべ》て十字架を信ずる事によりて始めて得らるゝことを益ゝ《ますます》深く感じ得ることを感謝す。

小生も目下経済事情少しく困窮致居候へば開拓社へ入社の方又た竹越君へ対す情義等より言ふも好都合には候へ共、若し入社致し候事となれば、民友社とは全く縁を切らざるを得ざる次第と相成るべく、斯くては弟との関係も妙ならざる様に至りて、小生の堪へ得ざる事に就き、断然辞退致す事に決心致候。実は民友社に対して斯る義理を立てたりとて民友社は小生を冷遇する事依然たるには相違なきも、何分浮世の義理の柵、致し方もなしとあきらめ居候。されば小生は何れも入社不仕、たゞ一個の文人を以て筆作に衣食致して満足致す積り也」。

四 植村正久。→補三五。

五 珍しい財貨。転じて、利用すれば意外の利を得る見込みのある物事や機会、をいう。

六 佐々城信子。

七 例えば植村正久「トマス・カアライル」(『日本評論』十、十一号、明治二十三年七、八月)に次のようにある。「彼が労働の神聖なるを唱へ、節倹の福音を説き、自ら平民の一人として、正直に、勤勉に、また高貴に、其の誉れある生命を送り、一千八百八十一年二月五日の朝、溘焉として世を逝りたる」。

八 天父(Father)。キリスト教の神。

九 宇宙を創造して支配する全知全能の絶対者、上帝、天帝。

一〇 キリストが世の罪を負い十字架にかかり、人類の救いを全うしたことをいう。

一一 小さなことにこだわるさま。

一二 イエス・キリストの人格と教えに導かれて、の意。

神よ、益ゝ固く信仰の道をあゆましめ給へ。クリストに依りて示し給ふ真理を以て吾が国民を教化する大なる事業の為めに益ゝ振はしめ給へ。吾が教会の上に常にみめぐみを垂れ給ふことを感謝す。愈ゝ《いよいよ》益ゝ吾が教会を振ひ立たしめ、御心に従つて勝利の戦に馳《は》せ向はしめ給へ。

[一]クリスト降誕の紀念日、近づくにつれて、吾がクリスト教徒皆な満腔《まんかう》[二]の歓喜を以て此の日を祝し得るの用意をなさしめ給へ。

嗚呼、天に在します父なる神よ。愚なる思ひ煩ひより出でゝ是等の感謝と祈禱とを捧げ得さしめ給ふことを感謝す。

此の肉を捨て、此の身を神に捧げ、心をつくして神を愛し隣人を愛することに由《よ》りてのみ、勇気も自由も平和も得らるゝことを今更らの如くに感ずる也。

[三]クリスチヤニテー。此の事を措《お》いて、人を救ひ世を救ひ宇宙の意味を解するの真理あるべけんや。

日光の美、星の夜の深き思、凡てクリスチヤニテーに依りてこそ発明[四]する所あるなれ。

父なる神。

一 Christmas（英）。四世紀以来、一般に十二月二十五日に守られるようになった。
二 からだ全部。
三 Christianity（英）。キリスト教的信仰、精神、性格。
四 明らかにさとること。

無限の愛。
無窮の命。
自由、平和、義務。
而して[五]神の宮の美。人情。
凡てクリスチヤニテーによりて始めて解し得らるべし。

　二十二日。

[六]雪はじめて降る。
年迫りぬ。
[七]百感胸にあつまる。今年は悲しき事にて経過せり。今年ほど夢の如くに過ぎたる年はあらず。
[八]何事か神と人とのために尽したるぞ。何事か自己の為めに成就したるぞ。嗚呼一生若《も》し此の如くにして経過せんか、余はたしかに夢よりもはかなかるべし。

　二十三日。

近来稀なる晴天厳霜《げんさう》[九]。
わが心の中心より願ふ所のものは詩人たり得んことなり。わが[一〇]心の最底よりの確信はわれは詩人なりてふことなり。

五　天地。十月十九日の条に「此の天地は神の宮なり」(二六三頁)とある。
六　「今の武蔵野」二章に次のように引かれている。「同二十二日—『雪初て降る。』」。
七　いろいろなおもい。
八　神と人のために尽すべくどんな事をしただろうか、の意。
九　「厳霜」は草木を枯らすきびしい霜の意で、冬晴れのきびしい寒さの朝をいう。
一〇　心底(こころのおくそこ)のこと。

[一]哀想幽思交〻《こもごも》起り、人生に驚異すること益〻深くして、われは愈〻詩人たらんことを願ふ也。

神よわれを詩人たらしめ給へ。最も[二]信実勇敢なる詩人たらしめ給へ。

神よ、此の吾に此の詩情をあたへ給ふことを感謝す。

神よ、吾が[三]中心に感じたる所、わが眼にて見たる所を正直に語らしめ給へ。

あゝわれは詩人たるべし。[四]われは詩人として此の生涯を神と人とに捧げん。

われは詩人たることを祈る。

わが願は深夜月明に乗じて林間の[五]古墳を訪はんことなり。[六]老人の涙を読まんことなり。[七]少年の夢に遊ばんことなり。路傍の花と語らんことなり。[八]人類進化の天音に耳傾けんことなり。神の無窮の愛を歌はんことなり。自由と平和との真の意義を説かんことなり。

神よ、吾をしてわが肉を捨て、わが詩想に此の身を捧げて、神と人とに多少の義務をつくさしめ給へ。

神よ。大声をあげて歌はしめ給へ。黙して祈らしめ給へ。

昨夜　[九]今井君一泊、今朝同道出京。

一「幽思」は深くしずかな思いの意で、それと哀しい想いが、かわるがわる生ずる、ということ。
二 まじめで偽りのないこと。
三 心の中のこと。
四 独歩が言うのはキリスト教文学のことと思われるが、例えば植村正久「日本の基督教文学」上中下(『福音新報』六十五―六十七号、明治二十五年六月)は、「文学を介して基督教を邦人に勧説したるもの」としている。植村が念頭に置いているのは、「詩人ブラウニング」(『日本評論』一号、明治二十三年三月)、「自然界の予言者ウォルズウォルス」(『日本評論』五十四、五十五号、二十六年八、九月)、「テニソンと其の詩」(『福音新報』一六八、一六九号、三十一年九月)などである。
五 単に古い墓の意。
六 老人の涙のわけを理解すること。処女作「源叔父」(『文芸倶楽部』明治三十一年八月)が、そうして執筆された。
七 独歩の全作品の五分の一が「少年もの」である。
八 人類進化の消息を伝える造物主の声、の意か。
九 今井忠治。→補四二。

二十五日。

今日はクリスマスなり。昨日、朝独り野に出でゝ、祝文[一〇]を作りぬ。今夜はこれを教会[一一]にて朗読の筈なり。

げに意味深き今日の日。今日の日のよろこびを心より感じ得る人は幸なるかな。

二十七日。

年迫りて哀感多し。

信子は如何なる心もて今年をや送るべき。哀れなるは彼の女なり。思ふまじとは思へども、思ふて止む能[一二]はざるは彼の女が上なり。

彼の女は不幸の女なり。

彼の女を知るもの誰かある。彼の女の両親すら彼の女の性質をよく知らぬぞかし。

彼の女の破船[一三]も遠くはあるまじとぞ思はる。

あゝわれ独り幸福を求むべけんや。

あゝ年迫りぬ。心哀し。

クリスマスの夜は植村君[一四]の宅に一泊せり。

人生々々、夢の如く幻の如し。あゝクリストの意義を愈ゝ深く感ぜんことを欲

一〇 神に祈る文のこと。

一一 一番町教会。

一二 底本「止む得はざるは」。

一三 人生に挫折すること。植村正久「『ワーズワス集』を読む」（『福音新報』一六四号、明治二十七年五月）で、西行を「人生の破船者なり」と述べているのに倣って使用したもの。→二六〇頁注一一。

一四 植村正久の住まいは、麹町区四番町四番地（現千代田区）。山路愛山「我が見たる耶蘇教会の諸先生」（『太陽』明治四十三年十二月）に次のようにある。「植村君は純乎として純なる江戸児にして、其肌合には三分の侠骨あり。直情径行、掩ふ所なく、隠す所なく思ふ存分に振る舞ふ我儘者なり。客が来れば直ぐに鮓だの、天麩羅だのを奢つて歓待すると云ふ気象なり」。

す。

　三十日　夜半。

今年も明一日となりぬ。

一昨日人見[一]氏と相談の上、再び入社することゝなりぬ。

議会筆記を担当することゝなりぬ。

昨夜山路[二]氏の宅にて祈禱会開かれぬ。

明治二十九年よ去れ。げに夢のごとかりし此の年よ。悲惨なる今年よ去れ。

今年の始めに約束したる事、一として成就せざりき。

佐々城父母との和解は愚か、信子吾を捨て去れり。此の一年はこの悲哀のうちに葬られ去りたり。

二十九年の事は左の如し。

夢想。離婚。絶望。怠惰。借金。

　三十一日。

夜十時記。

一 人見一太郎は、蘇峰外遊中その代理を務めていたが、独歩は十二月二十八日、人見と諮って『国民新聞』の議会筆記を担当することになった。ただし、明治三十年二月五日付蘇峰宛草野門平書簡に、「外に国木田哲夫、井沢克己、中竜児など申す人々相見へ申候。三人は臨時なりとか」とある。

二 山路愛山の家で渋谷村祈禱会を開いた。定例は水曜日だが、年末のため二十九日火曜日に変更されたか。→二七七頁注一二。

三十年は二時間の後となりぬ。

今年は夢の如くにゆきたり。

[三]世の中を夢と見る〳〵果敢《はか》なくも

尚ほ驚かぬ我心かな（西行）

二十九年ほど果敢なく暮したる年はあらず。

嗚呼われ今年を以て何事をか為し得たる。

神と人との為めに何事をか成就したる。

かくして一生も過ぎぬべし。

此の一生、これ何者ぞ。

信子の此の夜の思は如何《いかん》。

[四]われ明年は二十七歳[五]なり。父[六]上は六十八歳[七]なり。母上は五十五歳[八]。弟は二十歳[九]なり。而して信子は二十歳[一〇]なり。

碌々[一一]として一生を過ぐべきか。此のわれ。思へば残念なるかな。

今夜はわれと等しき感を以て沈思[一二]せる青年も多かるべし。

たゞ一語を吾が身の上に告げて此の年を送らん。

曰く勤勉。

三 西行『山家集』中の歌。西行（一一一八‐九〇）は歌人、俗名は佐藤義清。藤原秀郷（俵藤太）九代の孫。鳥羽院の北面の武士となるが、藤原俊成と交際し歌人として頭角を現わす。一一四〇年人生の無常を感じて出家し、さらに旅に出て、東は奥州、西は西国や九州に及んだ。常に自然を心の友としつつも、人事への関心も失わず、源頼朝や藤原秀衡を訪ねたりしている。引用された和歌は、家集『山家集』巻下雑に収められているものだが、独歩が自身の驚異願望に引きつけているのは明らかである。ただ風巻景次郎『西行と兼好』（角川選書、昭和四十四年）は、『西行物語』や『撰集抄』で理想化され、伝説化された西行像が、独歩のいう「山林に自由存す」に近い、と述べている。

四 独歩の出生は、明治二年説と明治四年説があるものの、ここでは明治四年七月十五日ということになる。

五 底本「才」。

六 父専八は天保元年（一八三〇）十月十九日、母まんは天保十四年（一八四三）十二月二十七日、弟収二は明治十年（一八七七）十月三日、佐々城信子は明治十一年（一八七八）七月三十日生れである。

七―一〇 底本「才」。

一一 平凡なさま、役に立たないさま。

一二 深く考えこむこと。

希望も勇気も信仰も此のうちより出づべし。たゞ希《ねが》ふ、勤勉なる一生涯を。
たゞ希ふ、勤勉なる一日、一月、一年、一生を。
神よ、こしかたを感謝す。ゆくすゑを守らせ給へ。
嗚呼神よ感謝して此の年を送らむ。
あゝ神よ[一]たゞ前のものを追はしめ給へ。
一番町教会を中心となす宗教。
[二]民友社を中心となす政治。
家と野とに於ける文学。
此の三者は三十年のわが事なるべし。
されど吾が天職は詩人なるべし。
如何なる事〔あ〕りとも。

神よ。[三]彼の女の上を守らせ給へ。

去らば[四]此の年！

一　日々の務めを大切にする、ということか。
二　十二月二十八日『国民新聞』に入社、議会筆記を担当することとなったのを受けて、こう言ったもの。
三　佐々城信子のこと。
四　底本「此の年！。」。

明治三十年一月

七日　夜。

勤勉正直なる一生。

嗚呼われまた此の外に何を望まんや。

神の愛と義と美と。

嗚呼われ此の外に何を信ぜんや。

安逸を求むる勿《なか》れ。

幸福を求むる勿れ。たゞ感謝せよ。

感謝と勤勉と正直と、これ乃《すなは》ちクリスチヤン[五]の生涯なり。

[六]富永徳磨に求めし件の成否は凡《すべ》て神にまかす。神よこの願をかなはしめ給へ。

教会のために働く。

一番町教会のために働く。これ実にわが大なる楽しき目的なり。われは此の目的を有するを感謝す。

[五] Christian(英)。キリスト教徒。

[六] 富永の妹とみに対する求婚。富永とみは明治二十八年十月佐伯より上京し東洋英和女学校に在学中だった。↓一〇九頁注九。

[一]国民新聞社が、吾が国の政治界に対《むか》つて正しき目的を有する限りは、われは此の社のために粉身砕骨《ふんしんさいこつ》[二]することを以て楽しき目的となす也。

[三]神の義を助くること、これ人の目的なり。
人の目的は安逸を希《ねが》ふことに非ず。

　十三日　水曜日。

夜の十二時筆を執《と》る。
[四]今わが家の静けくもあるかな。雪降りて物音なし。弟[五]は月曜日より芝区に下宿したれば今はたゞ吾が身一つなり。
詩人とは、語り、写し、描き、歌ふて自から楽しむのみの人に非ず。

高き感情、深き思想、美なる心を求め焦《こが》るゝ人の子なり。

詩作らで、歌読まで、名なくして朽つる詩人あり。

詩人とは此の心を天地人生の至妙《しめう》[六]に通はさんとつとめて止む能はざる人をいふ也。

一　独歩は前年秋、伊藤内閣のために働く竹越与三郎と松隈内閣作りに奔走する蘇峰の間で揺れていたと思われる。結局、暮れの二十八日竹越の開拓社への誘いを断り、『国民新聞』入社の道を選んだのだが、そういう複雑な事情が反映しての科白。↓二五四頁注五。
二　粉骨砕身に同じ。骨身を惜しまず、力の限り努力すること。
三　↓二五〇頁注七。
四　「今の武蔵野」二章に引用されるが、その際に大幅に改変される。「三十年一月十三日―『夜更けぬ。風死し林黙す。雪頻りに降る。燈をかゝげて戸外をうかゞふ、降雪火影にきらめきて舞ふ。あゝ武蔵野沈黙す。而も耳を澄せば遠き彼方（かなた）の林をわたる風の音す、果して風声か。』」。
五　弟収二の下宿先は、芝区兼房町十三（現港区）中村方である。
六　この上もなく巧妙なこと。
七　植村が独歩に復縁話を切り出すのは一月十一日夜だが、その前日に信子が、浦島病院で出産していることと無関係ではあるまい。結局、病院に因んで浦子と名付けられ、佐々城本支・豊寿の四女として届けられるが。
八　山路愛山。↓補六七。

嗚呼わが身詩人ならでもよろし。

たゞ高き感情と深き思想と真の信仰の中に生きんことを。

[七]一昨夜植村正久師より来れとの言ありしかばゆきたり。師はわがため、彼の女のために、今一度、彼の女をわがもとにかへさんことを願ひて、山路[八]氏ともよく相談し呉《く》れ給ふ由約し給ひぬ。

われは彼の女が昔の少女のやさしき心をもて此の人々の誠心に酬ゆる所あらんを願ふ也。

彼の女再び来りて吾と住まばわれは昔に増したる心もて信愛[九]すべし。あゝ然《しか》らばわれも彼の女も幸ならずや。されど彼の女もし尚ほ心ゆがみ、情死[一〇]して、かへる事を否みなば不幸なるものは彼の女ならん。

神よろしきに導き給ふべし。

われはたゞ過ぎし恋しく清く高かりし夢のあとをたどりて永久に楽まんかな。

今日田山花袋[一一]氏を訪ひ、色々と恋の物語、詩の物語、わが詩人の夢物語りせり。

[一二]ドーデーの「巴里《パリ》に於ける三十年」を借りて帰りぬ。帰路太田玉茗[一三]氏を訪ひ、また恋を語り詩を語りて、露伴[一四]氏の作「さゝ舟[一五]」を借りて帰りぬ。

帰宅せしは午後五時半頃なりし。夜食を了へて後、渋谷村[一六]祈禱会に出席せり。

九 信用してかわいがること。

一〇 独歩に対する愛情が失せること。

一一 →二八〇頁注四。

一二『巴里に於ける三十年』(Trente Ans de Paris)』(一八八八年)。十七歳の時にパリに出て来たドーデの三十年に亘るパリ生活を回顧した随想集で、十六章から成る。彼の私生活や文学観、作品執筆時の心境が描かれるばかりか、当時の文壇状況やパリの風景が垣間見られるよう構成されている。この本の影響で、後に花袋が『東京の三十年』(博文館、大正六年)を書くことになる。その中の「丸善の二階」と題する文章で、彼が受容した十九世紀西欧文芸の一つに「アルフォンス・ドオデエの明るい同情に富んだ芸術」も数え上げている。

一三 牛込区市谷八幡町七番地(現新宿区)伊藤重敏方。→二七九頁注一〇。

一四 幸田露伴。→補一四。

一五「さゝ舟」は『風流微塵蔵』第一冊(嵩山堂、明治二十八年十二月)のこと。長編「風流微塵蔵」(『国会』二十六年一月—二十八年二月)は、仏教の輪廻に倣った「連環体」形式で、人生の諸相を描き出そうとした壮大な試み。全九篇構成であるが、塩谷賛『幸田露伴』上(中央公論社、昭和四十年)は、次のように述べている。「第一話から第二話、第二話から第三話へと話はつながって行くが、主人公に同一ではない。話もその都度新しく展開して行く。しかし全然新しい話ではなくてどこかで前の話とつながっている。(中略)完結ののち見れば大伽藍めいた全体がそこにあるようにしたいというのである。外国ではバルザックの「人間喜劇」叢書と似たところもある」と。

一六 →二七七頁注一二。

帰路[一]のれんやに下宿せる湖処子君を訪へり。

降雪霏々《ひひ》[二]。

去年のこのごろの事など想ひ出されて哀れ也。

一昨夜弟の下宿せる宿屋に一泊せしが其の夜半、突[三]然めざめし時、此の生命と存在と此の天地とを驚異するの恐ろしき力もて心を衝《つ》きたり。あゝ願ふ、常にかく驚異せんことを。

　世[四]の中を夢と見る〳〵はかなくも
　　なほ驚かぬわがこゝろかな。

あゝわが願は驚異せんこと也。

あゝわが心のなやみはわが心の眠り居ることを自覚せる事なり。

吾[五]が心の誇は此の自覚なり。されどわが心の悲はこの自覚なり。

此の自覚なくして驚異の念の少しだに起る理《ことわり》なし。驚異の念少しもなくして宗教的信仰ある道理なく詩的熱情ある道理なし。

あゝ夢裏[六]の人々よ、夢裏にありて敢《あへ》て宗教を語る人々よ、詩を語る人々よ、哀れむべきは此の種の人々にぞある。

げに人生は不思議なるかな。あゝわが心よ高くさめよ。深く感ぜよ。

一　豊多摩郡中渋谷道玄坂下「ぱれん屋」の誤り。→二七七頁注一二。
二　雪や雨などがしきりに降るさま。
三　後に「神の子」(『太平洋』明治三十五年十二月)で次のように語られている。「刹那の感で御座いますから一口で中されます。或夜のことでした。真夜中にふと眼が覚めました。夜は更け万籟寂として居ました。私は眼を開いて床の上に身動きもしませんでした。其時です、私は卒然、我生命の此大いなる、此無限無窮なる宇宙に現存して居るのを感じたのです。そして言ふべからざる畏懼の念に打たれたので御座います」。
四　西行の和歌。→二九五頁注三。
五　「我が心の眠り居ること」をちゃんと自覚している点は感心だが、そういう心の状態を認めねばならないのは悲しむべきことだ、の意。
六　夢の中にいる人々。

人間ありて以来、東西、幾億万兆の人、生死せり。其の間必ず此の人生と此の天地との不可思議に驚異して限りなき感慨に打たれる人も少なかるまじ。あゝかゝる人々の感情をうつしたる言葉あらば聞きたくもあるかな。カーライル七の如きは多少其の人なり。ウオーズウオース八の如きもまた多少其の人なり。其の他大なる詩人といはれし人、宗教家といはれし人は皆然り。故に己れは是等の詩人と交はらんことを願ふ也。

げに静けくもあるかなこの雪の夜半。風はをり〳〵迷ひ吹きて樹梢《じゆせう》九をわたる音す。其のたび毎《ごと》に雪の落つる音す。麻《を》一〇郷《がう》村の事など思ひ起すぞかし。

十四日　木曜日。

夜十時過ぎて書す。

一一嗚呼われ此の小屋を愛す。

今われ独り住む、人の声あたりに聞えず。

世の波の音、聞くべくもあらず。

七 →補三二。

八 →補二九。

九 樹木のこずえ。

一〇 明治二十四年三月独歩が東京専門学校を退学した時、両親は山口県熊毛郡麻郷村第四九七番地吉見トキ方の離れに住んでいた。五月に帰省した独歩も同居し、翌年二月柳井に移るまで暮らした。その間、松下村塾に倣った「波野英学塾」を経営している。

一一 独歩は後に「十年前の田園生活」で、次のように述べている。「全く孤独の郊外生活ですから随分さびしくはありましたが、当時の僕はこれが却てうれしかつたと見え日記の中に次の如く書いてあります。／嗚呼われは此孤屋を愛す。(中略)嗚呼われ此孤屋の独坐の黙思を好む。／右は一月十四日夜半に認めたもので、当時の僕は激しい煩悶になやまされて居ましたから、書くことも激しいやうですが、併し実際当時の生活を好んで居たには違ひなかつたのです」。

たゞ梢をわたる風の音の遠く聞ゆるのみ。
たゞ雪溶けて落つる滴声の軒をめぐるのみ。
嗚呼かの遠き風は遠き夜寒の声なるかな。
われ此の声を聞けば[一]遠き国の恋人の音信を聞く心地して哀感を催す。
われ実に此の小屋を愛す。
声はりあげて歌はんも心のまゝなり。
声はりあげて祈らんも心のまゝなり。
われたゞ一人此の野中の小屋に座す。
われ今こそ[二]赤条々《せきでうでう》のわれなり。
遠き友を思ひ、[三]過ぎし昔を思ひ、
老いたる親を思ひ、恋の夢を懐《おも》ふ。
天地悠々の感、おのづからわき、
哀々たる情自然に発す。
嗚呼われ此の小屋の独座を愛す。
夜半独り眠らず、孤燈に対《むか》つて座す。
泣かず、歌はず、祈らず。

一　北海道にいる佐々城信子を想定しているのであろうが、実は信子は、昨年十二月帰京していて、一月十日浦島病院で浦子を出産している。植村正久がそのため二人の復縁を画策したと思われるが、無論独歩はそのことを知らない。

二　まるはだかになること。また、そのさま。

三　底本「過きし」。

四　いく筋かの列。

五　無言で考えにふけること。

六　国民新聞社。

七　Victor-Marie Hugo（一八〇二-八五）。フランスの詩人、作家、画家。ナポレオン軍の将軍の父と王党派に属する母との間に生れ、激しい葛藤の中に成長する。十四歳で詩を書き、一八二二年、結婚を機に本格的な作家生活に入った。やがてロマン主義文学運動のリーダーとなり、虐げられた民衆を主題化する『ノートル＝ダム・ド・パリ一四八二年』（一八三一年）、死刑反対を訴える『死刑囚最後の日』（一八二九年）などを書くが、その後政治活動に転じた。一八五一年ルイ＝ナポレオンの帝政に抗議して亡命し、二十年間イギリス領の島で過ごすことになる。その間『レ・ミゼラブル』（一八六二年）を執筆した。一八七〇年共和制の復活と共に帰国、国民的詩人として熱烈に歓迎され、その死に際しては国民葬が

且つ自づから涙[四]数行《すうかう》垂る。

あゝわれ此の小屋の独居の[五]黙思を好む。

今日十一時半の汽車にて[六]出社、[七]ユーゴーのナポレオンの葬儀を訳せり。

弟の下宿にて晩食す。[八]菊池、宮崎、山口の諸氏と語りぬ。

[九]今朝大雪。葡萄《ぶだう》棚落ちたり。

われは実に此の独座独居の[一〇]幽寂《いうじやく》を愛するなり。

これにも増したる住居何処にあらんや。われは決して容易に此の家を出でざるべし。

われは此の家を沈思、[一一]独吟、黙禱《もくたう》、読書、[一二]詩想の家と名《なづ》けん。

十七日。

夜の十二時を過ぎたり。

本日午前収二と共に[一三]教会に出席したり。収二昨日来宅昨夜一泊せり。教会礼拝終はりて[一四]長老諸氏と教会財政の事に就き相談会ありたり。

午後社にいたり[一五]ユーゴーの翻訳を少々計り致して薄暮植村正久君を訪ひ、数十

行われた。独歩が言う「ナポレオンの葬儀」は、彼の死後整理され出版されたものの一つで、『見聞録(Choses vues)』(一八八七、九九年)のことである。民友社では、明治二十一年八月に英訳本"Things Seen"を丸善を通じて購入している。独歩はそれを「大奈翁の葬儀(ユーゴー見聞録中の一節)」(一—三)(『国民新聞』二〇九七、二〇九八、二一一一号、明治三十年一月十六日、十七日、二十一日)として翻訳、発表した。

八 菊池謙譲(→補八一)、宮崎湖処子(→補二四)、山口天来(→補九二)。民友社の仲間が集まった。続く十七日の記述から弟収二も同席していたと思われる。無論彼も民友社員の一人である。

九 「今の武蔵野」二章に次のように引かれている。「同十四日—『今朝大雪、葡萄棚堕ちぬ。／夜更けぬ。梢をわたる風の音遠く聞ゆ、あゝこれ武蔵野の林より林をわたる冬の夜寒《よさむ》の凩《こがらし》なるかな。雪どけの滴声軒をめぐる。』」。なお後文は、一月十四日の条の始めの部分(三〇二頁)からの引用である。この渋谷の寓居の前に葡萄棚があったことは、独歩「十年前の田園生活」(→補八六)、田山花袋「渋谷時代の独歩」(→補八六)や『東京の三十年』所収の「丘の上の家」(→補一〇六)によって分かる。

一〇 奥ぶかくもの静かなこと。

一一 一人で詩歌を吟ずること。

一二 詩作に駆りたてる着想。ないしは詩によみこまれている思想・感情。

一三 一番町教会。

一四 →二六二頁注二。

一五 「大奈翁の葬儀(ユーゴー見聞録中の一節)」のこと。→注七。

分談話せり。

[一]市ヶ谷なる太田氏を訪ひ、八時半頃まで語りて、[二]おぼろ月ふみて帰宅したるは夜の十時なりき。

帰宅して只今まで家政財政等の事を思案せり。下宿する方尤も経済的なれども、われ実にこれを好まず、さりとて此の小屋の生活は何分不経済にて立ちゆき兼ぬる次第もあり。兎も角も、[三]植村氏提出の信子問題結了の後、また妻帯問題結了の後まで未決に致し置く事とせり。

余は植村、[四]山路の両氏にして同意且つ尽力すといはゞ妻帯すとの決心なり。両氏不同意ならば下宿すとの[五]下心も略《ほぼ》定まりぬ。

昨夜、新小説第二年第一巻中の[六]森田思軒君訳「一月一日」及び[七]森鷗外君訳「はげあたま」を読んで大に面白く且つ有益に感じたり。

今夕　太田君より[八]ゾラの話を聞き、感心したり。

余は信子の復帰必ずしも両人の幸福にてはあるまじと思はざるにあらず。余は已《すで》に十分信子を信ずる能はざればなり。余は彼の女の心の誠実の分量のあま

一　太田玉茗の家。↓二七九頁注一〇。

二　ほのかにかすんだ月のこと、普通は春の夜の月の謂い。

三　植村正久が佐々城信子との再婚を勧めた件のことか。↓三〇二頁注一。

四　山路愛山。↓補六七。

五　ここでは、かねて心に期すること、の意。

六　Emile Souvestre（一八〇六-五四）の代表作『屋根裏の哲人(Un philosophe sous Les toits)』（一八五〇年）の第一章を森田思軒が翻訳したもの。スーヴェストルはフランスの作家。モルレーに生れ、演劇を志しパリに出るが、長兄の死で断念。故郷で新聞編集に携わった後、一八三五年再びパリに出て作家となる。よくディケンズと比較されるものの、共に、産業革命後に台頭する新興ブルジョワジーと対するプロレタリアートとの狭間にあって、没落する他はないプチ・ブル階層を共感をもって描いた。『屋根裏の哲人』は、屋根裏住まいの平凡で貧しく孤独な男が、彼が一年に亘って見聞きしたこと、考えたことを月ごとに示し、全十二章で構成したもので、いわば「感想の暦」とでも言うべき作品である。

七　August Kopisch（一七九九-一八五三）の『イスキア島の謝肉祭(Ein Carnevalsfest auf Ischia)』を森鷗外が翻訳し、後に『かげ草』（春陽堂、明治三十年五月）に収めた。小堀桂一郎はこの作品を「地方色豊かな、珍しい題材を扱つたもの」とした上で、アウグスト・コピッシュについて次のように解説している。「元来画家であり、一八二八年から五年ほどイタリアに滞在してナポリを中心に多くの制作をなし、一八三三年にはE・フリースと共にナポリの琅玕洞を発見したことによつて広くその名を知られたことのある

り多からぬを知りたり。其の質[九]の濁れるを知るなり。
余は彼女を天女の如くに信じ且つ愛したりしに彼の女は余を捨てゝ走ることを苦もなく実行したり。
今にして余はわが恋の余りに高潔深厚[一〇]にして、彼の女の愛の極めて頼み甲斐《かひ》なかりしことを見たり。
[一一]墓碑銘《ぼひめい》を信ずる方、女子を信ずるよりも確実なるが如きを見たり。
余は彼の女を懐ふて恋々[一二]の情なきにあらず。されど彼の女真に後悔して余が許《もと》に帰るにあらずんば、両人共恐らく幸福に非ざるべし。
嗚呼恋の如何に果敢《はか》なかりしよ。昨年の今日此の頃夫妻尽きざる相愛のうちにありしものを。
[一三]余は如何なる婦人にてもあれ、彼の女を愛したる如き愛を以て妻とよぶ可し。されど彼の女を再び妻とよぶよりも或《あるい》は幸福ならざらんと思はる。
何事も神の御心に任し奉らんのみ。
祈り且つ励めば神は必ず宜しきに導き給はん。
紛々たる浮世の事に心を労するを悲しむ。
希《ねがは》くは此の心、絶えず人情[一四]の高潮にあらんことを。

人である。文筆の才にも秀で、伝説や民話、民間伝承的茶番劇等に取材した歌謡の作詞者として知られ、そのうちの何曲かは今日でもなほ大衆的愛好をかちえてゐる。(中略)ハイゼがその『ドイツ短篇宝函』第五巻に「イスキア島の謝肉祭」を拾ひ上げたことによつて辛うじてこの一作が文学史の片隅に生き残ることを得た、(中略)これはコピッシュが好んだ民間の茶番狂言風に仕立てられた愛嬌たつぷりのお伽噺ともいふべきもの」(『鷗外選集』第十六巻、岩波書店、昭和五十五年)。→補一一一。

八 ゾラといえば、ドレフュス事件、一八九四年ユダヤ人のドレフュス大尉が軍事機密漏洩のかどで有罪を宣されたことに端を発する冤罪事件だが、ゾラが大統領への公開状「われ弾劾す」を突き付けて罰せられたためイギリスに亡命するのは、一八九八年(明治三十一年)である。とすると、ゾラは職業作家としての自覚があり、毎日決まった枚数の原稿を書く生活を二十年続けて「ルーゴン＝マッカール叢書」を完成した逸話であろうか。→補九七。

九 性質のこと。

一〇 恩徳、気持ち、情がきわめて深く厚いこと。

一一 「墓碑銘」は死者の経歴などを刻んだ墓石の文章のこと。死者を顕彰すべく虚飾が多いということか。

一二 恋い慕っていつまでも思い切れないさま。

一三 信子と同じくらい愛して結婚する女性がいたとしても、信子と再婚するより幸せということはない、の意。

一四 人への情愛が高まること。

下劣なる情をゑぐり去れよ。

何人《なんびと》とも和らぎ、決して恨み、そねみ、悪み、いやしみ、疑ふことなからんを。

[一]自家の過失を自家の過失となせ。

謙遜なれ。

　十八日。

時間の力の恐ろしくもあるかな。

[二]小金井堤上の約束、林中の誓語の時の心情は如何なりしぞ。

[三]芝公園のベンチに相擁してゆくすゑの難を語りて泣きし時の心情は如何なりしぞ。

塩原のことを忘れしや。

逗子の夜を忘れしや。

嗚呼想起し来ればわが情は燃え上りわが心はさけんとす。嗚呼われ今更ら誰れを恋ふべき。

信子、信子。御身願はくは其のいやしき心に今一たび恋愛の火を点ぜよ。

恋愛のうちに其の身命を投ぜし時の女ほど誠美なるものあらんや。余は自ら詩人なりといふ。[四]されどわれかの月夜柳樹の蔭に[五]遠藤よき嬢と三人相語りし時の

一 自分の犯した過失を他人のせいにするな、ということ。

二 明治二十八年八月十一日の条に、小金井堤で「吾等堅固なる約束を立てたり。吾等が愛は永久かはらじと」(一〇一頁)とあり、また林の中で「吾等も何時か彼の老夫婦の如かるべし」(同頁)と語り合ったとある。

三 明治二十八年八月二十六日の条に、「公園に入り、ベンチに腰かけて語る。(中略)二個の情人は正に恋愛の極に達しぬ」(一一二頁)とある。

四 明治二十八年九月八日の条に、「月明に乗じ深更に至るまで、佐々城氏の庭園に信子嬢及び遠藤よき嬢と共に、柳樹蔭に籐臥床を置きて談笑」(一一七頁)とある。この時の歓喜と幸福に満ちた信子のさまを表現する術は、いかに詩人でも持たないが、その心が分かるのは、自分がその歓喜と幸福を共有する恋人だからだ、という意。

五 ↓一一六頁注二。

信子の様子を言明すべき言葉を知らず。嗚呼恋人ならで誰か恋人の心を知り得ん。

あゝ神！　高潔なる少女のかの甘露[六]の如き涙をわれに返し給へかし。百丈[七]の絶壁を仰ぎ清き渓流をのぞみつゝ自由と恋愛とを涙もて語りしわれと信子！　嗚呼神よ。われ実に夢想を現実に行はんとして失敗したり。されどかゝる夢想は果して悪しき夢想にや。あゝ山林の自由の生活！　北海道の林中の生活！　すべて夢と消えてあとなく、恋人また一たびわが妻となりて更らに吾を捨てゝ走りぬ。

あゝ此の生の夢の如きかな。

期する所なにごとぞや。植村師[八]の昨日説教壇上より言ひし如く吾人の過去は希望の墳墓なるかな。「将来[九]」にあざむかれて「現実」に苦しみ、「過去」を追懐また後悔して「現在」に泣く。

あゝ、これ生の不思議なるかな。

[一〇]女よ、女よ、幾時までか男子をのろはんとするぞ。

あゝ神よ、此のわれ遂に何事をも願はず、何卒《なにとぞ》たゞ世の男女をして人情の如何に深く、神の如何に高きかを感ぜしむるために一文一詩にても作らしめ給へ。

六　天から与えられる甘い不老不死の霊薬。

七　塩原温泉でのこと。明治二十八年九月十五日の条に次のようにある。「吾等二人手を携へて(中略)渓流を泝りて橋を渡り、淋しき谷に至りて止む。秋晴幽谷、夕陽満山、人影絶寞、此の時此の境に愛恋の二人相携へて朝の歓喜を胸にたゝみつゝ歩む。何の不足する処ぞ。一生のパラダイスなり」(一二三頁)と。なお「百丈」は約三〇〇《メートル》だが、非常に高いことのたとえを言う。

八　植村正久が一月十七日に一番町教会で行った説教。

九　明治二十九年十二月三十一日の条に、「あゝ神よたゞ前のものを追はしめ給へ」(二九六頁)と祈った気持ちと表裏一体の思い。

一〇　女は生まれつき悪因縁が多く罪深い存在といった仏教的観念に基づく物言いか。

あゝ[一]人情の泉をして願はくは天の不思議の林より流れ出でしめよ。

信子、信子、われは御身の真の友、御身の霊の示教者《しけう》[二]なりしものを。

[三]真理！　願はくはこれを永久動きなき此の岩の上に立たしめよ。

夜八時なり。

独り此の小屋に座す。風の樹梢をわたる音のさびしくもあるかな。屋外のものさびしくもある哉。

〇[四]去年の今

風吹く夜半の、雨降時の
独りさびしく眠りかね
想ひ起すは「去年《こぞ》の今」
「去年《こぞ》の今」と夜もすがら。

二十日。

[五]Bright morning!

朝日うらゝかに輝き、大空には一片の雲影なく、地には霜柱白銀のごとくきらめき、小鳥のなく声、あちらこちらに聞ゆ。

一　ワーズワスの詩句「人情の幽音悲調」などに基づく発想か。↓二八一頁注一一。
二　「示教」はどうすべきかを教えること。
三　真理が揺るぎないものとなることを言う。
四　新体詩「こぞの今」は『抒情詩』(民友社、明治三十年四月)に所収される際、次のように修正された。「そぼ降る雨の音長く／野末をわたる風遠し／思ひ起すは去年の今／「去年の今」とてよもすがら」。逗子での信子との生活を追懐する詩である。
五　「今の武蔵野」二章に次のように引かれている。「同二十日―『美しき朝。空は片雲なく、地は霜柱白銀の如くきらめく。小鳥梢に囀ず。梢頭針の如し。』」。
六　一月七日の条にある「富永徳磨に求めし件」(二九七頁)、つまり妹とみへの求婚のことと思われる。↓二九七頁注六。
七　森為国の誤記。↓二七七頁注一四。
八　明治二十九年二月十二日の条に、「先達植村正久氏を訪ひヒービー、ブラウンの談話を聞きたり」(一七〇頁)とある。Phoebe Hinsdale Brown のこと。↓一七〇頁注一、補七〇。
九　山路愛山。　一〇　強く破る。
一一　人見一太郎。↓補六六。
一二　『抒情詩』(民友社、明治三十年四月)のこと。宮崎湖処子編で、独歩、松岡国男、田山花袋、太田玉茗、矢崎嵯峨のや、それと湖処子の六人の共著詩集。宮崎湖処子「民友社時代の独歩」に次のようにある。「国木田君の発議で新体詩集「抒情詩」を発刊した。これを出すに就ては、書肆がこれまであまりに利益を壟断するといふことを心外に思つて一つ版権をこちらに取つて置かうといふので民友社と非常に面倒な交渉を重ねて遂に版権を取ることになつたのである」。

静かなる朝！　幸福の朝！

昨日湖処子[六]に依頼したる、植村君への相談の結果を今朝聞くを得たり。詳細の事は後日記すべし。

今夜渋谷村祈禱会を森為山[七]氏の宅に開く。
余ヒビーブラウン[八]の話を語りぬ。
帰路独り山路[九]氏を訪ふ。
月明、寒気身を劈《つんざ》[一〇]く。

本日、人見[一一]氏と相談して、新体詩集[一二]を民友社より出版する事に一決せり。其のため太田[一三]、田山[一四]氏等を訪問せり。

高き感情に住まんかな。
自由なる思想に住まんかな。

　二十一日。

午前十時四十分発の汽車にて出づ。

さらに柳田国男「故郷七十年」は次のような事実を伝えている。「そのころちやうどフランス留学から帰つた和田英作君といふ無名画家を、国木田が紹介して、六人の詩人のために一枚づゝの挿絵を書いてもらつた。黒一色の絵で、（中略）それらの絵を無料で描いた上、六人の作者に一枚づゝくれたのであつた」と。そもそも明治三十年頃には詩集の刊行が相次ぎ、詩論も盛んで、こうした企画は極めてタイムリーだった訳だが、のみならず版権の獲得といい、白馬会の新進気鋭をいちはやく起用するなど、独歩の時代感覚はすばらしい。→二六一頁注一三。

一三 太田玉茗。　**一四** 田山花袋。

以下三一〇頁

一 嵯峨の屋おむろ。文久三年（一八六三）―昭和二十二年（一九四七）。小説家、詩人。本名は矢崎鎮四郎。下総関宿藩士の次男として江戸日本橋の藩邸で生れる。父が彰義隊に属し、明治以降も仕事に失敗し死去したため、幼くして寺の小僧や丁稚奉公に出された。明治九年東京外国語学校露語学部給費生となり、二葉亭四迷を知る。十六年に卒業、統計院に就職するものの、十九年二葉亭と坪内逍遙を訪ね、玄関番として文学修業をすることとなる。やがて『無味気』（駸々堂、明治二十一年）で注目され、その後この作品が示す浪漫性と文明批評性という二つの傾向によって数々の問題作・話題作を発表、文壇の大家となり、二十二年には『国民新聞』社員となる。が、次第に筆力も衰え、二十九年末には退社する。但し三十年二月五日付蘇峰宛草野門平書簡に「矢崎鎮四郎氏近頃相見へ申候。社員となりしとか」とある。いずれにしろ三十年代には内村鑑三の感化で熱烈なキリスト教徒となり、また陸軍士官学校のロシア語教官なども務めた。な

[一]矢崎さがのや主人を訪問して、詩集の事を相談せり。

午後五時十五分発のにて帰村。

[二]宮崎君に立寄り、詩集の事を相談し、更に[三]一件の事を相談致し、結局、君余のために明日植村正久君を訪ふべきことゝなる。

[四]ブラザーフードの事に就き思ふ所あり。

空曇りて雪降る模様、而して降らず。終日厳寒人の肉を刺しぬ。

高く思ひ、高く感ぜんことを希ふのみ。

不思議を感ずる愈ゝ《いよいよ》深からんことを願ふのみ。嗚呼人は空想の器なるかなてふ考起る時の悲しさよ。

[五]されど何事も自家の薄弱なるより起る女々しき情のみ。

勇み戦ふものには寒気を感ぜしめ玉はぬ事神の法ぞかし。

二十二日　夜記。

[六]佐伯滞在の頃の欺むかざるの記、及び其の[七]乗艦中の記、乗艦後の記など、今読み来れば其の[八]跡をたどるが如き心地する也。

成程われは空想の児なるべし。されどわが感情は実に高かりき、実に自由なり

おこの頃彼は、下谷区下谷二番町一番地(現台東区)に居住。　二 宮崎湖処子。→補二四。
三 富永とみへの求婚の件。→三〇九頁注六。
四 底本「プラザーフード」。brotherhood(英)。兄弟愛のこと。宮崎湖処子の友情の深さについて言ったものか。
五 「人は空想の器なるかな」などと悲しい考えが起こるのは、自分が弱く女々しい気持ちになっているからであり、それ故寒さもひとしお身に沁みるのだ、という意。　六 明治二十六年九月三十日大分県佐伯に着き、翌二十七年八月一日まで、鶴谷学館教師として過ごした。
七 明治二十七年十月十九日『国民新聞』特派員として軍艦千代田に乗船し、日清戦争の従軍記事(『愛弟通信』)を書き送り、二十八年三月五日、呉にて退艦した。　八 「空想の児」として生きた足跡。　九 →三〇一頁注一〇。
一〇 「独歩吟」(『国民之友』三三六号、明治三十年二月)中の一篇「自由の郷」は、この時の感慨に基づき創作された。後『抒情詩』所収の際に「山林に自由存す」と改題され、初出にない第三連が加えられる。「山林に自由存す／われ此句を吟じて血のわくを覚ゆ／嗚呼山林に自由存す／いかなればわれ山林をみすてし(一連)あくがれて虚栄の途にのぼりしより／十年の月日塵のうちに過ぎぬ／ふりさけ見れば自由の里は／すでに雲山千里の外にある心地す(二連)眥《まなじり》を決して天外を望めば／をちかたの高峰の雪の朝日影／嗚呼山林に自由存す／われ此句を吟じて血のわくを覚ゆ(三連)なつかしきわが故郷は何処ぞや／彼処にわれは山林の児なりき／顧みれば千里江山／自由の郷は雲底に没せんとす(四連)」。
一一 "Childe Harold's Pigrimage" 第三のカン

き、実に大胆なりき。たゞひたすら神と自然と自由とを求めて叫びもがきたりき。

嗚呼。麻郷[九]に於ける生活。佐伯に於ける生活。乗艦中の生活、恋愛中の生活。逗子の生活。離婚後の生活。これを通じて如何にわが感情を変化したるよ。

[一〇]北海道の山林に自由を求めたる此の吾、今如何。

ひたすら自然の懐《ふところ》に焦れたる此の吾、今如何。

恋愛の中に自由を願ひし此の吾、今如何。

嗚呼、自由と恋愛はわが熱情なりき。今は如何。今は如何。

恋は果敢なき夢と消えて去り、而かも此の身何時《いつ》しか浮世の波に漂はされつゝあり。

あゝ神よ。此の霊を憐み給へかし。われをして永久に彼の女を愛せしめ給へ。吾をして恋の誠の中に呼吸せしめ給へ。

[一一]バイロン歌ふて曰く、

; and to me;[一二]

High mountains are a feeling, but the hum of human cities torture:

げに高山[一三]はわが情熱ぞかし。われをして何時までも自由を求めしめよ。何故に

ト第七十二詩節の句で、木村鷹太郎『バイロン評伝及び詩集』(教文社、大正十三年)は、「凡神論と唯心論との結合して天地と我との合体するを言へるバイロンの有名な句」として次のように訳している。「我は我身に生活せるに非ずして、我周囲のもの〻一部となれり。されば我に取りては高山も感情なり。然りと雖人間の作れる都市の騒ぎの声は我れの苦しむ所」と。

一二 底本「-and to me High mountains are a feeling; but the hum of humanities torture:」。

一三 こういう感慨を独歩は、いろいろな作家に見出している。明治二十九年九月十四日の条には、「バルンスの「吾が心は高原にあり」」(→二五三頁注一三)が書き止められ、二十六年八月三十日の条にも、「「山上に自由あり」の句(シルレル)実に我をして躍らしむ」とある。

以下三一二頁

一 明治二十八年九月十二日、塩原温泉に至った独歩は、佐々城信子や遠藤よきと落ち合い、翌日には二人を追い掛けて来た佐々城本支に、交際を認めてもらった。その喜びも束の間、十六日の午後には、二人の生活を北海道に求めるべく独歩は単身旅立つことになる。

二 広い砂漠。ここでは比喩的に使っている。

三 小野茂樹『若き日の国木田独歩』に次のように言う。「元越山というのは南海部郡の木立(きたち)村と米水津(よのおず)村との境界に立つ山で、その山腹には大分県下有名な桜の名所浦代峠もあるが、独歩の下宿の二階から左手遥かに常に眺められた山である。独歩は余程この山が気に入ったらしく、「凡て此等よりも美なるは元越山の水蒸気なり、木立山の水蒸気なり。或時は全山焰の如く燃え、或時は一道の火花谷の陰より立登り、

わが自身から此の都会虚栄の中心に繋がれて満足し居るかを知らざる也。

あゝ、山林自由の生活、高き感情、質素の生活、自由の家。あゝこれ実にわが夢想なりしものを。

われ自由をすてゝ恋愛を取りしものを、恋愛更に此の身を捨てたり。塩原[一]の山を出づる時、後ろに恋しき少女の涙にわかれ、前に北海山林の自由を夢みつゝ、遥かに那須が原の大漠[二]を見下せしをりの感をわれ何時までか忘れ得ん。

嗚呼、元越《もとごえ》[三]山よ。阿蘇[四]の峰よ。番匠《ばんじやう》[五]の流よ。高叫[六]山よ。周防洋《すはうなだ》[七]よ。空知太《そらちぶと》[八]の森林よ。那須の原よ。

千房《せんぼう》[九]の峰よ。岩城《いはき》[一〇]山よ。箕山《みのやま》よ。琴石《こといし》山よ。凡《すべ》ての是等のなつかしき自然よ。

願くは吾を今一度、自由の児、自然の児とならしめよ。

あゝわれ彼の紀州乞食[一一]を思へば愈ゝ人生の不可思議なるを感ず。世[一二]の政治家をして其の功名心を弄せしめよ。世の文人をして其の空文《くうぶん》をたのしましめよ。願はくはたゞ吾をして何時も何時も心浮世の波に迷はんとする時、彼の乞食を忍ばしめよ。あゝ憐れの霊。今如何にしたる。あゝ人の子よ。今如何にしたる。あゝ神よ彼の人の上をめぐみ給へ。あゝ憐れの少年よ。

変幻万状真に美観なり。」とか、「見よ、今日もうらしろ峠の美しき山の平野より白き煙立ち登るなり。」を始め、日記の処々にその美観を絶讃しているが、この山に独歩は十一月五日と、四月二十二日との二回登っている」。なお『独歩遺文』(日高有倫堂、明治四十四年十月)に、「元越山に登ル記」が所収されている。

四 熊本県と大分県にまたがり、外輪山と数個の中央火山丘(阿蘇五岳)から成る活火山。海抜一五九二《メートル》。外輪山に囲まれたカルデラは世界一の規模である。独歩は、明治二十七年、正月を柳井津の両親の下で過ごした後、熊本に立ち寄り、登頂を試みている。→補一一二。

五 底本「蕃匠」。〈全集〉に「正しくは番匠川。佐伯市街の南方に於いて分流し、芳島《はうじま》、女島をつくっている」とある。「豊後の国佐伯」(『国民新聞』明治二十八年五月十一十二日、六月十九日)の「五、番匠川」に詳しく紹介される。

六 高塔《たかとう》山のこと。桑原伸一『国木田独歩―山口時代の研究―』に次のようにある。麻郷時代に住んだ吉見家の前の小丘だが「高塔山は独歩がもっとも愛していた山で、それを高叫山と命名して、そこに登ればいつも高叫絶叫していたという。(中略)この丘で独歩は読書したり、演説の練習をしたり、また(明治二十四年)六月二十八日には、ひとり静かに讃美歌を歌い、翌二十九日にも、四方寂然たるこの小丘に立ちて、天父を祈っている」。→補一一三。

七 瀬戸内海最西部の海域の謂いだが、明治二十四年、熊毛郡麻郷村に滞在していた独歩は、八月、隣村の熊毛郡麻里府村第五十五番屋敷の浅海謙助の建物に仮寓し、海水浴を行っている。その折浅海の親戚である麻里府村別府の石崎家にも出入りする。石崎家は朝鮮貿易で財を成し

人生とは何ぞや。あゝ人生の目的は如何。あゝ彼の乞食を思へば此間の意味の一段に深きを覚ゆ。

信子、信子、御身の一生は如何。独身の一生は遂に如何んするぞ。神よ此の不幸なる女の上を憐れみ給へ。

二十三日。

此の一日は忘る可からざる一日なり。悲しき苦しき一日なり。一三件《くだん》の相談はまとまらぬ由を今朝出社前に宮崎君より聞きぬ。

汽車中たゞ夢の如くにて在りき。

心はもがき苦しみ、
悲しみまた憤る。
理性と感情と戦ふ。
婦人の事を以て身を
あやまる勿れ。
すべてこれを神の御心に
まかし奉れ。

た豪商で、そこの次女トミに失恋した体験に基づいて、「帰去来」が書かれた。

八 現在の北海道砂川市南空知太。明治二十五年北海道炭礦鉄道会社線の終着駅が出来て、賑わった。独歩がこの地に下り立ったのは、明治二十八年九月二十五日である。↓補五八。

九 以下すべて山口県熊毛郡の山。『独歩小品』(新潮社、明治四十五年五月)所収の「我が過去」に次のようにある。「丁年の徴兵検査を期として学生の早稲田を去り、独学の麻郷に入りて以来、其の一年間の月日を我は何如に経過したるぞ。一個の狂児、一個の夢の児ならざりしか。(中略)山と海と川と林と恋と、我が所有は之れなりし。箕山、高塔、千峰、岩城、琴石の諸山、麻里府の海、岸之下の海、八海川、麻郷村を暗く隠す松林、而して彼女と彼女と彼女。之れ即ち彼地に於ける我一年なり」と。ここで言う「千峰」、すなわち千房の峰のことである。正しくは千坊山《せんぼうざん》。光市と熊毛郡田布施町の境に位置する標高二九八・七メートルの山。以下の山は↓補一一四。 一〇 底本「岩越山」。

一一 独歩が大分県佐伯在住の頃見かけた人物で『欺かざるの記』に詳しく書き止めている。↓補一一五。独歩は、この紀州乞食のことを、「憐れなる児」や「潔の半生」(『独歩小品』所収)、「豊後の国佐伯」(『国民新聞』明治二十八年五月十一・十二日、六月十九日)で取り上げていくが、更にその人間性を主題化して小説「源叔父」(『文芸倶楽部』明治三十年八月)を執筆することになる。

一二 浮世の政治家は空しく功名心にもてあそばれていればいい、浮世の文人は空文を弄して楽しむがいい、の意。「空文」は役に立たない文章のこと。 一三 富永とみへの求婚の件。宮崎湖処子に依頼していた。↓三一〇頁注三。

幸福を願ふ勿れ
　愛せよ、されど愛を
　　求むる勿れ

これ汽車中にて手帳に書きつけたる所なり。

[一]議会の事終はりて後、内村君[二](今日上京)を警醒社[三]に訪ひぬ。

内村君曰く妻帯の事は大に省みる可しと。

今夜、宮崎氏[四]の宅にて会すべきを約したるが故に薄暮[五]社[六]を出でゝ永田町二丁目[七]なる氏の宅を訪ひぬ。途中百感交《こもごも》ゝ起り、厭世思想忽然として胸を圧し来りぬ。

宮崎氏と談話。

わが最も世に処して得策なる事は世外[八]の人なるにあるが如し。

われは世の人々と交はりて行くには余りに我が儘なり。これは世の外に独居して読書と夢想と文筆とを業とするに如《し》かざるが如し。故に再び民友社に出でざるを欲する念もあり。

されど何事も連続、何事も忍耐ぞかし。

社[九]を愛せよ、教会[一〇]を愛せよ、此の家を愛せよ。

一　明治二十九年十二月二十八日、人見一太郎と諮って『国民新聞』の議会筆記を担当することとなった。二十九年九月十八日第二次松方正義内閣(いわゆる松隈内閣)が成立。十二月二十二日第十回通常議会が召集され、二十五日開会、翌三十年三月二十四日閉会。↓二九四頁注一。

二　内村鑑三は、明治二十九年九月以来、名古屋英学校で教えていたが、三十年一月札幌農学校第一期生黒岩四方之進の弟、涙香黒岩周六の訪問をうけ、彼の主催する新聞『万朝報』の英文欄主筆を要請される。『万朝報』は明治二十五年に創刊の暴露記事中心の大衆紙であったが、経営が安定したこの頃、高級紙に転換すべく、内村をはじめ、幸徳秋水や堺利彦を招くこととなった。その結果、発行部数がトップになったという。↓補一一六。

三　湯浅治郎、小崎弘道、植村正久、浮田和民が発起人になり全国から株主を募って、明治十六年七月京橋区西紺屋町(現中央区)に設立した書肆。当時、京橋区采女町二丁目二十四番地にあった。↓補一一七。

四　宮崎湖処子。↓補二四。

五　夕暮れ時。

六　警醒社。

七　麴町区永田町二丁目二十九番地第七号(現千代田区)。湖処子は、子供の夜泣きがうるさく、渋谷村道玄坂下「ばれん屋」で仕事をしていたが、この頃、妻子のもとに戻ったか。

八　「世外」は世俗を離れた所や境遇のこと。自分がより生産的な人生を送るためには「世外の人」たるべきだ、という意。

九　民友社。

一〇　一番町教会。

一一　妹とみへの求婚を断った富永徳磨に対する

詩作せざるも可。名なきも可。たゞ希ふ此の生を驚異し、且つ品性の美ならんことを。

人を怒り、人を恨むる勿れ。反《かへ》りてこれを自家に顧みよ。徳を建てよ。有体《ありてい》に言へば[一一]富永氏に対する不平、[一二]豊寿氏に対する不平よりも甚だし。豊寿氏は余を真に知らざるが故に無理もなし。富永は余を知れり。

嗚呼[一三]わが品性の醜汚《しうを》なることよ。

神よ、美は善しきに導き給はんことを。

何事も[一四]摂理ならんかし。

二　月

八日。

何事も記せざりし二週間は何事も思はず何事も致さゞりし日なるか。否、大に否。われ此の二週間の中、其の四日は病床にあり。[一五]今も尚ほ胸部に痛《いたみ》を覚ゆ。

余は色々の事を思ひ、種々の事を感じたり。

[一六]余は厭世感情に支配されつゝあり。

[一七]梅は咲きぬ。月は夜々に美ならんとす。寒気甚《はなは》だし。[一八]硯水《けんすい》凍結せり。

抑え難い不平を漏らしたもの。小野茂樹『若き日の国木田独歩』所収の「富永トミさんと独歩」に次のような談話がある。「二十九年四月の信子さん失踪事件の起りました翌年、国木田先生から私への求婚がありましたが、その時の失恋後の先生は佐伯に居られた時とは大へんちがって、生活も乱れて居りましたし、また当時は小説家というものをそれほど重視せず、戯作者的にしか見ておりませんでしたので、家の者が私の件は御断りする事にしたのでした」。

一二 独歩は、自分を侮って娘信子との結婚を最後まで反対したばかりか、離婚まで画策したと疑っているので、佐々城豊寿に強い不平を覚えていた。

一三「人を怒り、人を恨むる勿れ。反りてこれを自家に顧みよ」と思いつつ、富永徳磨に対する不平を抑えられない自分を嘆いて、「品性の醜汚なることよ」といったもの。「醜汚」はみにくくきたないさま。

一四 Providence（英）。神が宇宙のすべてのことにわたって、その発展を配慮し、統御し、指導すること。→二五七頁注八。

一五 独歩は、明治四十年八月二十六日咽喉カタル・肺尖カタルと診断され、翌年六月二十三日、茅ケ崎の南湖院で死去するが、その前兆だろうか。→補一一八。

一六 一月二十三日朝、富永とみへの求婚を断られ、その夕方「厭世思想忽然として胸を圧し来りぬ」（前頁）とある。その苦痛がずっと続いていたか。

一七「今の武蔵野」二章に次のように引かれている。「二月八日―『梅咲きぬ。月漸く美なり。』」。

一八 すずりの水。

余が心は開かず咲かず、余が心は凍らんとせり。
されど余は今日僅《わづか》に多少の光を見たり。
余はたゞ勤勉と力行《りきかう》[一]との外に何者をも願はざるべしと思ひぬ。
五日の日、社[二]へ金子喜一[三]君来訪。氏より星良嬢[四]の事をきけり。
七日　日曜日。
[五]中野其村、金村喜一[六]、今井忠治、収二、山路愛山の五氏来訪。
[七]昨夜植村正久氏を訪ふ、不在。宮崎君[八]を訪ひ、十一時帰宅せり。
[九]本日田山花袋氏を訪ふ。座に松岡国男氏あり。太田氏[一〇]も来会。
午後六時出社[一一]す。
[一二]人見と山路と衝突す。

　二十四日朝。

余は此の頃、此の記を多く書かず。されど余が心はひたすらに悶《もが》き苦しみつゝあり。

吾が心は悶き苦しむ。
われに希望なく、われに平和なし。

一　努力して行うこと。
二　国民新聞社。
三　明治九年(一八七六)―明治四十二年(一九〇九)。社会主義者、ジャーナリスト。神奈川県久良岐郡日下村笹下(現横浜市)の名主の家に生れ、早稲田中学、横浜神学校などで学び、徳富蘇峰の書生となる。文学を志し樋口一葉や若松賤子と交際するが、明治三十一年蘇峰の紹介で『埼玉経済時報』の主筆となり、翌年には渡米しニューヨークに暮らす。三十六年社会民主党に入党し、『万朝報』や『平民新聞』などに寄稿、幸徳秋水らと交流する。三十七年ハーヴァード大学大学院に入学し、有島武郎と親交を結ぶと共に、アメリカ社会党機関紙の婦人記者で詩人の Josephine Conger を知り、結婚する。四十年、二人で月刊誌“The Socialist Woman”を立ち上げるものの、肺結核のため、四十二年に帰国し、沼津の駿東病院で死去した。著書に『海外より見たる社会問題』(平民書房、明治四十三年)がある。
四　明治三十年三月二十日相馬愛蔵と挙式する。↓二七五頁注二一。
五　中野其之助。明治二十九年十一月十一日付蘇峰・深井英五宛山川瑞三書簡に「其村(新入社員)」とある。また結城礼一郎「民友社の金蘭簿」(『蘇峰先生古稀祝賀 知友新稿』民友社、昭和六年)に次のように紹介されている。「生年月　明治元年四月廿八日(中略)其村、三鷹子、其の字生等と号し、早稲田の文科を出て直ぐ民友社へ入つた人だ。市井の瑣事を観察するに妙を得、寄席の事とか屋台店の事とかいふものが新聞記事として採用された、抑もの初めは中野君で、当年の国民新聞を読んだものは皆その奇才に感心して居た。住所の未定といふのは本当に未定

われに神なし。

われに勤労なし。

たゞわれに傷ける心あり。悶く情あり。

人生とは何ぞや。

得意の人を見よ。富める人を見よ。彼等何事をか為しつゝある。凡《すべ》てこれ夢を追ひつゝあり。

人生とは何ぞや。

少年の時の恋しくもあるかな。嗚呼少年の快時は夢の如くに消え去りぬ。如何に呼べばとてわれ再び彼の時を恢復《くわいふく》し得んや。

此の美はしき自然も今や他人となれり。

世の中に徒《いたづ》らに悶き苦しむものとなりしのみ。

妻はわれを捨てゝ去れり。

嗚呼されど何事も言ふまじ。

たゞ〳〵希《ねが》ふ。此の静けき家に座して静かに読み、静かに思ひ、静かに書かんことを。


だつたので、社の宿直部屋に居るかと思ふと阿部さんの車夫の二階に同居して居たり、つかまへどこの妖し気な辺から通つて来たり、何処かない人だつた。其後不意に何処へか行つて仕舞つて以来今日に至るまで消息なし、初めの中は中野君常々外国語が出来ないのを口惜しがつて居たから何処か田舎へでも引込んで一生懸命勉強して居るのだらうと推測するものもあつたが五年たつても十年たつても行衛がわからぬので、全く堕落して漂泊して居る中何者にか殺されたのだらうと云ふ者も出て来た。姿の消し方が余り鮮なので、今以て我々の間には疑問になつてる」。三月に、中野三鷹子『少年史譚 阿新丸』が民友社より刊行。また松崎天民「口腹追慕の一節」(『知友新稿』)の証言に、彼が国民新聞社の小使に雇われた「明治三十年の秋」、中野其村が「旧い日吉町の社屋に居た」とある。

六 金子喜一の誤り。
七 これは二月八日に執筆しているのだから、二月七日夜のことになる。
八 宮崎湖処子。
九 二月八日。
一〇 太田玉茗。→補一〇七。
一一 国民新聞社。
一二 山路愛山は、『国民之友』の編集が人見一太郎の独断で行われていることに強い不満を抱いていたため、今回の衝突となった。その後愛山の退社へと発展する。→補一一九。

一週間計り以前の夜の事なりき。

独り床に横はりて書を読み居たり。屋外は月冴えに冴えたれば人の心も自づから澄み、気静かに、体も何となくゆたかなるを覚えてあり。かくて言ふべき様なき平安を感ずると同時に物足らぬ心地して淋しさを覚えぬる刹那、[一]戸外に信子立ちて今にも雨戸を叩くかと心おのゝき立ちて、ひたすら耳そばだてゝまち侍る。待てども〳〵戸はたゝかれず。暫《しばら》くして次室に信子の座りて在る様覚えければ声を上げて二声三声、信さん信さんとよびて待てり。何の答もあらず。さては心づきし時の心地、如何なる言葉もてたとへつべき。[二]泫然《げんぜん》として涙下りぬ。

昨日[三]人見と社楼にて激談す。[四]内村を訪ひて語る。[五]植村を訪ふ。不在。

昨夜声を上げて神を呼びぬ。

[六]開拓社に入るべきか。このまゝ閑居して読書すべきか。心みだれ動くのみ。世を退いて読書修養の事第一なれども、余が性は此の事に堪へ難く、常に活動を好み、変動を愛す。

[七]されど、神よ希くはわれをして此処に修養せしめ給へ。

一　田山花袋「渋谷時代の独歩」(『趣味』明治四十一年八月)に次のようにある。「其の頃はまだ失恋の夢が全く覚めず、或時自分に、木枯の吹きすさぶ寂しい丘の上の孤屋に寝て居ると、時々落葉の音に目覚めて「おのぶ」さんが帰つて来はしないかと疑ふことが屢々ある」。

二　涙がはらはらと落ちるさま。

三　独歩は「臨時」雇用であり待遇に不満を持っていたと思われる。一月二十三日の条にも「再び民友社に出でざるを欲する念もあり」(三一四頁)としている。あるいは、二月二十七日の条に、「人見氏に伝記叢書原稿料の前金を請求したれども、これまた謝絶されたり」(次頁)とあり、その件でもめたか。→二九四頁注一。

四　内村鑑三は赤坂区青山南町(現港区)に住んでいた。

五　植村正久は、麹町区四番町四番地(現千代田区)に住んでいた。→九七頁注一二。

六　竹越与三郎が立ち上げた出版社。独歩は明治二十九年十二月十七日に入社の誘いを断っている。→二五四頁注五、二八八頁注三。

七　底本「されど。」。

神よ、われをして忍耐せしめ給へ。

二十七日。

人生は何ぞや。

嗚呼繰り返へしても繰り返へしても止む能はざる問なる哉。

われ今、熱心、伝記叢書に力を注ぎ居れり。これ貧との戦なり。

一日一日、果敢《はか》なく過ぎゆく。

人生は戦なり。これ如何に繰り返へしたる言葉なるぞ。嗚呼人生は戦なり。而して吾は薄志弱行《はくしじやくかう》[八]の男なり。

[九]竹越は貸金の義務なしといひぬ。

妻、われを見捨て、友も亦《また》吾を遠ざけんとす。

よし、此の生命！　これ何ぞ、嗚呼独立の霊よ、天を呼びて叫べ。戦へ。

国民新聞社に出社せざるが故に給料を受取る能はず。故に今月の支払《しはらひ》を為す能はず。竹越氏に借金を頼みたれど謝絶されたり。人見氏に伝記叢書原稿料の前金を請求したれども、これまた謝絶されたり。今や、金策なし。断然、徹夜的[一〇]勉強を以て伝記叢書を完成し、一日も早く原稿料を受取り、それまで支払を待

八　意志が弱く、物事を断行する気力に乏しいこと。

九　中桐確太郎を通して竹越与三郎に借金を申し込み、断られた。二月二十六日付中桐宛独歩書簡に「昨夜は大に失礼致候サテ今日竹越君との結果如何に候や実は今月も両三日と相なり候間至急御尽力の程願上候」とあり、続く二十七日付中桐宛独歩書簡に次のようにある。「色々御心配被下難有存候、義務なしと言はれては一言の申し様も御座なく、たゞあきれにあきれて止むの外なし。別に金策御座なく甚だ困却当惑の至りに御座候。たゞ茲に一策あり、諸払を来月中頃までまつてもらひ、今日たゞ今より徹夜のかくごにて伝記叢書を落成致し其原稿料を受くる事に候。先づこれが一等男らしき方法と存候。竹越君が僕にかくつらく当るも蓋し憤発さする心なるべし、別に不平にも思はず候。たゞ妙な奨励法もあるものよと心細く候。中桐君足下貧乏してもかまはない、御互に理想を追ふべし。僕の目下の心は千々に砕けて片時の安きを知らず、失恋、失意、貧困、嗚呼これに加ふるに懐疑の鬱憂を以てす。此際せめてもの慰藉は友愛のみ」。

一〇『少年伝記叢書』は本巻六冊号外二冊で『ウエリントン』(明治三十年二月二十六日)で終っているものの、さらに刊行の予定があったものか。三月五日の条に「ディツケンス伝草稿最中なり」(次頁)とある。

ちもらふ事に決心せり。

われを憐れむ勿《なか》れ。われを虐待せよ。われを駆使せよ。恥を受けしめよ。罰を受けしめよ。

〔三　月〕

五日。

さて久しぶりにて此の筆を執る、

今は夜の一時なり。婦人新報[一]に寄稿する所あらんと欲して今、トルストイ伯[二]の「めをと」を読み了りぬ。此の書は曾《かつ》て一度読みし事あり。書中の教訓を研究して婦人の参考に供せんと欲したる也。

わが妻、われを捨てゝ去り、わが心、過去の夢に焦れて居る時に当りて此の書を読む、大に感ずる所多し。

ディツケンス[三]伝草稿最中なり。

一昨水曜日の午後、田山氏[四]を訪ふ、不在。直ちに本郷[五]なる松岡氏を訪ひぬ。ま

一　日本基督教婦人矯風会の機関紙、月刊。明治二十一年四月『東京婦人矯風雑誌』として発刊、編集人は巌本善治で、編集委員に佐々城豊寿がいた。二十六年二月、政治問題を論じて発刊停止処分を受け五十七号で廃刊となった。同年十一月『婦人矯風雑誌』(編集人・竹越竹代、発行人・矢島楫子)と改め復刊するが、二十八年二月、十六号より『婦人新報』と改題、新たに山路タネを編集に加え、二十七号まで発行した。三十年五月には、編集者・戸次敬一、発行者・山路弥吉に変わった。その後も順調に号を重ね、平和・純潔・酒害防止の三大目標のための啓蒙、情報資料のために努める。日本初の婦人雑誌。

二　トルストイ著・内田不知庵(魯庵)訳『世界文庫十四篇　めをと』(博文館、明治二十七年)。トルストイ『家庭の幸福』(一八五九年)を、はじめ「春風裡」(『女学雑誌』明治二十六年四月)として翻訳したものを、「世界文庫」シリーズに収めるに際し改題した。昔の情熱を失い破局に向かいつつあった夫婦が、教養や品性故に緩やかな関係に落ち着くという話で、独歩が既に読んでいることは、明治二十七年九月十六日の条で確認できる。遠山ゆき子の筆名で寄稿した「「めをと」を読みて」(『婦人新報』二十六号、明治三十年三月十五日)には次のようにある。「トルストイの此小説ほど近頃小妹を感動せしめたる書はあらず。小妹曾て一度此小説を読みたり。今又た読みて更らに学ぶ処の多きを覚へぬ。(中略)本誌の読者中には已に此書を読まれし人多かるべく、又未だ読まれざる人もあるべきを思ひ小妹は今、此小説の筋を簡略に記し、而て其中に含む深き教訓に付き小妹の感ずる処を語らんとは欲するなり」と。再読ながら独歩が強い感銘を受けたのは、自分を捨てた佐々城信子への批

た不在。金子喜一氏を訪ひ、雑談して九時半に及び、再び松岡氏を訪問して、氏の宅に一泊し、昨日朝帰宅す。[六]新宿停車場にて田山君のわが宅を訪はんとするに遇ふ。相携へて帰宅せり。

薄暮まで田山氏語りて去りぬ。

金子氏は余に紹介するに[七]赤井いせ子てふ女を以てせり。されど未だ此の少女に会はず。

一昨夜松岡君と語りつゝわが感いたく激昂したり。松岡氏に説くに神の愛と人の義務とを以てせり。

人生は真面目なり。真面目なるよろこび、真面目なるかなしみ也。

[八]此の一日を大胆に男らしく正義に高尚に勤勉に暮らせ。此の一日を楽み、此の一日をつとめ、此の一日に永久の生命と希望とを見出すべし。前途を夢むる勿れ。繰り返へして言ふ、前途を夢むる勿れ。

[九]われ年二十七。已《すで》に色々の事を経験したり。

色々の人物性格を見たり。色々の人情を知りたり。

書の世界に入れよ。[一〇]爾《なんぢ》の慰藉と爾の希望と爾の幸福と爾の友とを書の世界に求

判を汲み取ったからである。↓補一三。

三『少年伝記叢書』の一冊か。ただし刊行された形跡はない。ディケンズはCharles John Huffam Dickens（一八一二―七〇）。イギリスの小説家。海軍省の下級事務職員の長男に生れ、幼くして貧苦を舐め尽くし、ようやくのことで小学校を終え、弁護士事務所の雑役係に雇われる。やがて速記術を身に付け新聞記者になった彼は、産業革命による社会の激変を悉(つぶ)に見聞、一八三六年小説家に転身し、『オリバー・トゥイスト』（一八三八年）や『クリスマス・キャロル』（一八四三年）、『ディヴィッド・コパフィールド』（一八五〇年）など数々のヒット作を書く。彼の小説は、大衆を教化し社会の改良を目差すものだったが、それ故慈善事業なども積極的に行った。かくして大家となった彼だが、その後心身の疲労に悩まされつつも執筆を止めなかったため、他方で家庭が破綻し生活も乱脈を極めた。しかしその死を多くの人々が悲しみ、国民葬の如き観を呈したという。

四 田山花袋。↓補一〇六。

五 松岡国男は第一高等学校在学中で、本郷区本郷台町五十七（現文京区）沢田方に下宿していた。↓二七五頁注一八。

六「明治一八年の山手線開設当時の新宿停車場は『新修新宿区史』（昭和42）によると「乗客もほとんどなく、貨車の荷を運ぶ馬車が通い、雨の日などはまさに泥沼であった」という。明治二二年に甲武鉄道（明治39年に中央線）の新宿・立川間が開通したのちも、新宿停車場の周辺はまださびしい新開地にすぎなかった」（槌田満文編『東京文学地名辞典』）。新宿の膨張は大正期のことで、関東大震災後に新興の盛り場となった。

七 未詳。八 カーライルの影響か。

めよ。
われをしてたゞ静かに読ましめよ。
人生、人生、思へば思ふほど不思議なるかな。限りなき時間、限りなき空間、
而して滔々《たうたう》として流れゆく人の世の潮流！
[一]たゞわれをして堅く立たしめよ。義務を為さしめよ。

十一日。
昨夜、植村正久氏を訪ふて、[二]富永との交情衝突につき教訓を受く。
昨日、[三]宮崎君より色々のことを聞きぬ。
今日、[四]田山、[五]尾間、両氏来宅。
記すべき事、極めて多く、記せず。

日、一日を、男らしく、大胆に、勤勉にくらせ。
前途を夢むる勿れ。
　十三日。
[六]夜十二時。

九 明治二十九年十二月三十一日の条に、「われ明年は二十七歳なり」とある。→二九五頁注四。
一〇 独歩が自らを戒めたことば。

以上三二一頁

一 堅い信念を持って人生に望むこと、の意。
二 独歩は、妹とみへの求婚を断った富永徳磨に強い憤りを抱いていた。→三一五頁注一一。
三 宮崎湖処子。→補二四。
四 田山花袋。→補一〇六。
五 尾間明。→七五頁注九。
六 「今の武蔵野」二章に次のように引かれている。「三月十三日―『夜十二時、月傾き風急に、雲わき、林鳴る。』」。
七 一軒だけぽつんとある家。
八 一月十三日の条に、田山花袋より借りたとの記述がある(一九九頁)。第十六章「ツルゲーネフ」は、『巴里の三十年』の最終章で、晩年のツルゲーネフとの友情、特にゾラ・フロベール・ゴンクールらを交えて一種の文学サロンの趣を呈した輝かしい思い出が語られている。ちなみに

月やゝ西に傾むき、風急に、雲わきたり。

此の一つ家[七]のさびしさ。

ドーデー[八]の巴里[九]三十年中ツルゲーネフの章を読みたり。

庭を掃き、たき火せり。

昨夜、ピストルの修繕を頼むとて佐藤[一〇]にゆき、九時帰宅せり。今日、日没後、昨夜佐藤にてきゝし池を見にゆき、一時間計り散歩して帰りぬ。其の前に松岡国男氏へ書状を出したり。

不思議なる人生。げに不思議なる人生。

願はくはわれをして一日を勤勉に真面目に送らしめよ。

あゝ[一一]、理想も実行も、将来も過去も、希望も後悔も、悉《ことごと》く今日に在り。今日、これほど意味深きものはあらず。朝、昼、晩、夜。われをして此の一日を高尚に勇敢に熱心に、愉快に送らしめよ。

人間の一生は凡て「今日」の中に在り。前途の夢よ、さめよ。年少の夢よ、さめよ。愚かなる影よ、消えよ。今日の中に明日あり、昨日あり。われはたゞ今日のわれなり。今日のわれ、これわが一生の実価《じっか》[一二]のみ。空想を以てわれを欺く

田山花袋「日光時代」(『趣味』明治四十一年八月)に、独歩が『国民之友』に「ドーデーの翻訳を載せ」たと述べているが、『国民之友』三四〇号(明治三十年三月二十日)の「雑録」欄に、「ツルゲーネフ」と題する無署名の文章があり、「ドーデーが其著『巴理に於ける三十年間』にて露の文豪ツルゲーネフとの交際の事を記せる一章は読むものをして当時の風流を想見せしむるに足る。今渠が逸事の一節として茲に其大意を訳出すべし」とある。↓二九九頁注一二。

九　底本「巴理」。

一〇　独歩が日清戦争の従軍記者として乗船した軍艦千代田の機関士・佐藤大尉のこと。『愛弟通信』所収の「艦中の閑日月」や「海上の忘年会」で、「武骨なる佐藤大機関士」として登場する。

一一　独歩がカーライル『衣服哲学(Sartor Resartus : The Life and Opinions of Herr Teufelsdröckh)』(一八三六年)を愛読していることは、この後の記述でも窺えるが、特に、第三巻第八章「自然の超自然性(Natural Supernaturalism)」に強く影響されていた(明治二十七年六月八日、七月七日、七月二十日の条)。例えばその章に次のような部分がある。「過去は絶滅したのであるか、それとも唯だ過ぎ去つたばかりなのか。未来は存在しないのか、それとも唯だまだ来ないばかりなのか。(中略)洵に知れ、唯だ時の影のみが滅びたのであり、滅び得るのであることを。すべて過去に在つたもの、現在在るもの、未来在るであらうものは、今といふ今さうして永久に在るのである」(石田憲次訳、岩波文庫、昭和二十一年)。ここも、こうした言説の影響で記述されたものか。↓三二一頁注八。

一二　真の価。

刎れ。

今日をして最も高尚に、連続せしめよ。今日また今日。これ則ち永遠にあらずや。

神を知らんと欲して、たゞ自然のみを見るは大なる誤謬《こびう》なり。不思議なるは、自然のみにあらず、実に人生そのものなり。人生の不思議を感ぜずして、神を知らんと欲するは大なる誤謬なり。

　十八日。

神よ、神よ。

あゝ愚なる此のわれ。

あゝ神よ、たゞ神を信じ神に頼らしめ玉へ。

愚なるわれ、何事を知り何事を為し得んや。

　二十一日　日曜日。

夜十時記。

愚かなる生活よ。日々夜々、たゞ空しき事のみに追はれつゝあり。

昨日薄暮、外出して市ケ谷[一]なる太田玉茗氏を訪ひ、遂に一泊せり。其のまゝ今

一　牛込区市谷八幡町七番地（現新宿区）。→二七九頁注一〇。

朝、田山氏を訪問し、薄暮帰宅せり。人々皆な神なくして生活せり。神を拝し、神を信じ、神の御心にうちまかして以てはじめて此の凡ての事の調和さるべきを信ぜずして生き居れり。

われとても然り。あゝ愚なる日々の生活。

神を愛せんことをのみわれは願ふ。

神よ、神よ。此の暗き心に光を注ぎ給へ。

われは悲惨なり。

われ為すべきを知らず。

たゞ祈らんかな。

あゝ弱き心よ。まごゝろもて祈れ。

あゝ苦しき哉此の心。吾が心は悶き苦しむ。神よ、神よ。あはれみ給へ。

彼[三]は何故に神を信じ、神を愛し、神に仕ふる能はざるか。これ大なる疑問、大なる研究なり。

「彼」[四]といふ。されど吾を客観せる也。「吾」といふ。されど吾は則ち彼なり。

二 牛込区喜久井町二十番地(現新宿区)。↓二八〇頁注四。

三 「彼」とは、「吾」を客観した結果露わになった信仰心のない自分のこと。

四 カーライル『衣服哲学』の構造、すなわちトイフェルスドレック教授の原稿をカーライルが編集したという設定に倣ったものか。

十一[一]時四十五分記。

屋外の風声を聞け、遠く近く忽《たちま》ち消え忽ち起る。

今「サルトル、レザルタス」[二]の第一章を読み終りぬ。新なる啓示の開かれつゝあるを感じぬ。

[三]彼は何故に神を見ざるか。

此の書は此の答に対《むか》つて少しく答ふる処あるべし。

[四]Man's Soul wears as its outmost wrappage and overall, wherein his whole other Tissues[五] are included and screened, his whole Faculties work, his whole self lives, moves, and has its being.

余の切に感ずる所もまた実に此の事なり。

　二十八日　日曜日。

夜九時過ぎて書す。

一昨日も昨日も雨降りぬ。霧雨降りて朝より夜に、夜はよもすがら降りぬ。今朝より晩に至るまで亦然り。

夜に入りて燈火に書を読む。サルトル、レザルタス[六]の第二章なり。

此の頃の夜は月なく、況《いは》んや此の雨をや。戸外は烏羽玉《うばたま》[七]の闇、あやめ[八]もわかず。

一 「今の武蔵野」二章に次のように引かれている。「同二十一日―『夜十一時。屋外の風声をきく、忽ち遠く忽ち近し。春や襲ひし、冬や遁れし。』」。

二 『衣服哲学』第一巻第一章「はしがき」のこと。

三 →前頁注三。

四 『衣服哲学』第一巻第一章「はしがき」の一節。「衣服組織は人間の霊魂がその一番外側の蔽ひや上張りとして着用するもので、彼の他の組織はすべてその中に包括され保護され、彼の全能力はその中に働き、彼の全自己はその中に「生き動きまた在る」のである」（石田憲次訳）。

五 底本「Tirsves」。

六 『衣服哲学』第一巻第二章「編纂の困難」のこと。

七 「黒」「夜」「闇」などにかかる枕詞。独歩は、この時期の新体詩によく用いている。「聞くや恋人」（『国民之友』三三六号、明治三十年二月二十日）は、「聞くや恋人烏羽玉の／やみの枯野に声すなり」と始まり、「君ゆゑに」（『抒情詩』民友社、明治三十年四月）も、「烏羽玉のやみの命と泣きつるに／君ゆゑに春の月夜となりにけり」と始まる。

八 「文目もわかず」。「文目（あやめ）」は、文様、物のすじ。物の区別もつかぬことをいう。

九 きらきら光るさま。

一〇 『衣服哲学』第一巻第一章「はしがき」に次のような部分がある。「人間をば着物を着た動物として想像してゐるのに、実は生れつきは裸かの動物である。そして或る境遇に於てのみ、故意に計画的に着物に身を装ふのである」（石田憲次訳）。

読みつゝあるうち、物音しければ何者ぞと障子あけて縁に立ち外面《そとも》を眺めぬ。こは如何に、空いつのまにか晴れて、星光[九]燦然《さんぜん》たり。あはれ其の光。いつになくわが心を射たり。其の光の美なることこれまでにためしあらず。久しく星を見ずして、突然にこれを見る。其の美如何ぞや。されど星は何時も〳〵此くの如く美しきなり。

雲は絶間なく人の心の上を被ふ。[一〇]カーライル曰く人は衣を着すと。げに然《しか》り。此の雲払はゞや、此の衣ぬがばや、おのゝき天地の間に立たばや。

二十五日、朝、[一一]松岡信太郎来る。何者ぞ。長州[一二]奇兵隊の残徒《ざんと》の一人なり。五十二歳。[一三]渠《かれ》何者ぞ。今朝また来りぬ。あゝ渠何者ぞ。渠は悲惨なる事実の[一四]現化《げんげ》なり。われ此の事実の現化を更らに深く知らんことを欲す。

二十五日、薄暮、[一五]佐藤氏を訪ふ。花嬢を見る。あはれ此の少女、今年十五歳、花の如くに可憐なり。

今日正午前[一六]今井君来る。詩を語る。人生を語る。

昨夕、[一七]田山氏に一書を認め、今夕今井氏に托して投函。

二十四日、田山氏来宅。昨日[一八]松岡国男君来宅の約束ありしも来らず。

一一　明治二十四年秋、山口県熊毛郡麻郷村の両親のもとにあった独歩は、一里先の田布施村に波野英学塾を開設するが、その通勤途上に松岡信太郎が住んでいて知り合った。後に独歩は、オムニバス形式の小説「まぼろし」（『国民之友』三六九号、明治三十一年五月）の一篇「渠」で、この時の松岡を取り上げ「彼は一個の謎である。又た渠は一個の「悲惨」である」などと述べている。ちなみに、この時松岡が独歩に短刀を贈ったことを、田山花袋『東京の三十年』所収の「KとT」が伝えている。→補一一〇。

一二　文久三年（一八六三）、長州藩士高杉晋作が創設した軍隊。足軽や郷士の他に、百姓や町人の志願者を含めて編成され、長州藩の尊皇攘夷運動を支え、戊辰戦争でも活躍した。

一三　底本「才」。

一四　ある形をとって実際に現れること。

一五　軍艦千代田の機関士だった佐藤大尉のこと。「花嬢」は佐藤大尉の娘。→補一一一。

一六　今井忠治。

一七　三月二十七日付花袋宛独歩書簡。日光行きの話題に始まり、松岡国男を待ち侘びたことや森鷗外訳「ふた夜」を読んで感動した話に及び、さらに佐藤大尉を訪ね可憐な娘花子に淡い恋心を抱いたことを語って、結んでいる。→補一一二。

一八　三月二十七日付花袋宛独歩書簡に次のようにある。「今日は松岡来るべき約束を思ひて、朝より待ちわびつ。此雨に彼人も日頃の勇気くじけしとをぼしく、遂に来らず。あまりに待ちわびて、吹（マ）ひなれぬ巻煙草のみすぎ、めくらみて血、頭にのぼりしかば、庭に出て霧雨に顔をさらしつ、仰ぎて大空の雲のゆきゝの急なるを眺めなどする中に日暮れぬ」。

昨夕「ふた夜」[一]を読む。昨夜深更《しんかう》まで少年[二]伝記叢書を書く。[三]富永との交情の冷却を思ふて止まず。

あゝ「[四]サルトル、レザルタス」。此の書中に吾が求むる所の真理あり。事実を見よ。人を研究せよ。

「渠は何故に神を信ぜざるか」。此の問に答ふること決して容易にあらず。「渠」[五]を研究せざるべからず。「渠」[六]を研究する方法の尤も鋭利《えいり》なる一法は渠と他の渠と比較するなり。比較、これ研究の良法なり。[七]カーライルと渠を比較すれば如何《いかん》。

ダルウヰンとカーライルと或日丘の上に相逢ふ。こゝに「フアウスト」中のメ[八]フヰストフヰレス現はれ来りぬ。渠二人に対つて曰く、爾等各々爾の肉と情との其身体を其のまゝ互に交換して着よと。

[九]ダはカの身体を着、カはダの身体を着たり。

両人の驚愕は非常なりき。両人各々叫びぬ。

ダ叫んで曰く、…………

吾等ダの此の言をきゝて発明する処あり。

渠等の眠りしすきをうかがひて、或若者ひそかに彼等のうちに入り、[一〇]

一 ハックレンデル原作・森鷗外訳「ふた夜（旧稿）」（『しがらみ草紙』二十二号、明治二十四年七月）。→補一一二。
二 三月五日の条に「ディツケンス伝草稿最中なり」（三二〇頁）とある。→三一九頁注一〇。
三 富永徳磨が妹とみへの独歩の求婚を断って以来、二人は、事実上絶交状態にあった。→三一五頁注一一、三二二頁注二。
四 カーライル『衣服哲学』。
五 「渠」とは、自分の中の無神論者としての一面の謂いである。→三二五頁注三。
六 無神論的な自己の分析を進めるべく、他の無神論者、例えばダーウィンと比べてみるのは、うまい方法だ、という意。
七 信仰の人たるカーライルと無神論的な自己を比較してみたらどうか、という意。
八 ゲーテの悲劇『ファウスト』に登場するメフィストーフェレスは、学問や知識に絶望したファウスト博士と契約し、彼を人間の生のあらゆる可能性に導く悪魔。カーライルとダーウィンの身体の交換を促す人物としてふさわしい。→補六九。
九 カーライルの身体を着たダーウィンには、世界がカーライルのように見え、ダーウィンの身体を着たカーライルには、世界がダーウィンのように見えた、という意で、『衣服哲学』に基づく思考である。『衣服哲学』には、ゲーテの『ファウスト』がよく引用されるので、メフィストーフェレスを持ち出したのは偶然ではない。
一〇 底本「入り。」。 一一 若者は、カーライルの身体を着ると信仰の人となり、ダーウィンの身体を着ると無神論者になった、ということか。
一二 下野国日光町南谷字三沢河原にある天台宗寺院。旧藩秋元侯の宿坊。独歩と花袋の二人は、四月二十一日から六月二日まで過ごした。→補

[一一]一日はカーを着て歩み、一日はダーを着て行きぬ。

「ファウスト」を読みぬ。(十二時)

四月

二十二日　夜九時書。

[一二]日光山照尊院に在り。

[一三]今月十二日は悲しき日の当日なり。其の日九段[一四]公園に至りぬ。昨年は桜花散りそめしに、今年は咲きそめ居たり。

今月三日の夜、出立。田山君と共に布佐《ふさ》[一五]なる松岡君を訪ふ、滞在四日。四日の間の事、忘るべからず。八日午後、独り銚子[一六]に下り父母を省《せい》す。十二日帰京す。十五日父上上京せらる。昨[一七]日朝東京出立。田山君と此の寺に来りぬ。一昨夜番町の菊池[一八]君を訪ふ。進歩党[一九]の党報[二〇]外報掛《ぐわいほうがかり》の事につき相談ありき。

今日雨を冒して含満[二一]が淵を訪ふ。

二十三日夜の九時。

我身を詩人の一人と思ひ定めつ、或[二二]物書き成さんとして此の地に来りぬ。或物

一二三。 一三 昨年の四月十二日の日曜日、一番町教会の礼拝に出席した後、(佐々城)信子が独歩のもとを失踪した。↓一八一頁注六。 一四 九段公園は靖国神社のことで、昨年の四月十二日、信子や弟収二を伴って一番町教会へ向かった独歩は、途中立ち寄って桜を見物している。花袋『東京の三十年』所収の「丘の上の家」に、「四月の二十日に、私達は飛鳥山の花を見捨てゝ日光のS院に行つて」とあるので、この年の桜の開花が遅かったのが分かる。 一五 利根川畔の町で、松岡国男の長兄・鼎が医業を営んでいた。この頃一高の学生だった国男は、休暇で帰省していた。↓補一二四。 一六 明治二十九年五月、独歩の両親、国木田専八とまんは、まんの故郷で二人の馴れ初めの地である銚子に移住し、三十一年十二月には、千葉県海上郡本銚子町二〇五番地に戸籍も移す。 一七 四月二十一日。ただし花袋『東京の三十年』所収の「丘の上の家」では「四月二十日」。 一八 菊池謙譲。↓補八一。 一九 明治二十九年三月、伊藤博文内閣の日清戦後の財政計画や遼東半島還付を批判し、大隈重信の改進党を中心に、在野各派が糾合して結成した政党。民友社は全面的に支持し、当時外遊中だった徳富蘇峰は、明治二十九年四月二十二日付人見一太郎宛書簡で、「進歩党には尤も温情を以て妾す可し。其の遊説等には社員を同伴せしむる最も妙也」と指示している。さらに二十九年九月、松方正義と結びいわゆる「松隈内閣」が実現するや、民友社員の山口天来などは、進歩党の青年組織を立ち上げるべく独歩にも盛んに働き掛けている。三十年八月帰国した蘇峰は直ちに内務省勅任参事官に就任する。↓二五三頁注七、補九二。

とは何ぞや。あゝ或物とは何ぞや。

過ぎし幾歳の事件、眼閉づれば幻と浮びて鮮やかに現はれ来る。山や河や、言ふまでもなし。彼の人の事、此の人の事、三年昔の一夜の事、二年前の朝の事。あゝ何物か[一]詩料《しれう》ならざる。これを描きて詩と成し上げん術もがな。[二]経歴以外の事を誰か書き得ん。現《うつつ》ならざりし事を誰か夢み得ん。

五　月

十三日。

日光に於ける自分の生活、昨日は今日と同じく、明日もまた昨日と同じかるべし。[三]朝は大概六七時の間、或《あるい》は七八時の間に起き、夜は十、十一時の間或は十一、十二時の間に床に就く。[四]食ふものまた毎日同じ。朝と昼は味噌汁《みそしる》、夜は豆腐。日々然り。晩食に一合余の酒を二人にて飲む。

今日「源叔父」の清書を了はりぬ。半紙三十枚なり。

[五]麻郷《をがう》村、麻里布《まりふ》村を舞台とせる作に着手して已に二回十五六枚を書き三回を書きつゝあり。[六]中禅寺湖より戦場が原あたりまで一遊したり。

庭には桜、[七]黄梅《わうばい》、ぼけ、[八]しやくなげ(日光特有の花)、桃、つつじ、木蘭《もくれん》、一時

二〇『進歩党党報』は、麹町区内幸町一丁目三番地(現千代田区)の進歩党党報局より毎月二回刊行された機関誌で、創刊は明治三十年五月一日。↓補一二五。　二一 大谷川の渓谷。↓補一二六。

二三『源叔父』の構想を練ったということか。

以上三二九頁

一 詩に詠ずる素材。

二 田山花袋「国木田独歩論」(『早稲田文学』明治四十一年八月)に次のような証言がある。「半僧生活の日光時代に於て、空想を捏ね廻して作をして居た僕に向つては、事実を書け、と云ふ事を頻りに忠告して呉れた」と。目だ、空想を棄てゝ事実を書け、と云ふ事を頻りに忠告して呉れた」と。

三 花袋『東京の三十年』所収の「KとT」によると、「Kは宵張りの朝寝坊である。それに引きかへてTは早寝の早起きである。(中略)そして夜寝る時にも、いつもTよりは二三時間後れた。(中略)KはいつもTに起されて目を覚した。目を覚してからも、Kはヤヽ暫く暖かい床の中にぐづぐづしてゐた。それをまたTは待ち兼ねるやうに長火鉢の前に待つてゐた」という。

四 花袋「日光時代」に併載された「半僧生活費」と題した出納簿によって確認できる。

五 共に、独歩が青年時代の一時期を過ごした山口県熊毛郡の村。滝藤満義『国木田独歩論』(塙書房、昭和六十一年)は、ここで言っているのは「帰去来」(『新小説』明治三十四年五月)の原型のこと、としている。

六 花袋「日光時代」に併載された「半僧生活費」によると、四月二十九日木曜日にも華厳の滝や中禅寺湖で遊んでいるが、五月に「十四日　湯本行」とあり、中禅寺湖畔で昼食をとり、湯元温泉で一泊したことが分かる。↓補一二七。

七 黄梅(おうばい)、木瓜(ぼけ)。↓補一二八。

に咲き出でゝ已に散りしもあり。水際にはかはほね[九]咲き、草花にはすみれ、つ[一〇]りがね草、たんぽゝ咲きみだれぬ。

[一一]新体詩十余篇を作りぬ。

十八日。

十四日より十五日にかけて湯本[一二]に遊びぬ。

[一三]本日「源叔父」を太田氏まで送りぬ。

[一四]菊池氏より来状ありたり。

昨日父上より来状ありたり。

欺かざるの記 後篇 終

八 石楠花（しゃくなげ）はツツジ科の常緑低木の一群の総称。日本の山地に自生し、葉は長楕円形、晩春に淡紅色、黄色、白色の五－七弁の合弁花をつける。ただし「日光特有の花」ということだと、八汐花（八汐躑躅）のことかもしれない。松岡広之『日本鉄道案内記』（明治三十二年）に、「八汐花は日光特有の名花にして形躑躅の如し五月中旬には中禅寺湖辺一面咲揃頗る美観とす又石楠木（しゃくなぎ）も殆んど同時頃満開にして殊に来観する者多し」とある。独歩も「晃山の花」（『国民之友』三五一号、明治三十年六月五日）で、その見事さを吉野の桜に擬え、「八汐花咲けば晃山の花期一時に至り、桜咲き、桃咲き、木蘭咲き、石楠花咲き、山吹咲き、草花に至るまで一時に咲き出でし様は山谷の春とて都人士の知り難き眺なり」と述べている。

九 河骨（こうほね）・川骨はスイレン科の多年生水草。葉は三〇《センチメートル》でハート形、夏になると花茎が水面に出て先端に黄色大形の花をつける。

一〇 釣鐘草は釣り鐘状の花を開く草の通称。ツリガネニンジン、ホタルブクロ、ソバナ、ナルコユリの別名。

一一 「その歌」「わか鳥」「亡友を懐ふ」「我身」「日光山中」（国木田哲夫「独歩吟」『国民之友』三四八号、明治三十年五月十五日）。「久方の空」「わが心」「すみれの花よ」「すみれ」（独歩吟客「高峰吟」『国民之友』三四九号、三十年五月二十二日）。「友人某に与ふ」「亡友を懐ひて」「夏来りぬ」（独歩吟客「高峰吟」『国民之友』三五一号、三十年六月五日）。 一二 ふつうは湯元温泉。↓補一二九。

一三 「源叔父」は『文芸倶楽部』三巻十一編（明治三十年八月）に掲載された。↓補一三〇。

一四 菊池謙譲（↓補八一）。独歩は「進歩党の党報外報掛」の仕事の件について相談していた。

宮崎湖処子

帰《き》省《せい》

藤井淑禎 校注

宮崎湖処子(一八六四〈六三とも〉-一九二二)は現在の福岡県甘木市三奈木に生まれ、東京専門学校(現・早稲田大学)卒業後、民友社に入社。主に『国民新聞』や『国民之友』にも評論・エッセイ・小説を発表。後半生は牧師として伝道にも従事した。『帰省』は、明治二十二年に亡父の一周忌のため帰省した折の見聞に基づく小説で、民友社主導の故郷賛美の風潮にも後押しされて、明治期を代表するベストセラーの一つとなった。

〔底本〕明治二十三年六月に、民友社から書き下ろしのかたちで刊行された。ただし、その後も少しずつ改稿されているので、本巻では立教大学所蔵の第二十五版(明治四十五年八月)を底本としたうえで、第六版(明治二十三年九月、池田一彦氏蔵)と第十五版(明治二十八年十一月)とを参照して校訂した。

〔梗概〕去年、郷里の父が死んだ時に帰省できなかった「我」が、兄から父の墓碑銘執筆の依頼を受け、また、零落した同郷の婦人の来訪に触発され、今夏こそはと帰省の決意を固める。出発は八月三日。途中、下関では道を踏み外した遠縁の青年と遭遇したりして三奈木に帰着したのは五日目のことだった。六年ぶりで再会した家族、親族、友人との応接に忙しい「我」だったが、実は帰省の大きな目的の一つは、次兄の養子先の娘(フィアンセ)との再会だった。そしてその恋人との再会を果たした「我」が次に目指したのは、山奥の母の実家だった。桃源郷のようなその村で祖母や親族たちから歓待を受けた「我」は、もう再び会うこともないであろう祖母に別れを告げ、三奈木へと戻ってくる。出発を前にして別れを惜しむ親族・知人たちと話に花が咲く一方、フィアンセの義兄でもある次兄からは、住む世界が異なる二人の結婚を危ぶむ意見を聞く。しかし、そんな危惧も持ち前の思慮深さによって克服し、近々迎えに来ることを約して「我」は再び東京へと旅立つ。

〔校注付記〕時代色や作家の癖とみなせるほど一貫したものがなかったので、仮名遣いは、振り仮名も含めて、歴史的仮名遣いに統一した。漢字についてはこの時期の特色として、字形の似た同音字を宛てる傾向があるので、それらは原則的にそのままとした。また底本を始めとして三冊とも誤植が極めて多いので、慎重に校訂した。その結果、従来流布している本文とは異なる個所も少なくないことをお断りしておく。なお、注釈において、『日本近代文学大系47 明治短篇集』(角川書店、昭和四十五年)の笹淵友一氏による注釈を参照する際は〈笹淵注〉と略記した。

帰省[一]

第一 帰思[二]

湖処子 著

[三]少《ウシテ》無《シ》二適‐俗《ノ》韻一、性本《ト》愛《ス》二丘‐山《ヲ》一。
誤《テ》落《チ》二塵‐網《ノ》中《ニ》一、一《タビ》去《テ》三‐十‐年、
羈‐鳥恋《ヒ》二旧‐林《ヲ》一、池‐魚思《フ》二故‐淵《ヲ》一。

…………陶淵明帰《ル》二田園《ノ》居《ニ》一

[四]去年の秋吾《わが》最愛の父斯世《このよ》を去りしより、月の十七日は我が為に安息日[五]の外なる聖日となれり。此日に於て我は事業[六]を執る前に密室に籠り、楣間《びかん》[七]に挂《か》かれる吾父の肖像に対して、多時の黙思を経るを例とせり。此の二三年来は、過ぐる月日の偏《ひと》へに急くと思はれしが、今は早や吾述懐に終身悲しかるべき秋立ち回り、淋しき一室も亦《また》七月十七日となりぬ。我は定例の如く未明に起きて漱《くちそゝ》ぎ、朝餉《あさげ》を了《を》へて端座しけるに、楣間より瞰下《みおろ》す面影の、今日に限りて物言ふばかりに慈愛に観えたり。徐《おもむ》ろに其額《ひたひ》の波線を算《かぞ》へ、薄らぎたる眉毛、萎《しぼ》みし眼、

一「帰思」などとちがって、この語は漢詩などではもっぱらタイトルに使われることが多い。したがってここでの使用も、そうした慣例にかなっていたことになる。

二 帰ろうと思う心。特に帰郷を指すことが多い。用例として、陶淵明の五言詩「始作鎮軍参軍、経曲阿作」(鎮軍将軍の参謀として曲阿を通ったときの作)中の「綿綿帰思紆」(綿々として帰思まつわる)があげられることが多い(『佩文韻府』など)。なおこの詩は『文選』にも収録されている。

三 陶淵明の五言詩「帰園田居五首」(園田の居に帰る五首)其一の最初の六句。鳥や魚がかつて居た場所を慕う気持ちに仮託して望郷の念が表現されている。「適俗韻」は世俗に適応できる性質、「塵網」はその世俗のこと。「田園居」は原詩では「園田居」となっている。「三十年」は原詩通りだが、淵明自身の経歴としては十三年である。笹淵友一は『日本近代文学大系47 明治短篇集』(角川書店、昭和四十五年)所収の『帰省』の注釈(以下、〈笹淵注〉と略称)で、このように各章の冒頭や文中に詩を掲げたり挿入したりするのは、アーヴィングの『スケッチ・ブック』等の体裁に学んだもの、としているが、中国の近世小説などにも広く見られるやり方なので、そのようには限定しないほうがよい。

四『帰省』の刊行は明治二十三年六月なので、ここから前年の秋を想起する読者もいたと思われるが、数行後に今が「七月十七日」と出てくるので、読者は二十一年(作品の設定時点次第ではそれ以前ということも)秋と想定を修正することになる。なお現実の作者の父の死は明治二十一年八月十七日。

五 日曜日のこと。七日目に休息したという『旧約聖書』の記述に基づく。次の「聖日」は holy

宛《さ》も開きなん其口を細視しつゝ、六年以前長くは別れじと誓ひて上京[一]の首途《かどで》を取りし其一子を、未練なく旅立たせんとて、快飲祖道[二]せし当時の容貌と、今は如何許《いかばかり》変りてあるや。而《しか》も此寂《さび》しき容貌だに、最早《もはや》世に見るなきことの、如何計《いかばかり》無為《あじきな》[三]やを思ひし時に、無量の所思は哀歌[四]に溢《あふ》れぬ。

一[五]　早や手の上のおもかげと、
　　父はなりけり、まのあたり。
　　絵には声なし、ものいへど。
　　咽《むせ》ぶはおのが涙なり。

二　額によする年なみに、
　　うけしなやみも数へなむ。
　　豊《ゆた》けき頬は世のうさに、
　　堪《た》へし力ぞこもるらむ。

三　四年《よとせ》のうちに面影の、
　　世にうつろいて見ゆるかな。
　　首途《かどで》おくりしその夕《よべ》の、
　　笑《え》顔《がほ》にかへす術《すべ》もがな。

---

day の訳で、キリスト教の祝祭日を指すが、ここでは自分にとってことのほか大切な日、というような意味。どちらもキリスト教に関係する用語で、この作品の性格の一端を早くもあらわしている。

六 しごと、しわざ、わざ（落合直文『大増訂 ことばの泉』明治四十一年）。

七 門や入り口のうえに横に渡した木。そこにかけられた額。

――以上三三五頁

一 「吾が半生」（『聖書之道』明治三十三年四月）によれば、湖処子の上京は明治十七年。足かけで数えると、明治二十二年で六年となる。

二 宴席を用意して旅立つ人を送ること。旅の神である道祖神への祈願もかねておこなわれた。

三 「無為」は、何事もしない、人為を加えない、という意味。ここではそれに「あじきなき」という振り仮名を振っている。このように中国語と和語を比較的自由に結合させることが、当時広くおこなわれた。結果的に中国語と和語の両方のニュアンスが生かされた「新語」が造られたともいえる。なお本注釈では、現在の中国でかつて使われていた文字言語を漢語ではなく中国語と呼んでおり、したがってそのなかには中国語史にいう古代語・中世語・近世語・近代語のいずれもが含まれる。

四 elegy の訳語として早くから用いられた。悲痛な思いをうたった詩のこと。

五 六連からなる七五調の新体詩。亡父への思いを詠んだ「先君の写真に題す」（『少年園』明治二十三年四月、のち『湖処子詩集』明治二十六年）と重なる個所が多い。「で、此の思想を発表せん為めの新文芸の形式は新体詩であつた」（「文学から宗教へ」『文章世界』明治四十三年九月）と

四　我を泣かせんばかりなる、
目にさしぐめる其なみだ。
今端《いまは》に我を呼ばひたる、
声もはかなき苔《こけ》のした。

五　写るは五十六の冬、
明くる秋にぞ消ゆるなる、
もろき命は草の露、
つらぬき留むる由やある。

六　魂《たま》よ百千世《ももちよ》ほろばずば、
むかし汝《な》が経《へ》し世のたびぢ。
あゆむ汝が子にねがはくは、
つげよ棘《とげ》みち花のみち。

我は屢《しばしば》之を聞きぬ、親の憂の十分の一を子に有《も》たしめば、彼能《よ》く孝子と称せられんと。我が父に乞ひし暇は唯《ただ》三年なりしかども、我は六年の間三度帰省の予約ばかりして一度《ひとたび》も帰省せざりし。六 父母は唯だ其病を之れ憂ふと云ふなるに。時には吾病を告げつゝも、其の慰藉には唯癒《い》へたる後の写真を贈りしのみ

あるように、湖処子は当初新体詩から文学に入っていったが、意外にも、苦心したのはのちの散文のほうではなく、その韻文のほうであったという。形式と言葉の双方が新思想の表現をもくろむ彼を悩ませていたのである（同前）。なおこの詩に関して〈笹淵注〉は、連の二行目と四行目が韻を踏んでおり、西洋詩の影響が見られると指摘している。

六『論語』為政第二に、孝について問われた孔子が「父母は唯だ其の疾を之れ憂う」と答えたとある。

なりき。或は来書の短きを父に咎めて、吾《わが》音信の少なるに注意せざりき。嗚呼《ああ》父よ、老《おい》ては生命《いのち》を子に懸《かけ》ぬるを、我は如何なれば無心に過ぎし。我は懺悔す、吾父の晩《おそ》からざる逝去は、半《なかば》は吾不孝によれることを。

是は唯《ただ》近頃の事なるのみ、我は生れて乳母の家に養はれ、五歳にして吾家に帰り、八歳の暮《くれ》祖母の逝くまで其膝に生《お》ひ、十四にして郷塾[一]に宿し、十六にして[二]福岡中学にあり、十九にして自から好みて母の郷なる山村[三]に入り、幾程《いくほど》もなく[四]首府に来れり。斯《か》く我は家にありて父を識ること他の諸子に劣れるも、父の吾を寵せしは「内の関白」[五]なる吾渾名《あだな》により、今猶《な》ほ紀臆[六]の中に覚《おぼえ》あるなり。廿五年の吾生活は父の為に豊かなりしも、父は生前一日も我が為に安からざりし。猶ほ且《か》つ父老て其病に侍らず、父死して其喪に奔《はし》らざりしなり。今は唯父母の恩愛を知ること空しく他人に過ぐべきことと、喪の日に濺《そそ》ぎし涙の兄弟に劣らざりしことのみ、せめてもの我が心遣《こころや》りなりき。去れど是皆《これみな》空にして、我が父の恩を知るは父の死後にありしなり。唯願《ねがは》くは悔恨の犠牲《にえ》となりて、世間我ならざる人の戒とならんのみ。去れど若《も》し亡き父の為に何か務むる事もやと、亦《また》折々は空頼《そらだの》みき。

此時童子は来《きた》りて去り、一封の書を机上に残しぬ。是は吾家兄[七]よりの音信に

一　「吾が半生」に、「寺子屋とは維新以前平民の子弟が就きて、書を学ぶ所なりき。予も亦九歳にして此の寺子屋に入りて書を学び明治七年年十一始めて小学校の建つに遭ひぬ。十年郷塾より県立福岡中学に進み四年にして全科を卒ふ」とある、その「郷塾」のこと。丁丑義塾と呼ばれた。↓補一。

二　福岡県立福岡中学校のこと。のち修猷館に合併された。この後、明治十三年には甘木に甘木中学が設立されるが、明治十八年には廃校となるので、それ以前とそれ以後は、この地区の進学希望者は福岡か久留米の中学に進むのが一般的だった。

三　高木村佐田のこと。↓四二一頁注四、四二二頁注一。湖処子は中学卒業後、佐田、屋形原、山田の各小学校で明治十七年春まで教鞭をとっていた(杉本邦子ほか「宮崎湖処子」『近代文学研究叢書 21』昭和女子大学、昭和三十九年)。なお吉田正信編「宮崎湖処子年譜」(『民友社文学集(一)』三一書房、一九八四年)によれば、佐田村の小学校への勤務は明治十二年、福岡中学休学中のことである。

四　「十七年東京に来りて東京専門学校(現・早稲田大学)に入り、政治英学両科を兼修して之を卒へ更に大学(現・東京大学)専科生たりしこと半年」(「吾が半生」)。

五　「家関白」となっている版もある。亭主関白と内弁慶とを折衷した格好だが、「弁慶」の場合のような、乱暴者とか、威張り散らして、とかいうような意味はない。

六　「紀念に覚へられたり」となっている版もある。「紀」「臆」に関して言えば、当時は「紀」と「記」、「臆」と「憶」を始めとして字形の似た同音字の使い分けはそれほど厳密ではなかった。

して、最初には両地の気候を叙し、次に相互の無事を祝し、最後に父の墓誌の八執筆を属《たの》み、子細なる墓牌の図形を添へ、其規摸と結構とを示したり。我は幾度か其信書を反覆し、別けて其墓誌の文字と図形を沈思しつゝ、嘗《(かつ)》て根に帰らざりし蔓も、猶《(な)》ほ他の野に於て実を結ぶべき例《ためし》もありと喜びつゝ、是ぞ吾父に務むる最初の奉仕《つとめ》にして最後の奉仕《つとめ》なりけるとて、久しく絶ちたる臨池《てならひ》九をぞ新ためぬ。

早や日の熱の燬初《やきはじ》むる頃、童子は再び来りて告げぬ、門《と》に子を負ひし婦人あり、主の同郷の人とて面会を求めたりと。我は其人を許したるに童子又来り告ぐ、彼は余所に要事あり主の門前を過ぐる次《ついで》なれば、一面を経れば足れりと云ふと。我出て会ひぬ。去れど我此婦人を全く他人と思ひき。渠《(かれ)》は曰《(い)》へり、妾《わらは》は一〇筑前咸宜《みなぎ》村の人と、筑前咸宜とは我故郷なれども、我は吾郷に此婦人ありしや否を知らざりしなり。猶ほ吾記臆の悪きにやと思ひ、倩々《(つらつら)》其人を観たるも思ひ出《(いづ)》ることなかりき。彼は今年齢三十に近くして緑髪久しく櫛《くしけづ》らず、形容も太《(い)》と寂寞なりき。其被服は年を経て薄らぎ、帯は僻《(へき)》ある儘《(まま)》に皺に縮み、滴《したゝ》る顔の汗拭きし手巾《てぬぐひ》も、原《もと》の色尋ねがたなく色さめたりき。憐《あはれ》の母よ、誰が娘にして又た誰が妻なるや、さても渠が負ひける子は、渠には如何許《(いかばかり)》掌《たなごゝろ》の珠なるべき

七 長兄宮崎貞五郎のこと。

八 三奈木の広瀬にある浄土真宗西本願寺派の品照寺（ほんしようじ）が宮崎家の菩提寺だが、湖処子の父仁平の墓は現存し、表に湖処子の筆で「釈善邦」、裏に「明治二十一年八月十七日宮崎仁平五十六歳」とある。

九 習字のこと。池に臨んで書の練習をした際、筆を洗い過ぎたために池の水が黒くなったという後漢の張芝の故事に基づく。

一〇 福岡県下座郡三奈木村（現・甘木市三奈木）。『福岡県地理全誌』九十一（『福岡県史 近代資料編 福岡県地理全誌（四）』一九九一年）等によれば、かつては皆木、蜷城、美奈宜、美奈木、水城とも表記した。神功皇后がこの地を見て、これ沓宜しきなり、との感想を洩らしたことに基づくとの言い伝えがある。「咸」は「皆」と同義であり、「咸宜」は「みな宜しきに合ふ」（諸橋轍次『大漢和辞典』大修館書店、昭和三十一―三十五年）となり、咸宜帝、咸宜園（大分の日田にあった広瀬淡窓の私塾。甘木近辺からも入塾するものは少なくなかった）などの用例がある。

も、愛子《いとしご》と察せらるゝ程不便《ふびん》のものと思はれたり。細《ほそ》りし骨身は渠《かれ》を幼く観えしむるも、渠は早四歳以上なるべく、其顔は菜色の為に萎《しぼ》みたるも、嬰児《みどりご》とは見えざりしなり。其痩せ細れるは生れて乳無《なか》りし故《ゆゑ》か、其菜色は母に営養の足らざる故か、兎にも角にも、太《い》と愛《めで》[一]たかるべき此年に、太と心細く育ちて見えたり。然して此母は果して吾故郷の誰なるや。図《はか》らざりき「伊昔《これ》[二]紅顔美少年」なりし、吾[三]隣村旧家の愛嬢ならんとは、渠が名のるに由りて知られぬ。実《げ》に幼《いとけな》かりし頃は、二三度嬉戯の友たる事もありしが、年長《た》けては唯《ただ》渠が牆《かき》を攢《き》りて走りしことと、其家も一旦の災禍に零落せしことを聞きたるのみ。是《これ》も亦《また》久しく心底に沈まり、漸《やうや》く其人を見て追懐《おもひいづ》るほど疎《うと》くなりぬ。此首府に於ては歴々たる人物すらも、動《やゝ》もすれば道路に窮せんとするものを、況《ま》して天涯より迷落して此土に在り、良人の掌《て》妻子に足らず、助くべき故郷もあらずば、斯《か》く落魄したるも理《ことはり》なり。背《そびら》なる子は見知らぬ我を恐れて泣出でんとしたり。若《も》し吾手より渠に得せしむる一個の梨子なかりせば、渠は定めて叫び出でしならん。恵みを謝する渠が顔は、昔愛《めで》たかりける娘に似ずして、今零落したる其母に似たるこそ、母にも歎《なげ》きの種ならめ。母は今其《その》出京前の履歴を短く、出京後の日記を長く、猶《な》ほ現時の非運を涙と共に語り尽しぬ。然り渠が口《くちづ》から白《まう》さ

一　大日本帝国憲法の発布(明治二十二年二月十一日)などが念頭にあるか。

二　「これ昔　紅顔の美少年」。初唐の詩人・劉希夷作の七言古詩「代白頭吟」中の一句。この同じ詩が、『全唐詩』巻二十には劉希夷作の「白頭吟」として、巻五十一には同じ初唐の詩人宋之問作の「有所思」として、また巻八十二には作者は同じ劉の「代悲白頭翁」(白頭を悲しむ翁に代わりて)として、三ヶ所に収められている。なお、「少年」は中国語では少女の意味にも使うので、中国語的用例と考えれば女性を指しても不自然ではない。

三　三奈木は明治二十二年四月の市制・町村制の施行で(公布は前年)、それまでの三奈木、城、荷原、矢野竹、屋形原、板屋の六村が合併して、三奈木村となった。同じく合併して新たな村になったものとしては、近隣では、高木村、蜷城《ひなしろ》村、福田村などがある。したがって、ここで「咸宜村の人」でありながら「吾隣村旧家の愛嬢」でもあるというのは、かつての六村時代には隣村であった住民だが、現在は新三奈木村の住民だが、かつての六村時代には隣村であったという場合と、単に、隣村から嫁いで来て今は三奈木の住民であるという場合と、二通り考えられる。

ずとも、此の熱き日に車にも乗らで此処まで来りし其難渋、余所の悪事を口に藉《か》りて、吾門に時を移す其心中、賤しく変る母の顔、物乞ひ気《げ》なる子の目許《めもと》、さては親子の運命も、今吾一言に懸りてあるかと思はれければ、我は其日の許す限り吾力を与へしかば、渠は感謝の涙を残して帰りぬ。我は再び黙思に沈み他の暗愁に襲はれぬ。我既《(すで)》に父の死を知れり。然れども其喪に会はざりし故に、昼の幻影《まぼろし》夜半の夢、但しは端《(はし)》なき思出に、父は猶ほ地上にありと思はれ、此日に来る墓誌の依頼、此日に来る救助の請願の如き、親族の常に為すべき務めの生ずる毎に、我は往々にして想へらく、父の霊まだ世を去らず空中猶ほ亡魂ありて、暗裡に我に指示するなりと。今や其墓――此世に於ける父の遺筐《かたみ》――他界に於《(おけ)》る父の名刺《なふだ》――なる墓の新《(あらた)》に建てらるゝことを聞くは、宛《(あたか)》も其第二の死を聞く如く、最早父に縁《かゝ》る音信《おとづれ》の、此世に絶ゆべき思ひに堪えず、宛然《さながら》鬼界《ガ》島に帰洛の舟を送る僧都四の如く、帰思湧《(わ)》くばかりに動きたり。帰思一たび定まれば、坐《そゞ》ろに今昔の感に沈みぬ。

「五昔我往《ク》矣、楊柳依々《タリ》、今我帰《ル》矣、雨雪霏々《(ひひ)タリ》」。幼なき時此詩を読む毎に謂《(おも)》へらく、遊子春出でゝ冬帰る、宜しく斯《(かく)》の如《(こと)》くなるべしと。既にして韓退之六の七楊子が帰省を送る序を読み、「八楊侯始《メテ》冠《シテ》挙《ゲラレ》二於其郷《ニ》一、歌《ヒテ》二九鹿鳴《ヲ》一而来《レリ》也。今之

四 平氏に対して謀反を企て、島流しとなった僧・俊寛のこと。このエピソードは『平家物語』(語りもの)や頼山陽『日本外史』、能・浄瑠璃・歌舞伎、滝沢馬琴の読本などを通じて広く流布。

五 原詩は一般的なテキストでは、「今我来思」でなく「今我帰矣」だが、意味には変わりはない。楊柳に見送られて旅立ち、雨雪に迎えられて帰還する、というような意味。『詩経』「小雅」「鹿鳴之什」中の「采薇」全六章のうちの第六章の前半部。六章とも出征にちなんだ詩で、これは春に出征して冬に帰還したという意味にとれるが、赤塚忠は諸注を踏まえたうえで、それは通説に過ぎず、どちらも征役のただなかのことで、征役が長引いているととるべきであると主張している(『新釈漢文大系63　詩経中』)。ただし、ここでは主人公は通説のようにとっているようだ。

六 唐の文人・韓愈(七六八-八二四)のこと。

七 正しくは「送楊少尹序」(楊少尹を送る序)。少尹(府の副官)の地位にあった楊巨源が、漢の疏広と疏受の例にならって老境に入るに及んで職を辞し、帰郷することへの韓愈のはなむけの文。

八 「送楊少尹序」の後半部分の一部。楊少尹が故郷を忘れずに帰郷することがのちのちへの手本となるであろうと言っている。

九 『詩経』「小雅」「鹿鳴之什」の「鹿鳴」の章を指す。天子が客を招いて饗応するという内容。官吏登用試験に及第して都に上るときの祝宴で、祝われる本人が返礼としてこの詩を歌うのが慣例だったので、楊少尹も「鹿鳴を歌ひて来れり」と表現した。

帰《ルヤ》、指《シテ》二其《ノ》樹《ヲ》一曰《ク》、某《ノ》樹《ハ》吾《ガ》先人之所《ナリ》レ種《ウル》也。某《ノ》水《ノ》某丘《ハ》、吾《ガ》童子《ノ》時所《ナリ》二釣遊《スル》一也。郷人莫《シ》レ不《ル》下加《ヘ》二敬戒《ヲ》一、子孫以《テ》二楊侯不《ル》レ去《ラ》二其郷《ヲ》一為《サ》上レ法《ト》。」といふに至りて謂《おも》へらく、我も亦《また》楊子の如くして故郷を出で、楊子の如くして故郷に帰るべしと、霞靆《たな》びく春半《なかば》なる故郷の首途《かどで》に、我左の如く歌ひて立ちぬ。

一[一]

さてもめでたき一《ひと》[二]さかひ。
いかに月日ののどかなる。
小川《おがは》に嫗《ばゞ》は衣《きぬ》あらひ、
野辺に翁は秣《まぐさ》かる。

二

囲む高峯《たかね》はまへうしろ、
流るゝ水もみぎひだり、
浮世へだてし村のいろ、
今も昔の世に似たり。

三

竹の林に風ふけば、
絃《いと》なき琴の音もひゞき。
森の小枝《さえだ》に春来れば、
画《ゑが》くにまさる花にしき。

一　「出郷関曲」(『少年園』明治二十三年五月、のち『湖処子詩集』)より。ただし、若干の異同がある。『甘木市史』下巻(昭和五十六年)は、「文化」の章で「新体詩と甘木」という項を設け、『新体詩抄』(明治十五年)の著者の一人である井上哲次郎が甘木生まれであることから、新体詩と甘木の特別の関係を強調し、この「郷関を出づるの曲」にも言及している。「新体詩中の、七・五調のリズムは唱えることによって行動を誘い、情感を振るいたたせるものである」。確かに、同じ新体詩でありながら、巻頭の哀歌とはちがって、この門出の歌にはその出発を鼓舞する効果が感じられる。なおこの種の詩の原点に、幕末の僧・月性の漢詩「男児立志出郷関」を想定する説もある(北野昭彦『宮崎湖処子　国木田独歩の詩と小説』〈和泉書院、平成五年〉など)。
二　『湖処子詩集』では「此の世界」となっている。「さかひ」も限られた区域を指す点では同じ。

四

百代《もゝよ》伝ふる此里に、
安く老いぬる親ふたり。
此処にぞ幸《さち》はあるべきに、
われは都にのぼるなり。

五

首途《(かどで)》ゆかしき春げしき、
にほふ桜や桃のはな。
わが行く方にかぐはしき、
馨《かをり》は今日のなごりかな。

六

駒のあゆみのなどおそき、
「すゝめ。」と鞭をあぐれども。
橋の柳に風そよぎ、
枝にひかるゝ旅ごろも。

七

遥《(はるか)》に村を過《(すぐ)》れども、
わが父母はまだ去らじ。
見ゆる形は消ゆれども、
親は立つらむ猶《(な)》ほしばし。

八　今一度《ひとたび》とふりむけば、
うつゝに消《け》なむばかりなる。
我ふるさとの面影は、
かすみの根にぞ沈むなる。

九　このうるはしき天地《あめつち》に、
父よ安かれ母も待て、
学びの業《わざ》の成る時に、
錦かざりて帰るまで。

斯《かく》て旅なれぬ孤身を以て、河を渡り一、山を踰《こ》え、行くこと一日程にして大海に出でたり。我は波に漂ふ浮萍《うきくさ》の如く、船に数日の命を寄せて、鳥飛び断《たえ》たる玄界灘に乗り、三十六灘二の門戸なる一目千帆の馬関《ばくわん》三を過ぎ、平家の沈みし壇浦の烟波四を弔ひ、四国の陸地を故郷の如くに慕ひ、淡路島の山影を影見えぬまで回顧して、神戸に上り、神戸より下り、紀州灘を経て、遠州灘を過ぎ、名にのみ聞きし、富士の高峰を、天の原に仰ぎつゝ首府にぞ入りぬ。

波上に浮ぶ間、我は宛《さな》がら大海の一粟にして、首府に出れば浜の砂子《すなご》の一粒なりき。去れば我最初の一月間は熱閙《ねつたう》五なる神田の一隅に、遑々《くわうくわう》たる行人、雑

一『甘木市史』下巻には、この地区から四国、関西、伊勢方面への旅の行程例が二つ紹介されているが(明治十一年と二十年の例)、いずれも北行して秋月方面を通過して小倉に達し、そこから船で下関、さらにはその先へと向かっている。それに対して、ここでは「河を渡り、山を踰え、行くこと一日程にして大海に出でたり」とあるように、博多から乗船している。三五九頁には、その上京のおり、次兄が博多の宿まで送ってきたとあるが、『甘木市史』下巻に紹介されたルートだと下関まで三日前後はかかってしまうから、それに比べるとだいぶ早いルートだと言える。ただし、その分、割高となるから、利用者はおのずと限られてくる。

二　三十六の船路の難所。「三十六」には、前漢の三十六宮や東山三十六峯のように「多くの」という意味と、三十六歌仙、三十六儒仙、三十六武仙のように、「名高い三十六の」という意味とがある。ちなみに後者の立場をとる〈笹淵注〉は、

々たる巷街《かうがい》の声、炎々たる烟塵の中に蒸されて、茫然として立迷ひしなり。既にして首府の郊下戸塚村[六]の閑居に来り、時候の既に晩《おそ》きにも拘《かか》はらず、猶《な》ほ落花啼鳥の時に遇ふことを得て、始めて我に帰りし時、阿部仲麿[七]が三笠山の月を詠ぜし客土の遊魂、加藤肥州[八]がオランカイに遠山を認むる故郷の幻影、活如《くわつじよ》として情相照しぬ。

蓋《けだ》し人烟蕭条[九]《せうでう》たる此里は、所謂《いは》ゆる旧時の武蔵野なり、我来りて此地理を察せしに、其小高き丘岡《きうかう》、疎遠なる村落低迷せる林樹、水の流るゝ、橋の臥する、野圃《やほ》の闢《ひら》けて遥かに舒《の》びたる、如何許《いかばかり》吾故郷の景色なりしよ。読書に倦みたる日の夕、寓居の後の橋より眺めつゝ、吾記憶と相照せば、晩雲岫[一〇]《みね》に帰れる丘は、家兄と共に樵《きこ》りし山路、青草烟を蒸しぬる辺は、弟妹と蓮華草を摘みし野原、楊柳水を繞《めぐ》れる塘《つゝみ》は、我が釣遊びたる翡翠[一一]の褥、其渡頭には父船を繋《つな》ぎ、此岸辺には母衣を洗ひぬ。父母は今見るべからざれど、父母の朝夕せし処を見るは、宛然《さながら》父母を見るなりき。

既にして漸《やうや》く首府の習慣に嫺《な》れ、初には京語[一二]を語り、次には京衣を着け、次には京情を解くに及び、或は顔色を修めて児女の憐を求め、或は挙止を軟《やはら》げて父老の好意を博せんとせり。蓋し上京以来未だ京人たるべき修業ほど、記憶に

ここでの表現に影響を与えたかもしれない詩として、熊本藩士・藪孤山（一七三五―一八〇二）の七絶「赤馬関」をあげている。「長風浪を破つて　一帆還る　碧海遥かにめぐる　赤馬関　三十六灘　行々尽きんと欲す　天辺始めて見る　鎮西の山」。

三　下関の別称。

四　遠くは煙のように霞んで見えるほど波が続いている様子。

五　喧噪。町の人混みの形容に多く用いられる。

六　豊多摩郡下戸塚村（現・新宿区）。

七　唐に留学した阿倍仲麻呂が望郷の念にかられて、「天の原ふりさけ見れば春日なる三笠の山に出でし月かも」と詠んだ故事を踏まえている。

八　秀吉の意を受けて征韓軍を率いた加藤清正のこと。「征韓の軍に行長（小西――引用者注）と共に先鋒となりて朝鮮に入り、王城に至り、更に咸鏡道に進みて敵兵を破り、二王子を虜にして会寧府に至る。時に兀良哈《ウリヤンハイ》の兵起る。清正これを逐うて宛鄲城に迫り」（『日本百科大辞典』明治四十一年―大正八年）云々とある。「オランカイ」とはこの「兀良哈」のこと。

九　人家も稀でものさびしい様子。

一〇　山腹にある岩穴のこと。そこからわき出る雲のことを岫雲とも呼んだ。ここでは「岫雲」ならぬ「晩雲」が「岫」に帰るといっている。

一一　鮮やかな緑色の草原。

一二　「京」は中国語で都、首都の意味。都の言葉、都風の衣服といった意味。「京話」だと北京語のことになる。したがってここでは「東京」の「東」を省略しているわけではない。

恥づべき時期はなかりき。嚮《さき》に我之《これ》を懺悔して曰く、

「今[一]年の春花満城の折からに、我は宛《あたか》も「故郷[二]」なる小文を書きつゝ、故郷の追念に耽りて居しが、不図《ふと》新聞紙上に見えたる花信[三]を読みて、自から過去[四]の春遊を思出でゝ一驚しぬ、愚《おろか》にも我は是迄《これまで》唯《ただ》雑踏と酔狂とに苦みしなり。俗物の中に雑《まじ》りて詩なき歌なき画なき行楽を為せしなり。憐れなる桜の花は、花見とて来りし人の、唯花見る人を見つゝ過ぎ往く間に、塵に吹かれ酒気に蒸され無頓着に眺められて、咲きて空しく落ちしなり。首府の花見は、帽子の花見、棒杖《すてつき》の花見、白粉《おしろい》の花見、徳利、瓢簞。野郎の花見にてありしなり。我は痛く此の悪しき記憶に咎められて此の春を疎々しく過ぎぬ」、と。

既にして三年の学期了《をは》る頃吾思想は再変したり。前[五]年の夏暑を避けて東海道を過ぎ、小田原の旧影有耶無耶《うやむや》の間を過ぎ、人間の栄枯を嘆じ、海に沿ふて石橋山なる源平戦場の地を尋ね、猶《な》ほ行て熱海に遊び、白雲、青山、蒼湾、烟波の間に放浪して、漸《やうや》く物外に脱するの心ありき。当年の夏日光に遊び、天の成せる自然の美、男体山《なんたいさん》の高くして晴朗なる、中禅寺湖の遠くして空明なる、華厳瀑布の雄宕《ゆうたう》なる、裏見、霧降諸瀑布の幽絶なる、大谷川《だいやがは》の清くして緑沢ある、殆んど凡骨[六]を仙化せしむる間に彷徨し、転《うた》た山中を愛するの念に撃たれぬ。我

一　以下、「行楽」(『国民之友』五十二―五十四号、明治二十二年六月一日―二十二日)の一節。

二　「故郷」(『国民之友』四十五、四十八、四十九号、明治二十二年三月二十二日―五月二日)のこと。

三　当時も新聞には開花便りが載っていた。

四　「行楽」のこの引用部の直前に、「首府にて暮らす五度の春の四度までは、余も亦都人的に行楽せしなり」とある。上京した明治十七年から始まるとすると、前年の二十一年までで五度となる。

五　湖処子の経歴でははっきりしない部分もあり、このあたりの年次は確定しがたいが、明治二十年七月の東京専門学校卒業時の「思想」の「再変」とは、上京後の「思想」が、その前年夏の「放浪」・「物外に脱する心」を経て二十年夏の「彷徨」・「山中を愛する念」に示唆されるものへと転換したことを指すか。

六　凡人から俗臭を拭い去り、高尚な気分に導く。

七　「吾が半生」では、「明治二十一年夏五月下総流山駅の豪家秋元三左衛門氏の聘に応じて其の英学の師となりぬ。(中略)秋元氏に在ること半年にして東京に復へり」云々とあっさり触れられているだけだが、「故郷」では、「去年の春、余が生活の最も苦しき吟味に疲れて、『世界の一方に飛んで安からん』と願ひし時に、余を東京より拾ひしは此家なりき」と、秋元家との縁の深さと、それに対する感謝の念とを率直に吐露している。続けて「故郷」では、「余が凡ての落胆より新なる希望に起きたるは、痛める脳の癒され、愁へる顔の拭はれたるは」云々と、同種の表現を畳みかける漢文調の言い回しによって、さらにそれを強調している。

八　とんぼの古名。はかないもののたとえに用いる。

は帰りて再び去り、下総[七]の野に遁れしが、家は寺院に隣りければ、看経《かんきん》の声、木魚の音、青墓の観、寂寞の意、落花啼鳥亦忽焉《こつえん》として人世の無常を感じき。

是は吾生活中最も涙多き日の一にして、唯《ただ》黙思と暗涙のみ、日毎の糧にてありしなり。当時の自記する所を観るに曰く、

「春霞朝に立ちて夕に消へ、氷は夜半に結んで日中に融《と》け、雪は昨日《きのう》積《つもり》て今《け》日《ふ》解くれば迹もなし。花は朔日に咲き、十五日にて萎み、二十日に散り、三十日にして青葉と代《かわ》る。三ケ月の春十二月の一年、宛も蜉蝣《かげろふ》[八]の須臾《しゆゆ》なるに髣髴たるぞ、実《げ》に人世の無常の様なる。神の人モーセ[九]は曰く、渠等《かれら》は一夜の夢の如く、[一〇]朝に生出づる青草の如し、朝に生出でゝ夕には刈《から》れて枯るなりと。預言者イザヤ[一一]は曰く人は皆艸[一二]、其栄華は凡《すべ》て野の花の如し、草は枯れ花は萎むと。使徒ヤコブ[一三]は曰く、汝等[一四]の生命は何ぞ、暫く顕《あらは》れて忽《たちま》ち消ゆる露なりと。親鸞上人の歌に曰く、明日[一五]ありと思ふ心の仇桜、夜半に嵐の吹かぬものかは。小野小町も亦《また》歎きぬ、花[一六]の色は移りにけりないたづらに、我身世にふるながめせしまに、伊勢物語にも又行水《ゆくみづ》[一七]と、過《すぐ》る齢《よはひ》と、散る花と、孰《いづ》れ待ててう言《こと》を聞かましと詠じて、世の無常《あじきなき》を喞《かこ》てるなり。誰か人生を長しと云ふ、誰か百歳を遅々たりと云ふ。我が鼓膜さへ死出の旅路を噪《はや》せるものを」と。

九 モーゼ、モイゼとも。当時の表記は「モーセ」。イスラエルの立法家で予言者。ヘブライ族の子として生まれたためにエジプト政府から迫害を受ける。のちヘブライ人の救世主との神託を受け、十戒を授かり、カナーンの地に国を興した(『日本百科大辞典』)。

一〇『旧約聖書』「詩編」九十章五―六節に、「朝が来れば、人は草のように移ろいます。朝が来れば花を咲かせ、やがて移ろい、夕べにはしおれ、枯れて行きます」とある(新共同訳『聖書』一九八七年)。なお本注釈では、聖書の引用・紹介は、原文への忠実度を徹底させ、固有名詞を基本的には原音表記で統一した等の点で画期的な日本語新訳である新共同訳『聖書』によっている。同時代の聖書本文については〈笹淵注〉が必要に応じて紹介しているので、それを見られたい。

一一 ヘブライの予言者。紀元前七六〇―七〇一年頃の人。ヘブライ王の外国との同盟政策に反対して、最後のヘブライ思想をうちたてた(『日本百科大辞典』)。

一二『旧約聖書』「イザヤ書」四十章六―七節に、「肉なる者は皆、草に等しい」とある。

一三 十二使徒のひとり。使徒ヨハネの兄弟で、父の名はセベタイ。のちにヘロデ大王の孫アグリッパによって捕らえられ、最初の殉教者となった(木村毅ほか『世界宗教十六講』大正十五年)。

一四『新約聖書』「ヤコブの手紙」四章十四節に、「あなたがたには自分の命がどうなるか、明日のことは分からないのです(後略)」とある。著者は使徒のヤコブではなく、キリストの兄弟のヤコブと伝えられているが(『日本百科大辞典』)、ここでは混同が見られる。

一五『親鸞上人絵伝』より。

一六『古今和歌集』春歌上より。

是等の事の終は何ぞ、其年の秋隠気なる或日の暮に、父[一]の訃音と写真は故郷の兄より来り、我は糸絶へたる紙鳶の如く、天涯迷魂[二]の孤児となりぬ。猶《な》ほ此地にすら根蔕《こんてい》絶へ、暗黒なる前途の闇に涙を揮ひて首府[三]に帰りしは、去年の冬の晩なりしが、神我を棄つることなく、吾所備へあり、吾筆の産物を嘉《よみ》する耳目を与へしは、如何許《いかばかり》吾幸なりしよ。斯《か》くて吾枯骨は肉着き、妄念は漸《やうや》く失せ、苦想憂愁消滅し、生活の道漸く開くるに及んで、故郷の幻影油然《ゆぜん》として復活し来れり。今春四月誘ふ友ありて一日[四]の郊遊をなし、小金井堤の桜より、国分寺の旧跡を訪ひ、有名なる多摩川を過ぎて、武蔵の勝地百草園《もぐさゑん》[五]なる崇邱《すうきう》に上り、且《かつ》俯し且《かつ》仰ぎ、四十里四方に布《し》き延ばされし村落の形影、畑家の景色、平野、高原、森樹、江湖等、縦横参差《しんし》[六]せる活地図、別ても邱《をか》を繞《めぐ》れる蔬菜[七]の黄花、豆麦の緑葉、蓮華草の紅原等、画き成したる鄙《ひ》の錦の活画幅は、宛《あだか》も故郷の春の幻姿なるを見て、遂に又左の如く記しぬ。

[八]「夫《そ》れヴエストファリヤの城郭をば逐《おは》れしカンジッド[九]は、畢生ヴェストファリヤの城郭を追懐し、アムハラの離宮より山を出でゝ幸福なる生活を尋ね歩きしラセラス[一〇]も、得る所なくしてアムハラの離宮に帰りたるを思はゞ、故郷の快楽を幾度説くも、我は自から咎めざるなり。我が所謂《いは》ゆる故郷には、村落の連

一七『伊勢物語』五十段より。「待ててふ言を聞かましは」は、諸本の多くでは「まててふことをきくらむ」。

以上三四七頁

一 湖処子は「故郷」のなかで父の遺影について、「昔を忍べよとて兄より贈り来りし其死する前一年の写真」があることを明かしているが、それが湖処子のもとに送られてきたのは、下総流山の秋元家滞在中のことであった。

二 底本及び六版、十五版でも「述魂」だが、手元にある『佩文韻府』、『大漢和辞典』、CD－ROM版・首都師範大学（北京）中国詩歌研究中心編『中国中古文学（漢－唐）』などにも用例がなく、逆に「迷魂」は中国古典の頻用語なので、誤植と判断し、改めた。

三 明治二十一年五月から流山の秋元家に滞在し、「秋元氏に在ること半年にして東京へ復り」（「吾が半生」）とある。

四 この日の紀行が、「行楽」（『国民之友』五十二－五十四号、明治二十二年六月一日－二十二日）である。甲武鉄道が境、国分寺、立川まで開通したので、行きと帰りはそれを利用して、小金井堤、国分寺、府中、多摩川、百草園と見てまわった。

五 多摩の高幡不動の近くにある景勝地（現・東京都日野市三沢）。八幡社（百草八幡）と松連寺という二つの社寺があるが、文化文政の頃、松連寺の住職がここを庭園として整備し、文人墨客の往来も盛んになり、歌会や句会で賑わった。明治十八年になって貿易商の青木氏の所有するところとなった（『京王風土記』昭和二十九年）。

六 入り混じる、ということ。　七 野菜。

八 以下、「行楽」最終回の末尾の一節。

九 フランスの作家ヴォルテール（一六九四－一七七八）の

観を含めるなり。故郷には我《われ》慰藉を思ひ、村落には我《われ》平和を期せり。慈愛、友誼、恩恵、親切、歓情等、人間の美徳と称するものは、村落の外何処に求むる。帝尭の前に撃壌[一一]を歌ひし父老よ。帝尭の天下を辞《いな》みし許由[一二]よ。我は爾《なんぢ》に与《くみ》するなり。博士ジョンソン[一三]も亦曰へり、「朝廷は内国の軋轢《あつれき》に騒ぎ、使臣は内国にありて論ずる時にも、鍛冶匠は其鉄砧《てつちん》を敲《たた》き、農夫は其田畑を耡《す》き、生活需用の品は求むれば茲《ここ》に得られ、四季順次の職業は、常例循環して止まざるなり」と。此安穏の生活は、村落の外何処に求むる。斯《かか》る世界に其身を終ふるものは、兄弟も、姉妹も、夫婦も、朋友も、共に生れて共に育ち、老ゆるも死ぬも相共なり。敵少く味方少なく、嫉妬少く憤怒少く、唯《ただ》是一村無邪気の民なり。我は今斯《この》楽園より出て迷へり。是は生涯迷ふの迷ひなる乎、抑《そもそ》も復《かへ》らん為の迷なる乎。我が嚮《さき》に他郷に得たる故郷の快楽と、今又他郷に得たる故郷の景色は我が立出でし楽園の果敢《はか》なき筐《かたみ》乎。但し又立還るべき楽園の美はしき前影《さきぶれ》なる乎、是ぞ未来の疑問なりける」と。

　我が六年の間故郷に別れし吾経歴は斯《かく》の如《ごと》し。今や故郷の変遷は如何。家も亦《また》小き王国なり、王者の代謝が王国の事情を一変するが如く、主人の更迭は一家に於て非常の変更を来さゞるを得ず。今吾母は寡婦となり、吾兄は小王国

小説「カンディド」(一七五九年)の主人公。

一〇 イギリスの文人サミュエル・ジョンソン(一七〇九-八四)の教訓小説「ラッセラス」(一七五九年)の主人公。

ヴォルテール(右)とジョンソン(左)
(『文芸百科全書』隆文館，明42)

一一 中国の尭の時代に、老人が天下の太平を喜んで大地をたたきながらうたった歌。「鼓腹撃壌」も同様の故事に基づく。

一二 「許由巣父」。許由も巣父も中国の尭の時代の高士で、その人物を見込まれて尭帝が天下を譲ろうとしたが、硬く固辞したばかりでなく、汚れたことを聞いた耳を洗ったという故事がある。

一三 イギリスの文人サミュエル・ジョンソンのこと。王家の保護を固辞し、時に困窮しながらも、独立独行の人生をつらぬいた(『文芸百科全書』明治四十二年)。

の皇帝、嫂は女王となり、二弟二妹は相顧みて孤児となれり。吾兄は畢生郷党に於ける慈善家、家族に於ける仁君なるべし。去りながら能《よ》く其妻の悍《たけ》き気焔を和《やは》らげ得るや。吾長弟は既に家を分ちて主人たるの日近づけるが、渠《かれ》を睥《にら》むる眥《まなじり》はなきや、長妹の年頃なるべき柔和の目に、折々上《の》ぼる暗涙はなきや。思ふに幼妹は漸《やうや》く女児の齢に上ぼる頃、幼弟は今猶《な》ほ母なき能《あた》はざる童児なれば、恙《つつが》なく成長せしと思ふのみ、今果《はた》して如何にあるや。一家の柁《かぢ》なる嫂は父の生前能く柔和なりしが、渠を墓場《はかば》に置きたる後、心質に変化はなきや。我が在りし時彼には唯慧《さと》き一幼女あるのみなりしが、其後は幾度の誕生をか経つる。彼の子宮を仮り来れる吾王国の継嗣は抑《そもそ》も如何なる寧馨児《ねいけいじ》[一]ぞ。時代異《かは》れる吾家に対する郷党の感情も亦如何に、吾家を繞《めぐ》る村落の変遷は如何に、吾家に属する花園の消長、田野の張縮、婢僕の多寡果《はた》して如何、凡《すべ》ての故郷に関せる如何の一語は、多様の音色、汎種の形影に旋転して、遂に其夜の夢にも入りぬ。

一　もともとは六朝時代の中国語で「こんな(よい)子」という意味で、それが子供に対する最上級のほめ言葉へと転化した。

第二 帰郷

舟[二]揺々トシテ以テ軽ク颺《あ》ガリ、風飄々トシテ而吹クレ衣ヲ。
問フニ二征夫ニ一以テシ二前路ヲ一、恨ム二晨光《しんくわう》之熹微《きび》ナルヲ一。
乃瞻《み》テ二衡宇《かうう》ヲ一、載チ欣ビ載チ奔《はし》ル、
僮僕歓ビ迎ヘ、稚子候《ま》テリレ門ニ。

……………………陶淵明帰去来辞

我が帰省の旨を故郷に報ぜしより、早や[三]多少の時間を経たれば、今は三週間の往復を期して、八月三日より旅立つ事となりぬ。我は速《すみや》かに其日を待ちし際に、遽然《きよぜん》として[四]筑後川洪水の電信走り、[五]熊本地震の急報馳せ、首府の人行車馬一際《ひときは》物騒しく聞え、別て吾郷は洪水に近くして震脈に当りければ、心坐《そゞ》ろに安からで、故《ゆゑ》なき起居に忙はしかりき。若《も》し故郷無事の報道来らざりしならば、我は恐らく幸福の帰省を得ざりしならん。さても首途《かどで》の日となれり。上京以来始めて帰省すればとて、我より暇を告げしのみ、祖道する友もなく、宛《あたか》も[六]錦を衣《き》て夜帰るが如く、徘徊顧望して孤影を憐み、汽車に乗りて首府を出でぬ。此頃はいと続きたる晴日なりき。此日の正午我は汽船に横浜に乗り、淡墨富

二 陶淵明の辞「帰去来兮辞并序」(帰去来の辞並びに序)の一部。四段に分けられたうちの最初の段の後半部と二番目の段の前半部からの引用。「征夫」は旅人、「衡宇」は粗末な門と屋根、「僮僕」は下僕、「稚子」は幼な子の意味。なおこの文章も『文選』に採られている。

三 これも中国語から来ている。いくつか意味があるが、ここでは、「少し」、「いささか」の意味に近い。

四 明治二十二年の筑後川の洪水は、大正十年、昭和二十八年のそれらとともに三大洪水と呼ばれた(『甘木市史』上巻、昭和五十七年)。死者二十三人、浸水家屋三千戸余りという大規模なもので、『国民之友』五十七号(明治二十二年七月二十二日)にも、「筑後河の水氾濫し、古来未曾有の大洪水をなし、其堤防に沿へる吉井、久喜宮、久留米、若津は勿論、甘木地方に至る迄、洋々たる一面の大海となれり」と報じられた。

五 明治二十二年七月二十八日午後十一時過ぎに起きた地震。圧死者二十名前後、全壊戸数五十四戸という規模のものだった。

六 「富貴にして故郷に帰らざるは、繡をきて夜行くが如し」(『史記』項羽本紀)という表現があるが、「錦をきて夜行くが如し」(『漢書』巻三十一「陳勝項籍伝第一」)もこれと同じ。

士を天辺に見、海球の落日を相模灘に送り、波上の晴月を遠州灘に迎へ、煙江の中に夜半の明笛を吹き渡り、遠州灘に眠りて紀州灘に覚《さ》め、諸曼東号《ノルマントン》[一]の覆跡を弔ひ、飄然として神戸に着きたり。是時《このとき》までは唯《ただ》尋常一様なりし旅情《たびごゝろ》も、此の夕博多行の船に乗り、僅《わづ》かに方角を替《か》へてより、兵庫の巷焔《かうえん》、和田岬の燈明、一ノ谷の明滅しぬる夜影、隠約[二]なる須磨の煙波を眺めては、転《うた》た懐旧弔古の詩情を起し、明石、舞子、高砂等の名所を遠望して幾多の巧画図、此《この》淡月の光の奥の隠れあるを思ひては、亦《また》探勝漫遊の心腸を扇ぎ、西海の波脈々として九州に向ひ、北斗の一星遥《はる》かに光芒を船首に指すを見ては、正に望郷想の高潮に上りたりき。船は今播磨灘を過ぎ、翌朝讃州の多度津に着き、復《また》去りて四国の山脚を摩《ま》せり。此は皆嚮《さき》に一面を経たる景色なるも、往くと返ると、昔と今と、我に変れる海とはなりぬ。周防灘の広みに出で、半日馳せて馬関に着きたり。昔頼山陽が「[三]天辺初《メテ》 見《ル》鎮西《ノ》山」と吟ぜしは、定めて知る此辺にして、渠《かれ》は此を以て遊跡の天涯に及べるを想ひしが、今は我詩句を藉《か》り来《きた》りて、故郷の近きを喜びしなり。

我は此処にて図《はか》らず馬関より帰る故郷の浪子《らうし》[四]、而《しか》も吾疎族[五]なる一少年に遇へり。不時の邂逅なりければ、暫時は互に言なかりしが、我故郷は浮世に離れし

一　明治十九年十月に紀州沖で沈没したイギリス船。イギリス人船員らが日本人船客を置き去りにしたことから、国際問題に発展した。

二　ぼんやりとしたさま。

三　「天辺始めて見る　鎮西の山」と詠んだのは頼山陽ではなく、熊本藩士の藪孤山（〈笹淵注〉↓三四四頁注二）。ただ、山陽にも「天草洋に泊す」という似たような七言古詩があり、あるいは作者はこれと勘違いしたのかもしれない。「雲か　山か　呉か　越か／水天　彷彿　青一髪／万里舟を泊す　天草の洋／煙は篷窓に横たはつて　日漸く没す／瞥見す　大魚の波間に跳るを／太白船に当たつて　明月に似たり」（鎌田正・米山寅太郎『漢詩名句辞典』昭和五十五年）。

四　これも中国語色濃厚な言葉で、「どら息子」とか「道楽者」とかいうような意味。

五　遠縁の青年。

六　中国語でも日本語でも文字通り日記とか日誌とかいうような意味。それがここでは、体験談とでもいうような意味で使われている。

七　「絏」も「紲」も、しばる、つなぐ、というよう

隠処にして、其村民は太古より生活《いのち》の為に漂泊するもの無きを追思して、渠が馬関に来れる所以《ゆゑん》を怪みたり。我が此疑問をなせし時、渠は少しく顔色を落して見えしが、渠は唯《ただ》云へり、面目なしと。渠は我に対し好みて故郷の変遷及び我家の消長を、語り出でんと嘗《こころ》みたるも、我は吾眼光を以て之を観る迄は、他の先入を容《い》るまじと決心して、渠が話頭を打消しつゝ、只管《ひたすら》渠自身の日記[六]を質問しければ、さては渠も包むに由なく、幾回か嗟嘆したる後、左の如く白状したり。

一昨年の飢饉は痛くも吾故郷の繁栄を奪ひぬ。旬日にして流離の生命数百に上り、乞食、兇徒、放火者の数著しく加はり、吾同年の友も多くは絏紲《せつせつ》[七]の徒となりき。君在郷の頃より萌芽しつゝありし養蚕[八]事業の漸《やうや》く永久の基礎を固めたるより、過半の村戸は茲《ここ》に活路を求めたり。我は其以前より桑苗[九]販売を以て世を渡りしが、好運一時に開け来り、買へば騰《あが》り買へば騰り、食頃《しよくけい》[一〇]にして価値倍し、月を出でずして数百金の富を挙げたり。猶《な》ほ其規模を拡めんと、活路なき丁壮を多く使ひしかば、我は村の恩人とし呼ばれ、一時に尊敬を受くる身とはなりぬ。忽《たちま》ちにして数多の競争者起りて我が利益を分たんとし、桑苗販売は他の事業を奪はずして到る処に利益を得、被雇者は子[一一]の如く来り、一村の少年は

な意味。ここでは犯罪を犯して囚われの身となった、ということ。なお順序は「紲絏」のほうが一般的。

八 三奈木地域における養蚕・製糸業は、明治五年前後に始まっている。『甘木市史』下巻によれば、同年、旧士族らによって桑苗の買い付け・栽培と座繰製糸機の導入が試みられ、その後は順調に発展し、明治十四年には製糸会社「月恒社」の創設にこぎつけている。また加藤新吉『三奈木村の生い立ち』(昭和三十三年)によれば、いちはやく上州式の養蚕・製糸を導入していた熊本の方式に学ぶべく、明治八年に三奈木の青年が熊本で研修を受け、新技術を持ち帰っている。要するに、蚕の飼育、桑の栽培、そして製糸、の三つが足並みが揃ってこそ養蚕・製糸業の発展があるわけだが、三奈木地区の場合は首尾よくそれらに成功し、養蚕村(『三奈木村の生い立ち』)として広く知られるに至った。遠縁の青年が、湖処子の上京(明治十七年)以前から「萌芽しつゝありし養蚕事業」がその後も順調に発展して「漸く永久の基礎を固めたる」と言うのも、こうした動きを背景としている。

九 養蚕、桑の栽培、製糸が主要な三本であるのに対して、桑苗の買い付けと販売は、それらに寄生するかっこうになり、生業としていかにも安易で、あやうい。「数多の競争者」がこれに殺到したというのも、それで得たあぶく銭で遊蕩にふけったり、慣れぬ米相場に手を出したり、というのも、いかにもと思われる。

一〇 食事をするくらいのわずかな時間(『大漢和辞典』)。

一一 『詩経』「大雅」「霊台」の中の「庶民子来す」から。徳のある人間の元には、民は、子が親を慕うように集まってくる、ということ。

唯《ただ》君が一家と菊屋[一]の外は、皆此の業に沈みしなり。

是等の連中に先《ま》づ来れる変化は、衣装、風俗、飲食の上にありき。一月の後村中には手巾《てぬぐい》の代りに鼻拭《はんけち》翻り、襤褸棄《すた》りて絹布輝き、笠は帽子に草鞋は皮靴に、田舎語は博多語に、泥痕は石鹸の香に代れり。幾《いくば》くもなく美味に喝せし舌は、和酒と菜根を甘とせずして、ビール以上牛肉以上を貪り、世の中陽気の歌は行《はや》り、絃鼓は彼等の坐に鳴り、田舎娘は競ふて手を渠等《かれら》に投げ、良家の諸嬢も亦《また》往々にして心を暴富の奴、塗抹の美に与へ、犬吠馬行《けんべいばかう》の墟巷《きよかう》[二]は、看《み》る看《み》る浮華の都会とならんとせしなり。

悲しき哉《かな》消ゆる燈は一たび明かに、靡《たゞ》るゝ女は先《ま》づ花さくとは、吾等の行末なりしなり。渠等の所得の労力に倍せし如く、其浪費も亦所得に倍したりしかば、頓《やが》て蚕の成熟せし頃は、宛《さなが》ら暴風後の樹木の如く、以前に倍して貧しくなりき。独り無謀の輩然るのみならず、遥かに先見あり鴻図《こうと》[三]ありと思ひたる吾等さへ亦《また》零落を免《まぬか》れで、百歳夢みぬ栄華の夢も、烟の如く消え果てぬ、君よ此世は確かに悪しく往くなり。

看よ吾等は地を払ふ風より高き喬木の如く、一時の浪費と快楽を取らで、尚《な》ほ其所有を十倍百倍せん為に、一刻千金を得ることを云ふなる博多米商会所[四]に

一　安陪光正「湖処子のえがいた三奈木風景」によれば、村の中央の「札の辻」にあった熊本大庄屋（郡内三十四村の庄屋を支配した中世以来の大庄屋）の向かいに、菊屋宗右衛門という老人の家があったという。立地場所からいってもかつては旧家であったことはまちがいない。

二　ここでは、さびれた村のこと。

三　これも中国語から。「鴻」は「大きな」というような意味なので、ここでは、壮大・遠大な計画という意味。

四　明治十六年に設立された。米穀取引を扱ったので、米相場がらみの投機も横行した。のち米穀取引所に、さらには福岡証券取引所へと改組された。

名刺を出しぬ。会所の仲間等は頻《しき》りに吾等の足下に伏し、其言ふ所皆吾等に利にして、黄金の湧くこと其口沫の飛ぶ如くなりければ、吾等は勝運を彼等に委《ゆだ》ねて、他の田舎娘とは人種異なる、而も吾等の下流者の夢にも知らざる、狭斜[五]巷の遊君を訪ひつゝ、豪奢強飲《がういん》畢生を傾くる其刻々、凱旋の福音を待ちしなり。翌朝未明より夢覚めて田舎の乳嗅児にして百戦場を経過せし老都人と戦ふことの、太《い》と無謀なることを悟りて、心底より震慄し、吾友を呼びて謀る所あらんとせしも、時早や後れて、正午全敗の報知を得て、殆んど死せんと欲せしなり。別けて痛ましかりつるは、他の友等は然らざりしも、我は我財産の倍を賭けし故《ゆゑ》に、賠償の為めに足を繋がれたれば、身を以て逃るゝことだに能《あた》はざりき、今は只《ただ》郷党の慈悲に頼る外、牢獄を避くる能《あた》はざりしかば、我は強顔《きやうがん》にも君が兄氏を初め、我が知る限りの名前に宛て、哀を乞ひて救はれ、死人の如くして帰郷せしなり。

村落は今我を棄て、冷笑と苦顔は吾耳目を潜《くゞ》りて往き、嚮《さ》きに我を恩人とせし父老も、其子弟放心の罪を我に帰したり。我猶《な》ほ之に堪ゑたるも、我を憐れむ二三の友が、悔恨、慰藉、希望を以て訪ひ来る毎に、殆んど骨の解くべき苦痛を感じき。一月余を経て、心胆漸《やうや》く回復せしを覚えければ、我は将来の生

五 遊里のこと。

活を黙思したるも、前途負債の餓鬼たるの明了なるのみ、他は皆暗黒の世界なりき。農業には我素養なく商業には我資本なし。桑苗販売は父老既《すで》に愛憎を尽くし、吾身は浮萍《うきくさ》の如くなれり。自ら謂《おも》へらく、如《し》かず吾故郷を去りて、到る所に根底を求めんには、人世百歳空中の楼閣豈《あ》に画き難からんや、重負の借金豈《あ》に返す時なからん哉と。我は此決心を以て窃《ひそか》に我を棄てざる二三の友に告げ、彼等より他の債主に語らしめたるに、渠等《かれら》は既に我より望む所なく、其の去就を自由に任すべきことを許しければ、頓《やが》て最《い》と親しき友に夜中別を叙《のべ》て、馬関‖に来しは、一昨年の暮なりしなり。

当地に於て我は辛ふじて一個の銀主[一]を看出て、種々渠が為めに尽力し、漸《やうや》く此処に立脚の地を得たり。さて半年許《ばか》りを過《すぎ》ぬる裡《うち》に、主人の愛女に恋《した》はれて、今は其家の養子となれり。然れ共此家の殖利法は、宛《あたか》も地を這ふ蚯蚓《みみず》の如く、風雲に龍驤《りゆうじやう》[二]せんと思ふ心に適せざれば、我は鬱々として日を送れる後、或《ある》機会によりて神戸の輸出商と相識り、遂に彼と特約して竹簾《たけすだれ》取次となり、大困却を以て三百金を養父に借り、大に竹簾を購求し、漸く其数に充て輸送せしに、彼は理由もなく否《ペケ》[三]を唱へたり。我は一たび驚き、二たび悲しみ、三たび怒りて、唯今は其勧解[四]中なるが、恐らく示談に付せらるべし。前夜故郷の友は他の好き

一　後援者のこと。中国ではかつては一元銀貨にみられるように貨幣は銀貨中心で、お金を銀銭と呼んだりもした。いっぽう日本では、特に上方では丁銀などの銀貨が主に貨幣として流通した。そんなところから、ここでは金持・金主ならぬ銀主となっている。

二　漢詩漢文では雄飛・立身などのたとえとして、龍が天に昇るという表現をしばしば用いる。

三　だめ、また、ばか、という意味。マレー語ペッギ pergi の訛。横浜の居留地で外国の商社との取引が破談になった時に使ったのが始まりとされる(前田勇『江戸語大辞典』昭和四十九年)。

四　もともとは和解を勧めるという意味だが、民事訴訟で裁判官が原告被告双方に和解を勧める(調停)場合にも用いるようになった。

五　徳富蘇峰はこの荒破村の部分に、イギリスの詩人ゴールドスミス(一七二八—一七七四)が農村の荒廃

商法あるべきを報じて、我が帰省を促したれば、今日此船に乗る事となりぬ。思ふに彼《かの》勧解の結局に於て、多少養父に損失を帰すべし。固《もと》より我は長く養家に留まるの覚悟なければ、遠からず神戸を蹂躙して東京に踏み出づるの決心なり。君よ我若《も》し都に上らば、多少の声援を与へられんことを、今より予《あらかじ》め頼み置くなりと。

我は沈黙して渠に聞き、慰藉を期する吾故郷の既に荒破村[五]たるを悲しみ、渠が流民たり自棄者たることを憐み、窃《ひそか》に渠が為めに落涙せしが、最後の数言は殆んど我を震慄せしめたり。我は渠が嘗《かつ》て将棊《しやうぎ》[六]と囲碁《ゐご》に、殆んど大人と対するの技量あるを見て、当時既に斯《かか》る賭博[七]生活を踏むべき事を察したりしが、今や渠が気焔は予想の外に出でしなり。所謂《いはゆる》渠が桑苗競争者とは、渠が囲碁の友にして、皆彼より技量の劣りしものなり。我は将棊囲碁が、渠等の心を放ちしを断言する能《あた》はざれども、其巧者は益《ますます》其の道路を作り、劣者は一敗して真正の活路に回《かへ》りしを見たるなり。我は渠が今転《うた》た絶望の途に向へるを嘆じ、且つ故郷に残りて病める老父と、嫁し得ざる姉妹の、如何許《いかばかり》渠が為に憂苦し居るやを思ひて、坐《そぞ》ろに悲哀の念に堪へざりし。我亦窃《ひそ》かに渠が放心を復さんとて、渠の如き人物の経過すべき荊路[八]を説きて、其道を回すべく勧めたり。然れども渠

をうたった「荒村行」(一七七〇年)のイメージを重ね合わせている(「帰省を読む」『国民之友』八十八号、明治二十三年七月十三日)。「荒村」という表現ならよく見られるが(蘇峰の場合もそうだ)、「荒破」は「天荒破」(『佩文韻府』など)とは言っても、「荒破村」とはふつう言わない。「荒村」に「破」を加えることで荒廃ぶりを強調しようとした表現か。

六 安陪光正編の『三奈木村史資料』第三巻(昭和五十五年)に紹介された古老の思い出のなかに、「三奈木の娯楽」なる一文があり、かつてどんな娯楽が流行していたかが一覧表で示されている。それによると、勝ち負けを決するものとしては、カルタ、将棋、トランプ、碁、花札の順であり、演奏するものとしては、ハーモニカ、三味線、(蓄音機)、太鼓、大正琴、尺八、明笛、などとなっている。遠縁の青年の場合はこれより時代が少しさかのぼるが、将棋と囲碁が主要な娯楽であることに大して変わりはなさそうだ。

七 江戸期より博打のたぐいは、公的にもしばしば戒めの対象となっていた。『甘木市史』上巻が紹介する、文化年間(十九世紀初頭)の秋月藩による農民への注意でも、キリスト教の禁止、違法な場所での耕作の禁止、などと並んで、博打の禁止があげられている。また博打にかかわった者が、盗みと同様に追放になったりもしている。このように近世における農民を始めとする庶民への統制は、それから間がない明治前半期には特に、よくも悪くも、人々の行動や発想を根底から律していたと考えられる。ここでの「賭博」への嫌悪や忌避の背後にもそうした事情をうかがうことができる。

八 いばらの道、転じて困難のこと。

は唯《ただ》答へり、辱《かたじけ》なき君の忠告を謝す、然れども破れし胆は又た縫ふべからずと、我は又其父の起居如何を問ひしに、渠《かれ》は左程に痛む色もなく、然り父の病も久しきものなるが、我は其を姉と妹の手に渡し置きたり。此度《このたび》は急く旅なれど、一夜は父が側に寝食すべしと答へしのみ。

我は最早《もはや》問ふこと能《あた》はざりき、思ふに渠が良心の破綻は、吾針の力に余りしなり、渠は[一]反哺《はんぽ》の孝を知ること烏よりも勝りながら、遂に斯《かか》る語をなすものは、此語の外に詮術《せんすべ》なく、其道の外に一活路もなければなるべし。然れども渠も猶《な》ほ未だ人情を失はざればこそ、女性に愛せられしものならば、若《も》し好運渠に回り来りて、渠を凡《すべ》ての義務より解かん日には、渠も旧路に還るべし。去れば我も亦《また》渠に対する[二]杞憂を棄てゝ、故郷の友とし相語り、名に負ふ玄海灘の怒濤、船の動揺するにも拘《かかは》らず、我は東京なる問題の下に、我が経過したる東京生活の物語りを以て彼の好奇心に饗応しつゝ、我が向く方に落日を送り、日暮て博多港《はかたのみなと》に着きたり。

今宵は吾[三]帰旅第四夕の月夜にして、其の弦形は吾快心のごとく夜毎に盈《み》ちて見えしなり。彼《かの》遥かなる海城を眺めば、宛《さな》がら神戸の夜に似たるも、[四]我は多年福岡、博多の間に流寓せし故《ゆゑ》に、遊跡も亦甚《はなは》だ多く、見ゆる凡《すべ》ては旧知己の

一 烏の子が成長後、親烏に餌をくわえ与えて養育の恩に報いること。転じて親を養い親孝行すること(『故事・俗信　ことわざ大辞典』小学館、一九八二年)。
二 天が崩れ落ちないかと心配した『列子』中の故事による。取り越し苦労のこと(『故事・俗信　ことわざ大辞典』)。
三 八月三日の昼に横浜を船出し、翌四日夕方に神戸から博多行きの船に乗り、五日朝に多度津、そこから周防灘に出、さらにそこから半日かけておそらく翌六日朝に下関に到着している。したがって博多に着いたのは六日の夕方で、三日の夕方から数えて四番目の夕方ということになる。
四 湖処子は明治十年に福岡県立中学校に入学、明治十四年に卒業までの四年間を福岡で過ごしている。博多は隣接する商業地区で、こんなところからも湖処子が人並みに青春時代を謳歌したことがうかがえる。
五 現・福岡県太宰府市にある山。八六九メートル。
六 現・福岡市早良区にある山。五九七メートル。
七 現・福岡市西区にある小丘。六八メートル。
八 現・福岡県新宮町と福岡市東区の境界にある山。三六七メートル。

看をなしたりき。其正面に遠く横《よこた》ふ宝満山[五]は、故郷と福岡との通路にして、我は屢《しばしば》其の丘谷を迂回したりき、明日も亦《また》経ぬべくあるなり。其右に立つ油《あぶら》山《やま》[六]、尚《な》ほ其右なる愛宕山[七]は、嘗《かつ》て吾党の放浪せし所、遥か左方の立花山[八]は、小早川隆景の城趾にして、我屢《しばしば》此処に遠足し、東公園なる函崎[九]松原、西公園なる荒戸《あらと》[一〇]の小丘にも、我は日夕行吟したりし。波に走れる月影には、脈々たる水鱗も顕はれ、静かに聞ゆる柔櫓には、軋々[一一]として艀《はしけ》来りぬ。乗客三分の二は此処にて下り、吐かるゝ如く艀に移れり。船子と乗客の会釈を聞けば、早久しく忘れし博多語なり。船は颺々《やうやう》[一二]として軽く挙り、風飄々として衣を吹く。帰去来《かへり》ぬれば斯ばかりゆかしき波止場《はとば》なるを、怨むらくは旬日の後、再び上京の船の漕がるべきことを、折角の帰省に今少し滞在の時間もがな。船岸に着きて客は思ひ思ひに四散しぬ。回顧すれば我が来し方は、渺茫たる煙波万頃《ばんけい》、天朗かに風涼しきぞ、正しく晴るゝ明日の天気の予報なりける。

吾等が着きし宿は我が好みに従ひ、上京の折に一夜を寄せたる其汽船問屋なりき。此宿の主人は早や我を忘れ、僕婢等は幾度か新たまり、唯《ただ》吾等の室のみ古びたる吾室にして、宮野[一三]なる吾少兄は、故郷より此処まで我を送り、今吾友とある如く、此室に寐《いね》しなり。想ひ起せば当時未だ見ぬ東京に未来の空念と大

九 箱崎。現・福岡市東区。
一〇 現・福岡市中央区にあった。四八・七メートル。
一一 底本及び十五版では「軌々」、六版では「軏々」となっている。本来、櫓のきしる音を意味するのは「軋々」だが、これだと読みが「あつあつ」となってしまう。ところでこれと同じような表現が四三三頁にあり、そこでは右の三つのテキストがいずれも「軏々」となっており、しかもここには「キーキー」という振り仮名も振られている。これらを総合して考えると、どちらの場合も優先すべきは「キーキー」という音のほうであって、そこに「軌」なり「軏」の字があてられたと受け取るべきではないか。なお「軏」には「き」の音は一般の辞書の上では存在しないが、「几」は多く「き」と発音されるので、右のように考えても不自然はない。ここでは四三三頁の表記をも勘案して、六版の「軏」を採ることにする。ちなみに湖処子のエッセイ「此家」(『国民之友』六十三号、明治二十二年九月二十二日)には、門扉のきしる音を「軋々（キーキー）」と表現した例がある。
一二 第二「帰郷」の冒頭に引かれていた「帰去来辞」の最初の二文を踏まえる。
一三 上座郡宮野村(現・朝倉町。↓五三〇、五三一頁付図一、二)の服部家の婿養子となった次兄の元吉のこと。このあとの叙述をみると、元吉の見送りが単に惜別の情からではなく、むしろ、服部家の末娘との結婚を懇願するためであったことが分かる。かつては見送りの人たちが、あるところまでは同行してそこで宴をひらき、旅の無事を祈る習慣があった。ここでは、半日から一日はかかる博多まで来たというのだから、肉親とはいえ、懇切丁寧な見送り方であったと言える。

望を懸け、我来り[一]、我見、我勝つ為めに往くものゝ如く、我生活を画きつゝ、頓《やが》て吾妻なる疑問に来りし時、我は都に女王の如き婦人を吾前に跪《ひざまづ》かしめんことを期しければ、吾妹を取れと云ふ兄の語に冷《つめ》たく答へて、唯《ただ》其人の眼病[二]の速《すみやか》に癒へんことを祈るのみと云ひ置きたり。今や天地一転して、首府の独居、春花秋月、折々懐かしく思出《おもひいづ》るものは、此の冷《つめ》たく答へし少女の容貌なりしなり。今宵此懐旧の処に来り、故郷も亦《また》明日に到るべき時に当りて、眠らぬ眼に楽しく見ゆるは、此冷《つめ》たく答へし少女の容貌なりしなり。我は何気なきが如く、吾友に宮野の妹の如何を問ひしに、渠《かれ》は云へり、我は久しく故郷に在らねば、今其人の如何を知らねども、彼家《かの》にては只管《ひたすら》君の帰省を待ちたるが如く、君の親戚及び吾父の意も、亦窃《ひそ》かに彼人を君に当てたるものゝ如しと。我は唯《ただ》左右の間に語を置きて、方寸を蔵《かく》したるも、渠が此機に乗じて語り出でたる、吾恋人と其家に関する長々しき冗談[三]をも、喜び聞かざる能《あた》はざりき。

第五日の朝未明《まだき》、吾等は北方[四]故郷に車[五]を駈せたり。十里の煙火、長亭短駅[六]、白雲青山、平野長流、皆是れ旧時の観を以て、我等を迎へて又送れり。

さて吾村まで唯一里なる甘木《あまぎ》の村に着きし時、日は漸《やうや》く正午なりき。吾情の急くほど輪の旋《めぐり》は弛みて覚えぬ。吾友は云へり、突如たる君が帰省の驚かれん

一　シーザーがシリア・小アジアでの戦闘で敵をうち破ったことを友人に報告した「世界最小の手紙」の「来た、見た、勝った」を踏まえている（松村友視「『帰省』論――創出されるユートピア」『藝文研究』七十七、一九九九年十二月）。なおシーザーのこのエピソードは、プルタルコスの『プルタルコス英雄伝』等によってこの頃も広く知られていた。

二　糸左近『家庭医学』（明治四十四年）の掲げる当時の主なる眼病は、トラホーム、結膜炎、夜盲、昼盲、角膜軟化症など。しかし「内科や皮膚科の疾病は中等の教育を受けた人には救急的の素人療法を施さるゝのが多けれど、眼科の疾病に至つては、大抵手術を要するのみならず、薬品に至つては其の点眼法や塗擦法等を誤まると非常な危険があるから以下説く所の療法も唯医学の知識を養ふ為に読み其の実行は専門医に就かれたい」とあるように、眼病は意外に深刻なケースが多く、にもかかわらず概してそうは受け止められにくく、一般認識とのギャップが大きかったようだ。

三　いわゆる「冗談」の意味ではなく、ここでは余計な、無駄な、というような意味。

四　三奈木は博多の北方ではなく東南にあることから、〈笹淵注〉は「東方の誤植か」としているが、実際には東南であるし、「東方故郷に」という言い方にも疑問が残る。ここでは「北」「方」の崩し字と類似しているという理由から、「わ」「か」（＝「わが」）を「北」「方」と誤植したのではないかとの仮説を提出しておきたい。ただし断言はできないので、本文はそのままとする。

五　博多から甘木、三奈木方面に行くには、明治二十二年十二月の鉄道開通以降は、鉄道で二日市まで行き、そこから、乗り合い馬車に乗り換

より、君は暫らく此処に午餉《ひるげ》し、其暇に我は君が帰省の先容《さきぶれ》[七]たらんと。我は此工夫の甚《(はなは)》だ[八]愚痴且つ無用なるを思ひたるも、渠は我に勝《(ま)》される故郷学者なりければ、我は曲げて渠に聴き、一茶店に休む間に渠は意の如く我を残しぬ。

此処に費せし時刻は、宛《(あたか)》も我生命の縮まるが如く、拾ひ数へて三十分を過ぎたり。斯《(かく)》て我は車に上れり。車夫は猶《(なほ)》食後の吹煙を取れり、而《(しか)》る後《(のち)》芒鞋《(わらぢ)》を代へ店主に辞して、而る後拭きたる後の顔を拭き、其手巾《(てぬぐひ)》を頭に結び、而る後轅《(ながえ)》を取れり、輪は旋り初めぬ。帆扇骨[九]の牽攣《(けんれん)》は一種の電気の如く吾心に響き、花婿の室に入る花嫁の如く、血の環《めぐり》は太と忙《(い)》はしく、胸はそゞろに熱病の脈の如く騒ぎたり。過去も未来も現在に合ひ、遠くも近くも目前に浮び、故郷に於る死者と生者、勁敵《(けいてき)》と旧友、危難と幸福等の追念及び予定は一大連鎖の上に観ぜられぬ。実《(げ)》に吾心は千万事を思ひたるも一事をも覚えざりしなり。

ア丶嬉《うれ》し、今よ故郷は吾目に見えたり。車輪村の端に上ぼりし時は、我思はずも車を飛び下りて其路艸に接吻したり。実《まこと》や此処に我は故郷の我たりき。其一杯の土も我為に尼丘《(ちきう)》[一〇]。錫倫《(セイロン)》[一一]。ベッレヘム[一二]とも思はれて、是より相遇ふべき顔は皆な我と言語同じかりし故人[一三]なり。懐《なつ》かしき地よ。床《ゆか》しき友よ。我は寧《(むし)》ろ錦を衣て夜帰らんも、敢《(あへ)》て車上より故郷と故人に対するに忍びざりき。吾願は

えるか(明治十三年ころ開通)、人力車を利用するのが一般的な行き方。これでだいたい、朝早く出ると夕方には着いたという(加藤新吉『三奈木村の生い立ち』)。『甘木市史』下巻によると、甘木から二日市までの馬車は所要時間自体は三時間ほどだったが、「途中石櫃で休憩し、茶屋に寄って旅客も御者もゆっくりするので」甘木・二日市間を日帰りするのは無理だったという。さてそこで『帰省』だが、明治二十三年六月刊行のこの本の冒頭に「亦七月十七日となりぬ」とあり、さらに先を読み進めば筑後川洪水や熊本地震も出てくるので(第二「帰郷」)、湖処子の作家情報に通じていなくとも、作中時期は明らかに鉄道未開通の時代。しかし、二日市から甘木までの乗り合い馬車は十年近く前に開通していたので、人力車は博多から二日市までとし、その先は馬車利用も可能だった。それをここでは博多から人力車で三奈木まで直行したことで、所要時間は半日に縮まったものの、経費は相応にかかったと思われる。『甘木市史』下巻に紹介された値段のデータは不十分なものだが、明治四十年時点で三奈木・二日市間の人力車料金が八十五銭、他方それより一里短い甘木・二日市間の馬車料金は三十銭、というから、単純化すれば、人力車のほうが倍かかることになる。とすれば、倍かけても帰郷を急ぐ主人公像、あるいはそれが彼には経済的に可能だった、等々のことがここからはうかがえる。→五三〇、五三一頁付図一、二。 六 大小の宿場町。
七 第六版では「其暇に我を君が帰省に先立たゝしめよと。」とある。「先容」は人をとりもつために、あらかじめ褒めるという意味の中国語。それと、わかりやすい日本語の振り仮名とを組み合わせた。

東京の客にも都人にもあらで、故郷の我として帰省し、唯々《ただただ》年長《た》けたる我として接待せられんことにありき。我は今始めて極楽に入るもの丶ごとく、唯満悦と熱情と軽快なる恐怖、及び縮め得ざる笑顔を抱きて往きつ丶、遥かに吾前路に立ち向ひたる、十人許《ばかり》の一群の中央なる大人より左右に開きて小児なるを認めたり。我は何故と自ら問ひつ丶屢々《しばしば》回顧したるも、我より外に来る人も見えざりければ、我は早くも渠等《かれら》を歓迎者なりと思ひたり。其群の加はるほどに、吾笑顔も亦《また》満ちたり。尚《な》ほ近く歩む程に、渠等は我方を諦視しつ丶、忽《たちま》ち一大喝采を揚げ、我も亦《また》自から忘れて飛び立ちたり。渠等は今互に私語し初め、前後に動き、忽ち又喝采を揚げたり。此時我は渠等の視線少しく我に反《そ》げしを認めぬ。果《はた》せる哉《かな》路傍の圃に取乱したる馬蹄の音聞へ、馬上の影も見えたり。然り渠等の諦視も喝采も、私語も回顧も、我が為ならで、農僮午餉《ひるげ》後の競馬にありしなり。去れども我は失望する所なかりき。我は聞きぬ。一アメリカ探鑿《たんさく》の船も、亦陸を見る迄は雲のみ見たりと。

二村の門は太《い》と快よく我を迎へぬ。其は路の両端より老ひ立ちたる楡樹にして、茂れる枝は双方より我頭上に結ばりぬ。辺《あたり》を青めし其緑色は、直下の樹陰の涼味を加へ、其真上に当りて密樹の間より窺《のぞ》く日影は、宛《あたか》も散れる落葉の如く、

八 いわゆる愚痴でなく、愚でかつ痴ということ。
九 未詳だが、人力車の車輪が回転するさまを、扇のようにまた帆のようにたとえたか。牽攣はひっぱること、ひっぱられること。
一〇 孔子生誕の地とされる山。中国・山東省曲阜の近くにある。
一一 セイロン島のこと。現在のスリランカ。島内にあるアダムズ峰は仏教、ヒンドゥー教、キリスト教、イスラム教いずれの教徒にとっても聖地で、頂上にはそれぞれにゆかりの聖者の足跡があるとの信仰がある。
一二 キリスト生誕の地。現ヨルダン領内。
一三 死者の意味ではなく、ここでは、もとの、とか、古い、昔の、知り合いの意味。

以上三六一頁

一 コロンブスのアメリカ大陸発見の折のエピソード。
二 あとのほうで「天然の凱旋門」にも喩えられるここでの門は、道をおおうように繋った「路の両端より老ひ立ちたる楡樹」のことだが、三奈木村には実際にも「惣門」と呼ばれた門があった。「村ノ西南五町ニアリ。美奈宜神社外門ノアリシ所ト云。（彦山ノ惣門アリシ所ト云説アレドモ非ナリ。）毎年九月朔日ニハ。注連下ト号シテ。此所ニモ。注連ヲ張ル。平石一個立テリ。里民ハ。不動石ト云」（『福岡県地理全誌』九十一）。『朝倉風土記』（昭和三十九年）が紹介する『筑前国続風土記付録』、『筑前国続風土記拾遺』にも、ほぼ同様の記述がある。なお〈笹淵注〉は、「寒地の落葉喬木」である楡がここに登場することに疑問を呈しており、『甘木市史』上巻によってこのあたりの植生を確かめてみても、確かに、多く見られたのは、ブナ、シイ、カエデ、カシ、そしてツゲなどであって、ニレは見出すことが

片々地上に黄布しつつ、唯遮《ただ》り浮べる塵のみ其射線を顕《あらは》したり。其根は拡がりて章魚《たこ》の足の如く、而《しか》も上なる枝より大なるものありき。其盤根は昔より村児の椅子、老人の曲椂《きよくろく》[三]、旅客の休床なりしが為め、孰《いづ》れも皮なくなりて老いしが、今も尚ほ変ることあらず。思ひ回せば、吾父も朝夕是《ここ》に佇《たゝず》み、帰る其子を待ちたりしならん。嗚呼《ああ》天は吾父を速めたり。然らずんば我を後れしめたり。然れ共天は猶《なほ》我に此天然の凱旋門を残し、我をして満腔の意気を以て此処を過ぎしめたり。

抑《そもそ》も吾村に於ける暑期の日中は、宛《さな》がら中夜の静粛なるが如きものなりき。直射する日影は蔭を容れず、風は樹間に死して枝葉萎み、蟬は其音を休み、墟《きよ》巷《かう》の声は止み、吾村民なる農夫は午餉《ひるげ》の後仮睡《のちうすひ》[四]に沈むこととなるが、今日も亦《また》其一日なりき。然れども此時偶々《たまたま》外出せんとして、端《はし》なくも我を見、顔色変へて挨拶するあり。遽《にはか》に潜み隠るゝあり、我を目迎ひて目送るもの、我を忘れて頻《しき》りに追念して見ゆるものもありしなり。門より五十歩 街の曲処に当る酒店に、見よ吾旧友たる農夫、職工、猶ほ馬丁すらも、皆洗濯衣を装ひつゝ、先に帰りし吾友と共に吾前に喝采を挙げたり。我は凱旋歌に浮かされて、一巨人の如く闊歩しつゝ旧友に接したり。渠等は宛《さ》も後るれば罪あるものゝ如く、一個一個《ひとり〳〵》

できない。あるいは「楊」など同じ木偏の文字の誤植かもしれない。

三 僧が用いる椅子。背もたれや肘掛を丸く作ってある。ここでは村の門のように道の両端から生えている楡の木の根元が、老人に椅子代わりに利用されていたということ。

曲椂
（『日本百科大辞典』）

四 『大漢和辞典』には「仮臥」「仮寝」「仮寐」があげられているが（日本語の訓としてはいずれも「うたたね」）、それと同義。農作業に従事する人々が昼食後仮眠するのは、近年まで広く見られた習慣。

に強ひ違へたる挨拶[一]を以て、前後より吾答礼を囲みしなり。我は此多数の衛星[二]に従はれて吾家に入りぬ。戸前には居合《ゐあは》せたる家族近処の老幼も立列びて吾を迎へ、吾最愛なる母すら、堂[三]を下りて相待ちしなり。我は先《ま》づ吾母の前に跪《ひざまづ》きつゝ、

「母上よ只今」とて、目を拭き顔を揚げたる時、母の笑顔にも涙ありき。母は猶《な》ほ瞬きつゝ、「ヲ、卿《おんみ》が帰りの遅ければ、如何にやと案じて居りし」と云ひし其の顔も声も、早や太《い》と老いて見えぬ。ア、我は殆んど昼夜兼程[四]してこの上もなき急旅《はやたび》と思ひたるも猶《な》ほ母の胸の急きに後れぬ、悔ゆらくは、斯ばかり我を喜び遅《ま》つ母のあるに、何故久しく帰省せざりし乎、何故屢々《しばしば》帰省せざりし乎。

吾母は他の涙を以て言へり、「卿は今見識らぬ程に痩せたり。東京とは斯ばかり苦しき所なるか」、「決して左様に候はず」と、我が膨れし胸に斯く答へしのみ、後は言葉もなかりしなり。一同は玄関より奥に入りて座に直れり。見れば平常夢みし郷党よりも、忘れ居りし故人こそ多かりけれ。

「兄上よ漸《やうや》く只今帰参致しぬ」。

「ヲ、善く帰りし。日中の旅、疲れてあるべし、先《ま》づ何をも後に回して休息

一　底本及び十五版では「拶挨」だが、六版に基づき、このように改めた。

二　彗星出現に関するニュースや、彗星と他の星との衝突の噂などが頻発したことからもわかるように、この頃の人々の天体や星への関心は旺盛だった。木星や土星などの惑星が衛星を有することもガリレイの頃から知られており、そんな意外な天体熱の一端がうかがわれる個所。

三　中国語で、母屋、表座敷、さらにはもっと広く家そのものを指すこともある。このあたり、「二巨人」とか「衛星」、「堂を下りて」など、凝った表現が多い。「堂を下りて」が中国語的表現であるのは動かないが、「二巨人」の場合はいささか欧文がかった表現、「衛星」の場合は時事性と関連する表現、と整理することも可能かもしれない。いずれにしても、単純に中国語的表現一辺倒というわけではないことだけは、確認できる。

四　一日で二日の道程を行く、すなわち二倍の早さで先を急ぐこと。「昼夜兼行」も同じ意味。どちらも中国語から来ている。

すべし」と。

神に謝す、此慈愛なる吾兄を見るは、猶ほ吾父を見るが如くなり。実に此人あればこそ、我も吾家に心安かれ。

「兄嫂《あによめ》よ如何許《いかばかり》御世話を懸けぬ」

「否何事も行届かぬ儘。卿《おんみ》こそ彼処にありて何角《なにかと》[五]不自由に在《おは》せしならん」。

「弟よ久し振にて」

「健《さかし》くは帰られしよ、何時《いつ》も帰省の手紙[六]のみなれば、今回も亦《また》手紙ばかりと思ひしに」。

「平助よ今年も吾家の為に骨折らるゝにや」。

「老いて役には立たねども、頼むは兄君の情《なさけ》なり。郎君に別れて早や五年
——然り今年は早や六年目。思へば眠る一夜の如し」。

此時両妹は吾浴湯を取り、今吾前に低頭して辞を揃へ、

「兄上帰りませしよな」と、挨拶したり。過ぎゆくものに、月日ぞとは、両妹の顔見て知れぬ。長妹は今好き花嫁の頃となり、少妹も早や乙女の数に上ぼりしなり。

我は今吾幼弟が他の室より恥《はづ》かし気《げ》に我を眺めつゝ、又吾眼線を避くるを認

五 現代言語セミナー編『遊字典』(一九八四年)に、徳冨蘆花の『思出の記』に「何角(なにか)と」という用例があることが紹介されている。

六 郵便制度の発足は明治四年。当初は東京から長崎まで八日間要したという(『甘木市史』下巻)。明治六年には甘木に取扱所ができ、明治十五年には甘木郵便局分局が三奈木にできたが、十九年には郵便受取所に、二十二年には切手売捌所に格下げされた。ちなみに甘木郵便局の明治二十年における郵便引き受け数は四万九千通余り、配達数は六万五千通あまりだった。他地域からのそれが一万五千通ほど上回っていることになる。故郷からよりも故郷に向けての発信のほうが多いことの表れか。

めたり。郷《さき》に吾家に入りし時、吾後に従ひたる多くの童子ありしが、今其三個は吾母の膝に纏《まと》はるを見て、吾家の孫児なるを知り、且つ其幼弟が隠れし室にも、他の稚児《ちご》あるを認めし時に、我は驚きて吾兄の果実に富めるを祝ひたり。農家豊年の収穫は堂上にも登るものにや。祖母の傍に坐しつゝ終始優しく笑みける長姪を、我は殆んど忘れてありし。其懐《そのふところ》に抱かれて汁なき乳房を呑みつゝ、時々我を眺むる幼姪は、始めて我に顔見するものにて、其余れる膝に顔を伏しつゝ寄り纏ひしは、吾首途《かどで》の時に胎内にありける吾家未来の幼主人なりき。吾母は頻《しき》りに笑みて渠《かれ》を揺り起せり。

「起きよ起きよ、起きて見よ、児は毎日東京の叔父……と待ちしならずや、起きよ、東京の叔父帰りぬ。イザ起きて善く来ませしと挨拶せよ、イザ、イザ……」

渠は唯嘻々《きゝ》と笑声を発しつゝ益《ますます》固く祖母の膝を抱きて頭《つむり》振れり、我はその頑是《ぐわんぜ》なきを愛《め》で、取あへず馬関にて求めし頭大の夏蜜柑を取り出で、優しく渠を呼びたるに、渠は漸《やうや》くに起きて之を受け、再び感謝の頭を畳に付けて得も揚げず、猶《な》ほ嘻々と叫びたる其素振《そぶり》の愛らしかりしことよ。

斯《かく》て幼妹は湯の冷へぬ間に浴すべきを告げ、我は直ちに立ち出でぬ。此の間

一 子供に恵まれたことを豊年、豊作にたとえ、それを、堂上に上る＝昇殿を許される、ほどに名誉で、誇らしく、喜ぶべきことと称えている。

二 新しいニュース。「聞」は中国語で「消息」、「うわさ」、「はなし」といったような意味。「聞」に限らないが、『帰省』中の中国語に起源を持つ言葉を、すでに日本語化された外来語として見るか、日本語としては未だ熟さない原語の借用と見るか、判断がつかないことも少なくない。

三 中国語ではふつう「郷談」という言葉が土地言葉を意味する。

四 〈笹淵注〉は（「故旧」だけでなく）「知音」も親

に吾帰省の新聞[二]は流布せられ、吾家に誘ひ来る足音と、呵々たる口上は、掌に取る如く浴室に聞ゑたり。我が忘れ尽せし郷語[三]は、今や耳新しき天上の音楽に似て、故旧の知音《ちいん》[四]は天使の言葉の如くなりき。我は雑出する挨拶にて、先《ま》づ其人を想定せしなり。更衣の室より偸視《とうし》すれば、早や来客は玄関に充てり。評判の落語家も、隠れなき茶飲者も、今一休と称する頓知家も、市場[五]の関取も、武骨なる無芸者も、我が入来に改まるだけ容を改め、最も厳格なる訛音を以て、鄭重に祝辞を叙べたり。打ち解けたる吾語尾によりて、先づ落語家、頓智家は一語一語に真相を呈し、茶飲家は時々薬缶の吹く厨《くりや》の方に向ひ、関取と無芸者は我等の会話の句読として、渠等が交際の唯一の秘訣なる、頓笑[六]を投げつゝ、楽曲中の太鼓若《も》しくは拍子木の如く調子合せぬ。此等の来賓が新陳代謝する間に、吾村の聖彼得《セントピーター》[七]寺院なる清岩寺[八]の、絶へて久しき入相《いりあひ》[九]の鐘聞えたり。

応接の間、吾母の視線は始終吾顔に向き、我が顰《ひそ》むときに顰《ひそ》み、我が笑ふ時に笑ひつゝ、凡《すべ》ての聴者の裡、吾母は最も忠実なる聴者なりき。母は我が疲労を想ひ、小休《さや》みなき訪問より我を救はんとて、晩餐後直ちに設けある臥床を告げたり。動くは命の我が為には、車上の半日と坐上の半日は、痛く我が生気を弛めければ、明朝こそと思へる宅後の散歩を、一時も猶予する能《あた》はざりき。今

友、知りあいの意味であるが、この場合は昔なじみの聞きなれた言葉の意」と、「知音」の意味は無視して前後のつながりを優先させてしまっているが、ここでは崩し字を誤読・誤植した可能性を指摘しておきたい。すなわち「聲」の崩し字の上と下を、それぞれ「知」、「音」と誤読した可能性がある。ただし、あくまでも一つの憶測に過ぎないので本文はそのままにしておく。

五 人の集まる市や祭礼の素人相撲大会で活躍する剛の者などを指すか。

六 突然笑い声をあげること。

七 「セントペテロ寺(St. Peter's Cathedral)」(『日本家庭大百科字彙』冨山房、昭和三年)のことか。ローマにあるカトリック教の大本山。使徒ペテロの遺骨を納めたのでこの名がある(同前)。

八 曹洞宗の寺院。この地域の人々の望郷心の核のひとつとなったのがこの清岩寺(の鐘の音)だった。湖処子は「村落小記」のなかで、清岩寺の過去と今とを詳しく述べたうえで、他郷にいると清岩寺の鐘声が懐かしくてならないという意味のことを述べている。加藤新吉『三奈木村の生い立ち』によれば、清岩寺の時計は村人たちが明治初年に寄付したものだったという。「村の人達が金を出し合って、舶来の柱時計を清岩寺に寄進した。清岩寺ではそれによってあけの鐘、ひるの鐘、くれの鐘をついて、村人に正しい時刻を知らせた。この三度の鐘は昭和十七年、鐘が戦争物資として徴発されるまで、六十年以上も続いた」。

九 『三奈木村の生い立ち』にいう「くれの鐘」のこと。「絶えて久しき」というのは、長い間故郷を留守にした主人公にとって久しぶり、ということだろう。

宵は陰暦の十三夜[一]、早や望月近き頃なれば、夕刻よりの一輪は、三竿まで立ち昇り、微茫たる青野に燈《とも》れぬ。此淡遠なる景色に対しては、嚮《（さき）》に海上の月夜に笛吹き過ぎし遠州灘の、髣髴たる活画を追懐せざる能《（あた）》はざりき。既に又家に帰り、此静着なる臥戸[二]に入りて、我は熟々《（つらつら）》独語したり。「首府に醒めて孤村に眠る、吾身は如何に蛍に似たる。三百の路五日に帰る。吾旅如何に飛鳥に似たる」と。又曰く「東京には磯の真砂《まさご》、故郷には家の基礎《いしずへ》、時の間に張る吾名こそ、宛《さな》がら預言者ヨナ[三]の瓢《ふくべ》」と。

一　陰暦の十三夜は盆の真っ盛りの時期である。盆行事をめぐる習俗については『甘木市史』下巻が詳しいが、七夕節句とも重なる陰暦七月七日の七日盆を盆の入りとして、盆の十三日が迎え火、十四、十五日が盆礼、そして二十日がしまい盆、というのが盆行事の平均的な流れだった。『帰省』ではこの到着の日が「陰暦の十三夜」の「精霊さん迎え」(『甘木市史』下巻)の日であったわけだが、そのわりには、寺へのお迎え、家での迎え火、そして仏壇の飾り付け、等々といったせわしない雰囲気が感じられない。加藤新吉『三奈木村の生い立ち』によれば「大正の末年まで太陽暦の正月を祝う農家は殆んどなかった」というから、当然、盆も旧暦でおこなわれているはずであり、この「空白」は興味深い。しかも、この迎え火の夜だけでなく、盆行事のいっさいが「削除」されている気配なのである。わずかに露頭しているのは、第八「追懐」の章で父の一周忌の墓参りに行った際、盆の名残りのしおれた献花が見られたというくだりのみである。↓補二。

二　臥所(寝床)に同じ。

三　ヨナは『旧約聖書』「ヨナ書」の主人公の予言者の名。神に逆らい大魚の腹中で三昼夜を過ごすなどの体験をする。ここでいう「ヨナの瓢」は、神がヨナを諭すために、一夜のうちに唐胡麻の木を茂らせ、また一夜のうちに枯れさせたエピソードを踏まえている。「ヨナ海に投げ入れらる、大魚の呑むところとなりて三昼夜魚腹に在りしが陸に吐き出ださる、終にニヌアに行き悔改を促せしに、大都の民悔改めたり、ヨナは却て不満なりしを、神大瓢の奇跡を以てこれを諭すことを記す。こは史的事実にあらざるべしと雖も、旧約聖書の最高思想を示せり」(『日本百

第三　吾　郷

四野－外ハ罕《ま》レナリ二人－事一、　窮－巷ハ寡シ二五輪《りん》－奐《くわん》一、
白－日ニ掩ヒ二六柴－扉ヲ一、　虚－室ニ絶ツ二塵－想ヲ一。
時ニ復タ墟－曲ノ中ニ、　披《ひらき》テレ艸ヲ共ニ来－往ス、
相－見テ無シ二雑－言一、　只ダ道《い》フ桑－麻長ズト。
桑－麻日ニ既ニ長ジ、　我ガ土日ニ既ニ広シ、
常ニ恐ル雪－霰至リテ、　漂－落シテ同カランコトヲ二艸－莽ニ一。

……………………陶淵明帰二田園居一

斯《か》くて翌朝疾《と》く起きて前夜の路に馳せ出づれば、七弦月形に吾村を懐きし大仏《だいぶつ》、鬼城《おにがぜう》、片峰《かたみね》、小隈《こくま》等、北の方なる一百峰、依然たる旧容は、猶《な》ほ朝日の影の幕に眠り、曖々《あいあい》たる清岩寺は暁鐘を打ち初めたり。今は唯《ただ》其太陽直下の顚《いただき》にのみ、眼の華に似たる空焰《かすみ》残りき。諸山の暁色に夜は明けて、一百峰に磨《みが》くが如く八孱顔《せんがん》を顕し、炊烟深処に認むる山村、野水、縦横したる曲処に見ゆる水郭、長堤、之を聯《つら》ぬる暁《よあけ》の露、平野に溢《あふ》るゝ秋色は、満眼故郷の九幻姿なりけり。一〇

南の方に屏風張りける屏風山は、他の支脈もあらず、他の支脈にもあらで、

科大辞典』）。唐胡麻は中国名・蓖麻（ひま＝種子がひまし油の原料となる）だが、「瓢」とも受け取られていたことが『日本百科大辞典』の記述からわかる。ここでは、東京での自分と故郷での自分の待遇のあまりの違いを、唐胡麻の急変ぶりになぞらえている。

四 陶淵明の五言詩「帰園田居五首」（園田の居に帰る五首）其二の全部。ここでは田舎のひっそりとした人間関係と、雪と霰による作物被害のおそれとを詠んでいるので、そのあとの小説本文とのつながりは必ずしもうまくはいっていない。なお、流布している原詩では「雪」は「霜」であり、次句の「漂落」は「零落」である。

五 ここでの「輪奐」をそのまま受け取ると、貧しい町には壮大美麗な建物は見られない、ということ。ただし、流布している原詩では「輪鞅」であり、その場合は、訪ね来る馬車もなく、となる。意味は通るので、ここではあえて改めずにおいた。

六 流布している原詩では「荊扉」だが、意味はどちらも「柴の門」なので、改めずにおいた。

七 安陪光正「湖処子のえがいた三奈木風景」は、湖処子の生家は「現在古賀禎次郎氏の玄関先一帯に、小川に沿って建っていたというが、私はよく覚えていない」としつつも、そこから見渡せる風景について回想をめぐらしている。→補三。

八 山が高くけわしいさま。

九 底本及び十五版では「故鄕」だが、六版に基づき、このように改めた。

一〇 ここでは実景を見ているはずなので「幻姿」というのは奇妙にも思えるが、おそらく東京において夢にまで見たその風景がいまここにある、とでもいうような意味か。

唯《ただ》平野と天末の中間なる一幅の堆雲なり。其距離と眺望の適当なるとは、能《よ》く天気の変化を山色に示し、凡《すべ》て此小世界に空《そら》の革命ある毎に、先《ま》づ若干《そくばく》の異状を其遠観《とほみ》に示《しめ》しぬ、されば渠《かれ》は太古より此村の天気予報の名あり。今猶《な》ほ村婦の為に好晴雨計とし眺められぬ。渠は時に岩の如き玄雲を載せて近づく夕立を告げ、晴天にも一抹の暗粉を帯びて、後刻の曇りを予言せり。秋の薄暮に夕紅《ゆうやけ》を投ぐるか、若《もし》くは乾ける積翠、蒸されし紫嵐[一]を浮む時は、其明日は常に晴たり。若《も》し其屏風の一方に異状なくして、他の一方急に暗くなる時は、鳥は遠近《をちこち》の野に足踏を速め、刈者《かりて》は鎌を磨くの暇なく、結者《ゆいて》は束を投げつゝ、各《おのおの》　四散し去りし後に、油然《ゆぜん》として急雨降れり。今朝も亦《また》前夜の闇全く去らざる峰頭に、其蒼白《あほじろ》き暁色を以て、一日間の快晴を告げしなり。

曾《かつ》て[二]山を愛する唐人は詠ぜり、「相看《テ》両《ナガラ》不レ厭《カ》、只有《リ》二敬亭山一」、と実《げ》に我が屏風山の友たる事も久しかりき。我は此茫々たる野色の暮に、陶淵明の徒の如く、「山気日夕佳」[三]なる時に、「悠然《トシテ》　望《ム》二南山一」の客たりしは、一春秋にあらざりき、朝には渠《かれ》我より先に興《お》き、夜には渠《かれ》我より後に眠り、暗に吾怠容をも責めたり。

今秋の田は稲生ふる頃にして、見ゆる限りは青穂なりき。昇る日影に蒸され

一　むらさきの山気（『大漢和辞典』）。

二　唐の詩人李白（七〇一―七六二）のこと。以下の詩は「独坐敬亭山」（ひとり敬亭山に座す）と題する五言絶句の第三、四句。いつまで眺めていても飽きのこないのは、敬亭山だけだ、というような意味。第一、二句は以下のごとし。「衆鳥高飛尽　孤雲独去閑」。

三　陶淵明の「飲酒　二十首并序」のなかの其五。五言十句の詩の一部。「山気日夕佳」が第七句、「悠然望南山」が第六句であり、ここでは順序が逆になっている。原詩では「山気日夕佳」は第八句にかかっていくので、「山気日夕ニ佳（よ）ク」と読み下すのがふつうだが、ここでは「佳（か）」「なる時に」のつもりか。夕方の山の雰囲気は素晴らしく、その素晴らしい南山（淵明がその麓に住んでいた盧山のこと）を眺めやるというような意味。『文選』ではここでのように「望」の字をあてているが、宋の蘇東坡が「山の姿が目に入った」に過ぎないのだから「見」のほうがよいと主張し、のちにそれが優勢となった（一海知義注『中国詩人選集四　陶淵明』昭和三十三年）。

つゝ、一重の白烟、村南村北に立《た》ち騰《の》ぼれり。縦横したる畔路は、宛《あたか》も交叉したる都衢《とく》の如く、迷室の螺線《らせん》の道を為したり。吾身を囲める壠畝《ろうほ》[四]は、今日猶《な》ほ朝の世、露の国にして、未だ枯れやらぬ秋草の穂末、径に傍《そ》へる青芋の葉心、及び茄子実の瑠璃《るり》底に垂るゝ天の霊液は、[五]ニム天姫の涙の如く、美人の魂の如く光りつゝ、此二三日来吹初めける秋風に命を与へて、断えたる樹珠《じゅず》の如く転びぬ。風は吹きて止みぬ。去れど扇ぎ初めたる芋葉は、絶へず空を扇ぎて髣髴たる鳥の羽なり。

我は衣を褰《かか》げて野路《のぢ》を遶《めぐ》り、小き流の側に出でたり。田より田に入る小川なれば、今頃は濁れり、去れど其涓々《けんけん》たる水声の淀まざるこそ、嘗《かつ》て清かりし兆にして、其の春流、秋流、寒流たる時如何に明《あけ》き夕陽を留めしよ。両岸の白楊[六]は猶《な》ほ散り残れる枯葉を留めて吹くごとに旅人を招けり。我は嘗て此処に行吟して曰く。

晩　渡　無クレ人　月　満ツレ陂《つつみ》ニ、　前　村　家　遠ク　待テドモレ舟ヲ　遅シ、
多　情ノ　秋　柳　擬シ二春　柳ニ一、　野　火　残　烟　捲ク二翠　糸ヲ一。

我は猶《な》ほ此流の或は広く或は狭く、或は往き或は回る堤上を歩しつゝ、漸《やうや》く日光の熱きを覚ゆる頃、前代の一里塚、現時の休息樹陰の石上に憩へり。

四　畑のうね、あるいは畑そのもの。

五　〈笹淵注〉は、「山林、河海、樹木などにすむ女精 nimph のことか」としており、ジェイムズ・ホール『西洋美術解読辞典』(高橋達史ほか訳、一九八八年)には「nymphs　ギリシア語ではニュンフェ。古代ギリシアで各種の自然物に宿っていると信じられた若く美しい女性の精霊」とあるので、これに従う。ここでは茄子に宿る天姫の涙が霊液となって、というように想化されているか。

六　『日本百科大辞典』には、「はこやなぎ」のこと、楊柳科の落葉喬木で、山地に自生する、木材は印版、房楊枝、箱類に利用されるとあり、『朝倉風土記』には、「いぬきり」と仮名が振られ、「葉は桐の葉に似て小也なり。木の理は柳に似たり。京都の扇箱にする桐は是也。故にはこやなぎと名づく」、「下座郡屋形原村べつとうか谷といふ所にあり。小児の夜啼するに、此所の木葉をゆかに敷ば、しるしありといふ」とある。なお、当地に自生する植物名を網羅した『甘木市史』上巻の「植物」の節には、どちらの名も見あたらず、前書きに言う、戦後の開発等による植生の変化を想像させる。

　吾前に横たはれる白壁処々、茅屋斜々、断郭稜々、其を綴る緑竹青樹南北長く亘れるものは、愛らしき吾故郷なり。村を囲める竹樹の垣より洩れ出て、日影の裡に参差《しんし》たる四壁の素屋[一]は、一言に林外[二]と呼ばれて、村中最貧者の世界なり。村の両端青色最も深く且つ広く、寥々烟火を隔てるものは士族の旧[三]城郭なり。維新世界の変潮は、何処の士族にも零落の波を打ちしが、我郷の如きは其甚《はなはだ》しきものなりき。尤《もっと》も渠等《かれら》の二三は、我郷の一産業たる養蚕[四]事業を起し、其村地図五分の一を桑田に有ち、交際場の好地位を維持したるも、其[五]十中八九は看る〳〵流潮に推し流されて、今は農戸に編まれぬ。去れば相伝の宝刀を売りて、由来もなき鎌を買ひ、戦場敵を馘《き》る勇気を以て、徒《いたづ》らに秋の田の穂刈《いねかり》に施こすのみ。乗り馴《なら》したる駿馬は辛じて田圃の役に堪えしも、彼等の学問は農暦に無用なりき、唯々《ただただ》渠等が転業に於ける唯一の便利は、撃剣柔術の素養に由りて、躰軀の健康なることにありしのみ。然れ共渠等が忍耐して稜角を殺《そ》ぎ、下等の小作人と伍し得たるは、世にある限りの幸福なりし。当時の詩人歌ふて曰く、「唯[六]落ちしものとは見へず鹿の角」と。渠等が武士より農民に化せし迄、無量の渧涙と無念とありき。

　蓋《けだ》し吾郷に起りし士族と平民の沈昂は、我が曽《かつ》て見たる最も興味ある記事な

一「素」には白っぽいという意味と質素で何の飾りもないという意味とがある。ここではその両方の意味を満たしているか。

二 城外と城内とかいったように、町を内と外とで分ける発想は中国にも日本にもある。ここでは「城」の代わりに「林」が使われているが、村を取り囲む「竹樹の垣」が内と外とを隔てる城壁の役目を果たしている。

三 下座郡を中心とする地域は黒田藩家老黒田美作守一成の所領であり、その知行高は明治二年の時点でも一万六千石余りにのぼっていた。三奈木村在住の家臣の人数も四〇名前後おり(『甘木市史』上巻)、ここで指しているのはそうした武士たちの屋敷。

四『甘木市史』上巻によれば、明治五年に三奈木在住の士族有志が桑の栽培を始め、やがて製糸機や新しい製糸法も導入して、明治十年前後には軌道に乗せることに成功した。もともと藩政時代から野生の桑で養蚕を内職にしていたという下地が役だったと言える。明治二十五年の甘木朝倉地方の養蚕戸数は九二一戸。

五 第二「帰郷」に出てきた遠縁の青年の場合は、桑苗販売で得た収入を遊興に使ったり、米相場に手を出したりして零落していったわけだが、ここでは一種の士族の商法的な処世下手で零落していった元士族が多かったと言っている。

六 作者未詳。「落鹿角」という題はしばしば俳句に詠まれた。ただしこの場合の意味は、その前に「稜角を殺ぎ」、その直後に「無量の渧涙と無念と」とあることから、落ちた鹿の角が、そいだ「稜角」のことだとすれば、武士の看板を下ろすにあたっては大変な無念をともなった、というようなこと。

りき。実に渠等は士族と呼ばれて、倰《すこ》く茂れる竹林の裡に平民より甄別《けんべつ》[七]せられ、其林下の道は日中にも、平民の子には一種の幽霊場なりき。其処に吹く所の風は、物怖ろしき腥氛《せいふん》[八]と、陰に籠れる音を以て過客を襲へり。我猶《な》ほ記臆す、幼き頃は吾影を認めて虎嘯《こせう》する猘犬と、鋭刀を抜きて追ひ来る武士の子を怖れて、絶叫せしこと屢《しばしば》なりしを、吾家を訪ふ武士の横柄、吾父に対する電火の如き巨眼と刀室[九]の暗光は、屢々《しばしば》吾等の快楽なる遊戯を圧《おさ》へぬ、然れ共渠等が会津戦[一〇]争より帰りて顔色甚《はなは》だ高く、首を斬ること艸を払ふが如く、敵を追ふこと兎を追ふが如く得意の物語を聞きし時に、我も亦《また》何故に武家に生れざりしかを憾《うら》みしなり。

当時我は才童と呼ばれて肉食を嫌ひしより、吾家に高僧[一一]ありとは父の戯言なりしが、其後父が、今は維新の時世とて、高位大官智慧を以て取るべきことを告げし時、心より恐れて曰へり、農家の子如何にして切腹を学ぶやと。既にして「之丞」「之進」の如き雄々しき名前は漸《やうや》く減じ、吾父も袴を着けて村庁[一二]に出で、我等も寺子屋より小学校に移りて袴を着くるに至れり。吾名刺と座席とは常に武士の子の上に掲げられし如く、吾尊敬も亦渠等に倍し、渠等も往々吾前に揖礼《いふれい》[一三]して書物の不審を齎《もたら》したり。此時に当りて、我家の玄関には士族の

七 はっきりと分けられ。

八 なまぐさい風、そのにおい。

九 刀の鞘(さや)。

一〇 明治元年の会津攻めのこと。三奈木の黒田家の家臣たちは官軍に加わって参戦した。

一一 幕末頃から日本人の間でも肉食習慣は徐々に復活しつつあったが、にもかかわらず肉嫌いであったことから、なまぐさを禁じる僧侶(ただし才童なので高僧)のようだとからかわれたということ。

一二 村の役所。

一三 「揖」は両手を胸の前で組み合わせてお辞儀をすること。「拱手」ともいう。中国式の古くからのお辞儀の仕方。ただ、ここでは実際にこのようなポーズをとったと考えるよりも、単なる日本式お辞儀にこのような中国語をあてたと考えるべきだろう。

頭漸《やうや》く低く漸く円く、嘗《かつ》て長かりし刀も羽織も納まり、彼の恐ろしかりし目も軟らぎにき。渠等《かれら》は前日其対手ならざりし吾母に向ひてすら、往々我が学校試験の成績を賞するに至れり。我が父祖の書庫に絶えて認めざりし漢書を携へて村塾に通学したる頃は、其林下の径も早や和らぎて、其住家の多くは空屋となり、竹林も亦《また》往々拓《ひら》かれて圃《はたけ》となり、猟犬は消え、武士の童は吾友となり、農家の童となりつゝ、見よ嘗て林中に驕《おご》りし武士も、今は林外に憐みを惹きぬ。

斯《か》くて二十年前士族と平民の二級を以て組織せられし吾郷も、今は全く農家の村となれり。我も亦《また》福岡よりの帰省と上京の間の月日は農夫なりき。我は猶《な》ほ記す、暑中に於ける粟草取《あわのくさとり》[一]、及び寒中に於ける芥子植《からしうへ》[二]の二事は、実に我が堪ゆる所に非《あら》ざりき。殊に後者は幾分か稼穡上《かしよくじやう》[三]の智識と熟練とを要するものなるが故《ゆゑ》に、我が如き学生農夫は、只《ただ》積雪、冱寒《こかん》、疲労、及び他の婢僕の指笑に苦みたるのみにして、少しも事業に附与する所なかりき。勿論《もちろん》我も一日に千本の苗を抜き、又数百行の茎を植えたり、猶《な》ほ犂《くわ》取りて畦《うね》の土すら被《かぶ》せたり。然れども渠等《かれら》は曰へり、我が抜きし苗は折れ且《かつ》傷み、我植ゑたる茎は植しにあらず棄てしなり、我が被《かぶ》せたる土は散乱して菁菜[四]の衣とならずと。我は又熱心に肥料を撒《ま》き、渠等より可なりの称賛を博せんとせしも、渠等は唯《ただ》我が不憫なる

一　粟はこの地方で広くつくられた。『甘木市史』上巻が紹介する豪農の元禄期の記録によると、米四十俵に対して粟は十三俵半もあった。畑作の中心が粟と大豆で、特に上座、下座(三奈木が含まれる)、夜須の三郡は多産で知られた。取り入れは九月。ここでいう粟草取は雑草取りのことか。

二　辛子(油菜)と煙草はこの地方の古くからの特産物。『甘木市史』上巻によると、元禄期から上座、下座両郡を中心に名高かった。十八世紀には、この辛子を原料とする甘木の油が福岡あたりでも流通の王座を占めていたという。

三　植え付けと取り入れ。

四　「菁」はかぶ(かぶら)のこと。「蕪」とも「蕪菁」とも書く。『伝家宝典　明治節用大全』(博文館、明治二十七年)には、かぶのことを「青菜蕪」、「蕪青根」と記した例が紹介されている。「葉ハあぶらなニ似テ大キク、根ハだいこんニ似テ太ク短シ」(大槻文彦『大言海』昭和七―十二年)。油菜(辛子、芥子)ならこの地方の特産であり、〈笹淵注〉は「芥子菜」の意味で用いられているのではないか、と推測している。からしなは、寒さを防ぐために丁寧に土をかけてやる必要があった。

素振《そぶり》と、疲れて青ざめし顔を談笑の種とせしのみなれば、以後我は唯《ただ》童より少しく長《た》け且《かつ》貴き、命令せざる主人、服従せざる従者として、散歩と野飼《やしやう》[五]と陶家の詩巻を楽しみつゝ日を過ぎたり。

今や生活の大迷宮、人世の中心なる都会に出て、歩み難き行路の難に陥り、吾才の我を活すに足らざるを悟り、吾労力の空なるを嘆じ、飄然として前日の非を悔ひ、謂《おも》へらく、大望は臓腑に置かれし酒精の如く、飲むに従ひて心思を銷《け》す。功名富貴は波上の花に似て、追ふに従ふて益々《ますます》遁ると。帰り来りて故人に対すれば、吾煩悩も一時に絶えぬ。見よ渠等の眼は妄念の花に曇らず、其呼吸は都人の銅臭[六]なく、其言語は名誉の気息を吹かず、嫉妬も怨恨も其胸中を侵さず、渠等の皺《しわ》は好笑の為に嵩《たか》まり、其髪も雨雪の為めにこそ白けれ。児女の生育の外に憂苦なく、一杯の好酒の外に希望なきを。実《げ》に渠等は児女を残して斯世を去り、墓碣を得て斯世に残る。其生活は安き一場の夢の如く、渠等の生命は平和の日と平和の夜との長連鎖なるを。

今又我は人巧少《まれ》なる処に、転《うた》た神意の顕はるゝことを認めぬ。希白流《ヘブリウ》[七]の詩人嘗《かつ》て歌へり、「天は[八]ヱホバ[九]の天なれど、地は人の子に与へ玉へり」と。夫《そ》れ人の子の裡、最も地より養ふものは農夫なり。渠等は其種を地に置き、其牛馬を

五 陶淵明の詩集を指す。田山花袋は『美文作法』（明治三十九年）のなかで、漢詩漢文の素養書として、『陶淵明集』全五巻を『文選』のつぎにあげている。

六 銅銭の悪臭という意味から、財貨にもてあそばれている連中やその振る舞いをさげすんだ表現。中国古典の用例多数。

七 紀元前千年ころ、ヘブライ民族によりヘブライ王国がうちたてられた。ヘブライの綴りは「Hebrew」なので「ヘブリュー」「ヘブル」（希伯来）とも表記された（『日本百科大辞典』）。そのヘブライの詩人の作というのは『旧約聖書』「詩編」のこと。

八 『旧約聖書』「詩編」の一一五章十六節に、「天は主のもの、地は人への賜物」とある。

九 『日本百科大辞典』には「ヱホバ」の項はなく、「エホバ」の項を見ると、「イェホヴァ」を見よ、とあって、その「イェホヴァ」の項には、このようにある。「イェホヴァ (Jehovah)　旧約聖書に在るヘブライの国神の名。イギリス語の旧約聖書にては大概Lord（主）といふ語を用ひ、此名を用ひたること僅に四回のみ。ユダヤ教にて、ユダヤ国専属神の観念より転化して唯一神の思想に進みたるとき、旧来の名称を用ふは不都合なりとなし、又神聖なる唯一神の名を褻すべからずとの理由より、高僧が年に一度長日祭に於て此名を呼ぶのほか、一切これを呼ばざりしなり（後略）」。

地に曳き、其犂鋤《りじよ》を地に立てゝ、其の両足を地に着けぬ、縄を綯《な》ひ鎌を磨くは、其の最《い》と微《ちさ》き業なれども、渠等《かれら》の事は曾《かつ》て地より離るゝことなし。神の力地に住めり、渠等の為す所は唯《ただ》耕《たがへし》焉、種《うゆる》焉ことあるのみ。一 渠等は耕して種《たねま》き其以後を至上者《いとたかき》に任じ、安堵して其成長と果熟とを待てり。頓《やが》てヱホバの息吹けば、朝は夕に代り、夜は昼に転じ、春回り夏は来り、秋立ち冬も亦《また》暮る、温風、熱気、冷吹、寒息二、順次にして更迭する間に、其果穀は三月にして生るあり、半年にして熟るあり、一年にして登《みの》るあり、亦各《おのおの》其時に従へり、斯《か》くて渠等は唯刈りて粉《こな》し、其美産を炊きて食ふのみ、亦何の不平かあらん。

　神は水を岩中に出し、泉を渓間に流し、河を郊野に溢らしむ。野の獣は掬し空の鳥は飲み、江の魚、地の虫之れに養はるゝも、其水は灌漑の料に余れり、青草は流水と潤気を追ひて生へ、茅葦は河塘《かたう》に戦《そよ》ぎ、蘆荻は渚に蕃《ふ》へ、浮萍は波間に遊べり。野の獣食ひ、空の鳥啄み、江の魚、地の虫之に養はるゝも、其草は牛馬の食に足れり。「三吾恵汝に足れり」と、是れ実に神の語なり。

　渠等は蜀四江の錦なきを恥ぢざるが故《ゆゑ》に、神は所有《あら》ゆる美色を、野に陳《つら》ねて其目を饗せり。桃の花は真紅《しんく》に匂《にほ》ひ、桜の花は淡紅《たんく》に咲けり、梅の花は浄白にして、李《すもも》の花は幽白なり。圃《はたけ》に黄なるは菜種の花、紫なるは豆の花。流れに倚《よ》り

一 農夫の営みから神の恩恵の叙述へと移っていくあたりには、作物や水、生き物たちへの言及を中心に、『旧約聖書』「創世記」に見られる「天地創造」の叙述の反映がある。

二 「息」は「喘息」=息づかいが荒い、「屏息」=息を凝らす、といったように、その前にさまざまな意味をくっつけることができる。ここでは、寒さのなかで息を吐く、とでもいったような意味か。

三 〈笹淵注〉は、これを『新約聖書』「コリント後書」中のパウロへの神の言葉ととらえているが、このあたりは天地創造を踏まえた個所であり、むしろやはり『旧約聖書』「創世記」中の、「見よ、全地に生える、種を持つ草と種を持つ実をつける木を、すべてあなたたちに与えよう。それがあなたたちの食べ物となる」などとつながっているように見える。

四 錦がまだ珍しかった頃、蜀の成都の江で洗った錦が美しいと評判を呼んだ故事に基づく(簡野道明『故事成語大辞典』明治四十年)。

て楊柳緑《みど》り、山の端には紅葉ぞ照りぬ。七艸は春秋両度に野に装ひ、春霞《はるがすみ》は連山を粗織《あらおり》の蚊帳に変じ、秋気《あきのき》は諸峰を密画の屏風に列べり。暁来に玉散る露珠は、宛も宵星天より落ち地に蘇《よみがへ》る如く、遠林の白雪は黄落の後の華に似たり。渠等は驪宮《りきゆう》五の音楽なきを恥ぢざるが故に、神は所有《あら》ゆる声を以て其耳に飽かしめたり。雲井の雲雀《ひばり》は天上の福音を伝ふる天女の如く、囀《さへづ》り上りて囀り下れり、谷間の花に黄鸝《くわうり》六歌ひ、山路の日暮には子規《ほととぎす》啼けり。軒を繞《めぐ》る雨滴は、時に絃歌よりも長夜の友となり、塒《ねぐら》の鶏鳴は戦場の喇叭よりも寝覚の心地ぞ好き。七風声鶴唳皆此里の太平無事なる音調あり、且つや樵子は角笛を吹き、牧児は牧笛を鳴す、昔より斯《かく》の如《ごと》く、後亦《また》今の如くならんのみ。

蓋《けだ》し人間の手若し頼《も》むべくんば、バベル八の塔も天国に達せしなるべく、金字九塔は永世其角を殺がざるべく、三世一〇に亡びし王家も、万世皇帝たりしなるべく、万里の長城も老ざりしならん。君看ずやヱルサレム一一の光輝失せ、天竺の伽藍空しく残り、聖彼帝堡《セントペテルブルグ》一二起りてモスコー消へ、英国の花は米国に遁《のが》れて新まり、羅馬の法王は風後の果の如く孤懸《こけん》一三せるを。又看ずや南京は北京に移り、六波羅は鎌倉に、鎌倉は室町に、大坂に又江戸に、遂に西京より東京に移りたるを。其れ斯の如くにして、六年前に早や絶《たえ》なんと眺めし素屋一四の、六年後に依然とし

五 唐の玄宗の寵妃楊貴妃の宮殿。
六 からうぐいす、黄鳥のこと(『大漢和辞典』)。これに対して一般の鶯は「黄鶯」「黄鸎」などと表記したが、厳密な使い分けがあったわけではない。ここではまわりにただよう中国趣味さえかぎとれば、それで足りる。
七 風の音と鶴の鳴く声。
八 ノアの洪水後に人々が身の程知らずにも建てようとした高塔。その傲慢ぶりが主の怒りを買うことになる。
九 ピラミッドの異称。
一〇 中国古代の秦朝のこと。
一一 キリスト教徒の聖地だったが、回教徒によって占領された。
一二 ペテルブルグのこと。ロシア北西部の大都市。一七〇三年にピョートル大帝によってここに遷都された。
一三 法王の孤立ぶりを、果物の実が強風のあとでぽつんとひとつだけ残っているさまにたとえた。
一四 三七二頁で紹介された林外の素屋のなかでもひときわ粗末なものを指すか。

て立てるを見ば、唯《ただ》吾等の主のみ我を欺《あざむ》かざるを知る。其慈愛の語に曰く「又[一]何故に衣のことを思ひ煩ふや、野の百合花は如何にして長《そだつ》かを思へ、労せず紡がざるなり。我爾等《なんぢら》に告げん、[二]ソロモンの栄華の極《きわみ》の時だにも、其装《よそほひ》此花の一にしかざりき。神は今日野に在て、明日炉に投入らるゝ草をも、斯《か》く装はせ給へば、況《まし》て爾等をや、嗚呼《ああ》信仰薄き者よ」と。実に花嫁の衣裳も野の花より摘まれ、生児の産衣《うぶぎ》も圃[三]の穂より購はれ、祖先の墓碣、孫児の筆墨、乙女の化粧料も、此の単純なる生活に於て欠くべからざるもの、皆一[四]頃《けい》の田より生じて足らば、今生よりの極楽にして、亦《また》何の不足に嘆《かこ》つことかあらん。

去れば渠等《かれら》は、国民としては最も無識の国民なれども、人間としては最も有道の人間なり。抑《そもそも》此里にある諺と云へば、「誠の道に幸《さち》歩く」「善樹《よきき》[五]は善果《よきみ》を結ぶ、」「蒔かぬ種は生へぬ」云々唯是の如きのみ、渠等は此単語(最と低《い》き套語)を、食物の如く日常の業に携へ、傘の如く凡《すべ》ての版図[六]に広げたり。学ばざれば忘れもせぬ、生れながらの性なれば、宛《さな》がら無心の小児の如く、喜ぶ時に笑ひ、悲しき時に泣き、他人の憂苦と快楽とに於て、自家の事故の如く落涙もし、歓喜もするなり、野歌の外に詩を識らざるも、渠等は其身を自然の詩句とし、絵馬の外に絵を解せざるも、渠等の足は自然の画図《ぐわと》を歩けるなり。又敢《あへ》て

一『新約聖書』「マタイによる福音書」六章二十八―三十節に、「なぜ、衣服のことで思い悩むのか(後略)」とある。
二 ヘブライの王。ダヴィデ王とバトセバの子で、ダヴィデ王のあとを継ぎ、紀元前十世紀の初めより中頃まで位にあった。商工業・美術工芸を奨励したことで知られる。またエルサレムのエフォバ宮殿を造営し、都の整備のために数々の大工事をおこない、栄華を極めた。また平和を愛し、戦争をしなかったことでも有名。ソロモンの知恵はのちに箴言の宝庫として有名になる(『日本百科大辞典』等による)。
三 畑や田圃のこと。そこで収穫された農作物から得られた利益で産着なども購入したということ。
四 中国の土地の広さの単位。一頃が百畝(時代によって変動があるが、現在の一畝は六七平方(メートル))。ただし、ここは一種の定型的表現。
五『新約聖書』「マタイによる福音書」七章十七節に、「すべて良い木は良い実を結び(後略)」とある。
六 中国では「版」は戸籍台帳、「図」は地図を意味し、戸籍と地図が整備されているところ、すなわち領土を意味するようになった。

世に求めざれども却て世よりは求らる、道を失ひし旅人、浮世を嘆《かこ》つ世《よ》棄人《すてびと》、智識の駈場《かけば》、名誉の戦場の落武者等が来りて安息を求むる毎に、渠等は常に士族を憐みたる其手を投げたり。君見ずや、天使を衣て悪魔を行ひし法王あり、凡《すべ》ての智識を極めて一善なかりし哲学者ある此浮世に、真神の前、弥陀の目に喜ばるゝもの果して誰ぞや大なるものは果して誰ぞや、王位乎、智慧乎、金銭乎、名誉乎、空を払ふ将軍の髯《ひげ》乎、唯吾等の主は曰く、「爾等[七]謙《へりくだ》りて此小子の如ならずば、天国に入るを得ず」と。

我は嘗《かつ》て謂らく「老子[八]の玄々を談ぜしは、遥に埃田《エデン》[九]の生活を夢みしなり。孔子が明教[一〇]を説きしは、是れ涙の谷[一一]を和《やはら》ぐるなり。涙の谷或は和ぐべきも、埃田には帰るべからず」と。然れども夫の淳樸なる風俗を以て、単箇なる生活を行《や》ること吾郷の如き村落は、実《げ》に帝郷を去る遠からず、楽園の摸型も尋ね難きにあらざるが如し。孔子[一二]若《も》し起すべくんば、責むる所多かるべきも、老子帰り来ることあらば笑《ゑ》みなん。帝国憲法[一三]は発布せられぬ、然れども渠等は明年の代議院[一四]が、此の不如意の世界を如意の時世に変らしむことを想はざるなり。新町村制[一五]の為に村長の競争は激しかりき。然れ共無事の日多き此里に、彼等は長君の誰彼を問はざりしなり。外務大臣は諸外国と条約改正[一六]の談判を開き、各個の

七『新約聖書』「マタイによる福音書」十八章三節に、「心を入れ替えて子供のようにならなければ、決して天の国に(後略)」とある。

八『老子』道経・体道第一の最初に出てくる、老子の考えの根本にかかわる表現。天地・万物は同じ一つのものから出ている。その、森羅万象の根源を「玄」、「玄の又玄」と呼んだことを踏まえている。

九「埃」はe、aなど、外国語の音訳字としてよく使用された。ここでは、アダムとエバの「エデン」の園のこと。

一〇 儒教のこと。ふつう「名教」と書く。

一一 苦難に満ちた現世や人生のこと。〈笹淵注〉の指摘するようにキリスト教から来た表現だが、小宮山天香が政治・人情小説『涙の谷』(明治二十一年)を刊行するなど、この時期広く流通していた言葉だった。

一二 ここでの暮らしぶりや人々の様子は、孔子よりは老子の説いたところに近いということ。

一三 大日本帝国憲法(明治二十二年二月十一日発布)のこと。

一四 貴族院と衆議院からなる帝国議会(明治二十三年開設予定)のこと。

一五 町村制の施行により、市町村会議員と市町村長が公選制となった。三奈木の場合は、もとの三奈木、城、荷原、矢野竹、屋形原、板屋の六村が合併して三奈木村となったから、三奈木村村長の、甘木町の場合は町長の選挙がおこなわれた。

一六 治外法権の撤廃と関税自主権の回復を目指して明治初年から続けられていた。

政党は朝野に抗争しつゝあるも、渠等《かれら》は相変らず明日の天気を卜《うらな》へり。渠等は毎朝四散し去れども、如何なる夕も其家にあらざることなく、牛馬も亦《また》日に野を行くも、未だ嘗《かつ》て此郷を出でざるなり。一天長けれども天老いず、地久しけれども地は古びず。春花、夏雲、秋月、冬雪、百世も亦《また》知るべきなり。斯《か》かる平和の郷の外、二山静《カニシテ》如《シ》二太古《ノ》一とは何れの国ぞ、如何なれば我此郷を出でゝ、再び帰る能《あた》はざる乎。吾舟は如何なれば三逆櫓《さかろ》なる乎。悲しき哉《かな》我既に四智慧の果を食ひぬ。五今は唯此郷の、埃田ならで埃田に近きが如く、我も亦屢《しばしば》故郷に遊びて、幼なき我を追懐せんのみ。

一『老子』七章の「天長地久」(天は長く地は久し)を踏まえる。明治期に、天皇の誕生日を天長節、皇后のそれを地久節と呼んだのもここから来ている(池田蘆洲『増補 故事熟語辞典』宝文館、明治四十二年増補)。

二 宋の詩人・唐庚(一〇七一―一一二一)の五言律詩「酔眠」(酔いて眠る)の冒頭の一句。のちに日光・華厳の滝に投身自殺した藤村操を始めとして、「山静似太古」の詩境は明治期の青年達に多くの影響を与えた。

三 櫓を船首につけ、船尾を前にして進むこと。ここでは、本来ならこの平和の里での生活に安住すべきなのに、それに逆行して都会の方を向いている自らのあり方を如何ともしがたいこととして嘆いている。

四『旧約聖書』「創世記」に見られる「善悪の知識の木」の実のこと。蛇にそそのかされて、アダムとエバはこれを食べてしまう。

五 底本及び十五版では「今唯は」だが、六版に基づき、このように改めた。

六 陶淵明の五言詩「帰園田居五首」(園田の居に帰る五首)其一・全二十句中の九句から十八句

第四　吾　家

方[六]-宅-十-余-畝、　草-屋-八-九-間。
楡-柳 蔭ヒ二後-園ヲ一。　桃-李 羅《つらな》ル二堂 前ニ一。
犬-吠ハユ深-巷ノ中、　鶏-鳴ハク草-樹ノ巓《いただき》。
戸-庭ニ無シ二塵 雑一、　虚-室ニ有二余-閑一

……………………陶淵明帰二田園居一

咸来《みなぎ》なる墟巷《きよかう》の片側に、清岩寺の岩間より湧き来れる一[七]条の清泉灑《そそ》げり。是れ咸来の流とて吾地方に隠れなく、水が有てる過半の便利を村民に備へたり。朝には其澄める色吾等の顔を洗ひ、日中には其青き流巷を清め、風の時には巷に撒《まか》れて塵芥を捉へ、夕には米礪《と》ぐ水となり、夜半の緩き音は百家の眠を促せり。猶《なほ》且つ流を泉池に分ち、或は水車を推したる後、末流は田野に灌げり。故《ゆゑ》に巷の一方の家は皆橋を架《かけ》て巷に通ぜるなり。

吾家も亦《また》其側の一にして、橋より入り来れば右方[八]には僕室[九]厨房と舂を合せ、左には玄関と広間と列《つら》なれり。前流と直角に折れて、化粧室、礼拝堂[一〇]、客室の三間《みま》は列《なら》べり。客室に向ひて一畝の庭あり。挺々たる蘇鉄[一一]は以前に勝りて丈高

（十三句・十四句を省く）まで。家の描写から始まってまわりの情景へと及んでいるので、ここでの本文の展開とひびきあっている。なお園は原詩では簷、草は原詩では桑となっている。
七 安陪光正「湖処子のえがいた三奈木風景」によれば、三奈木の中央を貫通するこの小川は、上流の方で佐田川から取水し、それを各所で枝分かれさせながら下流地域の生活用水用、灌漑用に引いたもので、十八世紀半ばに造られたという。もっとも、ここで「清岩寺の岩間より湧き来れる一条の清泉」云々とあるのもまちがいではなく、同じく「湖処子のえがいた三奈木風景」によれば、「清岩寺のある小山の北端を岩切の鼻とよぶ。この岩間からは、湖処子の述べたように今も冷い清水がわき」、これが先の用水に合流して、村人たちの日々の生活を支えていた。
八 湖処子の実家の間取りについては、「湖処子のえがいた三奈木風景」が、のちの所有者である古賀氏の証言を紹介している。「小川にそった細長い家が建ち、小橋を渡る右側に二間があり、その一つは炊事場で、後に井戸がある。左は玄関で三間がつづき、その東側に廊下があった。三間の奥から居室と直角に折れて離れがあり、これが二間か三間あった。居宅と離れの東南は庭で、数本の松があったという」。
九 下僕の部屋。
一〇 仏壇を置いた部屋のことと思われるが、それをあえて「礼拝堂」と呼ぶところに、帰郷期間中に実際はあったであろう盆行事をことごとく「削除」したのと同様の志向をうかがうことができる。
一一 ソテツはこの地方では広く見られた。『甘木市史』上巻が掲げる植生一覧表にも、「ヤブソテツ」の名が見える。

く、放開したる櫛の葉は、垣の外に睥《にら》め出でぬ。臥龍の老梅は相変らず皮剝けながら青葉ありき。躑躅、木楊、眼より遁る丶青蘭は、依然として古色を帯び、苔を衣《つ》けたる大石と、角滑らかなる飛石は、今も尚《なほ》一個も減《へ》ざりき。垣根の一隅より起れる喬松は、宛《あたか》も此小園の君主の如く瞰俯《みおろ》し、空の梯子の如く枝を蓋《かざ》しつ、満庭の緑蔭旧に仍りて涼しかりき。往《さき》に構園の流行せし時、吾父も此庭を改めんとて園師を呼びたるに、渠《かれ》は其仮山[一]、仮谷の位地、石樹の布置の巧妙なるに驚きて、凡手の改むる所に非《あらざ》ることを告げたりしぞとよ。

客室と礼拝堂を聯《つら》ぬる廊下の側にも、太《い》と狭き庭ありて池を穿てり。或は幼時日曜日毎《ごと》に此水を更へて、廊下に来る吾父の満足を得るを楽しき労力となせしが、今は此散園[二]に関する凡《すべ》ての責任は、吾幼弟に移ると聞しも、早や其を楽む父はあらで、掃除も亦《また》太と怠れると見えぬ。

厨房の外には前流より曳きたる小池あり、是は吾父の採蓮場なりしが、其水こそ澄みけれ、底は年経《ふ》りて泥深かりき。然れ共此処を飾る凡ての秋花は、能《よ》く此一場を清麗ならしめければ、我は前園の謹厳なるに飽く毎に、此園の優しきを愛《め》でしなり。嘗《かつ》て窃《ひそか》に謂《おも》へらく、秋の花は寺院の華麗若しくは愁婦の娟妍《けんけん》なるが如く、陰気の色を以て勝れりと。合掌したる蓮華《はちすばな》、低頭せる桔梗

一　にせの山、すなわち築山のこと。れっきとした中国語からの借用。

二　中国語から来た「ばらばらである」、「散らばっている」という意味の「散」を「園」に冠して、庭がいくつかの部分から成ることを表現した。どれを指すのかわかりにくいところもあるが、「前園」、「此園」、「太と狭き庭」、「其中間なる広庭」など、いくつかの部分から成ることはまちがいない。

花、物思はしき牽牛花《あさがほ》等、自から萎《しぼ》むに急くの観あり。緑意了《をは》れる楊柳も、空枝を鳴らして、池辺の景色に寥味を添へたり。吾宅の直角なるに対し、穀倉、廐舎の位地も亦直角に立てり、其中間なる広庭は農家の為めに肝要なる打場《うちば》なり。廐と穀倉を聯ぬる小扉を出れば、前には小き菜園ありて緑芋蕃《しげ》り、横には肥料場ありて其瓦の軒には、大なる南瓜《かぼちゃ》転《ころ》がり落ちたる雷の如く坐りぬ、凡て是等の背後を畳みつゝ、十畝許《ばかり》の竹林は戛然《かつぜん》として風に鳴れり。林下の径に柴門ありて、日暮れば鳥帰れり、街の流の一支は、今も此盤根錯節[三]を底として、竹樹の縁《ふち》を過ぎ往けり。柴門の外青流の向ひは、我前日逍遥したる野なりけり。

　吾家の系図は十年前旧里正[四]の一家が他に越せしより、我郷に在て最旧家の一に数へられたり。然して前数代の名は系図と墓碣に存するの外知る由なけれども、最近の祖の多くの女性を出せしことは明白なり。是等の諸母は適《ゆ》く所に所[五]天を亡ひ、其子を連れて我家に大帰[六]したりければ、稚心《おさなごゝろ》にも我は叔母の多きを力強きことに思ひ、近所の童子と家産の多寡を争ふ時にも、他の点に於ては負《まく》ることあるとも、叔母の多きには例《いつ》も勝ちたり。我は猶《な》ほ記す、事の判断に苦む時は智慧ある織部多の叔母に質《ただ》し、[七]母の顔を失ひたる時には、慈愛深き古毛の叔母に往き、秋の長夜には物語に富む秋月の叔母に侍し、散歩の折には健足[八]

三 竹の根や節が錯綜しているさま。

四 律令制下の八世紀に、郷里制における里の長をこう呼んだ。中国では明の時代まで存続。ここでは、古風な表現とも中国趣味のそれともとれる。

五 天とする所、すなわち戴き敬うところの人。臣にとっての君、子にとっての親、妻にとっての夫など(『大言海』)。ここでは、夫《おっと》。

六 「大帰」は離婚して実家に帰ること。「大」は事態が深刻であるとのニュアンスを付加する。同じことを「来帰」とも言う。中国古典に用例多数。

七 母が見当たらない、いつのまにか外出してしまって探しても見当たらない、といったほどの意味か。

八 底本及び十五版では「建足」だが、六版に基づき、このように改めた。

なる山下の叔母を伴ひたりしを。然して諸母の伴子《つれこ》も亦《また》皆家庭に於ける吾友、戸外に於ける吾僕なりき、斯《かく》ばかり吾家を賑かにせし寄食者も、吾祖母の身後に再び散りて或は近所の鰥夫《くわんぷ》に嫁し、或は其子の反哺《はんぽ》に食《は》み、残るは織部多の叔母のみなるも、是も亦他の縁家に月日を寓《よ》せたり。

嗚呼《ああ》懐かしき吾祖母よ、兄弟多き中に挟まりて、吾母の手諸子の頭に足らざりし時に、我は祖母の懐に生ひしとよ。彼は我まだ死を知らざる時に死に、而も半日の病に死にたり。此時吾は古毛の叔母に祖母唯《ただ》眠ると聞き、疑ふことなく信ぜし故《ゆゑ》に、其夕は他の幼友と共に調練の真似して遊び、家に還りて、哭して食はざりし吾兄を笑ひて寝ねしが、其次の日柩に蔵まる祖母を見るに及びて、頑是《ぐわんぜ》もなく泣慕ひしなり。祖母は今此世になし。其墓の樹十八度の木枯風を過ぎたり。渠《かれ》に係る昔時の口碑も漸《やうや》く消ゆきぬ。然れども吾兄弟の裡祖母の容貌を継ぎし者は、唯我一人なる由、諸母の語るを聞く毎に、祖母の恩吾顔に上る程厚かりしを追懐してやまず。諸母は伝へり我父も亦祖母の手に人となりしと、近所の父老も亦母の手より斯かる謹厳家の出でしに服したり。吾父は一たび落ちたる祖先の世より、一代に富を挙げ、吾郷に於る上流の地主、吾系図の中興の君主、五男二女ある大家族の祖となりしなり。渠は此等の大業を遂げて疲れ、

一「鰥」一字ですでに男やもめ、という意味。日本語化した外来語というより、どちらかといえば原語の中国語の借用に近い。

二 兵士の訓練の真似をして遊ぶこと。二組に分かれて戦う戦争ごっこも明治の少年たちに人気だった。最初は、西南戦争を真似して政府軍と西郷軍とに分かれ、のちには日清戦争ごっこがそれに取って代わった。

三 底本及び十五版では「櫃」だが、六版に基づき、このように改めた。

四 中国語の構文では、「過」は場所をあらわす名詞を目的語にできるから、「十八度の木枯風」が主語、「其墓の樹」が目的語となり、正しく並べれば不自然ではないが、日本語化する時、「を」を主語をあらわす語の次に置いてしまったために、不自然な感じが生まれてしまった。〈笹淵注〉が「漢文趣味への惑溺と日本語の語法への未習熟が原因」と指摘するのはそういう意味か。

幸運なる世の変遷より博取[五]すべき名誉、尊称、特権、職業、凡《すべ》て其子に譲りて老いたり。其妻なる吾母の苦労も亦確かに父に譲らざりき。蓋《けだ》し父は自家の勤勉を以て僮僕を率《ひき》ひ、命令、指揮、意の如くならざれば自ら取り代るの風ありし故に、普通の僮僕は吾家に堪難《たへがた》かりしにも拘《かかは》らず、一たび吾家に仕へしものは或は年を隔てゝ来り或は年を重ねて来る、今の老僕平助の如き、殆ど仕へて二世に至れるものは他なし、母の恩情渠の心底に活きたればなり。諸子女の旧衣を改むる為め、秋の夜深く衣を擣《う》ち、一人の子だに春衣を欠かざらしめんとて、冬の晩には通夜[六]に縫ひたり。渠が務は難渋なる交誼を調和し、疲労せる僮僕を慰め、数多き児子を生みて、其を不自由なく育つる事にありき。宜《むべ》なる哉《かな》祖母の死後三年間の久病を成して、一たび祖母の跡を追はんとせしこと。

　我が上には二人の兄あり、伯は今吾家の主人にして、叔は隣郡宮野村[七]なる吾父の友に養はれたり、兄は其容貌より気質より、全く母系に遺伝して父に反せり。渠は生れて善人にして、少なく学びて多くを知り、浅く言ひて深く思ひ、多く与へて少なく取れり、吾家に更迭したる此二代の気風の相違は、喜ぶべくして憂ふべからず。昔し我が寓《やど》りし下総の家も、其父子の相違酷《はなは》だ吾家に似てありき。史[八]に曰はずや、趙衰如《ク》二冬日《ノ》一、趙盾如《シ》二夏日《ノ》一、冬日可《ク》レ愛《ス》、夏日可《シ》レ畏《ル》、

五 「博」はこの場合は「得る」の意味。農民にもチャンスが与えられるようになった世の中の変化のおかげで得られることになった、名誉その他もろもろのもの、というような意味。

六 中国語では「通宵」が夜通し、一晩中の意味。ここもそれと同じ。

七 『甘木市史』下巻によれば、この地方では「長子相続による直系家族」が一般的で、「跡取りとならなかった二、三男は、結婚するとイエを出て分家独立するか、他家に養子として縁付くのが普通であった」。次兄の場合は父の友人の所に養子に行っている。

八 「史」とは『春秋左氏伝』のこと。「文公七年」の項に、「豊舒、賈季に問ひて曰く、趙衰・趙盾は孰れか賢れる、と。対へて曰く、趙衰は、冬日の日なり。趙盾は、夏日の日なり、と。」とあり、趙衰・盾父子が対照的な人柄であったことを述べている。ただし、この部分が『文選』の李善注本に引用された個所を見ると(巻三十六)、これに加えて「杜預曰く、冬日は愛すべし、夏日は畏るべし」とあるので、作者が、この付加部分のある『左氏伝』テキストか、さもなくば李善注本そのものに拠っていたことがわかる(おそらくは後者)。

と。蓋《けだ》し厳寛若《もし》くは剛柔相配すること吾父と母の如く、若くは相継ぐこと吾父と兄の如きは、其家運長久の道なりとは、我が久しき持論なりき。過厳なる徳川第一世に積まれし怨は、第二世[一]の温愛に由りて消され、傲れる高祖[二]の後に、優しき文帝漢室を其民に近づけたり。一代に一家を起すもの、固《もと》より常経に由るべからざるものあらん。然れども天下既に興らば創業者と其主義は、守成者と其手段に代はらざるべからず、我が嘗《かつ》て下総の家の配合を祝せし此理由は、亦《また》以て吾家を祝する所以なりき。

少兄の人となりは亦一個の面目を開けるが如く、吾家の血性に其類あらず。渠《かれ》は軽快にして愁気なく、其の巧譃[三]は能《よ》く他の憤気を和らげ、児啼を笑はしめ、陰沈なる老人をして、遂に心底よりの絶倒に落ちしむ、渠は其の言葉の明白なる如く、挙動も亦活潑なり。又常に他人ならば秘すべき空大なる計画を、容易に語り出でゝ人を驚かせども、未だ嘗て実行せしことあらず、曰く吾龍変[四]すべきは養父の死後に在りと、渠が前途は予知すべからず、然れども彼が其電火の尾端を顕しつゝ、猶《な》ほ能く忍んで堅固なる養家の家風に遵ふを見れば、亦凡人には非《あら》ざるべし。

吾長弟の言行は、恰《あたか》も外に見えざる秘密を操れるものゝ如く、踰《こ》ゆべからざ

一　徳川二代将軍秀忠は初代将軍の父家康と違って温厚で臣下から慕われた。幕末から明治期にかけて人口に膾炙した頼山陽の『日本外史』にも、「台徳公(秀忠のこと)、人となり、勤謹和厚なり」(巻二十一、原漢文)を始めとして、その人柄を称賛した個所は少なくない。

二　中国の王朝で初代の帝を指す。ここでは、漢の劉邦のこと。文帝は短命に終わった二代目を継いで帝位に就き、善政をほどこし、人心を掌握した。

三　巧みなうそ、作り事。ただし、ここでは、それが人を和ませたり笑わせたりと、よい意味で使われている。

四　龍のように、見違えるほどに面目を一新すること。中国古典に用例多数。

る規矩を歩めり。渠は幾分か剛情の風あるも、亦極めて質樸に極めて易直なり。渠が好く他を批評し他に直言しつゝも、却て能く他より愛せらるゝものは、其心質の腹蔵なくして其言語[五]愛嬌あるに由れるなり。且つ渠は吾兄弟の裡に最も好顔の少年なれば、甚《はなは》だ[六]青女の心を得たるも、渠の行跡は甚だ白く、起臥の間乱緒を容れしめず。

　吾家の光、兄弟の花として吾長妹は輝けり。渠は久しく女子を望める吾父母の渇望を充《みた》さん為め、四男子の後に生れたれば、殆んど四兄の寵愛を一身に負ふほど一家の喜びに入り、近処も亦吾家に恵まれたる明珠の成長と幸運を祝福せしなり。吾家に恩を得んと欲する近処の妻女等の、如何許《いかばかり》渠を吾父母に誉《ほ》めしよ。渠は決して近代小説上の束髪の佳人、男性的の令嬢に似ざるも、其優しき愛らしき[七]縹致《へうち》に於ては、我思ふ、新聞紙上の画に勝れりと。渠の可憐質は愛嬌の媚るにあらで、[八]貞淑の懐かしむるに在る如く、其顔にも靨《ゑくぼ》よりも多く涙を蔵めり。渠は今歳十九にして縁の糸疾く渠の身に纏はりたれども、其父は猶ほ最良の縁を待ちつゝ、遂に其花嫁たるを見ずして逝きしは、無量の遺憾なりしなり。

　今年十五なる少妹は、寧《むし》ろ其の姉に勝れる美術上の[九]模型なる歟、渠が生れし

五　底本及び十五版では「愛矯」だが、六版に基づき、このように改めた。

六　若い女性のこと。これに続く意味は、若い女性に好かれても、行いは潔白で、すべてにわたって常にきちんとしていた、ということ。

七　正しくは「標致」。女性の美しさを形容する時に使う。ここでは偏が「木」ではなく「糸」になっているが、偏の「誤用」はかつてはありふれたことで、使うほうも読むほうも無頓着だった。

八　底本及び十五版では「貞淑に」だが、六版に基づき、このように改めた。

九　「模範」と同義。誰もが羨む美人であったということ。

時織部多の叔母は低語[一]せり、姉嬢よりも美はしと。渠《かれ》は生れしまゝ保姆の手に長じたれば、父母の寵愛近処の祝福も、半ばは姉に奪はれしなり。渠の乳母は吾家に来る毎に、其母の姉に対する依估[二]の為め、二三言を終へざれば去らざりき。其の織られ縫はるゝ新衣を見出る時には、其流行の好否を評する前に、先《ま》づ其二女の孰《いづ》れのなるやを問ひ、其主定まりて後或は一二言にして黙し、或は其満足なる賛辞を重ねて、布衣をも綾羅《りようら》に褒めなせしなり、然れども少妹自身には一種の気韻あり、超然として父母の愛、衣髪の装の外に心を置きしは幸なりき。渠[三]は温柔なれども女性の靡従なく、活潑なれども男性の剛情に及ばず。唯《ただ》好笑と怡快《いくわい》[四]に耽りて愁気なく、大人の憤怒にも、小児の叫びにも、朋友の怨みにも、渠は唯《ただ》一様なる笑顔を向けつゝ、何物をも其心潭に着けしめざるなり。我謂《おも》へり長妹は長兄に似て、少妹[五]は長弟に似たりと。

我が幼弟を視るは宛《あたか》も長妹を視るが如く、渠を愛するよりも寧《むし》ろ憐れむなり。渠は今年高等小学[六]の初級にあるも猶《な》ほ十一歳の童子にして、父母の依估、兄弟の競争、及び他人の愛憎の其身に及ぼす影響には、まだ何心もなかりしなり。渠は知らざる人を避けて親しき顔に就き、好むまゝに求めて、与へらるゝまゝに満足し、命ぜらるゝまゝに行ひき。渠は実《げ》に吾家に於ける季子[七]なる故《ゆゑ》に、長

一　小声で、ひそひそ話すこと。これに対して、「低声」は低く小さい声、「低微」は低くか細い声。したがってここでは「低語」がふさわしい。これも外来語というより原語の借用に近い。

二　「依怙」と同じ。ひいきすること。偏をめぐる意識については、三八七頁の「縹致」の注を参照のこと。

三　底本及び十五版では「渠に」だが、六版に基づき、このように改めた。

四　「怡」も「快」も、喜び、楽しみ、愉快である、ということ。

五　底本及び十五版では「小妹」だが、六版に基づき、このように改めた。

六　明治十九年の小学校令により、小学校は尋常小学科の四か年(義務教育)と高等小学科の四か年となり、かつ後者は前者に併置のかたちではなく、単独で設けられた。三奈木近辺では、甘木、比良松の両高等小学校があった。

七　「季」は男兄弟のうちの、四番目、ないしは一番下の弟を指す。

兄の如く父に愛せられたり。初めて学校に上りし日も父は渠が伴となり、父が田園を巡視せし時も、渠は亦《また》其杖の如く従ひしなり。斯《か》く渠に[八]大師大保たるをもて、晩年の快楽としたる其父も今失せぬ。我も慈悲ある祖母を失ひて歎きたれば、今渠が愛せられし其父に別れし悲哀を思ふ。渠は生れて気弱はかりしが、遂に臆病に育ちたるは、一家の変遷渠が為めに不利なりし乎。我は渠が絵画を好めるを、首府なる渠が教師に聞きし故に、多く鉄筆の粉本を齎《もたら》し帰りて渠に与へたるに、渠は我を他人の如く思ひ做してや、唯恥《はつ》かしげに背面し、而る後窃《ひそ》かに執りて己が室に退きし時に、我は見送りて落涙したり、渠は旧に仍りて母に叫ぶ父の如く兄に願へり、然れども母の愛は孫の方に牽かれて見へ兄の掌も亦弟よりも其子を蓋《おほ》へり、唯我実《げ》に吾少弟を憐む。渠が他人の本なる多き兄弟の間に孤なるは、宛も我が愛憎なき府民の裡に迷ふ如くはあらざるや。我は能《よ》く吾憂を知るも、渠は猶ほ無心なり。渠が唯[九]翩々《へんぺん》として遊ぶ様は、吾眼には家の隅なる暗雲なりき。

凡《およ》そ是れ吾父が此世に残せし同胞なり。家内に於て或は恩の厚薄あるも、唯其は久しく外に在らざりし我に然《し》か見ゆるのみ、家内には何の不平不足も見えざりき。斯《かか》る多数の家族に於て迷ふ枝なきこと、吾同胞の如きは少《まれ》なる由にて、

八「大師」は太政大臣の、「大保」は右大臣の、唐の時代の呼称。幼い息子にそのように思われていたことが、老いた父にとって何よりの喜びであったということ。

九「翩」は速く飛ぶという意味。「翩々」は、軽快に飛び舞うという意味と、振る舞いがあか抜けているという意味とがあるが、ここでは前者の意味か。これも中国語からの原語借用に近い例。

吾家の和合は実に近在に隠れなき標準なりと云へり。是も皆辞せず受くべき吾母の名誉たるなり。

　吾家の支族三家ありて、其最も古きは馬関の友の生家なる対家《むかへ》なり、此家の家族は嚮《(さき)》に貧しくして林外に退きしが、今は旧時の住家に復れり。次に古きは吾家より一家を隔てし質屋にして、最も新らしきは質屋の対家《むかへ》なる酒店なり。最後の家は、吾上京の後其主婦の失策に由りて、洗ふが如く貧しくなりぬ。吾兄の妻は実に此家の女にして、嫂は[一]昔し吾家の[二]黒天使なりければ、其気焔を銷し尽《つく》すは、何より憂《つら》き吾母の心配なりしが、我は之を隣人に聞けり、吾母が渠《(かれ)》の怒を宥《なだ》むる手段は、唯々寺に参れと云ふのみなりしと。嗚呼《(ああ)》太《い》と優《やさ》しき姑よ、実《げ》にや瞋恚《しんい》の角《(つの)》折る外に、寺院の説教は世俗に何の益ある。去れど斯《(かく)》ばかり怖《こは》かりし嫂も、今は漸《やうや》く棘《とげ》なき主婦となりつゝあるなり。吾母は今母と呼ばれて此多き児女を有てる上に、猶《(なほ)》祖母と呼ばれて一男三女の孫をも楽しめり。其長孫女は最も慧《(かしこ)》く、長孫児は豪放なるべき形質を示せり。以下の両孫女は未だ形なき[三]箕中の豆なり。斯くて吾家は母なる寡婦より当歳の孫女まで、凡《(すべ)》て十三人の大家族にして、唯我と少兄と居らざるのみ、余は皆な家内にありて[四]消長しつゝあり、召し仕ふる二僕一婢も、[五]亦《(また)》毎年新たまる吾家族なり。

一「昔し吾家の」とあるのは、主人公がまだ家に＝故郷にとどまっていた頃を指すか。その頃、すでに兄嫁は嫁いできており、子供にも恵まれていた。ここでいう黒天使の「黒」とは肌の色でもあろうが、いかにも働き者で活発、勝ち気な様子をあらわし、「天使」で、そこに若い女性らしさなりも加わることになる。

二「黒天使」→「気焔」→「怒」→「瞋恚」→「怖」→「棘」とつながっているので、ここから逆に「黒天使」の意味を活発、勝ち気、強情等へと限定していくこともできる。

三〈笹淵注〉は、ちりとりの意味の「箕」ではなく、未成熟の豆が入っている「莢」（さや）の誤植ではないかと指摘している。

四本来は国力などの消長＝増減、盛衰などの意味に使う。ここではそれを各人にあてはめることで、ユーモラスな感じを生み出している。

五一年契約ではあるが、毎年当然継続雇用の、というような意味。

第五 郷党

[六]人‐生無シ二根蔕一、　瓢トシテ如シ二陌‐上ノ塵ノ一、
分‐散シ逐テレ風ヲ転ズ、　此レ已ニ非ズ二常ノ身ニ一、
落テレ地ニ為ル二兄弟ト一、　何ゾ必シモ骨‐肉ノ親ナランヤ、
得バレ歓ヲ当ニレ作スレ楽ヲ、　斗‐酒モテ聚メヨ二比‐隣ヲ一。

…………………………陶淵明雑詩[七]

帰省後の一日、我は旅行の疲れを休むる為に屏居[八]しぬ。対家《むかへ》には老父長く病みて唯《ただ》死と我とを待ちたりき。其家の娘、而も少《わか》く寡婦となりて大帰せし長女は、此朝吾贈物《みやげ》なる素地《しろぢ》の鼻拭《はんけち》を持来りて、吾手跡[九]を染めんことを求めたり。語る寡婦の言を聞くに、昨日吾帰省を聞きて、老父は一日咽びたり。幾度か手巾を拡げ、又畳みては手に撫で頬に当て、隣家の娘が其当世に流行《はや》る手巾なることを告げし時に、渠《かれ》は顔色変へて其絵[一〇]帛なることを断言したりと。憐れのものよ、渠は残る日の短かく、来る死の近きを知り、前夜大に吾筆を急ぎたれば、寡婦は旅の疲れを推量して言ひ宥《なだ》めたれども、徹夜忘れざりしと見え、未明に醒めて呼びたりと。母は云ふ「卿《おんみ》帰りて叔父の日に逢ふは何よりの幸なり、

六『陶淵明集』巻四・五言詩のなかの雑詩十二首中の其一。十二句のうちの冒頭の八句を引用している。人生のはかなさ・うつろいやすさと、だからこそ一瞬の楽しみを充実したものにすべきことを説いている。後半の残り四句は、第六「恋人」の冒頭におかれている。

七 底本及び六版、十五版とも「雅詩」となっているが、『陶淵明集』においては、無題詩を意味する「雑詩」なので、改めた。

八「屏」は息を殺して、というような意味。ここでは一日ひっそりとして過ごしたというほどの意味。

九「手跡」を書く場所が、紙ではなく布だったので、「染」という字を用いた。

一〇「絵」は中国語ではふつう動詞なので、ここでは描く(書く)ための布、となる。娘が流行のハンケチだと告げたにもかかわらず、老父は、何か描いて(書いて)もらうための布、と思いこみ、譲らなかったということ。

卿の筆若し其生前の喜に入らば、謹しみて書くべきものぞ」と。

我は喜びて承《うけひき》ぬ、謂《(おも)》へらく、我は吾父の死に背《(そむ)》きたれば、願《(ねがは)》くは叔父最後の呼吸を取り、真心を黄泉に致[一]さば、せめては父への手向けならんと、我は病人の履歴を知る故に、吾詩嚢より左の如く写したり。

天[二]（トーマスムーア[三]氏原作）

一　此世は夜半のまぼろしに、
写りて消ゆる雪ぞかし。
あざむく影の笑ひ顔、
人をたばかるそらなみだ、
天より外に真如《まこと》なし。

二　照らす栄《さかえ》の羽こそは、
しぼむ夕の色なれや。
愛とのぞみとかゞやきは、
墓より摘みし仇《あだ》し花、
天より外にひかりなし。

三　われわだつみに浮しづみ、

一「致す」は、届かせる、及ぼすという意味。ここでは、父に対してはできなかったことをせめて叔父にはしてあげて、その気持ちを黄泉の国(に居る父)に届けたい、ということ。

二〈笹淵注〉によれば、もとは「天」というタイトルではなく、"Sacred Songs"の一編とのこと。

三 アイルランドの詩人(一七七九―一八五二)。一七九九年以来ロンドンに住み、多くの詩集を刊行。アイルランドの民謡に題材をとった「アイリッシュ・メロディーズ」シリーズがもっとも有名。また「バイロン伝」の著者としても知られている(『日本百科大辞典』等による)。

波より波に舟ゆるぐ。
心のあかり智慧の灯に、
見ゆるはつらき吾旅路、
天より外に休みなし。

渠《かれ》は拝受し、読み得ざれども、父を喜ばせんと歓喜に堪へで馳せ去れり。

今は我為めに故郷の快楽の顕熱の日なりき。一たび二たび訪ひ来りたる郷党も、猶《な》ほ交る〳〵訪ひ来りて祝福しつゝ、頃しも鮎の時なりければ、渠等が齎《もたら》す村酒と鮎とは、累々として厨房に列べり。「[四]尚有《リ》二綈袍《ノ》贈一、応《ベシ》レ憐《ム》二范叔《ガ》寒《ヲ》一、不レ知《ラ》二天下《ノ》士《ナルヲ》一、猶做《ス》二布衣《ノ》看《ヲ》一」、天下の味を嘗め尽して、却て鄙料理を享《う》くれば、時に此感なきに非らざりしかども、我は知る、渠等の厚情は賓客の異なる為めに異ならざるを。此地を過ぎて車を停むる王公貴人にも、巡視し来る県知事郡長にも、素性知れざる飄泊子にも、渠等の好意は常に村酒と鮎なるを。[五]況《ま》して故郷の土より食ふ為に帰れる我をや。故《ゆゑ》に我は先《ま》づ吾嗜好を回復するに務めしなり。

然り、回復すべき他に肝要なるものは方言[六]なりき。抑《そもそ》も我は故郷に誇るべき官位もなく、称号をも金銭をも、又功業をも有たざりき。故に若《も》し此の年月に

[四] 盛唐の詩人・高適(七〇二-七六五)の五言絶句「詠史」。『全唐詩』巻二百十四に収められている。魏の須賈が、秦におもむいた時、かつての部下である范叔(実は秦では宰相となっていた)が旧主に敬意を表して粗末な服を着て現れたのを不遇と勘違いし憐れんで着るものを贈ったという『史記』中の故事を詠んでいる。「尚綈袍の贈有り、応に范叔が寒を憐むなるべし、天下の士なるを知らず、猶布衣の看を作す」(『国訳漢文大成 文学部第五巻 唐詩選』より、大正九年)。ここでは、須賈が村人に、范叔が主人公になぞらえられていたことになる。

[五] 郷土の土を踏むことよりも、郷土の懐かしい食べ物を口にするためにこそ帰郷した自分に対してであれば、なおさら(土地の特産でもてなそうとする)、の意味。

[六] 『甘木市史』下巻が紹介する方言の一例。「おまや どこいきよるかい、ばさろ早よ。おりかおいはんげに いきよるばい いさぎゅいってくるなけ まっちょって くれっさい。いってけ まっちょろ。」。これを標準語に直すと、「おまえは どこへ行っているかね大へん早く。おれか小父さん方へ行っているのだよ 急いで行ってくるから待っていてくれ ねぇ。いってこいよ 待っておこう。」となる。

言慣れし京語を棄てば、唯《ただ》少しく変れる顔と声の外見るべき土産はあらざりき。然れども鄙の耳に京語の苦《にが》きは、都会に鄙語の卑しきに異ならねば、我が故郷の我に復る為めには是も亦《また》棄てざる可《べか》らざりしなり。去れば我は頭初より茲に務め、一日半にして全く鄙文庫を胸中に置き得たるには、渠等《かれら》も殆んど舌を捲きたり。渠等は予《かね》て都会見物の村男女等が、一日にして都音を齎《もた》らす其の軽薄を憎みし故《ゆゑ》に、我が其反対に出でしは、如何許《いかばかり》渠等の喜びに入けるよ。諸凡の快楽各種の会話に、我近《ちかづ》けば近くほど、渠等は天人の如く我を待ち、時の間に吾風説は一村に流布せられぬ。我は唯戦場に蒙《か》ぶる兜も、息《いこ》ふ為には脱がざるべからず、戦ふ時には復《また》冠るといふ、当然の答を為せしも、渠等は猶《な》ほ格別の美徳の如く称賛せしなり。

我嘗《かつ》て酒を禁じて大に身躰の健康を得にければ、此二三年は殆んど禁酒の様なりき、去れども渠等の前に其好む所を同《おなじ》くし、渠等の満足に由りて吾帰省を快楽ならしむるは、甚《はなは》だ罪なき事と思ひければ、乱に及ばざる迄は常に飲むことと定めたり。然れども我が渠等の贈物を愛づるや、渠等の心、一杯には一杯の名誉を感じければ、陶然大酔に至ること数回。蓋《けだ》し平生慰藉の楽園と呼做《よびな》す故郷に、吾人の屢《しばしば》[一]する能《あた》はざるものは、道の遠きが為ならず、費を惜むが為

一「しばしば」のあとに、意味のうえでは「帰省」が省略されている。

にも非《(あら)》ず、只時間の乏しきのみ。首府は名誉の駈場[二]なり、一[三]回頭の間に幾多の変遷は去来せり。[四]「生年不レ満タレ百ニ、常ニ懐ク二千歳ノ憂ヲ一、昼ハ短ク苦ム二夜ハ長キヲ一、何ゾ不ル二秉リテレ燭ヲ遊バ一」と。古人も快楽の時なきを歎ぜしなり。多年天涯に流落して、偶《(たまたま)》還りて故郷を見る、酔ふて児女の一笑を博するも亦何の累《わづらい》かある。

我は今辺りの親戚を見舞はんとて、先《(ま)》づ嫂の里なる酒店に到れり。店頭には村の酒徒充満し、半ば我が面識せる輩なりき。主婦は今交際場裡の女王の如く、多客の間に立ち廻りしが、我を視て微笑しつゝ奥に誘《(いざな)》へり。我は今渠等の敬礼の裡に入来すれば、[五]偃息《(えんそく)》したる此家の隠居は奥座より出で迎へたり。嗚呼《(ああ)》斯《(この)》隠居よ、渠は昔し豊《ゆたか》なりし富を以て、其妻の手に任せたれば、今は洗ふが如く貧しき此の日にも、心おきなく妻の手より養はれたり。渠は吾郷の文学家にして、当地方神社仏閣の奉額に渠が読みし発句なきはあらず。渠少《(わか)》かりし時、[六]富める思想の浮ぶに任せて読みたりし、人世栄枯の無常をば、老年に呼び来したる不運に遇へり。然れども若《(も)》し此予想なかりしならば、富貴一朝眼を過ぎて消ゆる時、如何許《いかばかり》か失望の鬼に追はるべかりしも、渠は少しも世の憂と齢の萎《(しぼみ)》[七]に暴《さら》されで愉快に高臥し、楽隠居の名を以て他の老人の裡に羨まれたり。渠は其長女の幸運を祝して、其良人なる吾兄の富有と慈善とに余生を托し、其妹を他

二 首都を、名誉を追いかけて走るランニングコースにたとえている。
三 「回首」が、振り返る、回想する、というような意味。回頭もこれと同じ。ここではちょっと(一回)振り返るだけでも、というような意味。
四 『文選』巻二十九「雑詩　上」中の「古詩十九首」のうちの第十五首。作者不詳の五言十句の古詩。人生はそれほど長くないのだから、楽しみをなそうとしたら今という時を逃したらだめだ、というのが詩全体の意味。引用部分はその冒頭の四句で、百年も生きられないのだから千年も先のことを心配するのは馬鹿げており、昼が短いのが不満なら夜も明かりをつけて遊べばいいではないか、と言っている。この冒頭については「起二句は千古の名言である。ロマンチックな詩想、享楽主義の人生観を、かなり強く表わしている」(内田泉之助・網祐次『新釈漢文大系15』昭和三十九年)との評がある。
五 寝ころんで休む。
六 ここの「富める」は、そのちょっと前の「豊なりし富」とは別。思想が、豊富でさまざまにわき出てくる、というような意味。
七 文字通り「しおれる」、「おとろえる」という意味だが、少々未熟な表現の印象を与えるのは、「世の憂」と「齢の萎」とを無理に対句的にしようとした結果。

の遠村地主の子に与へて、最早《もはや》浮世を終へしと思へり。其嫡子の傲慢なるを、妻が蒔《ま》きたる甜愛《てんあい》[一]の実として、妻が自ら嘗むるに任せ、以下の児女をば渠等《かれら》を守る神と仏と、渠等を眺むる世間の愛憎に放ちしなり。渠が残れる業とては、唯《ただ》郷党の相談に昔し大なりける其顔と語を仮すことと、他の喜悲哀楽の家に其身と同情を投ぐることの外なかりき。去れば吾帰省の即時にも、近処の祝意を代表したるは此隠居なりしが、今日も我に贈るべき寸志なりとて、一札の短冊を取出し、莞爾《くわんじ》として左の如く書きたり。

　つむ雪のとけて今日より梅の花。

渠が額には愁怨[二]なく、胸裡には憂色なく、言語には湿気なくして、偏《ひとへ》に吾満足を喜びける、其愉快なる光線は、真に吾肝肺に写されしなり。

此楽隠居が郷党に祝せらるゝほど、其妻は忌まれたり。渠が貧を苦むは宛《さな》がら囚徒の鉄鎖を苦みて、之を除かんと悶ゆるほどに、益々《ますます》鉄鎖に嚙まるゝに似たり。渠は前日の奢侈と浪費の為に富有を失ひたるも、其富有の記臆の渠に纏へるは、宛《あたか》も旧情人の幽霊の如くなり。渠が願ひは一日も早く旧時《むかし》に返るべきことにありて、渠が心中の妄念[三]も亦《また》常に悪魔を呼べり、長寿を求むる王者に不老丸煉られ、死を慕ふ皇帝に返魂香《はんごんかう》[四]焼かれし如く、新聞紙上に端《はし》なく見えし投

一「甜」は甘い。食べ物にも、感情や態度にも使う。

二 底本及び六版、十五版では「愁焰」。〈笹淵注〉はここでの「焰」の使用に疑問をいだき、「愁怨」の誤りか、としている。次頁には「苦焰」ともあるので迷うところだが、〈笹淵注〉に従う。愁怨以外にも、「愁緒」、「愁眉」、「愁悶」など、いろいろあり得る。

三 底本及び十五版では「忘念」だが、六版に基づき、このように改めた。

四 返魂香にまつわるエピソードとしては、漢の武帝が夫人の死を嘆き悲しんで香を焚いた逸話が有名。

機業の効能は、遂《つひ》に渠を心底より動かしければ、渠は即時に借金して其の嫡子を遣《や》り、投機場に上らしめしが、一挙して敗れ、非運は家の五首石《おやいし》を震ひたり。此時に当りて、渠若《も》し此家の六立法官たるに止まらしめば善《よ》かりき。執行官を兼ねしむるも女将軍の力能《よ》く投機場の任に堪へしならん。然れども渠は一飛して司法官となれり。其計画と失敗とを以て其子を弾劾し、熱怒の余りに、其子を追ひて吾家の一柱なる長弟を養子にせんと宣言して、罪もなき吾母を震慄せしめぬ。去れど親の迷ひも半分は子の為なれば、彼亦《また》如何にも其愛子を追ふべき。然れども一家生活上の計画に於て、渠が立法官より司法官に移ることの自在なるは、転《うた》た前途の望みを暗くし、斯《か》かる境遇に唯一の慰藉なるべき家族の快楽は、氷の如く冷えわたりしなり。主婦は今其店頭より最好の酒を持ち来れり、渠は宛《あたか》も七失楽園のサタンが地獄に於てすら猶《な》ほ望を繋げる如く談じたれども、其心中を焦せる貧の苦焔は、絶へず其舌頭より溢《あふ》れたり。渠は吾兄を八生命の樹の如く称讃し、其嫁を不如意の動因とし、其の転業の頻々《しば〳〵》なるに拘らず、渠が之に応ずる気転乏《とぼ》しきを咎めたり。其次女の結婚に於て衣裳道具の欠けたりし事を悔《くや》み、其の第三女の甚《はなは》だ学問を好めるにも拘はらず、九小学科程をも了《を》ゆるに至らざりしことを痛むなど、凡《すべ》て前日の栄花と思ひ合せて打ち怨じたり。其

五 土台とか基礎というような意味。〈笹淵注〉は『旧約聖書』「詩編」一一八章の「家を建てる者の退けた石が／隅の大石となった」の影響を指摘している。

六 立法、司法、行政の三権分立を、ここでは一家庭を舞台に、立法官、司法官、執行官の役割に見立て、計画が破綻するとこの酒屋の主婦が司法官気取りで息子の失敗を弾劾したことを、諷している。

七 イギリスの詩人・ミルトン(一六〇八-七四)の代表作であると同時に、イギリス文学の最高峰とも目される長編叙事詩。神によって地獄に落とされたサタンが、復讐を目論み、アダムとエバに禁断の木の実を食べさせることに成功するエピソードを踏まえている。

八 〈笹淵注〉は、『旧約聖書』「創世記」二章にでてくる、エデンの園の中央に植えられた「命の木」をここに重ねている。

九 『甘木市史』下巻によると、明治九年頃の福岡県の小学校への就学率は、男子が四七%、女子にいたっては一三%に過ぎなかったという。したがって、県による修学奨励も厳しく、児童数に応じて色違いの校標を授与したりしていたともいう。加藤新吉は『三奈木村の生い立ち』のなかで、明治四十年頃でも、「農業をするのに学問や教育はいらないと考えられていた。学校に行くことはぜいたくとも考えられた。女子の場合は特にそうであった」と述べているので、一般的にはこの三女のようなケースは稀ではなかったと考えられる。ただ、かつての「栄華」を思うと、というわけである。

爽やかなる言語と抑へ難き気象とは、猶《な》ほ幾百難を惹き起すべき余勇を顕せども、其好笑に於て現在の苦厭を吹き出せるは、殆ど我をして無価《たゞ》飲む其美酒を苦《にが》からしめたり。此家の嫁は折々器皿を運ぶ為に出現したるが、渠《かれ》が紅顔も早や淡く、豊かなりし頬も萎《しぼ》み、愛《めで》たかりし眉目も痛く寞《さび》しく変はりけり。我は屢《しばしば》渠に物云はんとせしかども、渠は故人として恥ぢたるにや、他人の如く疎々しく、唯来りては復《ま》た去れり。渠が今貧き児を胚《はら》みてあるを認めし時に、我は窃《ひそか》に背面して涙を拭きたり。

時刻移りければ、他の貧民なる老父が病むなる対家《むかへ》に往きぬ、此家の少寡婦《わかやもめ》は今機《はた》を織りける処なりき。渠は柔和の笑顔[一]を以て我を迎へ、今朝書きたる礼を叙べ、我を其父の病床に誘ひたり。家は早や老いたるも、渠が手に奇麗に拭《ふ》かれ、古き畳も一介の塵だに揚げざりき。奥室に蚊帳の釣られて病人は円《まど》かに眠りぬ。寡婦《やもめ》に聞けば、今渠が言葉は唯《ただ》泣《なく》ばかりになりぬと、斯《か》くて寡婦は膝を折つて蚊帳に寄り、団扇《うちは》を以て外より病顔を扇ぎつゝ、「父よ父よ」と小声に呼びたり。病人は重く起き、我を見て先《ま》づ嘘欷《きょき》せり。

「ア、卿《おんみ》は健《さか》しく[二]帰りぬ、我は早や此通りに病みぬ」と。

老いたる哉《かな》叔父よ、渠は吾村の巨人、尋常の力士に勝りて肥へ、歩く能《あた》はざ

一　底本及び十五版では「笑談」だが、六版に基づき、このように改めた。

二　底本及び十五版では「珍しく」だが、六版に基づき、このように改めた。

る程満ちたりき。今其疎なる頭髪、涙に乾かぬ睫《まつげ》、長く窪《くぼめ》る頬の線を見よ、渠が陰影は其儘《そのまま》墓をなせるなり。嗚呼《あゝ》老いたる哉叔父よ。

渠が六十年の生命は、唯《ただ》曳延べたる苦痛なりき、其青年の遊蕩は一家を陥れ、唯零落をのみ残したり。家系の非運も亦《また》初めに其先妻を奪ひて長子を残し、再び後妻を奪ひて二男三女を残したり。[三]伯は今家を出でゝ侠客となり、仲なる匠《たくみ》は未だ一家を活すに足らず。叔の放心は転《うた》た其父旧時の追懐を恥かしめ、長女は其良人を喪ひ、大帰して此寡婦となり、以下の二妹は母なく生ひぬ。渠は今[四]正覚して是等の不幸と苦争《もが》きしかども、老《をい》と萎《しぼみ》とは渠を力なからしめ、遂に病みて起たざる苦痛に渠を置きたり。唯渠が猶《な》ほ泣き得る日に、吾顔を渠に見せしは、諸共《もろとも》に限りなき幸なりき。

今床の楣間《びかん》を仰ぎしに、思ひきや今朝書きし天の詩の、今は美《うる》はしく表具せられて、此家の篆額《てんがく》となれるなり。是より外に秘蔵なきほど此家の貧しきことこそ憐れなれ。去れば我は病者が額を指して天と云へる笑顔の上に、久しく其臥床を纏ひし死の蔭、[五]陰府の羽消えて、天国の微光の上れることを認めしなり。

ア、神よ、吾事の斯《かく》ばかり渠に功徳ありしを謝す。渠貧しく一物なけれど、凡《すべ》ての代りに天を得たり、確《たしか》に猶太《ユダヤ》[六]の詩人は云へり、「[七]人の富みて栄華加はる

三「伯」は長兄、「仲」は次兄のこと。父母の兄や姉も「伯」、「伯父・伯母」と呼んだ。ちなみに三兄は叔、末弟は季。これらをあわせて「伯仲叔季」という。いずれも中国語から来ている。かつては名前にこれらの文字を入れて、兄弟間の位置を明示した。

四 正しい悟り、妄惑を断絶して仏果を成就すること(『大漢和辞典』)。

五 地獄、あの世。「羽」はその上(この場合は臥床)を被う、というような意味。ただし〈笹淵注〉は、羽や翼は聖書では神の愛と結びつくイメージであるとして、ここでの使い方に疑問を呈している。

六 コラの子のこと。『旧約聖書』「詩編」の途中から、ダビデの詩からコラの子の詩に代わっている。

七『旧約聖書』「詩編」四十九章十七―十八節に、「人に富が増し、その家に名誉が加わるときも/あなたは恐れることはない(後略)」とある。

時懼《おそ》るゝ勿《なか》れ、渠《かれ》が死ぬ時は何をも携へ行くこと能《あた》はず、其栄華は渠に従ひて下らざるなり」と。見よ[一]人は裸に来りて裸に帰る、誇る処は裸の清きにあるのみ、老人の貧にして病める、決して笑ふべきに非《あら》ず。

寡婦は問へり、「我等には東京も用なけれど、せめては都人の生活なりと聞かしてよ」。

我即《すなは》ち答へて曰く、「[二]逆旅《げきりょ》に生れ、下宿に育ち、酒肆に祝言し、仮住居に迷ひ、病院に死して、他郷の土に埋まる、卿《おんみ》よ是れぞ都の生活なる」と。病人は偃《せ》き敢《あ》へぬ涙を飲みて、「さては生れし土に死ぬる我身はそも如何許《いかばかり》の幸ぞ、……去れど吾児等こそ今は何処に迷ふやらん、何事も此娘《このこ》一人に負はしつゝ」。

少寡婦は一滴の涙をうかめて、語り出るは其家の始末なりき。吾上京の頃までは、叔父は林外の人にして、寡婦は夫の家にありき。当時兄なる匠は時の不景気に事もなければ遊食し、弟は旅より旅に商法を営めども、自ら活くるにさへ足らず、以下の二女は唯《ただ》其父の命を殺ぐのみなりければ、渠《かれ》は暫時里の助に去らんと焦《あせ》りし折、偶々《たまたま》良人死して、養ふべき子のなきを幸ひ、嘆きの裡にも家に帰りたるに、耕す田も織る機もなく、往々食はぬ日もありて、外出もせで[三]菜色を包みき。辛《からく》して蚕の時節に達したれば、両妹をば[四]手紅に遣はし、寡婦は

一『旧約聖書』「ヨブ記」一章二十一節に、「わたしは裸で母の胎を出た。裸でそこに帰ろう」とある〈笹淵注〉。

二 宿屋という意味がふつうだが、ここでは、旅の空で、という意味。

三 人の飢えたさま、わるい血色、菜を食ったような顔色(『大漢和辞典』)。それを人に見られないようにしたということ。

四 「紅」は「工」に通じるところから、機織りの女工や工女を、「女紅」、「紅女」などと表記した。また「手工」は「手サキニテスル工芸」(『大言海』)の意味なので、これを「手紅」と置き換えれば機織り作業を意味することにもなる。どちらにしろ、機織りがらみであることは確かで、ここでは「両妹をば……遣はし」という前後の文脈からも、機織り女工のことを指しているととるべきだろう。

父と長弟を牽ひて瑣細なる養蚕をなし、漸《やうや》く一基の機を借り得て昼夜に織り、始めて常食に就きしとよ。

其後は養蚕の盛なるに従ひ、機の頼みも多ければ、養蚕は父と弟に任せて専ら織焉《をること》のみに急きつゝ、烟筒も亦《また》黒まりぬ。寡婦は年猶《な》ほ壮《わか》ければ、憐んで再縁を勧むる人もあり、又父に幸なる縁談もありしが、我なければ父安からずと、情なくも皆辞《こと》はりぬ。今は其丹心の知られてや、勧むる人もなくいと心安くなりぬ。

[五]去れど寡婦の本望は、独り活くるのみならず、今を昔しに返すにありき。其家も亦《また》吾家の旧枝、叔父も昔しは富有なりき、今貧しく終はるといへども、生前六人の子を育てたれば、指笑すべき人にあらず、去れど世間の口は是非なし、親悪ければ子も無頼に、年老ひて便なく死ぬと、噂さるゝ悲しさに、寡婦は生活に余れば時衣、新服、日月と共に調へつゝ、寺参にも宮詣にも、他の善き老人に加はらしめしが、遂に其林外より先祖の礎《いしずへ》に手を置きしは、四年前のことなりき。

寡婦は今語を継ぎて曰く「妾が身は貧を負ふて生れたれば、骨折りても貧は脱けず。去《さ》り乍《なが》ら汗の油の積りてや、一家の衣食も余りあり、妹も早や嫁期《としごろ》な

五 底本及び十五版では「去れば」だが、六版に基づき、このように改めた。

れば、縁ある儘《まま》に嫁《よめい》らしたり。残る小妹も母なし育ちと、世間の笑もあるべければ、吾手にかけて髪結《かみゆひ》、機織《はた》、裁縫など、妾が覚へし儘授けぬ、去れば妾の苦心を察して、長弟も亦《また》道具を負て遠方に出でぬ。唯《ただ》手に余るは季弟にて、父の悲嘆も近処の勧告も耳にせず、旅より旅に迷ひつゝ、他人に迷惑かくるほど身も遠ざかり、久しき以前馬関に漂着し、偶々《たまたま》昨夜帰り来ぬれど、一夜寝て又出でたり。去《さ》り乍《なが》ら渠《かれ》も亦思慮なき輩にもあらねば、必らず悔る日もあるべし、妾は深く気を痛めず。父も妾の意を酌みて、此頃は病重りたれど、何事も心に忍びて、働く儘に妾を放ちぬ。親娘《おやこ》同身一躰の、世にあり難き喜びも、貧なればこそと思へば、今は却つて世は楽しく、零落すれば世間の愛憎も人情も、掌に取る如く見ゆるなり。去り乍がら、卿《おんみ》の兄は善人なりと賞めぬ人はなけれども、妾等親娘ほど知るは少《まれ》なるべしと、日毎に父と其話《はなし》、生仏と崇めあへぬ」と。

此悲しき快楽の物語りに、病人は折々胸の時雨《しぐれ》に咽びてありしが、茲に至りて嘘欷《すゝ》りたり。我之《これ》を聞きて長息黙然たること久しかりき。漸《やうや》くにして寡婦《やもめ》に云ふ。

「実《げ》に卿は生れ乍らの学者なり。隠れたる君子なり。世は皆な論語読みの論[一]

一　書物の中身は理解できても、これを実行することのできない者を諷して、こう言う。ロドリーゲスの『日本大文典』にすでに「ロンゴヨミノロンゴヨマズ」(『故事・俗信　ことわざ大辞典』)とあり、江戸期の戯作類にも使われている。

語知らず。唯書物を読まざる卿の胸に論語宿れり。卿能《よ》く聞き取れ、昔孔子[二]に子貢と云ふ高弟ありき。或日其師に問ふて曰ふ、「貧して諂ふことなく、富みて驕ることなき如何」。孔子答へて宣《のたま》へり、「未だ貧して楽しみ、富みて礼を好むものには如かず」と。富みて礼を好む者、今の世にありやなしや。去れど貧して楽しむものは、此家にこそ見られたれ。卿の胸には論語あり」。

渠は大に驚きて答へり、「妾は決して文字を知らず書をも読まず。妾は唯貧しき賤女《しずのめ》なり。斯《かか》る賞美を受くべからず。妾は唯苦にならざる程に貧乏に親しみたるのみ」。

我は遮りて曰へり、「我は強ち卿を学者にはせじ。去れど我も亦卿の履歴を東京に履《ふ》みたれば、卿が以て同情相語らんと思ふのみ。実《げ》に我も一度世に棄られ世界の底に落ち、身の外頼むもののなきに至りて、始めて自身の価値を感じぬ。他人の膳より食ふ間は、自ら思ふこと塵の如く、我奮ふ時は、自ら九鼎大呂[三]の重きを知る。今は我窃《ひそ》かに自立の根底を得て、之を多くの友に語りたるも、唯漫《みだり》に荊棘路《いばらのみち》を説く勿《なか》れと答へられしのみ、偶々帰りて卿に聴く「[四]友遠方より来る、亦楽しからずや」といふも愚よ。今日の会話我は吾満足によりて卿の満足をも思ふなり」と。

二『論語』学而篇中の逸話。孔子が、貧しくとも今を謳歌し、恵まれていても礼節を忘れぬことを上位に置いたのを受けて、あなたがたには貧しくとも今を楽しむ余裕が見られると主人公が賞賛している。

三 九鼎は夏の禹王の時九つの州から献上された黄金でつくった鼎、大呂は周廟の大鐘で、どちらも国の宝器だったので、九鼎大呂で、重い地位や名望などのたとえとした（簡野道明『故事成語大辞典』明治四十年）。

四 これも『論語』学而篇中の言葉。同じ考えの持ち主が身近にいなくて、遠くの人、遠くからやって来た人達の中のほうにこそ共鳴者がいるとしたら、それもまた楽しいことではないか、というような意味。ここでは、自立に至ったみずからの体験の価値が東京の友人達には共感してもらえなかったが、こうしてたまたま帰郷して考えを同じくする人に出会えた。孔子の言った「遠方」などではなく、思いがけずこんな身近なところに、というようなニュアンス。

渠《かれ》は眼を瞬《またた》きつゝ釈然たる顔色、暫時は無言なりけるが、漸《やうや》くにして笑み且《か》つ曰ふ、「今こそ斯《か》く弱りてあるも、父が素志は、卿《おんみ》等四兄弟の細君を世話することに在りて、常に曰ふ、酒家（吾家兄の婚儀）と宮野（吾少兄の聟入）には、既に吾一臂を致したれば、是よりは卿の為に宮野の妹娘を得、卿の弟氏の為めには甘木の季娘を得まほしと、去れど卿は都の人なれば、田舎よりは娶られまじきや」。

秘想の鍵を打ちたる突然なる此質義に、赤面動気一時に襲ひ、真実臨終まで吾兄弟を思ふ此老人の心底に感謝したり。去れど自ら気を静めて何知らぬものゝ如く問へり、「宮野の妹はまだ何方へも縁づかざるや」。「然り彼家は皆卿《おんみ》の帰省を待たれしなり。卿一家殊更母上の素望も亦《また》然るなり」。我は唯《ただ》満眼の喜を以て答へぬ、「吾妻の為斯ばかり親族帯の満足に入らば、唯々老人の意《こゝろ》のまゝ」と。此話を聞きて病人は再び咽べり。実に我が此返事は、渠《かれ》の為には死出の土産にありしぞとよ。

此時家の少女は刻限なりとて午飯を出しぬ。我は快楽の此家に蘇生せしを感じて思はず強食[一]せり。椽の外、放朗なる空庭を隔てゝ、緑芋青蕪遥かに竹樹に連なりつゝ、広く涼しく眺められ、樹間に吹きける清風も、其青羽を椽側に払

一『大漢和辞典』には、「つとめて飲食を取って身体を養ふこと」とあるが、それよりもここは、「強飲」の「つとめて飲む、強ひて飲ませる、多量に飲酒する」のうちの「多量に飲酒する」にひきつけて、思わず大食いしてしまった、とでもとったほうがよい。

ひしなり。我は此家の安《や》すきに安んじ、日の暮るゝまでは去らざりき。

　此夜吾同年の友は、我為に牝鶏を割き好酒を置き、村の逆旅[二]に我を歓迎しければ、我は唯其好意の故《ゆゑ》のみならず、久しく疑ひし吾荒破村を観るは、此交際場なるべしと思ひければ、定刻に逆旅に入りぬ。渠等の員は点燈時分に満ちしが、皆手織の厚く地味なる単衣を着、甚《はなは》だ低く帯を結びぬ。其頬は新なる汗の湛へて、浴湯《ゆあみ》[三]の晩《おそ》きを示し、其顔色の黒きを以て、野外の生活をトせしめたり。博多語《はかたことば》は今忘れられて、純粋なる土音滑稽は滴々頷《あご》[四]を解き、或は其健腕を燈下に較べ、日中の労力を誇り、到る所田舎漢の真面目を洩したり。我は窃《ひそ》かに渠等の一人に、今年の桑苗如何なるやを問ひしに、渠等は顔を顰めつゝ「是は一場過眼の夢にして、二年以来皆農事に復《かへ》りぬ」と、殆ど忘れしものゝ如く答へ、我をして頓《とみ》に安堵せしめたり。坐定まり宴初まり、遂に東京なる質問の継出しければ我は左の如く答へたり。

「然り吾友、実に東京の繁華は卿等の問ふ所の如く、浅草観音の耳は、処女の願言に眠る間なく、新富座[五]の演劇は、食頃《しょくけい》に巨万の富を挙げ、神田祭[六]に死人あり、夜毎に火事の花は咲き、チヤリネ[七]の曲馬は都人の金庫を震ひ、花巷には不夜城あり、銀座には暗夜なきも、我は敢《あへ》て告白す、都は寥《さび》しき社会なりと。

二　宿屋のこと。時に旅のことをも指す。李白の「天地者万物逆旅」を始めとして、中国古典の頻用語。
三　ついさっき風呂に入ったばかりで。旧友を迎えるために、彼らが精一杯身繕いしてきたことが、ここからわかる。
四　あごをゆるませる、すなわち方言丸出しの面白おかしい遣り取りが途切れることなく延々と続いたので、めいめいがあごをゆるませ、いっそう軽口や饒舌に花が咲いた、というような意味か。
五　京橋区新富町にあった劇場で、中村座、市村座と並んで江戸三大劇場の一つ。当初は木挽町にあったが、たびたび火災に見舞われ、浅草の猿若町を経て、明治五年に新富町に移転し、新富座と称した。
六　江戸二大祭の一つ。湯島台の神田神社（神田明神）の祭で、日枝神社と隔年交代でおこなわれた。九月十五日が祭礼日。江戸を代表する神田っ子の祭なので、豪華絢爛で知られた
七　明治十九年九月に来日し、秋葉原で興行した曲馬団のこと。ミニ動物園も併催し、人気を博した。チャリネは団長の名前。

煉瓦の大厦、四壁の長家櫛比《しっぴ》して空地なく、屋上ならずば、物置場なき程なれども、其合壁は万里の長城、其敷居は[一]絶処の関門なり、百万の都人は勿論同じ管より飲み、同じ天より呼吸するも、其交際は唯一家内の快楽なり。毎朝顔を其隣人に対するも、其隣人は日に異なれり。其家に昨日は貸家の札張られ、今日美麗の店張られ、明日は又売家の札張らる。亦《また》何人にか打ち解くべき。是《これ》故《ゆゑ》に渠等《かれら》の快楽、憂苦、恋愛、親切、皆家の奥に畳まりて戸外に溢れず。其れ然り、変化多き土地には、永久なる交際ある[二]理なし、吾友よ卿等《おんみら》は知れり、鄙にありては、二里三里の他郷より[三]情人を得ることを、然れども東京にありては、唯《ただ》家内主従の恋あるのみ。大坂の[四]お染久松、江戸の[五]お駒才三、京都の[六]お仲清八等の活劇は、是れ都会に於る常情のみ。蓋《けだ》し都会の声は個々乱れ弾く音楽の如く、賑かなるに似て騒がしく、村家の声は合奏したる調子の如く、淋《さび》しきに似て甚《はなは》だ温《あたゝ》かなれば、都会は一時の滞留に適するのみ、永久の住処は村落にこそあれ」と。

解せるも解せざるも、渠等は一同感嘆の辞を為し、猶《な》ほ二三の質問を為《な》し了《を》へて、行酒急き放歌溢れ、初めには流行遅き都の調《しらべ》、次に耳新らしき田舎歌、最後に全く知るに及べる古謡歌はれ、絃声一夜一村を傾け、相散ぜしは鶏鳴の

一　要害堅固なところ。ここでは、都会での個々の住居を指し、敷居がそこへ入るための狭き門のような役目をしていると言っている。隣人のことには無関心な都会人の、自分さえよければ的なあり方を嘆いている。

二　底本では「山」だが、六版では「由」、十五版では「理」となっている。全体を見ると、誤植をのぞけば、基本的に、六版→十五版→底本と、推敲のあとが伺われるが、「山」に関しては誤植と判断されるので、十五版に基づき、このように改めた。

三　中国語では「恋人」のことだが、ここでは花嫁のこと。

四　油屋の娘・お染と丁稚・久松との悲恋話。近松門左衛門を始めとして、多くの作者によって劇化された有名な実話。

五　腰元勤めのお駒と家臣尾花才三郎との恋の話に、お駒の婿が実は盗人で、その婿をお駒がふとしたことからあやめてしまう、といったようなエピソードがかけあわされている。

六　未詳だが、「家内主従の恋」で似たような名前としては、西鶴の『好色五人女』や近松の『五十年忌歌念仏』に登場するお夏・清十郎のケースがある。お夏が手代の清十郎と通じる話に、清十郎が窃盗や殺人の罪をきせられる話が重ね合わされている。

頃なりき。

[1]第六　恋　人

[2]盛年不㆓重テ来㆒ラ、　一日難㆓シ再ビ晨㆒ナリ、
及ㇾテ時ニ須㆓シ勉強㆒ス、　歳月不ㇾ待ㇾタ人ヲ。
……………………陶淵明雑詩

[3]陌頭楊柳ノ枝、　既ニ被㆓春風ニ吹㆒カ、
妾ガ心正ニ断絶ス、　君ガ懐那ゾ得ンㇾ知ルコトヲ。
……………………郭振子夜春歌

我が故郷の快楽は、今や恋の幻影によりて高まりぬ。嚮《(さき)》に向家《むかひ》の寡婦《やもめ》が語りし宮野の妹なる一言は、吾情奥の琴を弾じければ、胸を環る血線は宛も美妙なる音楽の如く、満身に響き亘りぬ。今は宮野の訪問の、片時も猶予なり難ければ、帰省の第三日の未明に出て往きたり。昨朝眺めし[4]故郷の幻影も、今日は又今日の景色あり。昇る朝日を樹蔭に回顧し、[5]緑蕪の間に秋風を受け、遠くの森に豊なる炊烟を認め、太古に似たる青墓をも、我は爽かに歌ひて過ぎ、猶《(な)》ほ[6]積翠を渓流に収め、尾花の露を山路《やまじ》に払ひ、三叉の途に孤屋を残し、行き行いて

一　底本及び六版、十五版とも、「第四」となっているが、改めた。

二　『陶淵明集』巻四・五言詩のなかの雑詩十二首中・其一の後半の四句。第五「郷党」の冒頭の引用句の続き。時を無駄に過ごさないよう詠っているが、本文とのかみ合わせはさほどぴったりとは言えない。なお、底本及び六版、十五版とも、「青年」となっているが、流布している原詩に基づき、このように改めた。

三　初唐の詩人・郭振(六五六―七一三)の五言絶句「子夜春歌」。春なのに男の心が離れていったことを嘆いている。郭振には「子夜四時歌」六首(春秋冬各二首)があり、これはその中の春歌の一。「子夜四時歌というのは、「晋の時女子子夜と名くる者始めて此体を創むと云ふ。大抵四句の短篇にして、男女風懐に関するもの多し。又四季の景に寄せて情をいふものあり」(『日本百科大辞典』)。郭振のこの詩は『唐詩選』におさめられるなど、きわめて著名な作。

四　底本及び十五版では「故卿」だが、六版に基づき、改めた。

五　緑の雑草。

六　次々に目に入ってくる渓流沿いの緑色をした山や森の眺め。

太《(い)》と寞《さび》しき此地方の幽霊場なる七曲《なゝまがり》の野に出でぬ。其第三曲の衝に当れる、古[七]石の露仏は、依然として立ち老いたり。

抑《(そもそ)》も此の慈悲ある地蔵尊は、何が故《(ゆゑ)》に茲処にありやは、久しく解けざる疑問なりき。迷ふ由なき一線路に路標《みちしるべ》の要もなく、妖怪なき日中には守護の功力もなく、衆生済度の大願を以て、徒《(いたづ)》らに月下の影法師と化し、雨夜の迷狸狐と顕はれ、来るものには敵となり、遁るゝものには追手となる、仏者の功徳は焉《(いづ)》くに在るや。是に於て乎、近所の古老は其の由来を想像し、或は是処は昔怨霊幽鬼の場なれば、仏像を以て其魂焰を調伏せしなりと云ひ、或は非業の死者を埋めし処なりと伝へ、相附会して其記臆を怖《おそろし》くせり。鄙青年等も亦、或は祈願応験の感謝の為め、白布を仏の肩に纏ひ、或は草葉の衣の冷たき上に、猶《(な)》ほ二三の樹木を加へて、転《(うた)》た其眺望を悽くしたり。

我は嘗《(かつ)》て半月半雨の夜に此処を過ぎたることありき。我は第一曲の端に慄へる足を、一歩一歩に進めつゝ、暗光ある仏像に変化の機会を与へざる為め、一心に凝視せし間に、忽焉《(こつえん)》仏頭より迷ひ出でたる白光を認めぬ。其恐しさに我が脚根は地に沈み、生気は全身を棄て、眼は脳中に埋もり、呼吸は心底に潜みたりき。数分の間我は吾辺に何がなりしかを知らざりしが、漸《(やうや)》くにして耳復《かへ》り脈

七『甘木市史』下巻には、観音、地蔵、薬師、阿弥陀の諸仏が祀られている村堂の一覧(総数二三〇余り)と、祠は持たずに石塔の形で祀られている猿田彦、庚申の一覧(総数一六〇余り)が掲げられており、それらを見ても、仏像なのに祠を持たない、「古石の露仏」が珍しいのがわかる。主人公のこの地蔵へのこだわりも、理由のひとつにはそれが考えられる。

開き、恐怖の流瀬を踰《こ》へたる時に、我は猶《な》ほ白光の人高の空に釣《つ》られ、其緩く翻り来る調子に、細《さゝやか》なる響遠く聞えて地に伝はるを覚えぬ。白光は広がりつゝ眺むる程に天蓋となれり。是は吾目の迷ひならんと、幾回か瞬《またゝき》せしも、渠《かれ》は猶ほ近く我に寄りたり。我は寒《つめ》たき身を移さんとて自ら奮ひたるも無益なりき。猶ほ悽かりしは浮べる布の端に、仏像の見へ隠れつゝ睨むにありき。我は慄《おのゝ》き佇《たゝず》みつゝ屹立点に固着せし間に、白光と地の音とは益《ますます》近く、悽影凝りて一個の陰形《おんぎやう》を顕したるを、熟《つらつら》見れば、是は如何に傘さし来る夜行人なりき。嗚呼《ああ》我も亦《また》傘を持ちたりき。我が渠《かれ》の傘を恐れし如く、渠も我が傘を恐れたりき。唯渠は慣れたる夜行の実験に於て、幽霊場は緩く過ぐべきことを悟りたるが故《ゆゑ》に、たとひ我を恐れつゝも、徐々に此方に進みしなり。渠は今我為に守護の活仏となりて、恐怖に対する吾後楯と思はれければ、我も亦此の悽き死仏の影を、後に見て安然に過ぎ行きたり。然れども爾後我が暗夜の旅行に於て此一場を追懐する毎に、白光の天蓋は、常に吾眼前に幻影を叙《の》べたり。

　去《さ》り乍《なが》ら今日の我は早や昔日の我に非《あら》ず今は血気の壮年なり。曾て玄界の怒濤を乗り、遠州灘の大瀾を過ぎ、荒涼なる武蔵野に寝ね、幽邃なる日光の深《しん》壑《がく》を伏仰し来り、亡魂に疎き理学を修め、文明国の信仰を銘し、新に凱歌を歌

一　空中の、人の背の高さほどの所、というような意味か。

ひて帰り、故郷の快楽愛の望に充されつゝ、満眼の視線天下を小にする意気を以て、此の小径を過ぐるに当り、何物か亦我を蠱惑《こわく》すべき。地蔵尊の顔は我に対して笑ひ、周囲の青草の優しく迎へて送るを見し時、我は人なき里の英雄の如く、長き七曲《ななまがり》を短かく過ぎて、[二]得々として宮野村の境に踏入れり。樹林の裡に奥床しく、吾往く家は見られつゝ、壁堊の光は再び思の鍵を敲けり。我は謂《おも》へり、抑《そもそ》も宮野の家族は、宛《あたか》も深き淵の如く、如何なる喜怒哀楽の風も、一人の顔だに波たつ能《あた》はざれども、此処に投げたる石は、常に底深く落るを見ると、蓋《けだ》し渠等《かれら》は疎き形容に篤き真情を含め、感投詞痴《にぶ》き割には、強く働詞を響きしなり。我は昔彼等の仰天を得んとて、無益に工夫を凝らしたりしも、吾一言一行だに渠等の記憶に失はざるを認めしなり。

　去れば今突然なる吾帰省も、出現も遂に渠等を驚かし得ざるべし。然ればなり、渠等は多分冷淡にあり得べきも、其の一人――吾訪問の最初の主眼、最後の主眼、――吾意中の幻影、――理想の天女、情人たる褒姒[三]は、恐らく笑顔を蔵す能はざるべし。渠は今吾帰省のことを夢幻にだも示されたる歟。望に輝く吾顔を思ひ及ぼすこともある歟。今吾渠を訪ふの路にあることを、渠に報ずる由はなき歟。今吹き出す吾気息は、渠の思に斯《かく》ばかり愚痴を重ねつゝある吾情

二 主人公の家から宮野までは三キロメートル前後。その割には距離と時間を感じさせる描写になっており、宮野訪問への期待感が高まる仕掛けになっている。→五三一頁付図二。

三 底本及び六版、十五版とも、「褒似」となっているが、史実に基づきこのように改めた。「褒姒」は周の幽王の寵妃のこと(〈笹淵注〉)。妃が笑うことを好まなかったので、何とか笑わそうとして、諸侯の知恵を借りるために烽火をあげて召集したところ、大いに笑った。ところが、今度は危急の時に烽火をあげても諸侯が本気にせず、敵に滅ぼされたという逸話がある(『大漢和辞典』)。

を渠《かれ》の胸には音づれざるや。我嚮《さ》きに吾村に於ける多くの変化を見たり。知りたる人は老い、親しき友は長《た》け、忘れし童子は成人し、知らざる児女は多く生れたり。然れども最も華かに最も著るきものは、処女の花嫁となり、摽有梅《としごろ》[一]となることなりき。我は其を吾両妹の上に見たり、長妹より一春長けたる吾情人の幼なき容貌は我能《よ》く知りぬ。去れど今は我を迎ふる如何なる紅顔ぞ。日の熱きに汗は流れて喉渇きぬ。渠《かれ》の家には甘き梨と寒《つめ》たき井あり、イザヤ急がむ、早や家の衡宇《のき》の見ゆれば。

我は今家の閾を踰《こ》えたり、吾少兄は玄関に来客と語りつゝ、我を瞥見したる儘《まま》又客の面に向きぬ。納戸に聞ゆる機織る声は、吾入来の為に止まざりき。我は直ちに家庭を通りて井の端に至りけるに、傍なる職事部屋に叔父は隠居職[二]の一事として、放大なる団扇の骨に紙を肉づけつゝありき、渠は我を見て一笑せしのみ、又も団扇に余念なかりき。渠能《よ》く我より団扇を愛するなるか、今は接待の人なきに困りて、直ちに奥なる客室に来りしに、思ひきや吾恋人の此椽先に縫ひつゝあらんとは、実に恋人は美はしくも年長けて、転《うた》た可憐の児となりぬ。不意の対面に紅花を散し、忍び得ざる喜悦の笑顔に坐を起ちぬ。然り此の急遽の際にも、渠は猶《な》ほ容止を保ち、極めて静かに極めて優しく往き消えつ

一『詩経』「国風」「召南」の章に収録されている、年頃の女達が思う相手に梅を投げることでプロポーズを催促するという、求愛歌の「摽有梅」に基づいている。底本及び六版、十五版とも、「標有梅」となっているが、梅を投げるという意味なので、このように改めた。「摽有梅」の意味をくんでここでは「としごろ」と振り仮名を振っている。

二 底本及び十五版では「陰居職」だが、六版に基づき、改めた。いっぱんに婿養子に家督を譲ったあとは隠居となるが、住まいは、同居隠居と別居隠居の二通りがあったという(『甘木市史』下巻)。「同居隠居は長男夫婦に納戸を譲ってオモテ(座敷)や離れに居住し、家族の一員として生活するが、別居隠居は屋敷内に隠居屋を建てて移る」。また、いっさいの権限を譲るので、寺参りや年寄りの会合などのほかは、公的なムラ付き合いもしなくなるという。ここにいう「職事部屋」は「隠居屋」というわけでもないようであり、その後の言動からも、この家の場合は同居隠居と思われる。

〻、間もなく見えて亦《また》隠れ、其母は出て来れり。此時叔母は溢るばかりの満足を以て云ふ「卿《おんみ》が帰省のことは其日に伝ふる人ありて、卿の来訪も昨日よ今日よと待ち居たり。此度は母上の如何許《いかばかり》喜ばれつらん、今年帰るか来年はと春、夏、秋に待たれし甲斐あり、母上の健《さか》しき裡に、卿も無事の顔見せて、満足の程察し入る。一時は[三]黄疸《わうだん》を病みしと聞きしが、左したる事もなかりし乎、去るにても愛憎なき他人の中にありて、平常だに心細かるを病中左こそ不自由なりしならん。吾家も今は主人の隠居せられ、何事も聟氏《むこどの》(吾少兄を謂ふなり)に任せたれば、以前よりは身も楽になり、仲妹も婚嫁して残るは季娘《いもと》一人になりぬ。渠も早や卿の妹よりも一年長けし年頃なれば、言寄る方も多けれど、父は所存ありとて皆断りぬ」と。

叔母の談話は娘の入来に遮られたり。渠は今手づから落せし梨子[四]を冷水に浸して運び来り。薄紅に光る顔もて、庖丁操りて無言に皮剝《む》き初めたり。叔母は「日頃卿が愛《めで》たりし此梨子、何時も好く実りしが、今は五年、然なり卿が上京せし後一秋も実らず、漸《やうや》く今年になりて、枝の折る〻程実りぬ」と云へば、「宛《さな》がら卿を待ちしに似たり」と母の語尾より恋人始めて物云ひしが、忽《たちま》ちに心付きてや、耳熱して再び語を改めつ〻、「去るにても此間の風にて三分一

三 底本及び六版では「黄痰」だが、十五版に基づき、このように改めた。正しくは「黄疸」。→四一四頁注一。

四 甘木、秋月地区は内陸性の気候で、果樹の栽培に適し、近代化の進展とともに生産者と消費者とが分離するような時代になると、事業としての果樹栽培が試みられるようになった。その口火を切ったのが明治三十三年に秋月で始まった梨栽培で、多少の紆余曲折はあったものの、大正の半ば以降は事業も軌道に乗り、「秋月梨」と呼ばれるようになった(『甘木市史』下巻)。したがってここで梨がふるまわれるのも、季節もさることながら、多少の必然性はあったわけである。

も落ちつらん」と云へり。

　我は心底に叫びたり、渠が胸の音を早や聞きたれば梨子幾個落つとも遺憾なしと。今は梨子多く剝《む》かれぬ。我は果実の裡に、最も梨子の美食家にして、黄疸[一]の日に煩熱のため絶食せし時にも、梨子は絶好の糧なりし。人は夏より冬を好めど、梨子、清水、冷氷の一ある里には吾は夏日を愛せしなり。去《さ》れ共《ども》敢《あへ》て告白す、此の家の梨子の味の如きは、我嘗《かつ》て味ひたる最も甘味のものなることを、況《ま》して今日は苦熱の後と云ひ、殊に秘密の味あるをや。

　叔父は張り了《を》へたる大団扇を採り、緩く扇ぎつ出で来れり、母と乙女とは趣向の為に厨に去れり。叔父は相変らず[二]悠然として座を取りつゝ、我に謂へらく「如何に如何に、都と鄙とは孰《いづ》れか楽しき。東京の生活は苦しと人皆云ふ、卿《おんみ》も却て我止めし如く、故郷恋しくならざりし乎」。

　我は答へり、「然り叔父よ、叔父の言果して当れり、此家の梨子と叔父の言をば、我事毎に思ひ出でぬ、然れども今は動き出でたる玉なれば、重ねて止みなん由もなし」。

　叔父曰く、「然り、卿も今は操觚[三]の業に就けりと聞く。生れ得たる素望達せり。去れど余まりに故郷疎きも頼もしからねば、今よりはせめて年毎に帰省す

一 糸左近『家庭医学』によれば、黄疸には二種類あって、一つは「食欲が減り、舌には黄色の苔が生え、何を食べても苦く、さうして悪心を催し、続いて皮膚に黄色を呈はし」等々の症状に続いて、便秘、精神鬱々、めまい、うわごと、各部からの出血、へと進むもの。もう一つは、「急性熱性黄疸」と呼ばれる伝染病で、発熱、頭痛、黄疸、蛋白尿、などが主なる症状。主人公の場合は、後者かと思われる。解熱剤・健胃剤とともに食事摂生が重視される。

二 底本及び十五版では「相変はず」だが、六版に基づき、このように改めた。

三 文筆に従事すること。作家というより、新聞記者とかを指すことのほうが多い。

べし、母上も早や老てあれば」。

「然り故郷の道も漸《やうや》く四今年開けたれば、縦令《たとひ》毎年ならずとも、三年毎には帰省すべし」と、我は答へぬ。

叔父は甚《はなは》だ機嫌よく、大団扇を以て吾言を扇ぎ消しつゝ、「否《いな》とよ五三年に一度ならば寧《むし》ろ帰らざるこそ宜けれ、学問の時ならば兎に角、最早や一人となりたる上は、身も少しは自由なるべし」。

頓《やが》て母娘は酒肴と共に出で来り、一場の宴会は開けぬ。母曰く「近頃の肴なきことよ、折角の賓客に唯《ただ》有合の酒肴を出しぬ、唯口に適ふものを食へよ」、叔父微笑して曰ふ「六美食も口に馴れては味なし、都より偶《たまた》ま帰らば、鄙の味も亦《また》時にとりての饗応ならん。」

叔母曰く「定めて東京とは、聞《きき》しに勝《まさ》る都ならん、首途《かどで》の折の涙も、都に着けば乾くと聞く」。

「誰も然か云はるれど、故郷の人は宛《あたか》も鏡に写る吾面の如く、古びもせず疎くもならず、何時も懐かしく思はる」。

「去れど斯ばかり永く都に住まば、知辺も多く交際も広く、昔しを思ふ時もあるまじ。」


四「今年開けたれば」の意味するところはさまざまに想像されるが、この明治二十二年は七月から新橋―神戸間（約六百キロメートル）に初めて直行列車が走った年でもあった。もっとも所要時間は二十時間もかかり、主人公が正午に横浜から船に乗り、翌日午前に神戸着、夕方神戸から博多行きの船に乗ったのと、たいして変わりはない。ちなみに湖処子は当初鉄道利用のつもりだったが、諸先輩の忠告をいれて船にしたと言っている（「航海　其一」『国民之友』六十七号、明治二十二年十一月二日）。

五「三年に一度ならば寧ろ帰らざるこそ宜けれ」とは、そうとうにきつい物言いである。もちろん「帰らざるこそ宜けれ」に主眼があるわけではなく、年に一度は絶対に帰ってこい、と言っているわけで、娘の将来を思う強い気持ちが印象的。それにひきかえ、主人公はこの重みをそれほど強く受け止めているようには見えない。

六底本及び六版では「好食」だが、十五版に基づき、このように改めた。

「然り叔母よ、昼は我東京を歩み、夜は故郷を夢みてあるなり。」

「東京は貌《みめ》好き女人も多かるべければ、早や約束[一]の人もあるべし」。

「否《いな》とよ叔母」と此突如たる膚受[二]の問に、答ふる所此の一言のみ。余は唯《ただ》赤面のみなりしが、遂に又口を開きて「都には好き娘は宵の星ほど多けれど、好き妻は晨《あした》の星ほど少なきなり」と。

斯《か》く答へつゝ心中窃《ひそ》かに黙思す、叔母若《も》し其故《そのゆゑ》を問はゞ、我は答へん「町家の娘は童女の如く遊食し、学校の女子は男子の如く議論せり、当世に於て教育の第一義は、女性の顔色を男性の人相に変るに在り」と、若《も》し吾妻故郷にありやと問はゞ、猶予なく然りと云はん、然れども猶《な》ほ何処にと問はれなば、我如何か吾思を告ぐべき乎と。胸中既に定まりしも生憎叔母は別に問ふ事もなかりければ、今は却て「阿嬢の眼病[三]は今如何に」と、我より問ひ起す事となれり。

　此時叔父は得意気に盃を揚げつゝ、「去ればなり実《げ》に面倒なる眼病なりき。最初卿《おんみ》の家に遣りて、其地の医師に通はしめしは、卿が在郷の日にてありき。当時一度は癒へたれど、間もなく再発し、遂に福岡医院[四]に入療せしめしに、博士は病根を躰軀の羸弱《るゐじやく》なるに帰して、肉食だにせば癒ゆべき由証明しければ、農家ながらも姫君の生活、未だ半年も立たざれど、眼も癒えて此の通りに肥え

一　底本及び六版では「相契る妻」だが、十五版に基づき、このように改めた。

二　膚受には、うわべだけ受け伝えて、という意味と、肌に切りつけられるように痛切な、という意味とがあるが、ここはもちろん後者。東京には美人が多いから将来を約束した人もあるだろう、と突然叔母から鋭く切り込まれたことを指している。

三　三六〇頁注二で紹介した、当時の主なる眼病のうちで栄養状態が関係するのは、夜盲と角膜軟化症。前者はいわゆる「とりめ」で、夜は灯火がないとほとんど視力を失う。糸左近『家庭医学』は、「滋養物としては肝油が最も良い。又鶏・牛或は鰻の肝も仲々効能がある」としている。後者は小児に多く、夜盲症や腸カタル、気管支カタルを伴い、気づかぬうちに眼と肉体を同時におかしているケースが少なくないと言っている。牛乳、肝油、肝などがよいとされるが、腸カタルを併発している場合は、その治療も必要となる。ここでは入院治療もしたとあるから、内科的症状も併発した角膜軟化症が有力か。

四　この時期、福岡の著名な病院としては、東中洲に福岡医学校付属病院があった。明治二十一年四月からはこれが県立福岡病院となった。

立ちぬ」と。

我は恋人の方を向きしに、渠《かれ》も面はゆげに俯《うつむ》きつゝ、談話暫らく途絶えたり。既にして又浮世話の快楽に移り、吾少兄も来り加はりて、其頓妙なる滑稽を以て坐を新めぬ。時亭午《ていご》[五]に近ければ、我は此地より三里遥けき洪水[六]の迹を観んと云ひしに、叔父も未だ其零落の全斑を見ざればとて同伴したり。

我等は酷熱にも拘らず、筑後川に沿ひて上り、行々新なる沙場を経て、古川[七]と云ふ一村落に至り、天[八]より落ちたる洪水の迹、地より失せたる世界の礎を巡回迂曲し、村落の荒敗、深淵となれる桑田、一夜に成りし墓場、生還りて死を求むる餓莩《がへう》[九]の惨状等、他の嘆息の時に発すべき一歎線を、脳裡に留めて帰りしなり。

時移り暮近くなりぬ。母と娘とは他の趣向を整へて疾《と》くより吾等の帰るを待ちにき。井の軒に猶予せし、落日の紅線も漸く銷《き》えて、梨樹の葉末より蒼然たる夕闇は立ち迷へり。今宵は宛《あたか》も陰暦[一〇]の七月十五日なりければ、露けき瓦屋の上なる満月は、黄昏より輝き初めぬ。裏門の方に嘶《いなな》き帰る馬も聞え、馬子が歌ふ馬子歌は軒端を繞り、人語の響に俄かに家族の殖えけるは、争ふ方なき農家の日暮、人は急はしく戸を出入り、犬は人の後を慕ひ、猫は厨に駈廻り、夜啼

五 「亭」＝真ん中というような意味から、ここでは正午のこと。
六 ↓三五一頁注四。
七 宮野村から筑後川沿いを上流に向かって一〇キロメートルほど行った、川の向こう側にある村。支流の古川があるためによけいに被害がひどかった。↓五三〇頁付図一。
八 〈笹淵注〉は、ここに『旧約聖書』「創世記」に見られるノアの大洪水——「この日、大いなる深淵の源がことごとく裂け、天の窓が開かれた」の投影を見ている。
九 餓死した屍(『大漢和辞典』)。
一〇 すでに述べたように、仏教がらみの盆行事の黙殺と、そのいっぽうではひたすら月の満ち欠けへの注目とが印象的。なお前田愛は、「明治二三年の桃源郷——柳田国男と宮崎湖処子の『帰省』」(『へるめす』一九八五年六月)のなかで、東京を発った明治二十二年の八月三日は旧暦の七月七日で、だとしたらこの日の訪問は旧暦七月十三日のはずであり、それを満月の十五夜としたのは、「その場面が物語の中心点であることを強調したかったのだ」と述べているが、本注釈の立場は三六八頁注一の補二で述べた通り。確かに満月の夜という設定は舞台効果という点では、恋人訪問の夜にふさわしいが、それが目的で作者が自覚的に現実の暦を二日ずらしたとか、満月の夜の場面だから「物語の中心点」であるとか説く前田論の論旨には疑問が残る。

虫も暮の戸に啼き初めぬ。

露に湿《ぬ》れつゝ娘は梨子を落して来れり。渠《かれ》は今清く濯はれ端《ただ》しく髪も結《ゆ》はれて、露の後なる花の如く、一入《ひとしほ》少《わか》き乙女となれり。其の濃《こゆ》化粧[一]の鄙風俗を止めて、素顔の儘に出でたるは、其気質の高尚なるを証し、渠が唯《ただ》ある如くあるは、転《うた》た其品性を高めたり、宴場の会話は他語[二]なかりき。叔父は曰く、吾家の梨子は東京にも少なからむ、叔母は曰く、今年実りて卿《おんみ》に遇へり。叔父は曰く一年一度は帰省すべし。叔母は曰く此娘も早や嫁期なり。恋人の無言なりしに代へて、我は甚《はなは》だ能弁なりき。殊に東京の疑問に及びし時我は云へり。

「否《いな》とよ叔父、首府の生活は宛《あたか》も極楽往生に似て、難易の両道即《すなは》ち他力と自力とあり。他力に縁りて車を進むるは易く、自力に由りて鞋《くつ》を行《や》るは難し。是に於て他力を頼む拝人宗[三]と云ふもの起りぬ。拝人宗とは人より下りて人を崇ぶ者、己れの汗を以て他の油を添ゆるものにして、我常に思ふ渠等は生れざるの労苦少なきに如《し》かずと、蓋《けだ》し大臣の提灯を持ちて洋行し、長者の財嚢に入りて闊歩するも、自家何の誇る処かある。負債主に役せられて催促法学士となり、借金家に養はれて言訳代言人[四]となる、満腔の学問も亦《また》何為《なんす》れぞ、叔父よ我浅学にして名号なきは、固《もと》より随ふ所を重からしむること能《あた》はざるも、而も自か

一　化粧の仕方で、その人物の品性を推し量ったり描写したりするのは、当時よくおこなわれたやり方。一般には関西風が厚化粧であか抜けないものとされ、それに対して東京風は薄化粧で品がよいとされた。この分け方で言うと、地方も関西組。それがここでは、鄙流儀の厚化粧ではなく、清楚で上品な化粧で現れたということ。

二　話題がもっぱら娘と主人公との結婚話に集中して、他の話題はほとんど交わされなかったということ。

三　処世術や生き方に「宗」をつけて類型化することが当時広くおこなわれた。「拝金宗」とか。どちらかというと、都会人の間で、論争、論難したりするときに多く用いられた。

四　弁護士のこと。「言訳」と「催促」とが対になっている。

ら立つに余あり。我に君なし僕なし。我唯《ただ》一個自由の民、宛《さな》がら沙場の一小粒に似たり。然れども我確かに信ず、たとひ吾名は一個となるに足らざるも、吾事業は一個の事業なることを。叔父よ、我此《この》迂路を取るは、失脚茲に落ちしに非《あら》ず、唯々安全の道を思へばなり。霊界の他力の舟は、覆《くつがへ》る事なからんも、見よ俗世の他力は、百面相、疑惑、仇に綯《な》ひたる縄の如し、主人公の心一日の裡幾晴曇しつ、危き事の限なり、未来に於ては蓮華に坐すべし、現世に於て蓮華に坐すれば即ち落つ。故《ゆゑ》に多くが波上の花を慕ふて、不測の淵に臨む間に、我は我が起せし吾石上に座せんと欲す。是れ我が築ける九仞[五]は、我棄てずば一仞も他の為めに低くせられず、其処に起臥するも亦皆吾意の如くなれば」。

叔父は遮る事なく我言を聞きしが、其終尾に於て「フム」と頷《うなづ》きたる其単咽[六]語、宛も石深淵に落つるの響ありき。

側に侍れる恋人は、父母の指揮により瓶皿の間に手を出す外、何の言語も挙止もなかりき。渠は宛然美術の肖像の如く、静かに其処に坐れるのみ、亦《ま》た見るべき意志の活機なかりき。然れども吾信念は確かに証せり、京嬢の愛と村娘の愛とは、真反対の活機を現ずるを、京嬢の愛は目より光かり、唇より伝はり、手より移り、舌より溢れ、筆より通ずるも、村嬢の頭を囲める厳父母の目の下

五 九仞は「九仞の功を一簣に虧く」＝物事は最後まで油断しないようにしないとすべて水泡に帰してしまう、の意で使われることが多いが、ここでは単に、自分が努力して高く（仞＝七尺説が有力）築き上げたもの、の意で使われている。
六「咽語」は声を潜めてこそこそ言う言葉（『大漢和辞典』）。ここではそれに単がついているので、声を潜めてぽつりと言ったその言葉、というような意味。

には、何等の通信をも容《ゆる》されず、渠等は唯《ただ》熱くもなく冷くもなく、尋常一様の挙動の裡に、脈々たる恋の線を送らねばならぬ故に、田舎の愛は一種の宗教の如く、愛の生霊を受けざれば感ずる能はず、又た容易に他の冷眼にも発《あば》かれざるなり。然れども一たび機微に感ずる時は、情の潜熱、涙の伏流は、相思の幻影となりて、夜毎の夢の鏡に写る、今や吾情人も亦《また》何気もなく我に献じ、我に酌みて無言なりしも、屋上の明月二人の影を壁上に写しぬ。

短か夜は更《ふ》け易《やす》く、楽む時は疾《と》く流れて、[一]何来の遠鐘も午夜を語りて、唯《ただ》黙思の室、幻影の座、恋の夢の時間のみぞ残れる。

我は翌朝日の熱せざる間に家路に上らんとせしも、叔父は暁来新らしき鮎を得しとて我を淹留し、叔母も亦偶《たま》に来りて帰るの速きを咎め、乙女も始終所要ありげに客室に出現しければ、さても我は花の葛に捲かれし如く、心脆くも止まり、夕刻に及び再来を約して立ち出でぬ。

一　中国語の「何往」(＝どこへ往くのか)の応用だとすれば、どこから来たのか(わからない)、といったような意味か。しいて振り仮名を振るなら「いずこよりか来たれる」だが、「の」が邪魔になることからも、振り仮名(日本語)よりも漢字部分(中国語)のほうが優勢であるのがわかる。いずれにしろ、漢詩漢文は自由に操れるので、中国語からの借用・流用は広く見られると考えなくてはならない。それを、〈笹淵注〉のように日本語として未熟云々と評するのは、和文ないしは後世の日本文を基準にした時そう言えるに過ぎないので、漢詩漢文の影響の色濃いこの頃の文章にまでその基準を振りかざすのは適当ではない。

第七　山中

[二]嬴《えい》氏乱テ天紀ヲ、賢者避ル其世ヲ、黄綺ハ之ク商山ニ、伊ノ人亦云《ここ》ニ逝ク。
往迹浸《やや》復タ湮《うづ》ム、来逕遂ニ蕪廃ス、相命ジテ肆《ならは》シ農耕ヲ、日入テ従フ所ニ憩フ。

桑竹垂レ余蔭ヲ、菽《しゆく》稷《しよく》随時ニ芸《う》ウ、春蚕ニ取ル長糸ヲ、秋熟靡《な》シ王税。

荒路曖トシテ交通シ、鶏犬互ニ鳴吠ス、俎豆ハ猶ホ古法ニシテ、衣裳ハ無シ新[三]製。

童孺縦《ほしいまま》ニ行歌シ、斑白歓游シツツ詣ル、草栄テ識リ節ノ和グヲ、木衰テ知ル風ノ厲《はげ》シキヲ。

雖モ無シト紀暦ノ誌、四時自ラ成ス歳ヲ、怡《い》然トシテ有リ余楽、于《おい》テ何ニ労セン智慧ヲ。

……陶淵明桃花源詩

幼時我吾母の膝下に聞けり、吾里は山家《やまが》なれども、故郷の如く懐《なつか》しき家はあらずと。此語今も猶《な》ほ忘るゝ能《あた》はず。誠に母の故郷は三里遠き隣[四]郡上座の山中

二 陶淵明の「桃花源詩并記」のうちの詩の部分三十二句中、冒頭から二十四句までを引用。秦の時代に圧制を逃れて、山の奥深く、人知れぬところに桃源郷を築き、何百年もの間、自給自足の、穏やかで満ち足りた生活をおくってきた人々の暮らしぶりを、憧憬の念とともにうたいあげる。この章で主人公が訪れる、母の実家のある山奥の佐田村の描写への前奏曲となっている。

三 底本及び六版、十五版とも、「耗製」となっているが、服を新調することもなく、という意味なので、流布している原詩に基づいて、このように改めた。

四 上座郡高木村佐田のこと。明治二十一年の町村合併により、佐田村と黒川村が合併して高木村となった。村名は、村民の希望により氏神の名をとったという(『甘木市史』下巻)。「深山の内にある村也。下座郡三奈木村より、同郡荷原村の内、帝釈寺嶺を越して、此下流の谷に入、それより川に随てのぼる。其間、十六瀬を渡る。其道中に仏谷あり。三奈木より佐田村へ三里許あり」(『朝倉風土記』)。子供の頃、現在はダムができた寺内から上流に向かって佐田川ぞいで釣りをしたり泳いだりして遊んだ体験を持つ安陪光正(『三奈木村史資料』第二巻の編著者)は、佐田のほうに近づくと、そこは子供心に「地の果ての様に遠い所」に思われたという。→五三〇、五三一頁付図一、二。

佐田村、其家は奥家《おくげ》[一]と呼ばるゝ最旧家なり、此処には猶《な》ほ吾母の母なる祖母存《なが》らへ、吾母の兄なる伯父も尚ほ壮に、別けて其子なる吾友は、今当代の主人となれり、其古き支族も二三家ありて、皆其地に聖別[二]されてあるなり。

昔[三]我久しく此地に居りにき。我田家を愛するの思想は半は此処に生れし吾母の遺伝[四]にして、半は居に気を移せしものなり。当時我は此村を桃花源と呼び、其家を五柳[五]の居と称へたり。蓋《けだ》し其山巒《さんらん》の秀麗なる、其泉流の清冽なる、其境界の隠逸なる、其居民の淳樸にして篤実なる、既に浮世の枝に非《あら》ざるのみか、吾祖母の愛の手多くの孫の頭に分たれし裡にも、我は殆ど一身之に当れる思を為し、善人なる伯父の徳は、一年間の客寓の間、一日の如く我を容れ、吾友は我に懐《な》づき、村民は咸来《みなぎ》の少賓として敬愛したればなり。去れば愛の夢の為に、一時忘られし此の極楽の訪問は、今宮野より帰りて吾母を見れば、一日も遅々すること能《あた》はざりき。其日若し余れる夕陽もありしならば、更に明朝を待たざりしものを、生憎《あいにく》にも日は暮れ居たり。

翌[六]朝未明、我は吾母に従ひ慣れし近処の僮を伴《つ》れて啓行[七]したり。茫々たる暁色の裡、晨露幾処の村落を囲み、日出て烟の消ゆる頃、大仏山の麓を繞る白水を認めたり。此の大仏川の源甚《はなは》だ遠くして五線あり、皆吾行方なる佐田より

一　「湖処子の母チカは、旧高木村佐田の豊島善五郎の長女であった。従って彼は、寺内から佐田川に沿う山道を登って、しばしば母の里を尋ねたようである。かかる縁もあって、湖処子の後妻辰子は、佐田の豊島貞美の妹を迎えたのであろう」(『三奈木村史資料』第二巻)。なお、〈笹淵注〉は、豊島家が「奥家(おっく)」と呼ばれていたという大石正治氏の証言を紹介している。ここでの「おくげ」という振り仮名が作者自身によるものかどうかは不明。

二　特別扱いされている、というところに「聖別」というキリスト教的語彙を使っている。

三　湖処子は佐田村の小学校に勤めたことがあったが、その期間については、中学休学中とする説(吉田正信編「宮崎湖処子年譜」『民友社文学集(一)』三一書房、一九八四年)と、中学卒業後とする説と、二説ある。なお「文学から宗教へ」には、「私の母の郷里が小耶馬渓ともいはれる位の山紫水明の里」で、「幼少の折度々其処へ遊びに行つて居た」とある。

四　「文学から宗教へ」にも、同様の文脈で「母の遺伝」と明かしている。

五　陶淵明の家のそばには五本の柳の木があったので、それを号とし、みずから五柳先生と称した(『故事成語大辞典』)。

六　三奈木から佐田に行くには、注一で紹介したルートも有力だが、荷原村の帝釈寺嶺(峠)経由のルートもあった。同じく『朝倉風土記』には、この帝釈寺の峠に関して、「花立山帝釈寺は、下座郡荷原村にあり。其寺亡びて、今は地蔵堂のみ残れり。上座郡佐田仏谷に越る道にして、彦山に通ふ道すじなり。山下より嶺まで八丁あり。嶺に茶店あり。是、帝釈寺の跡なりといふ。筑後国をみおろす所にて風景よろしき処なり」

落ち、流れの美観は隠れもなし。清岩寺の鐘の響に、忽焉《こつえん》として朝暉《てうき》[八]開け、歩々流に近けば、淅々《せきせき》[九]として瀬を往く水の、宛然たる旧知の音を歌ふを聞きたり。

[一〇]猶有リ二仙流在一、山村未ダレ鎖サレ門ヲ、扁舟落花ヲ渡リ、横ニシテレ棹ヲ訪フ二桃源一ヲ。

山路は高峰と回渓の間の桟道に入りぬ。時維《こ》れ秋は猶ほ浅く黄落の期もまだ近からねば、緑葉露に滴《した》たりき、河身[一一]は露に隠されて、渓声は他の世界より来たるが如く、嵯峨[一二]たる絶壁面前に高ければ、山上の出日を認ることも遅かりき。自然の景象愈《いよいよ》深くして愈《いよいよ》奇なり、百巒[一三]水を束ぬれば、水は其根脚を断ちて駛《は》せ、渓に躓く石あれば、泡は嚙み且つ囲みて下り、石巌々として流れを歇《とど》むれば、一瀉千里の波も少時留まりて淵となり、円きは甕の口に似て、曲れるは弓張月の如し。或ものは蓮華の如く開き、或ものは春の柏の葉に似て伸び、孰《いづ》れの淵も澄み湛へ、夕烟林を罩《おほ》ふ如く、積翠空に憑《よ》る如く、亦天蓋の飾《かざ》せるに似たり。縈徊《えいくわい》[一四]紆余せる一線路は、宛然たる木曾[一五]の桟道《さんだう》[一六]武夷の九曲の如く、過ぐる旅客は蜘蛛の網を縁るが如く、童子が乱糸を緒《つい》づる如く、坂を上り坂を下り、渓に背き渓に向き、一天地を巻きて他の天地を叙べたり。路尽くれば源流も亦《また》窮まり、忽焉として峰旋れば路開けて潭声聞えぬ。其間大巌巨角は、参差《しんし》[一七]として石の世界を組織し、立ち、坐り、顧みつゝ、跪きつゝ、或は其友と

との資料が紹介されている。ここで主人公たちが大仏山のふもとをめぐる流れを見下ろしているのは、この帝釈寺峠からであったかもしれない。↓補四。

七 出発する。

八 朝日、朝焼け。「暉」は日差しのこと。↓四七〇頁注二。

九 ふつうは風の音の形容に使う。

一〇 〈笹淵注〉は湖処子の自作か、としている。これに近い詩境を詠んだものとして、『春草堂集』の著者である清の詩人・馬常沛の五言律詩を紹介しておく。「四囲峰欲合　一径得山村　黄葉全遮屋　清流近到門　煙嵐秋色好　丘壑老人尊　鶏黍能留客　桃源未足論」(『晩晴簃詩匯』巻五十二所収)。

一一 「河身」は中国語で河床のこと。そこが一面の露に覆われていたというのである。佐田川上流の山間地域は「盆地性低地」(『甘木市史』上巻)で、昼と夜、夏と冬の温度差が大きく、夜間に風が弱く、放射冷却が激しい上に渓谷や山林から発する水蒸気のために露点が高いので、霧や靄の多発地帯だという。露に関しても同様。

一二 山が険しいさま。

一三 山々の間を川が流れているということ。

一四 まがりくねっているさま。

一五 木曾のかけ橋とも言う。木曾路の難所として知られ、かけ橋の朝霞は、木曾路八景の一つ。

一六 中国・福建省第一の名山で、奇山奇峰が連なる景勝地。九曲渓はそのなかでももっとも風景絶佳なところとして有名(『故事成語大辞典』)。

一七 入り混じるさま。

相呼び起き、或は其敵と相背きて軋り、夫婦は懐抱し、親子は接吻し、兄弟は相馴れ、主従は高低せり、其高古なるものは此世界の帝者の如く瞻回《せんくわい》[一]し、中者は公卿百官の如く、他の累々たる者は其臣民として傴《ふ》したり。月日と濆沫《ふんまつ》其上を犯せば、不滅の石も亦《また》太古の苔の衣に老いぬ。其前崕には密樹、修竹、青々として山に登り風に靡き、揺々として翠羽[二]を曳きたり。路に当る土橋を経て、山緩く水舒《の》びたり。群がる村女は浅水の辺に立ちて葛根を擣《う》ち、古風の擣歌《たうか》[三]は前代の遺音の如く聞えつゝ、桃源村も早や近かきを覚えたり。山稍《やや》[四]平夷なる処に一樹の蔭の休憩場ありき。我は首府の徒行に於て、時に車夫と遅速を争ひしかば、今二里の山路に靴を馳せて、未だ疲労を感ぜざりしも、今此処に休みて主人なる老媼と語るも、故郷の快楽の一興ならんと、さては且《しば》らく留まりぬ。「祖母よ如何に涼しき家ならずや」、と云ふ我に祖母は答へり、「孰《いつ》れの旅客も然《し》か宣ふ、去れど此処に明暮す身には、今日も甚暑と存ずるなり」と。猶《な》ほ孰れにも問ふ如く、何処より何処に往きます旅なるや、何時頃に出立しませしやと我にも問ひたり。渠《かれ》は吾答を得て顔より足まで我を伺ひし後、再び曰く「貴客は奥《おく》家に往き玉ふならずや」と、我は此老匹婦が都人を相する慧眼[五]に驚きぬ、曰く「然り祖母よ、去れど如何にして其を知れるや」。老母は曰く「貴

一　見回すこと。
二　みどりの羽をはばたかせているようだ、ということ。
三　くず粉にするために葛の根をうつ際に歌う労働歌。田植え歌のたぐい。
四　平坦なさま。
五　中国語で、表面や外見を見てその中身を判断すること。「相面」＝人相を見ること。

客の下向は此処を過ぐる旅人の噂なれば、又貴客の従者は常に母堂氏の従者なれば」。

我は今渠の健康を祝し、拾ふに似たる此地多少の旧知に関して二三を問ひ、満足せし後再び歩めり。此より北方愈《いよいよ》上りて愈《いよいよ》奇なる自然の裡に、廻渓を過ぎ、遠林を穿ち、嶮峯を攀《よ》ぢ、深壑《しんがく》を俯し、村閭《そんりよ》[六]なる独木橋[七]を過ぎて、昼猶ほ冥き洞道[八]に入れり、五十歩を過ぐると思ふ頃、豁然として路開くれば、眼中の烟村[九]、是れぞ我武陵桃源なる佐田村、吾母の故郷なりける、久しく沿ひし大仏の源流[一〇]も此処に分れて、五線宛《さな》がら掌を啓くが如くなり。第一の藪渓は最も大にして拇指《おやゆび》の如く其次は瞽婦《ごぜ》、曰く田代、鵜渓、最後には郷の浦、其大相若《あひし》く流なり。東北の遥けき空に聳ゆる諸峯は、崛峯《くつほう》[一一] 寨蹯《さいばん》、追ひ重りつゝ其裡に畳まりて一際勝れし幽谷の景色を、旅人は必ず想像に画く。嗚呼《ああ》もし遊覧の暇給《たま》はりて其を窮め得ば、是や吾勝遊[一二]の初なるらん。

落々たる寒村落、点々たる茅屋舎、依稀[一三]として人影少《まれ》に、蕭条として煙火疎なり。短く長き石逕を経て、奥の家に入りしまでは、我に対する行人の佇立《ちよりつ》、戸内の耳語、窓角よりの窺き、童児の追随、到る処に見えしなり。

吾帰省亦《また》既に此家にも伝へられてありき。然れども祖母は我入来の為に其洗[一四]

六 村の門、入り口。
七 丸木橋。
八 洞道はおそらく単なるトンネル状のものを指すが、実はこのルート上には仏谷の通り堂という名所があった。道が横二間縦三間の仏堂にふさがれており、その中を道が通っていたという(『朝倉風土記』)。同書による限りでは明治期にまで残っていたようだが、だとすると、ここで言及されないのはやはり仏教臭の排除の一環か。
九 中国語では「烟」は煙、ないしは煙のようなもの(霧、靄)を指すから、ここでは炊事や焚き火の煙も含めて、どのようにとってもよい。ちなみにここが盆地性低地で霧と靄が有名であったことは、四二三頁注一一で指摘しておいた。
一〇 ここで大仏の源流と呼ばれている佐田川の本流は遡ると田代へと続いているが(本文中の「田代」川)、ここで言われているように、このあたりからいくつにも枝分かれしている。これを上流から見れば、田代川を中心にいくつもの川が合流して佐田川を形成する、ということでもある。
一一 険しくそそり立ったり、とりでのように盛り上がったり。
一二 旅を楽しみ、遊ぶこと。
一三 ほのかでぼんやりとしたさま。
一四 村人たちが洗濯場所と決めている谷川沿いの場所を、このように呼んでいる。

濯の谷より呼ばれて、我を見し時随喜の涙をぞ浮べぬ。彼れは今曲がりし腰を打ち伸べつゝ、

「扨ても能《よ》くこそ帰りたれ、能くも故郷を忘れずして……三年も四年も一向に帰省せざれば、今頃は故郷をも忘れつらんと思ひしなり、東京にありて……六年とよ……能くも目出度《めでたく》帰りたり。我も命あればこそ卿《おんみ》の顔をも見たるぞや、此の春の紀元節会[一]に、御上より褒美を戴く老の身、最早《もはや》我世も長からねば、復《また》とは逢ふこと能《あた》はざるべし、願ふは日長く滞留してよ」と。

慈愛の祖母よ、涙に涙を報ゆる外我には何等の言葉もなかりし、迷流[二]して故郷を忘るる識者生活を説き、吾上京を止めたりしは、まこと此の祖母なりしなり。あゝ有がたき吾神よ、爾は祖母を老いて益《ますます》壮ならしめ、我をも其面前に遣り玉へり。

「如何許《いかばかり》達者に在《いま》することよ、去《さ》り乍《なが》ら最早や浮世を肩より卸して、気楽に身を休めらるべし、猶《な》ほ何時までか働き賜ふ」。

「何の働くと云ふことやあるべき、昔の僻の老いてもやまで、家内の邪魔をするばかり。」

と今は午餉《ひるげ》の時となり、伯父も帰り、従弟も亦《また》其花嫁も、顔色[三]依然たる此家の

一　二月十一日を指す。神武天皇が即位した日を記念して設けられた祭日で、天長節、明治節と並ぶ三大節の一つ。明治二十二年のこの日は憲法発布の日でもあったので、ひときわ盛大に祝われた。祖母がもらった「褒美」も祝賀の一環か。

二　これも中国語的な表現。「迷航」(＝船などが針路を見失う)、「迷走」(日本語として健在)などと同類。

三　中国語では顔の様子や表情を言う時は「臉色」を用い、「顔色」は単に「色」のことを指すので、ここではめずらしく和語としての「顔」「色」であったことになる。

僕等も、一同に山より帰り来りしなり。花嫁は其表顔[四]の都人に見られまじとて頻《(しき)》りに隠れ潜む様なりしが、沐浴し更衣したる後出て来りき。里の童児の好奇心は、何時の間にか相呼び伝へて宅前に群来れり、其兄妹[五]の旧友を異人の如く眺めたり、遠く吠ゆる路頭の犬、後ろに下す山風《やまをろし》、門頭を下る澗流《(かんりう)》、我を繞りて尽《(ことごと)》く故音を発せり。語る我が言葉の端に、祖母は唯《(ただ)》驚愕を答へつゝ、始終吾顔を打ち守りしなり。

　我は今家族の初対面を経たれば、直ちに此裡の天然を見んとて出で往きぬ。此の屋後は豊後英彦[六]の高峰に連る大山脈の第一峰にして、是より奥は嵯峨幾層なるを知らず。門頭の澗流は五線の一なる鵜谿《(ていけい)》なり。我は此谿より歩き初めて、午前に経過せし天地より、一層、深黒、幽邃、蕭条なる穹谷を踏み、前年[七]にも尋ね得ざりし喬木、僵樹《(きやうじゆ)》、密枝、大葉の間を過ぎ、低迷、往復、隠見したる山路を繚絅し、他の四指の源線を窮めて、自然の妙、景色の美、実に此の山中に極まることを悟りしなり。到処[八]の水、或は絶壁に懸りて立ち、或は竹樹の間に臥して流れ、或は深潭に坐して湛へ、或は低く瀬を走り、洄りて且流れ、別れては亦《(また)》委流に合ひ、急きたる後には暫らく緩めり。蓋《(けだ)》し水を変ずるものは石、石を移すものは水、誰か云ふ流水に情なく巌石に命なしと。波上の白泡は岩石

四〈笹淵注〉は「素顔」の意味にとっているが、根拠に乏しい。むしろ、文字通り「表の顔」、すなわち単に「正面から、はっきりと顔を見られまいとして」の意味にとるべきか。

五 兄や姉の旧友の意味。男性からみた場合は、年上(姉)に対しても、年下(妹)に対しても「妹」を使う。この場合は、里の童子たちから見て、だから、「妹」になる。

六 既述のように(→四二一頁注六)、三奈木から佐田川に沿って上る道は英彦山につづき、彦山街道と呼ばれた。修験道修行の山なので、参詣者は道者と呼ばれ(『三奈木村の生いたち』)、途中の村落の子供たちには一厘銭を与え、山から下りてくる時は山伏姿で、法螺貝を吹き、喜捨を求め、各家からもらう水で水垢離をとったという。

七 何しろ五年ぶりの帰郷なのだから、「昨年」ではありえない。中国語では昨年は「去年」、「前年」は「一昨年、おととし」のことだが、ここはそれでもなくて、「前」の意味の一つである「以前、かつて、昔」、ととるべきだろう。

八 行く先々の。

の実、石頭の碧苔は流水の花、如何に水石の契久しき。山中の寂寞なる、其声や唯《ただ》禽獣草木の音、其象や唯茂林老樹の積翠、天上虚空の色のみ、然して此深き谷間にも、猶《な》ほ我が外に来る人あり、薪を負ふて時に往還する、最《い》と幽邃なる此峡底の風情よ、山高く水長き、天地最と悠久なる此の山中の景色よ、願《ねがは》くは魚に生れて此の裡の主人とならむ。

老子曰く、常[一]に無欲にして其妙を観、有欲にして其徼《けう》を観ると。我今水に於て此語の至理を解き得たり。蓋《けだ》し水の静かに江湖に湛へ、無動、無色、無声の儘《まま》にあるに当りては、正に本来真如の面目、所謂《いは》ゆる無欲にして其妙を観るの時なり。忽焉《こつえん》として渓門を下り、一瀉千里、混々として昼夜に注ぎ、崕《きし》円き処に旋《めぐ》り、岩石高き所に折[二]れ、瀬を上ぼり瀬を過ぎ、淵に落ちて淵を下り、石を懐き石を棄て、変幻百出して流れ往くものは水の至動なり。其瀬を下る時に皓如《かうじよ》として白羽[三]より白く、麗乎として白雪よりも白く、洒然として白玉よりも白く、赫焉《かくえん》[四]として直ちに白日の白きに擬し、其淵に湛ふる時には、空彩を翡翠に写し、峰影を屏風に畳み、春花、秋葉、落日紅を流に留むるは水の色なり。崖に鳴り岩に叫び、波に咽《むせ》び、流に囀り、遠く管なき笛を吹き、近く絃なき琴を弾じ、宛も谷[五]神終夜に躍りて清[六]越の音満渓に戦《そよ》ぎ、天女終日歌ひて波上に珠

一 『老子』「道経上」「体道第一」の一部。『新釈漢文大系7 老子・荘子上』(阿部吉雄ほか)では読みと意味はこのようになっている。「常無は以て其の妙を観んと欲し、常有は以て其の徼を観んと欲す」＝「だから天地を開いた常無すなわち道、それを身に体することによって我々は道の微妙なる働きを見ることが出来、或いはまた万物を産んだ常有すなわち天地、これを身に体することによって天地の産んだ万物の錯雑した差別相を見ることが出来るのである」。「徼」は、妙、深奥といったような意味(『大漢和辞典』)。なおこの部分は『文選』の李善注本に収録。

二 底本は「流れ」、十五版は「所れ」(誤植)となっているが、ここでは六版に基づき、このように改めた。

三 『孟子』「告子章句上」の、告子と孟子のやりとりの中に出てくる比較論を踏まえているか。「孟子曰く、生之を性と謂ふは、猶白之を白と謂ふがごときか、と。曰く、然り、と。羽の白きを白しとするは、猶雪の白きを白しとするがごとく、雪の白きを白しとするは、猶玉の白きを白しとするがごときか、と。」(内野熊一郎『新釈漢文大系4 孟子』昭和三十七年)。白いものがすべて白なら、羽の白も雪の白も玉の白も同じか(だとしたら、犬の性も牛の性も人の性も同じことになる)、と孟子が強引な駁論(内野氏)を繰り広げている個所。『帰省』のこの部分と意味上のつながりはないが、白羽、白雪、白玉、白日の連鎖が関連をうかがわせる。なおこの部分も『文選』の李善注本に収録。

四 赤々と輝くさま。

五 「谷神」について、『大漢和辞典』は『老子』「道経上」「成象第六」の「谷神死せず、是を玄牝と謂ふ」などを踏まえて、「谷中の空虚の処。転じて、

沫を散ずるものは、正に是れ水の声なり。蓋し無心の水にして、活如し来れば至動、至色、至声を発し、動けば緩急の時を得、色には濃淡の影を得、声の高下も亦《また》相宜しきものは、欲ありて其微を観るの時なり。妙活きて徼となり、徼蔵まりて妙に帰し、何等の痕跡をも留めざるものは、抑《そもそ》も亦如何なる至理ぞ。是理固《もと》より悟り難からず、然れども試に之を人事に求めよ。孔子曰く「喜怒哀[七]楽未だ発せざるを中と謂ひ、発して其節に当るを和と謂ふ」と。然れ共其澆季[八]今日の世。中に復る既に難し、況《いは》んや和に当るをや。其涙は濁り其笑は苦く、其容は曇り其語も亦澱む、泣かで済む所に泣き、笑ひ要せぬ時に笑ひ、叱るべきより声高く叱り、喜ぶべきより意長く喜ぶ、此人間の様より転じ、暫時来りて無心の水を観る、我亦心を改めざるを得ず。

我日の夕に帰り来れり。其過来《すぎこ》し方を顧れば、早や朧ろげに暮烟は曳きたり。百峰の間に畳まる里なれば、宛然盆の底の如く、縁高くして底低く、奥家の向ひは青く平たき壠畝《ろうほ》[九]にして、猶ほ其向ひなる杠路に傍ひて、参差《しんし》たる茅屋断ち又続けり。門前の澗流《かんりう》は濺《そそ》ぎ去りて此等の屋後より相分れたり。此分派の衝端に最《い》と新らしき藁家あり、面背水流に迷ひ[一〇]、樹木の裡に隠見しつゝ、如何許《いかばかり》涼しき観よ。曰ふ是れ奥家の旧交の分家なりと、猶ほ其左右を眺むれば、孤屋は

玄妙な道の喩」と説明しているが、ここでは谷神と天女とが対になっていることからも、ごくふつうに、谷を支配する神、とでもとったほうがいいかもしれない。

六 高く清らかな音。

七 『中庸』第一段第二節冒頭の言葉。「喜怒哀楽の未だ発せざる、之を中と謂ふ。発して皆節に中る、之を和と謂ふ」（赤塚忠『新釈漢文大系2 大学・中庸』）。中とは「中正」、和とは「調和」のこと。

八 道徳や人情がすたれた時代、末世。

九 うねとあぜ、田畑などを指す。

一〇 〈笹淵注〉は、表にも裏にも水が流れているということか、と解釈している。

淋しき山腰に粘し、両簷《りやうえん》は渓流に臨み、三四軒は独木橋を隔て、七簷八家は長き畔路を夾みつゝ、此処彼処《ここかしこ》に散在したり。到処の渓流に飲みて、家より低き小屋の窓に、家毎に唐碓架《からうすかゝ》れり。宛然たる帰去来の山中、隣家遠きが故《ゆゑ》に淋しきならで、住居稀《まれ》なるが故に緩《ゆっ》くりたるなり、村民寡きが故に静けきならで、事なきが故に穏なるなり。光り輝く白壁なきも、足ることを知る里は、皆自ら富める観あり、[一]形を労するが為め寿命長く、心を役せざるが為めに日月長《とこしな》へなり。童子の心は質朴にして、少年の言葉は明白なり。乙女の愛情は深濃にして、老人の胸宇は放朗なり。義理、人情、道徳、宗教、都会に賎み掃かれし心理は、皆来りて茲に隠れぬ。一夜の宿にも情を享くる、此村を過ぐる旅人ぞ幸なる。

今炊烟は茅茨《ばうし》を蒸し、山路の樵夫は落暉と枯薪を負ひ還り、渓下の牧童は地を捲く暮色を曳き来れり。見ずや村落晩景の生物は、恰《あたか》も天上の星斗の如く、眺むる程に其数殖ゆるを。何れを牛馬と分たねど、人影前に引くは馬、後より駆るは牛なり。幾世伝ふる野歌を歌ひ、百歳期すべき顔色を笑まし、遥に屋上の烟を眺めつゝ、何れの途にも農夫は帰れり、戸々の前庭、或は明日の天気をトする翁佇立し、或は帰る父老を待つ童遊べり。是れ此夕ぞ、陶淵明は田園に

一　形と心の対比は、必ずしもしっくり来ない。むしろ、心と対比させた肉体の意味なら、「形骸」のほうがふさわしいかもしれない。

帰り、李愿《りげん》は盤谷[二]に入り、王維[三]は網川の幽居に退きつらん。嗚呼《ああ》此夕に、我も他界の我の如く、悠々俯仰して此景色と冥合したり。頓《やが》て此の闇幕の裡に、帰るを告ぐる犬の声、厩を窺く馬の嘶《いななき》、牧草臭ふ牛の鳴音、水を汲み去る山女の足音。遠くに繰《く》る雨戸の響の、最も床《ゆか》しく聞ゆる間に、我も亦《また》夕餉《ゆふげ》に呼ばれて家に帰りぬ。坐敷の襖に昔読みたる、「[四]山路日暮《レテ》、満《ツ》レ耳《ニ》樵歌牧笛《ノ》声」の古文字は、今猶《な》ほ読まれて残りぬ。

嗚呼浮雲よ流水よ、吾行方も亦常なし。前週の日曜日には十九世紀の大都会に在り、後週の日曜日には、島の果なる山中に客たる、是れ将《は》た如何の変化ぞや。洛陽[五]の巷を飛び去り、葛天氏[六]の民に還へる、其間一旬[七]を出でず、吾形迹の定めなき、浮萍《うきくさ》と孰《いづ》れ果《はか》なき。首府に於て別れを告げし友少なからねど、今ま我此の太古の村にあり、原始の時に遠からぬ、アダム、イブの遺風観るべき故老と共に、炉火、行燈の下に飲食せることを夢想するものは幾人あるや。聞く陶淵明が帰去来《かへりく》る時、満天下之《これ》を知るものは唯淵明と其家族のみと。祖母は親愛なる笑顔を点じて。

「此山中に肴なき事卿《おんみ》は能《よ》く知れば、別に調ゆる所もなし、何なりと唯吾満足を味ひてよ」と。

二 中国・河南省の太行山脈の南端にある谷間の地域。韓愈に「送李愿帰盤谷序」という作品がある。

三 盛唐を代表する詩人の一人。網川は、長安の南にある秦嶺山脈の主峰・終南山のふもとの地。王維はここにあった宋之問の山荘を譲り受けて晩年をここで過ごした。

四 まったく同一ではないが、これと似た詩境を詠んだものとして、『竹斎詩集』の著者で宋の詩人である裘万頃（?-一二二九頃）の七言絶句をあげておく。「数声牧笛日将晩　一曲樵歌山更幽　解帯盤桓小渓上　坐看紅葉泛清流」。銭鐘書著『宋詩選注』（宋代詩文研究会訳注、平成十六年）に収録された裘万頃の他の作を見ても、この作と同様自然の風景を詠んだ叙情的なものが多い。かりに「坐敷の襖に昔読みたる（中略）古文字は」が作者の体験に基づくものだとすると、このくらいのずれは十分にあり得るだろう。

五 中国河南省の都市。かつての都であり、ここでは大都市の代表として挙げられている。

六 中国の伝説上の帝王のうちの一人。その政治は、ことさらに何かを言わなくとも信頼され、またことさらな教化・働きかけをしなくとも実行された。陶淵明も『五柳先生伝』中で言及しており、「葛天氏歌」という古歌曲もある（『大漢和辞典』）。

七 十日間。

誇るには足らざれ共、千歳の学問を修め、一世の智識を貯へ、出て当世の名流に交はり、入りては古代の賢者に遇ひつゝ、身を智識の戦場に置き、畢生名なくば止まずと期したる吾意気も、懐かしき祖母の前には、依然たる孫にてあるなり。吾心に適へんとて老を忘れて立ち働らき、我強食[一]に満足を感ずる慈愛の祖母に対しては、我は唯其学中の珠に返れり。

山高ければ十七夜の月の出づるも遅かりき。然れども我晩食を了《を》へて、門頭の渓流に架したる納涼架に出でし時は、早や円月は両峯の間に三竿[二]まで昇れり。眼前の青田、微茫[三]として空翠の如し、仰《あふぎ》て天を望めば、一輪[四]の秋の外目に落つるものもあらで、穂末に置ける露の玉は、熒々《けいけい》として星を地に貫き、其間亦《また》行人の疎影も観えたり。既にして月天心に来り、原の霧も亦晴れ亘《わた》れば、万象は形を蔵め得ず、透明躰は光を燈し、充実躰は影を落したるは、邵康節《せうかうせつ》[五]が清夜吟を、

月到ル二天心ニ一処、風来タル二水面ニ一時、一般ノ清涼意、料得《れうとく》シタリ少ナルヲ二人知ルコト一。

と歌ひしも斯《かか》る夜とこそ思はれたれ。

日の間は村の喘《あへぎ》と空の揺きに鎖されたりし唐碓《からうす》の音は、今手に取る如く聞えたり。其の痴鈍ながらも合奏し、粗放ながらも床しき響の、宛《さな》がら疲牛の歩み

一　大食いということ、これも中国語的な表現。

二　「日上三竿」は成語。特に具体的な高さを意味するわけではない。したがって第二の最後の十三夜の月も、やはり「三竿」となっている。

三　ぼんやりとかすんで、空の青のようだ、ということ。

四　「輪」は太陽と月に用いる量詞。したがって本来なら「一輪の秋の月」とでもあるべきところ。

五　北宋の詩人邵雍(一〇一一‐七七)のこと。詩集『伊川撃壌集』の中にこの「清夜吟」は収められている。月と風の夜のすがすがしさを本当に感得できる人は多くはない、と詠っている。なお、「清涼意」は流布しているテキストでは、「清意味」。

に似たるは、実に此の太古の村の音楽に適ひて、長閑《のどか》なる里の休眠を静かに囃せり。聞くほどに渠《かれ》に猶《な》ほ他の音あり、[六]其舟に水の溜まれる太《い》と緩き低き音なり、猶ほ他の声あり、其舟より落つる水の太《はなは》だ急き強く弾く声なり、猶ほ他に響あり、舟下り脚の上る拍子には長く、舟上り脚下る折に響く[七]軋々《キーキー》是れなり。

夕暮まで四山を震ひ大木を動かしたる谷風も、今は無声空壑に蔵まりて、渓往く水のみ涓々《けんけん》として鳴り射々《せきく》として濺げり。日中の熱にまた鎖ぢあへぬ遠家の戸より、男女の罪なき笑声は伝はり、奥山に端なく響きて、宛《あたか》も寝後れたる獣の叫びと思しき山彦も、一声二声月下に落ちたり。我は今寝んとして、此景色を目に捲く折に、正面なる[八]都屋山《とやさん》瀑布の想像の声、忽然耳に活きて忽然消えたり。

[九]一頭を枕に寓《の》せ、[一〇]六身を褥に委ね、我早や我を支へず、夜静に意蔵まる其時、善をも思はず悪をも思はず、正に是れ本来の面目と云はんも善し。喜怒哀楽の発せざる中と云はんも亦善し。我は正悟す、[一一]太初に吹注がれたる吾霊魂は至聖至妙にして神と連鎖してあることを。微《かす》かに痴《にぶ》き唐碓の響に、五躰は悠然として眠る其時、霊魂は戸外に忍びぬ、天上の月を採らん為に、地上の星を拾はん為に、清き流を嘗めん為に、円《まど》かの夢を捉へん為に。

六 大石正治氏の証言に依拠する〈笹淵注〉によれば、天秤棒の両端に水をためる舟と杵とを装備し、舟の水がたまったり排出したりするたびごとに杵が上下し、臼をつく仕掛けの精米機の発する音が、ここで描写されている。

七 →三五九頁注一一。

八 佐田の集落のすぐうしろにそそり立つ塒《やと》山のこと。かつては城があり(戸屋城、塒山城、塒山古城)、彦山の座主がたてこもったこともあったという(『朝倉風土記』)。現在の地図では鳥屋山と表記され、海抜は六四五・一米《メートル》となっている。→補三の図、五三〇頁付図一。

九 精緻を極めた『帰省』評として特筆される徳富蘇峰の「帰省を読む」(『国民之友』八十八号)では、風景描写の頂点を極めたものとして、「微かに痴き唐碓の響に……円かの夢を捉へん為に」の部分が引用され、「景と人と己とを打て一丸と成し、之を自家の眼中に映射したるものを写出す」、「是れ何等の好句ぞ、清想ぞ、捉へ来りて水晶盤裡に盛るも、亦以て溢賞と云ふ可からず」などと絶賛している。

一〇 「亥」の古字が、上が二画、下が六画であったことから、「亥」の字のことを「二首六身」と言った。ここではその下の部分の「六つの身」を、「身体」の意味で使っている。

一一 〈笹淵注〉はここに、主なる神がアダムの鼻に命の息を吹き込まれたという『旧約聖書』「創世記」の記述の投影を見ている。

翌日我は新家の家族より呼ばれたり。抑も此裡に於て、家醸の村酒は霊液と呼ばれ、山雞、菜根の雑煮及び古素麺は山肴と称せられ、葛粉団子と山芋汁は、其名既に山村美食家の垂涎を曳きぬ。今家族は料理[一]の為めに尽日労せり。器具借る為め奥家に来りし女中に聞けば、朝来主人は山芋を掘る為に山圃に往き、主婦は清水汲まんと渓路に下り、阿娘は葛粉を円め、阿童は鶏羽を抜く為に多忙に、一家混雑の裡にありしと、さては吾饗応のため、此静かなる山村をも動きしなり。

我奥の家族と共に新家に至りし頃は、日は猶《な》ほ山上にありしも、叔父なる我母の弟及び其妻、此家の分家の主人等も、今日は農事を早く終へて、先《ま》づ饗応の坐に在りき、吾影の見ゆるや否、一家の歓迎諸客の祝辞等、暫時は言語の波立ちつゝ、衆賓の坐定まるまで互譲の為に時移りぬ、吾は推されて正坐に進み、吾右には奥の伯父、叔父、此家よりの分家の主人、吾左りには吾友なる奥の少主人、祖母、伯父の妻、叔父の妻、分家の主人の妻、及び吾友の妻等、男性女性相対坐せり。此家の主人を初め、其妻娘等は修飾美しく行儀正しく、半日の労力を此坐に運びぬ。

早や半時間余立たるも、会話は唯《ただ》冒頭より冒頭に移り、一個の東京疑問は他

一　あまり参考にはならないが、『甘木市史』下巻には、「ハレの日の食品の代表的なものは餅・赤飯・団子・饅頭である」、「いわゆる〝晴れの日の食膳〟は、日常の食膳が極めて質素であっただけに、ひときわ贅を極めていた」云々とあり、また『福岡県地理全誌』九十一に三奈木の「物産」としてあげられた中に、鶏、家鴨、麻芋、琉球芋などが混じっている。

の東京疑問に打消されつゝ、諸人の心全く解けず、何となく[二]圭角ありと覚えられたり。我謂《おも》へらく、是れ我が田家人たるの足らざる故《ゆゑ》に、渠等《かれら》未だ心の戸を開かずと、去れば折々吃《ども》る村語を混ぜつゝ、

「都の生活は父老が羨まるゝ如く快楽ならず、父老よ、我も亦《また》一たび各位の如く思ひたり、然れども今にして都人を知る、宛《あたか》も外飾り内朽たる墓の如きを。渠等の顔は朝夕に磨かれ、渠等の衣服は春秋に更へられ、其頭は帽子に高まり、其目は眼鏡に突出で、其齢は[三]枝によりて若くなれども、唯《ただ》其外観然《しか》るのみ、其実は苦焔を隠す為めの笑顔、冷情を掩ふ為めの涕涙のみ。歎息、心配、恐怖、失望、及び陰謀、残酷等陰府の毒に、肉も銷《き》え骨も解けぬ。問へ何故に爾《し》かあるかを、虚空の名誉に馳せ、不義の富貴を追へばなり。其快楽は唯《ただ》旅人を欺き遊女を漁し、他の不運より我好運を作るにあるのみ、[四]塵より出で、塵を蒙り、又塵に返らんと急きつゝ、自ら智慧ありと思へる一種の動物と云はん外、都人とは抑《そもそ》も何人ぞ。我嘗《かつ》て此村を田舎と思ひたるも、今は只平和の地、慈愛の里、長寿の世と称賛するなり」。

斯《か》く語る言語の裡に、我は一座の[五]顔怕《かほおそれ》の漸《やうや》く消えゆくを認めしが、頓《やが》て吾言の了《をは》る頃に、笑の影は凡《すべ》ての眉目に上ぼりぬ。主人は盃を我に献じて、

二 うち解けられずによそよそしい雰囲気が続いているのをこう表現したが、「圭角」はもっととげとげしい雰囲気を、しかも非難めいた調子で言う時に使う言葉なので、この場合適切かどうかは疑問。

三 無理をして若返ろうとすることを、接ぎ木をして若返らせることに喩えたか。

四 〈笹淵注〉はここに、「塵にすぎないお前は塵に返る」という『旧約聖書』「創世記」の記述の投影を見ている。

五 底本及び六版、十五版とも、振り仮名が「おをひ」となっているが、「おそれ」のまちがいではないかという〈笹淵注〉にしたがって、改めた。その場合、「顔」と「怕」とのあいだで一呼吸おくことになる。

「卿《おんみ》の如く話さるれば、誰か分らぬと云ふことなく、艸深き吾等の耳にも、仲間の話の如くに聞ゆ」と。

祖母は始終吾言を聞きてありしが、一座に向ひつゝ「都に居りしと誇りもせず、……学問ある丈け分りてある」と、猶《な》ほ我に向ひつゝ「去《さ》り乍《なが》ら左程難儀の場所ならば、卿も年老いば故郷に帰られよ」と。

我は此の情《なさけ》余れる一言に撃たれたれど、事皆定まれる運命なるべきことを叙べて祖母に答へ、会話の連鎖を一座に与へぬ。主人は其手の労力の好く味はるゝを喜ぶが如く、一座も亦《また》酒気に因りて心開け、数年前の本願寺参詣[一]、及び伊勢参宮の物語を以て互に饗[二]せり、或ものは蒸気船の龍宮の浮べる如きこと、世の開けて海も亦聞きし程怖《こは》からざること、或るものは大坂、京都の家屋櫛比[三]し、人行の騒擾なること、或ものは田舎の訛音の解し兼ねて、旅館の女中屢《しばしば》買物を違へしこと等を述べ、過去の苦しき追懐を以て、各々現時の快楽を取れり。渠等《かれら》は猶《な》ほ当村に於ける祭礼、誕生、縁談等に関する諸々の珍事を語り出て、全村を繞れる話頭は、転《うた》た座興を佑《たす》けたれば、歓を尽して散ぜし頃は、夜深く月落ち、艸樹も眠る頃にてありき。

其翌朝我は又渓の中岐なる分家[四]の主人に呼ばれたり。渠は我に来り請ふて曰

一『甘木市史』下巻が紹介する明治の旅の一つは、金比羅、大阪、高野山、奈良、伊勢神宮、京都の見物が目的で、もちろん下関から多度津や大阪までは蒸気船利用。もう一つは、宮島、金比羅、大阪、京都、そして伊勢神宮となっている。ちなみに甘木地区の寺で最も多いのは浄土真宗系の寺院で、それらはすべて西本願寺の末寺であったというから、当然京都滞在の折りには、本願寺詣りも含まれていたはずである。当時そうした旅の旅費は、一種の相互助け合い積み立て金組織である「講」の世話になることが多かった。

二 底本では「興ぜり」だが、第六版による。

三 櫛の歯のように接して並んでいるさま。

四 分家や新家がいくつも出てくるが、既述のように、たて・よこのいくつもの家族が同居する「複合的家族集団」はこの地方には少なく、たいていは二、三男は独立して、長男の家族(親や未婚の弟妹は含む)が単独で生活する「直系家族」が多かったというから、分家や新家が多くなるのは当然である。

く、三年前に新に張りし屏風あり。未だ誰か墨染をも経ざりし白地は、宛《さな》がら卿を待ちしに似たり、願《ねがは》くは一筆を揮はれよと。我は嚮《さき》に眺めし涼しき家を喜び、躊躇せずして往きたるに、酒肉先《ま》づ吾前に陳べり。其客室の額には、水哉《すいさい》亭《てい》の三文字を書したり。都会に於て文字は今美術の名を失ひたるも、文明の世に詩の村落に漂留するが如く、此家の主人も亦古来の宝、自家読めざる文字を以て、屏風に得んことを好みしなり、去れば我は暫時の後一絶句を得て、大文字を左の如く書きぬ。

人在リ二渓中屋一ニ、且ツ言脱シ二俗寰《くわん》一ヲ、不レ知ラ窓下水、浮カビレ夢入ルヲ二人間一ニ。

主人は頻《しき》りに妙と称し、殆ど詩を解するものゝ如く称嘆し、価なく得たる宝物なりと珍称せり。さて又我は殆ど供養の本尊の如く、此日叔父も亦我を招けり。我は既に二日間の飲食に飽きたるも、客の辞退と主人の勧酌とは、此村の旧式なりしが故《ゆゑ》に、我も亦他の辞退の如く思はれ、殆ど帯を解く迄に強ひられたり。

嗚呼《ああ》吾叔父、親愛なる吾母の弟よ。我は公言す、彼は実に目に一丁字なき人[五]なり、此山中の代表の民なり。渠は奥家の一支なるにも拘《かかは》らず、又其亡父の習[六]字師なりしにも拘らず、学齢に於ける疾病の為に今日まで仮名をも読み得ざる

五 無学文盲のこと。唐の張弘靖が、弓を引くのは一丁字を知るのにも劣る、と言ったという故事がある(『故事成語大辞典』)。同様の意味で、目に一丁字もない、という言い方もよく使う。丁はもともとは个であったという説もある。

六 「習字」は中国語でも日本語でも、また、かつても現在も同じ意味。したがって、村で習字を教えていたということ。にもかかわらず、自分の子供は、病気のために教えてもらえなかった、というところに巧まざる悲哀がにじみ出る。

なり。渠《かれ》は其手の無筆なるが如く、其心にも亦《また》智識の首石《おやいし》なる差別[一]の思想を有つことなし。其生涯の中、目に見耳に聞きたる此村の歴史、習慣、生活及び日毎の珍事の如き低き智識は、宛も五十音[二]の童子に於ける如く、少しくも其思想を高むる具とならず。其れ然り、渠は実に好奇心の第一階を有たざるが故《ゆゑ》に、我は如何なる話頭を以て初むるも、渠が心を動かす能はず。渠は一顰一笑を惜しむに非ず、一喜一憂を隠せるに非ざれども、唯吾言の渠が心の鍵を打ち得ざればなり。渠は恐るゝ所もなく、憂ふる所もなく、唯莞爾《くわんじ》として初まり、莞爾として終りしなり。渠吾言を否定せず怪疑せず、亦質問をもせず、柔順なる耳、唯々《ゐゐ》より初まり唯々に了《をは》れり。怡々《いい》たる渠の容貌は、宛も胎内より彫られし者の如く、凡《すべ》ての声の其村と其身に懸らざる間は、我思ふ其平易なる心底と、快楽なる眉目を変ふる能《あた》はざるべし。親愛なる吾叔父よ、我は吾生涯の裡に、目に一丁字なき人の安心と快楽を吾叔父の顔に見しなり。

然《しか》れ共《ども》渠は唯識らざるのみ愚者には非ず。所謂《いはゆる》学ばざれば忘るゝことなく、浮世の塵に汚れざる、天の成せる麗質を有てるが故に、事の曲直、人の善悪を判つに於て、掌を指すが如くなり。其の農業に於ては、嘗《かつ》て前人未発の実利を開き、大に村民の称讃を博し、最も有名なる悍馬を馴して、近処の壮丁の

一「差」も「別」も違いとか区別といった同じような意味。ここでは、知識の根幹は、差を見出したり、区別したりすることであるので、叔父の場合、知識がないためにそうしたことから自由であるということ。

二 いわゆる五十音図の五十音のこと。ここではその程度の知識しかない子供並の、という意味。

驚愕を牽きたり。其の行為に於ては、秘密に信心するものあるが如く、恐懼、忌避、深慮、勇憤、各々其の時に応ぜるなり。渠が前年よりの願ひは、天の恩賜として良妻を得ることにありしが、今や昔し位地ありし武家の遺孤の中より、美にして慧なる、而も貞淑なる良妻を得て相楽しめり。是に於て三千世界の宝と云ふ文字なきが為に、渠には他の不自由もなく、簡易なる此土の生活に、若《も》し文字の必要もあらば、渠は忠実なる其妻の学問に頼り、妻の学問の及ばざることは、果して渠に関係なき事なり。其道徳に於ても経済に於ても、夫婦の所思密に一致し、同心一躰の家族を為せる此快楽なる夫婦は、唯《ただ》久しく望みて未だ得ざる、継嗣の出産を待ち居るなり。

我嘗て謂へり、エデンの生活は迦南[三]の生活より平和に、無何有郷《むかいうきやう》[四]の民は神農[五]虞夏の民より安穏に、無為の世界は文明の世界より快《け》楽なりと。今や吾叔父の境遇を観るに及びて、亦窃《ひそか》に無識者の生活の智識者の生活よりも幸福なることを観じたり。孔子曰く「蔬[六]食を食ひ水を飲み、肱《ひぢ》を曲げて之に枕するも楽亦其中に在り、不義にして富み且つ貴きは我に於て浮雲の如し」と。蘇東坡[七]も亦曰く、「人生字を知るは憂を知るの始め」と。蓋《けだ》し世は字を学びて智識に入り、智識より空望に入り、空望より失望に入り、失望より不平憂愁の門戸に迷ふ。

三 カナン。パレスチナの古称。神がここをアブラハムとその子孫に与えると約束した。

四 むかうきょう。むかゆうきょう。『荘子』「逍遥遊」に見られる理想郷。「『荘子』にみえる架空の世界で、無為・無作為で、天然・自然の郷、自然を楽しみ、なんの人為も加わらない楽土をいう」(『故事・俗信 ことわざ大辞典』)。

五 神農は中国古代の伝説上の王。神農氏ともいう。「農」は民に耕作を教えたことに基づく。また、薬草から薬をつくったり、弦楽器や易にも見識が深かった。虞と夏はいずれも中国古代の朝廷の名。これらの民とても、無何有郷の民の安穏ぶりにはかなわないということ。

六 『論語』「述而第七」の一節。貧しい暮らしの中にこそ「楽」があり、これとは逆に、不義による富貴などははかないものだと言っている。

七 北宋の詩人・蘇軾(一〇三六-一一〇一)のこと。この詩は『蘇東坡集』に収められた七言古詩「石蒼舒酔墨堂」(石蒼舒の酔墨堂)の冒頭の一句。原詩は「人生識字憂患始」。

吾人若《も》し字を知らずば学者たるの望なく、字を解かざれば知者たるの慾なかるべし、吾人誤りて知慧を以て幸福の権衡《はかり》とし、知識を以て快楽の標準とせり。然れども我観る処を以てすれば、知慧知識の探究も、亦是れ金銭の穿鑿の如く、一個の俗情に過ぎざるなり。

　神の智者ソロモン曰はずや、「[一]智慧多き処に憤激多く、智識益す時に憂怨益す」。又曰く、「[二]神は富、財、位を以て人に与へ、其心の慕ふ所一個も其人に欠く無からしむるも、神また其人に之を食ふを得せしめずして、他人の之を食ふ事あり。是れ空なり悪き病なり」と。是れ智者と富者と異類にして同帰なるを示すものに非ずや。黄金を掘るもの巨万を得て足らず、巨万に巨万を重ねて猶《な》ほ足らず、遂に地球を洞鑿《どうさく》し、他の世界に到りて満足するとも、其幸福は何処にあるや。ソロモン亦《また》曰はずや、「[三]神を恐るゝは智慧の始なり」と、此の智慧を離れて他の智慧に走り出て、却て其智慧の為に捉はれて迷疑の荊棘《けいきょく》に陥るに非ずや。智慧を探るもの古代に通して止まず、前代より後代に通して猶ほ止まず、太古原始より世界終季の日に亘るとも、ソロモンの栄華と智慧を以て、半百歳の経験を以て悟る所何事ぞ。「[四]汝往きて喜悦を以て汝の食を食ひ、快楽を以て汝の酒を飲め」、「[五]日の下に汝が賜はれる汝の生命の空なる間、汝其愛す

一『旧約聖書』「コヘレトの言葉」(新共同訳『聖書』一九八七年の呼び方による。従来の「伝道の書」「伝道者の書」のこと)一章十八節に、「知恵が深まれば悩みも深まり／知識が増せば痛みも増す」とある。

二『旧約聖書』「コヘレトの言葉」の六章二節に、「ある人に神は富、財宝、名誉を与え、この人の望むところは何ひとつ欠けていなかった」とある。

三『旧約聖書』「箴言」の九章十節に、「主を畏れることは知恵の初め(後略)」とある。

四『旧約聖書』「コヘレトの言葉」の九章七節に、「さあ、喜んであなたのパンを食べ／気持よくあなたの酒を飲むがよい」とある。

五『旧約聖書』「コヘレトの言葉」の九章九節に、「太陽の下、与えられた空しい人生の日々／愛する妻と共に楽しく生きるがよい」とある。

る妻と常に喜びて世を渡れ」と、唯此一事こそ智者も無智者も、富者も貧者も賢者も愚者も、共に享くべき分ならずや。智者若し神を恐るゝを知らば、無智者は固《もと》より神を恐れん、智者の信仰も天の花園に生れ得ば、況《ま》して無智の渴仰をや。嗚呼《ああ》世は生活し得るより余分に得ん事を望み、滔々として迷疑に往けり。真実「[六]神は人を正直者に造りしに、人は衆多の計略を案出せり」。渠等の智慧を辱かしむるものは、豈《あ》に吾叔父の無智に非ずや。

看よ此の立て籠れる高峯《たかね》の外に、何処の天地は移り、[七]幾処《いくしょ》の王国は変り、好運の翼、[八]非命の羽、[九]建焉壊焉《けんえんくわいえん》如何に消長循圜《じゅんくわん》するとも、[一〇]此の夫婦は星を負ひて山に上り、星を負ひて山を下り、相笑つて飲食すること、一年宛《あたか》も一日の如く、同じ時、同じ処に常に同じく見らるゝなり。日は出て日は入るも渠等《かれら》の業は労働にして、夜は暮れ夜は明けるも渠等の事は休息なり、夕暖かに焼く炉火《いろりび》は、迷ふ旅人に路標《みちしるべ》を与へ、朝に蒸す家の烟は、竈の乏しからざるを証しつゝ、渠等は無智者の[一一]白顔を以て、貴とき奥家の支派たる尊敬を牽《ひき》ゆるなり。

斯《か》くて我は三日の時間を茲に費して後帰宅の念生じければ、翌日早朝此村と奥家と其家族、別けても猶《な》ほ二三日の滞留を切望する祖母に別れたり。渠は暇を乞ふ我を門外に送り出でゝ、最終の離別を叙ぶる為め、今少時《しばし》と我を留めぬ。

六『旧約聖書』「コヘレトの言葉」の七章二十九節に、「神は人間をまっすぐに造られたが／人間は複雑な考え方をしたがる」とある。

七 いろんな場所の、いくつもの、というような意味。

八「好運の翼」と対になっており、「羽」には特に意味はない。「非命」は天寿を全うせずして横死すること。

九 建ったり、こわれたり、ということ。

一〇 夜明け前から日没後まで熱心に働くことを、「星」とか「星夜」とかを用いて表現した。

一一 ここでは「白」は、空白の、何も加えないそのままの、といったような意味だから、汚れなき顔で、生まれたときのままの顔で、純朴な顔つきで、といったような意味か。

「最早《もは》や此世に相見る事も今日限りならん。去れど卿《おんみ》も猶《な》ほ屢々《しばしば》帰省すべし、母も早や老い近ければ、後悔せぬ様孝行せよ、我には是れぞ今生の別れ、未来にて相逢ふまで、随分達者に出世せられよ、卿の父と諸共に、艸葉の影より喜びてん、去り乍ら如何に功名富貴なればとて、必ず故郷をな忘れそ、久々に相見ても束《つか》ぬ間《ま》に別るゝ、[一]ホンニ浮世の墓なさよ」。

絶離の詞[二]寸銕腸を断ちしなり。武士の裔剛健の質なる、吾祖母も今は老いぬ。然れども強ひて吾意を強めつゝ答へり。「祖母よ心安く在せ、祖母の世に在す間、必ず今一度帰るべし。願くは唯労働と心配を棄て、心長閑に亘らせよ」。

祖母は涙を拭きつゝ、「ヲヽ卿が言ひ置く事とならば、何事も止むべければ、頼み少なき他人の中に必らず病気と時候を厭へ。然らば此世の暇乞ひ、……早や日も出づるに嘸《さぞ》今日もや熱からん。……アヽ危《あぶ》なし田家路の危《あぶ》なさ、能く心して躓かぬ様……」

我は[三]情に泣きつゝ祖母の言を負ひて出でたり。遠くなるまで我れを見送る石堤の面影は、暫時[四]屋頭の烏の如く佇立したり。宛《さな》がら芒《すすき》曳く流星の如く、我も亦《また》村門の橋見ゆるまで、幾度か顧眄《こべん》せしなり。橋上より最後の眺を回顧すれば、山の底に山は落ち、家の後に家は隠れて、都屋山より出づる朝日の影に、

一　本当に、まことに、という意味の副詞。『江戸語大辞典』には、「そのうちにも女の子は、ほんにほんに生まれるから死ぬまで厄介さ」(二編上)という式亭三馬『浮世風呂』の用例があげられている。

二　成語としては「寸鉄人を刺す」だが、ここではそれをもう一つの成語である「断腸」と組み合わせている。別れの言葉はわずかでも、悲しみに腸が引きちぎられるようだ、となる。

三　顔には涙を見せず、かわりに心の中で泣きつつ、ということ。

四　祖母のか細い体を、家の屋根の端にとまるカラスにたとえている。

此美妙なる自然の画図は織り籠められぬ。

白日青山ノ裡、落花流水ノ村、留連三日ノ夢、追ヒテレ浪ヲ下ル二桃源ヲ一。

第八　追　懐

誤〔一〕テ背キ二先-君ノ喪一ニ、百-年唯泣ク レ天ニ。
烏-啼キ慈-夜ノ涙、為ニ落テ入レヨ二黄-泉一ニ。

斯《か》くて故郷の快楽、恋愛の希望、自然の景色、漸《やうや》く画巻の捲き尽され、幻影の醒めゆく如く移る裡に、我に父の死後、吾家の境遇のいと転変せるを認めたり。渠《かれ》は其の厳格なる家制に由りて、室内の清浄、書冊の保存、庭園の掃除等、一一其規則を把《と》りたりしも、今は兄の代となりて、諸々の床の間に手巾〔二〕の及ばぬ限あり。古道具は往々毀れ、四五の冊子書庫を洩れて蠹魚《とぎょ》〔三〕と雨風に暴露せられ、年毎に剃られし松葉も蘇鉄の茎も、囚人の髪の如く伸びて、落葉払ひし迹も久しく絶えぬ。是等不取締の観は、痛く我情を曇らしたるが、吾母は我を慰めて、父は家内の経済を旨とし、兄は戸外の慈善を専らとす。且つ前代の家より後代の家になるまでは、必ず沈落の日あることを語りぬ。

吾意猶《な》ほ釈然たらざりき、何となれば吾陰気は家内の沈落の為ならずして、吾父の追懐〔四〕にあればなり。吾父は去年《こぞ》にぞ逝きぬ。死者もし生者の追念より消ゆることもあらば、此世は如何許《いかばかり》憂なからん。生憎《あいにく》にも寂寞たる吾母の顔、端

一〈笹淵注〉は、白居易の「慈烏夜啼」からの影響を指摘している。慈烏はカラスの一種で、「慈烏夜啼」は、その慈烏が母を失って悲しみにうちひしがれ、すみかである森を守りつつ、夜になると母を思って啼いていたのに、人間であるにもかかわらず孝心において慈烏にも劣るものがいるのは何たることか、というような意味。ここではそれを踏まえ、起承二句で父への不孝を、転結で、それにひきかえ烏の孝行ぶりをうたっている。

二 ここではハンケチの意味ではなく、手ぬぐい転じて雑巾のこと。

三 書物や衣類につく紙魚《しみ》のこと。

四 追憶と同義。

なく祖父を尋ぬる孫女の口、昔を忍ぶ父老の語に、吾父の面影活如し来り、生前に愛でられたる器具、養はれたる園樹、散歩の道なりし青柳茂れる河塘《かたう》、夏日禾田《くわでん》[五]を巡視したる涼しき樹陰に於て、渠《かれ》は猶ほ生けるが如く、其慈愛なる音容、到る処に追随せしなり。

或日我吾少弟を伴《つ》れて郊外に散歩せしが、時は早や薄暮に近く、遠山に落暉を余し、樵夫は遥かに帰路を急ぎ、野流の裳《すそ》は遠く闇み、前に連なる稲の青焔は、此晴夕を陰気ならしめたり。此淋しき景色の裡に、我は唯無言に歩けり。吾幼弟も吾愁色の為に黙しつ、唯落日のみ転《うた》た春《うすつ》[六]きぬ。抑《そもそ》も児童に逢ふ毎に、唱歌を聴きて其童心を察《み》るは、吾習慣なりければ、今日も務めて吾意を強め、唱歌を誦せんことを幼弟に求めたり。彼は平生の怯避にも似で、吾首唱の下に「君が代」[七]と「来子供《イザ》」[八]とを歌へり。猶ほ一曲を強ひければ、渠は歌ひぬ左の如く。

　父こそは、帰りましたれ営《いとなみ》の、暇なき身も朝なげに[九]、
　我を愛《めで》ます畏こくも、慈しみます其朝なげに、

其父如何にと我問へば、さなきだに歌の尾に涙もちたる歌者《うたびと》は、今は溢れて叫び出でたり。其慰藉なき絶望の悲嘆は、嘗て父が臨終の夕に哭せし声と思へ

五「禾」はここでは苗というより、ある程度育った青い稲のこと。

六 うすつく＝「日、山ノ端ナドニ入ラムトス」(『大言海』)。「春融」なら、日が西にうすつく夕景色を指す。幕末から明治にかけて流行した語(小島憲之『ことばの重み――鷗外の謎を解く漢語――』新潮社、昭和五十九年)。

七 原歌は『古今和歌集』。『小学唱歌集』初編(明治十四年)に第二十三として収録されたが、林広守の作曲によって現在と同じ曲となったのは、『小学唱歌』一(明治二十五年)以降。

八「来子供」も「父こそは」で始まる唱歌も、海後宗臣編『日本教科書大系　近代編　第二十五巻　唱歌』(昭和四十年)に収められた『小学唱歌集』(初編―第三編、明治十四―十七年)、『幼稚園唱歌集』(明治二十年)、『小学唱歌』(一―六、明治二十五―二十六年)等の中には、見当たらない。なかでは「うづまく水」などは前者に比較的近いかもしれない(「みよみよ子供。うづまく水を。うづまく水に。ならひてめぐれ。みよみよ子供。うづまく水を」『幼稚園唱歌集』)。なお湖処子自身にも「兄弟」と題されたこんな詩がある。「いざ童子(わらはべ)よもろ共に　歌ひて今日はたのしまむ、父のひざにて面しろく　むかし歌ひしその歌を、わが吹ならす笛の音に　あはせて今日も歌はなむ」(『国民新聞』明治二十五年七月十七日)。

九 朝ごとに、朝に夕に、という意味の「朝にけに」「朝なけに」と同義か。

ば、泣くまじと忍びし我も、天を仰ぎて落涙しぬ。弟は兄に身を投げ、兄は弟の頭を抱きつゝ、此世界に唯《ただ》兄一個《ひとり》弟一個《ひとり》の如くに覚えしなり。

頓《やが》て八月十六日の夜となりぬ。我は前川の納涼に身を冷し、更[一]闌《た》けて退きぬ。是は我が旧時の読書室にして、吾父は此室に於て、去年の今夜正午[二]より二時間過ぎて眠りしと云へり。朧ろに白き円行燈は遠く此室の四隅を闇めぬ。我は広き蚊帳の中に、一身徒然に寝んと更衣すれば、眠げなる影法師は蚊帳の向ふの方に動けり。戸の外は悽きほど静にして、唯《ただ》天井に殖へたる鼠の族《やから》の、物に驚きて遁ゆく声のみ、恐ろしくも礎に響きつゝ、異象を誘ふ心に事ありげなる此夜半に、不思議にも去年の今夜夢みし夢の後段を夢みぬ。

郭[三]北の門より百武[四]を歩みし青邱《せいきう》[五]は、吾村落の菩提所なり。今日は八月十七日、吾帰省の目的の日、吾父一年後の命日なりければ、吾母諸共此処に詣でぬ。百畝の平地を囲む林樹は、奥妙として凄陰を布き、此処に窺《さ》しこむ日影は、春日も秋日の如く、朝日も夕日の如く、況《まし》て悲しき秋の夕は、昨夜の行燈の闇光よりも、微《ほの》白くして陰気なりき。邱頂より樹梢を亘《わた》る風は地に下《お》りざるも、太古より墓場を纏へる空気は、冬の日よりも静けく冷へたり。今日は猶《な》ほ盂蘭盆会[六]の生霊送る夕に近ければ、孰《いづ》れの墓場も幾分清浄の観はありしも、墓前に捧げ

一 日没から日の出までを五等分して、その一つを「更」と呼んだ。

二 「午」は昼の十二時を指すが、真夜中の十二時を「午夜」と呼んだ。

三 「郭」は城を取り囲む塀・囲いのこと。ここでは、直後の記述を見ると墓地がずいぶん近いので、主人公の家の北門をこのように表現したか。

四 「武」は足を一歩踏み出しただけの長さの単位。したがってここでは百歩と同じことになる。

五 青々と樹木が茂った山＝青山が墓地を意味するのと同様、青い邱(丘)も墓地を意味する。

六 再三言及してきたように、盆行事のいっさいは削除されてきた。それに対してここはめずらしくかすかな痕跡の見られる個所。これまでの作中の月をめぐる記述から考えると、「陰暦の十三夜」(三六八頁)が八月七日、「陰暦の七月十五日」(四一七頁、＝「生霊送る夕」)はしたがって八月九日となり、今日が八月十七日ということだから、だいたい八日前後経過していることになる。そう考えれば「花も萎みつ仆れて」という描写とも矛盾しない。ちなみに作中ではなく、前田愛が指摘した、現実の明治二十二年の暦を当てはめてみると、八月十七日は旧暦の七月二十一日であり、「生霊送る夕」から六日が経過している計算になる。

し女郎花《をみなへし》、盆花、桔梗等、嘗《かつ》て此死蔭の国を装ひし花も萎みつ仆れて、一際《ひときは》陰悽の気を加へたり。累々として立ち列びたる古墓は、[七]誰や先誰や後なる。月日の久邇《きうじ》[八]は異るも、同じく一杯の土に帰しては、唯人世の無常をぞ告る。

吾父は今此門頭に当れる新墓となりぬ。紅字に彫られし「[九]釈善邦」なる三文字の、活如として我を眺めし有様、抑《そもそ》も如何許《いかばかり》善き名なるよ。我は吾文字の斯許生きて彫られんとは想はざりき。渠《かれ》は此世に其迷児を見残したるも、今は其手跡の下に晏然[一〇]として眠れり。さるにても眺むる間に、無明、無動、無声の観は、林中より暗羽を拡げて吾父の墓をも掩へり。吾母は携へたる蓮華を我に授けて曰く、「卿《おんみ》親しく此花を捧げよ、父は終りまで卿を呼びたれば」と。我無言の涙を以て享け、慇懃に墓前に奉じて、為に前渓の流を汲みたり。

一　あらたにむすぶ小柴垣、
　　是ぞ世になき父があと。
　　後にしげるはこやなぎ、
　　常世[一一]にまもる夜見の宿。
二　さびしくしぼむ花かむり、
　　環《たまき》に暮るゝ日ぞのこる。

七 「誰や先」は蓮如「白骨の御文」と同じ語句。
八 「邇」は近いという意味。したがって、久しいか近いかの違いはあっても、となる。
九 既述のように(→三三九頁注八)、湖処子自筆の戒名が彫られた墓石が、三奈木の品照寺に現存する。
一〇 やすらかに。
一一 底本及び十五版では「当世」だが、六版に基づき、このように改めた。

今朝焼きそめし香の烟、
夕《ゆふべ》しづかに立ちのぼる。

三　父が植えたる小川より、
採りてさゝぐる蓮華《はちすばな》。
愛《めで》たき色とその馨、
永く留むべき水もがな。

四　旅に六年をすぎこして、
帰れば父の声も名も。
昔語《むかしがたり》と早やなりて、
石を此世のしるしかも。

父子相逢はざるの怨の為に、母も悲しく袖しぼりぬ。冥目して墓頭に座すれば、見慣れたる写真の顔は記憶の鏡に浮びつゝ、慈愛より慈愛に高まり、宛《（あたか）》も過ぎゆく影移らふ花の如く、留めあへぬ間に捲かれ了んぬ。斯《（か）》くて宇宙の我より消《（きえ）》しか、我宇宙より没せしか自ら知らざる如くなり、天は烟の如く散り、地は落葉の如く飛びゆく、夕日は終り木枯風[一]は遥かに過ぎ、吾心は蠟燭の如く融け、身は焼かれし線香の如く灰立し、手辺[二]の墓の如く枯着しつゝ、茫然として

一　木枯らし風は秋から初冬にかけて吹く風で、ここでは暦のうえではすでに秋なので、用法としてはまちがってはいない。

二　「冥目して墓頭に座すれば」という位置関係が前提となって、手元にある墓のように枯れて生気を失い、眠りに落ちた、ということ（王成氏のご教示による）。このあたり、「宇宙の我より」「我宇宙より」、「天は」「地は」、「夕日は」「木枯風は」、「吾心は」「身は」、と対句的表現が続くが、それらを総合するかたちで、「我」が「枯着」し、「眠りに落ちにき」、と括られている。なお〈笹淵注〉は「手辺の墓の如く」は「手は墓の如く」の誤りではないかと推測しており、その場合は、「吾心は」、「身は」、「手は」、と同種の言い回しを畳み掛けた表現ということになる。

眠りに落ちにき。「日も暮るればイザ玉へ」と呼ぶ、母の声に覚《さま》されて、遅々たる心牽かるゝ牛の如く、帰る力もあらざりき。

我謂《おも》へらく父は吾家中興の祖、宜しく紀念碑を受くべき人なり。吾兄の富亦《また》一石碑を立つるに難からずと、之を以て母に問ひしに母は答へて、兄も亦然か計画せしも、古来石碑なき此墓場に俑《よう》[三]を作るは宜しからず。且つ此無益のものゝ為に、生前友あり敵ある父をして、徒《いたづら》に敵の怨を益し、友の嫉《そねみ》すら惹《ひか》しむべからざることを説きて止みぬる旨を告げ、且つ曰く、「父の墓の奢らざる代りに、兄は他の祭主[四]久しく絶えし荒塋《くわうえい》を、親《みづか》ら費して叢墓《よせばか》[五]となせり。即ち此の大石碑は其なり。子の慈悲善行こそ、親の為め無上の紀念碑」。

母の先見、兄の慈善、未だ今日の如く我を安堵せしことはなかりき。吾家は今貧しき親戚に繫りあるも、吾菩提所の容易《たやす》く他の慈悲の叢墓とならざる所以、斯てこそ満つべきなれ。遽《にはか》に響く鐘の声、邱上邱下に打ち伝へ、鳥は隠れし塒《ねぐら》より一二鳴を相唱へつゝ、読経の音は清風の如く、此夕暮に穢《ゑ》土《ど》を掃きつゝ、頓《やが》て蒼然たる暮色は路頭に立ち迷ひたり。

吾等が家に帰りし頃は早や点燈の後にして、一週忌の弔客、父の友、近処の父老、親戚等は、数[六]の如く集りぬ。渠等は皆式の如く飲み食ひ、去るものは去

三 元来は副葬品の土偶を指す。ここでは死を追悼する記念碑を、副葬品である俑にたとえている。

四 ここでは、墓を守り、盆行事や年忌などをとりおこなう、その家の跡継ぎのこと。

五 「叢」は多くのものを一個所にまとめること。ここでは(供養するために)たくさんの墓を寄せ集めたということ。そういう意味の二字熟語に、和語で振り仮名を振った。

六 数が多いことを「数」というので、ここでは、大勢、の意味か。

り、[一]残るものゝみ相残り、他の会話場を開きたり。孰《いづ》れの話頭も此日に応じて隠沈到にして、孰れの心底も亦《また》此夜の如く鬱陶なりき。嚮《さき》に好く燈されし釣燈《ランプ》も一個に減されて、此の小き世界の夕暮は来れり。朧ろに曳かれし人影は、壁遠きほど闇く大きく薄らぎゆきたり。客は折々盃より飲みしも、間には涙を拭くものありき。吾父の晩生涯は、二年以前家兄よりの手紙にて略《ほ》ぼ知りぬ。曰く隠居たる父の快闊なるは、主人たりし父の厳急なりしに似ず。曰く其嗜《たしな》める酒量は減じたるも、[二]下物常に一種にして足らざりし。曰く放快斯《かく》の如《ごと》くにして年老いし甲斐もありとて、近処の敬愛加はりぬと。然して其他の細目別けて其逝前の生活に於て知る事少なかりしが、今や一坐の応答に由りて、隈《くま》なく我に告げられたり。

蓋《けだ》し我父は一生の全力を[三]少年の時に尽して、半世に一家を起したるが故《ゆゑ》に、十年老いて見えしも是非なかりき。且《か》つ其嫡子なる家兄の己に肖《に》ざりしことを、痛く心配せし故に其退隠即日陶然として衰へしも、亦必然の理《ことわり》なりき。是より後父は俗界の人ならで一心宛《さな》がら[四]清風朗月の如く、唯快楽に飲み喜悦に食ひつゝ、其口よりの言葉は皆笑焉《わらふこと》のみなりしとよ。嘗《かつ》て囲碁の友の訃音に接せし時の如き、大に絶倒して悲哀の使者を一驚せしめたりき。門前に魚売声を聞く時

一　大勢いた弔問客も多くは去って、近い関係の人たちのみが残り、自然、話題も重くなり、またそうした変化に見合うように、身を寄せ合う場所も絞られ、ランプも一個を残して他は消され、ということ。絵画的に想像すると、結果的にいっそう深刻、陰鬱な雰囲気が強まる。

二　「下」は主に対しての副を指す。「下飯」＝おかず、副食品のように。ここでは、酒に対して、つまみ類を指すか。

三　若い時、という意味。

四　さわやかな風とさえわたった月。

は、籃《かご》諸共に買ひ尽し、家人の驚愕を見て亦唖然として大笑を発し、唯云ふ、「渠《かれ》買ふべく願へば」と。故に魚商等は吾家を以て生活の樹とし、相呼び伝へて日毎に来れり。家兄は窃《ひそか》に渠等に許すに、其不在の時は分量を定めて置くべきを以てせり。兄は亦父の短かるべき余生を遺憾なからしめん為に、門前を過ぐる村人にして、父の齢に近きものを請じて、父が当坐の客たらしめたり。蓋し父の友は父の為に来り、兄の孝道知るものは兄の為に来りしなり。其の友の家を訪ふ時は、招かるゝにも招かれざるにも、或は一日にして還り、或は半日にして還り、又往きて直ちに帰る時もあり。謂ゆる興に乗じて往き、興尽きて還れることにありき。近処の父老、為に童化仙者と称へしとぞ。

斯かる無邪気の遊夢の裡にも、漸《やうや》く掩ひ来る死の蔭見えければ、兄は其前一年に於て、佐田、宮野を初め、親戚知己の許に父を負ひ、暗に遺憾なき訣別を了《を》へしめ、且つ其の最も好める演劇[五]に別るゝ為め、家兄と宮野の少兄と、十里遥かなる博多にまで父を負ひ往き、其次《ついで》に写真師に詣り、今日吾掌に存せる肖像をすら採りしなり。嗚呼《ああ》父の生前、吾は唯吾二兄の孝道に頼りしのみ、遥けき土地に何をも知らで日を過ぎしなり。

遂に其翌年の夏、父は暑気に中《あた》りて病みたり。是より先き父が隠居の室は定

五　博多には明治七年に東中洲に常設の芝居小屋ができたのを皮切りに、寄席や劇場が次々にでき、この地方の演劇の中心として賑わった。なおこの頃の劇場では娘義太夫や落語の口演もあったが、演劇の中心は何といっても歌舞伎で、全国を巡業する大小の一座、博多を根城に活動する一座など、さまざまなものが観られた。また明治二十年代後半になると、地元出身の川上音二郎の書生芝居の公演もおこなわれた。

まり居りしも、童化したる心には、余りに徒然なりしが為めに、渠《かれ》は猶《な》ほ主人の坐に起居したり。或る太《い》と熱き日の夕、父は常の如く酒杯を取りて口に接《つ》けしが、旨《うま》からじとて他の美酒を求ければ、兄は其盃を取りて嘗《こゝろみ》、少しも異味あるを覚えざりしかども、言はるゝまゝに最好の酒を需《もと》めたり。父は再び嘗めたるも、盃を手より棄てつゝ、「是も亦《また》美からず、今夕は酒欲しからず」と低語せし時、一坐始めて大事の来るに驚きしなり。斯《かく》て家兄は「然らば父よ奥室に於て改め飲まん」と、母に請て父を奥室に扶け入れ、撒水管を取りて庭に下り、樹木に灌ぐこと童児の如くし、自ら絶笑して曰く、「父よ如何許《いかばかり》面白からずや」。父は其を見又他を視、徐《おもむ》ろに答て曰く、「毫も面白きことなし、吾子よ休め、往きて卿《おんみ》の食事を取れ、努《ゆめ》[一]な家業を怠りそ」と、嗚呼《ああ》止んぬ。此世に在りしは五十七年、其子を愛でしは三十一年、日は落つる時に正躰を顕はし、火は消ゆる時に燈心を現し、[二]人は死なんとする時其言や善し。今此世と其子を棄る時に、笑に狂する父とても、如何で一度本心に還らざらんや。是れより後父は一変して涙の人となり、今日の対家《むかへ》の老父の如く、言語みな泣くばかりなりき。別て[三]我を聞き、吾音信を得るときに咽びしと云へり。

我下総にあるの秋《とき》[四]、[五]家兄は我に書きて父の病を告げ、且《か》つ軽症なれば憂ふる

一 強く禁止する時に使う副詞。「努」のほかに、「勤」などもあてることがある。

二 『論語』泰伯篇に出てくる曾子の言葉。「鳥の将に死なんとするときは、其の鳴くや哀し。人の将に死なんとするときは、其の言うや善し」。ここでは「死なんとする時」が「日は落つる時」、「火は消ゆる時」と対句になっている。

三 東京に行ったきりで帰ってこない主人公の様子を家人に尋ねたりする時、ということ。

四 「秋」は中国語でも、作物が実る時(たとえば「麦秋」の「麦」は初夏に収穫する)、さらには「ある時期」などの意味で使われる。「危急存亡之秋」＝大変あやうい時、といったように。ここでは後者の意味か。

五 「明治二十一年夏五月下総流山駅の豪家秋元三左衛門氏の聘に応じて其の英学の師となりぬ。(中略)秋元氏に在ること半年にして東京に復へり」(「吾が半生」)。下総滞在中に父の死の知らせを受けたことは「故郷」(『国民之友』)に見えるが、そこには、病気になったことを知らせる兄からの手紙への言及はない。父の様子がおかしくなったのは「或る太と熱き日の夕」(二行目)とのことだが、八月中旬の死までどれほどの期間があったのだろうか。いずれにしても、その間に、一度は様子を知らせる書状が滞在先の下総まで届いていたわけである。こうした短期間の滞在でも、こまめに所在を実家に知らせておくあたりに、故郷との緊密な関係が伺えるが、ほかに可能性としては、それ以前から父の様子に不安を持っていたことも考えられる。

に足らずと言ひ贈りぬ。其書中に云へり、若《も》し[六]暑気引ともならば帰省すべしと。読過して謂《おも》へらく、父若し暑気の退くと共に逝く事もあらばと。再読して転《うた》た心動きたれば、是を以て此地の友に示したるに、我が為に説きて云ふ、避暑の日来らば、他行せずして帰省すべしと是のみ、別に疑義あることなしと。実に然り、我如何なれば斯《かか》る迷疑を生ぜしやとて相共に一笑せしことなりき。然して当年我に暑引なかりし故《ゆゑ》に、帰省し得ざる旨を家兄に返事せしなり。嗚呼《ああ》此間故郷に於て、父は一たび臥して復《また》起たず、吾名を呼びて臨終に至り、訪客は事の哀れなるに面を背け、母は父子相違ふの不幸を歎き、兄は唯為す所を知らざりしとよ。去れど此世の念去り、天国の光見へし時、父は安然満足して、宛《さな》がら無心の童子の如く、豊かに眠りに入りしとよ。

　父の生涯は斯《か》くして終へぬ、一座悲しく黙しつゝ、此の涙の室に於て涙なき人はなかりき。暫時して兄は曰へり、「父の怨、卿《おんみ》の哀、是れ皆吾落度にして今更申訳もなし。去《さ》り乍《なが》ら我徒《いたづ》らに卿に怠りしに非ざりき。我は当郷の甚六父子に起りし、不思議の例を確信したり。卿も亦《また》知る如く、夫《か》の西南の役に、甚六は輜重《しちよう》[七]に徴されて戦場に往きし後、其子巳太も跡追ひ往きぬ。田原坂《たばるざか》[八]落城の夕、巳太忽然として帰思を生じ、暇を乞ひて徹夜に急ぎ、帰り来りて其家に父

六 引け、からもわかるように、これは和語的表現。中国語なら「暑暇」となる。

七 軍隊で、食料や衣服、武器弾薬などの輸送にあたる兵。多くの場合、馬を利用するので、その世話にもたずさわる。

八 現・熊本県北西部、植木町にある坂。明治十年三月、西南の役の際、ここで政府軍と西郷軍とのあいだで激戦があり、西郷軍が敗退。

の訃音に遇ひしは亦《また》卿《おんみ》の知る所。故《ゆゑ》に骨肉相別れて死する時は、死者の不思議必ず存者の身に顕はるゝを信じたり。今は吾意到らずして、家庭の憂を貽《のこ》せしこと遺憾至極」と。我曰く「吾兄、固《もと》より定まれる運のみ、今更何ぞ心を痛めん。聞き給へ我も不思議を語るべし」と。今や一座の目我に向ひて怪しみ待てり。我曰く「当時我は何故なりしや知らざれども、自ら訝るほど涙脆くなりし。天の色、地の声、日中の喘ぎ[一]、夜間の休みも、皆我が為に黙思すべき一大問題となり来りぬ。別けて夜の夢は昼猶《な》ほ幻影を浮べ、烏啼の一声すらも世界の変故[二]を告る如くに聞えしなり。去年の昨夜は、吾寓居も太《い》と淋しき夜にて、我は何事にも慵《ものう》しとて宵より寝ねたり。然れども夜間の残熱、黙思の頭脳、煩悶の為に、睡りもせず覚《さめ》もせず只管《ひたすら》転輾反側したり。我は殆ど自ら茫じ、起ちて窓押して夜の空を怨《えん》じたるに、今入る月の僅かに残れる景色、宛然たる旧時の看[三]に、客地にあるを忘れつゝ、転《うた》た暗愁の淵に沈み、「故郷《ふるさと》も今頃月は落つる哉」と口吟しつゝ、何となく落胆の思に嘆息せしなり、漸《やうや》くに眠に就き、匪賊夜忍びて父の掌上より吾長妹を奪ひ去りしと見れば、此は是れ一場の夢なりしかども、覚め来りて実事の如く、心動きて止まざれば、翌朝我を愛したる其家の老母に語りければ、老母も亦事変の予言なるべしとて、故郷に書くべく勧

一　「喘」には「あえぐ」という意味と「それゆえ一休みする」という意味と両方ある。ここでは文脈上、日中の休憩時などに、というような意味か。

二　「変故」は中国語で、思わぬ出来事、災難や異変という意味。

三　「看」は中国語ではふつう動詞として使う。それをここでは名詞として使っている。同様のことが、直前の「茫」にも言える。本来は形容語だが、それをサ変動詞化して使っている。どちらもよく見られる例だが、ふだん、純然たる中国語としてではなく、訓読しているので、本来の中国語としての品詞の区別に無頓着になり、むしろそれを融通無碍に日本語文のなかで使うのが恒常化していることの現れ。

め、遂に公然夢物語を端書と為して、恥ぢざる次第となりしなり」。

兄は我を遮りて曰く、「さて其書状よ、父は早や柩に在り、親戚相囲みて歎きし時に、其の書状の着きければ、さてこそ「卿《(おんみ)》帰れり」と、読みもせで柩の前に捧げつゝ涙に巾を湿したり」。

今は当時の悲哀の復活せし如く、一坐の客或は咽び或は面を背け、或ものは黙して死せるが如くなりき。我は継ぎぬ。

「十七日の夜は一際《きは》隠気勝りき。家の老母は徒然に堪えずとて我を其坐に請《せう》じ、少母も亦相集ひしなり。夜は早くも九時となり、老主人は眠り少主人も寝ね、多くの女中も亦各《(おのおの)》其夜絢《よなべ》の室にて仮睡し初め、唯吾等三人の声音のみ此深夜に響きぬ。浮世話終へたる後の話頭は、唯我が過去の履歴、現在の地位、四未来の軌道、別けても事業の去就、細君の撰択等の問答なりき。追懐すれば当時失笑すべき愚痴と、絶倒すべき妄念を語りたりしも、吾陰沈なる口調と熱心なる言語の為に、能《(よ)》く聴者の耳を動かせしなり。夜は既に前夜の夢の頃となりしも休まず。偶々《(たまたま)》老母に故郷の母を問はれし時、我は端《(はし)》なくも涙の滴《たま》を浮ぶる其時、全身に粟を生じ、悲哀心中より溢れたり。老母は我が涙を認め少母も亦俯《うつむ》きて涙を出だせり。老母は吾哀情の鍵を打ちしことを悔ひ、悲哀の極度に到

四 未来の進路、というような意味だが、路線とか軌道とかいうような意味に限られる中国語の本来の使い方からはいささか逸脱している。こんなところにも、漢語とか漢文調をふりかざし、といったような側面が見え隠れしているのは否定できない。

らぬ前に夜話を了《を》へたり。我は吾室に退きて熟思したるも、故郷の母なる語の、何故に斯ばかり悲しきかを解せざりき。既に臥床に就きたるも、数日前より熱しつゝありし脳の、今や夢を容れざる程に焼け、休み少なかりし目も疲れ過ぎて睡眠を絶つに至り、影暗き燈すら瞑目せる睫を徹りて、瞳子に写ること白日の如く、眼の暈《かさ》は目を開く壁に現じぬ。起きては落ちたる月の余芒を眺め、坐しては隣家の鶏鳴を聞き、復《ま》た臥して時計の音を数へ、眠らんとしては遠寺の鐘声に呼ばるゝ、其は猶《な》ほ忍ぶべかりしも、我は理由を知らざる愁歎の為に、其夜も徹宵眠らざりし。果せる哉其後の手紙によりて、我も亦《また》旅ながら父の喪に通夜せしなり」。

坐の人々は我に言はんとして言ひ得ず、折々顔を揚げては又俯きたり。我亦続きぬ。

「此頃の天気は日毎に晴れて雲なかりき。然して脳病者の脳は宛《あたか》も晴雨計の如くなるに、十八日の晴天にも拘らず、我は殆ど囚人の如く鬱《ふさ》ぎたれば、自ら強めん為に快楽の場なる野外に出でたり。其は夏去ること遠からざれば、森の景色も猶ほ青く、秋[一]にはあれど野辺の水は猶ほ歌ひて流れぬ。鳥の声は楽しく誘ひ、相識る農夫は敬礼しつゝ過ぎゆきしも、何処にも吾顔を拭く色もなく、

一　立秋はこれより十日前後まえなので、八月十八日なのにこのように言っている。

痛める心を払ふ声もなかりき。遂には秋日の熱に脳を焼かれ、我は其光線に目を眩まされて、辺りの丘の古社に避けたるも、楽しかるべき風の音も、涼しく寄する樹の蔭も、我には魔力[二]を失ひたり。近頃の憐れの素振に、慈愛深き老母は転《うた》た憐みを加へて、或は我為に真紅の西果[三]を截《た》ち、或は宝庫に古書画を取り、或は葡萄[四]の美酒を酌みしも無益にして、我は宛も蜉蝣《かげろふ》[五]の如く日暮に近きほど暗恨に沈み、食事は咽を下らざれば、此夕も未だ宵ながら臥戸に入れり。老母は我に睡眠薬を与へたるも眠らず、按摩を呼びしも眠らず、遂には医師を迎へんとまでしければ、我は泣つゝ其厚情の身に余るを謝し強《しひ》て辞せしも老母は聴かず。我を起して共に語らしめしが、我は只《ただ》泣くばかりなりき。猶ほ記す老母の言に曰く、「卿《おんみ》の我家に来りしより我は実に卿を吾子の如く思ふなり」、曰く「卿の両親の日夜卿を懐ひますを察しつゝ、吾子に勝りて卿を思へば、欲するまゝに言ひ告げよ」。曰く「近頃聞けば父病みますと、卿の憂の程も知られぬ、去れど苟且《かりそめ》の事ならば、さのみな心傷め玉ひそ、あゝ卿の如き優しき人を如何で子とする縁はなきや。儘ならぬ浮世と云ふとも斯ばかり心やさしくは、などか出世の途なからむ、我は卿の出世と果報の為め、疾《と》くより神仏に祈念したり」と。一語は一語より深く、恩愛肝に徹する程、我には答ふる語に難《かた》く、

二 ここでは神秘的で不思議な力、というような意味。

三 すいかのことか。この頃でも「西瓜」と表記するほうが一般的(『伝家宝典 明治節用大全』など)。

四 この頃は葡萄酒と呼ぶのが一般的。赤、白、甘葡萄酒、シャンパン、などに分けられていた(『家庭辞書』明治三十八年)。疲労回復、腸や消化器の状態の改善など、もっぱら保健飲料との位置づけだった。

五 →三四七頁注八。

唯《ただ》悲しき涙のみ答へぬ。老母は殆んど慰め兼て声を[一]作《た》て、熟々《つらつら》我を起して曰く、「三百里とは耳に聞くだに遠きものを、斯ばかり弱き心を以て、如何なれば故郷を出られし。卿《おんみ》もし他郷に病まば、[二]父母は其病を憂ふとは申さずや」と。兄よ母よ、我は此一語の為に蘇生して、其夜より安く寐ねしが、是の夜は葬式の夕なりしとよ」。

此時一人の父老は曰へり、「抑も不思議とは吾等無学のものゝ事とのみ思ひたるに、久しく都に学問せし身に、不思議あるこそ不思議なれ、実に親子の縁の深さは、さても学問の外ならん」。

我曰く「猶《な》ほ此に止らず、昨夜の夢に、去年盗賊の為に奪はれつる、長妹の門前に帰り来るは何の祥[三]ぞや」。

一坐皆黙せり。夜の月は既に落ち、唯時々青線を曳く流星のみ空を飛べり。地は漸く冷えて残る蛍の淋しく過ぎ、唯虫の鳴音のみ遠く聞えぬ。老母の一人曰く、「失はるゝは死の日にして、帰るは一年後の死の日、抑もや如何なる祥なるべきか」。

是の[四]秘密なる疑問に於て、一坐の心は一変し、或ものは長妹の父の生命なりしことを云ひ、或ものは長妹未来の浮沈を兆するを信じ、或は其帰るは死して

一 わざと声を張り上げて、というような意味。

二 『論語』為政第二。→三三七頁注六。ここは「卿もし他郷に病まば」で中断・後略ともとれるし、「病んだならばその病を」というように続けてとることもできる。

三 本来は、めでたい、縁起が良いという形容語。「祥雲」というように使う。それを名詞として使い、かつ「しるし」と読ませようとしている。ここもやはり、よくある中国語の融通無碍な利用の例といえる。

四 「卿もし他郷に病まば」という下総の秋元家の老母の言葉がきっかけで「蘇生」した「不思議」な体験の告白に続けて、ここまで口外せずに秘密にしてきた昨夜の夢をめぐる疑問をも、一同の前に持ち出したことを指している。

か生きてなるかを問ひ、各《おのおの》其思ふ儘に判断せんとせり。吾母は涙を拭きて口を開きたり。

「世に仇なきを今ぞ知る、卿《おんみ》が旅に出でしより、卿と云へば皆涙なりし、聞けば卿は悲しき日にも、五母より優しき情に慰められしとは、亦《また》有難き幸なりき。再び其方《そなた》に逢もせば、呉々も卿が母の感謝を伝へよ」。

既にして又曰く

「六袖ふり合ふも多少の縁と、況《ま》して七親子は三世の縁と聞けば、今相去りて千里なるとも、生死の際如何にぞ不思議なからずやは。八手紙の誤解、落月《おつるつき》、幻影《まぼろし》、端書、及び通夜の涙、皆是れ不思議ならぬはあらず。去れども其の一端の不思議なるが故《ゆゑ》に、全端に事実を求めば、迷を重ぬるものに非ずや。娘は今厨にありて働かずや、世は過去を尋ねんより、未来を待つこそ宜けれ」。

五 秋元家の老母や少母のことを指す。

六 「袖振り合うも多生(他生)の縁」が正しい。「多生」は六道の間で何度も生まれ変わること、「他生」はこの世以外の前世などを指す。どんなことも深い宿縁によっておこるのだということ(『故事・俗信 ことわざ大辞典』)。

七 ふつうは「親子は一世」(夫婦は二世、師弟は三世)だが、それを念頭に置きつつも、「親子は一世の契りと申せども」というように、それとは違う意味を引き出す導入とすることも少なくなかった。ここでも「親子は三世の……」と変換させている。

八 兄が手紙のなかで、弟のことを気遣って父の症状を「軽症」と知らせ、それゆえ弟としても判断に苦しみ、結局、非常事態とまでは思わずに、暑気引がとれたら帰郷しようと思っていたが、とれずに帰郷できず、生前に今一度会う機会を失ってしまったことを指す。

第九　離別

[一]青山横ハリ二北郭一ニ、　白水遶ル二東城一ヲ。
此地一タビ為シレ別ヲ、　孤蓬万里ニ征ク。
浮雲遊子ノ意、　落日故人ノ情。
揮テレ手ヲ自リレ是去レバ、　蕭々トシテ班馬鳴ク。

…………………李白送ル二友人一ヲ

[二]已《やん》ぬる哉《かな》浦島太郎の龍宮の三百歳も三日に覚め、[三]リップの山中の一百年も一夜に過ぎたる如く、我も亦《ま》た二週間の故郷の幻影を、一呼吸の如く暮したれば、今は唯《た》だ上京の用意として四日五日の余りしのみ。親切なる吾友は、此の時間をさへ長からしめんと、酒瓶及び村落[四]不時の用意にとて、学び置ける楽器を携へつゝ、交る〳〵訪ひ来りぬ、三味線の音は陽気にして揚り、[五]横笛の声は清越にして朗かに、[六]洞簫《どうせう》の響は陰気にして籠りつゝ、各《おのおの》其の人と其の嗜好の儘に奏せられて、皆我が為めに名残の曲とはなりぬ。

然れども吾心底に思はず忘れずず繋げる約束は、吾恋人との再会にありければ、今猶《な》ほ日子《にっし》のある間に、一時も永く[七]留別し、一時も遅く訣別せんと急ぎ出でぬ。

一　李白の「送友人」(友人を送る)と題する五言律詩。「班馬」のところは底本、六版、十五版ともに「班鳥」となっているが、流布している原詩では「班馬」。そもそも「蕭々」が馬のいななきのことなので、「鳥」への意図的改変とは考えにくい。崩し字が似ていることから単なる誤植と思われるので、ここでは原詩通りに改めた。「孤蓬」は孤独な根無し草、「班馬」は仲間から離れた馬という意味であり、旅立ったあとの孤独感につながっている。なお「班馬」については「進むのをいやがる馬」との解釈もある。

二　「已みぬる哉」の音便形。もうすべて終わりだ、もはやどうしようもない、というような意味。帰京の時が迫ってきていることを踏まえている。

三　アメリカの作家・アーヴィング(一七八三―一八五九)『スケッチ・ブック』中の「リップ・ヴァン・ウィンクル」の主人公の体験を踏まえている。ただ、原作中では、リップが眠っていた間に経過した時は二十年間。なお湖処子は「故郷」・「故郷の出立」(『国民之友』四十九号、明治二十二年五月二日)のなかで、かつて「学校の教科書」として触れたこの小説を、下総から東京への帰途に再読したとして、「寡婦及孤子」と「リップ、バン、ウヰンクル」から、長文を引用紹介している。

四　「たびたび」と「思いがけない時」と両様あるが、ここでは後者の意味。いざ歓待をしなくてはならない時のために、というような意味だろう。

五　湖処子も今回の帰郷の途次、船上で「明笛」をもてあそんでいる。人に聞かせるようなものではないとも言っているが(「航海　其一」)。

六　尺八を短くしたような笛。「一節切」(ひとよぎり)ともいう。

七　旅立つ人が、とどまる人に別れを告げること。詩や記念の品を贈るという意味もある。ここで

家族は平生の静着なるにも似ず、今日は我歓迎の為に動き、叔父は親《みづか》ら座を起ちて、礼儀の座なる客室ならで、親愛の場なる其台所に我を容れぬ。曾《かつ》て独孤なりし大団扇も、今は子孫大に殖えて、我も亦其一個を把《と》りにき。叔母は酒を温める為に立ち、娘は織女星の如く織れる二階を降りて梨子の下に走れり、数日の間に梨子の味の勝りしことよ、未だ熟するに至らざるも、八熟せざる他のものよりは甘美なりし。

叔母は問へり、「何時上京する」と。我答へり、「多分三四日の後ならん」、曰く「去らば又何時帰省すべきか」と。吾前途の運命若《も》し我に毎年の帰省を許すを予言せば、我は好んで明年を約して、屢《しばしば》請はるゝ一年一回の望を満たすべきも、さもなくば我は九苟且の言を以て、当座を済す能《あた》はざりき。渠等《かれら》が屢一年一回と云ふに由りて、我は知る、此両親の心に明年若《もし》くは明後年に於て、成就さるべき秘密の目的あることを。然れども此の望多き明年と吾帰省と、果して一線上に落ち合ふべきや否。是は我知る所にあらざる故に、我は真情を以て答へたり、「成るべくんば明年も亦必ず」と、父母は熟々《つらつら》我首府の事に多忙なるを察し、又我が故郷の愛と此家の快楽に疎からざることを観てければ、今は強《しひ》て再度の帰期を以て我を責めざりき。去《さ》り乍《なが》ら此日は何となく淋しく、前

は「留別」と「訣別」が対置され、さらにそれらに冠された「永く」と「遅く」が対比をなしているが、ここでの「留」は(永く)「とどまる」・「滞在する」という意味ではないので、やや強引な対句(対比)になってしまっている。

八 同じ熟していない梨の中では、彼女にふるまわれる梨のほうがうまかった、という意味だが、いささか奇妙な表現。

九 こうしょ、かりそめ。まにあわせ、姑息ということ(『大言海』)。

日の宴に溢れし笑顔、好言、光れる眼、今欠くる所はなきも、悲しきものは離別なり。詞の谷なる情より言葉の泡[一]の浮き尽せば、底は則《すなは》ち涙の谷、波たつものは暇乞の名残にて、一坐は漸《やうや》く無言となりぬ。

日も熱し初めければ、叔父は我に仮睡せよと、先《ま》づ坐を起ちて眠りに往き、叔母は用事ありて隣家に立ち出で、後には処子と処女のみ残りぬ。恋人は器皿を蔵する為に、我は黙思を取る為に。我若《も》し渠《かれ》に問ふ事あらば、但し渠より請ふ事あらば、語るは今ぞ其時なりき。然れども我は渠を知り、渠も亦《また》我を知る故《ゆゑ》に、今更に相問ふ事もなく、唯々《ただただ》無量の愛の裡に、此無言の時をぞ過しぬ。

日は未だ亭午《ていご》[二]ならざるも少兄は野より帰れり。渠は此吉夢の中なる我等を窺《のぞ》きつゝ足濯ひ、然る後我を客室に呼び、吾上京の日と再帰の期とを問ひ、併せて日子の許す限り滞留すべきを求め、然る後我に曰へり。

「我は古き端《はし》なき約束を、守るべきものとし記臆せる、卿《おんみ》の信実と節義に感ず。当時我卿を博多に送りて帰りしより、一層の注意を以て吾妹を看護[三]し、唯卿が帰省の日を快楽ならしむるの念より外なかりき、今渠は年立ちて卿に見ゆる所の如し、然《しか》れ共《ども》卿は唯其一週間の妹を見て、未だ一年間の妹を知らず。渠は今健《すこや》かに見ゆるも、其眼は未だ全く癒えず、其身も亦脆く寒暑に堪へず。斯《か》

一 「夢幻泡影」ともいうように、はかないもの、とるに足らないものを泡という言葉で表す。ここではいくらいろいろ言ってみても、別れは避けがたく、だとしたら、どんな言葉もむなしい、というような意味になる。

二 正午のこと。↓四一七頁注五。

三 見守る、というような意味。

く云へば吾意甚《はなは》だ無情にして、大に卿の信実と妹の貞操を傷むるに似たれど、二人の幸福より云ふ時は、我は卿の胸より妹を放たんことを望む、唯此のみに非ず。卿と妹と遂に好配偶にあらず、妹は固《もと》より村落の智識、吾郷の有筆たるも、要するに農家の妻にして、決して首府に筆執る人の内助にあらず。今日に於て渠は唯卿が弟の妻にして、卿も亦首府より娶るべきを宜しく思ふなり」。

今や天上に上らんとして疾くも梯子を外《はづ》されつゝ、我は唯胸裂くばかりに震ひたり。今日まで我は唯今年の夢の、明年の実となるべきことを期し、吾恋人の隠れし光の陽《あら》はに照らす時来ぬべきを待ちしなり。吾心情の他なきが如く、渠の心情も亦一図に我にありとのみ思ひき。今聞けば其容貌は紅葉の如く冬に枯れ、其美目は露の如く風に消えゆき、其心さへ亦我より外にも向くべしと。嗚呼《ああ》是れ何等の語ぞや、焰《も》ゆるばかりの熱心に、斯《か》かる言葉を聞くならば、誰が腸か断たざらん、誰が琴か裂けざらん、忠告を謝する涕は出でゝ、身を絞る血こそ流るれ、叔父の歓迎は何ぞ、叔母の心配も将《ま》た何ぞ、恋人の無言の情波は、果して何の光ぞや。皆是れ当坐の挨拶、吾情を釣りて喜ぶ都人[四]の軽薄か。其れ然る乎其れ将《ま》た然らざる乎。斯くて我は迷疑より迷疑に下り、殆ど暗鬼[五]を呼ばんとする時、漸《やうや》くにして我に帰り、少兄に問ふて曰く、

四 〈笹淵注〉は「鄙人」の誤植か、としているが、叔父らの態度は、私の気持ちをもてあそんで喜ぶ「都人の軽薄」のようなものだったのか、ととれば不自然なところはない。軽薄は都人に付き物である、との考えも一貫して見られ、その点からみても、不自然な点は見られない。

五 不安や妄想が生むおそれのこと。疑心暗鬼。

「親愛なる我兄よ、卿《おんみ》の注意の至れると忠告の辱なきを謝す。我は益《ますます》卿の頼るべき骨肉の情斜《ななめ》[一]ならざるを知る。然れども今直ちに卿の忠告に従ふ能《あた》はず。吾決心を為す前に、願《ねがは》くば二三の疑点を明めんと欲す。」兄は曰く「固《もと》より腹蔵なく問はるべし」。是に於て我は問ひぬ。

「叔父は其娘を愛し賜ふや」。曰く「問はるゝまでもなし、今に残るは渠《かれ》のみなれば、父母は一粒玉の如く愛でたり。然ればこそ其眼病の為に憂ふるなれ」。曰く「叔父は亦《また》我を愛し賜ふや」。曰く「然り父が卿を見る他と異るは、前日に於ても知りぬ。渠は既に飽《あく》まで洪水の跡を観たり、然れども猶《な》ほ夫《か》の熱き日に卿を案内せり。古風なる吾父が故《ゆゑ》[二]なく費さぬ時も汗も、皆卿の故に流せるなり」。曰く「叔父既に其娘を愛せば、必ず其を健《すこや》かなる花嫁とも眺めらるゝこそ尋常なれ、如何に之を墨染の尼とせらることあらん。其愛にして、又我にあらば、固より我に病人を負はせんとは思はれざるべし、卿は然《し》か思はずや」。

兄は未だ服せざるの顔色を以て言へり「然か言へば然るべくも思はるゝなり。然れ共首府に娶らば才学ある美人もあるべく、且つ里近ければ、往来にも便利多きを思へばこそ」。我答へぬ、「卿は渠を才なき色なきものゝ如くに語るも、我は決して爾《し》か思はず。唯渠に欠くる処は学問なるのみ、然れども我を以て渠

一「なのめ」と読んでもよい。通り一遍でないということ。

二〈笹淵注〉は、ここに、「故」がなければ「時」も「汗」も費やさない、農民の意外に功利的、現実的な側面を指摘している。

が心を見るに、宛《あたか》も穿《うが》たざる井の如し。唯少しく金銭を懸けなば、無量の水は湧き出《いづ》べし。我嘗《かつ》て学問を思ふ、「妻たるに太《い》と小き事なり、才と色とも亦甚《はなは》だ誇るに足らず」と」。

三「蓋《けだ》し妻を撰むには其妻の人巧四を択むより、寧《むし》ろ天賜を択ばざるべからず。何となれば人巧は買ふべきも天賜は変ふべからざればなり。世人は多く金銭、門閥、地位より妻を求むるを非《そし》り、乞食婚姻と名けて賤しみ、学問に娶るを以て賢しきことと思へるも、我が見る処を以てすれば、学問を娶るは金銭を娶るに異ならず、学問は形変はれる金銭にして、之を娶るは他の門閥、地位に於けるに均しく、人巧を娶るものなればなり。色を求むるは世の笑ふ処なるも、色の天賜なるは賤しむべき金銭の比にあらず、才を択む亦人巧の学問を採るよりも勝《まさ》れるなり。然れども天賜の最も美なるものは、才と色とにあらず、唯愛即《すなは》ち是なり」。

「兄よ我が窃《ひそ》かに喜ぶ処は、吾妻に求むる所は愛にして、吾妻に与ふる所も愛なるにあり。愛は天賜の極美にして、才と色を求むるよりも遥かに罪なく、遥に幸あることなればなり。吾恋人の学問なき、我に於て何んかあらん。若《も》し世間隔たる他人の裡に、故郷の快楽、家族の快楽、朋友、親戚の快楽を棄て、

三 ここではまず、金銭、門閥、地位、学問を「人巧」グループとし、ついで、色と才とを愛とともに「天賜」グループに入れたうえで、当然ながら「天賜」グループのほうを評価し、そのなかでも愛を最上位に位置づける、という論法がとられている。このなかでは、学問と、そして色と才との位置づけに、意外性がある。主人公の場合はもちろん愛を求め求められ、というわけである。

四 「天賜」の対語。人が手を加えたもの。

親しく我に従はんとならば、是れ其性命を我に懸けたるものにして、唯《ただ》我は其愛に居るべし。我も亦《また》学位、位地、富有其一あるに非ず、未だ家を成すにも至らず、吾手未だ物あらざるも、吾贄《にへ》[一]は常に在り、即《すなは》ち我身と魂《たま》と是なり」。

「吾兄よ身と魂とを軽しと謂《い》ふ勿《なか》れ、世は黄金の贄《にへ》を有つ、此の贄を以て此の妻を買ひ、他の贄を以て他の妻を買ひ、贄尽るまでは妻を易《か》ふるにあらずや。我吾生命を以て吾妻を買ふ、吾生命に二なければ、我も亦妻を易ふる能はざるべし」。

「我等の世[二]若《も》し波上の旅ならば、我は吾妻の船とならん、但しは沙漠の道ならば我は房草[三]とも香花とも清水ともなるべく、若し烏羽玉《うばたま》[四]の闇ならば、我は杖とも柱ともなるべし。若し天我等を祝せば、我は我園の樹となりて、吾恋人を花冠に飾《かざ》すべきなり。縦令《たと》ひ事吾口と違はんも、吾真心は然るなり、愛は汝を玉にする其愛をだに吾衣にせば、学ばざるとも何の疵ぞ。吾生命さへ渠《かれ》にあらば、渠が学びの費は、生命の裡に含まずやは。我等不幸にして貧なるとも、人間の生命は神の国の言葉、其は価なしに受くべきものと読みしものを」。

「吾兄よ仰ひで楣間《びかん》[五]の額を看よ、太《い》とも便なき破船の画ならずや。我は常に人世の行路難を嘆ずることとなるが、兄よ許せ、未だ此家の如く廻瀾怒濤に夾

一　初対面の時に贈る贈り物のこと。我が身と魂とがそれだというのである。
二　人の一生とか生涯のこと。
三　路傍の草、の意か。
四　闇や夜、黒などにかかる枕詞。
五　→三三五頁注七。

まるものを聞かず。嘗《かつ》て富有なりし親戚の秋月なるは仆れ、堤なるは衰て、咸宜《みなぎ》なるは絶えざること縷の如く、入地なるは朽ちたる縄に似たり、唯此家のみ今岩の上に立てるも、而《しか》も叔父は秋月に嫁げる長女、咸来に適《ゆ》ける三女の非運の為めに痛めり。唯々卿《おんみ》の妻の無難なると、吾恋人の未だ運命の画なき白紙なることの為に、幾分《いくら》か其心慰めらるべきも、渠をして遠く音容[六]の外に取りては、叔父の徒然果して如何。若し吾非運の為に此の鳥をさへ傷むることあらば、其悲哀も亦将《まさ》に如何。兄よ吾は能《よ》く過去に、現在に於ける、叔父の嘆息と其心配を知る。然り過去、現在の痛苦の為には、叔父が笑ふ時に叔母は顰み、叔父が言なき時に叔母は怨じ、父母黙する時に、我は破船の下なる二女の涕を認むるなり。二女既に運命に棄てられ、今父母の悲みとなる。我も亦之を知りつゝ、僅《わづか》に残る此の家の光、最後の望なる其の愛娘を捉らんとす、我豈《あ》に其心せずして可ならんや」。

此の時兄は微笑して答へり、「卿の思慮の周到なるを謝す。斯ばかり深く心を寄する吾妹を、卿が手より誰か奪はん。然れ共注意せよ、是等の言多くは少年血気の焔にして、他日自から消ゆる時あらん。唯々今より心して責任[七]の帯を緊《し》めよ」。

六「音容」とは声と姿のこと。声を聞いたり姿を見たりできないような遠くに連れていってしまっては、というような意味。

七〈笹淵注〉は、聖書の「誠を帯として腰に結び」(『新約聖書』「エフェソの信徒への手紙」六章十四節)、「愛は徳を全うする帯なり」(『新約聖書』「コロサイの信徒への手紙」三章十四節)との関連を指摘している。

二人相黙すれば一家静まり、少女は其機《はた》[一]にあり、叔父は正に眠りに沈み、叔母は未だ他より帰らず、唯兄嫁が晩食を支度する厨の音のみ響きぬ。頓《やが》て日は暮れ、恋人は復《ま》た機より下り、叔父は醒め叔母は帰り、其の夜の酒宴は前夜の酒宴の如く、尋常の話頭より起しも、亦《また》今日の酒宴の如く、再び涙に了《をは》りしなり。

翌朝我夢より醒めし時、喟然《ゐぜん》[二]として初めて思ひ当ることありき。窃《ひそ》かに謂《おも》へり、我在郷の日は少なくも十五日以上、燭[三]を秉《と》りて遊ぶ古人の如く時を愛せば、確かに一ケ月の事業を為すべくありしなり。若《も》し我今少しく我と恋人の境遇を思ひ及ぼさしめば、此十五日間は実に畢生の大時期、記臆すべきの時となるべかりき。嗚呼《ああ》我何故に吾恋人を携ふる心を生ぜざりしや。何故に其父母を病まし、恋人の心を焦し、自からも思ひ悩みつゝ、渠等《かれら》に申し出づることをせざりしや。若《も》し優々として日を過ぎつゝ、猶《な》ほ自から其人を愛すと云ふも、却て是れ恋の仇ならずや。嗚呼今は何事も後れたり。今は早や其日なく、事既に過ぎしなりと。我は此の残念の為めに宛《あた》かも好夢の醒めたる如く、茫然として途方に暮れ、恋人の顔も今は却て我が意気なきを恥かしむる如く聞えぬ。

既にして又思ひ廻せり、吾此の行は尋常一様の故郷の訪問にして、若し特殊

一　機織り機で作業についていたということ。

二　ため息をつくこと。

三　三九五頁注四でも紹介したが、『文選』巻二十九「雑詩上」「古詩十九首」中の第十五首に、「生年は百に満たず、常に千歳の憂を懐く。昼は短くして夜の長きに苦しむ、何ぞ燭をとつて遊ばざる」とある。これを受けて李白が「春夜宴桃李園序」で、「古人燭をとりて夜遊ぶ」と詠んだ。「古人の如く」とあることからも、ここではより多く李白の詩が意識されていると考えられる。時間の足りないのを残念に思うなら、夜も明かりをつけて存分に活用すればよいではないか、は、日本語としてもすでにことわざ化していたとみてよい。

の目的ありとせば、是れ唯《ただ》亡父の墓参の外なきなり、此目的を以て帰省せし事なれば、嫁娶の事に心なく過ぎたればとて、何人の前にか愧《は》づべき、我は未だ嘗《かつ》て誇言を為さず虚飾もせざれば、今日遽《には》かに人を欺き、自から欺くべきにあらず、事には皆時あり、人其時を作りもせん、去れど平素の所思あらで、由なき機会を恃《たの》みて畢生の大時期を作るは、何人の手か之を能《よ》くせん。回顧すれば今日まで、吾事業に於ける主義は、自から巧遅の一線を曳き初めたるに、如何でか斯《かか》る大時期を、四今拙速に没了すべき。然らば則ち今暫時別かれて時を待つこそ当然なれ。去れど又考ふれば我は今謂《いは》ゆる宝の谷にあるにあらずや。然り我は今宝の谷を眺め過ぎて、空手に門戸に来れるなり。梨子は今年に実り、恋人は我を待ち、両親は我に諷する時に於て、如何にか工夫あるべかりしに、無心に過ぎしことの愚さ。今は絶えず活如に響きたりし琴線も、忽《たちまち》にして音なく緩み、此家に於ける過去の言行は我を責め、嘗て端なく溢れし秋波、笑顔、好言等は、功能ありしほど恥辱となりて、吾顔を色なくなしたり。嗽口《そうこう》、朝餉《あさげ》の折に叙ぶる、叔父叔母の追従も、亦我を慰藉するの力なかりき。

五幽懐不レ可《カラ》レ写《ス》、去《リテ》行《ク》二濤江曲《ヲ》一とは、斯《かか》る折の所感ならんと、家の後門を出て、洪水の余波に壊れし河塘を歩し、六僵樹《きやうじゆ》の下に東山の日を迎へ、露けき草路、

四 拙速のなかに沈み込んでしまってよいものだろうか、いいやそうあるべきではない。

五 韓愈の「幽懐」全十四句中の初めの二句。『全唐詩』巻三百三十七に収められている。胸のうちのこの思いを放り出すことが出来ないので、この春江のふちにやってきた、という意味。流布している本文は、「幽懐不能写　行此春江潯」。

六 「硬ばる」の意から、硬い感じですっとまっすぐに立った木のイメージか。

[一]緑蕪《りよくぶ》、青藍の野を経過しつゝ、仰《あふぎ》て屏風山の[二]朝暉を眺め、古村の墓場の眠を弔ひ、帰り来りて納戸を窺《うか》がひ、叔母が親しく其娘の髪を結ふを見て、始めて豁然迷ひより醒めたり。吾恋人の髪は其手自《みづか》ら結ひ得るなるに、今日は吾離別なればとて、叔母自から手を下せるなり。嗚呼《ああ》我恋人は如何許《いかばかり》、此家の秘蔵の娘なるよ。然り其二人の姉の、回し難き非運に奪はれたるが故《ゆゑ》に、斯《か》くも残りて宝玉となれる其娘に、我如何なれば一朝夕に主たらんとするや。未だ首府に於て都人たる基礎立たず、故郷には飾る錦の輝かざる吾今日の運命は、未だ恋人を求むるに足らず。我が[三]情事に迂闊なりしは、[四]其花に手の及ぶまで長ぜざりし故なり。花を見つゝも花折る心のなかりしは、是れ其遂に我花たるの念固く、又今こそ花に[五]及ばざれ、一年立たば吾手は確かに伸ぶべしと信じたればなり、嗚呼是れ愛によりて愚に帰りし思慮なるも、吾笑顔を生かせしは、此の[六]一点火なりしなり。此の眼を以て観じ来れば、恋人の愛我を励まし、我を耐へしめ、両親の望みは我を興起せしめ、晴々たる秋立ち初《そ》むる朝暉《あさやけ》に我も亦《また》希望の人なるを覚えしなり。

我は起ちて帰京の第一歩を此家に初め、慇懃家族に別れを告げ、確かならねど遠かるまじき再度の帰郷を約しつゝ、「去らば」を[七]与へて「去らば」を取り、

一　緑の雑草と青い藍。藍はこの地方の特産。商品作物として収益が多く、明治二十年代に入ると栽培が奨励され、上座・下座・夜須三郡の栽培面積は、明治十六年の九十町歩から、二十年＝一四七町歩、二十九年＝二六七町歩へと拡大した(『甘木市史』下巻)。

二　朝の日の光りを指す。一三行目には「あさやけ」と振り仮名がある。

三　中国語の意味は単に「事情」だが、ここではそれよりは恋や愛がらみに受け取り、「男女の感情をめぐることども」とでもとるべきか。

四　彼女に求婚するにはまだ早い、まだまだ未熟である、というような意味か。

五　底本及び六版、十五版では「及はされ」となっているが、ここでは「は」にも「さ」にも濁点を補った。文意は、「今」と「一年立たば」とが対比され、今はまだ資格がないが、一年後には手が届く、すなわち大丈夫、と確信しているということ。

六　底本及び十五版では「一点水」だが、六版に基づき、このように改めた。字形の類似が招いた誤植と思われる。わが思う人がいかに秘蔵の娘であるかを再認識して、自分がそれにふさわしい相手へと成長した折りにこそ(プロポーズしよう)と、啓示を受けたので、笑顔で出発することができる、というような意味か。本頁二—三行目の「始めて豁然迷ひより醒めたり」とつながっている。

七　「与へて」と「取り」の対比を、〈笹淵注〉は、欧文脈の影響か、としている。

門外に家族を残して出で立ちぬ。我を見送る恋人が窃《ひそ》かに浮める涙の珠に、我面影は宿りてあらん。其の清き露には、吾生命をも浮びなん、君よ歎きそ、遠からず又会ふべければ。

一　唯[八]一年に一度を、
　星の逢瀬と墓なきは、
　六とせをこえて来つる身を、
　あわれと君も思へかし。

二　別れは易く逢ひ難く、
　逢ふは別れ初めぞと、
　人には言へど、我ながら
　悲しきものは名ごりなり。

三　人目の関にへだてられ、
　たのしく語る由もなし。
　言なく君に逢ひぬれば、
　言なく君に別るかも。

四　[九]黙《もだ》すは愛のあまりぞ、と

八〈笹淵注〉は、この詩に『於母影』(『国民之友』五十八号夏期附録、明治二十二年八月二日)所収のシェッフェル作「笛の音」の影響をみている。

九「……するあまり、……してしまう」の構文と同じで、沈黙してしまうのもあまりに愛が深すぎるゆえ、ということ。

昔しも云へば、もろともに
云はぬは云ふにいやまさる、
真心かはす外ぞなき。

五

あだし女[一]のたはれける、
都ずまひのわびしさに、
君が姿と寝る時は、
床あたゝかき夜半の夢。

六

去らば恋人顔見せよ。
悲しきとてならうつむきそ。
君が面影今一度、
胸の鏡に写りてよ。

七

路にこぼるゝ我なみだ、
枯艸そめて、来ん春に
花つむ君が手の裏《うち》の
かほる嫁菜[二]に生へよかし。

我は其日の亭午《ていご》に吾家に帰り、速《すみやか》に出立の用意を治め、猶《な》ほ旅中の読料[三]に

一 情婦という意味もあるが、ここは単に、浮気女という意味だろう。

二 キク科の多年草で、若葉は食用になる。ここでは彼女＝嫁の意味をも掛けている。

三 「料」は材料の意。ここでは、何か読むもの、というような意味。

もやと旧書庫中を点検し、必要と思ふ者を採りし後、小弟を呼びて渠《かれ》に其鍵と目録とを譲り、猶《な》ほ此書庫の甚《はなは》だ貴き時、遠からず来るべきを言ひ聴かせ、渠を助けて[四]曝書《ばくしょ》を為さしめたり。

既にして吾滞留の此半日に縮まるを聞伝へて、忠実なる郷党は幾交替して吾家を訪ひぬ。裡に一人の[五]老衲《らうなふ》ありき。渠は父兄の園芸、[六]置酒、郊遊の友にして、其愛する独子は、首府に於て[七]我に侍りければ、渠は常に「父子隔りて君家の恩となること、宿世の厚き縁ならめ」とて、常に吾家に謝したりき。渠は吾家の珍客を祝し、其子の消息を得る為に吾帰省の即時に来る[八]魁なりき。吾滞在の間渠は殆ど毎日の如く訪ひ来つゝ、家貧しけれども屢《しばしば》鮮肉と美酒を携へ、常に吾家に対する赤心を寄せ持ち来りぬ。渠は実に近処に隠れなき[九]琵琶法師なれども今は老いたり。時には興に乗じて弾ずることあれども、琵琶のみ弾じて親《みづか》ら歌はず、其琵琶は益々《ますます》古く、益々好音を発すれども、漸《やうや》く近処の少年の玩具となり了《をは》らんとせり。今日渠も亦離別として、鶏を割き酒を携へ、前後の会者と共に一大団欒を成したり。渠が家より琵琶を携へ来りし者ありて、宴酣《たけなは》なる時之を渠が前に置き、「一曲所望」と先《ま》づ喝采せり。事の不意なるに法師は暫時呆然たりしが、其独子の主人の[一〇]祖道なればとて、衆客の所望の拒み兼ね、

四 かつてはいわゆる和本ばかりなので、蔵書家の家では年中行事として書物の虫干しをおこなった。特に夏の土用(立秋前の十八日間)におこなわれることが多かった。

五 「衲」には僧衣という意味もあり、あとのほうには「琵琶法師」ともあるが、この頃の琵琶法師が僧形かどうかは不明。ここでは単につぎはぎだらけの服を着た老人、という意味かもしれない。

六 酒宴をはる、一席もうける。

七 主人公の書生を務めているということか。三三八—三三九頁にそれらしき少年が登場してきていた。

八 いの一番にやって来る、ということ。

九 この地方は「筑前盲僧琵琶」で有名。明治中期にこれを源流として「筑前琵琶」の流派が創始される。「筑紫琵琶」とも言った。

一〇 →三三六頁注二。

例の如く一二歌の短歌を声なく奏して喝采を取れり。宴止みて後、猶《な》ほ他の二三曲を強《し》ふるものあり。法師も辞せず、酔声もて数曲を弾きたり。最後に我は今一曲を奏すべく請ひたるに、興尽きたりと辞したり、我其飽過ぎて[一]慵《ものう》げなるべきを想ひつゝ、親《みづか》ら曹達の一服[二]と冷水の一盃とを取りて再び請ひたり。渠《かれ》も今は拒み難く、琵琶執りて調子を新ため初めぬ。此日は夕立の雲空を掩ひて蒸し、且つ酒後にして人衆《おほ》かりければ、我は親ら法師の為に団扇を取り、正面に屹坐し扇ぎつ渠の顔を諦視したり。渠は吾熱心の為めに生気を蘇し、坐を直し、面を改めて、眉目明かに、胸宇より一撥下して、果然たる大音声に弾じ初めしは、[三]源家の両遺臣、亡君義朝の菩提所に期せずして相会し、初には源家の不運を嘆じ、次には源家の再興を図り、最後に二人天日を指して誓ひつゝ、宛《あたか》も一人は死し一人は孤を立つるの約を確め、各《おのおの》手を分ちて其責任に赴く一段、痛快、豪宕《がうたう》、沈鬱、悲惋、忠臣の腸、義士の魂、亡国亡君の怨、四絃一声の裡に裂け了《をは》りぬ。坐《そゞろ》に曲中の人の如く、我も亦《また》心の鍵胸の戸砕け、頭を挙げて落涙し、唯《ただ》悵然として言葉もなく、或は前日の詣参を思ひ、或は野間幼弟との痛嘆を追懐し、孤憤半ば沈愁の裡に流れたり。少弟も亦悄然として唯吾顔のみ護りてありき。

一　飽過ぎて＝飲み過ぎて。

二　ソーダ水には天然のものと、人工のものとがあり、のちには炭酸ガスを融解させたものを主に指すようになるが（サイダーなど）、ここでは、ガスを含まない人工のソーダ水、すなわち食塩と重炭酸ソーダの粉末とを水に混ぜてつくるそれを指しているようだ。「曹達の一服」（粉末）を「冷水一盃」とともに差し出しているところから、それがわかる（『日本百科大辞典』）。

三　片田舎のこととはいえ、この時代までこうした語り芸が日常の中に脈々と伝えられていたことには驚かされる。ここで法師が語った場面に近いものとしては、『平治物語』中の源義朝最後の場面（「義朝野間下向並忠致心替の事」）、同じ場面を絵解きした「大御堂寺絵解」（伝承文学資料集第十一輯『絵解き台本集』昭和五十八年、小峯和明氏のご教示による）などがあるが、完全には一致しない。どちらも、玄光と金王丸という二人の家臣が、義朝が湯殿で不意打ちにあったことを知って仇を討つべく奮戦したものの多勢に無勢で、ひとまず京へと向かうという内容だからである。同時代的に広く流通していた頼山陽の『日本外史』にもそれ以上の記述はなく、探し得たところでは、田山花袋の歴史小説『源義朝』（大正十三年）の中に、鷲栖玄光が死を賭して追っ手を防ぐ間に金王丸が京に急ぐという場面があったので、参考までにそれを引用しておく。→補五。

黙然たる満堂未だ賞讃の声を揚げざる間に、今迄凝滞せられし玄雲、空を捲きて昼暗く、颯々然として風地を撃てば、白雨落ち来りて地を走り、椽を打ち軒端を敲き、近樹騒ぎ遠林揺ぎ、須臾にして倒盆[四]の驟雨を鼓舞しければ、坐客皆驚きて四散し去りぬ。我も亦幼弟を提へて曝書《ばくしよ》を蔵めんと急ぎ、又もや渠が心の澹[五]然無欲なるを憐み、所持なくして凡《すべ》てを所持せる如くなるを愛し、大巻小冊未だ一時も彼が嗜好を引くに足らざるを嘆じたり。我曰く「時は明日又都の方に往くべし、又何時逢ふべきか知らざるも勉めて学問に進み、又遇ふ時は是等の書冊を読得る程、上達して居ざるべからず。其時には我は必ず卿《おんみ》を東京に迎ふべし、我は愈《いよいよ》明日より都の人となるべければ、常に我が幸運を祈るべきぞ」、彼は始に悲み、中には喜び、終には例の如く背面[六]したり。如何なれば渠は斯ばかり我を泣かしめ、如何に久しく童子に似たるや。去れど尚《なほ》幼なければ是非もなかりき。

琵琶法師は酔と疲の為に眠りぬ。我は其醒むるを待ちて礼辞を述べしに、渠は此日我が聴者たりしことの、千万人の聴者に勝《まさ》りしとて我に感謝し、是ぞ渠が最後の弾曲なるべきを語りて、思はず一滴の涙を浮めぬ。明朝の首途《かどで》に外客の急きと家内の喘[七]ぎの為に、日は早く暮れ、夕は早く夜となりぬ。今宵と云ふ

四 盆をひっくり返したような激しいにわか雨。

五 「澹」は「淡」に同じ。何事も気にもとめずに、あっさりとした態度のこと。

六 顔を背けること。少年にありがちなハニカミ癖から出たもの。「例の如く」とあることから、これが弟の癖であったことがわかる(→三八九頁七行)。

七 息が切れるほどせわしなく用意に追われるということ。

今宵こそ、我に一刻千金の時なれども、別に著しき夢もなくして鶏鳴きぬ。此未明より、母は弟妹を起して、首途《かどで》の用意の今朝迄延ばされしことを調へしめしが、全く整頓せし頃は、日既《すで》に三竿の頃なりき。母は晴れたる空を眺めて、今日も亦《また》甚暑なるべきを嘆じたり。此時我を送るべき人々は、男性には亡父の友、家兄の友、我弟の友、女性には母、兄嫁、両妹の友、家に満ちたり。戸外には一村の児童、幼弟以下両孫児の友、遊戯の友は相呼び来り、流れを隔てゝ立並び、今出て来る我を待てり。

我は両妹の助けに由りて奥室に衣を更へたり。装ひ終りて長妹に言へり。

「潔く其身を持て。願《ねがは》くは雪より白かれ。卿《おんみ》の衣を汚さしむる勿《なか》れ」。

渠《かれ》は唯《ただ》其頭を垂れて無言なりき。我小妹に曰へり。

「卿《おんみ》の言を寡くし、卿の挙動を静かにせよ。之れ母兄の愛卿に高まる道なれば」。

図らずも幼弟は我前に来りて、言なく我を窺《のぞ》きたり。

「弟よ今別るべし、勉強して都に登る時を待つべし」。

我は今渠の手を取りて玄関に出でぬ。兄は我を迎へて曰ふ。

「我嘗《かつ》て父の紀念碑立てんとして止みにき。願くは父の写真を油絵に移して、

一　今朝方までまだ準備ができていなかったことどもを、弟妹たちに点検・用意させた、ということ。

永久我家に保存せしめよ。卿既に独立の身となれり。願くは他郷に父の名を汚がすこと勿れ、窮通[二]は命なり。願くは窮する為め他人の憫みを請ふ勿れ。願くは在京の郷人の為めに尽力せよ。首府若《も》し卿を容《いれ》ずんば、復《また》帰りて故郷に食へ」。

我は語々記臆に畳みつゝ、今は最後なる母の面前に至れり。母は涕の笑顔を以て目迎へて曰へり。

「用意はよきや。最早《もはや》忘れしものもなきや。久しぶりの帰省なれば、今四五日をと思へど是非もなし。故郷には兄弟多し、我為に憂ふる勿れ。唯卿は愛相もなく生活難《かた》き都に於て、一家[三]の先祖となる身なれば、今後受くべき困難の程も思ひやられぬ。去れど卿が父も労して中興の祖となりたれば、卿も亦勤めて労せよ」。

母は黙し、暫時して亦曰へり。

「漸く肥へたる其顔の、復《ま》た見る影もなく瘠《や》すべき乎。去れど進め、母も卿の出世を禱れば」。

我は顔を隠して涕を拭き、祖道の客に心を強めて吾門を出でたり。時維《こ》れ八月廿五日、故郷に来りし第十八日なりけり。門前に出でゝ仰げば、最《い》と高き秋

二 行き詰まるか開けてくるか、すなわち失敗するか成功するかは、運命次第だということ。

三 都会でいわば分家し、新しく一家を興すわけだから、こう言っている。

の空は吾行方に向へども、天[一]は我と相去ることなし。立ち列ぶ軒端は我を迎へて過ぎ、窓の人は後より後に隠れぬ。行々郷人に別れを告げつゝ早くも村の門に来りぬ。回顧すれば是迄送り来りし兄弟は、此より去りて空しく眼中の幻影となりぬ。尚《な》ほ往《ゆ》くほどに、郷党も亦《また》去りて幻影となり、我同年の友は我を送り来ること二里[二]、亦去りて幻影となりぬ。今は吾家を出ること三里、車を停めて顧望すれば、吾故郷も亦幻影となり、暫らく見えて亦消え隠れぬ。

一　暮れてゆく日は又明けず、
　今日も昔となるめれど、
　たのしき時は故郷の、
　追懐《おもひいで》にぞ残りける。

二　別れては又逢ふことの、
　ありや、いつぞと知らねども、
　[三]恋しき人は故郷の、
　追懐にぞ残りける。

三　[四]雲の通路波の音の、
　及ばぬ旅に我ゆけど、

一　運命の主催者である天なり神は、自分とともにある、というような意味か。

二　二里、三里とあるのは、順に別れを告げていき、というほうにポイントが置かれ、実際の距離とは関係ない。既述のように、甘木の町までが約一里であり、その先、二里や三里の地点には節目となるような場所はない。

三　ちなみに湖処子と服部睦子との結婚は、翌明治二十三年五月(「吾が半生」)。したがって同年六月の『帰省』刊行時にはすでに結ばれていた、ということになる。

四　ここからは雲も通わぬ、また波の音も届かぬはるかな場所に自分は旅立って行くが、というような意味。

愛《め》でたき景色は故郷の、
追懐にぞ残りける。

帰　省　終

補注

源叔父

一 一人の年若き教師（三頁注一）　独歩の担当科目は英語と数学。最初は旅館住まいだったが、十月下旬からは学館長坂本永年宅に寄寓。翌二十七年七月には城下から小一里ほど離れた葛港の鎌田という宿に移ったが、ここにはひと月ほど滞在しただけで、八月一日にはこの地を後にした。比較的短期の在任に終わったのは、独歩の言動が一部塾生の反感を買い、ストライキなどもあったため。

二 桂（三頁注四）　この桂鼻に隣接して港を築造するため、明治十五年に城下から桂への道路を整備。港自体の完成はその翌年（『佐伯市史』昭和四十九年）。

三 宿の主人（三頁注五）　松本義一『国木田独歩「源叔父」アルバム』（別府大学図書館、昭和三十五年）によれば、清作は安政元年一月二十二日生まれの四十一歳、妻ヨネは同五年一月二日生まれの三十七歳であった。この主人夫婦から「或夕、雨降り風起ちて磯打つ波音もやゝ荒き」時に、話を聞かされたというわけだが、独歩の「欺かざるの記」明治二十七年七月二十三日の項に「昨夜雨あり。今日雨あり。人再生の思ひあり。青稲蘇生の思ひあり。昨夜涼風に乗じて宿処の主人等と語る。夜更けて雨を聞きつつ一文を草しぬ」とあるのは、この夕べのモデルの一つとみなすことができる。

四 其後教師都に帰りてより（三頁注九）　小説技法史における回想体の成熟という観点から見ると、《上》の部分には回想行為（教師の手紙）が見られるものの、中身はほとんど聞き書き（「宿屋の主人」の話）で埋め尽くされており、また、のちの時代には回想ものの定形となる、回想時点から始める、というかたちもとっていない。さらには、そうした《上》が、特定の語り手ではなく、すべてを熟知した話者によって物語られる《中》《下》と組み合わされるなど、小説技法の発展史を踏まえて言うと、さまざまに過渡的様相が見られる。もっとも、この部分を読み進める読者にはそれらのことはまだ見えておらず、「四面山の話」が紹介されないままに「幾年」か後に移ったので、話の中身が気がかりだっただろう。

五 霧に包まれし或物（四頁注一）　「マイケル」は田部重治訳『ワーズワース詩集』（岩波文庫、昭和三十二年）に収録。老羊飼いのマイケルと都会に出て堕落した息子ルークとの関係が、源叔父と紀州との関係を彷彿させると〈山田注〉は指摘している。また、そのマイケルがしばしば山中で霧の中に佇むシーンとこの場面との関連についても指摘している。

六 源叔父（四頁注九）　小野茂樹『若き日の国木田独歩』（アポロン社、昭和三十四年）が、当時の事情を知る地元の人々の話として、「独歩当時葛港の妙見社への上り口にあった松の木の下の茅屋に住んでいた五十恰好の渡船業者で、眼のまるく小さい、小柄だが赤銅色のがっしりした体格の持ち主」をモデルとしてあげている。さらに松本義一『国木田独歩「源叔父」アルバム』は、その人物の名前が高原嘉治郎であるとしたうえで、その妻と溺死した息子の名前、三人の没年月まで明らかにしている。

七 番匠川の河岸には（九頁注九）　番匠川沿いの船頭町の揚り場に着くのは「木立・灘・吹・松浦・羽出・中越・丹賀・梶寄等」（『佐伯市史』昭和四十九年）といった南方面からの渡し船で、これに対して北方、すなわち「上浦・八幡・大入島方面」からの船は長島川から内町川に入って太平橋、諸木橋のたもとに着き、内町商店街を賑わわせた。しかし近代に入って「上流地域の山林乱伐で出水ごとに土砂が川底に堆積し、また市街地の都市化にともなって汚水泥土が流出するなど」(同)して、番匠川も内町川も次第に川底が浅くなり、河川交通は衰退していった。そうした現象と入れ替わりに葛港への道路が整備されたり、船頭町と対岸の池田とのあいだに池船橋が設けられたりしたのである(明治十六年)。ただしこの池船橋は明治二十六年十月の大洪水によって流失したため、独歩滞在時にはなかったことになる。↓五二七頁付図一、五二八頁付図二。

武蔵野

一　**文政年間に出来た地図**(二九頁注一)　武蔵野の面影が残っている場所として入間郡や小手指原古戦場を、『太平記』等から引用しつつ説明した地図の例としては、弘化元年(一八四四)刊「増補東都近郊全図」(復刻『武蔵伊豆 江戸と東京地図撰譜』人文社、昭和四十五年)が、入間郡と小手指原のあたりを波線で丸く囲って、「古ノ武蔵野原今コヽニ存セリ」と記している。『太平記』引用の例は、『新編武蔵風土記稿』(一八三〇年)や斎藤月岑他『江戸名所図会』(一八三六年)など多数に見られる。狂言「入間川」にも「誠にこの様な広い野は、武蔵野の外には御ざるまい」云々というやりとりがある。

なお野田宇太郎はこの地図を特定できたとして、復刻している。野田が日本郷土文芸叢書の三冊目として武蔵野市から刊行した武蔵野市民版『武蔵野』(昭和四十年六月二十日印刷刊行)の特製版として製作した、芽起庵(野田の号―藤井注)蔵版『武蔵野』に付録として付けた地図がそれである(この特製版の奥付は武蔵野市民版『武蔵野』と同じく「昭和四十年六月二十日印刷刊行」だが、以下に紹介する付録の解説日付が七月一日であることから、実際には七月一日かそれ以降の刊行か)。昭和四十年七月一日の日付を持つこの地図への解説によれば、古書店を通じて入手したその地図はタイトルも刊年も明記が無く、ただ「九皐堂蔵」、「百枚限売買禁」とあるばかりで、刊年については、現在の千葉県の行徳の近くに「文政十三年此辺ニ新田ヲ開カル」と記されてあることから、野田は文政十三年(＝天保元年〈一八三〇〉)か十二年の刊ではないかと推定している。ただし、この地図では「武蔵野ノ跡ハ今纔ニ入間郡ニ残レリ」との注記は欄外に押しやられており(左図では省略)、地図上の入間郡のあたりにあるのは、古戦場に関する記述(「小手指原久米川古戦場ナリ太平記元弘三年五月十一日源平小手指原ニテ戦フ事一日ガ内ニ三十余度日暮レバ平家三里退テ久米川ニ陣ヲ取ル明レバ源氏久米川ノ陣エ押寄ルトノセタルハ此アタリナルベシ」)のみ(図中央)である。確かに字句は独歩が引用したそれ(二九頁四―五行)に

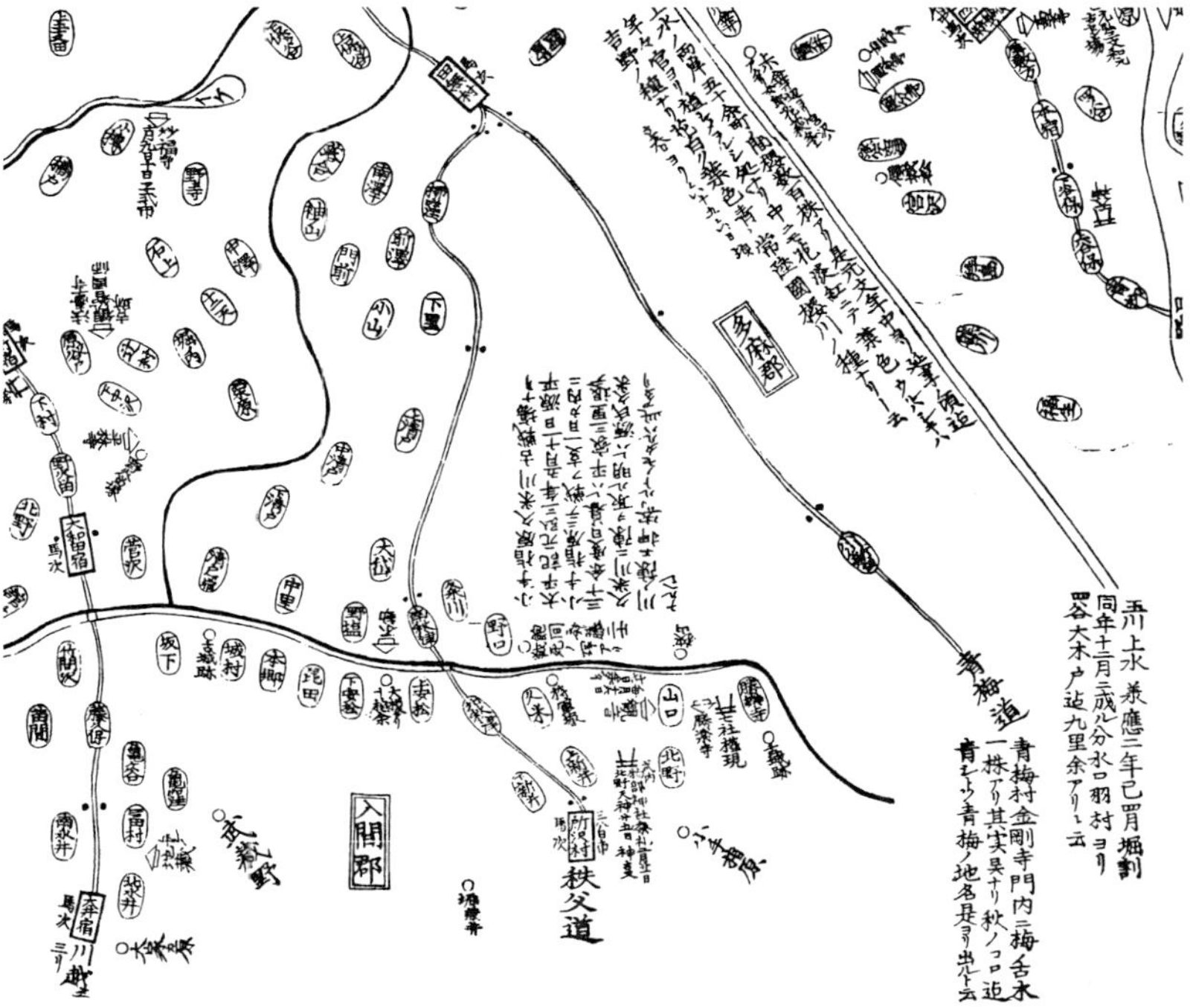

武蔵野の古地図
（芽起庵蔵版『武蔵野』付録，昭和40年）

酷似しているものの、「武蔵野ノ跡ハ」云々が端のほうに追いやられていること、さらには二九頁の注一で述べたように、この二つの指摘は古地図類に広く見られるものであることから、「独歩愛用の武蔵野古図であることがわかった」（野田解説）とまでは断定しないほうがいいかもしれない。

なお、この地図の閲覧に関しては、福岡県小郡市の野田宇太郎文学資料館の山下徳子氏のご協力を得た。

二　**一度行て見る積で居て……**（二九頁注五）　『武蔵野』に刺激を受けたわけではないだろうが、このルートを実際に辿ったのが希代の紀行作家・松川二郎だった。『郊外探勝　日がへりの旅』（東文堂、大正八年）のなかで、東村山駅で下車して久米川の古戦場を訪れた折のことをこう記している。「然し、私が此駅に下車したのは、久米川の古戦場を訪はむが為であつた。／古戦場は停車場の東北方一帯の平地がそれで、北は柳瀬川及び川を隔つた八国山の一部を含んでいた」。

三　**九月七日**（三〇頁注五）　参考までに『定本 国木田独歩全集 第七巻』（以下〈全集〉と略記）から、この部分に相当する個所を引いておく。「昨日も今日も南風強く吹き、雲霧忽ち起り、突然雨至るかと見れば日光雲間よりもれて青葉を照らすなど、気まぐれの秋の空の美はしさ」。見られるように、この相違は、花袋らによる校訂・改変・転写ミス（塩田良平）の程度をはるかに超えており、そうだとすれば、独歩自身が日記に推敲を加えて自筆稿本を完成させたか、さもなくば、『武蔵野』への引用に際して日記＝自筆稿本を改変したか、のどちらかが考えられる。なお塩田良平は、『武蔵野』へは日記を「補筆引用」したとしている（〈全集〉解題）。

四　十一月四日……(三二頁注二)　以下、「欺かざるの記」の本文の対応個所をまとめて掲げておく。

十一月十八日「薄暮今井氏と共に市街に出で月光を蹈んで散歩」(実際は十五日のことを十七日深夜に振り返って記している—引用者注)。

同十九日「天晴れ風清く露冷やかに、満目、黄葉紅楓青樹なり。小鳥梢に囀じ一路人影なくたゞわれ独り黙思しつゝ歩みぬ」。

同二十二日「早や、夜の十二時も過ぎぬ。戸外には木枯の音いや物すごし。滴声頻りに聞ゆれど雨は已に止みたらんごとし」。

同二十三日「昨夜の雨風にて木の葉もほとんど落ちつくしぬ。田はほとんど刈りつくされて、見るもの何につけても冬枯れの淋しき有様となれり」。

同二十四日「木の葉落ち尽さんとして尚ほ全く落ちず。見るとして哀れの光景ならぬはなし。遠山を望めば心も消え入るほどになつかし」。

同二十六日「夜十時記。屋外は風雨の声ものすごし。滴声相応じぬ。(中略)今日は終日狭霧たちこめて野も林も永久の夢に入りたらんごとく静かなりき。午後独り散歩に出かけ犬を伴ひぬ。林に入り、黙視し、水流を睇視して空想に馳せたり。をり〳〵時雨の落葉の上をわたりゆく様の静けさ」。

同二十七日「昨夜の風雨に今朝は天全く晴れたり。日はうらゝかに登りぬ。富士山真白に連山の上に立てり。風清く気澄めり。げに初冬の朝なるかな。(中略)田面に水あふれ、向ひの林影これに映れり」。

十二月二日「今朝は霜雪の如く、朝日にかゞやき、今に至りて天少しくうす雲を被ふに至りぬ。冬の朝も美しからずや」。

同二十二日「雪はじめて降る」。

三十年一月十三日「雪降りて物音なし」、「降雪霏々」、「げに静けくもあるかなこの雪の夜半。風はをり〳〵迷ひ吹きて樹梢をわたる音す。其のたび毎に雪の落つる音す」

などとあるのみで、それ以上の対応は見られない。

同十四日「たゞ梢をわたる風の音の遠く聞ゆるのみ。たゞ雪溶けて落つる滴声の軒をめぐるのみ。嗚呼かの遠き風は遠き夜寒の声なるかな。(中略)今朝大雪。葡萄棚落ちたり」。

これも前年部分と比べるとやはり対応がそれほどではない。十三日の部分も十四日の部分も『武蔵野』引用部分は、「あゝ武蔵野」と謳いあげ、より『武蔵野』そのものに即した表現になっているので、その分だけ、もとの日記からは相対的に独立する結果になったのだろう。

同二十日「朝日うらゝかに輝き、大空には一片の雲影なく、地には霜柱白銀のごとくきらめき、小鳥のなく声、あちらこちらに聞ゆ」。

二月八日「梅は咲きぬ。月は夜々に美ならんとす」。

三月十三日「夜十二時。月やゝ西に傾むき、風急に、雲わきたり」。

同二十一日「十一時四十五分記。屋外の風声を聞け、遠く近く忽ち消え忽ち起る」。

五　独り歩み(三二頁注七)　花袋の『東京の近郊』には、当時の青年たちの散歩コースとして、広尾、霞町、恵比寿の停車場のあたり、目黒、祐天寺、碑文谷、などがあげられており、また馬場孤蝶の『明治の東京』(昭和十七年)には、新宿からのちの練兵場のあたりを抜けて渋谷に至る道筋がかつては「野趣満々たる景致」で絶好の散策コースであったことが回想されている。

六　今より三年前(四八頁注一)　文壇史上きわめて有名なエピソードだが、明治二十八年六月に佐々城本支・豊寿夫妻の長女信子と知り合った独歩は恋情を燃え上がらせ、信子もまた当初はそれに応え、二人の関係は急速に深まった。そして十一月には佐々城家の反対を押し切って結婚、逗子での新生活を始めた。しかし、生活苦を始めとするさまざまな障害は二人を引き裂き、翌二十九年四月には破局を迎え、以後の独歩はこの精神的後遺症に悩まされることになる。明治二十八年八月十一日の「郊外閑遊」は、二人が互いの気持を確かめ合った記念すべき遠出だった。

七　或友(四八頁注二)　日記が引用された日に限ってみても、「夢に彼の女を見たり」、「女子は下劣なる者なり」、「常に彼女を連想して」、「恋てふものは夢の夢たるに過ぎざるか」、「信子は吾を捨て去れり」等々の言葉が散見されるが、それらがことごとく削られている。

八 **武蔵野は先づ……**（五四頁注二） 高橋源一郎『武蔵野歴史地理』第一冊（昭和三年）、「武蔵野概説――武蔵野の範囲」より。

武蔵野附近略図
（高橋源一郎『武蔵野歴史地理』第１冊，昭和３年）

欺かざるの記

一 **蘇峰徳富猪一郎**（六三頁注三） 徳富家は、縁戚の矢島家や竹崎家と共に肥後熊本の名望家であり、父一敬は横井小楠の高弟、熊本藩庁に出仕した人物である。その長男として生れた蘇峰は「特別待遇」のもとに成長する。蘆花徳冨健次郎は弟である。明治八年熊本洋学校に入学し、金森通倫や横井時雄の影響でキリスト教を信奉し熊本バンドに加盟。翌年には同志社に転じ、九年十二月新島襄によって受洗するものの、十三年に退学。熊本で自由民権運動に加わり、大江義塾を開くに到る。蘇峰は、『新日本之青年』や『将来之日本』で平民主義を主張し青年層の圧倒的な支持を得て、二十二年に上京し民友社を設立。『国民之友』『国民新聞』で藩閥政府を批判し言論界をリードしていく。しかし日清戦争に際し国権論に転じたため、多くの社友を失い、その後、桂太郎内閣と命運を共にしていくことになる。

二 **内村鑑三**（六三頁注四） 上州（現群馬県）高崎藩士の長男として江戸に生れる。明治十年札幌農学校に入学、同期に新渡戸稲造がいた。内村は翌年には受洗し札幌基督教会設立に加わる。卒業後北海道開拓使に出仕するが、十七年渡米し〈白痴院〉の看護人を務めた後、アマスト大学、ハートフォード神学校に学び、二十一年に帰国する。二十三年第一高等中学校教員になるものの、不敬事件を起こし翌年退職。その後、大阪、熊本、京都に住み、『基督信徒の慰』『求安録』『余は如何にして基督信徒となりし乎』などを発表し名声を得る。内村は日清戦争後、蘇峰とは逆に政府批判に転じ、三十年には『万朝報』に入社、幸徳秋水らと理想団を結成し、社会改良を目差すものの、日露非戦論を唱えて退社。以後は、信仰だけを頼りに無教会運動を展開していくことになる。

三 **佐々城豊寿**（六三頁注五） 伊達藩儒者星雄記の三女として仙台に生れる。幼名艶（えん）。姉（相馬黒光の母）以外の兄弟が皆夭折。娘の頃から男装していたと伝えられている。明治初年母に伴われて上京、五年頃にはミス・キダーの塾（現フェリス女学院）に学び、キリスト教に接し、さらに敬宇中村正直に師事して男女同権思想を養う。その頃、既に妻子のある伊東友賢こと佐々城本支(→補注二七)と恋愛関係に陥り、信子を生むが、入籍は十九年であった。同年基督教婦人矯風会設立に加わり、矢島楫子の片腕として活躍し、島田三郎、植木枝盛、津田仙、巌本善治、蘇峰らと親交を結ぶが、やがて失脚。二十六年四月、姑や三人の子供を連れて渡北、以降、東京と北海道を往来する生活が続く。信子が独歩と離婚したのを機に本格的に北海道に移住する決意をし、札幌で女学校設立を企てるが、それも頓挫をきたし、三十三年秋には失意のうちに帰京、翌年六月十五日に死去する。ちなみに松前奉行を務めた星雄記は戊辰戦争後、財政破綻に陥った亘理藩に派遣され、北海道開拓を進言している。藩主伊達邦成と家老田村顕允はそれをうけ、明治三、四年に全藩を有珠郡紋別に移住させるが、佐々城家でも、田村の世話で、室蘭郡絵鞆村字ヲハシナイ十二・十三・十四番地に十三町五反の土地を購入、いずれ移住する計画であった。従って二十六年の渡北に先立って室蘭に移籍していた。

四　佐々城信子(六三頁注六)　明治十一年(一八七八)七月三十日－昭和二十四年(一九四九)九月二十二日。父本支は佐々城内科医院を営み、母豊寿は基督教婦人矯風会幹部という物心両面に恵まれた家庭の長女に生れるが、一方、私生児であったがため公立学校へ行けず、メソジスト派の築地海岸女学校に学んだ。二十六年四月二十八日、母、祖母、妹二人と渡北、伊達紋別に住み、舟丘学校の臨時教員として英語を教えた。二十七年十二月三日、本支が脚気調査で南洋に赴くため一家は一時帰京した。二十八年六月九日、無事本支が帰国した佐々城家では、日清戦争従軍記者慰労晩餐会を催すが、そこに招かれた独歩と恋に陥る。十一月十一日には結婚し逗子に住むものの、翌二十九年四月十一日に国木田家を出奔、二十四日離婚する。その後、六月に母や妹たちと再び渡北し室蘭に落ち着くが、十二月に帰京し、三十年一月十日浦島病院で浦子を出産、両親の四女として届けられた。その夏には母は弟妹を連れて札幌に移住し、信子も往来した。はじめは北八条西二丁目の小林宅の二階、後に北八条東四丁目(当時の札幌郡苗穂村第三御料地内)の田村顕允が役員を務める製糖会社の社宅に住んだという。しかし三十三年秋には一家は東京へ引き揚げ、翌年四月十三日本支が脳溢血で急死、六月十五日には豊寿も心痛のあまり死去する。豊寿が生前婚約者と決めた森広と結婚すべく、九月四日鎌倉丸でアメリカへ向かうが、船の事務長武井勘三郎と恋愛関係に陥り帰国。このことが同船中の鳩山春子の通報でスキャンダルとして報道され、また森広の友人有島武郎が『或る女』で描いたため、苦難の人生を送ったことはよく知られている。武井の死後は栃木県の真岡で暮したが、阿部充家の娘・阿部光子『「或る女」の生涯』(新潮社、昭和五十七年)が詳しく描いている。

五　唱歌をよくし(六三頁注八)　大久保慈泉『うたでつづる 明治の時代世相 上』(国書刊行会、平成九年)によれば、「『雪の進軍』は、時の陸軍軍楽長・永井建子が戦地で作詞作曲したもの。戦場での体験と、軍人生活を忌憚なくスケッチした歌である。この歌の特色は、言文一致体の詩句という当時では新しい形式であった。そして愛国忠義をうたいあげず、むしろ戦争の悲愴感に訴えるので」とあるが、次のような歌である。

一、雪の進軍　氷を踏んで　どこが河やら道さえ知れず
馬は斃(たお)れる　捨ててもおけず　ここは何処(いずこ)ぞ　みな敵の国
ままよ大胆　一吹(いっぷく)やれば　頼み少なや煙草が二本
二、焼かぬ乾物に半煮(はんに)え飯(めし)に　なまじ生命(いのち)のある其のうちは
耐(こら)え切れない寒さの焚火(たきび)　煙(けむ)い筈だよ　生木(なまき)が燻(いぶ)る
渋い顔して功名談(ばなし)　すいと云うのは梅干一つ
三、着のみ着のまま気楽な臥所(ふしど)　背嚢(はいのう)枕に外套かぶりゃ
背(せな)の温(ぬく)みで雪解けかかる　夜具の黍殻(きびがら)シッポリ濡れて
結びかねたる露営の夢を　月は冷たく顔覗(のぞ)きこむ
四、命捧げて出て来た身ゆえ　死ぬる覚悟で突貫すれど
武運拙(つたな)く討死せねば　義理にからめた恤兵真綿(じゅつべいまわた)
そろりそろりと頸締(くびし)めかかる　どうせ生きては還らぬ積り

また上杉玉舟『国木田独歩　青春像』(昭和三十四年)は、「信子は当時流行

した「煙もみえず雲もなく、風も起らず波たたず鏡の如き黄海は曇りそめたり時のまに」を得意に歌った」と言うが、佐佐木信綱作／奥好義曲「勇敢なる水兵」の一番である。

六　**眉山川上亮**（六四頁注七）　旧幕臣の子として大阪に生れるが、後、実家は本郷春木町で筆墨商兼下宿屋を営む。明治十七年東大予備門に入学し尾崎紅葉らと知り合い、硯友社同人となった。二十一年東京帝大法科大学に進学するが、文科に転じ、さらに退学し職業作家になる。二十六年には『文学界』同人と交際し、日清戦争後、観念小説の担い手として活躍する。この頃、「大さかづき」（『文芸倶楽部』明治二十八年一月）が大好評で、独歩も逸早く執筆依頼し、その作「うらおもて」（『国民之友』一五九号、明治二十八年八月）も、問題作として注目された。三十年代には自然主義に同調しようとして失敗、四十一年六月自殺して世間を驚かせた。

七　**石崎ため**（六四頁注九）　山口県熊毛郡麻里府村、石崎松兵衛の四女。独歩は、明治二十四年頃石崎家に寄寓したことがあり、ために英語を教えている。ためは山口高女を卒業した後、独歩に将来について相談していた。二十七年五月二十四日の条に、「教育を受ける今日の女子の立身法に苦むは別して同情に堪へず」として、布浦作平に小学校教師の職を依頼したことが書かれている。また二十八年七月三日の条にも、「矢島かぢ子女子を訪ひ、石崎ため嬢の事を依頼したり」（七〇頁）とある。谷林博『青年時代の国木田独歩』（柳井市立図書館、昭和四十五年）によれば、「タメは翌二十九年二月十三日に大阪南堀江六丁目に分家している。その後姉の嫁ぎ先の釜山の幼稚園の教員をしていた。明治三十五年十一月に田布施村の専福寺住職の槙殿晃英と結婚し、幼稚園教育に尽している。没年は昭和二十二年三月三十一日七十才で、その顕彰碑が建てられている」とある。ちなみに独歩の小説「帰去来」は、石崎家をモデルにしている。

八　**思軒森田文蔵**（六五頁注一〇）　備中小田郡笠岡（現岡山県）の質屋に生れるが、頼山陽と親交のあった祖父の影響を受けた。明治七年六月慶応義塾大阪分校に入塾し、以降矢野竜渓に師事する。十五年十月矢野の世話で『郵便報知新聞』に入社、特派員として中国、ヨーロッパ、アメリカを歴訪した。十九年には編集を委ねられ、ジュール・ヴェルヌやヴィクトル・ユゴーなどの翻訳家としても活躍するが、二十五年に退社。その後、翻訳や評論で盛名を文壇に馳せた。二十九年には乞われて『万朝報』に入社するものの、翌年十一月病死する。

九　**北斗国木田収二**（六七頁注三）　明治十年（一八七七）十月三日―昭和六年（一九三一）三月四日。広島で生れ、幼少年期、山口県下の父の任地を転々とし、岩国の錦見小学校、萩の明倫小学校、麻郷《おごう》の習成学校高等科に学び、明治二十五年六月独歩に伴われ上京、十月東京専門学校入学（川岸みち子〈全集〉別巻二によれば「講義録による通信教育」）する。二十七年『国民新聞』に入り、三十二年十月シャム公使稲垣満次郎の秘書となるが、翌年八月帰国。九月、蘇峰の推薦で松方幸次郎の『神戸新聞』の主筆兼編集部長となり、気鋭のジャーナリストとして活躍し、四十二年に退社した。その後、松方の秘書として川崎造船所に務め、昭和四年退職、二年後に神戸市六甲篠原の自宅で病死するが、独歩の生前、物心両面で支え続けた。

一〇　**三叉竹越与三郎**（六七頁注一二）　新潟県柿崎の酒造業を営む旧家の次男として武蔵国本庄（現埼玉県）で生れ、柿崎で育つ。十六歳で出奔し、中村敬宇の同人社、慶応義塾に学ぶが、明治十九年、小崎弘道により霊南坂教会で受洗し、前橋教会で活動した。その折湯浅治郎を知り蘇峰を紹介され、『大阪公論』政論記者を務めた後、二十三年『国民新聞』発刊を機に民友社入りする。ジャーナリストとして活躍する一方、『新日本史』（明治二十四―二十五年）を刊行。ピューリタニズムに基づき、明治維新を名望家層が主体の「革命」とする歴史観を示し注目されるが、やがて日清戦争を境に国権主義に転向した蘇峰と対立、民友社を退社する。その後、陸奥宗光を介して知った西園寺公望に師事し、三十四年政界入りして、衆議院議員、貴族院議員を長く務める。

一一　**紅葉尾崎徳太郎**（六八頁注四）　江戸芝中門前町の代々伊勢屋を名のる商家に生れるが、父惣蔵は角彫りの名人、幇間「赤羽織の谷斎」としても知られた。明治十六年東大予備門に入学し、十八年には硯友社を結成し『我楽多文庫』を刊行する。やがて坪内逍遥の影響で近代小説確立を目差すようになり、二十一年東京帝大法科大学に入学しながら、文科大学に転じ、二十三年に退学するに到る。既に二十二年に『読売新聞』に入社していた彼は、次第に写実的傾向を深め、さらに西洋文学の受容を通して心理小説を描くまでになる。しかし日清戦後は、大家名士として文壇に君臨し、大作『金色夜叉』を連載するものの、新世代の批判の的になり、独歩にも「洋装せる元禄文学」（「紅葉山人」『現代百人豪第一篇』明治三十五年四月）と痛罵されることとなる。

一二　**柳渓小西増太郎**（六八頁注六）　備前児島郡味野（現岡山県）に生れる。小西行長の子孫。明治十二年に受洗、上京しニコライ神学校に学んだ後、十九年ロシアに渡り、キエフ神学校を卒業。さらにモスクワ神学大学に進むが、トルストイの知遇を得、『老子』の共訳を行った。二十六年に帰国しニコライ神学校教授となりロシアの文学思想などの紹介に努めるが、特にトルストイ移入の草分けであった蘇峰の目に止まり、トルストイ文学の翻訳紹介の中心的存在として活躍した。のち実業家に転身するが、同志社や京都大学で教鞭をとった。

一三　**Лев Николáевич Толстóй**（六八頁注七）　トルストイ（一八二八―一九一〇）はロシアの名門貴族の子としてヤースナヤ・ポリャーナに生れる。大学中退後、志願してクリミア戦争に従軍し戦争の悲惨さを体験したことが、作家的名声の確立に繋がった。その後西欧を旅して文明の光と影を見聞したことで、一八六一年に領地に戻り農業と農民教育に没頭することになるものの、『戦争と平和』『アンナ・カレーニナ』のような芸術的完成度の高い作品を次々発表していく。一方、七〇年代頃、革命の気運の高まるなか深刻な精神的危機に陥り、八〇年代には宗教色を深めていく。その苦悩と葛藤の果てに『復活』が書かれるが、やがてすべてを棄てて家を出て、病死する。トルストイ受容の草分けたる蘇峰や植村正久は無論、やがて蘆花や内村鑑三といった独歩の周辺がこぞってトルストイに傾斜していく。『クロイツェル・ソナタ』は、放蕩の限りを尽した主人公が、ようやく理想の女にめぐり逢ったのも束の間、肉欲によって愛が蝕まれるのを阻止できなかったばかりか、新たな愛に生きようとする彼女を嫉妬に駆られて殺してしまう、という話である。

一四　**露伴幸田成行**（六八頁注一〇）　下谷三枚橋横町で、幕府の表御坊主衆の家に生れる。東京師範付属小学校を出た後は、菊池松軒の塾に通う一方、東京図書館で儒学・仏典・江戸文学を独学する。明治十六年電信修技学校の給費生となり、十八年電信技手として北海道後志国余市に赴任するものの、坪内逍遙の影響で文学への志を抱くに到り、二十年に帰京。翌年に文壇デビューを果たした。二十二年『読売新聞』に入り、詩的作風で「紅露時代」を築くが、翌年には国会新聞社に入社、写実的傾向を深め、次々力作を発表していく。日清戦後、『めざまし草』の合評「三人冗語」を担当する頃から新進作家の育成に努め、次第に批評や随筆が中心となる。さらに日露戦後には、考証や史伝に転じ、東洋的学芸の再生を目差すようになる。

一五　**緑雨斎藤賢**（六八頁注一一）　伊勢神戸に御典医の長男として生れ、本所緑町の藤堂邸内で育つ。学校を転々とするがすべて中退。仮名垣魯文に認められて小説家となる。やがて坪内逍遙、幸田露伴、森鷗外との交際で近代小説を目差すようになり、明治二十二年頃から『読売新聞』『国会』に作品を発表し、文壇的地位を確立する。二十七年に父母が死に、下宿生活をしながら、二人の弟を筆一本で養わねばならなくなる。二十九年、『めざまし草』の合評「三人冗語」で活躍したりもするが、その文学的センスが時代と合わなくなっていき、狷介な性格も禍して貧苦のうちに病死することになる。

一六　**無得伴武雄**（六九頁注一二）　明治五年（一八七二）―明治二十八年（一八九五）。山口県熊毛郡大野村四一五番地に士族伴朝平の次男として生れる。父は明治二十年頃、相場で失敗して自殺した。武雄は秀才で東京専門学校に学ぶが、同窓の島村抱月が「過去の早稲田文科」（『文章世界』明治四十一年十月）で、級中のユニークな存在たる藤野古白と後藤宙外に言及した後、「いま一人、伴無得といふ人が居た」として、

　此人は非常の俊才で、且つ容貌風采の秀麗な美男子。山口県の人で、何処か国木田君（独歩）と似た面ざしであつたかと思ふがもつと美しか

つた。文章の立派なことは級中の第一であつたが、惜しいことには国へ帰つて肺病で死んだ。

と述べている。また宙外『明治文壇回顧録』(岡倉書房、昭和十一年)は二十七年末に古白が病床の武雄を見舞った話を伝えているが、谷林博『青年時代の国木田独歩』によれば、宙外や抱月も訪れた。なお、兄諒輔の代になった二十四年頃、伴家では、吉村軌一を館主とする私塾「有斐学館」を営んでおり、独歩も英語を教えていて、それで武雄と親しくなったという。諒輔は麻郷村小学校校長を務めるが、のち朝鮮木浦府に移住し、昭和八年に没した。武雄の墓は大野の喜多村墓地にある。

一七　**国木田貞臣、通称専八**(六九頁注一五)　天保元年(一八三〇)—明治三十七年(一九〇四)。播州龍野藩士(現兵庫県)国木田権左衛門の次男に生れ、嘉永三年(一八五〇)家督を嗣ぎ、軍艦指図役支配会計方となるが、軽輩であった。慶応四年(一八六八)九月六日、奥州追討軍の輸送の任のため航行中の龍野藩船龍神丸が銚子沖で遭難、その折専八も吉野屋旅館に身を寄せることとなり、手伝いの淡路まんと恋仲になったと思われる。とすると独歩は明治二年八月十二日生れの可能性が高いが、戸籍では四年七月十五日生れとなっている。専八には既に、妻とく(天保九年—大正六年)があり、その間に猛二(文久二年—明治二十年)、倉太郎(慶応二年—明治十五年)、弁三郎(明治元年—昭和九年)がいた。後にのぶ(明治六年—二十八年)も生れる。明治七年単身上京した専八は、翌年東京裁判所詰となり、まん独歩母子と住む。九年二月山口裁判所勤務となって、萩・広島・岩国の裁判所書記を務め、十五年に判事補となって山口・萩に務めた後、十九年六月非職を命じられる。二十一年書記に降格して船木や柳井に勤務するものの、二十六年十月六十四歳で退職し、恩給生活に入る。その間、九年二月とくと離婚し、七月まんと独歩を入籍、十年十月には収二が生れた。また十七年六月、弁三郎を廃嫡し独歩を立嫡している。その後、二十七年十月に上京し、一家で麹町に新たな生活を築くが、二十九年五月に銚子に移住し、三十一年十二月山口県から転籍している。まんは、天保十四年(一八四三)—大正八年(一九一九)。下総銚子の「雑業淡路善太郎」長女として生れる。専八と恋仲になった時、既に雅治郎という夫があったため、独歩はその長男と届けられた。まんは夫を嫌って上京、江戸回向院相撲茶屋に勤めていたことがあるという。

一八　**津田仙**(七〇頁注二)　天保八年(一八三七)—明治四十一年(一九〇八)。下総国佐倉藩士(現千葉県)の四男に生れる。十八歳で江戸に上り蘭学や英語を学び、幕府の通弁翻訳に従事、戊辰戦争では官軍と戦った。明治四年、次女梅子を開拓使が募集した女子留学生に応募させ、自身も、六年ウィーン万国博覧会に田中芳男の随員として同行、農法を学ぶ。帰国後、七年『農業三事』を著し、翌年には受洗、さらに九年一月、自宅にキリスト教精神に基づく日本初の農学校「学農社」を設立し、十六年十二月まで農業改革を主導した。また禁酒運動家としても活躍する。相馬黒光『黙移』(女性時代社、昭和十一年)は、津田の印象を次のように述べている。

津田仙といふ人は、明治の初頭に於ける最も進歩的な基督教信者として、精神的また実際的に日本の文化発展を大いに助けた功労者の一人であります。即ち学農社を起し、麻布古川端の両岸、三ノ橋付近に広大な地を開いて、農事試験所を設け、米国から花や野菜や果樹の苗をとりよせて栽培し、当時に於ける最新式農場の範を成したもので、学農社から『農学雑誌』といふ月刊雑誌を発刊し、また禁酒会の会頭で、禁酒演説をして歩くなど、大いにめざましいものがありました。

一九　**矢島楫子**(七〇頁注三)　肥後国杉堂村(現熊本県)に生れる。竹崎順子、蘇峰や蘆花の母・徳富久、小楠の妻・横井津世子は姉。明治五年酒乱の夫と離婚し上京、東京府教員伝習所に学び教員になる。やがて不倫の子を産み、苦悩のなか新栄女学校校長マリア・トルーに出会い同校教師となり、十二年には受洗する。その後桜井女学校校長となり、さらに二十二年新栄女学校と合併し女子学院となるや、初代院長に就任し大正三年まで務める。一方、明治十九年六月万国婦人禁酒会のメリー・クレメント・レビット夫人の来日を機に、佐々城豊寿や潮田千勢子らと「日本基督教婦人矯風会」を創設。その初代会頭として廃娼運動や一夫一婦制確立に尽力した。

二〇　**千屋和**(七〇頁注四)　明治二年(一八六九)—昭和二年(一九二七)。土佐藩士

の長男として高知市北門筋に生れる。自由党系の高知共立学校に学ぶが、そこで教鞭をとる宣教師からキリスト教の感化を受け、明治十八年に受洗する。二十三年政治を志し大阪に出るものの、その後上京し、植村正久を知るや伝道者たるべく明治学院神学部に入学する。卒業後、一年ほど一番町教会で植村を助け、二十八年四月水戸教会へ赴任。その後、広島教会、上田教会を経て三十七年新栄教会牧師に迎えられ、二十二年間務める（本田清一編『百年の恵み――日本キリスト教団新栄教会史――』昭和四十八年）。

二一　**桜痴福地源一郎**（七二頁注六）　長崎の儒医の末子に生れ、蘭学を学ぶが、十八歳で江戸に遊学し英語を学んだ後、四度の海外渡航で新知識を身に付け、新聞事業の草分けとなる。明治七年『東京日日新聞』に入社、やがて社長となり、民権派の新聞に対抗して政府寄りの姿勢をとるが、社説には定評があり、西南戦争では従軍記者として健筆を振るった。しかし二十一年、経営悪化の責任をとって退社し、以降、演劇改良に尽力する。二十二年に歌舞伎座を建て、九代目市川団十郎と組んで次々改良史劇をヒットさせ、劇壇の第一人者になるものの、やがてその卑俗さが批判されるようになり、団十郎が死んだ三十六年には劇壇から退く。永井荷風や岡本綺堂は彼の門人である。

二二　**野村房次郎**（七四頁注五）　『現代人名辞典』（中央通信社、大正元年）に次のようにある。

君は海軍武官なり、旧萩藩士山県時充氏の次男にして、明治三年一月六日を以て山口県下之関市に生れ後出でゝ外戚野村善七氏の養子となる、同二十三年海軍兵学校を卒業して海軍少尉候補生となり、軍艦比叡に乗組土耳古に廻航す、同二十五年少尉に任ぜられ、爾来累進して大佐従五位勲三等功四級に陞る、其間日清役には軍艦千代田に乗組戦闘に従軍し、功に依り勲六等旭日章及年金八十四円を賜はる、北清事変亦功あり、日露役起るや第二艦隊旗艦磐手に乗組み各海戦に参加し殊功を樹て功に依り勲三等旭日章及功四級金鵄勲章を授けらる、戦後海軍教育本部々員に転じ、専ら教育に従事す、四十一年九月軍艦石見副長となり、同年第二艦隊参謀に補せらる、四十三年三月海軍々令部参謀兼海軍大学校教官に補せられ現に其職に在り夫人美代氏子は実業家鈴木良輔氏の長女なり（芝区芝車町八四）

二三　**日清戦争後の極東情勢と独歩**（七九頁注一五）　『欺かざるの記』には、日清戦争以降の極東情勢に対する独歩の強い関心が刻まれている。明治二十八年三月二十五日の条に「李鴻章狙撃の飛電馬関より来る」とあって以降、四月二十九日「露国干渉は愈ゝ事実となりぬ。人心之れがために激昂せるが如し、国家の前途愈ゝ多事ならんとはする也」。五月一日「露国との形勢迫まれるが如し、若し破裂して一大決戦を惹起し来らんか、実に世界史上の一大変動たらずんばあらず」。五月十二日「占領地盛原省の部分を支那に返す事に決したるものゝ如し。蓋し魯国以下の干渉の結果なり／付ては今度出ずべしとの噂ある占領地返却に関する詔勅に於ては十分事実を明記して露国等干渉の結果遂に此の大屈辱を被るに至りし事を全国民に宣言するを急務とす。との意見を起しぬ。之れを同志の人に通ぜんと思ふ也」。五月十四日「昨日愈ゝ遼東半島返還の詔勅出でたり。是れ吾国外交史の大失策なり。欧洲諸国が東洋に関渉するの端是れより発せん。露国が日本を侮るも亦たこれよりせん。日本澎帳（ママ）史もしばらくは中止なるべし。嗚呼世界国民の歴史は如何なりゆく可きか」。

二四　**湖処子宮崎八百吉**（八一頁注一一）　筑前国下座郡三奈木村（現福岡県甘木市）に生れる。福岡中学卒業後小学校に勤めるが、明治十七年に東京専門学校政治科に入学し二十年に卒業する。その間、十九年に牛込教会で受洗する。卒業後『東京経済雑誌』に入社するが、蘇峰に認められ、二十三年『国民新聞』編集員となる。入社間もなく刊行した『帰省』は、資本主義に向う東京の現実を批判する一方、陶淵明やワーズワス、『旧約聖書』などに枠付けられた故郷を賛美し、いわば民友社思想のプロパガンダのような役割を担ったため、一大ベストセラーとなった。以降湖処子は、民友社系文学者のリーダー格として、田園文学を中心に数多くの詩や小説、評論を発表し、『ヲルヅヲルス』（明治二十六年）のような評伝、独歩や花袋らと刊行した『抒情詩』（明治三十年）といった注目すべき仕事を残すものの、三十一年に民友社を退くと共に、宗教界に転身するに至る。日露戦後、自然主義文学に刺激され文壇復帰を志すものの、失敗に終わった。

三五　**抱一庵原余三郎**（八一頁注一三）　二本松藩士の十三男として岩代国郡山（現福島県）に生れる。上海の亜細亜学館、札幌農学校に学び、明治二十三年森田思軒を頼って上京、『報知新聞』に入社し『闇中政治家』で文名を揚げる。しかし二十五年に思軒と共に退社するや、東京にも故郷にも落ち着けぬ落魄の人生を送るようになる。二十八年には『国民之友』に文芸時評を執筆することになるものの、評価されないまま狂死する。内田魯庵『明治の作家』（筑摩書房、昭和十六年）所収の「畸人原抱一庵」に、次のような人物評がある。

ムキ出しの福島弁で訥々と語る純真素朴の風が都会の文学青年と全く毛色を異にして微塵も軽佻浮薄の風を留めなかつた。（中略）且非常に感激性に富みて首を振り肩を聳かしつゝ能く泣き能く笑つて一語々々を腹の底から搾り出すやうに話す巧みな表情が一種の魅力を持つてゐた。随つて文章識見に格別見るに足るものが無くても、文人としての抱一に何等の興味を持たないでも会へば必ず牽付けられて推讃を惜まなかつた。（中略）

抱一は『ホラ抱一庵』と呼ばれたほどウソ吐きの名人であつた。此のウソが先輩及び同輩の不信を買つて自づと世間を狭くするやうになつた。

三六　**芝公園**（八三頁注七）　槌田満文編『東京文学地名辞典』（東京堂出版、昭和五十三年）によると、「園内の東部は平らで低く、園の背後は飯倉台から北へ愛宕山まで高地がつづく。徳川家代々の墓地で、老樹の多い景勝地であった。園内は二五号に分かれ、東照宮は一号地、増上寺は二号地、徳川霊廟は三号地に当たっていた。増上寺裏手の丘は観音山、東照宮の背後にある丘は丸山。園の西南には蓮池があり、池中の小島に弁財天をまつる。園の西部紅葉山には料亭紅葉館、三縁亭があり、園内六号地には国木田独歩「欺かざるの記」（明38）に出てくる東京勧工場が明治二一年に設けられた」とある。

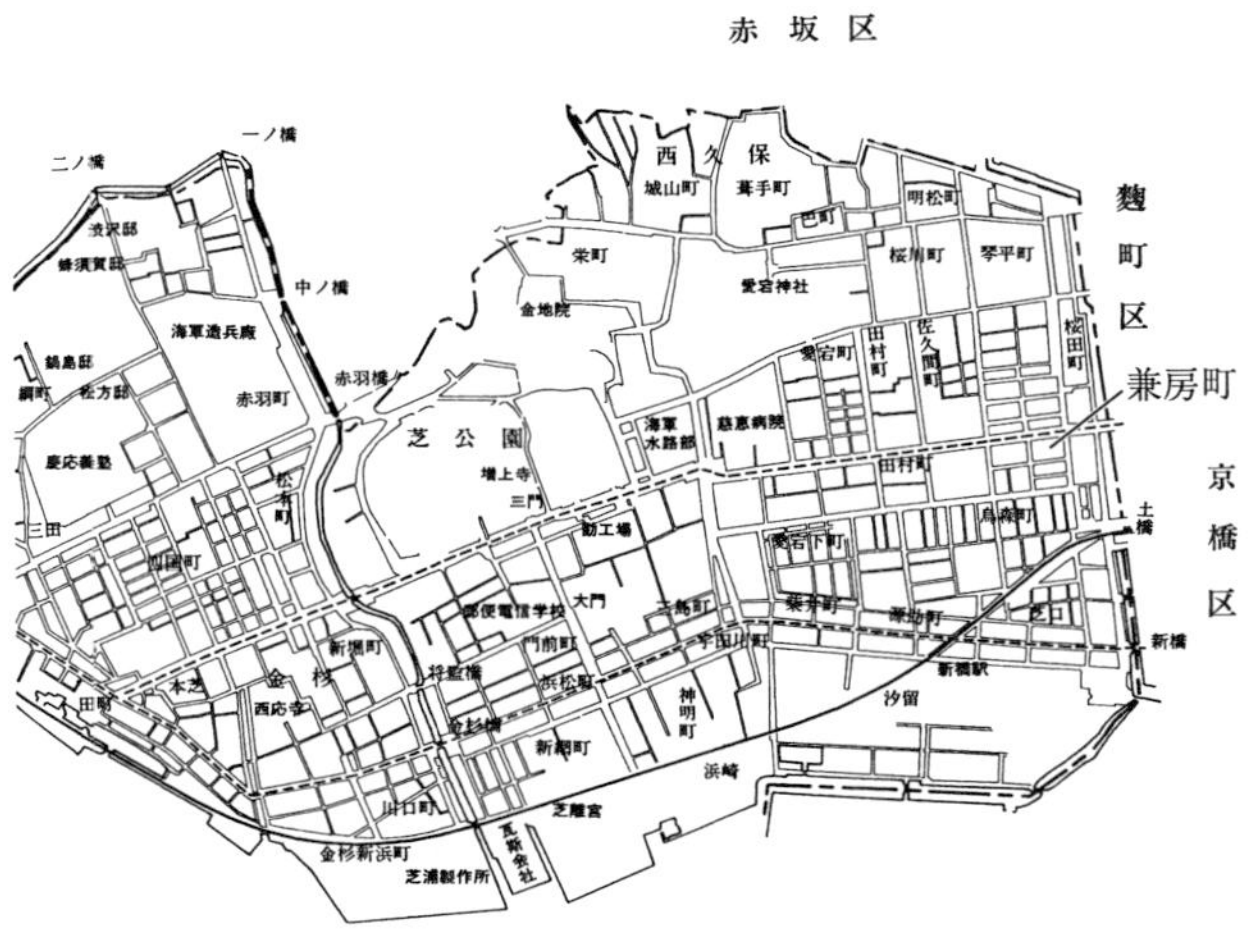

明治40年ごろの芝区・芝公園周辺図
（玉井哲雄編，石黒敬章企画『よみがえる明治の東京』
角川書店，平成4年）

三七　**佐々城本支**（八四頁注三）　天保十四年（一八四三）―明治三十四年（一九〇一）。仙台藩医佐々城正庵の四男として生れるが、文久二年（一八六二）同藩の医師伊東友順の長女と結婚、養嗣子となり（伊東友賢と名乗る）三児をもうける。明治五年洋学修業のため横浜に赴き、「修文館」で宣教師S・R・ブラウンに教えられた形跡があり、受洗している。翌年には上京、妻子と小石川に住み、中村敬宇の同人社に出入りするが、そこで豊寿を知り、妻子と別れ、十年頃には神田で同棲するようになる。豊寿の入籍は十九年十二月だが、それまでに長女信子、長男(夭折)、次男佑、次女愛子が生れ、私生児として届けられた。本支は第一師団勤務の軍医だったこともあるが、豊寿と結婚後は「釘店」で医院を開業し、脚気の専門医として知られた。温厚な人物であったという。

二八　**富永徳磨**(八六頁注三)　大分県佐伯藩士の長男として生れる。鶴谷学館に学び、受洗もし、既に電信局に勤めていたものの、独歩が鶴谷学館に赴任するや教えを乞う。父が死に一家を背負う身であったが、二十七年九月独歩と共に上京、民友社に入社しようとして果たせず、その後植村正久の知遇を得て、三十年日本基督教会の牧師となる。伊勢崎、金沢の教会を経て、三十九年東京神学社教授となり、四十年駒込基督会を組織し、そこを拠点に文筆と伝道に専念するに到る。主著に『基督教の根本問題』(警醒社、大正三年)があり、また『キリストの新精神』(新教出版社、昭和四十五年)には、「評伝」や「略年譜」が収録されている。なお富永は、独歩の影響か、小説も書いていて、キリスト教文学とも言うべき小説『朱と紫』(教文館、明治三十二年十二月)、ジョージ・エリオット『ロモラ』の翻案『雪崩と百合』(民友社、明治三十五年五月)などがある。

二九　**William Wordsworth**(八八頁注三)　イングランド北西部湖水地方カンバーランドの弁護士の次男に生れるが、幼くして両親を失い、伯父の世話でケンブリッジ大学に進学した。在学中より旅行熱に囚われるが、卒業後、一七九一年フランスに渡り革命に共感し、恋に酔う。しかし、やがて革命の現実に失望し人生の方途を見失うに到るものの、妹ドロシーの支えと、コールリッジとの文学的交流によって詩人として大成する方向を目差すようになり、一七九八年にコールリッジとの共著『抒情歌謡集(Lyrical Ballads)』を刊行、俗語の使用や実感の尊重を唱え、ロマン主義の復興を果たした。ドイツ冬の旅を終えた一七九九年には、放浪の人生に終止符を打ち、湖水地方のグラスミーアに居を定め、自伝的長編叙事詩『序曲(Prelude)』(一八〇五年)を完成し、さらに一八一三年にはライダル・マウントに移り、翌年『逍遥(The Excursion)』を刊行する。一八四三年には桂冠詩人となった。ワーズワスの詩は早くから紹介されているが、明治二十年代に到って、人生のバイブルのように考えられ爆発的にヒットする。宮崎湖処子や独歩は、民友社の主張にそって自然や田園生活の自由を見出し、『文学界』の島崎藤村などは、西行や芭蕉のような隠遁詩人と見做した。またその詩論は、日本の自然主義文学の生成に多大な影響を与えた。

三〇　**萱場三郎**(八九頁注八)　『信仰三十年基督者列伝』(警醒社、大正十年)によると、「生国　宮城県亘理郡小堤村。父は萱場寿栄、母はきせ子、明治三年三月二十日に生る。二兄二弟あり」「中学時代を北海道に過し、天地の宏大無窮なること及び万物の精巧整緻なることを見て、天地の間に其主宰者あるべきを信じ、基督教を研究し明治二十年四月十日、日本基督紋鼈教会に於て押川方義氏より洗礼を受けたり。明治二十八年札幌農学校卒業後、台湾総督府に職を奉じ後、明治三十二年農務省塩業調査所教師に転任し、三十七年香川県技師及び同県立農林学校長に任ぜられ、在職四年にして同四十年辞職し、大日本塩業会社に入り今日に至り、目下青島出張所主任として同地にあり。妻はつる子。一男七女あり」とある。戊辰戦争後に財政破綻した亘理藩の伊達邦成は、豊寿の父星雄記の進言に従い、家老田村顕允と計り、明治三、四年に北海道有珠郡紋別に集団移住することになるが、それに先立ち二年九月、邦成自ら視察のため来道する。『伊達町史』(昭和二十四年)によると、その一行に「典医萱場寿栄」の名が見え、また「有珠郡移住者の中に内地にあって医術を開業せしものあり萱場寿栄」とある。紋別で育った萱場三郎は札幌農学校へ進むが、『時計台の鐘　高岡熊雄回想録』(楡書房、昭和三十一年)によると、「予科四年、本科四年の学業を修了し、明治二八年六月いよいよ札幌農学校を卒業することとなった。式は演武場、すなわち今の時計台の二階において挙行せられた。卒業証書授与の後前例を破って、新渡戸先生は卒業生の提出した論文全部の大要を紹介せられた。私は卒業生を代表して答辞を述べた。さきに八年前予科に入学した三〇余名のうち、このとき卒業の栄誉を得たものは萱場三郎君と私の二人のみであった。しかも最後の試験においては、私と萱場君とが一番と二番の席を占めた」とある。萱場三郎は、この後すぐ上京し、旧知の佐々城家に身を寄せたものと思われる。

三〇 **柳屋**(九二頁注五、一四八頁注八)　蘆花の自伝小説『富士』第二巻(福永書店、大正十五年)によると、柳屋というのは「もと旅籠屋をして居た頃の屋号さうな。北に三室、南に二室、八畳がずらりとならんだ家づくりも、旅籠稼業の昔を思はせる。今は主人は専ら農を業とし、八畳五室の母屋は避暑避寒の客に貸して、家族は母屋の東に鍵形につぎ足した小さな板葺に住み、おかみが荒物店を出し、酒、酢、味噌、醤油其他くさぐさ売つて居る」とある。また木村彦三郎『柳屋の独歩・蘆花』(昭和三十六年)に、柳屋が避寒避暑客に間貸しするようになった事情を次のように説明している。「逗子駅が開設したのは田越村の生まれる少しまえの明治二十二年六月でした。(横須賀線)」「逗子に駅が出来ると間もなく、同じ海岸線の三浦半島の葉山一色に、明治天皇の御用邸が設けられ、葉山はそれを中心にして宮家、顕官、富豪、華族、政治家の別荘がつぎつぎと出来ました。葉山への入口になる逗子駅は、当然利用度が高くなり、田越村でも海に面した桜山、新宿、逗子の方面には別荘も出来たり、旅館、貸別荘、間貸しなどと云ったものが増し、避暑・避寒の人を迎えて、かつての寒村は大磯、鎌倉、葉山に次いでの別荘地になりました」。また「その頃の柳屋の当主は嘉兵衛と云って石渡家の六代目になる人で、弘化元年(一八四四)の生まれですから、当時は五十才ぐらいの働きざかりでした。しっかりした才覚のある人物で、田越村の村会議員に推されてなっていたこともあり」と紹介されている。

明治二十八年十一月十九日、独歩と佐々城信子は柳屋で新婚生活を送るが、木村彦三郎『柳屋の独歩・蘆花』に次のようにある。「二人が落ちついた部屋は北側の西向き八畳の部屋で、部屋代は二円ぐらいだったろうとのことです。廊下が長く南に走り廊下の外は庭になっていてそこには藤棚がありました。部屋の北側には押入れと床の間があり、西側の廊下が部屋の隅でカギのテに曲がって床の間の背後を東へつづいてその先に便所がありました。北側の廊下を隔てて向うに「柳屋」の家族が住む〝店〟といわれる建物が、県道のところまで出ばっていました。二人のおちついた部屋の奥にも、同じ風の八畳間があって空室になっていました。二人が住むようになって一ヶ月半ほど後に、徳富蘇峰、蘆花兄弟の父母が、避寒のため柳屋へ来たので、独歩たちは海に面した陽当りのよいこの部屋を、老人たちのために開放して、奥の八畳へ移るようになりました。座敷にいて逗子の海や浪切不動のある大岬や鳴鶴岬が一望し得られるし、県道の先に流れている田越川も満々と水をたたえて、とまをかけた舟が碇をおろした先にうつる逆富士も、天気さえよければ廊下から見ることが出来ました」。

三一 **Thomas Carlyle**(九四頁注六)　スコットランド南部の僻村の石工の子に生れる。熱心なカルヴァン主義の両親の希望で、十四歳でエディンバラ大学に進み牧師を志すが、ヴォルテールらの啓蒙思想や自然科学の影響から、当時の多くの知識人がそうであるように宗教的懐疑に陥る。二十代には教師や翻訳で細々と生計を立てるものの、ゲーテやカントの翻訳や紹介を通してドイツ観念論に接近し、現象の奥に実体を見る思考を通して信仰を取り戻す。またゲーテとの文通によってその影響を直接受けるようになった。彼の出世作『フランス革命』(一八三七年)は、革命を神の審判と見做すものであり、その後多くの講演や著作で不動の名声を築くが、代表作たる『英雄崇拝論』(一八四一年)、あるいは『衣服哲学』(一八三六年)も、物質や功利主義に対し精神や誠実な心の優位を主張するものであった。しかしカーライルは、宗教と合理主義に揺れ続ける転形期の苦悩そのままを生きた思想家だったといえる。一八六六年に妻が死んで以降、孤独な生涯を送ったという。

三二 **『日本人』**(九六頁注六)　三宅雪嶺・井上円了・杉浦重剛・志賀重昂ら政教社同人によって、明治二十一年四月に創刊された総合雑誌。第一期(明治二十一年四月―二十四年六月)、第二期(明治二十六年九月―二十八年二月)、第三期(明治二十八年七月―三十九年十二月)に分けられる。第一期、二期の編集は志賀重昂で、国粋主義の唱導が中心であったが、第三期に到って雪嶺の編集になると、新たに「文」欄も設けられ、高浜虚子をはじめ「日本」派俳句の拠点になった。そうした文芸色も明治三十年代には薄れ、代わって社会主義への傾向を強めていく。そして三十九年十二月、雪嶺が去ったのを機に、名も『日本及日本人』と改称される。

三四　**三宅雪嶺「ホルムス」**(九六頁注八)　「我国尋常の読書家が、エマルソン、ロングフエローを推して、而してホルムスを称せざるは、猶ほ其ダルウヰン、スペンサルを推して、而してハクスレーを称せざるが如きか。昨秋ホルムス没して、今夏ハクスレー逝きぬ、心ある者は痛惜して措かざるなり。ヲリヴアル・ウエンデル・ホルムス、普通呼でドクトル・ホルムスと為す、医にして詩人なり、天性楽天的、常に楽天的宗教思想を以て人心を開拓せり」。この後で『欺かざるの記』に引用した文章が続いて、さらに彼の詩と劉廷芝の詩の比較に及ぶ。

三五　**植村正久**(九七頁注一二)　旗本の長男として江戸芝露月町(一説に上総国山辺郡武謝田村の母の実家)に生れる。父は大政奉還とともに帰農し、明治維新後には横浜で薪炭商を営む。植村は修文館、宣教師バラの塾に学び、明治六年五月横浜海岸教会でバラより受洗。伝道を志し、さらにS・R・ブラウン塾(後東京一致神学校)に学んだ後、十三年下谷一致教会牧師に就任、井深梶之助や小崎弘道らと東京青年会(東京YMCA)を結成した。二十年三月番町一致教会(一番町教会)を設立、十二月に麹町区一番町四十八番地に教会堂を新築し、生涯その牧師を勤める。植村は日本基督教会結成に至る立役者であるばかりでなく、二十三年三月に発刊した『日本評論』や『福音週報』(後『福音新報』)を通して二十年代の文壇に大きな足跡を残した。ブラウニング、ミルトン、テニスン、バーンズの紹介、特に「自然界の預言者ウオルズウオルス」(『日本評論』明治二十六年)は独歩らに多大な影響を与えた。また、キリスト教徒として『真理一斑』(警醒社、明治十七年)などの著作もあるが、『新撰讃美歌』(明治二十四年)編纂の功績は大きい。独歩や島崎藤村の新体詩の源泉の一つであった。

三六　**女子の新聞事業**(一〇三頁注四)　松本君平『新聞学 全 欧米新聞事業』(博文館、明治三十二年)に次のようにある。「今日の新聞は衣食住の如く、文明国民の必要品にして、且国民教育の大学校なり、国民の政治思想を養成し、社会的道徳を涵育し、文明の民に必要なる智徳常識を授与」するものだが、新聞事業も発達し複雑になっているため「欧米諸国にあっては新聞学(ジャナリズム)なる一個の独立せる科学発達し来りて、現に有力なる二三の大学にては新聞学科なる専門科を設くるに至れり」。特にアメリカの新聞事業の発達は目覚ましく、しかも「米国新聞が欧洲と大に其趣を異にする点は新聞社内に於て婦人記者多く、婦人記者の勢力の著るしき事なり」。それはアメリカが男女平等の社会だからだが、「大新聞の編輯局には婦人局(ウーマンス、デパートメント)なるものありて、毎日の新聞紙には一頁若くは数欄必らず婦人の部門なるものを掲げ、一切の婦人に関する諸件は、凡て此欄内に掲出するものにして、掛員記者は殆ど婦人ならざるはなし」。また「米国新聞社に於ては、社会問題の発生する毎に、必らず其新聞社員なる有為の女性を特派通信員として派出し、其通信をば堂々と新聞紙上に、『女性に依て観察せられたる某々事件』と大活字を以て掲載するを常とす」。

三七　**Ae fond Kiss, and than we sever**(一〇六頁注四)　ボルトン女史著・伊藤宗輔訳『バーンズの生涯及び彼の詩』(厚生閣書店、昭和五年)によれば次のような詩である。「熱き口づけ一度交はして、我等遠く互に別る。／一度別れを告げて、永遠に再た会ふべからず、／胸の奥より、こみ上ぐる涙もて、君に我愛を誓はん、／いつとなく漏るゝ嘆息と呻吟とも て、君の愛に報いん。／誰か云ふ、悲運男子を泣かしむと、／希望の星、彼女より受くれば足れり。／されどあゝ、楽しき星のまたゝき一つも吾身を照らさず、／絶望の闇、暗くこの身を包む。(一連)思ひ詰めしこの心を、吾は責むまじ、／何物もナンシーを思ふ心に克つ能はねば。／君と会ひし許りにて、永の別れとなり終りぬ。／君をのみ恋ひ、永久に恋ふるを。／何故にかくも熱く恋ひ渡りしぞ、／かく狂はしき迄に恋ひ渡りしぞ、／会ふこともなく、別れもせねば、／この断腸のなげきはあらじを。(二連)」。さらにこの詩について「バイロンは非常にこの詩を賞讃して、最後の四行を、「アビドスの花嫁」なる詩の題句に用ひてゐる」とある。独歩もバイロン同様最後の四行に涙しているのかもしれない。

三八　**国木田弁三郎**(一〇六頁注七)　明治元年(一八六八)—昭和九年(一九三四)。専八とその先妻とくの三男で、独歩の義兄。川岸みち子によれば、「龍野の国木田家戸籍では弁次郎となってゐる。十七年六月十日、亀吉の立嫡と同時に数へ年十七歳で廃嫡された。十九年五月より二十年四月まで播磨国明石郡明石中町五十七番地助定岩次郎方へ寄留、その後三十九年五月二十一日、東京市芝区兼房町四番地戸主国木田哲夫方から分家し、同月三十一日、藤縄はると結婚、昭和九年二月六日、神戸市で死亡した」（〈全集〉別巻二）とある。

三九　丸木写真館で撮った写真（一一九頁注六）　『蘇峰自伝』に、「明治二十七八年戦争当時の国木田独歩（右）国木田収二（左）と蘇峰翁」とある。

四〇　明治二十八年九月八日付新渡戸稲造宛内村鑑三書簡（一一九頁注八）　英文の書簡だが、『内村鑑三日記書簡全集』五巻（教文館、昭和四十年）に翻訳があるので、必要な箇所を引用する。「《国木田哲夫》と名のる青年が、僕の名刺を持って君を訪問するかも知れない。僕はまだ彼に会っていない。しかし彼の書いた物を読んだところでは、彼はすばらしい奴らしい。彼は威海衛攻撃当時『国民新聞』の従軍記者だったが、一時『国民之友』の副主筆だった。少し君を打診させてやってくれたまえ。東京における文壇の噂さ話を、彼からたくさんに聞き出せるに相違ない。彼について君にお願いしたい事は、パンやバタの問題では決してなく、ただ単なる知的な、また精神的な問題だけである。北海道において会うに足る唯一の人物として、君を彼に紹介した僕の勝手なふるまいを、どうか許してくれたまえ」。さらに十月十八日付書簡では独歩の件で礼を述べている。「あの民友社青年を親切に歓待してくれたことを多謝する。そのお蔭で、彼は漸く一週間だけでも、札幌社会に堪え得たのである」。

四一　塩原温泉と上会津屋（一一九頁注一〇）　津田南濤『全国漫遊最新名勝案内』（松栄堂書店、明治三十五年）に次のようにある。「（西那須野駅から塩原温泉までの）二里三十余町の間は、那須野原を開鑿して、道路を設けしものなれば、一望際涯なく、唯点々茅屋と小樹木を見るのみなりき、かくて、関屋村よりは、山に入り、箒川《はゝきがは》の崖に沿ひて、崎嶇《きく》羊腸《やうちやう》、二人挽《にんびき》の外は車行困難なり、十余町にして回顧《みかへり》橋あり、其の懸崖に回顧の滝あり、登るにしたがつて景色新なり、関屋より一里半にして大網に達す、即ち塩原の入口なり、此処には一戸の温泉宿あり、（中略）これより復元《またもと》の路に戻れば、箒川の水流、碧潭となりて其の動く

上会津屋
（『塩原案内　全』明治30年）

を認めず、これを児(ごち)が淵と云ふ、其の下流は一大瀑布となりて、積雪の崩壊するがごとく、頗る壮観なり、なほ進みて寒冷橋を渡り、隧道(とんねる)を潜り抜け、十余町にして福渡戸(ふくわたど)にいたる、温泉宿は(中略)十軒あり、いづれも三層五層の高楼にして、中には箒川の岸に臨めるありて、(中略)福渡戸より道程五町にして、天狗岩に到る、道の右傍に、屹然として天を衝ける巨岩あり、即ち是なり、其の左方に野立石あり、高さ二丈余、其の面平坦にして一百人を立たしむるに余りあり、此の辺、満目こと〴〵く奇岩怪石ならざるはなく、脚下は、飛雪珠を砕くがごとき、急湍(きふたん)の岸を嚙むあり、奇絶快絶、名状すべからず、これより畑下戸(はたおり)に到れば、(中略)五戸は、温泉旅宿なり、(中略)塩原の中心とも云ふべきは門前(もんまへ)にして」そして橋一つ越して古町に至る。なお須藤道策編輯・発行『塩原案内　全』(明治三十年八月)に、独歩と信子が泊った当時の上会津屋のスケッチがある。

四二　今井忠治(一一〇頁注一)　明治三年(一八七〇)四月二十四日―明治三十七年(一九〇四)十月六日。山口県美祢郡綾木村の平民・今井正大の長男として生れる。山口中学へ進み独歩と同級になるが、学制改革を見越して明治十九年十月に上京し、二十三年三月明治法律学校に入学した。秀才であったが、両親・祖母・弟妹三人の家族を抱えて早々に生計の道を講ずる必要があり、遠縁に当たる井上正一法学博士の指示に従ったものだった。ちなみに、独歩「運命論者」の主人公・高橋信造も、養父の命で岡山中学校を中退し、〈神田の法律学校〉に入学、〈井上博士の法律事務所〉に勤めると設定されている。三十年十一月判事に任官し、以降、徳島地方裁判所、京都地方裁判所判事を務めるものの、神経衰弱症を発病し三十七年二月依願退職、数か月後に東京麴町区下二番町の自宅で死去した。今井は文学青年であり、明治二十五年頃から峰夏樹の筆名で『青年文学』に寄稿、その後『国民新聞』の日曜付録にも投稿した。評論、翻訳、詩や漢詩と多岐に渡り、独歩の代作を行った可能性もある。中絶した独歩の小説「暴風」(『日本』明治四十年)は今井がモデルであり、また二十六年二月二十五日の条に、今井の代言人試験合格祝いの晩餐に招待された記事があり、五月五日の条から、その頃「(京橋区)鎗屋町小林方」に住んでいたことが分かる。ちなみに二十九年五月頃、この下宿に一時蘇峰も住んでいた。

四三　那須駅前の川島屋からの信子宛書簡(一一四頁注二)　書簡には、「別れ難きを別るゝつらさ泣くまじとは思ひしも去らばと車に乗りうつりて俄かに涙せき込み来り思はず手巾ぬらし申候　五時に関屋に出で六時十五分に川島屋に着し申候　夕暮の雲低くなす野にたれ漠々たる白雲深く塩原の奥を閉ず　俯仰して哀感に忍び兼申候　さぞ今ごろは涙にくれて居給ふ事と推しいとしさなつかしさ泣くまじ〳〵と思へど先だつものは涙に候尚ほ色々書きたけれど時迫り申候惜しき事」とあり、追伸として、遠藤よきに「信子様をたのみますくれ〴〵もたのみます」とある。

四四　丸一(一一四頁注八)　木原直彦『北海道文学散歩Ⅰ道南編』(立風書房、昭和五十七年)に、「この旅館は、室蘭生まれの芥川賞作家八木義徳の親友蛯子哲二(元道副知事)の祖父源吉が経営していた。丸一印蛯子組は室蘭海運業界の草分けだったが、独歩来蘭時は回漕問屋兼旅館業で」明治三十四年七月有島武郎も「宿泊料は三十銭ほど」で泊った、とある。

四五　室蘭から札幌へ(一一五頁注一一)　『七十年史』(北海道炭礦汽船株式会社、昭和三十三年)に当時の鉄道路線図が載っている(次頁上段図)。ちなみに室蘭―岩見沢間の鉄道開通は明治二十五年八月だが、「停車場は室蘭に合併する以前の輪西村の仲町で、旅客駅はそこまでしか敷設されていなかった。丸一からここまでの一里半の道のり、独歩はおそらく唯一の交通機関であった人力車を利用したことであろう」(木原直彦『北海道文学散歩Ⅰ道南編』)。

札幌については、狩野信平編『札幌案内』(広目屋、明治三十二年)に次のように紹介されている。

〇区画　札幌区は東西二十余町、南北之に半し面積九百三拾弐町歩、町数二百七十一、大通を以て南北に分ち区内を貫流する創成川を以て更に之を東西に分つ即ち南は南一条より南七条に、北は北一条より北十二条に、東は東一丁目より東四丁目に、西は西一丁目より西二十一丁目(北一条より北五条の間は町目の最も多き部分とす)に至り一区画は六十間四方にして道幅は表通を十一間、裏通を六間とし大通は火防線として其幅五十間あり井然たる区画は恰も碁盤の目の如く其端正なるは遠く京都市の上に出づ
○戸口　開拓使の初は僅に三戸十三人(明治三年)に過ぎざりしも札幌県の初は二千四百八十五戸、九千一人(明治十五年)となり北海道庁の初は四千六百十二戸、一万四千九百三十五人(明治十九年)となり爾後十三年を経て昨三十一年に至り六千五百六十九戸、三万七千五百三十三人(年末現在)となれり其間区に盛衰あり(中略)　附記、目下札幌区在住の外国人は英国二人、米国八人、露国三人合計十三人あり
○繁華の区域　札幌区の戸数六千五百余、概略之を分てば二千戸は官吏或は会社員、三千戸は商業家、其他の千余戸は金貸、地主、家主、労働者等にして官吏会社員等は多く大通以北に住み商業家は多く大通以南にありて労働者中細民は南東に多く其他は各所に散在して住居するを以て茲に札幌区の繁華の区域を挙れば南一条通り西一丁目より西四丁目迄を最も繁華なる所とし大廈高楼軒を連ね呉服太物、和洋小間物、鉄物類を始とし陶器、薬種、菓子、時計、書籍商等当地屈指の豪商富賈は大抵此処に湊集し南二条之に次ぎ狸小路(南二条と同三条との間西二丁目より同四丁目迄)には勧工場、雑貨店、乾物店、古本屋、小料理店、蕎麦屋、寄席等ありて夜間頗る雑沓を極め南するに従ひ繁華の度次第に減じて薄野遊廓に至れば所謂不夜城の光景、狸小路と同じく夜間の雑沓を幻出す

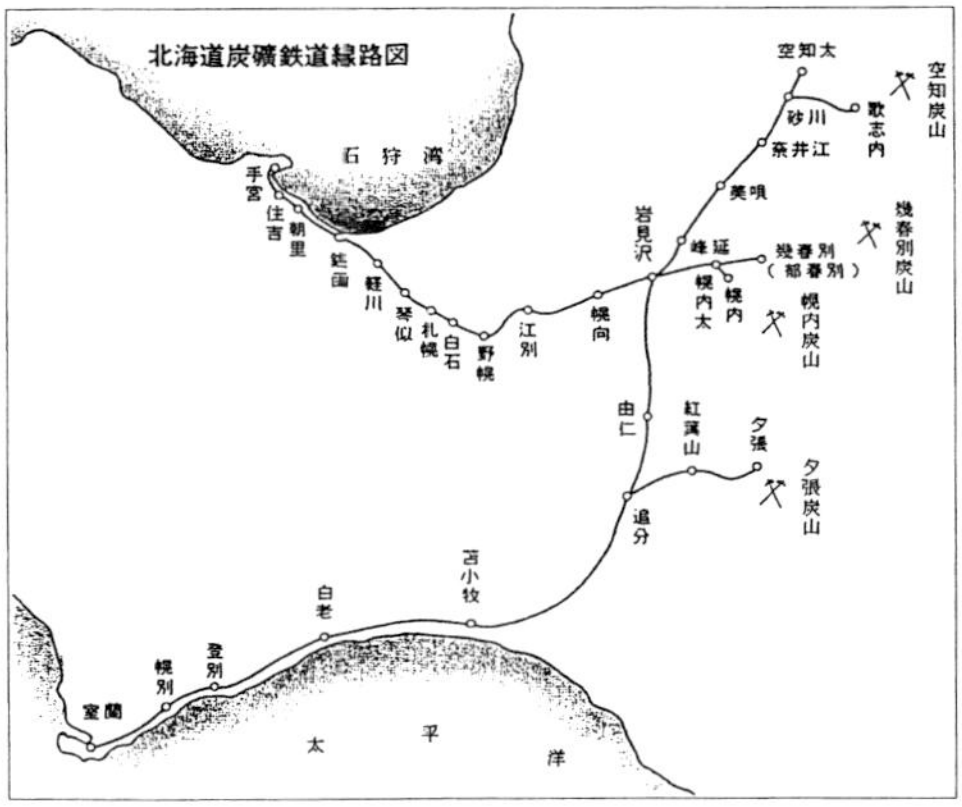

北海道炭礦鉄道路線図
(『七十年史』昭和33年)

四六　山形屋(一一五頁注一一)　木村曲水『札幌繁昌記』(前野玉振堂・石塚書房、明治二十四年)に、「上等旅人宿は一条通の弥生楼、北辰楼、二条に京華楼、北三条に山形屋何れも劣り優りなく滅相豪毅な家構へ座敷の間取も都合よく体裁殊に備はりて料理も可なり結構なり」とある。また『札幌沿革史』(札幌史学会、明治三十年)の広告欄には、「札幌旅館山形屋沿革誌」が掲載されている。

抑当山形屋旅館ハ明治十九年八月一日ヲ以テ当区南三条西四町目十三番地ニ開業セリ(客室六間)此ニ居ルコト満一ケ年二ケ月余ニシテ営業ノ発達ニ随ヒ客室ノ不足ヲ感ジ則チ二十年十月十日ヲ以テ大通西四町目一番地角ニ移転シ(客室十八間)爾来倍奮励日夜孜々汲々誠実改良注意ノ方針鞏固主義ヲ取リ本業ノ本分ヲ尽セシ結果遂ニ客室ノ欠乏ヲ告グルノ運ニ至レリ依テ尚拡張ヲ謀ラント欲スト雖モ如何セン意ノ如クナラザルノ都合アルヲ以テ二十三年春ヨリ北二条西四町目一番地ニ新タニ建築セリ今ノ家屋則チ是ナリ同年十月成ヲ告ゲ同二十一日ヲ以テ此ニ移転セリ客室(二十一間)其間ノ苦辛労力名状スベカラザルモノ、如シ爾来倍奮万随テ我屋号モ亦本道ハ勿論世ノ好評ヲ博スルノ運ニ達セリ即チ又客室ノ不足ヲ感ゼシヲ以テ二十五年春更ニ一棟九室ヲ増築セリ続テ二十七年中営業上客ノ所持品等ノ事ニ付不時ノ安全ヲ謀ランガ為メ石蔵一棟ヲ建築シ又和洋折衷ノ客室一棟ヲ増築セリ則チ今日ノ

処室ハ漸ク三十一号ニ止マリ未ダ思ヒ半ニ過ギズト雖モ開業以来最早満十年ノ星霜ヲ経ルニ至レリ（以下略）

山形屋大竹敬助謹誌

四七　**新渡戸稲造**（一一五頁注一四）　文久二年（一八六二）－昭和八年（一九三三）。南部藩士の子として岩手県盛岡に生れる。明治十年、内村鑑三らと札幌農学校二期生として入学、クラークの残した「イエスを信ずる者の契約」に署名、キリスト教徒となる。東京大学を経て、十七年渡米、更にドイツで農政や農業経済学を学ぶ。二十年札幌農学校教授に就任し六年間農政学や植民学を担当するが、北海道庁技師を兼務し泥炭地改良の先鞭をつけた。また二十三年に貧困家庭の子弟のため遠友夜学校を創立し、二十五年には札幌史学会を立ち上げと、その活躍は多岐に亘った。その後、京都帝国大学教授、第一高等学校校長、東京帝国大学教授、東京女子大学初代学長を歴任し、特に一高校長として学生に深い人格的影響を与えるが、彼の仕事の力点は東西文明の掛け橋となることに置かれた。三十三年に、武士道を日本人の行動原理として広く紹介する目的で英文『武士道』を刊行し、大正九年には、国際平和を唱えて国際連盟事務次長に就任する。

四八　**札幌農学校**（一一五頁注一五）　木村曲水『札幌繁昌記』に、「札幌農学校は北一条西二丁目にあり明治八年在来の官舎を補修して講堂に充て別に生徒寄宿舎、事業室を増築し東京芝仮学校を茲（ここ）に徙（うつ）したるものにて専ら農学を教授す十年に至り化学場を建築し講堂を修繕し諸学科を加ふ十一年演武場成る則ち楼上は操練場武器室に区分し楼下は博物場及び諸学科教場となせり其后楼上を改築し自鳴鐘（じめいしやう）を装置して四民に時を報ずるの用に供す十三年七月卒業生へ第一期農学士の称号を授く」とある。

四九　**高岡熊雄**（一一五頁注一六）　明治四年（一八七一）－昭和三十六年（一九六一）。島根県津和野藩士の次男に生れ、山口中学に学んだ後、明治二十年、後に北海道庁殖民部に勤めた兄・直吉にならい、札幌農学校に進み、新渡戸稲造の指導のもと農業経済学を専攻する。二十八年に卒業し新渡戸の勧めで校費研究生として残り、翌年講師となった。三十三年にドイツ留学し農政学を修め、帰国後の三十七年、札幌農学校教授として農政学や植民学を担当した。昭和八年北海道帝国大学三代目総長となり、また札幌区会議員として市政の発展にも尽力した。『時計台の鐘　高岡熊雄回想録』（昭和三十一年）によると、「明治二八年に札幌農学校を卒業すると、私は新渡戸先生のすすめで直ちに母校の校費研究生となった。手当は月額一二円であった。新渡戸先生に相談して、図書館の書庫の中に机を持ち込み私の研究生活をはじめた」。「国木田独歩が訪ねて来たのは、明治二八年九月であった。私はいつもの通り、図書館の庫の中で研究していると、ある日図書室の窓のところに新渡戸先生が来られて、「高岡君、君の友達を連れて来たよ」という。誰かと思って窓から顔を出すと国木田君であった」とある。また「当時事情があって、里田姓を名乗っていた」とある。

五〇　**信太寿之**（一一七頁注一一）　文久二年（一八六二）－昭和四年（一九二九）。出羽国平鹿郡今泉村（現秋田県）に生れ、明治二十六年仙台神学校（現東北学院）を卒業後、日本基督教会札幌講義所（明治二十三年設立）の二代目牧師となる。二十七年教会堂を新築し、恩師押川方義を迎え建設式を挙げ、札幌日本基督教会を立ち上げる。二十九年無償貸付の原野を開拓しその利益でキリスト教の大学を建設すべく、押川や本多庸一らを動かし北海道同志教育会を設立、翌年には北見国遠軽に学田農場を開き移住するものの、洪水や資金不足で計画は実現しなかった。その後、遠軽地方の指導者として活躍した。

五一　**「札幌だより」**（一一八頁注二）　「札幌は最早やネルのシヤツ、袷に給羽織で朝晩は猶ほ涼しさを覚ゆる程に候、上川は已に先達て少々の降雪ありたるやに噂致し候、霜は已に札幌近傍にも一とたび襲来致し、某農場の藍はために大分の損害を被り申候、藍の相場は先づ二十五銭位、も少し高きことを申す内地商もあるやに聞き候。概して今年は昨年と比すれば余程上出来に御座候。先づ一段歩の利益平均十円と見積りて大差なしと被思候。藍は十円が平年に御座候。北海道新墾地には能く適する様老練家申居候。北海道に於ける藍の先達は興産社に御座候。但し興産社の事は又の便に申上ぐ可く候。／今朝早やく家を出で、大通りと申す草茫々たる原野的街頭を漫歩致し候処、わが呼吸已に霧を吐き申候。内に強く引きたる時、いたく喉頭に刺撃を覚へ候間、こゝぞと口を閉ぢ大に注意を加へ申候。北海道に於ける新来者の通患は気管病と及聞候。／今日は麗はしき日曜日。石狩原野、天然の雲白く巻くを望みては例の病何処にも発し来り、とても家にバイブルをひねくるに堪へず、銀座街で買ふたる竹根のステッキ打ち振り、札幌市街を離れて少し小高き丘上に立てば、たゞ見る一望殆んど際なく、遠く水平線上をめぐる山、紫（マ）色に厳容をあらはし、白く立つ煙、之れ人間が森林と戦ひつゝある烽火台、夕日を受けて風にざわつく楡の木のまるく繁りたる、之れ北方の誇に候はずや。／嗚呼北海道！。今も昔も此鼓膜を打つ音に変はなけれど、此心に響く音の如何に変はり候ぞや。たゞ一ケ月前までは、アイヌの住む処、上野動物園の赤熊の故郷、山師の集まる処、官吏の私利を営む処、寒い処、とのみ別にわが血管の流れを激せしむる程の感じも起らざりしに、今や如何」。

五二　**小川二郎**（一一八頁注四）　明治三年（一八七〇）―昭和三十一年（一九五六）。島根県松江藩士の次男に生れ、東京の芝愛学舎、成立学舎などに学び、札幌農学校に進んだ。在学中に夕張郡由仁村に未開地の払い下げを受け兄や両親を入植させた。明治二十六年卒業後、恩師佐藤昌介やサッポロビール会社専務植村澄三郎の紹介で、農学校一期生で、輸入種苗会社「東京興農園」経営の渡瀬寅次郎の知遇を得、翌年興農園支店を開店するに至った。農学校出立てで弱冠二十四の支店長と話題になり、また北海道初の通信販売システムで実績を伸ばし、三十二年に札幌駅前に移転、「札幌興農園」として独立した。三十九年にはさらに、「五番館札幌興農園」というデパートに発展するものの、やがて人手に渡すことになる。彼はまた、クリスチャンとして伊藤一隆の禁酒運動に協力したり、札幌区会議員としても活躍した。

五三　**札幌製糖会社**（一一八頁注五）　「（札幌）区の東端苗穂村に近く建てり其建築は煉化石を以て畳み規模宏大にして甜菜（てんさい）を絞り砂糖を製造する会社なり」（木村曲水『札幌繁昌記』明治二十四年）。明治二十一年、道庁や宮内省の出資で設立されたが、作付面積不足で甜菜が充分確保できない上、株式の偽造問題も起き、二十九年に操業停止、三十四年に解散となる。工場は麦酒会社の麦芽工場として吸収された。

五四　**内田瀞**（一一八頁注九）　土佐国土佐郡高知築屋敷二丁目（現高知県）に生れる。明治七年に上京して東京英学校に入学、その後札幌農学校の第一期生としてクラークの教えを受ける。十三年卒業、北海道開拓使御用係に任用され、翌年日高・十勝・釧路・北見・根室方面の内陸部の地形・地質等を調査する。十九年八月北海道庁に勤務、殖民地選定主任などを務め、北海道開拓事業の指導的役割を果たす。独歩訪問時には、北一条西六丁目二番地に住んでいた。敬虔なクリスチャンであったが、晩年は健康を害し、静岡県伊東で過ごした。

五五　**北海道庁**（一一八頁注一一）　「北海道庁（北三西五）」「（明治十九）年庁舎新築の工を起して二十一年落成す庁舎は赤煉瓦造り三層楼の石板葺にして総建坪五百余坪あり庁内階上階下及び床下には各一条の廊下を通じ室を分つこと二十余三階に書庫あり中央の屋上には八角塔の設けありしも二十八年之を取除きたり此建築工費十九万円其結構雄大大空に屹立しあるを以て新来の客は往々一驚を吃せざるはなしといふ」（狩野信平編『札幌案内』）。

五六　**『北海道毎日新聞』**（一一八頁注一三）　「初め北海新聞と称し明治十九年一月小樽の山田吉兵衛氏持主となり」「二十年八月北海道毎日新聞と改題し後ち阿部宇之八氏山田氏より譲受けて社長となり老成着実なる見地の下に自ら編輯に従事するを以て紙面整一記事正確、且つ附録として農事教育の両週報を添ゆるに依り実業界に最も多くの読者を有し発行紙数亦最も多しと云ふ」（狩野信平編『札幌案内』）。

五七　**阿部宇之八**（一一八頁注一四）　文久元年（一八六一）―大正十三年（一九二四）。阿波国板野郡木津村（現徳島県）に生れるが、十四歳で立憲改進党員で『郵便報知新聞』社長だった阿部興人の養嗣子となる。慶応義塾を卒業後、明治十五年改進党機関紙『大阪新報』に入社。さらに『大阪毎朝新聞』や『郵便報知新聞』で改進党の論客として成長するものの、実父の滝本五郎が札幌郡篠路村に北海道開拓団体「興産社」を立ち上げたことから、十九年に渡北、道庁に勤務する。やがて『北海新聞』の経営を委ねられ、『北海道毎日新聞』と改称、発展に導くが、三十四年には、他の二紙を合併し『北海タイムス』(現『北海道新聞』)を創刊、一流の地方紙に育て上げた。大正二年には札幌区長に選出され、晩年は青年教育に尽力した。

五八　空知太(一一九頁注一八)　空知太駅は北海道炭礦鉄道会社線の終着駅として明治二十五年に開駅されたが、三十一年上川線として旭川まで延長されるとともに廃止された。「当時としては北海道最北端の終着駅であった。空知太駅ができてからの空知太は俄然活気を呈しまさにその全盛時代というべきもので、上川方面へ行く移住者はまず空知太駅で下車し、空知川を経て空知太市街(滝川)に入るため、駅前は一杯屋をはじめ各種の商店が軒を並べたといわれる。しかし、これは長く続かなかった」(『滝川市史』昭和五十六年)。

五九　歌志内(一一九頁注二一)　北海道炭礦鉄道会社線は、岩見沢を起点に、砂川を経由して空知太に至る空知線(明治二十五年開通)と、砂川を経由して歌志内に至る空知炭山支線(明治二十四年開通)があった。「(鉄道)開通により、北炭による炭鉱開発は急速に進められた。それにともない、歌志内駅前(本町)に商店・飲食店が建ち並び、また少し離れた沢町には歓楽街が形成されるなど、中空知一の賑わいが見られるようになった」。「明治三十年七月一日の開村時の戸数は七四八、人口は三、三八六であった。開通からわずか六年後のことである」(空知地方史研究協議会『空知の鉄道と開拓』平成十三年)。

六〇　独歩の戦略、信子の心境(一四三頁注六)　「未来の妻よ」なる表現に特に父が激怒したのだという。一四一頁注八にあげた十月十四日付蘇峰宛豊寿書簡でその点は確認できるが、信子を「わが真の妻よ」と呼び掛けている十月七日付信子宛独歩書簡であろうか。その後の両親の厳しい詰問を独歩は虐待と見做しているので、十月二十日付信子宛独歩書簡でも「虐待の恐あり」なる表現がある。ともあれそこへ遠藤よきが現れ、両親をうまく宥め信子を姉の婚家兜町の三浦逸平宅に匿ったというが、同じ二十日付信子宛独歩書簡には「如何なる事ありとも三浦氏を去る可からず」とある。また独歩が毎日訪ねて来て結婚を迫ったというのも、事情はやや異なるものの、ほぼ信子宛独歩書簡で確認できる。二十二日付書簡に「三浦を去り給ふ可からず。愈々止むを得ざる切迫の時は来りて吾家に投じ給へ」とあり、続く二十四日付書簡では「明日斧様築地に行くを幸ひ是非とも同行して小生の宅に半日の相談を決行する様」促し、二十五日付書簡でも「二十六日の土曜日、染井に行くと称し、此事を充分斧様に訴へ、嬢の弁護を得て、大胆に早朝より独り吾家に来り給へ」と促している。更に遠藤よきは、三浦にいつまでも迷惑を掛ける訳にもいかず、さりとて両親の怒りは解けず、もう独歩の所へ行く他はない、と言った由だが、二十六日付信子宛独歩書簡が全く符節を合わせている。すなわち「余り長く三浦氏に止まるは実際、三浦氏の迷惑なり。(中略)豊寿様は断じて許さずと申し居らるゝ時、何時まで三浦氏に止まりてたゞ帰らずと主張致した所が何のやくにも立たず候。寧ろ断然御身小生の宅に投じ来らば其時こそ直接談判の衝に当るものは自然小生なるが故に余程、事が面白く痛切に運ぶ事と存じ候。故に小生の目下の策は此の外になし」と。独歩と遠藤よきが共謀していたのはほぼ間違いあるまい。

相馬黒光『黙移』(女性時代社、昭和十一年)には次のようにある。文中「〇〇さん」は遠藤よきのことである。

一体私は国木田(中略)を好きであつたことは本当でした。けれども結婚しようと言はれると急に怖くなつたり、いやになつてしまふ。あの人は話上手でしたから、とても面白かつたけれど、女を吾が物顔したり女房扱ひをされると私は侮辱を感ずるのです。それに、父さんに国木田から来た手紙を見つかつてひどく叱られたんです。もう内容は忘れてしまつたけれど、その手紙に『未来の妻よ』と書いてあつたものだから、父さんは母さんと二人で厳しく詰問したのです。私だつて『未来の妻よ』なんて言はれて、いやな文句だと思つて機嫌をわるくしてゐた位のところでしたから、何とかそこで申し開きをすれば両親だつて、そんなにわからずやではないのだから、きつと了解したらうと、今ではさう思ふのですが随分あの頃は私は馬鹿でした。何も言はずにたゞわあ〳〵泣いてしまつたのです。だつて自分のそれが大切な手紙だつたら、どうして父さんに見つかるやうな机の上にほうつておきませう。自分で何故それが言へなかつたのか今でもわからないのです。この騒ぎの最中にあの〇〇さんが来たのです。「ともかく私に今夜は任せて下さい」と両親をうまく宥めて、私をあの人の姉さんが嫁に行つてゐる家に伴れて行きました。私はそこで驚いたことは、その直ぐ翌日に早速国木田がそこへ私を訪ねて来たことです。私の家で〇〇さんと国木田は始終一緒になつてゐたけれど、〇〇さんは私を通して国木田を知つてゐるので、私がここに来たことなどまだ通知してやらないのにどうしてそんなに速く分つて国木田が来たものか、また〇〇さんはどうして彼に報告したのだつたか、今でも私はそれが分らないのです。(中略)そのうち〇〇さんは佐々城の家の様子を見て来るからと言つて、四国町に行つてくれたと思ふと帰つて来て「まだ〳〵あなたは家へは帰れない、お父さんもお母さんもちつとも怒りが解けてゐない」と言つて、何度も同じことを繰返してゐるのが辛くて堪まらないのに、一方独歩は毎日来ては結婚を迫るのです。〇〇さんは「こゝは姉の家なんだから、あなたはいつまでも長くかうしてはゐられないし、御両親も怒つていらつしやるとしたら国木田さんのところに行くより外には仕方がないぢやありませんか」と私をおびやかすでせう、その内に独歩は刃物を私に突きつけて結婚を強ひるので、私は怖くて〳〵そこで否応なしといふわけだつたの。

六一　**結婚承諾をめぐる独歩と豊寿の心境**（一四六頁注二）　十一月八日付蘇峰宛独歩書簡に次のようにある。

一かたならぬ御尽力に由りて目出度落着致し候事　小生共の鳴謝致す処に御座候。就ては左の二条を言明致すの徳義上の義務ありと存候間茲に認め申候。一、佐々城御両親にては如何に小生等に悪感情ありとも　小生等は今後此の感情を和ぐる事をつとめ　人倫上円満なる幸福を期する事。二、今後如何なる事ありとも　信子を虐待など致して周旋被下候諸氏に再び心痛をかくる事なかるべし。右二条の誓言は少しく唐突の様には候へ共　小生の本意だけは言明致し置くの必要ありと感じ申候。霧中一物の動くあり、遠くより望めば奇魅の如し、近けば人間なり、更らに近けば兄弟にてありき　といふ物語もある事にて佐々城氏目下は小生等を何とか不都合千万の狂人物視し玉ふ可けれど一朝感情和らぎなば　母と呼び婿と呼ばるゝの時之れあるべしと存じ候。

それに対し豊寿の反応は、十一月九日付蘇峰宛豊寿書簡が残されていて、当然ながら手厳しいものである。

妹等会する毎に、信子の身の上に付問はるゝ時に、先生の御傍に居らざれば生活に困窮する様な意気地なき男子に婚したりと、何とて答られしが、日々其答に苦しみ居る事は何卒御推察被㆑下度奉㆑願候。本人が兼て大言を吐き散らし、民友社にて壱人男の様に言ふて自懐を言ふ元気を出したなら、壱人位は食はれそふなもの、食はれざる中に妻を迎ひ抔とは迚も本気の事なれねば、彼の条件は敢て無理とは存じ不㆑申候。固より彼等は死を決したと申事故、其積りで力役でも致すが宜しかるべしと被㆑存申候。妹が彼等を悪むと申事而已に有㆑之、社界に対する責任止む得ざる処よりの事、彼等不心得とは申せ、実に情なき事と思はば血涙禁ずる不㆑能も致し方なき、彼の二条件に候間、右篤と御察被㆑下度奉㆑願候。外潮田姉より御聞取被㆑下度奉㆑願候。匆々

六二　**明治二十八年十一月十七日付蘇峰宛豊寿書簡**（一四八頁注二）　手紙には、不名誉な二人の結婚を恥じて蘇峰に挨拶にも行けないでいる自分達の気持ちを顧みず、竹越が結婚を新聞に公表せよとか友人に挨拶状を送れとか二人を唆しているのが余りに無神経と憤った後で、次のように訴えている。「又国木田も信子も未だ一回も潮田姉宅に礼にも参らず、同姉より手紙を再三出すも返書もなく、甚不都合と申て大いに立腹致居候間、何とも申上様なき申分ながら最一応、彼の馬鹿者共に、御叱を蒙り度、潮田度々参りて其苦情申立られ、実に閉口致する外無㆑之候。右御推察被㆓成下㆒度奉㆑願候」。

六三　**潮田千勢子**（一四八頁注三）　弘化元年（一八四四）―明治三十六年（一九〇三）。信州飯田藩（現長野県）侍医丸山龍眠の次女として江戸藩邸で生れる。慶応

元年(一八六五)、同藩の潮田健次郎に嫁し、三男二女を得たものの、明治十六年夫と死別する。翌十七年上京、子育てに奮闘しつつ、桜井女学校、横浜聖経女学校に学んだ。一方、十五年に受洗、十九年東京婦人矯風会設立に参加する。以降、豊寿と手を携え、廃娼運動と女性の地位向上のために活躍した。正に二人は心を許し合った同志だった。三十年東京婦人矯風会会頭となり、更に、三十六年には日本基督教婦人矯風会の第二代会頭に選出されながら、同年七月、胃癌のため死去した。明治三十年代の千勢子は、足尾鉱毒被災民救済に尽力し田中正造と行動を共にした。現在、渡良瀬川の堤防を望む川崎の岩崎佐十の子孫の家の庭先に、「鉱毒被害民救済婦人会会頭潮田千勢子女子の霊」と刻まれた碑が立っている。

六四　星良、のちの相馬黒光（一四九頁注一一）　明治九年(一八七六)―昭和三十年(一九五五)。星喜四郎の三女として仙台に生れる。明治十六年、小学校入学と共に仙台一致教会に通い出し、二十二年に押川方義から受洗。その間家の没落や姉・蓮の精神疾患発病など不幸の連続だった。二十五年に上京し横浜フェリス女学校に入るが失望し、二十八年に文学を志し明治女学校に入る。三十年、卒業と共に相馬愛蔵と結婚し信州東穂高村に移り、田園生活に理想を追い求めるものの、やがて絶望する。三十四年に上京し中村屋を創業し成功を収める。中村屋は美術家や文学者のサロンの様相を呈するに至り、黒光も文筆で活躍するが、一方、インド独立運動の闘志ラス・ビハリ・ボースやロシアの盲目の詩人エロシェーンコの援助なども行った。晩年は浄土宗に帰依した。回想記に『黙移』(女性時代社、昭和十一年)があり、この日のことを次のように述べている。「私はその日笹目ケ谷の山荘で、他にも天知先生を訪ねて来合せた人があり、あの辺のことですから畑からおいもを掘つて来てふかし、それがお茶受に出てゐるところでした。思ひがけなく独歩と信子が来て、「良さん、僕達は逗子にゐるのですよ。」といふ話、私は何故この二人が逗子なんかに来てゐるのだらうと不思議に思ひながら、無口な性分なので、やはりそれが口に出ないでしまひました。帰京後叔母に逢つてきゝますと、叔母は顔を曇らせて「信子は道を誤つた、私達も失敗した。」と言葉少なに、二人が結婚したことを告げました」。

六五　天知星野慎之輔と暗光庵（一四九頁注一四）　星野天知は、文久二年(一八六二)―昭和二十五年(一九五〇)。日本橋本町の裕福な砂糖問屋の次男に生れ、明治九年御茶之水師範学校付属上等小学校に進み、更に十九年農科大学に学んだ。早くから武道を嗜む一方、二十年に日本橋教会で受洗する。二十二年に農科大学を卒業するが、在学中から勤めていた明治女学校で、『女学雑誌』の編集に携わる。北村透谷の知遇を得、二十六年に『文学界』を創刊し、小説や随筆を書いた。三十三年『破蓮集』(矢嶋誠信堂)を刊行するが、次第に文学から遠ざかり、書道研究に努めた。回想録『黙歩七十年』(聖文閣、昭和十三年)に、「笹目山荘の朝夕」なる一文があり、それによると、結婚後の新居として建て、二十八年八月に妹を伴い移ったという。学校の勤めがあるため東京の家と半々の生活で、留守中は女学生が常に滞在していたそうだが、「其頃の外域風景は黒光さんの「黙移」に譲つて」とあるので、次に引用する。

『文学界』へのあこがれから鎌倉笹目ケ谷の別荘に足を運ぶ若き女性も少くなかつた(中略)私もよく通ふやうになりました。年よりも更に老成した気持で自分を一段離れたところにおき、寛闊な態度でひろく人才を愛するといつたこの人のところへはどんな年若な女性でも、前後を気にせず、ひたすら、信頼の念を持つて接近することが出来るのでした。(中略)その頃の鎌倉は実に浄寂の気が満ち、どつと山を鳴らす潮風は日蓮上人の辻説法をしのばせ、谷戸谷戸の麦畑は鎌倉武士の騎馬の姿をほうふつさせ、また誰しも自づと彼の薄倖な金槐集の詩人のこゝろを思ひやらぬものはないのでした。いつもひつそりしてゐる鎌倉駅、あれから大町を通つて行つても麦畑や豆畑の間にちらほら物売る家があるだけで、長谷の大仏を見にゆく人の俥が、時々二三台つゞいて通る位のもので、ほんたうに煙りわたるやうな好もしい田園風景なのでしたが、浪漫的な娘心にそれよりも人気のはなれた裏道を選んで山際にそひ、松籟にきゝ入り、翠巒の間を幾曲りかして笹目ケ谷に入つてゆくと、秋はその細い道を芒がおほひ、昼でも虫が啼いてゐるのでした。そしてこつ〳〵と石を伝うてのぼつて行くと、南画風な展望をさへ樹林に避けて全く外界の塵を絶ち、ほんたうに山ふところといふやうな所に小さな藁葺屋根が見え、茶室風な構への中に、はじめて二三の人のゐるのが分るのでした。私はその世離れた茶室の中で明治女学校の才媛といはれる人々にはじめてあふことが出来ました。

六六　**吞牛人見一太郎**（一五七頁注一二）　慶応元年（一八六五）―大正十三年（一九二四）。熊本県宇土郡に生れ、熊本師範を卒業後、小学校教員をしていたが、民権教育に共鳴し蘇峰の大江義塾に身を投じた。その後民友社設立に際しても女房役を担い、事務方を引き受けると共に大日本青年協会を組織、明治二十年八月『青年思海』を創刊する。さらに蘇峰が文学会を設立するや直ちに、二十三年十月湖処子や独歩と青年文学会を結成し、『青年文学』を創刊するなど、常に蘇峰を支え続けるものの、事務能力に乏しく民友社の事業拡大に対応できず、蘇峰に「事務の渋滞」につき苦情を言われたこともあると言う。それに、蘇峰の帝国主義への転向もあって、三十年七月に退社し、以降、後藤新平の導きで実業界に転じた。人見は、政治評論を中心に健筆をふるい、『第二之維新』（明治二十六年）などの著書もあるが、「社会小説」の開拓にも尽力した。

六七　**愛山山路弥吉**（一五八頁注一）　元治元年（一八六四）―大正六年（一九一七）。幕臣の子として江戸浅草に生れる。代々幕府の天文方を勤めていたが、明治二年、静岡に無禄移住して以降、生活は困窮を極めた。しかし彼は、文学に勤しみ英語を学び、またそれが切掛でメソジスト静岡教会で受洗した。二十一年に上京し東洋英和学校に入学。二年後卒業し教師を勤める傍ら読書に励み、やがて文筆生活に入る。二十五年、かねてより憧れていた民友社に入社、『国民新聞』記者となり、結婚もし、北村透谷とも親しく往来する。そして透谷と論争したり史論を次々刊行して注目されたりと活躍するものの、三十年退社。翌年『信濃毎日新聞』主筆となり舞台を長野に移し、地域振興に尽した。三十六年『独立評論』を立ち上げたのを機に、翌年上京、さらに国家社会党を結成し再び歴史の表舞台に立ったが、四十年代にはすべてから身を引き、文筆生活に戻り、これまでの仕事のまとめを行った。

六八　**Ralph Waldo Emerson**（一六四頁注三）　牧師の子としてボストンに生れ、ハーヴァード大学卒業後、聖職を志すものの、キリスト教に懐疑を抱き、渡欧。多様な思想に触れて帰国し、『自然論』（一八三六年）を発表した。ボストン郊外のコンコード湖畔に住み、アメリカ的物質文明と対立しつつ、主としてカーライルの影響から、宇宙に存在する生命の根源「大霊（oversoul）」なる独自の思想を主張するようになる。

六九　**Johann Wolfgang von Goethe "Faust"**（一六五頁注五）　ゲーテ（一七四九―一八三二）は自由都市フランクフルトの豊かな家庭に生れ、哲学者ヘルダーによって文学に開眼した後、文学のあらゆるジャンルで活躍するが、のみならず彼の関心は美術や自然科学にも及び、かつワイマール公国の国務大臣も務めた。いわば近代の黎明期を、分業制に煩わされずに生きた最後の近世人であると同時に、近代の矛盾を予見していた最初の近代批判者であると言われる。

悲劇『ファウスト』は、第一部が一八〇八年刊、第二部は一八三二年没後に刊行された。第一部は、学問と知識に絶望したファウスト博士が、人間のあらゆる可能性を体験すべく悪魔メフィストフェレスと契約し、グレートヒェンと恋をして破滅に追いやるという話。第二部は、さらに悪魔の導きで、皇帝の宮廷に行ったりギリシャの「古典的ワルプルギスの夜」を見たりして、果てはギリシャの美女ヘレナと結ばれもし、権力者になって人々を海岸の埋め立て工事に駆り立てもする。かくて百歳に至った彼は「自由な土地に自由な民とともに立つ」精神に至ったため、その魂は悪魔の手を逃れ、グレートヒェンに導かれ聖母マリアに救済される、という話である。

七〇　**Phoebe Hinsdale Brown**（一七〇頁注一）　ー博士ブラオンの伝なる人は非凡の婦人であつた。（中略）其母は貧しい家に生れ、教育を受ける余裕がなかつた。それで十八歳の時初めてABCを習はれた。或る家に奉公をして居られたので書物やペンなどを買ふことは中々出来ない。裏の山の紅葉の樹の液汁でインキを製し、市場で鳥の羽を拾つて来てペンを造り、それで以て隙ある毎に習字をして居られた。其の家は中々厳しい家で毎日の仕事は随分忙しい。夜間蠟燭を照し僅かの時を活用して独学せられたのである。然かし天稟の才のあつた人であるから、後ちには立派な文章を書いて新聞紙などに投書するやうになられた。かの「わずらはしき世をしばしのがれ」の讃美歌を始め、其の外此の人の手に成つた歌は少なくない」「まだ十五歳のときであつたが、或る獄吏の家に奉公して居た。一日主人の留守に洗濯をして居たところが、立派な紳士が突然馬に乗つて遣つて来た。そして牢獄の入口に進み、其の鍵を開けんとした。少女は悪漢が其の徒党を獄より救ひ出さうと思つて来たことを覚り、自ら其の入口に突立ち、錠を蔽ふて開けさせまいと努めた。悪人は直ちにピストルを差し向けて之を威嚇した。然かし少女は黙つて悪人の面を凝視して居た。(中略)悪人は三たびまで之を狙撃せんと試みたが少女の剛胆に恐れ、遂に再び馬に乗つて急いで逃げて了つた」「母は伝道心の厚い人で、若し自分に男子が生れたなら、外国伝道の為めに献げるとの誓ひを立てゝ居た。(中略)それ故博士は何日外国伝道の決心をしたか記憶して居らぬ。子供のときから此のことを吹き込まれて居たのであるから、成人すれば外国伝道に行くものと思つて居られた」(佐波亘編『植村正久と其の時代』第一巻、教文館、昭和十二年)。おそらく植村も、こうした話を独歩にしたのであろう。

七一　**錦見小学校時代の永田新之允と独歩**(一九七頁注九)　永田新之允『自叙伝』(岳淵会、昭和三十七年)に、次のようにある。

或時、錦見小学校の放校時間に上級の静間小次郎が大将になり、私と同級の国木田亀吉(独歩)と私とが其部下になり「罪人ごつこ」をやつた。静間は後年新派俳優の頭目になつたゞけに、少年時代から芝居気のあつた男だから、私を罪人に拵らえ、国木田が看守どころ、静間自身は御目附役という筋書で、私は縄をかけられて国木田が其れを引き静間は後から威厳を示し叱咤しつゝ、各級の間を引廻はすという戯れである。(「罪人芝居の遊戯をやつて大叱られ」)

国木田と私とは同級で、其頃級中の一番が市山秀助、二番が国木田亀吉、三番が私で、此三人は試験が何回あつても席順は動かなかつた。市山は温厚で勉強家であつたが、国木田と来てはロクに勉強もしない、常に遊んで、いたずらばかりやる、敏捷で喧嘩早い、其癖小柄だから力は弱いので両手の爪で人の顔を掻繰ることが得意とするところであつた。彼の頭髪は少し茶色で其顔は赤味が著るしいので、爪の鋭利を何かの時の武器とするし「赤猿」の別号を以て生徒から呼ばれていた。(「国木田独歩と共に錦見小学校時代」)

七二　**明治二十九年四月二十七日付(?)竹越与三郎宛独歩書簡**(二〇四頁注一)　「言ふも恥しき至りに候へ共小生夫婦も遂に離婚と相成り申候。信子は小生の前後熟考の上の説諭を入れず、其思ふ処を勝手に処置致し候。小生も今はとて小生の方より離婚状差出し申候。潮田氏が徳富君へ話したる事実によれば、信子は逗子に在る間にすら已に二三度逃亡を企てし由に候。それを少も知らず、今が今、尚ほ恋しくこがれて居る小生も随分馬鹿者に候。されど欺かれしは馬鹿者、欺きしは罪人。罪人たらんより馬鹿者たらんとは小生のくりごと。小生今も尚ほ苦しくて〳〵てたまらぬ、しかしいくら苦しんだとて先方は何とも思はない。此辺が小生の馬鹿の馬鹿たる所以か。徳富君は信子を非常に熱罵する。それもそのはづ、彼女は出るが出るまで甘(まう)ひ事計り言て書(ママ)て、皆んなを欺いたから。信子の名は偽子と改めた方がよい。しかし小生は今も尚ほ信子を信じて居る。小生の母は此れを以て小生を馬鹿者、イクじなしと罵る。親ながら口惜しひと泣く。女房に捨てられ、親には泣かれ、ほんにやるせがない事かな。小生の馬鹿茲に至りて極まる矣。恋！　女が男をだます美しひ名！　こんな文字は字引からけずりたひ。「薄弱よ、爾の名は女なり」ハムレットは名言を吐いた。などゝ君に愚痴を並べた処が何のやくにも立たず。君も亦た何とも思つても呉れまい。情なし、情なし。花も散れかし、雨も降れかし。天地もひつくり返へれかし。(中略)女と言ふもの、真に恐ろしく相成申候。殊に洗礼受けた女、神とか恋とか、美とか、矯風とか女権とかぬかす女、第一に恐ろしく候。恐ろしき者は退治に好(ママ)くは御座なく候」。

七三　**流行のアメリカ渡航**(二〇四頁注四)　渡米協会を主催し『渡米案内』(労働新聞社、明治三十四年)も書いて、いわば渡米ブームの火付け役となった片山潜は、後に次のように述べている。

今や渡米は我国民希望の焼点となれり、其の学生たると、労働者たると、紳士たると、実業家たるとを問はず、あらゆる人、凡ての階級を通じて、此声は繰り返され、以て頭脳を痛めしめつゝあり。然り、今や青年にして渡米を欲せざるは、進取の勇気なく、壮烈の抱負無きの者、商売にして渡米を企てざるは井蛙の一類のみ、復た共に外国貿易を語るに足らず、農工の業に従ふの徒にして渡米を思はざるものは、我国農工の前途を慮らざるの甚しき者、学者といはず、紳士と云はず、今日此時、北米の国運日に駿々として進み、隆々の勢世界を圧倒せんとするに当り、足一度び北米の土を踏まざるが如きは愚の愚なり、味の味のみ、文明の士にあらずと断ずるも、敢て過言に非ざる可きを信じて疑はざる也。且つ夫れ思はざる可からず、我が社会の風潮日に非なるの今日、人益々多くして、求む可きの職業愈々少なく、失業者の恐慌に、生活難の悲歌に、到る処帝国の山河此の悲痛禁ず可からざるの声裡に包まれたるの時に当り、吾人は真面目に、熱心に、我国民の大挙して北米に移住するの重大問題なるを知らしめ、今に於て大声叱呼、邦人渡米の焦眉の急務なるを悟らしむるは、正に吾人の成す可きの一大責任に非ずして何ぞやといふの事を。之れ吾人の信じ且つ行はんと決心せる所也。(宮本勘次郎『新渡米』東京出版協会、明治三十七年の序)

七四 **吉田友吉**(二二一頁注一〇)　明治五年二月岩手県紫波郡見前村に生れる。東京専門学校を卒業後、『報知新聞』通信員として朝鮮に渡り、閔妃殺害に関与して明治二十八年八月、菊池謙譲や柴四朗(東海散士)らと共に逮捕され広島に収監された。十月中旬には釈放され、帰京し母校の舎監を勤めていたものの、やがて肺病を患い、二十九年六月下旬には帰郷することとなった。二十九年九月二十一日付蘇峰宛国木田収二書简に次のようにある。「吉田友吉君此程肺病にて帰省致され候。未だ初期の由なれども、既に五個のバチルス(北里にて試験)有之たる由にて、極めて性質の好からざる者の由に候。同君を知る者皆涙を以て君を送り申候。君は尚其病の斯く甚だしきを知らず、再会を期して相別かれ候。嗚呼」。

七五 **愛宕山**(二二一頁注一三)　『風俗画報』臨時増刊一五一号「新撰東京名所図会」第九編・芝区之部(明治三十年十月)に次のようにある。「愛宕公園は。芝区に在り。突兀たる高丘にして。所謂(いはゆる)愛宕山是なり。其地東及び北は愛宕町一丁目と接し。西は西久保巴町と堺(さかひ)し。南は山脈尚延きて西久保広町に至り。遂に芝公園に走りて。分れて数派と為れり。此地は元愛宕神社境内なりしが。人民の請願により。明治十九年四月始めて公園となる。其総坪数は四千七百九十三坪あり。公園に入るに三道あり。東よりする者を男坂(をとこざか)といひ。女坂といふ。北よりするものを新坂(しんざか)といふ。新坂は本地の公園と為りし時開通する所に係る。男坂は路(みち)極めて峻直(しゆんちよく)なるを以て。山に登る者は。女坂及び新坂よりするもの多し。此山は地を抜くこと頗る高きを以て。眺望絶佳なり。(中略)南の一方蔽塞(へいそく)するのみにして。東西北の三方は。遠く眼(まなこ)を放つを得べし。特に其東方男坂女坂の上は。眺望甚だ佳なり。故に此に鉄欄を設けて。墜落の虞(ぐ)に備へ。其前に公衆の為に椅子を据(す)へ。凭(よ)りて以て自由に観覧せしむ」。→補注二六の地図。

七六 **信州更科蕎麦処布屋太兵衛**(二二一頁注一五)　『風俗画報』臨時増刊二四八号「新撰東京名所図会」第三十五編・麻布区之部一(明治三十五年三月)に、「実に東京に於ける一名物といふべし。本店は永阪町十三番地に在り。当主を堀井松之助といふ。電話は新橋一四四〇なり。其の製方他店と全く異にして。色白くして細く。一見愛すべし。風味は殊に美にして。世人の夙に賞玩する所たり。昔は種物を鬻ざりしが。今は天ぷらそば特に名高く。其の海老は必らず伊勢海老を用ふ」とある。

七七 **山王社**(二二一頁注一六)　『東京案内』(読売新聞社、明治三十九年)に次のようにある。「◉麹町公園　麹町区永田町二丁目に在り、旧日枝神社の境域一万二百七十七坪を明治十四年六月公園に編入されたるもの也。此地丘を成し東北に蓮池ありて花時清香を送り、又楓樹ありて晩秋の眺めあり。園内古松老杉蔚然と茂り樹間桜樹ありて風致を添へ閑雅幽邃深山の趣きあり。池の東に二条の石階ありて、一は峻、一は緩、緩なるを御成坂と称す。坂上の社を日枝神社と云ひ、大山咋神を祀る、官幣中社なり。

(中略)往古武州川越に在りしを、文明年中太田道灌江戸城内に移し、其後万治二年現在地に遷座す。以前は山王と称したるが、山王の称は仏家より出しものとて神仏分離の際廃止となる。(中略)又西南崖上に数戸の茶亭ありて納涼に適し、東南隅に星ヶ丘茶寮あり。明治十七年六月の開業にして、多く雅会に用ひらる」。

七八　**「五月九日」**(二三四頁注一〇)　「彼女は余が希望なりき。勇気なりき。慰藉なりき。余屢々失望せんとせり。されど彼女の愛を思ふ時は忽ち希望を振ひ起しき。今や然らず、左なきだに希望落ち、勇気くじけ、苦悩に沈む時に、彼女の愛死したり。／今は此世に生存するだに苦しき身となりぬ。／昨夜書したる処、今も斯く信ずれども、今は絶望の近きしを思ふなり。世に最愚最弱なるものは余也。余は失敗のために生れたるが如し。／余は過去に於て空想浮誇の生活に迷ひ、現在に於て苦悩失望の中途に迷ひ、而て将来はたゞ暗黒あるのみなり。／さればとて死することすら能はざる也。自殺を思はざるに非ず。されど未だ自殺する能はざる也。余は生くることも能はず、死することも能はざる地獄に在る也。／植村君の曰く、／君の今日の福音はたゞ「決心」あるのみ。心の平和これより生ず。死を決す、尚ほ平和ありと。／然り余は目下、生死の決心すらなきなり。死すべきか、生くべきか。生く可くんば大に生きざる可からず、死すべくんば断然自殺するにしかず。／絶望よ来れ、絶望なりとも来れ、絶望の中、自ら死の平和あらん。／見よ、こゝに一個の若者あり、妻には捨てられ見限られ、親には罵られ、友には暗にあいそを尽されたる者あり。其くせ死も得せず、奮発も得せず。影よりもうすく、死するにすら力なき者なり。／これぞ少年時代に、至る処第一の英物と言はれたる者の成れのはてなり。／嗚呼信子よ信子よ、来て此苦悩より吾を救はざるか。来て救へよ、御身だにあらば余は生く。／愛、愛、何処より来るぞ。愛なき天地は生くるに足らざる也。恋愛の神よ、吾を救へ。／今神に涙をもて祈りぬ。願くば彼女の愛を再び余の上にかへし玉へ。星良嬢を通じて其愛の変らざる事を余に知らしめ玉へ。／神は愛の神なり、全能の神なり。必ず吾を助け玉はん。世人は世のほまれを力となし、平和となす。願くば吾をして神の愛と義と能とを力となし平和となし、望となし、生となさしめ玉へ。／神は愛なり」。

七九　**京都の地理**(二三五頁注一三)　碁盤目状に大路小路が走る京都市内は、東西の通りと南北の通りで住所表示される。おそらく大正年間にできたものであろうが、それぞれ独特の「おぼえ唄」があるので次に示す。先ず東西の通りだが、次のようである。(ただし、京都に十条はなく、東寺は九条にある)「まるたけえびすにおしおいけ／あねさんろっかくたこにしき／しあやぶったかまつまんごじょう／せったちゃらちゃらうおのたな／ろくじょうさんてつとおりすぎ／ひっちょうこえればはっくじょう／じゅうじょうとうじでとどめさす」(丸太町、竹屋町、夷川(えびすがわ)、二条、押小路(おしこうじ)、御池(おいけ)、姉小路、三条、六角、蛸薬師、錦小路、四条、綾小路、仏光寺、高辻、松原、万寿寺(まんじゅうじ)、五条、雪駄屋町(せきだやまち)、魚の棚、六条、三哲、七条(ひっちょう)、八条(はっちょう)、九条、十条)

次に南北の通りの「おぼえ唄」を示す。「てらごこふやとみやなぎさかい／たかあいひがしくるまやちょう／からすりょうがえむろころも／しんまちかまんざにしおがわ／あぶらさめがいでほりかわのみず／よしやいのくろおおみやへ／まつひぐらしにちえこういん／じょうふくせんぼんさてはにしじん」(寺町、御幸町(ごこまち)、麩屋町(ふやちょう)、富小路(とみのこうじ)、柳馬場(やなぎのばんば)、堺町、高倉、間之町(あいのまち)、東洞院(ひがしのとういん)、車屋町、烏丸(からすま)、両替町、室町、衣棚(ころものたな)、新町、釜座(かまんざ)、西洞院(にしのとういん)、小川、油小路、醒ケ井(さめがい)、堀川、葭屋町(よしやまち)、猪熊(いのくま)、黒門、大宮、松屋町、日暮、智恵光院(ちえこういん)、浄福寺、千本)

八〇　**墓地派**(二三六頁注四)　その代表的詩人T・グレイの詩“an Elegy Written in a Country Churchyard”(一七五一年)は、人知れず世を去り美しい自然に囲まれた墓地に眠る村人たちを偲ぶ詩だが、わが国でも矢田部良吉訳「グレー氏墳上感懐の詩」(『新体詩抄』丸屋善七、明治十五年)として知られ、独歩も愛読していた。「独歩吟」序(『抒情詩』民友社、明治三十年四月)に、「グレーの「チヤルチヤード」の翻訳の如きは日本に珍らしき清爽高潔なる情想を以てして幾多の少年に吹き込みたり」とあり、

「牛肉と馬鈴薯」(『小天地』明治三十四年十一月)にも「僕は其頃は詩人サ、「山々霞み入合の」ていふグレーのチャルチヤードの翻訳を愛読して」とある。また墓地の文学史とも言うべき佐藤儀助編『墳墓』(新声社、明治三十四年)に、カーライル『英雄崇拝論』(一八四一年)が取り上げられていて、「されば偉人の墳墓は偉人の面を観るに均しかるべきなり、ああ石碣巍然として聳ゆるところ、碑文整然として彫れるところ、誰か千古の偉人の風貌を想到し、その功業のすこぶる大なるを思はざるものあらん」と述べているが、独歩の感慨に通じるものがあるか。

八一　**長風菊池謙譲**(二三七頁注一〇)　明治三年(一八七〇)―昭和二十八年(一九五三)。熊本県八代郡鏡町に生れ、ジャーナリストとなる。西本願寺普通教校を経て、東京専門学校に進み、独歩を知る。明治二十六年七月英語政治科を卒業後、「反省会」会員となり、同年末には海外布教のため渡鮮する。二十七年六月日清戦争が勃発するや、それまで朝鮮の情報を寄稿していた関係から『国民新聞』京城通信員となった。さらに二十八年十月八日の閔妃事件では、大院君救出の奇兵隊団に加わり閔妃探索隊の先導になって活躍したため、広島の監獄に収監される。二十九年一月二十五日に釈放され、その後、『国民新聞』記者を勤める一方で、亡命朝鮮人の援助を行う。翌三十年には再び渡鮮し、『漢城新報』主筆を勤め、第二次世界大戦後に帰国するまで対韓政策をリードする存在として活躍した。いわば筋金入りのナショナリストであり、朝鮮関係の多数の著書がある。独歩と親交のあった頃には、獄中で起草したという『朝鮮王国』(民友社、明治二十九年十月)がある。

八二　**富岡謙蔵**(二三八頁注五)　明治二十九年内村鑑三に従い名古屋に遊学し、翌三十年には内村と共に上京、英語を学ぶ傍ら、栗田寛について国史学を修めた。四十一年京都帝国大学文学部講師となり、四十三年官命により北京に赴いてより度々中国を訪れる。和漢洋に亘る蔵書家であり博識をもって知られた。大正七年十二月二十三日に病死するが、その翌日の内村鑑三の日記に、「京都大学講師、富岡謙蔵氏の死を聞いて悲しんだ。余は氏の英語の手ほどきをなしたる者、ゆえに氏は余に対し、終わりまで師弟の礼を尽くした。しかし余は、氏が余より英語を学んで、さらに重要なるものを学ばざりしを悲しむ。願う、天の父、彼の霊を守り、彼に平康を賜わんことを」と記している。

謙蔵の次女・富岡冬野『歌文集 空は青し』(第一書房、昭和十六年)に、次のような証言がある。

私の父は祖父(鉄斎)が四十歳近くに持つた唯一人の子であつた。(中略)初めての男の子であり、しかも初老に至つて得た子であるので、父は祖父の寵愛を一身にうけて育つたものらしい。父にとつては祖父は、ただ父であつたばかりでなく、同時に師でもあつた。当時既に小学校は設置されてゐたのに、父は家庭に止まつて朝夕祖父の書を講ずるのを聞いたのである。祖父が新教育を好まなかつたのか、あるひは父が生れながらに病弱であつた為であるか、いづれにせよ、後年父の専門となつた研学の基礎は、すべて祖父の薫陶に依つたものである。この教育法は、父の場合には非常に効果的であつたらしい。父の進歩は祖父の期待に背かぬものだつたであらう。(中略)父が私の母を迎へ、私達同胞が生れた後も、父と祖父は非常な愛情で結びつけられてゐた。師弟としての信頼も一層この愛情を強くするのに役立つて居た。ある時、何かの雑誌から「好きなもの」について回答を求められて、先づ最初に父は「おやぢ」と書いたものである。／「権門に屈せず、富貴に媚びず、と云ふのがおぢいさんの精神だ」／と、父はよく私達に話して聞かせた。この親子は、長い間、所謂、清貧の生活を共にして来た。祖母が病気の折などは、父は自分で炊掃の事をしなければならなかつた。祖父の絵が市場に認められて来たのは、極めて遅かつた。後に異常な市価を呼ぶに至つても父も祖父もその間の生活の変遷経過については無関心のもののやうであつた。父にとつて気の毒なことは、鉄斎の絵の需要が大いに増して、依頼者との事務が煩雑になつてきた時、其の処理を一手に引き受けなければならなかつたことである。(中略)悪徳新聞記者の強請、脅喝、商売の甘言奸策が、絶えず父を襲つた。父はむしろ、愉快ないたづらの様にそれを笑ひながら取扱つて居た。／父と祖父とは、同じ性格であつたとは云へないかも知れない。(中略)祖父は画室の中で自分の服装でも至つて無頓着に乱雑にして置くのに引き換へて、父は万事規則正しく整理して置かなければ気が済まない性であつた。

八三　**熊沢蕃山**(二三八頁注六)　京都で生れ、水戸藩士の養子となり、岡山藩主池田光政に仕えた。二十三、四歳で陽明学の泰斗中江藤樹の教えを受け、岡山藩の政策プランナーとして活躍。後、松平信之に仕え、明石、大和郡山、古河と移るものの、幕府の忌避に触れたため、軟禁状態のまま病没した。独歩と陽明学の結び付きは吉田松陰を介してであったが、芦谷信和『国木田独歩――比較文学的研究――』は、陽明学に学んだ点として、「書斎立てこもり主義を排した自由な教育法」「個人尊重の教育」や「〈不思議〉に〈驚異〉し、〈幽愁〉と〈悲哀〉を痛感した偉大な〈詩人〉〈哲人〉の一人」などを挙げている。

この時期の独歩が、陽明学、とりわけ蕃山に関心を抱いたのは、内村鑑三『日本及び日本人』(後『代表的日本人』と改題、民友社、明治二十七年十一月)の次のような指摘の影響と思われる。

かの旧幕府が自己の保存のために助成した保守的な朱子学とは異なつて、陽明学は、進歩的前望的(プロスペクティヴ)にして希望に満ちているものであつた。それが基督教に似てゐることは、従来一再ならず認められた所である。実際、其事も一つの理由となつて、基督教は此の国に於て禁止せられたのであつた。「此は陽明学に似てゐる。我が国の分解は此を以て始まらん」。維新の志士として有名な長州の軍略家高杉晋作は、長崎にて始めて基督教聖書を調べて、然う叫んだ。基督教に似たものが日本の再建設に参加した一つの力であつたといふことは、我が維新史に於て特異な一事実である。

また「藤樹の手に委ねられることになつた仕事の重要さを理解するためには、その弟子、蕃山に関して、別に一篇を綴る必要がある」としている。なお山路愛山「現代日本教会史論」(『基督教評論』明治三十九年)も、熊沢蕃山『集義和書』『集義外書』がキリスト教へ導いたと述べている。

八四　**便利堂主人・中村弥二郎**(二四二頁注一)　「弥二郎の性格は企画性に富み、一見奇抜に思われることでも平然と実行するところがあり、入洛される東都の名士等にも紹介状を持たずに訪問し、知遇を得るようなことが屢々あったそうで、内村先生との交渉の初まりもその伝であったようで」(『便利堂の事業――便利堂小史――』昭和五十年)とあるが、京都時代の内村の苦境を、同じ頃養子先を出て戻っていた兄弥左衛門(明治三年〈一八七〇〉―大正十四年〈一九二五〉)と共に、月々二十五円援助したり離れを提供したりして支え続けた。その縁で、『後世の最大遺物』(明治三十年七月)をはじめ十数冊の内村の本を出版する。弥二郎は明治三十四年、兄に便利堂を譲って上京。三十七年には麹町区有楽町(現千代田区)に有楽社を創立し、北沢楽天の『東京パック』などを刊行し、華々しい成功を収めた。が、小川菊松『出版興亡五十年』(誠文堂新光社、昭和二十八年)によれば、「物に凝り過ぎ、あまりに信念強く自説を固守するので、才子才に倒るの結果に陥つた」。また「晩年伊豆の宇佐見に居を構え、箱根の山中に有楽小屋なども建て、風月を友として天寿を全うした」という。一方便利堂二代目社長となった弥左衛門は、コロタイプ印刷を導入し美術図書類の出版社に育て上げ、また内村を敬愛し、弟に代わって終生彼を支え続けた。

八五　**木本常盤**(二四四頁注二)　宮崎湖処子「民友社時代の独歩」(『趣味』明治四十一年八月)に次のような証言がある。

京都に内村鑑三氏を訪ふた。それは渡米の考があつて、内村氏から便宜を供給して貰はふと云ふ考であつたさうだ。こんな話があつたので袂別の紀念にと二人で一緒に写真を取つた。これより前に私の知つてゐる女で女子学院出身の人があつて、この人を国木田君に世話したいといふ考はないでもなかつたところが、国木田君から兎に角例の写真を見せて呉れと言つて来たので、その女を自宅へ呼んで国木田君の話をしてその意志を尋ねた。この女は英語に長じ殊に英文を書くことを最も得意としてゐて、希望が莫迦に高い。自分は一生独身で生活する積りであるなど丶言つて到底お話にならずに了つた。

なお、川上俊彦(文久元年〈一八六一〉―昭和十年〈一九三五〉)は、新潟県の村上藩士族・川上泉太郎の長男に生れ、明治十七年東京外国語学校露語学部を卒業、外交官となり、ハルビン、モスクワ駐在総領事を務めた。その後南満州鉄道株式会社理事、北樺太鉱業株式会社社長、日魯漁業株式会社社長を歴任する。また、西原民平編輯兼発行『川上俊彦君を憶ふ』（昭和十一年）には、詳しい彼の経歴や追悼文の他に、多くの写真も収められており、中に常盤夫人の姿も認められる。いかにも独歩好みの知的美人であり、「隣人を愛せよ」（『独歩遺文』日高有倫堂、明治四十四年）に、愛する人の一人に数え上げているのも頷ける。さらに卒業記念の写真も収められているが、二葉亭四迷の姿も見える。

川上俊彦（前列中央）と常盤夫人（前列右）

八六　渋谷村の寓居（二五〇頁注一）　田山花袋「渋谷時代の独歩」（『趣味』明治四十一年八月）に次のようにある。

丁度渋谷の道玄坂を下つて、一寸左の方へ入ると、直ぐ眼の前にずつと、爪先上りに傾斜地（スロープ）が見えて、其の頂きには別荘風にしつらへた瀟洒な家が見える。傾斜地（スロープ）は青草に蔽はれて、其処彼処風情ある木立に点綴せられて居る。家の前には小さな葡萄棚が趣きを添へて居る。此が当時独歩君兄弟の、読書と冥想とに清貧を楽しんで居られた家である。

この住いは山路愛山が紹介した由だが、山路平四郎「父・山路愛山のこと」（『早稲田公論』昭和四十年六月）は次のように述べている。

当時中渋谷村には、先に竹越三叉が居り、後から国木田独歩も移って来て、宛然民友社村の観があったらしい。駅は今の貨物駅のところで、いずれの住いも町外れといったところだが、それでも駅へ一番近いのが三叉、次ぎが愛山、そのまた奥が独歩と、当時の御内証順なのもほほ笑ましい。代々木の原に向って、角の所あたりに三叉の家があった。其処を左折すると右手の崖上にお地蔵の祠があり、崖下の小暗い道を通り抜けると、左手に一段と低く田圃が開け、それを越して対面の丘上を、農科大学にゆく道が一筋白々とみえていた。その田圃の中を、今は暗渠となった宇田川が流れて、伊勢万の関というのがあり、そのかみ手は水をたたえて、暑い折など子供のいい泳ぎ場となっていた。その関はもと米を精白（らし）げる水車を廻す為めのものだった。父の家はその附近の道路から、右手に鰻の寝床のような露地を這入る、やや奥まったところにあった。父が信州に出かけた留守の間は、その家に当時新進の学徒であった農科大学の鈴木梅太郎氏が住んでいたという。独歩の家はその代々木八幡への道を更に進んで、生民軒という牧場を通り過ぎ、代々木の原にかかろうとする右手にあった。今の初台行きの宇田川というバス停のすぐ側である。

独歩は後に、「十年前の田園生活」（『文章世界』明治四十年八月）で、次のように回想している。

其頃僕は独身者で市中に下宿して居ました。すると山路愛山君が、近所に住い家があるが来ないかといふことです。愛山君は其頃既に渋谷村に一家を構へて居て、言はゞ我党の郊外生活の元祖といふ形で、遊びに行つて見ると実に羨ましい程の静粛な生活をして居られました。其処で早速山路君の勧めに従つて其家を見に行きますと、成程、独身者には又たとない家でした。／近所近辺に家のない全く独立した孤屋で、田圃に沿うた小路に形ばかりの門が立て居ましたが扉も何もありません。門から爪先あがりに上つて高地の半腹に一棟の茅屋が建てられ六畳に長四畳、それに土間が附いて居る丈けの小い家でした。しかし此の小さい孤屋の縁先に立て見渡す庭の広さは何百坪ありましたか何しろ広いもので、而も少しの間地なく桜、楓、梅、李、松、其他の常磐木など植ゑこまれ、(中略)傾斜面をして居る此庭から一段高く地盛をした上に家があつて其地盛の斜面が芝生になつて居ました。そして其芝生の上に躑躅の円く刈込まれたのが廻縁なりに十数株植ゑてありました、軒先を周つて葡萄棚もありました。(中略)庭の一隅に番人小屋があつて、磯さんといふ村の若い大工と新宿の女郎上りの細君とが住で居ましたから、井の水清く庭も多少の手入れはしてありました。(中略)抑も此孤屋は京橋区金六町の或金持が隠居所に建てたもので(中略)、兎も角も大体の世話を村の百姓に頼んで置いてあつたものです。其百姓が山路君の近所ですから、山路君の宅でも直ぐ掛け合て呉れられて、家賃が一円五十銭、飯其他の煮焼は磯さんの細君がして呉れて其給料が一円といふ条件で、愈ゝ僕が此風致に富む孤屋の住人となりました。それが明治二十九年の秋の初です。

八七　**中村修一**(二五〇頁注三)　兵庫県飾磨郡安室村(現姫路市)に生れ、自伝小説「億起録」(『国民新聞』明治二十三年九月二十六日−十二月二十六日)によれば、三年間小学校の代用教員を勤め、明治十八年に上京する。『青年思海』などの編集に携わった後、『国民新聞』記者となるが、さらに、評論や紀行文を書いて『国民之友』の編集に抜擢される。しかし、二十八年伊藤博文批判が官吏侮辱罪に問われ、入獄することになった。その後任を独歩が襲うことになる訳だが、「入獄記」(『国民新聞』明治二十八年七月二十四日−八月三十日)は、その折のルポルタージュである。『国民之友』廃刊後、『和歌山新報』記者を経て、三十三年『二六新報』に入社し、大正七年まで勤務するが、その間、正岡子規や高浜虚子に師事し俳人として頭角を現し、『明治の俳風』(俳書堂、明治四十年)を著す。また『新潮』(明治四十一年七月)に「民友社時代の独歩氏」と題する追悼文を寄せ、「独歩氏は人の名前なんぞを記憶して居ると云ふことが極く不長所であつた」と述べている。

八八　**室蘭の佐々城信子**(二五〇頁注六)　『婦人新報』十九号(明治二十九年八月)に、室蘭から発信された七月二十九日付編集部宛豊寿書簡が掲載されている。

当港の如きは鉄道延長の為め工夫其他の人員俄に一千余を増加し日々工事に従事し居れば小商店迄大景気にて昨年の室蘭とは大違に御座候(中略)此繁栄に反して小妹一族は市中の裏山手なる叢に建て在る一小屋を借り受け幽かなる煙りを立て初め候も未だ全く経営不成故に家庭に付ての逸話誠談等何も無候も夕陽対山と漁舟に映じ巨船は黒煙を吐きて汽笛と共に発するあり我屋後に屹立したる山林寂として虫の音さへ更になく閑静究るの昏かれ此我小家族は椽の端に在りて湾中を眺め居りしが心なき小女等の脳も此自然なる美景に感じたるものゝ如く二女の口より讃美歌洩れ出たり小妹等其声に応じて清らかなる祈禱を捧げ三女を合手上帝の御業の広大を話して余念なきに忽ち東山に半月昇りて一面皎々と輝き渡り実に此絶景を写す記者なきを恨申候。

八九　**お徳、お国、お勝**(二五一頁注一六)　「お徳」が「女郎たりし女」だとすると、庭の一寓の番人小屋に住む磯さんという若い大工の妻で、独歩兄弟の賄方をしていた人である。彼女はもと新宿の女郎で、独歩は後に、遠山雪子の筆名で「村庄問答」(『婦人新報』明治三十年二月)を書き、この女性の身上を紹介し、廃娼運動の必要性を説いている。また「お勝」が「農にかせぐ老婆」だとすると、山路愛山の近隣に住むこの家の管理人で、引っ越し当日、収二が喧嘩した「差配の老婆」のことである。もう一人「お国」は「家を走りし老女」ということになるが、不明。十一月二十四日の条に、「今夜お国様より色々の身の上話し」を聞いた(二八三頁)とあるので、近所の住人であるのは確かである。独歩は「今の武蔵野」(『国民之友』三六六号、明治三十年二月)九章で、「郊外」について「田舎の人にも都会の人にも感興を起さしむるやうな物語、小さな物語、而も哀れの深い物語、或は抱腹するやうな物語が二つ三つ其処らの軒先に隠れて居さうに思はれる」と述べているが、こういう女たちの身上話を念頭に置いたものであろうか。

九〇　**Ива́н Серге́евич Турге́нев**(二五三頁注九)　貴族の子として中部ロシアのオリョール市に生れるが、父は退役騎兵将校で母は五千人の農奴を持つ女地主であった。一八三三年モスクワ大学に入学するが、翌年ペテルブルグ大学哲学部に転じ、三七年に卒業。その後ベルリン大学に遊学し、四一年に帰国した折には深い教養と自由な精神を持つ西欧人になっていた。そうして作家生活に入った彼は、ベリンスキーに認められるものの、四三年巡業中のフランスのオペラ歌手ポーリヌ・ヴィアルドー夫人に運命的な恋をし、やがて彼女を追って出国し、生涯外国で暮らすことになる。彼の文名を確立した『猟人日記』(一八五二年)は、農奴制下のロシア農民の姿を美しい自然を背景に描いた短編集であったが、その後の関心は、知識人の運命に向けられ、『余計者の日記』(一八五〇年)や『ルージン』(一八五六年)など余計者知識人がテーマになっていくが、彼の文学の最高峰『父と子』(一八六二年)に至って、既存の価値観をことごとく否定する青年を描き、ニヒリズムという言葉を流行させた。彼はパリで客死するが、遺言によりペテルブルグに埋葬された。我が国では明治二十年代初頭、二葉亭四迷によって翻訳・紹介され、近代文学の成立と芸術創作に深い影響を与えた。

九一 **"My Heart's in the Highlands"**(二五三頁注一三)　「我が願」(『独歩遺文』日高有倫堂、明治四十四年十月)に次のようにある。「然らばバーンスと共に高原の自由を願ふか。山林よ、高丘よと叫ぶ時に於て、吾が血幾度か躍りし。(中略)"My Heart's in the Highland; ——"の詩を高歌する時に於て如何にわれ山林の気を負ひ、邁倣不羈の自由を感ぜしぞ」と。ちなみに次のような詩である。

我が心はハイランドにあり、我が心は此処にあらず。
我が心はハイランドにありて鹿を追ふ。
野の鹿を追ひつつ、牝鹿に従ひつつ、
我が心はハイランドにあり、我何処へ行くも。
いざさらばハイランドよ、いざさらば北の国よ、
剛勇の生地よ、価値ある者の国よ。
我何処を彷徨(さまよ)ふも、我何処を漂泊(さすら)ふも、
ハイランドの山々を我永遠(とこしへ)に愛す。(第一連)

いざさらば山々よ、高く雪に掩はれたる。
いざさらば大谿よ、又下なる緑の谷よ。
いざさらば林よ、又生ひ茂れる森よ。
いざさらば急流よ、どう〳〵と流るる川よ。
我が心はハイランドにあり、我が心は此処にあらず。
我が心はハイランドにありて鹿を追ふ。
野の鹿を追ひつつ、牝鹿に従ひつつ、
我が心はハイランドにあり、我何処へ行くも。(第二連)

(中村為治訳『バーンズ詩集』岩波文庫、昭和三年)

九二 **天来山口恒太郎**(二五四頁注一)　福岡県平民山口兵三郎の長男として和歌山県新宮に生れる。大阪に出て独学し『国民新聞』記者になるものの、朝鮮に渡り、東学党の乱や閔妃事件に関係する。明治二十八年再び『国民新聞』に入り、大阪支局長を務めることになる。三十二年蘇峰の推薦で『福岡日日新聞』に入り、やがて主筆となる。その後実業界に転じ福岡を拠点に活躍し、さらに大正六年には衆議院議員となり、立憲政友会に所属する。二十九年九月十三日付蘇峰宛草野門平書簡に「山口天来は政治の方に肩を入れ居申候」とあり、十一月十一日付蘇峰宛山川瑞三書簡にも「進歩党青年中青年政党を組織せんとの議あり。山口天来君等は寝食を忘れて奔走に有之候」とある。進歩党は、二十九年三月に大隈重信の改進党中心に在野党各派が合同して結成された政党で、九月十八日松方正義と協力し、いわゆる「松隈内閣」を立ち上げる。翌年八月には、帰国した蘇峰も勅任参事官として加わるが、山口天来の訪問もこうした政治動向に添うものであることは、前掲蘇峰宛書簡に窺える。天来は十月十日にも来訪しており、三十年四月二十二日の条によれば、独歩が「進歩党の党報外報掛」に請われていたことが分かる。

九三 **丸善**(二五四頁注二)　田山花袋『東京の三十年』の「丸善の二階」に次のようにある。

十九世紀の欧洲大陸の澎湃とした思潮は、丸善の二階を通して、この極東の一孤島にも絶えず微かに波打ちつゝあつたのであつた。丸善の

二階、あの狭い薄暗い二階、色の白い足のわるい莞爾(にこ)した番頭、埃だらけの棚、理科の書と案内記と文学書類と一緒に並んでゐる硝子の中、それでもその二階には、その時々に欧洲を動かした名高い書籍がやつて来て並べて置かれた。

九四　**Benjamin Kidd "Social Evolution"**(二五四頁注三)　『社会之進化』の「緒言」に次のようにある。

社会の進化(Social Evolution)の初めて出版せらるゝや、其斬新卓抜の議論は、早く英国の思想界に喧伝せられ、批評家の論評山の如く、有名なる「評論の評論」主筆ステッド氏の如きは、讃して以てダーキンの種の起源以後進化論上の大論著なりと言へき。(中略)著者先づ筆を人類進歩の制約に起し歴史の実相宗教の職掌より進んで泰西文明の特質社会主義の難点を論じ人類進化の性質より如何にせば優勝の国民たるを得べきかを論断する迄着目奇警議論斬新而して一々精確なる事実と実例とを引証す。謂ふ処文明進歩の実義庶幾くは玆に於て見るを得べきか。

九五　**Charles George Gordon**(二五四頁注四)　清国政府軍を助け太平天国の乱鎮圧に貢献し名を上げるが、回教徒がエジプトからの解放を企てたマフディの反乱の鎮圧を政府に命じられ、悲劇的な死を遂げた。彼は敬虔な清教徒で、清朝の論功行賞も一切拒み、スーダン総督として奴隷売買を取り締まったので、一躍聖雄視され、そのためグラッドストン内閣は崩壊する。この時代、彼は世界的英雄であり、徳冨蘆花は、日本基督教青年会主事の丹羽清次郎の依頼で、『ゴルドン将軍伝』(警醒社、明治三十四年)を書いている。

九六　**古谷久綱**(二五四頁注六)　愛媛県宇和郡宇和村に平民古谷綱紀の長男として生まれる。同志社に学んだ後、ベルギーに留学しブリュッセル大学を卒業、政治学博士を授与される。明治二十五年『国民新聞』に入社するが、三十三年東京高等商業学校教授となり、第三次伊藤内閣が成立するや首相秘書官に就任する。以降、伊藤の秘書として行動を共にし、その死後は衆議院議員となり政友会に所属した。

九七　**Emile Zola**(二五五頁注一一)　イタリア人土木技師の子としてパリに生れるが、貧苦の中に育ち、『テレーズ・ラカン』(一八六七年)によって作家として認められた。ゾラは哲学者のテーヌから実証主義を、生理学者クロード・ベルナールから科学を学んで『実験小説論』(一八八〇年)を提唱する。それはゾライズムと称され、人間および人間にまつわる諸現象を遺伝と環境という視座で捉えようとするもので、第二帝政期の一家族の歴史を描く「ルーゴン＝マッカール叢書」(一八七一―九三年)として実作化された。日本では明治二十年代に紹介され、例えば森鷗外が「エミル・ゾラが没理想」(『しがらみ草紙』明治二十五年一月)で、坪内逍遙の主張の背後にあるゾラの科学的な客観主義を指摘してみせる。また尾崎紅葉をはじめ硯友社の作家も、ゾラの翻訳や模倣を試みているものの、本格的な受容は日清戦後を待たねばならなかった。近代日本の社会的文化的成熟という点がその理由であろうが、一八九八年ゾラが、ドレフュス事件に抗議する正義の士として世界的に注目されたことも見逃せない。明治三十年代に至って、小杉天外、小栗風葉、田山花袋、永井荷風など多くの追随者を輩出する一方、社会主義者にも理解者を生み、明治三十五年ゾラの死に際し幸徳秋水が痛切な哀悼文を書いている。

九八　**『国民新聞』二千号記念写真**(二五五頁注一六)　伝記学会発行『伝記』昭和十一年七月号に収載されたもの(次頁上段写真)。

九九　**John Milton**(二五七頁注一一)　ロンドンの富裕な公証人の家に生まれ、少年時代は、父の希望で聖職者を志し目を悪くするほど勉学に励んだ。一六二五年にケンブリッジ大学に入学し、三二年に修士となり卒業するものの詩人を志し職には就かなかった。三八年大陸旅行をし、主にイタリアの文人と交流し稔りの多い時を過ごすが、清教徒革命が勃発し、王党派と議会派の対立が激化する情勢を見て翌年には帰国する。議会派に立った彼は、倫理的政治的自由を主張する論客となり、さらにクロムウェルが共和制を敷くや外国語秘書官に就任するが、五二年に失明し妻も失う。六〇年に王政復古し、彼も危機的状況に曝されるが、友人の尽力で乗り越え、平穏な人生に復すことになる。再婚もし、友人も多く、瞑想と散策と詩作

『国民新聞』2000号記念写真
（『伝記』昭和11年7月）

の日々の中で『失楽園』（一六六七年）などが執筆されていった。

一〇〇　**山路タネ**（二五七頁注一八）　群馬県前橋市曲輪町の絹商、田島義輔の長女に生れる。前橋時代に入信し、上京して東洋英和女学校に入学する。第二回卒業生であった。教会関係で愛山を知り、明治二十六年、メソヂスト教会牧師小林光泰夫妻の媒酌で結婚、麻布区霞町二十一番地（現港区）に世帯を持った。二十九年三月頃豊多摩郡中渋谷村九〇二（現渋谷区）に転居、婦人新報社事務所を引き受け、竹越竹代と共に編輯に携わるが、実際は、名実ともに山路タネが編輯の任に当たっていた。

一〇一　**藤田文蔵**（二六〇頁注二）　鳥取藩士田中幾之進の子として因幡国鳥取に生れる。明治九年工部美術学校に入り彫刻を学び、十五年卒業。その間に日本基督教一致教会長老・藤田尽吾の養子となり、受洗する。母校の講師を経て、三十三年東京美術学校教授となり、後に女子美術学校を創立するが、一方、牧師として活躍、大正十三年には世田谷基督教会を設立した。

一〇二　**阿部充家**（二六一頁注二一）　肥後国熊本山崎町に生れ、本姓は神山（こうやま）と言った。同志社に学んだ後、大江義塾教員を勤め、明治二十一年『熊本新聞』社長となる。二十四年には上京、『国民新聞』に入社し、政治部記者、編集長兼理事を経て、四十年副社長に就任。さらに大正四年に蘇峰の後援で『京城日報』社長となるが、生涯国民新聞社に尽力した。

一〇三　**久保田金僊**（二六一頁注二四）　日本画家久保田米僊の次男として京都に生れ、同志社英学校を経て、父が開いた京都府立画学校に学んだ。明治二十三年父米僊が『国民新聞』専属挿絵画家に迎えられたため上京。彼も松原岩五郎『最暗黒之東京』（民友社、明治二十六年）の挿絵などを描くようになり、日清戦争では父と共に『国民新聞』従軍画家となった。また演劇にも造詣が深く、花柳舞踊研究会などの装置を担当した。後に松坂屋に勤務し、退社の折には上野店宣伝部長のポストにあって、『下谷上野』（松坂屋、昭和四年）などを編纂した。独歩の『愛弟通信』には二人の交情を示す記述が見られる。「広島の客舎より宇品港まで、吾を送りたるは、久保田金僊君のみなりき。君よ有難し、こゝより去り給へと言へど聴かず、終に共に端舟を僦（とや）ふ。少年二人吾等のために櫓を操つる。（中略）黙して相対するは吾と久保田氏。そよぐ潮風、立つや小波、相顧みて笑ふ。陸と海、共に従軍す、君と吾、再び相遇ふは何れの時ぞ。（中略）金僊氏梯を上り来りて、然らば吾、去らんといふ、互に言葉少なに別れを告ぐ。氏の舟未だ艦を去る幾何もなしと思ふ頃、一滴二滴、落つるは雨なりき」と。また「上陸地の光景」においては、「此等の光景に茫然たる吾は、実に米僊氏なきをうらみたり」と述べている。→二〇七頁注一六。

一〇四　**片山武助**（二六一頁注二八）　谷林博『青年時代の国木田独歩』に詳しい紹介がある。「武助は明治二年（一八六九年）一月七日生まれで、錦見小学校へは明治十年(一八七七年)入学で独歩より一級上であった。片山家は剣術指南で岩国町第七〇番屋敷にあって旧道場が残っている。独歩は片山道場に通って武助の養父片山久寿に剣術をならったという。竹馬の友だけに日記や小説の「河霧」「泣き笑ひ」などに片山の名を使ったり、片山道場を登場させている。武助の子チヅさん(七四才)の談話によると武助は玖珂郡役所、岩国税務署、東京の吉川家に勤めた。チヅさんが五才のときアメリカに渡って二十年ばかり滞在した。晩年は広島市に住み三年ばかり病床にあって、昭和十九年(一九四四年)九月に死亡した。片山家は武道の家筋で久寿の後継ぎとして弟子をとっていたという」。

一〇五　留岡幸助(二七四頁注三)　備中国高梁(現岡山県)に生れ、留岡金助の養嗣子となる。高梁教会で受洗し、明治十八年に同志社に進む。新島襄の教えを受け、二十一年に卒業。その後、二十四年金森通倫の勧めで北海道空知集治監教誨師となり、その間道内一周も試みている。二十七年感化教育を志して渡米し、二十九年帰国するや三好退蔵と感化院設立のために奔走する。一方、翌三十年霊南坂教会牧師となり、『基督教新聞』編集にも携わるが、三十二年東京の巣鴨に不良少年の感化院「家庭学校」を創設、大正三年にはさらに紋別郡遠軽に「北海道家庭学校」を開いた。なお明治三十八年二宮尊徳翁五十年記念会を期に、その報徳思想を伝道に援用するに至った点は特筆されてよい。留岡は渋谷時代に、『不良少年感化事業』(警醒社、明治三十年一月)を上梓するが、宮崎湖処子が「感化事業の発達に序す」と題する一文を寄せている。「余が渋谷に僑居せる間に、益を得たるもの甚だ衆し、殊に此書の著者、留岡君と識り得たるが如きは其最なるもの。君は基督教牧師として、疾くより監獄改善の須要を識り、空知監獄署に教誨師たるもの四年、弥加はる熱心に駈られて、二年間其模範を米国に視て帰り、見に今、世の有力者と謀りて、其先行事業たる幼年囚感化の事に着手し、百忙中此著を成せり。聖語に曰はずや、善樹は善果を結び、悪樹は悪果を結ぶと、余が感化事業に就ての智識は浅し、故に未だ此書を軒輊するに足らずと雖、平生君が躬を此事業に献ずることを識れる余は安じて此書の有益なることを信じ得」。

一〇六　花袋田山録弥、渋谷の寓居訪問記(二七四頁注四)　栃木県邑楽郡館林町(現群馬県)に秋元藩士田山鍋十郎の次男として生れる。父を西南戦争で失い生活は困窮した。早くより漢詩文を学び『穎才新誌』の投稿家であった。明治十九年一家をあげて上京、英語を学び西欧文学に接すると共に、二十二年には桂園派歌人松浦辰男に入門する。二十四年に尾崎紅葉を訪ね、江見水蔭のもとで小説を執筆するようになるが、二十七年に『文学界』、二十九年には『国民之友』と係り、新時代の詩人の群れに投ずる。三十二年太田玉茗の妹と結婚、続いて博文館編集部に入社し、人生の転機を迎える。その間西欧文学の渉猟を経て、自然主義文学への傾斜を深め、やがてその代表的作家となる。彼を文壇の中心に押し上げたのは「蒲団」(『新小説』四十年九月)だったが、「生」(『読売新聞』四十一年四―七月)、「妻」(『日本新聞』四十一年十月―四十二年二月)、「縁」(『毎日電報』四十三年三―八月)の長編三部作でその地位を不動のものにした。その後スランプに陥るものの、大正期に至って創作を再開、多くの作品を残すことになる。

なお、この日の独歩宅訪問について、花袋『東京の三十年』(博文館、大正六年)所収の「丘の上の家」に、次のようにある。

それは十一月の末であつた。東京の近郊によく見る小春日和で、菊などが田舎の垣に美しく咲いてゐた。太田玉茗君と一緒に湖処子君を道玄坂のばれん屋といふ旅舎に訪ねると、生憎不在で、帰りのほどもわからないといふ。『帰らうか』と言つたが、『構ふことはない。国木田君を訪ねて見ようぢやないか。何でもこの近所ださうだ。湖処子君から話してある筈だから、満更知らぬこともあるまい。』かう言つて私は先に立つた。玉茗君も賛成した。／渋谷の通を野に出ると、駒場に通ずる大きな路が楢林について曲つてゐて、向うに野川のうねうねと田圃の中を流れてゐるのが見えた。その此方の下流には、水車がかゝつて頻りに動いてゐるのが見えた。地平線は鮮やかに晴れて、武蔵野に特有な林を持つた低い丘がそれからそれへと続いて眺められた。私達は水車の傍の土橋を渡つて、茶畑や大根畑に添つて歩いた。／『此処等に国木田つて言ふ家はありませんかね。』から二三度私達は訊いた。／『何をしてゐる人です？』／『たしか一人で住んでゐるだらうと思ふんだが……。』／『書生さんですね。』／『え。』／『ぢや、あそこだ。牛乳屋の向うの丘の上にある小さな家だ。』／から言つてある人は教へた。／少し行くと、果して牛の五六頭ごろごろしてゐる牛乳屋があつた。『あゝ、あそこだ、あの家だ！』から言つた私は、紅葉や栽込みの斜坂の上にチラチラしてゐる向うに、一軒小さな家が秋の午後の日影を受けて、ぽつねんと立つてゐるのを認めた。／又少し行くと、路に面して小さな門があつて、斜坂の下に別に一軒また小さな家がある。『此処だらうと思ふがな。』から言つて私達は入つて行つたが、先づその下の小さな家の前に行くと、其処に二十五六の髪を乱した上さんがゐて、『国木田さん、国木田さんはあそこだ！』から言つて夕日の明るい丘の上の家を指した。／路はだらだらと細くその丘の上へと登つて行つてゐた。斜草地、目もさめるやうな紅葉、畠の黒い土にくつきりと鮮かな菊の一叢二叢、青々とした菜畠―ふと丘の上の家の前に、若い上品な色の白い痩削な青年がぢつと此方を見て立つてゐるのを私たちは認めた。／『国木田君は此方ですか。』／『僕が国木田。』／此方の姓を言ふと、兼ねて聞いて知つてゐるので、『よく来て呉れた。珍客だ。』と喜んで迎へて呉れた。（中略）弟の北斗君は、その時十八九で、紅顔の美少年で、私達の話すのを縁側に腰をかけたり、庭をぶらぶらしたり、ステツキを振り廻したりして黙つて聞いてゐた。縁側の前には、葡萄棚があつて、斜坂の紅葉や稗樹を透して、渋谷方面の林だの丘だの水車だのが一目に眺められた。／その家は六畳一間、そのつぎが二畳、その向うが勝手になつてゐて、何でも東京の商人が隠居所か何かに建てたものであるといふことであつた。室の隅に書棚、そこにはウオルヅウオルス、カアライル、エマソン、トルストイなどが一面に並んで、たしかゲエテの小さな石膏像が置いてあつた。一閑張の机の上には、『国民の友』『女学雑誌』などが載せてあつた。（中略）私達は日の暮れて行くのも忘れて話した。／帰り支度をすると、／『もう少し遊んで行き給へ。好いぢやないか。』／袖を取らぬばかりにして国木田君はとめた。／『今、ライスカレーをつくるから、一緒に食つて行き給へ。』（中略）匙で皆なして片端からすくつて食つたさまは、今でも私は忘るゝことが出来ない。

一〇七　**玉茗太田玄綱**（二七四頁注五）　埼玉県行田に忍藩士伊藤重敏の次男として生れるが、十二歳で僧籍に入り埼玉県羽生の建福寺住職太田玄瞳の指導を受ける。明治十九年にその養嗣子となり太田玄綱と改名、曹洞専門本校大学林（現駒沢大学）に入学。その後東京専門学校に進み、二十七年に卒業した。また『穎才新誌』の投稿を通じて田山花袋と知り合い、二十五年桂園派歌人松浦辰男に入門し松岡（柳田）国男や宮崎湖処子と交わる。その頃より新体詩人として認められるようになるが、三十二年建福寺二十三世住職となる。その姿は、花袋『田舎教師』（左久良書房、明治四十二年）の山県古城として描かれている。

一〇八　**並河（高橋）平吉**（二七四頁注一二）　上京後、彼ら四人は独歩兄弟と麴町区三番町九番地（現千代田区）藤井嘉市の借家で共同生活を送るが、明治二十七年九月二十九日に並河が突然神田に住む叔母の家に移った。いわば同盟の誓いを破った形で、ために独歩が断交したことが、九月二十七日の条で分かる。また複雑な家族問題が背景にあったが、それを言わなかったので独歩と激論になったことが、富永日記『一小涯・一生涯』や尾間日記『信の記』九月二十六日の条で確認できる。その後並河は、脚気になって上野の大学病院に入院し、二十八年五月一日に独歩と富永、十二日には独歩と富永・尾間・山口行一の三人が見舞っていることが『欺かざるの記』で分かる。そしてその年の十月ついに佐伯に帰り、富永の妹とみ上京の際には同行する予定だったが、果たせなかった（小野茂樹『若き日の国木田独歩』）。並河が再び上京したのがいつなのかは不明。

ちなみに『一小涯・一生涯』に並河の人物像が次のように記されている。

天才あるにあらず能力あるにあらず開発主義の人物にあらずして受動的人物なり彼は独習に於て智を得べからず故に彼は学校に入らんと志居れり若し電信技術員の満期をはれば彼は東京に出でゝ何れかの学校

に入るなるべし彼が最終の目的は文学界にあり去れど彼の天地は今の饗庭篁村的なり幸田露伴的なり須藤南翠的なり彼は軟文派に入りて小説家而も古辞模倣的の小説家たらんことを欲するもの丶如し然れども彼は決してか丶る天才あるにあらず彼が文章を見れば粗漏杜撰章を成さずして意の何たるを知るに由なき点少なしとせず彼は文学者として到底志を得らるべきにあらず然れども名なき大阪朝日新聞位の記者には成り得るならん。

果たしていかなる人生を辿ったか、その後の消息は不明である。

一〇九　**柳田国男**（二七五頁注一八）　兵庫県神東郡田原村の医師・神官松岡賢次の六男に生れ、明治三十四年柳田家の養子となる。明治二十年に上京、茨城県布川の長兄鼎宅に身を寄せ、二十三年東京の三兄井上通泰宅に移る。桂園派歌人松浦辰男に入門し、田山花袋、太田玉茗、宮崎湖処子を知り、二十六年に一高、三十年に東京帝国大学法科大学に進学するが、新体詩人としても活躍し、『文学界』『国民之友』『帝国文学』に多くの作品を発表した。三十三年卒業と共に農商務省に入り、近代農政に指導的役割を果たす傍ら、柳田民俗学の礎を築き、やがて『後狩詞記』（四十二年、自費出版）や『遠野物語』（聚精堂、四十三年）を上梓する。一方文学への関心も依然と強く、竜土会やイプセン会にも係わるが、花袋「蒲団」（『新小説』四十年九月）以降、私小説へ傾斜する文壇に見切りをつけ、民俗学に専心するようになる。

一一〇　**星良の悲劇**（二七五頁注二一）　宇津恭子『才藻より、より深き魂に』（日本YMCA同盟出版部、昭和五十八年）によると、星家は没落の一途を辿ったことが分かる。長兄・彦大夫は医師を志し早くに上京したままで、やはり東京の電信修技学校に在学していた次兄・時二郎は、明治十七年十月にチブスで死ぬ。その二か月後、長らく喘息を患った祖父・雄記が八十一歳で亡くなるのを機に、生活は困窮し、家財を売り払い、母は機織りの賃仕事、三兄・圭三郎も十三歳で宮城県庁の給仕となった。良も質屋通いをさせられたという。また姉・蓮は、豊寿の仲介で嬌風会会頭矢島楫子の長男・林治定と婚約したものの、明治二十二年破棄され、やがて発狂する。さらに翌二十三年、盛岡に勤めに出ていた父喜四郎が肺癌で倒れ、翌年二月五十七歳で死去し、弟・文四郎も急性骨髄炎で右脚を切断、二十五年六月に死去した。その後母と三兄と狂った姉は「勾当台通北四番丁のみすぼらしい小屋に移」（黒光『広瀬川の畔』）った。

一一一　**鷗外森林太郎**（三〇四頁注七）　文久二年（一八六二）—大正十一年（一九二二）。石見国（現島根県）津和野藩の典医の長男に生れ、藩校養老館に学び、明治五年親戚の西周に伴われ上京。七年第一大学区医学校（現東大医学部）に入学する。十四年卒業後陸軍軍医となり、十七年から二十一年ドイツに留学し、医学を学ぶ傍ら、文学や芸術を通して西欧近代の精神に触れる。帰国後、医学・文学両面に亘って戦闘的啓蒙活動を開始するが、文学では『しがらみ草紙』を創刊し、小説や翻訳を発表、坪内逍遙などを相手に論争を仕掛けたりする。さらに後継の『めざまし草』では文芸時評を通して新人の育成に努めた。その後三十二年から三十五年小倉左遷、日露戦争の従軍などを経て、四十年軍医総監・医務局長に上り詰めるが、それと共に文壇に復帰、『スバル』を舞台に、自然主義文学を向うに回し多様な作品を書き続け「豊熟の時代」を迎える。しかし現実批判や思想小説を書き続ける困難から、明治天皇に対する乃木希典の殉死を受け止めようとしたのを機に歴史小説に転換、さらに史伝に自己表出の可能性を見出すに至る。二足の草鞋を穿き通し、官僚として位を極めながら、その死に際し一切を虚誉虚名と退け、ただ石見人森林太郎であることを選択した。鷗外は翻訳文学の近代化にも尽力し、森田思軒などの登場を促した。吉武好孝『明治・大正の翻訳史』（研究社選書、昭和三十四年）に次のようにある。

> 森鷗外の芸術的なほんやく態度をそのまま自分の態度としてとり入れ、従来政治家の余技だったほんやくという仕事を作家の手にとりもどすという大きな役割をほんやく界にのこしたのが森田思軒である。鷗外は国文を基調にしてかれ独特なほんやくのスタイルを創り出したが、思軒のほんやくは、漢文調を母体にして、いわゆる「周密文体」とよばれる一種のほんやくのスタイルをつくり上げた。（中略）その良心的な真剣な態度をもってやったかれのほんやくは、乱雑をきわめていた

当時のほんやくの訳語やほんやくの仕方に対して猛反省をうながすとともに、その訳法を一新させる力をもつことができた。かれのこの芸術的なほんやく態度は二葉亭四迷にも影響したといわれている。

一二二　阿蘇の峰（三一二頁注四）　小野茂樹『若き日の国木田独歩』によれば、「十日の朝熊本を出発していよいよ佐伯へ向った独歩は、その途中十一日に冬の大阿蘇登山をこころみ、坂梨から竹田へ竹田から佐伯へと道をとって、十三日の夕暮にやっと佐伯に帰り着いた」。「忘れえぬ人々」（『国民之友』三六八号、明治三十一年四月）に、阿蘇の宮地で俗謡を歌う若い農夫と擦れ違った体験が描かれる。

一二三　高叫山（三一二頁注六）　また「帰去来」（『新小説』明治三十四年五月）の「其十」に、「近郊中の最も高き丘なる「高塔」と称するに登った。高いと言つても麓から十分もかゝらないで其頂に達することが出来る。満山たゞ姫小松ばかりで立寄る木蔭もないが、眺望は第一である」とある。

一二四　岩城山、箕山、琴石山（三一二頁注九）　岩城山、正しくは石城山。柳井の西北にある標高三五〇・一メートルの山で、山頂に岩城神社がある。吉見家の前の小丘、高塔山（独歩は高叫山と表記）は、その山麓にある。石城山には高杉晋作の騎兵隊調練所があった。

　箕山は、熊毛郡平生村の南東にある標高四〇〇メートルの山。『独歩小品』所収の「画」に、「予等兄弟、画板を負うて家を飛び出で、箕山と呼ぶ近郷第一の高山を攀（よ）づ」とある。

　琴石山は〈全集〉に「柳井北方連山中の一峰。海抜五四五・五メートル」とある。独歩の両親は明治二十七年七月初旬、柳井町宮本の藤坂（三角餅屋）の家作に転居するが、佐伯の鶴谷学館を退職した後の独歩が、この仮寓に帰着し、九月三日上京するまでの一月間を過ごした。その仮寓は琴石山の山麓にあり、独歩はよく散策したらしく、二十七年八月十七日の条に、「収二と共に琴石山麓の山家点在せる辺りを散歩す。渓流に沿うて山路を辿り、松林に入りて山腹を横切る。（中略）田をめぐり、森を望み、遥かに海水の漂渺たるを眺めなどして、盛夏日中思ふまゝ吾が愛する夏を楽みたり」とある。

一二五　彼の紀州乞食（三一二頁注一一）　明治二十六年十一月二十七日の条に、「昨日船頭河岸にて例の乞食に遇ふ。彼れ噂の如く果して五味捨て場の汚物をさぐり何物か拾ひ出しては口に運び居たり。収二をして柿一個与へしむ。余問ふ渋き乎。答ふ、甘いと其声、只だ其れ味いと言ふ意味の外の情を含めず。声、調子、様子、只だ言ふ甘い、感謝の意もなく恥辱の意もなく大喜悦の意もなく失望不平の意もなし、只だ言ふ甘いと。哀れむ可き哉　此乞食年十八九歳の由、学校の生徒より聞きぬ　昨夜又た此乞食の事を聞きたゞしぬ。自ら言ふ紀州の者なりと故に此乞食を呼びて紀州と称し誰れも其の親あるやなきやを知らず。已に余程以前より佐伯に在りと／彼の老翁、此乞食、共に悲しき物語ならずや」とある。又翌二十七年一月二十九日にも次のようにある。「河岸を伝ふて船頭河岸近辺まで来り茲に又た例の紀州乞食を見る、彼、塵芥捨場の傍に蹲踞し、竹片にて頻りに芥の中をさぐり、大根の片など拾ひ出しては口にはこび居たり。吾等三人彼の傍に近づき呼掛けぬ。彼は物うげに返事す。『寒いか』。答へて曰く、『ウム。』『甘いか。』『ウオー。』／其れより色々問ひ掛けて意外にも彼の正直且つ智識あるを見出しぬ。彼は只だ食はんと生き居る也。否、死なざるが故に生き居る也。生き居るが故に食ふ也。食ふ物なきが故に芥をさぐる也。彼は獣を去る只だ一歩、而かも彼れ甚だ正直。殆んど小児の如し、吾此事実を考へざる可からずと感ず。彼に饅頭五個を与ふ。彼只だ受けて食す。別に御礼も言はざれども去りとて全くよろこばざるにも非ず。／記憶なきか、否、記憶あり。／邪推あるか、否、来れと言へば来り、去れと言へば去る。／嗚呼等しき人間、天の下、地の上の事実、如何に解釈すべきぞ、生命其れ自身驚くべく畏る可しとすれば、この地上に捨てられたるこの生命の命運は更に意味ある驚懼の事実に非ずや」。

　なお松本義一『国木田独歩「源叔父」アルバム』（別府大学図書館、昭和三十五年）によれば、紀州乞食は明治四十年一月、池船橋下で動けなくなっていたところを、何者かに火をかけられ焼死したという。養賢寺裏の墓地に葬られ、その墓標前面に「行路病者俗称紀州之墓」とあり、左面には「自称野嶋松之助」とある。

二六　内村鑑三、『万朝報』に入社(三一四頁注二)　内村鑑三との会見の様子を後に涙香は「内村鑑三氏の退社を送る」(『万朝報』明治三十一年五月二十一日)で次のように述べている。「昨年の初、余が氏に入社を乞ふや、氏は曰く日本の社会は既に堕落の極に達す、救済の期を過ぎたる者なり、我れ全く之を見捨てたりと、余曰く姑く来りて朝報社に立ち新聞記者たるの地位より観察せよ、社会猶一縷(いちる)、改革の望を繋ぐ可き者あり、君必ずや絶望するの尚早きを悟らんと、氏黙考之を久うし、起て徐ろに太平記載(の)する所の前人の歌を誦す『思ひきや我が敷島の道ならで、浮世の事を問はる可しとは』と、何ぞ其意の悲壮なるや、後二旬、来りて朝報社の卓に凭(よ)れり」。愛読書『太平記』の中の二条の中将為明卿の歌を口ずさんで涙香の招きに応じた内村は直ちに上京する。『万朝報』二月十四日号は、「内村鑑三氏入社」なる見出しの下、一面トップで報じた。「農学士内村鑑三氏は今回当社の請を諾し、来りて朝報の編輯局に入れり、氏が社会の観察家として、熱心なる評論家として、今日の思想界に如何の地位を独占せるやは世人の既に知る所ならん／朝報は之を機として紙上又更に幾多の刷新を加へ、進で止まざる本来の精神を発揮せんとす、切に読者の凝視せられんことを乞ふ」。

二七　警醒社(三一四頁注三)　『東京毎週新報』(後に『基督教世界』)を創刊し、『六合雑誌』を引き継ぐと共に、植村の『真理一斑』や小崎の『政教新論』などを刊行した。やがて経営困難に陥り、明治二十一年東京福音社主福永文之助に事業の一切を譲渡し、二十四年警醒社書店として再出発する。以降、明治大正期におけるキリスト教出版の中心となった。福永文之助「余が恩人と警醒社の由来」(『信仰三十年　基督者列伝』警醒社、大正十年)に、「明治二十二年には日吉町に「民友社」と同居し二十三年には出雲町に転じ、此処に居ること五年、二十八年には采女町に更に三十五年に現在の尾張町に移転したり」とある。

二八　胸部に痛(三一五頁注一五)　明治二十四年東京専門学校を退学した独歩は、五月四日に帰省し、九日平生村役場で徴兵検査を受け、胸郭せまく筋肉が薄弱ということで不合格となった。そのため、八月麻里府の浅海謙助の家作に仮寓し、一夏海水浴に努めている。内田綱太郎『海水浴』(金港堂、明治三十五年)によれば、西欧では古くより海水浴が肺結核治療に用いられていたが、十九世紀に至って盛んになった。日本でも、明治二十年頃松本順が導入して以来急速に広まったという。

二九　人見一太郎と山路愛山の衝突(三一六頁注一二)　明治三十年二月二十四日付蘇峰宛草野門平書簡に次のようにある。「此度も亦た人見、山路の衝突を申上候。近因は近頃、社の出版物が品位をおとし候のみならず、文学先生一方の所為一方の不快となることも有之、且つ外に対しても一方には原稿料多くして一方には少きなどより、之を紹介せしものに迷惑となる様の儀有之、言はゞ人物を鑑識せずして濫用せしとの不快あり。尤も人見の方より言へば、社の経済上出版物を多くして出入を償ふの策も候らひしならんも、文学者中一方の感情はよろしかず。而かして中竜児とやら、即ち緑亭と申すに日本文学史を書かせ申候処、一般其技倆に危心を惹き申候。例の愛山は人見氏を主権者と認めずと申し居候事とて、日本文学史を出版するなら自分にも一応見せて呉れと申し候由に而、人見氏そは著者の意中に在るよしを申し候より破烈となり、翌朝山路氏は重もなる社員連名に退身届を出し申候。尤も兼ねて雑誌発行の計画あるよしは前便申上候通りに御座候上、今日の形勢にては調和しても亦た破烈と存候間、私は調和も不仕に罷り過ぎ申候。依て阿部氏も一旦社の事務と関係を絶ちたるものが、社も危ふしとて再び事務に関係すべき色見へ申候に付、栗原だに居れば阿部の復帰は出来仕候筈に御座候処、栗原は例の出没にて機会を失し、阿部の復帰は出来不申、然かし毎日来社何彼と心を附け申候。其後栗原も毎日か隔日には顔を見る様に相成、一両日前一夕栗原、人見、阿部、山路、塚越相会し(扇芳亭にて)袂別の宴を開らきし由に御座候」。

三〇　松岡信太郎(三二七頁注一一)　谷林博『青年時代の国木田独歩』に次のようにある。

　戸籍によると信太郎は、松岡藤右衛門の三男として弘化三年(一八四六)五月十日に田布施村で生まれた。(中略)独歩は元奇兵隊の残党といっているが、役付ではなかったらしく「奇兵隊日記」に松岡の姓名は見当らない。信太郎が誇示したような功績があったかは疑問である。それよりも信太郎が国事犯に問われて彼の存在が明らかとなった。明治十年(一八七七)二月の西南戦争のとき伊予国喜多、宇和島両郡にゆき、高知県士族寺邨小次郎と称して、九州の西郷軍に内応しようとした嫌疑によって逮捕された。信太郎の供述によって宇和島郡の主謀者士族飯淵貞幹らの兵器隠匿の秘密が明らかにされて一味が検挙された。

なお釈放後上京した松岡は、明治二十年、北林キシと結婚し一子をもうけるが、やがて帰省し、田布施村で子供に漢籍を教える。その頃独歩と交際した。二十四年十一月には再び上京するものの、「二十六年十月十三日には全戸失踪と戸籍に記入されている。独歩と東京で再開したのは、さらに四年後のことであり、生活も苦しくなっていた」という。

三二 **佐藤大尉と花子嬢**(三二七頁注一五)　明治三十年三月二十七日付花袋宛独歩書簡に次のようにある。「二日前の夕暮、われ又、かの大尉が家を訪ひぬ。大空晴れて西の星きらめきそめし頃丘を越しつゝ物思ひて行きぬ。(中略)坂の上よりのぞめば、彼家の雨戸未だ閉ぢず、白きは樟(ママ)子なり、黒き条(じす)は半ば開きしなり。坂を下り、又、坂をのぼれば門なり。門を入りて板をふむ音高く内にひゞきし時、犬出で吠へつけどいつもの事ゆへ気にかけず、庭に入れば、雨戸すでに閉(さと)しあり、入口の樟(ママ)子二枚は火影鮮やかにさしつ。わが音のふを聞きて樟(ママ)子開きし者はたぞ、うれしき花子の君なりき。わが此夕の楽しき二時間をいかで此つたなき筆にのぼし得ん。父なる大尉は今年五十幾歳の老人なれど、われと語りて笑ひ興じぬ。傍に乙女坐はり、これも笑ひてのみ居たり。わが腹痛む由を語りしに、塩焼きて紙に包みつ、わが懐に入れしなさけを何時の日か忘れん。されどわが此乙女にそゝぐ夢よりも淡き恋は、「ふた夜」の恋よりも果敢かるべし。遠からず此乙女、伯母の家に托されて、父なる大尉はわが友水上氏と同居すべしといへば、此後乙女を見んことはなか〳〵難かるべし。あゝなつかしき乙女、行末も清き幸あれかし」。なお「わが友水上氏」は水上梅彦(→二五六頁注一)である。

三三 **Friedrich Wilhelm, Ritter von Hackländer "Zwei Nachte"**(三二八頁注一)　ハックレンデル(一八一六―七七)は、ドイツ・ロマン派の詩人、小説家。長編小説『欧州奴隷生活』(一八五四年)は、鷗外「舞姫」(『国民之友』六十九号、明治二十三年一月)の粉本と考えられている。ちなみに「ふた夜(Zwei Nachte)」は初め『読売新聞』明治二十三年一月一日から二月二十七日まで断続的に連載された。明治三十年三月二十七日付花袋宛独歩書簡に次のようにある。

机の上にはしがらみ草紙置かれて「ふた夜」の巻ひらきあり、これを読み了はりて君を思ひつ、此筆とりぬ。「ふた夜」はいみじき文なり、かの乙女われも恋し、かゝる乙女のためとあらば此命も惜しからじとぞ覚ゆる。かく云ふは浮きたる心ならじ、げにあはれなるは恋ぞかし、此恋思ひて、わが身の上にも思ひ当るふし少なからず、思ひ起せば夢をたどる心地す、遠き物音きく心地す、嗚呼あやめもわかぬ闇き人の世に、虹の如く現はれて虹の如く消ゆるは恋なり。君は此虹見んと願ひ玉ふ、われは消へゆきし其色の一つ〳〵を今一度つなぎ合はして此暗き命の大空にかけばやと願ふ、もろともに果敢なき望ならずや。

そして佐藤大尉を訪ねて娘の花子に淡い恋心を覚えた話の後、「「ふた夜」の伯爵は三つの熱き接吻を得たれど、われは未だかゝるめぐみを得ず、行末も亦、かゝるものわが額にもゆべしとも思はれず」と結んでいる。

三四 **日光山照尊院**(三二九頁注一二)　花袋は明治二十二年八月、日光に遊んだ折も投宿している。院主は元伊達藩士の菅原実玄で、花袋の小説「老僧」(『太陽』明治三十四年四月)のモデルである。花袋「日光時代」(『趣味』明治四十一年八月)によれば、「二階の四室を吾々に貸して呉れたが、此は西洋人に貸す為めに拵えたもので、吾々窮措大に取つては、実に勿体なさ過る程立派なもので」あり、その「間取」は次のようであった。「八畳四間で、一室にはばね入の立派な寝台が三台据え付けてあり、其の隣りの階段の付いて居る室を独歩君が占領して、中央にテーブルを置き、其の隣りの、矢張り此も階段の付いて居る室の一方に戸棚、中央に流場を拵え、其の隣りの室を自分が占領して、端の方に机を据えた。二階から見下すと前には大谷(だひや)川の清流が玉を砕いて、夜など淙々の響そゞろに長汀曲浦

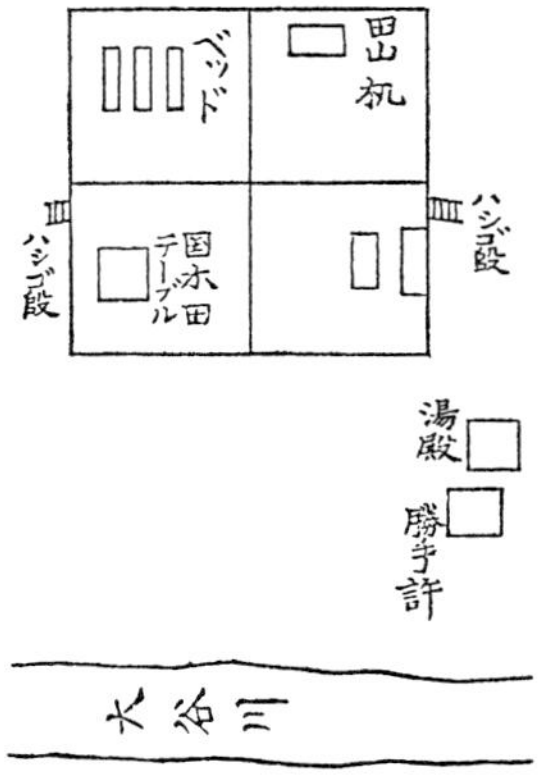

日光山照尊院の二階
(田山花袋「日光時代」明治41年)

の宿をしのばせる」。

また花袋『東京の三十年』所収の「KとT」は、独歩の日光行きの動機について、「貧しい青年たちの文学的生活ーそれも面白いとKは思つた。それにKも自己の天分の運試めしをしなければならない時期に達してゐる。静かに落附いて考へて見よう。から思つてKはTのこの山寺行に賛成した」と述べている。

一三四　布佐なる松岡君(三二九頁注一五)　松岡鼎は万延元年(一八六〇)ー昭和九年(一九三四)。明治二十年二月茨城県北相馬郡布川町に済衆医院を開業し、九月には国男を引き取った。二十六年二月、対岸の千葉県南相馬郡布佐町に移り、凌雲堂医院を開くが、二十八年五月には千葉県東葛飾郡布佐町布佐三七七号に新宅をつくり、両親のために別棟もこしらえる。明治三十年三月三十日付花袋宛独歩書簡に次のようにある。「布佐行は相なるべき御同伴申度存候但し独行の時の用意に乗かへの停車場と下車の場とを一寸御報知の程願上候今日承はり候へ共忽ち忘却致候」。なお花袋は、この折の訪問に基づいて『野の花』(新声社、明治三十四年)を書く。↓補注一〇九。

一三五　『進歩党党報』(三二九頁注二〇)　『国民之友』三四三号(明治三十年四月十日)には次のような広告が掲載される。

我進歩党が松方内閣を援けて弊失累積せる伊藤内閣の後を善くせんことを努めたるは、世人の普く識認する所なるべし、殊に、猜妬妨障の重囲中に立ちて、年来の難問たりし言論の自由を洞開し、且、幣制改革の挙を翼成し財政上の新生面を開きたるが如き、輿衆の共に後人に伝へて永く記憶すべき顕著の効績なりとす。然れども是等は単に我党の方針を遂ぐるの端緒たるに過ぎず。其の真に之を全くして所謂立憲政制の美を成し、益々松方内閣を督励して内、民力の発達を図り、外、国威の宣揚を期せんには、我党たるもの、今より雄大の運動を為して議院に絶対的過半数を制するの地を作らざるべからず。是に於て、我党は曩日代議総会を開きて其運動方法を熟議する所あり、其の一端として先づ進歩党々報を発行することに決し、来る五月一日を以て其の第一号を出版することゝ為せり。

その誌面は、党論・論説・政務資料・寄書・評論・雑録・外報・経済事情・党報・時事で構成され、独歩が要請された「外報」は次のような内容であった。

宇内の現勢は両頭の蛇の如く、列国の関係は江湖の水に似たり。一端を撲てば他端必らず動き、一波動けば万波随ひて生ず、新進の帝国、其の間に立ちて雄を争はんとするに於て、深く其の情勢を察する所なかるべからず、然らざれば、必らず不測の禍害を醸し、遂に噬臍の悔恨を招かん。外報の一欄は特に此に憂ふるありて設けたるもの、大小の事変に接する毎に、必らず其の由来経過及び結果を評釈して遺す所なからんとす。

一三六　含満が淵(三二九頁注二一)　井上茂兵衛『日光名鑑』(光陽堂、明治二十四年)に次のようにある。

向河原《むかうかはら》より五六町渓流を遡れば北岸に絶壁の大石峙立《つじりつ》して削るが如し其形勢甚《はなはだ》奇異にして鬼工《かみのさいく》に異ならず頂上に不動の石像を安じ其下は激流盤渦《ばんくわ》して淵底謀り知るべからず絶壁の平面に憾𤭖《かんまん》の大梵字を彫る慈眼大師の高弟晃海の書なりといふ世俗弘法の抛筆といふはけだし空海を晃海と音相近きを以て誤れるならん年代の相距ること七百年渾渚すべきにあらず含満《がんまん》の聚雨は日光八景の一なり。

田山花袋『日光』(春陽堂、明治三十二年七月)には、含満が淵の印象が語られている。

潺々(せん〳〵)流れ来れる水は、川中に起伏偃臥(えんぐわ)せる無数の大岩小岩に逢ひて、一度は乱れ、一度は砕け、一度は怒り、一度は狂ひ、高きは百尺の怪岩を洗ひ、低きは千尋の深潭を穿ち、雪山を湧し、銀濤を起し、飛沫は遠く岸頭をつたひ行く我等の衣を湿(うるほ)さんとせり。幾箇ともなく蹲踞(そんきよ)せる石地蔵―こは含満の化地蔵と称せられたるものにて、幾度数へても数の同しき事は無しといへり―の間を過ぎて、遂に霊庇閣(れいひくわく)といへる円柱の護摩壇の岩上に建てられたる処に至る。前岸には絶壁高く深潭に臨みて、其処に七尺ばかりの不動の石像を安じ、水紋閃々たる上数尺の処には、所謂弘法大師の投筆(なげふで)と称せられたる一つの梵字を認む。／深潭の上流に一大奇巌あり。水は之に当つて烈しく激し、両岸の岩石の林立せる間を、震蕩奔逸(しんたうほんいつ)して、一ところ急峻激越なる一小瀑を作り、恰も風雨の至るがごとき響を四林に震はせつゝ、遂に深潭壺のごとき中へと下る。

二二七　**中禅寺湖・戦場が原**(三三〇頁注六)　井上茂兵衛『日光名鑑』によれば、「中禅寺湖」は次のようにある。「幸湖　世俗中禅寺の湖水に唱ふ古来南湖とのみ称して名のなかりしを主上御巡幸の際神官より宮内省へ上言して幸の湖といふ名を下賜せられたりといふ山中第一の大湖なり東西三里南北一里余此水清冷なるにより魚虫を生ぜづと云伝へしが近頃鯉魚(こひ)を放てしより追々繁殖の兆を見る又湖辺樹木の茂生するも終に塵・芥・木葉の浮遊するを見ず」と。また「戦場が原」について次のようにある。「標茅原(しめぢがはら)　赤沼原戦場原とも唱ふ然れども別に其地あるにあらず中宮祠より湯元まで三里間平原の総称なり赤沼原と称するは原中に霊沼(れいしよう)あり常に清水涌出る開祖上人閼伽(あか)の水を汲しことあるに因り閼伽沼と名づけ―と又赤沼と書(しよ)するは上古二荒(ふたら)の神上野国(かうつけのくに)赤城の神と湖沼を争て戦争ありし時血流れて湖沼為に赤し故に赤沼又は戦場原とも唱ふると云　標茅原或は忠女治原(しめぢがはら)とも書せり新古今集に／猶たのめしめぢか原のさしもくさ我世の中にあらんかぎりを」。

二二八　**黄梅・木瓜**(三三〇頁注七)　黄梅(おうばい)はモクセイ科の落葉小低木。中国原産で古くに渡来し観賞用に栽培された。枝は緑色、葉は三小葉からなる複葉。早春に黄色の六弁花をつける。迎春花、金梅ともいう。

木瓜(ぼけ)はバラ科の落葉低木。中国原産で観賞用に栽培された。枝にとげがあり、葉は長楕円形。春に二、三センチメートル程の紅色ないし白色の五弁花をつける。

二二九　**湯元温泉**(三三一頁注一二)　田山花袋『日光』に、「湯本温泉」が次のように紹介されている。「湯本温泉は白根山の西麓字湯平にありて、東西北の三面は白根金精温泉が岳の諸山を以て囲繞せられ、独り南の一面に、幽静なる湯の湖を擁す。盛夏の候といへども寒暖計八十二度以上に出づる事稀なり。世人呼んで或は日光山温泉といひ、或は中宮祠(ちうぐうし)温泉といふ。口碑によれば、この温泉の発見せられたるは神護景雲(じんごけいうん)年間なりと(中略)湯本温泉は中宮祠より正北三里、神橋より数ふれば六里に遠し。春に入りても風雪多く寒威烈しくて人住すべからず。これが故に、日光より上りて浴室を開くもの、旧暦四月八日を以て始めとし、九月八日を以て閉期と為す。冬間は一人の猟師のその傍に住するものに嘱して、そを守らしむるを例とす／浴室十軒浴舎十一軒、家屋の構造は冬雪の烈しきに堪へんが為め、いづれも堅固壮大にして、二層三層の高楼多く、且一戸にて数棟を携へしものあれば、浴客に喧騒の憂なし。この温泉開闢の年代は、得て知るべからざるも、旧記に天文十三年鎌倉公方入浴云々とあれば、古くより開けしものと見えたり。其邸地は概ね平坦にして、家屋は皆東方の山際に寄れり」。

二三〇　**「源叔父」**(三三一頁注一三)　明治三十年五月十七日付太田玉茗宛独歩書簡に次のようにある。「其後は無沙汰のみ致し御健全の御事に奉存候　小生共両人不相変無事執筆まかり在り候間御安心被下度候　東京は最早初夏の候と存候　日光目下新緑の好時節に御座候　但し中禅寺辺は未だ新緑と申す処に至らず湯本は岩間に氷雪あり　一口に日光と申せど季候は大変な相違に御座候　其後御製作如何に候や　小生一編の短小説を脱稿致候間一両日中に貴君の御手元まで送附致すべく候間文芸倶楽部の方か又新小説の方へ御周旋被下度候　尤も三十枚計りの短い者に御座候　原稿料の処は少くとも二十五銭以上に相願ひ度　月末の支払を当に致候事ゆゑ何卒其御推察にて急々宜しき様御取はからひの程願上候　且又処女作の事ゆゑなるべく急に掲載を願ひ度　若し其事かなわずば甚だ迷惑に候間其辺十分御推察の上万事君の宜しき様に御尽力被下度候／右成否の辺も御回報の程願上候　小生此頃頻りに新詩をうなり居候　日光山中已に二十篇に近き程を落成致候　文学界へも少々寄稿の積に御座候」。

花袋『東京の三十年』所収の「KとT」によれば、「Kの処女作は、それでも一枚二十五銭で何うやら彼うやら売れた。作が短かく、雑誌に載せるのに丁度手頃であつたからであらう。それに、G社の連中の型にはまつた作の中には、かういふのも変つてゐて面白いと、主筆は思つたのであらう。『矢張、二十五銭だ。けしからんな。言つてやらなくつちやならない。』かうは言ふものゝ、多少売れるか何うか懸念してゐたKの顔には、喜悦の色がそれとなく漲つてゐた」という。

帰省

一　**郷塾**（三三八頁注一）　「吾が半生」にいう九歳（数え）は明治五年であり、この頃三奈木には複数の寺子屋があったが、湖処子は三奈木の広瀬にあった小西氏宅の、農家の子弟のためのそれに通った（『半生の懺悔』明治四十一年）。しかし父の意向で、もと儒臣の岡野孚（おかのまこと＝加藤とも糟谷とも称した）のもとで素読をならい始め、明治七年に岡野が自宅に小学校を開設してからも（加藤小学と呼ばれた）、引き続きそこに通った（『半生の懺悔』）。同年、小学校は移転し、名前も喰那尾小学校、さらには三奈木小学校へと変わった（安陪光正「湖処子のえがいた三奈木風景」『三奈木村史資料』第二巻所収、昭和五十四年）。郷塾に関しては〈笹淵注〉は江藤養安（ママ）の孝始寮を有力視しているが、『半生の懺悔』によれば養庵宅で父松庵が開いていたのは士族の子弟用の寺子屋であった。安陪光正によると孝始寮の主催者は養庵の伯父の江藤茄だが、『甘木市史』上巻（昭和五十七年）には、孝始寮は茄が創設し、のち松庵が継いだ私塾、とある。いずれにしても孝始寮は、湖処子の言う「士族の子弟用の寺子屋」であり、「郷塾」とは別である。さらに『半生の懺悔』には、湖処子は明治十年に小学校を卒業するとしばらく豊後・森の漢学塾に同級生らと通い、九月にはその漢学塾の教師（高松政太郎）を三奈木に招いて丁丑義塾なる塾を開いた、とあるが、安陪光正は資料によりそれがほぼ事実通りであることを確認している（前掲「湖処子のえがいた三奈木風景」）。

二　**陰暦の十三夜**（三六八頁注一）　もちろん、「空白」や「削除」の理由として考えられるのは、作者のキリスト教信仰以外にはない。だが、いっぽう読者の側に立ってみれば、父の霊を弔うための帰郷が、「先祖詣り」の側面も持つ盆の期間を含み込むかっこうになっているのは、大変もっともな、納得のいく設定、ということにもなるだろう。

なお、この「陰暦の十三夜」の日は、八月三日の離京（三五一頁）から「第五日」（三六〇頁）目であり、八月七日ということになる。ここまでが作品内からわかることだが、前田愛「明治二十三年の桃源郷――柳田国男と宮崎湖処子の『帰省』（『へるめす』一九八五年六月）のように、ここに作品外の情報を導入して（この年は明治二十二年であり、したがって八月七日は旧暦では七月十一日のはずであり、といったような）論を発展させていく立場もありうるが、本注釈ではそのような立場はとらない。明治二十三年当時の読者でさえ、一年前を思い出して「八月七日」は「陰暦の十三夜」ではなかったはず、などと思うことは考えにくく、したがって本注釈では、「八月七日」（実際には十頁近く前にこの日が「第五日」だとあるのみで、さらに十頁近く遡らなければ、この日が八月七日だということさえわからない）が「陰暦の十三夜」だと作中にあれば、それをそのまま受け容れる立場をとる。蛇足を承知で言えば、十三夜なのになぜ盆行事の気配がないのかという疑問は、注意深いかなりの読者の念頭にのぼったと思われるので、三六八頁の注釈のような推測を試みた。

ちなみに小説ではない「此家」（『国民之友』六十三号、明治二十二年九月二十二日）では、やはりこの折りの帰郷に取材しつつ、「時宛も盂蘭盆会の旧節に際して」云々と記している。

三　弦月形に吾村を……（三六九頁注七）　「かすかに想い出すその屋敷跡は、いちめんの桑畑の中にあった古い井戸と高くのびた柿の木が数本である。桑畑にたつと、東南に村の東田がひらけ、真向いに城や小隈の山波がせまり、右手に遠く、筑後平野をへだてて屛風山が連らなっていた」（安陪光正「湖処子のえがいた三奈木風景」）。

なお〈笹淵注〉は大石正治氏からの書簡によって、これらの山々の紹介を試みているので、ここでもその大略を転記させていただく。それによれば、大仏山は「三奈木の北方美奈宜神社裏山食那尾山に続く山で約二百米」、「鬼ヶ城は羽白熊鷲の本拠とか伝えられる所、高所は四百米位、三奈木の東方」にあり、「片峰は同じく東方にあり、約百米位の小丘」、「小隈は約二百米位、東南に当り」、「屛風山は南方約四里くらいの所、浮羽郡と八女郡の境に、大分県より久留米市まで続く連山で福岡県における最大の古墳群。最高八〇二《メートル》」とのこと。安陪光正が、東面した時「右手に遠く、筑後平野をへだてて屛風山が連らなっていた」というのも、この記述と合致

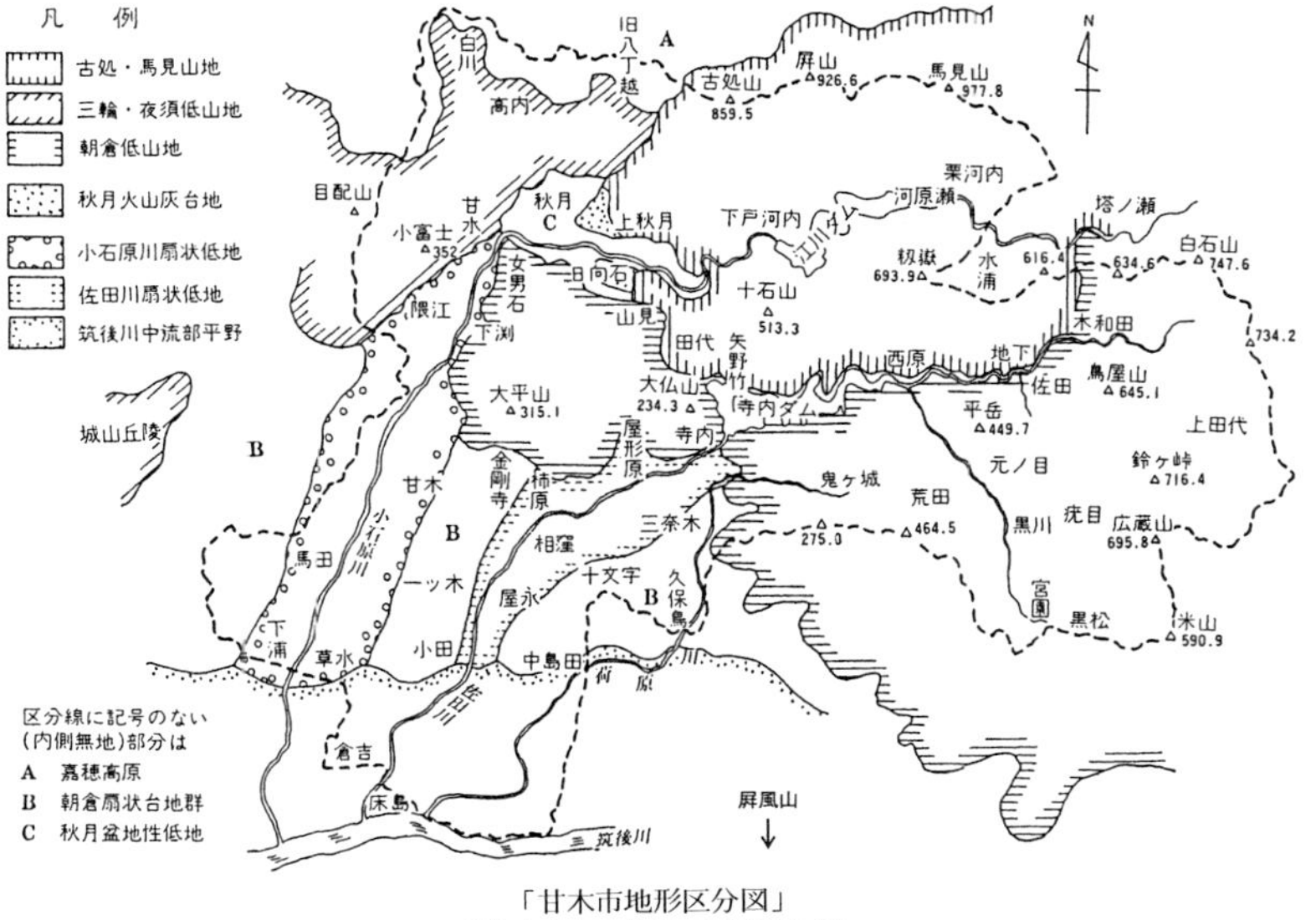

「甘木市地形区分図」
（『甘木市史』上巻，昭和57年）

している。参考までに『甘木市史』上巻に載っている「甘木市地形区分図」を転載させていただく。

四　翌朝未明（四二二頁注六）　なお『甘木市史』下巻（昭和五十六年）によると、明治三十二年からは、山道を経由せずに、三奈木の用水沿いの道をまっすぐに寺内まで辿り、そのまま佐田川沿いに上って行く新道の工事が始まり、そのため坂下の旅籠や帝釈寺峠の茶店などは廃業を余儀なくされたという。ちなみに、三奈木・甘木地区は交通の要衝。筑後・肥後方面から秋月を経て筑豊地方に通じる道が、甘木で福岡―大分線と交わっており、その上に、ここで紹介した肥前・筑後方面から英彦山に参詣する道が甘木・三奈木を貫通していた。→五三〇、五三一頁付図一、二。

五　田山花袋『源義朝』（四七四頁注三）

「暫く此方に来たところで、再び鷲栖と一緒になつた金王丸は、『此処で死ぬのは犬死ぢゃ。兎に角、京にこのことを伝へねばならぬ！』

『それが好い、それが好い！』から鷲栖は言つて、『兎に角、ここはこの身にお任せなされ！　この身が引き受けた！　これを真直に北へ北へとさへ行けば熱田ぢやほどに、あとを案じずにとく行かれよ。』

『では、鷲栖どの！　頼む。』から言つたまま、金王丸は一散に馬を走らせた」。

付 録

『源叔父』付図１　昭和初年代の佐伯周辺
(陸地測量部「二万五千分一地形図豊予要塞近傍 18 号(佐伯)」，昭和２年測図，５年発行)

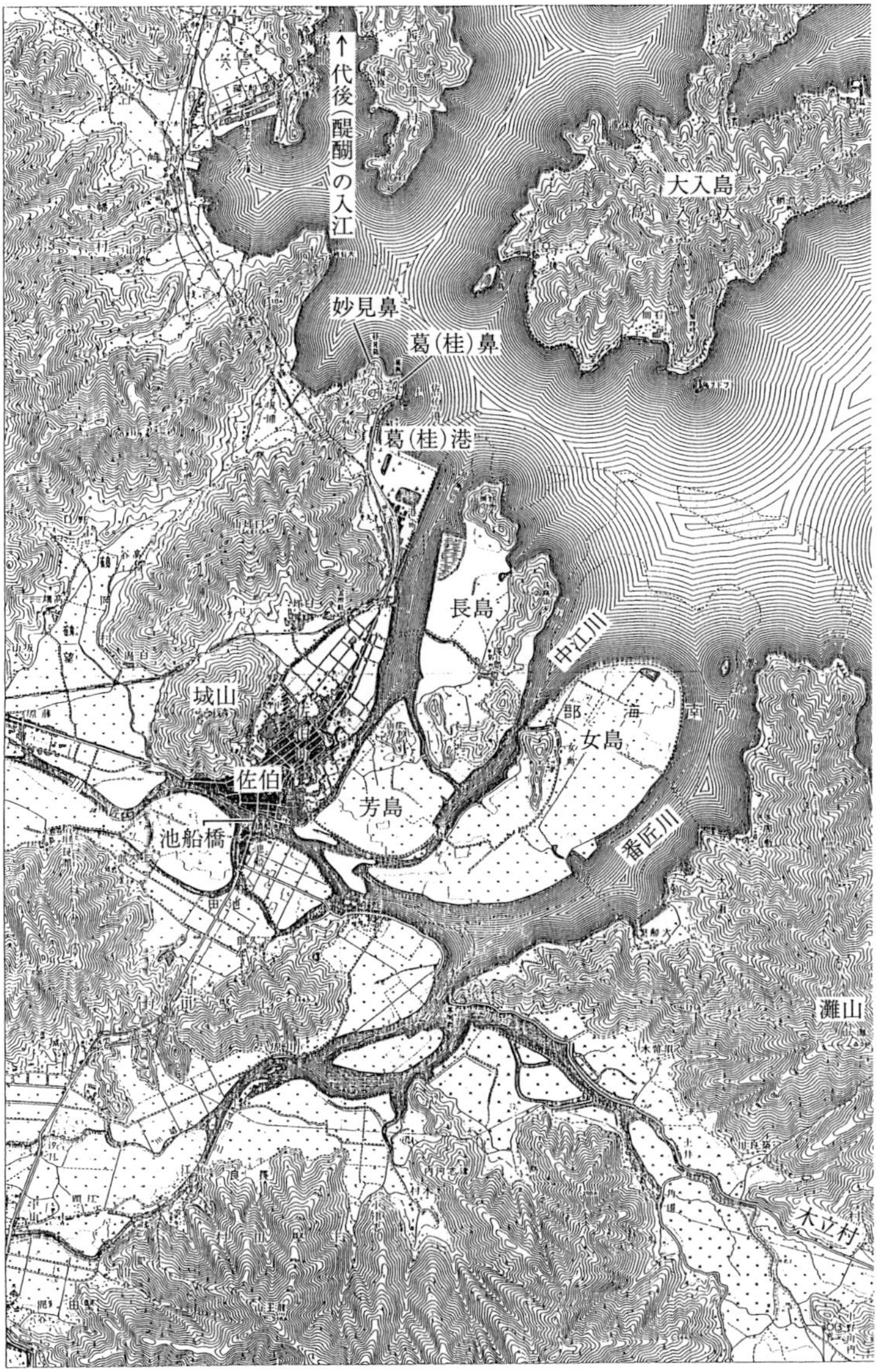

『源叔父』付図２　明治４年頃の佐伯
（米沢黄波製図「佐伯藩時代屋敷図」昭和８年，佐伯市教育委員会蔵）

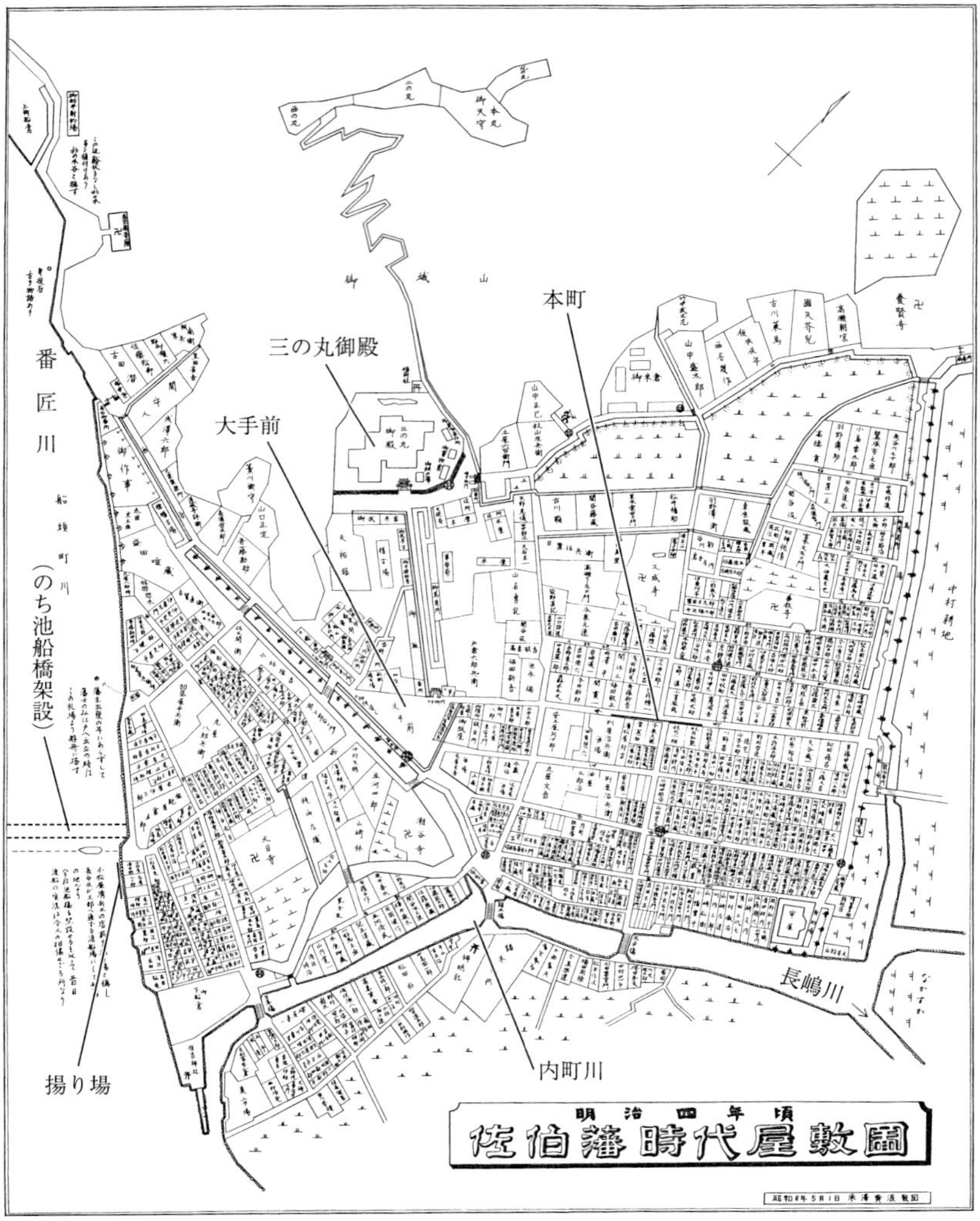

『武蔵野』付図　明治20年代の渋谷周辺

（陸地測量部「二万分一迅速測図東京近傍 8 号」明治24年修正，同年発行）

『帰省』付図1　明治20年代初頭の三奈木周辺

(陸地測量部「二十万分一地勢図(小倉)」明治22年測図，同年発行)

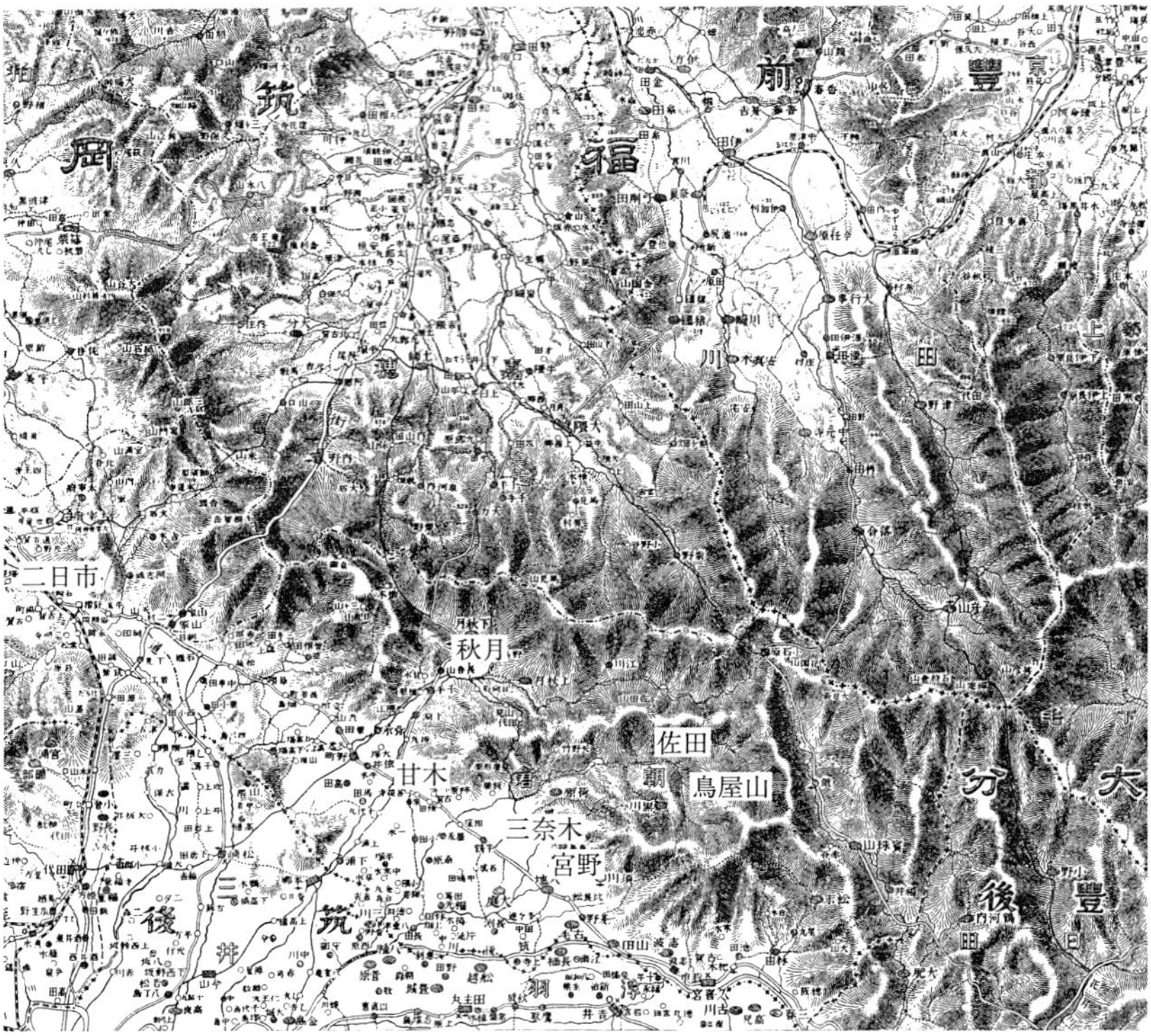

『帰省』付図 2　明治 30 年代の三奈木

(陸地測量部「五万分一地形図小倉 8 号(甘木)」明治 33 年測図，37 年発行)

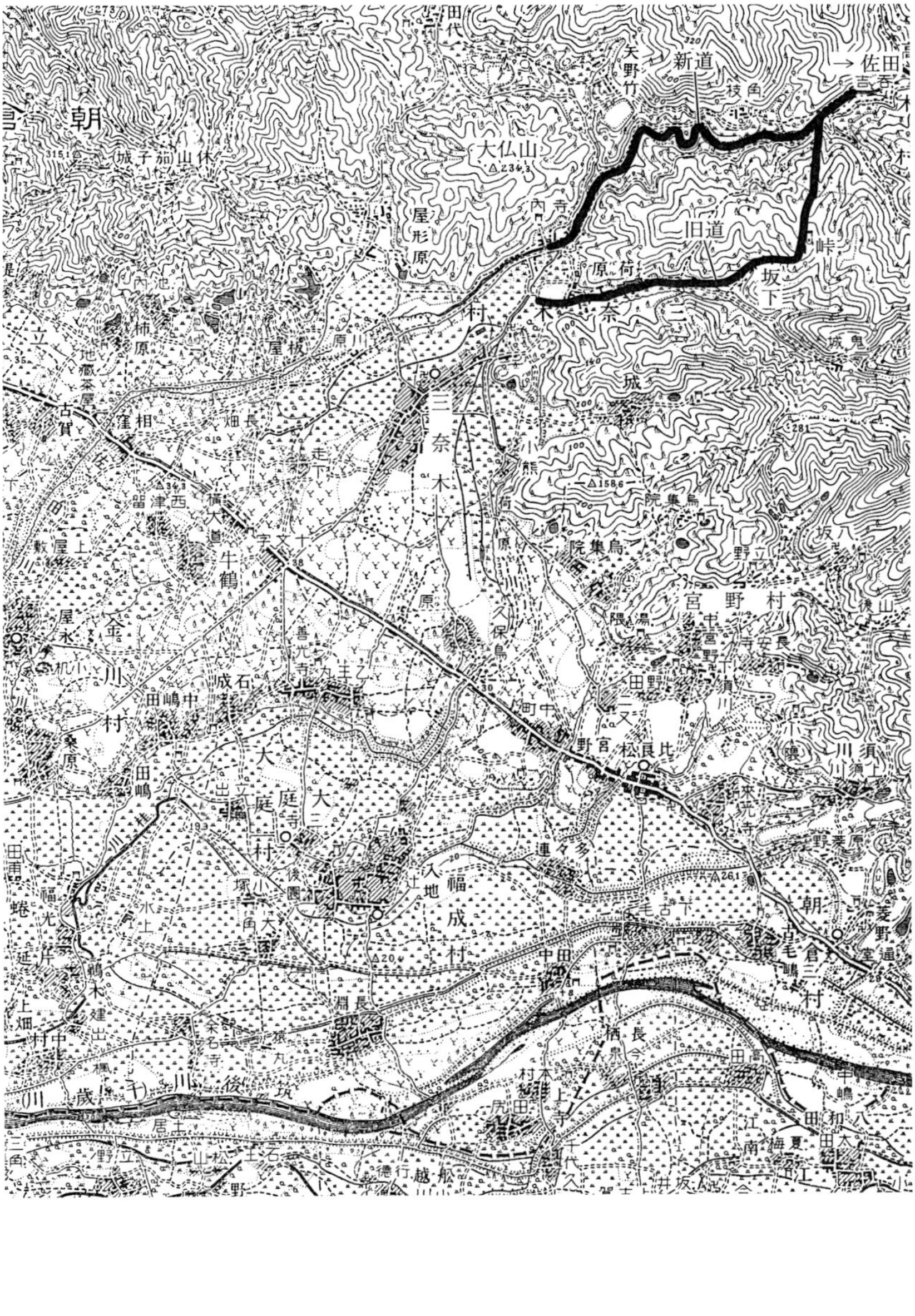

解説

『帰省』『武蔵野』『源叔父』解説

藤井淑禎

Ⅰ　宮崎湖処子『帰省』

宮崎湖処子の『帰省』は明治二十三年六月に民友社から書き下ろしのかたちで刊行され、その前後から増え始めていた遊学生たちの郷愁に訴えかけることで、多くの読者を獲得した。都会と郷里、学業・仕事における人間関係と地縁・血縁のそれとが強く拮抗し、その二極間で翻弄されたり引き裂かれたり、また一方に（主には郷里の方向へ）情緒的に強力に引き戻されたり、というのは、古今東西を問わず、或る条件下（といっても様々だが）でしばしば見られる現象だが、この時期の日本社会もまた典型的なそうした季節を迎えていた。もっとも、この時期のそれは、諸産業の急成長とかに起因するもの、というよりも、主には明治五年制定の学制に端を発した、近代国家発足にともなう教育重視の風潮が書生たちを都会へと呼び込んだために起こったもので、彼らがそうした現象の主たる担い手だった。

そうした書生たちを対象として、とりわけ当時青年たちに絶大な影響力を保持していた徳富蘇峰率いる民友社が繰り返しおこなった故郷礼賛キャンペーンは大きな反響を呼び、青年たちの故郷への思いを煽り立てた。それらの多くは雑誌『国民之友』誌上に載ったが、いわばその別働隊として『帰省』は出現したとも言えるのである。

当時湖処子は数えで二十七歳、六年前に故郷三奈木(現在の福岡県甘木市)から上京し、東京専門学校(現・早稲田大学)卒業後、キリスト教への入信、東京経済雑誌社記者などを経て、明治二十一年暮れには民友社に入社し、蘇峰の意を受け、『国民之友』や、のちには『国民新聞』(明治二十三年二月—)紙上に健筆を振るった。それらのうち、『帰省』出現前夜のものに絞って見てみると、「故郷」(明治二十二年三—五月)、「行楽」(同年六月)など、望郷・追憶・自然賛美のモチーフが認められるものが目に付く。その意味では故郷礼賛キャンペーン小説『帰省』も、そうした一連の執筆活動のなかから生み出されたものだったのである。

湖処子や民友社、日本社会の状況をおおざっぱに確認すると以上のようなことになるが、ひるがえって文学の世界に目を移すと、『帰省』を取り巻く状況はどのようなものであっただろうか。ここでは小説の世界に限定して見てみたいが、周知のように、この時期、ロシア小説ばりの二葉亭四迷の『浮雲』がいっぽうにあるかと思えば、尾崎紅葉や幸田露伴らによる江戸小説の延長線上のものもあり、さらには漢文調を骨格とする世相風刺小説・政治小説系の流れも依然としてあれば、坪内逍遙の『一読三歎当世書生気質』流の西洋味を加味した改良小説の流れもあり、といったように、文体・内容両面において、新旧が多種多様に入り混じってひしめいている、というのが当時の小説をめぐる状況だった。

そんななかで『帰省』の登場となるのだが、購読や読書の有力な手引きとなったと思われるのが、刊行直前の出版広告だ。『国民之友』第八十七、八十八号(明治二十三年七月三日、十三日)には「七月七日より発売」(ただし『帰省』の奥付ではそれより前の六月二十七日出版)として、書名などの通り一遍の情報ではなく、内容の懇切な要約を兼ねた長文の宣伝文が載っている。ほとんどこれを解説に代えてもいいくらいなので、少し長いが引用してみる。

著者去秋故郷に帰り、再び来りて此書を成せり。六年振の帰省なれば、旧物の変遷、故郷の快楽、固より此小冊子に尽すべくもあらね共、今著者が経過したる境遇を簡言すれば、初めには上京以後六年間一身の浮沈、思想の変遷幾様の生涯を経て帰思矢の如く生じ来り、遂に横浜より遠州灘を経、神戸より玄海灘を過ぎて九州に下り、恍然として故郷の村落エデン的の生活に心酔し、故郷の快楽、故郷の幻姿、故人の親情、酌み未だ尽さず、去りて旧情人の家を訪ひ、茲に「此時無言勝有言」的の交際を其父母の面前に為し、一飛して幽奥深邃山又山の絶村に入り、桃源時代原人の饗応を享け、山中の清夜月下の黙思に、絶景絶情の天然に対して幽妙なる道味哲理を感応し、又立ち帰りて亡父の墓に哭し、秋風一夜奇怪の夢に接し、帰期近づきて再び情人の家を訪ひて熱心なる択妻論を吐露し去り、頓て故郷に関する凡ての景情を故郷の追懐に蔵めつゝ、名残を留めて又旅び立てり。是れ著者が身親み心置きたる実事譚なれば、記事推論必ず其肯綮骨髄に徹せずんば止まざる処、此の著書の他に特異の点となす。今や遊子の帰省既に近く、郷里の父母情人の遊子を待つも亦旦夕にあり。若し相見て相楽しむ親戚情話濃なる際に、此書を繙かば、書中の情話亦将に読者其の快楽に対して、或は同感を表し、或は勧誘を為し、或は軽快なる競争者たるものあらんとす。発刊の上は幸に購読の栄を賜へ。(句読点を補った)

本書三三五頁注四では、小説内部にとどまって考えた場合、作中時期はこの段階ではわずかに流動的、としたが、外部情報、と言うよりは地続き情報とも言うべきこの広告文を参照すれば、作中の帰省時期は明治二十二年に特定されることになる。ばかりでなく、ここには、これが著者の「実事譚」であるとの添え書きもあり、それゆえに「記事推論必ず其肯綮骨髄に徹」すると述べられている。そして結びでは、今夏の「遊子の帰省」に持参するのに最適、との実用的価値のアピールもある、といった具合だ。

一年前の七月にも(現実の湖処子が帰省する直前だ)、『国民之友』は「青年学生は奚ぞ故郷に帰らざる　奚ぞ田舎に遊ばざる」(五十六号、明治二十二年七月十二日)として、肉体的にも精神的にも汚濁し腐敗した都会を離れ、故郷や田舎で英気を養い、秋には清新な空気を都会に持ち帰るよう説いていたが、そうした枠組みで『帰省』が方向付けられ、その実用的価値が称揚されていたことがわかる。帰省は「地方を東京ナイヅ」するためではなく、「東京を地方ナイヅせんが為」(「書生の帰京を迎ふ」『国民之友』九十四号、明治二十三年九月十三日)にこそなされるべき、というのである。

こうした捉え方に基づく『国民之友』の『帰省』への後押しは、この後も続けられる。第八十九号(明治二十三年七月二十三日)には「再版廿一日より発売」として、刊行前の広告文とは別文が掲げられる。すなわち民友社ブレーン中の重鎮・森田思軒の『帰省』評(「偶書『帰省』と『風流魔』」『郵便報知新聞』明治二十二年七月八日)からの抜粋引用である。思軒評はさすがに露骨には実用的価値に触れていないが、「著者が郷に帰省せるときの始終を叙する」との捉え方や、「純白無垢」に感じ、叙している点を絶賛するなど、先の広告文に通じる点も少なくない。また、抜粋された思軒評中には、原文からの魅力的な一節の引用もある。すなわち、宮野村の恋人宅を久方ぶりで訪ね、彼女が手ずからもいだ梨を振舞われる場面である(本書では四一三頁から次頁にかけて)。

以後の広告は、書名のみのそれに代わるまで、しばらく同じ構成が続くが、増刷予定がその都度更新されているので、その浸透ぶりが手に取るようにわかる。第三版は八月五日(七日とも)頃より発売、また第九十二号(八月二十三日)には第四版の(この頃から書名のみの広告に代わる)、第九十四号(九月十三日)には第五版の、そして第九十六号(十月三日)には第六版の、広告が載っている。『国民之友』＝民友社の後押しのもと、わずか三ヶ月でここまでこぎつけているのである。

ここで、刊行前の最初の広告文に戻って、そこでの要約を手がかりとして『帰省』の内容を押さえておくことにしよう。要約中の、どこから出発してどこそこを経由して、というような単なる紹介部分は除くとすれば、残る重要な個所は、次の四つにまとめられるだろう。すなわち、「故郷の村落エデン的の生活に心酔し」という個所、フィアンセの「家を訪ひ、茲に「此時無言勝有言」的」に相愛を実感する個所、「幽奥深邃山又山の絶村に入り、桃源時代原人の饗応を享け、山中の清夜月下の黙思に、絶景絶情の天然に対して幽妙なる道味哲理を感応」したという個所、そして最後が「故郷に関する凡ての景情を故郷の追懐に蔵めつゝ」再び東京に向かう個所である。

大変バランスの取れた要約だが、かりにこれらを①―④とするなら、もっとも重要なのはやはり①ということになるだろう。小説の流れを虚心に辿ってみても、上京以来の「京人たるべき修行」(第一)に嫌悪感を抱くようになった主人公が、ふた夏の自然逍遥を経て自然を愛する念(=都会を軽薄視)に目覚め(同)、さらには下総での生活と春の郊遊とによって故郷=村落の価値を見直すに至るまでの軌跡はくっきりと描かれている。そしてそれをうけての、故郷の村とエデンの園との重ね合わせなのである(第三)。その意味で、人情酷薄の都会に対して田園をアルカディアと捉え、楽園喪失者としての主人公像を指摘した笹淵友一の見解(『浪漫主義文学の誕生』明治書院、昭和三十三年)は、依然として『帰省』理解の中心にあると言わなくてはならない。

①の重さ・大きさに比べれば、②はしょせん趣向上のヤマに過ぎず、③も、①と同工異曲の印象は免れない。④をめぐっては、境忠一『詩と故郷』(桜楓社、昭和四十六年)や北野昭彦『宮崎湖処子 国木田独歩の詩と小説』(和泉書院、平成五年)などが説いているように、故郷喪失者の文学の嚆矢、都会と農村というテーマの創始、すなわち先駆者としての『帰省』という把握が依然として説得力を持つ。都会を嫌悪し逆に故郷をこれほど称揚しながら、故郷に定住し

たり帰京をためらったり、という気配がみじんも見られないことも争点の一つとなっているが、これは田舎の清新な風を吹き込むことによって「東京を地方ナイヅせん」とする民友社の主張に沿うものであり、そこでは定住という選択肢はそもそもなかったわけで、その意味では作家論・作中人物論以前の問題という側面も、そこにはあったことになる。これ以降、前田愛「明治二三年の桃源郷――柳田国男と宮崎湖処子の『帰省』」(『へるめす』昭和六十年六月)を始めとして、新たな読みに挑戦した論も散見されるが、概して先行の指摘の焼き直しに終わったり、さもなくば前田論のように脇道に入り込んでしまうケースが目立つ。内容解釈の上ではもはや『帰省』論にそれほど多くの余地は残されてはいないのではないか。

＊

先に、この時期の小説界が、文体・内容ともに新旧入り混じった、大変なカオス状態にあったというようなことを指摘した。以下では、その問題をもう少し発展させてみることにしよう。それというのも『帰省』という小説がそもそも、その内部に種々雑多なものを抱え込んだカオス的小説(この頃は珍しくないが)だったからである。よく言われるように、『帰省』中には東洋思想とキリスト教思想とが混在している。陶淵明や老子が説いた理想郷と聖書に見られる楽園思想との重ね合わせである。そしてこの両者に弾き出されるようにして、『帰省』からは仏教――この場合は盆行事――の影が周到に排除されている。本来あるべきものが排除される、というのも、また別の意味でカオス状態に拍車をかけた、と言えるかもしれない。

本書三六八頁注一で述べたように、三奈木近辺でも当然、盆は旧暦で行われており、そのことは作中からも裏付けられる。すなわち新暦の八月十七日(旧暦では七月二十三日)に菩提寺に墓参に行ったところ、「盂蘭盆会の生霊送る夕に近ければ」供花もくたびれてはいたものの、まだあちこちに見られたというくだりである(第八)。さらに作品外に傍証を求めれば、やはりこの折の帰省に取材した「此家」(『国民之友』六十三号、明治二十二年九月二十一日)にも、「時宛も盂蘭盆会の旧節に際して、余は斯土の一豪家に招かれたり」との一節が見出せる。そしてもう一つ確認しておかなくてはならないのは、主人公の家が仏教徒かどうかという点だが、前掲の、菩提寺に墓参というくだりからもそれは明らかであり、作家情報を参照しても、宮崎家の菩提寺は品照寺という一向宗(浄土真宗)の寺なので、ズレはない。

盆行事が旧暦で行われるということと仏教徒ということとが確認できて始めて、盆行事の抹殺ということを問題にすることができる。ここで帰省した日から前述の八月十七日くらいまでの期間を整理してみると、作中では帰省した八月七日が「陰暦の十三夜」＝旧暦の七月十三日、宮野のフィアンセの家を訪ねるのが、八月九日＝「陰暦の七月十五日」。そしてその八日後の八月十七日の墓参へと続いている。前田愛論を引きながらいくつかの注でも述べたように、これが、作品外の、湖処子の現実では、八月七日は旧暦七月十一日、八月九日が同七月十三日となる。この場合、佐田に赴いた八月十一日が旧暦七月十五日ということになる。要するに、どちらで考えるにせよ、旧暦七月十三日から十五日までの盆行事の中心部分は含まれてしまうわけで、その欠落は、『帰省』というカオス的小説の内部に広がる巨大な空洞をイメージさせる。しかも、主人公の父の死は、前年の八月十七日(新暦)。作品外の情報を導入すれば、旧暦の七月十日であり、もうこの年の盆には間に合わないから、主人公の帰省する年が新盆ということになる。いっそう作法も厳重に、規模も盛大に行われたはずであり(鈴木棠三『日本年中行事辞典』角川書店、昭和五十二年)、いやがうえにも空洞部分に目が引き付けられる。

『甘木市史』下巻(甘木市史編纂委員会、昭和五十六年)によると、旧暦七月十三日が「精霊さん迎え」の日であり、墓地までお迎えに行き、家に帰り着くと、提灯をつるし、仏壇にお飾りをする。十四日からは三食のお膳立てをし、本家への先祖詣り、盆綱引き(村をあげての綱引き大会)、などの行事に追われる。そして十五日夕の「精霊さん送り」を迎えるというわけである。この日が過ぎると、今度は盆俄《にわか》なる地域対抗演芸合戦が何日にもわたって繰り広げられたという。いずれにしても大変な賑わいが連日のように続くわけだが、それらのいっさいが『帰省』からは削除されているのである。基本的には「実事譚」(広告文より)と言っていいこの小説の、ひょっとすると最大の、それへの裏切りとさえ言えるかもしれない。補注二ではその理由として、「作者のキリスト教信仰」という平凡な理由をあげておいたが、おもしろいのは、にもかかわらず読者のほうでは、盆行事の有無などには無頓着に勝手にここに盆をダブらせ、命日ゆえの帰郷を新盆ゆえの帰郷と、これまた勝手に受け取ったのではないかとも想像されることだ。空洞であったはずのところが、いつのまにか充塡されてしまっていたというわけである。テキストをめぐる作者と読者の攻防とは、かくも摩訶不思議なものであるということを痛感させられる。

カオス的ということに関してもう一つ。注で繰り返し指摘したように、文体・語彙の面でも『帰省』には種々雑多なものが混在している。風景描写の際に漢文調が強まるというのは広く見られた傾向だが、『帰省』の場合特に目立つのが、いまだ(もちろん、この時点で)日本語化しているとは言えないナマの中国語の使用だ。①外来語として日本語化したもの、②どう考えてもナマの中国語としか見えないもの、③どちらとも決めがたいもの、の境界線はもちろん明確には引くことはできないが、だいたいは②と考えてよかろうと思われるものを思いつくままに列挙してみると、「寧馨児」(三五〇頁)、「疎族」(三五二頁)、「強顔」(三五五頁)、「冗談」(無駄口、三六〇頁)、「先容」(三六一頁)、「堂を下りて」(三六四頁)、「新聞」(ニュース、三六七頁)、「仮山」「散園」(三八二頁)、「大帰」「健足」(三八三頁)、「低語」(三八八頁)、

「偃息」(三九五頁)、「強食」(四〇四頁)、「相する」(人相見、四二四頁)、「迷流」(四二六頁)などが挙げられる。もちろんこれらも境界線の引き方次第ではまだまだ出入りがありうるが、少なくとも、ナマの中国語の採用という特徴が指摘できることだけはまちがいない。

もっとも、明治二十年代はひとくちに小説と言っても、その出自によって文体・内容ともに大きく異なるというのはすでに常識となっている。すなわち、近世戯作の系譜を引くもの、国文脈・和文脈系統のもの、そしてこの『帰省』のように漢文訓読体の系譜を引くもの、等々だ。そのなかの漢文訓読体系統のものの変遷をおおざっぱに辿ってみると、明治初年代の文字通りの漢文体(服部撫松の『東京新繁昌記』など)、明治十年代に入っての漢字片仮名交じりの訓読調(菊亭香水の『惨風悲雨世路日記』など)、同じく漢字平仮名交じりの訓読調(藤田茂吉他訳の『諷世嘲俗繋思談』など)を経て、明治二十年代へと入ってくる。

したがって『帰省』の頃になると、漢字平仮名交じりであるのは当然だが、訓読調は漸減(激減?)し、戯作系のもの、和文系のもの、とだいぶ接近してくる。当然、語彙も、ナマの中国語の使用が当然であった漢文体や訓読調の頃とはちがって、それらは漸減(激減?)してくる。ただ、戯作系、和文系、漢文系の三脈は依然として合流まではしておらず、それぞれの固有の特徴を残しつつ合流点に向かって歩を進めつつある、というのが実態だっただろう。そんななかで、『帰省』におけるナマの中国語の使用を多いと見るかどうかは微妙だが、出自を考慮すれば納得できる反面、系譜を度外視して同時代の作品の中に並べた時には、やはりその中国語色は突出して見えたのではないだろうか。しかもそうした語彙→文体で、キリスト教的なことや男女の人情にかかわることを表現していく時、そのカオス性はよりいっそう増幅されて読者の目に映ったにちがいない。

最後に本文に関して少し触れておきたい。注や「校注付記」(三三四頁)でも述べたように、『帰省』の本文は校合した三本ともに誤植が大変多い。したがって三本を付き合わせ、ほとんどは、そのうちのどれかを採ることで本文を確定していったが、なかには三本とも誤植と判断されるものがあり、それらについては校訂者の判断で訂した。三四八頁の「天涯迷魂」の「迷」などである。崩し字の字体の類似から「述」と誤読されてきたと思われるが、これに限らず、字体の類似から来ているのではないかと思われる誤読・誤植、ないしは誤植候補はかなりの数に上る。

注にも記しておいたが、たとえば三六〇頁の「吾等は北方故郷に」の「北方」。三奈木は博多の東南に当たるので、方角だけに留意して、「東方故郷に」の誤植ではないかと推測する〈笹淵注〉もあるが、そもそも「東方」ではなく、また「東方故郷に」という言い回しも不自然なので、ひょっとすると「わ」「か」(「わが」)を字体が似ていることから「北方」と誤読したのではないかと想像してみた。同様のことは、三六七頁の「知音」についても言える。ここは文字通りにとれば、「昔からの知り合い(故旧)の昔からの知り合い(知音)は天使の言葉の如く」となってしまう。そこで「知音」に字形の似た崩し字を探すと、「聲」が浮上してくる。「聲」の上と下が、それぞれ「知」「音」と誤読された可能性があるのである。そうとれば、「昔からの知り合いの声は」となって、意味が通る。

もう一つ、これは三本とも揃って間違えているわけではないので、第六版に基づいて訂したが、四七〇頁の「其花に手の及ぶまで長ぜざりし故なり」、「一年立たば吾手は確かに伸ぶべし」の場合はどう考えればよいだろうか。これらは、のちの二つの版では、それぞれ「其手に花の」、「吾事は」と誤植されてしまっている。このうち前者のほうは、単純な誤植もありうるが、後者の例は、崩し字の介在がないとこうはならないのではないかと想像される。辞典等で確かめると「手」と「事」の崩し字は接近する場合もあるからである。だとしたら、後の版は原稿に基づいて新たに起こされた可能性がある。これは言ってみれば両刃の剣的な作業であって、原稿に基づくことで訂される場合もあれば、新たな誤読・誤植を生む可能性もある。ともあれ、『帰省』の本文をめぐってはまだまだ検討の余地がある。本書では、本文には変更を加えずに注で問題点を言及するにとどめたものもあるし、訂したものの中にも再考を要するものがあるかもしれない。繰り返し精読することで、躓いてしまうような(もちろん、当時の言語感覚で)個所を洗い出す作業が今後も必要だろう。もちろん、これは『帰省』だけにとどまる問題ではないが。

Ⅱ　国木田独歩『武蔵野』『源叔父』

夏目漱石の『道草』(大正四年)の中に、登場人物たちが斎藤月岑の『江戸名所図会』(一八三四―三六年)をめぐって思い出話を交わす場面がある。主人公の健三が、義絶した養父との関係について親族たちと相談しようと姉の家を訪ねた折のことである。「健ちゃんは江戸名所図会を御持ちですか」と切り出した義兄の比田が、「ありや面白い本ですね。私や大好きだ。なんなら貸して上げませうか。なにしろ江戸と云つた昔の日本橋や桜田がすつかり分るんだからね」と感想を述べる。比田は、健三に言わせれば随筆集である『常山紀談』を「普通の講談物」と思っているような男だが、そんな比田が『江戸名所図会』を珍重し、愛読しているというのである。

興味深いのは、インテリを自認する健三にも、「子供の時分その本を蔵から引き摺り出して来て、頁から頁へと丹念に挿絵を拾つて見て行くのが、何よりの楽みであつた時代の、懐かしい記憶があつた」ということである。「中にも駿河町といふ所に描いてある越後屋の暖簾と富士山とが、彼の記憶を今代表する焼点となつた」。作中での彼らのやりとりから、比田のほうが数えで五十歳前後で、一八五〇年頃の生まれ。いっぽう健三のほうは三十代半ばで、作者である漱石とほぼ同じの江戸の末年(一八六七)頃の生まれ(『漱石全集』第十巻〈一九九四年〉の石原千秋の注解による)だから、こっちは明治四年(一八七一)生まれの国木田独歩とほぼ同世代だ。

『武蔵野』が、「自分」が以前見たことのある地図の思い出から語り出される、その描かれざる背景のささやかな一部をなす光景と言えようか。近世以来の地図、名所図会、案内記の隆盛という背景を念頭においた時始めて、我々は『武蔵野』の世界にすんなりと入っていけるのだし、なんなら『武蔵野』をその系譜に連なるものと位置づけてもさしつかえはない。新保邦寛は『独歩と藤村——明治三十年代文学のコスモロジー』(有精堂出版、一九九六年)のなかで、『武蔵野』を〈自然文学〉という狭い範囲に閉じ込めておくのではなく、紀行や案内記、写生文、田園文学などともつながるものとして位置づけることを提唱しているが、なかでも近世以来の名所図会や案内記とのつながりは重要だ。本書の注に引いたものに限っても、『江戸名所図会』を始めとして、植田孟縉『武蔵名勝図会』、十方庵敬順『遊歴雑記』、明治以降では、並木仙太郎『武蔵野』、田山花袋『東京の近郊』『一日の行楽』、松川二郎『近郊探勝日がへりの旅』『改版土曜から日曜』、白石実三『武蔵野から大東京へ』、『風俗画報』臨時増刊「新撰東京名所図会」などがあげられるが、『武蔵野』のユニークなところは、そうした諸作とそれぞれに重なりを持ちながらも、それらとは本質的にまったく相容れない私生活、私情のほうへも大胆に踏み込んでいるという点だ。

それぞれの注において述べたように、そこには一年前の独歩の、さらには二、三年前、四、五年前の体験や私情が濃密に重ね合わされているが、そうは言ってもそのやり方は通り一遍のものではなく、肝腎要の恋愛事件に関しては、告白しつつも(信子との郊遊を或る友とのそれとしてカムフラージュ)、抹殺する(日記中の彼女に関する記述を削除)という、手の込んだ方法がとられている。こんなところからも、図会・案内記に根差しながら諸ジャンルとの「類縁性」(新保邦寛)も持っているという、この作品の重層的な性格の一端が見て取れるだろう。

『源叔父』が載ったのは博文館発行の『文芸倶楽部』明治三十年八月号だが、当時『文芸倶楽部』は春陽堂発行の『新小説』と並ぶ二大小説誌で、新進の独歩の意気込みもさぞやと想像される。広津柳浪、江見水蔭、川上眉山ら硯友社系の作家の作品を中心としながらも、新進の泉鏡花、樋口一葉らの作品をも載せて新風を吹き込んでもいた『文芸倶楽部』だったが、小説の体裁という観点から見ると、『源叔父』の先進性は突出している。タイトルこそ古めかしく(独歩吟客という筆名も)いかにも大雑誌にふさわしいが、小説としての造り、構成は、十年くらい先を行っているように見える。

＊

言うまでもなく、心理学からの応援を得て〈回想体〉が急速に発達した明治四十年前後の状況を念頭においているのだが(拙著『小説の考古学へ——心理学・映画から見た小説技法史』〈名古屋大学出版会、二〇〇一年〉参照)、『源叔父』の場合、注においても述べたように、ある時点からの一人称の回想という典型的なかたちには、まだなっていない。都に帰った教師が何年か経って、見聞したことを旧友へと書き送るわけだが、典型に近づけようとすれば、教師が手紙の中で一人称で、見聞したことを語らなくてはならない。ところが教師の言葉は七行(四頁)ほどで止み、次には、教師に語った宿の主人の言葉が延々と続くことになる。ここまでが《上》だが、さらに《中》以降に、教師が都に去ってから源叔父の周囲に起こったことが、三人称客観体でつづられている。

つまり、典型的な回想体は《上》の七行だけで、《上》の大部分はその後独歩が得意とすることになる、話し手(宿の主人)が聞き手(教師)に語る形式、そして《中》以降は単なる三人称体の物語形式、ということになる。明治二十年代初めに一人称体の利点が紹介されてから、一人称回想体はさまざまな試行錯誤を経て前述の隆盛期を迎えるわけだが、そのなかにあって、独歩はもっとも果敢な実験者として、さまざまな試みに挑戦している。形式の上では種々のものが混在していて、いっけん失敗作との印象も与えかねない『源叔父』だが、その背後では、〈回想体〉確立以降の時代からでは容易に窺い知ることのできない、さまざまな困難や葛藤が渦巻いていたのかもしれない。

八頁注三で紹介した亀井論文は、《上》と《中》以降との関係を、「詩」が「現実」に裏切られるという図式で捉えているが、〈回想体〉の試行錯誤史という観点から捉え直すと、自分が去ってから起こったことを一人称回想体で語るのは不可能なのだ(＝三人称体で終始一貫させるべき)という認識が十分でなかったとの理解も成り立つ。いずれにしてもこうした独歩の勇気ある模索が、同時代の作品群中で、本作を際立たせていたことだけはまちがいない。

＊独歩作品に関しては、別に新保氏の解説があるので、簡略にさせていただいたことをお断りする。なお、校注作業の過程で、かつて「書生の〈夏〉」(『叙説』一七、一九九八年)という『帰省』論を書かれた石川巧氏から甘木関係、民友社関係の資料のコピーを頂戴し、北京・首都師範大学の王成氏を通じて同大学付属〈中国詩歌研究中心〉を利用させていただいた。また以下の機関、方々にも便宜をはかっていただいたので、お名前を記し、謝意に代えさせていただく。甘木市立図書館、甘木歴史資料館、佐伯市教育委員会、城下町佐伯国木田独歩館・北村扶佐枝氏、野田宇太郎文学資料館・山下徳子氏。

「余は如何にして小説家となりし乎」の記

新保邦寛

昭和の終わり頃、近代作家の日記に関心が集まるなか、〈近代日記文学〉なる概念が問われたことがあった。その火付け役を演じた一人、小田切進『近代日本の日記』（講談社、昭和五十九年六月）によれば、そもそも日記を文学作品と見做したのは古典文学の研究者であって、垣内松三が大正六年四月東大で行った講演で、〈自照文学〉〈自己返照の文学〉と定義したことに始まるが、そこには自然主義文学観の促しがあった。ただそれは、公開を前提とした、それ故〈作品〉を意識していた古典文学の話であって、小説ジャンルの正典《カノン》化によってあくまで〈密室での作業〉たることを強いられた近代作家の日記は、その限りではないように見える。国木田独歩の日記『欺かざるの記』もまた、そうした〈密室での作業〉の所産に他なるまいが、しかしその後、自然主義文学の時代の到来を待ち兼ねたかの如くその公開が目論まれ、現に刊行されるに至ったこと、それも田山花袋らの手によってなされたことを思えば、後に垣内松三が平安女流日記に見出すことになる〈自照文学〉なる概念が、既に、よりラディカルな近代作家の日記を通して見出されていた事態を認めなければなるまい。すなわち『欺かざるの記』は、〈文学作品〉として受容されることを期待されて送り出された、正しく〈近代日記文学〉の嚆矢と位置付けられるのではあるまいか。

その結果、『欺かざるの記』は、〈作品〉概念に呪縛され続けることとなり、『日本近代文学大系10　国木田独歩集』

(角川書店、昭和四十五年六月)の如き選集であれ、『新注近代文学シリーズ2 近代日記文学選』(和泉書院、昭和六十三年二月)の如きアンソロジーであれ、申し合わせたように、明治二十八年初夏の頃より概ね一年間の記録、要するに佐々城信子との出会い・恋愛・結婚・破婚の過程を抜粋してみせることになる。言うまでもなくこうした傾向は、『欺かざるの記』の少なくとも後半部分に、近代的恋愛のモデルを見出し、それを主題化することによって〈作品〉としての相貌をより明確化しようとする企図に他なるまいが。なるほど『欺かざるの記』は、狭義の〈作品〉ではなかったとしても、しかしまた〈文学〉であること自体を拒まれている訳ではない。例えば佐伯彰一「日記が「文学」になるとき」(『国文学』昭和五十九年四月)の、

> 日記は、「制度」としての文学から自由であることによって、文学となる。脱制度の文学、さらには反制度の文学。

という定義は、ある意味で文学概念を反転させた自然主義文壇によって表舞台に押し出された『欺かざるの記』に最もふさわしいものに見えるが、それ故、この独歩の日記の文学性とは、一人の近代作家の〈青春〉の総体の表出にある、と言うべきかもしれない。

思えば明治生まれの国木田哲夫は、真正の意味での〈青春〉を体験した最初の世代の一人だった。明治二十六年二月三日、生きる方途に迷った揚句に、取り敢えずジャーナリストとしての一歩を踏み出したところから書き始められた日記『欺かざるの記』は、その後五年に亘って政治・教育・宗教・文学と揺れ続けるモラトリアムな内面の記録として書き継がれ、さらに〈運命の女〉佐々城信子との恋愛体験が変奏される文字通りの〈青春〉日記であったと、ひとまず言える。こうした青春期を招来したのが近代の諸制度とそれに伴う個人の自覚であったとしても、何故それを書き止

めたい衝迫に駆り立てられているのかは、自ずとまた別問題である。おそらく十八世紀後半から十九世紀に至る西欧ロマン派の文学の促しを多分に受けてのことであろうが、大切なのは、それら西欧文学が、彼の心に兆す切実な思いに形を与えるべくいわばモデルとなっていった点だ。それによって青春は青春として認識されるに至ったと思われるからである。ただし、こうして記述されたものは当初、詠嘆表現の多用に窺える如く、ただ一途に内面をのみ見詰めようとした独《ひと》り善《よ》がりな反省されざる文体の羅列でしかなかった。それが、日清戦争の従軍体験を記述し始める頃から質的に大きく変化する。ドナルド・キーン『続百代の過客—日記にみる日本人』(朝日選書、昭和六十三年二月)は、それを〈一個の成熟した人間として、物を書〉くことへの飛躍と捉えているが、要するに後半世界に至って『欺かざるの記』が〈文学〉になったということではなかったか。おそらくそれは、『国民新聞』報道記事が並行して書かれていた事態と密接であって、しかもその関係は双方向的であった。というのも、従軍記事が単なる時局報道ではなく『愛弟通信』であったが故に〈文学〉たり得たとすれば、それは明らかに日記の促しであるように、従軍記事を書く眼差しが『欺かざるの記』の世界に奥行きを与えたと考えられるからである。すなわち二つながら〈文学〉に昇華し、国木田哲夫はいわば国木田独歩へと蟬蛻《せんぜい》した、といえよう。

一

かくして国木田哲夫の孤独なモノローグであることから、上昇期の近代市民社会を生きる多感な青春の生き生きとした日常の記録に変容した『欺かざるの記』後半世界は、それ故外部世界との豊かな関係を描き出すことになる。

明治二十八年六月十日、二週間の休筆の後に描き出された独歩の姿は、『愛弟通信』の成功が齎《もたら》した華やかさに彩られている。信子との出会いの契機となった佐々城家の晩餐会への招待、〈築地尋常小学校〉生徒に向けた〈厚生館〉(明治会堂)〉での講演と、名士さながらである。しかし何より彼にとって人生の飛躍となったのは、『国民之友』副主筆(九月八日付新渡戸稲造宛内村鑑三書簡)に抜擢されたことではなかったか。それは、〈民友社にて壱人男の様に〉(十一月九日付蘇峰宛佐々城豊寿書簡)振舞う自意識を育みつつも、当時の文壇の主役とも言うべき尾崎紅葉・幸田露伴・斎藤緑雨・福地桜痴・川上眉山・森田思軒・原抱一庵などとの交流を可能にし、結果として近代日本文学に対するパースペクティブを齎したと思われるからである。

しかし一方、この類の自意識が宮仕えの苦悩と悲哀を感じさせずにはおかないのはいつの時代も変わりなく、独歩は、北海道に独立自尊の生活を築きあげるべく腐心するようになる。そうした傾向は実のところ、独歩に限ったことではなく、「民友社」に結集したタレントに大なり小なり認められ、『欺かざるの記』には、蘇峰との政治的対立を理由に「開拓社」を立ち上げた竹越与三郎や、人見一太郎の方針に不満を抱いて退社する山路愛山などの例が見える。ともあれ独歩のこの志向は、彼をそれまでとは異質な新たな出会いへ導くことになる。早くから北海道開拓に目を向けていた竹越与三郎や津田仙、明治と共に北海道伊達紋別に集団移住した亘理伊達藩ゆかりの佐々城豊寿や萱場三郎らであるが、大切なのは、彼らのネット・ワークを通じてわずか十日の北海道滞在の間に多種多様な人物と接見できた点である。後に北海道大学総長となった高岡熊雄は山口中学時代の独歩の同級生であり、北海道開拓事業の指導者・内田瀞は日清戦争従軍の折に乗った軍艦千代田の艦長の弟であったりするものの、当時札幌農学校で教鞭をとっていた新渡戸稲造、アイヌ保護法を草起する白仁武、北海道におけるキリスト教伝道の礎を築いた信太寿之、五番館デパートの創業者・小川二郎、『北海道新聞』を立ち上げた阿部宇之八などすべて新知の人であり、まるで北海道の近代を領略すべく駆足で回ったかの如き観がある。

　こうした日清戦後の独歩の社会的視野の拡大は、それと同床異夢の如く芽生えた佐々城信子との恋愛が、結婚に発展するに及び、唐突に断ち切られてしまう。そしてその後の半年に亙る結婚生活は、佐々城家との烈しい衝突を経た結果として厳しい条件に晒されるものであった。要するに逗子の片隅で逼塞する他はない尋常ならざる状況で、ただ二人の生活を維持すべく「少年伝記叢書」を執筆し続ける日々だったと言えるが、それを独歩は、愛と信仰を純粋に貫くという観念で押し切ろうとしたかの如くである。しかし当然のように信子は音をあげた。独歩に〈独身者の精力を以て勉強させたし〉(明治二十九年四月十五日の条)という彼女の離婚理由の一つも、強《あなが》ち詭弁ではなかったのかもしれない。いずれにしても、日清戦後の時代の気運に合わせたかのように膨らんだ独歩の夢が、二つながら壊れた後、その傷心を修復し、さらに人生の再建へと導いたのは、当時京都にあった内村鑑三であった。『国民之友』の編集に携わっていた前年度々寄稿を乞い、渡北の折には札幌の新渡戸への紹介状を乞うほど内村を信頼するに至ったそもそもは、「流竄録」(『国民之友』明治二十七年八、十二月、二十八年一月)への感銘にあった訳だが、それが、破婚の傷を撥条《ばね》に渡米し人生の活路を切り開くべく苦闘する様を描いた記録であってみれば、信子を失った後の独歩に一種の指針のように映ったとしても何の不思議もない。彼は内村の顰《ひそ》みに倣い、伝道者たるべく渡米する決意を固め、内村もそういう独歩に深い同情を示した。そして、いわばパトロンであった蘇峰が突然外遊の途につくや、すぐさま内村を頼って京都に赴くものの、しかしその内村は、「便利堂」の助力でかつがつ生活する身であり、三か月余り京都滞在の後気まずい別れを告げる他はなかった。

　おそらく独歩にとって、その後の武蔵野生活は文字通り人生の仕切り直しだったに違いない。半年に亙ったその生活のなかで独歩が自らに問い続けたのは、信仰と文学のどちらの道を選ぶべきか、であった。明治二十四年一月麴町一番町教会の植村正久によって受洗した時に始まる独歩の信仰の歴史は、いわば植村との関係史と言っても過言ではないものなのだが、この武蔵野時代に至って大きく様変りすることになる。渋谷在住のキリスト教徒が一堂に会した〈渋谷村祈禱会〉に身を置くことによって、彼は、日本初の〈少年感化院〉設立に向けて懸命に奔走していた留岡幸助や三好退蔵に出会うこととなった。既に内村の「流竄録」を通してアメリカの〈白痴院〉の存在を知り、佐伯時代に〈白痴教育〉に携わった体験に照らして深い感銘を受けていた独歩であれば、信仰に生きる新たな方途を見る思いだったかもしれない。それ故、信仰と文学に引き裂かれた彼の心の葛藤は深刻で、遂にはキリスト教文学を構想することで問題の解決を計ろうなどと考えたりする。面白いことに、その思いは、佐伯時代の教え子で後に牧師となった富永徳磨に受け継がれたらしく、彼の残した『朱と紫』（教文館、明治三十二年十二月）や翻案小説『雪崩と百合』（民友社、明治三十五年五月）は、正にそうした企てに他ならない。

彼の心を牽引するもう一方の文学への志向は初め〈輪読会〉という形で現れる。しかし、山口中学以来の親友今井忠治にツルゲーネフの講読を受けたりと彼の文学形成にとって見逃せない体験であったにしろ、そこで問われていた文学は、彼の信仰への思いと無原則に結合したりするような間口の広いものだったと思われる。それが、いわゆる文芸作品の書き手といった方向に絞り込まれていく点に関しては、田山花袋・太田玉茗・松岡（柳田）国男など〈紅葉会〉グループとの交際が大きく与っていた。そうして、結局彼は小説家たる未来を選択し、処女作「源叔父」（『文芸俱楽部』明治三十年八月）の完成をもって五年に亙る日記が閉じられる次第だが、それ故、この武蔵野時代の記録を読む時、例えば〝「源叔父」の成立なる〟解釈コードを想定してみるのも強ち無理な要求ではないかもしれない。

『欺かざるの記』最後の年、明治三十年が明けた頃から、佐伯時代を追懐する記述が目立ってくる。そこからやがて紀州乞食の話題が迫り出してくることから、「源叔父」の構想の萌芽と見做してもよいのだが、それにしても何故紀州乞食だったのかと考える時、〈不良少年・孤児・瘋癲白痴〉の収容施設たる〈感化院〉設立に向けて奔走していた留岡幸助らと交流していた事態を重く見ない訳にはいかない。そもそも信仰か文学かで迷っていた独歩にとって、たとえ小説家たる決意をしたからといって、自らを伝道に駆り立てていた思いをそう易々と断ち切ることなど出来る道理もなかった。いわば〈硬文学〉的文学観が色濃く残っていたということだが、それは、沼波瓊音『大疑の前』（東亜堂書店、大正二年七月）の、〈余かつて「文芸は遊戯なり」と云つて、独歩に「馬鹿いへ」と叱られしことあり〉との証言からも窺えよう。つまり、後に『民声新報』時代の独歩が、石井亮一の〈滝の川学園〉を取材した結果、「春の鳥」（『女学雑誌』明治三十七年三月）の執筆となったのと同じことが起こっているのであって、いわばその先蹤を見ればよいのではあるまいか。

なればこそ、留岡の〈感化院〉事業が独歩に突き付けた問題は軽いものではなく、当時の彼の思想的文脈においては、人間観をめぐる宗教と科学の対立として意識されたと思われる。紀州乞食は、禽獣に近いものなのか、それでも神の理性を分有されたものなのか、という問い掛けに発展していったということである。武蔵野時代の独歩の注目すべき行動の一つとして、前年札幌で新渡戸に借りたことのあるベンジャミン・キッド『ソージャル・エボリューション』（一八九四年）をわざわざ購入した点をあげることに、おそらく異論はあるまい。以降、進化論に基づく発言が目立って多くなり、当然そのため、信仰が揺らぎ、天賦人権といった見方にも懐疑的になっていくからである。既に、彼が敬愛し部屋に肖像まで飾っていたカーライルやテニソンを悩ませた問題であり、また信仰上の師である植村正久も、

『真理一斑』(警醒社、明治十七年一月)を書き、有神論と進化論が矛盾しない旨、青年に向かって説かねばならなかった問題である。それが武蔵野時代の独歩を襲ったという次第だが、それも執拗に取り憑いた。『欺かざるの記』明治三十年三月二十八日の条においてさえ、カーライルを読むと有神論に傾き、ダーウィンを読むと無神論に陥ってしまう精神の不安定さを記述せずにはいられなかった。かくして紀州乞食のような存在を救済しようとした時、等しく神の理性を分有された人として扱い、手を差し伸べるということでよいのか。それとも医学治療を必要とする発達障害者と扱うべきか、そうであるなら信仰は危機に立たされねばなるまい。紀州乞食の閉ざされた人間性を信じて彼の救済を試みた源叔父の物語は、そうした葛藤の果てに構想されたのではなかったか。

二

『欺かざるの記』の後半世界は、国木田独歩の青春性を〈地〉として、近代作家としての彼がいかに生成されたか、反転すれば〈余は如何にして小説家となりし乎〉とでも言うべき〈図〉を描き出していると言えるが、それなら、そこに彼の政治的社会的見識の確立もまた認められねばならないと思うのは、独歩の小説の方法について、同時代の自然主義リアリズムとは一線を画すいわゆる批判的リアリズムと見做すべきだとの見解があるからである。そしてそれは、日清戦後の朝鮮半島の苦悩に満ちた情勢へ向けられた眼差しと、それに相即するかの如き国内の政治的混迷を窺わせる言及から、ある程度、測鉛可能であるように思う。

日清戦争の折『国民新聞』の特派員として従軍し、その従軍記事をもって一躍文名を馳せるに至った独歩であってみれば、朝鮮半島の行末に強い関心を寄せるのは当然であるかもしれない。ところがその最初の反応である〈三国干渉〉に関する『欺かざるの記』の記述を見ると、その余りの見識のなさに驚かされる。すなわち人間の本能的欲望や〈利己的作用〉(明治二十八年七月十三日の条)などと全く政治音痴としか言いようのない感想を漏らすのみなのだが、こうした呑気な眼差しをやがて振り捨てざるを得なくなるのは、その〈三国干渉〉をめぐって民友社内で深刻な亀裂を生じることになるからである。明治二十八年暮れ、遼東半島の返還に応じた伊藤博文内閣への怒りから、松方正義・大隈重信内閣づくりに奔走する徳富蘇峰に対し、陸奥宗光外相と親しく伊藤内閣のために尽力していた竹越与三郎が遂に退社の挙に出た。独歩にとって民友社内で最も信頼し、佐々城信子との結婚の立会人でもあった二人の対立がいかに衝撃的であったかは、翌年一月の記述やそこで示唆される竹越宛書簡を見るとよく分かる。まるで双生児の如き二人の思想家が絶交にまで至る政治的現実の厳しさを彼は目の当たりにしたというべきか。そしてそうした厳しさを汲み取ったかの如く、閔妃暗殺に端を発した二月十一日の朝鮮の民衆蜂起や、それを好機とばかり朝鮮の支配権の奪取を企むロシアの動きが注目され(明治二十九年二月十四日の条)、その紛擾に駆け付けるロシア軍艦アドミラル・ナヒモフ号を見学すべく横須賀まで足を運ぶ記事(同年三月七日の条)が現れる。

さらに、明治二十九年五月には、閔妃事件の首謀者として広島の監獄に収監されていた菊池謙譲と吉田友吉、独歩の東京専門学校英語政治科時代の同級生たる二人が出獄してくることを思えば、彼のこの問題への関心が深まりこそすれ、薄れることはなかった筈である。特に、日清戦争時に、民友社の朝鮮通信員を勤めていた菊池謙譲に、引き続き社員として止まり、明治三十年再び渡韓し、日本の対韓政策のエキスパートとして活躍するに至るまでの一年間、独歩と旧交を温め頻繁に往来している事態を見逃す訳にはいくまい。しかもその間に伊藤内閣が倒れいわゆる松隈内閣の誕生を見るが、民友社は、蘇峰の方針通りそれに全面的に協力すべく動き出す。例えばやはり東学党の乱や閔妃事件に深く関与していた『国民新聞』記者・山口天来は、大隈重信率いる〈進歩党〉青年組織を立ち上げるために奔走し、そのオルグのためであろうか、独歩宅にも盛んに出入りするようになる。当然こうした動きに菊池も一枚噛んでいただろうことは、翌三十年四月『進歩党党報』の外報掛担当を依頼された独歩が彼に相談していることでも窺える。要するに、この朝鮮半島をめぐる一連の騒擾を契機に、それまでの民権実現より国権拡張優先に反転した日本の民権運動そのままに蘇峰率いる民友社が動いていき、その様を『欺かざるの記』が鮮やかに映し出していると言えるのだが、無論問題なのは、それに対する独歩自らの立場であろう。

彼が、そうした民友社の動向に無原則に引き摺られていったとは考えられない。むしろ逆に、常に厳しい眼差しを向けていたように見えるのは、単に、菊池や山口天来にオルグされていたと思われる頃、一方で、竹越の〈開拓社〉入社の要請に強く動かされていたからというだけではない。何より独歩が、佐々城信子を失った心の空白を埋め合わせるべく内村鑑三に全面的に凭り掛かろうとした事実があるからである。周知のように、内村は日清戦争を〈義戦〉と見做していた。彼の脳裏には、古代ギリシャが老大国ペルシャを打ち破って歴史の齣を一歩前進させた先例がモデルとしてあった訳だが、戦後の状況に深く絶望した彼は、以降蘇峰とは逆に国家主義批判に転じていくことになる。その批判は「時勢の観察」(『国民之友』明治二十九年八月)で具体的に展開されるものの、既に四月二十九日付独歩宛書簡に現れており、それが『欺かざるの記』五月二日の条に転写されていくが故に看過できないのである。しかもその後彼は京都に赴き、内村と日常的に往来するようになるので、こうした内村の主張に度々接したことは疑いない。たとえ内村のもとを去る時、気まずい思いをしたとはいえ、翌三十年一月二十三日には、黒岩涙香の『万朝報』に招かれ上京した彼のもとにすぐさま駆け付けている。その後の『万朝報』は、日露非戦論を主張し、日本の国権拡張に一定の歯止めを掛けると共に、初期社会主義運動の揺籃的役割を果たすことになる訳だが、ともあれ、こうした内村の言動が日記に刻み込まれていく事態を、いわば独歩の精神の軌跡そのものとして読む自由は、ある程度許されるであろう。なおこの内村の上京を計ったかのように、『平民新聞』の寄稿家でもあった社会主義者の金子喜一が『欺かざるの記』に慌しく登場するのも興味深い。

しかし、無論それは、独歩が揺るぎない見識を持つに至った証明にはならないし、また、この激しい政治対立の渦中に身を晒し続けた結果について問い掛けたとしても、『欺かざるの記』は具体的には何も答えてはくれない。ただ、明治三十年一月以来数か月に亙って『国民新聞』議会筆記担当を務め、四月には『進歩党党報』外報掛のポストに乞われたという事実がある。それはすなわち、政治・外交関係の事件に対して〈其の由来経過及び結果を評釈〉する仕事であってみれば、彼の見識を自ずと物語っているようなものではあるまいか。あるいはその後の独歩の足跡から逆照射してみてもよいかもしれない。明治三十三年十二月自由党の星亨が主催する『民声新報』編集長に招請されたり、翌三十四年五月矢野龍渓と〈社会問題講究会〉を組織し、勃興する社会主義運動に身を投じたりする事態は言うまでもなく、例えば、朝鮮で成功し故国に妻を求める日本人商人の姿を炙り出す「帰去来」(『新小説』明治三十四年五月)や、朝鮮に住替させられる日本の娼婦の運命に焦点を当てた「少年の悲哀」(『小天地』明治三十五年八月)など、日韓併合に向かって無気味に膨張を続ける帝国日本の現況を垣間見させてくれるテキストは、政治的社会的見識を持った書き手によって書かれる他はないということである。

新 日本古典文学大系 明治編 28
国木田独歩 宮崎湖処子集

2006 年 1 月27日　第 1 刷発行
2025 年 1 月10日　オンデマンド版発行

校注者　藤《ふじ》井《い》淑禎《ひでただ》　新《しん》保《ぼ》邦寛《くにひろ》

発行者　坂本政謙

発行所　株式会社 岩波書店
〒 101-8002 東京都千代田区一ツ橋 2-5-5
電話案内 03-5210-4000
https://www.iwanami.co.jp/

印刷／製本・法令印刷

ISBN 978-4-00-731523-7　Printed in Japan